월든

Walden

세계문학전집 395

월든

Walden

헨리 데이비드 소로

정회성 옮김

민음사

일러두기

1 맞춤법과 외국어 표기는 국립국어원의 표기법을 따랐다.

2 전집, 단행본, 장편 소설, 서사시 등은『 』, 신문과 잡지는《 》, 단편 소설, 시, 논문, 신문이나 잡지 기사와 강연회, 음악회, 전시회는「 」로 표시했다.

3 길이, 넓이, 높이, 거리, 온도 등 단위는 원문의 야드파운드법을 미터법으로 변환하되 정확한 수치가 중요하지 않은 경우 반올림하여 표기했다.

1인치=2.54센티미터

1피트=30.48센티미터

1야드=약 0.91미터

1마일=약 1.61킬로미터

1에이커=약 4000제곱미터=약 0.40헥타르

1파운드=약 0.45킬로그램

화씨 1도=섭씨 약 -17도

4 각주는 모두 옮긴이주다.

차례

경제

이 글을, 아니 이 책의 대부분을 쓸 때 나는 메사추세츠주 콩코드[1]에서 이웃과 1.6킬로미터쯤 떨어진 월든 호숫가의 숲에 손수 집을 짓고 혼자 살았다. 그리고 오롯이 내 손으로 일하면서 생활을 꾸려 나갔다. 나는 그곳에서 이 년하고도 이 개월을 살았다. 지금은 다시 문명 생활권의 체류자로 돌아왔다.

마을 사람들이 내 삶의 방식에 대해 꼬치꼬치 캐묻지 않았다면 이렇게 독자 여러분 앞에 내 사생활을 낱낱이 드러내지는 않았을 것이다. 나에 대한 마을 사람들의 질문이 무례하다고 생각하는 이들도 있겠지만 내가 보기에는 전혀 그렇지 않

---

1) 매사추세츠주 보스턴 북서쪽에 있는 읍으로 헨리 데이비드 소로가 살던 무렵 인구가 2200명이었다. 미국 독립 전쟁이 시작된 곳으로도 유명하다.

다. 이런저런 상황을 고려하면 지극히 자연스럽고 온당한 질문이다. 어떤 사람은 내가 무엇을 먹었는지, 외롭거나 두렵지는 않았는지 물었다. 또 내 수입의 어느 정도를 자선 목적에 썼는지 궁금해하는 사람도 있었고, 식구가 많은 이들은 내가 가난한 아이들을 몇 명이나 돌보았는지 알고 싶어 했다. 사정이 이러하므로 내게 특별히 관심 없는 독자들은 내가 이 책에서 그런 몇몇 질문에 대답하더라도 너그럽게 이해하기 바란다. 대부분 책에서는 일인칭 '나'를 생략한다. 이 책에서는 그렇게 하지 않을 것이다. 자기 본위의 글이라는 점에서 이 책은 다른 책과 크게 다르다. 우리가 곧잘 잊는 것은 말하는 사람은 언제나 일인칭이라는 사실이다. 나만큼이나 나를 잘 아는 사람이 있다면 나에 대한 이야기를 이처럼 줄줄이 늘어놓지 않을 것이다. 안타깝게도 경험을 많이 하지 않은 탓에 이 책의 주제를 내 이야기로 한정할 수밖에 없다. 이런 내 입장에서 한 걸음 더 나아가 나는 모든 작가들에게 남의 생활에 대해 주워들은 이야기만 하지 말고 자기 인생에 대한 소박하면서 진솔한 이야기도 들려주라고 부탁하고 싶다. 가령 멀리 떨어진 타향에서 친지들에게 써 보내고 싶은 그런 이야기 말이다. 그 사람이 성실하게 살았다면 내게는 그의 이야기가 아주 먼 타향에서 쓴 것과 다름없어 보이리라. 어쩌면 이 글은 가난한 학생들을 위해 특별히 쓴 것일 수 있다. 나머지 사람들은 알아서 자신에게 해당하는 부분을 받아들였으면 한다. 외투를 걸칠 때 솔기를 잡아 늘이면서까지 억지로 맞추어 입는 사람은 없으리라고 생각한다. 옷은 딱 맞는 사람이 입었을 때 쓸모가 있을 것이기 때문이다.

나는 중국인이나 샌드위치 제도[2] 원주민들이 아닌 이 글을 읽는 독자, 그러니까 뉴잉글랜드[3]에 거주하는 여러분의 상황, 특히 이 세상 또는 이 마을에서 여러분이 처한 외적인 조건이나 환경이 어떤지, 그것이 지금처럼 나쁘기만 하고 좋아질 여지는 없는지에 관해 이야기하려고 한다. 나는 콩코드의 여러 곳을 돌아다녔다. 그런데 상점과 사무실과 들판 모든 곳에서 사람들이 수천 가지의 온갖 희한한 방식으로 고행하는 삶을 사는 것처럼 보였다. 브라만[4] 승려들은 사방에 불을 피워 놓고 앉아 태양을 똑바로 응시하기도 하고, 거꾸로 매달린 채 불덩이에 머리를 가까이 대기도 하고, "본래의 자연스러운 자세로 돌아가지 못하거나 목이 뒤틀려서 위장으로 액체만 겨우 넘기는 상태에 이를 때까지" 고개를 비틀어 어깨 너머로 하늘을 올려다보기도 하고, 나무 밑동에 사슬로 묶인 채 평생을 보내기도 하고, 광활한 제국의 넓이를 측량하듯 애벌레처럼 온몸으로 기어서 횡단하기도 하고, 높은 기둥 꼭대기에 외발로 서 있기도 한다고 들었다. 그러나 그 같은 형태의 자발적인 고행도 내가 매일 목격하는 장면보다 더 충격적이거나 놀랍지 않다. 헤라클레스에게 주어진 열두 가지 노역도 내 이웃들이

---

2) 하와이 제도를 일컫는다. 1778년 하와이 제도를 발견한 제임스 쿡 선장이 섬을 후견인인 샌드위치 백작의 이름을 따서 부른 데서 유래한다.

3) 미국 북동부 대서양 연안의 메인, 뉴햄프셔, 버몬트, 매사추세츠, 코네티컷, 로드아일랜드 주에 걸친 지역을 통틀어 일컫는다.

4) 인도의 신분 제도인 카스트에서 네 가지 신분 중 가장 높은 성직자 계급.

떠맡은 노역에 비하면 별것 아니다. 헤라클레스는 열두 가지 노역으로 끝났지만 나는 내 이웃들이 어떤 괴물을 죽이거나 산 채로 잡거나 하여 한 가지 노역이라도 끝내는 모습을 아직까지 본 적이 없다. 그들에게는 불에 달군 쇠막대로 히드라의 머리를 뿌리째 지져 버릴 이올라오스 같은 친구가 없으므로 괴물의 머리를 하나 자르면 금세 머리 두 개가 돋아나는 식이다.

우리 마을의 젊은이들은 농장, 집, 헛간, 가축, 농기구 등을 물려받아 불행한 삶을 산다. 이런 것들은 쉽게 얻을 수 있어도 버리기는 어렵기 때문이다. 차라리 드넓은 초원에서 태어나 늑대 젖을 먹고 자랐다면 더 좋았을 것이다. 그랬다면 그들은 일하도록 정해진 들판이 어떤 곳인지 좀 더 맑은 눈으로 볼 수 있었으리라. 도대체 누가 그들을 흙의 노예로 살게 했는가? 인간은 평생 동안 대략 9리터의 먼지를 먹을 운명이라는데 어째서 그들은 24만 제곱미터의 땅에서 나는 먼지를 먹어야 하는가? 왜 그들은 태어난 순간부터 제 무덤을 파기 시작해야 하는가? 그들은 앞에 놓인 그 같은 짐을 밀면서 한평생 살아가야 한다. 길이 23미터에 너비 12미터인 헛간과 한 번도 청소하지 않은 아우게이아스의 외양간,[5] 그리고 경작지, 목초지, 목장, 조림지 등 40만 제곱미터의 땅을 떠받치며 인생길을 걷다가 그 짐에 짓눌려 끝내 질식해 버린 가련한 영혼들을 나는 그동안 얼마나 많이 보았던가! 상속을 받지 못한 사람들은

---

5) 그리스 신화에 나오는 아우게이아스왕의 외양간. 1000여 마리의 소가 있는 이 외양간을 청소하는 게 헤라클레스의 다섯 번째 노역이다.

그런 불필요한 짐과 싸우지 않아도 된다. 단지 몇 제곱센티미터의 몸뚱이를 건사하고 유지하는 일만으로도 노동은 충분하다.

그러나 인간은 그릇된 생각에 사로잡힌 탓에 고생을 한다. 인간은 우월한 부분까지 흙 속에 묻혀 거름이 되고 만다. 고전에 쓰여 있듯[6] 인간은 필연이라 불리는 허울 좋은 운명에 순응한 나머지 좀먹거나 녹이 슬거나 도둑이 들어와 훔쳐 갈 재화를 모으는 일에 정신을 팔고 있다. 이는 어리석은 자의 삶이다. 삶이 끝나기 전까지는 아니더라도 삶을 끝마칠 때가 되면 이 같은 사실을 자연스레 깨닫게 된다. 인간은 데우칼리온과 피르하[7]가 돌을 머리 뒤로 던져 창조했다고 한다.

Inde genus durum sumus, experiensque laborum,

Et documenta damus quâ simus origine nati.

이 시[8]를 롤리[9]는 율동적인 운문으로 옮겼다.

그리하여 우리 인간의 심장은 단단하므로

고통과 근심을 견디고

---

6) 「마태복음」 6장 19~20절의 글을 가리킨다.

7) 그리스 신화에 나오는 부부. 제우스가 대홍수로 세상을 멸망시킬 때 데우칼리온 부부는 남겨 두어 인간을 다시 만들었다고 한다.

8) 고대 로마의 시인 오비디우스의 시로 『변신 이야기』 1권에 실려 있다.

9) 월터 롤리(Walter Raleigh, 1552 또는 1554~1618). 영국의 정치가이자 시인. 엘리자베스 1세의 총신으로 알려진 인물이며 신세계 최초의 잉글랜드 식민지를 세운 공적이 있다.

우리 몸이 돌의 속성을 지녔음을 보여 주네.

그러니 어줍은 신탁에 복종하여 머리 뒤로 돌을 던지고 그 돌이 어디에 떨어지는지도 모르는 맹목적인 행위는 이제 그만두기로 하자.

비교적 자유로운 이 나라에서조차 대부분 사람들은 단순한 무지와 오해로 인한 부질없는 근심과 필요 이상의 거친 노동에 시달린 나머지 인생에서 더 달콤한 열매를 따지 못한다. 과도한 노동 탓에 그들의 손가락은 너무 투박하고 심하게 떨려서 열매를 딸 수 없다. 사실 노동하는 사람은 하루하루 본래의 참다운 모습을 유지할 여유도 없거니와 남들과 인간다운 관계를 맺을 수 없다. 그러다가는 자칫 시장에서 그의 노동 가치가 평가 절하될지도 모른다. 그는 기계 이외의 다른 것이 될 여지가 없다. 성장하려면 자신이 무지하다는 사실을 기억해야 한다. 자신이 아는 것을 부단히 사용해야 하는 노동자가 어떻게 자신의 무지를 제대로 기억할 수 있겠는가? 우리는 사람을 평가하기 전에 이따금 무상으로 그에게 먹을 음식과 입을 옷을 마련해 주고, 우리가 먹는 강장제로 기운을 되찾도록 해 주어야 한다. 우리 인간의 본성에서 가장 좋은 자질은 과일의 분과 같기 때문에 아주 조심스레 다루어야만 보존이 가능하다. 하지만 우리는 자신이나 타인을 그처럼 귀중하게 다루지 않는다.

우리가 아는 사람들 중에는 너무 가난해서 제대로 먹고살지 못하는 이들이 있다. 그런 사람들은 이따금 숨을 쉬는 것조차 힘들어서 헐떡거린다. 이 책의 독자들 중에도 자신이 먹은 음식값을 치르지 못하는 사람, 허구한 날 신고 입어 구두와 외투가 해져서 너덜너덜한데도 새로 살 돈이 없는 사람, 이 책을 읽을 여유가 없어서 남에게 강탈하듯 빌리거나 훔친 시간을 이용해 여기까지 읽은 사람도 있을 줄 안다. 경험이라는 숫돌에 갈아서 날카로워진 내 눈으로 보건대 여러분 가운데 많은 수가 아주 초라하면서도 비천한 삶을 살고 있다. 그런 사람들은 사업을 시작하여 오랜 빚의 구렁텅이에서 빠져나오려고 애쓰느라 늘 한계점에 다다라 있다. 고대 로마 사람들은 빚을 '아이스 알리에눔(æs alienum)', 즉 '타인의 놋쇠'라고 불렀다. 그들이 사용하는 동전이 놋쇠로 만들어졌기 때문인데, 누구라도 빚을 지면 남의 놋쇠에 묶인 채 살다가 죽어서 땅에 묻힌다. 늘 빚을 갚겠다고, 내일은 꼭 갚겠다고 맹세하지만 결국은 갚지 못하고 오늘 죽는다. 여러분 가운데 다수는 교도소에 갇힐 만한 죄를 짓는 것만 빼고 갖가지 방법으로 남의 비위를 맞춤으로써 고객을 확보하려고 애쓴다. 게다가 거짓말하고, 아첨하고, 의견을 제시하고, 공손함이라는 작은 껍데기에 들어갈 정도로 몸을 움츠리거나 증기처럼 희뿌연 관대함을 크게 부풀려 이웃을 설득함으로써 구두나 모자나 외투, 마차 따위를 만드는 일감을 얻고 혹은 식료품과 잡화 수입을 주문받으려고 한다. 또 병이 들 때를 대비하여 낡은 궤짝이나 벽장 뒤의 양말 속에, 또는 그보다 더 안전하게 벽돌로 지은 은행에 무언가를 비축해 둔다. 장소가 어디든, 얼마나 많든 적든 상관없이 말이다.

나는 흑인 노예제라는 야만적이면서 약간은 생소한 형태의 제도를 떠받들 만큼 우리가 아주 천박할 수 있다는 사실에 이따금 놀란다. 지금 남부와 북부에 인간을 노예로 만들려고 눈을 번뜩이는 악랄한 주인들이 헤아릴 수 없이 많다. 남부의 노예 감독관 밑에서 일하기는 힘들다. 북부의 감독관 밑에서 일하기는 더욱 힘들다. 가장 나쁜 경우는 여러분이 스스로의 노예 감독관이 되는 것이다. 흔히 인간의 내면에는 신성이 있다고 한다. 하지만 밤낮없이 짐마차를 몰고 장터를 돌아다니는 마부를 보라! 도대체 내면에 어떤 신성이 꿈틀거리고 있다는 말인가? 그의 가장 큰 의무는 말에게 먹이와 물을 주는 것이다! 운임으로 얻는 이익과 비교할 때 과연 그에게 운명이란 무엇인가? 그는 '세간의 평판이 요란한 나리'를 위해 마차를 몰지 않는가? 그는 얼마나 신성하며, 얼마나 영원불멸한 존재인가? 그가 얼마나 움츠리고 숨는지, 온종일 얼마나 막연한 불안에 떠는지 살펴보라. 신성하거나 영원불멸한 존재이기는커녕 자신의 행위로 얻은 평판, 즉 자신에 대한 스스로의 평가에 얽매이는 노예에 지나지 않는다. 우리가 자신에 대해 내리는 판단에 비하면 뭇사람의 평가는 나약한 폭군인 셈이다. 우리가 자신을 어떻게 생각하느냐에 따라 우리의 운명이 결정된다. 아니 좀 더 정확히 말하면 운명의 방향이 정해진다. 서인도 제도라도 가면 공상과 상상으로부터 자아 해방이 가능할까? 우리에게 해방을 안겨 줄 윌버포스[10]는 대체 어디에

10) 윌리엄 윌버포스(William Wilberforce, 1795~1833). 영국의 정치가.

있다는 말인가? 또한 자기 운명에 순수한 관심을 드러내지 않으려고 죽는 날까지 변기 방석이나 짜는 이 땅의 여인들을 생각해 보라! 시간을 헛되이 보내고도 영원을 훼손하지 않을 수 있다는 말인가?

사람들은 대부분 조용한 가운데 절망적인 삶을 산다. 체념은 곧 절망으로 굳어지기 십상이다. 우리는 절망의 도시에서 절망의 시골로 들어가 밍크와 사향쥐의 용기[11]로 스스로를 위로할 수밖에 없다. 진부하지만 무의식적인 절망은 인간의 오락과 유흥에도 깃들어 있다. 여기에는 진정한 의미의 놀이가 없으니 놀이는 일을 마친 뒤에야 따라오기 때문이다. 하지만 절망적인 행동을 하지 않는 것이 지혜의 한 가지 특징이다.

인간의 주된 목적은 무엇이고 삶을 영위하는 데 진정으로 필요한 물품과 수단은 무엇인지를 교리 문답식으로 따져 보면, 인간이 다른 어떤 생활 방식보다 선호했기 때문에 의도적으로 현재의 통상적인 생활 방식을 택한 듯하다. 그러나 이제 인간은 진정한 의미에서 더 이상 선택의 여지가 없다고 생각한다. 다만 깨어 있는 정신에 건전한 사고를 하는 사람들은 오늘도 태양이 밝게 떠오른 사실을 잊지 않는다. 잘못된 편견은 빨리 버릴수록 좋다. 아무리 오래되었더라도 증명되지 않은 사고방식이나 행동 방식을 무작정 신뢰할 필요는 없다. 오

1833년 노예제 폐지법을 발의하고 통과시켜 영국과 그 식민지에서 노예를 해방했다.

11) 밍크와 사향쥐는 덫에 걸렸을 때 다리를 물어 잘라 내서라도 절망의 덫에서 빠져나온다고 한다.

늘 모든 사람이 진리라고 반복하여 외치거나 묵시적으로 인정하는 것이 내일이면 거짓으로 판명될 수 있다. 몇몇 사람의 견해를 따라서 들판에 단비를 뿌려 줄 구름이라고 믿었던 것이 단순히 연기에 지나지 않은 것으로 밝혀지듯이 말이다. 노인들이 불가능하다고 말하는 일도 막상 해 보면 가능하다는 사실을 알게 된다. 옛날 사람들에게는 옛것이 있고, 새로운 사람들에게는 새것이 있다. 아마 옛날 사람들은 새로운 연료를 주입하여 불을 계속 지피는 방법을 몰랐을 것이다. 그런데 새 시대 사람들은 원통[12] 밑에 마른 나무를 몇 조각 태워서 새처럼 빠르게, 이를테면 옛날 사람들을 치어 죽일 만큼 빠른 속도로 지구를 빙글빙글 돌고 있다. 나이가 많다고 젊은이보다 더 나은 스승이 될 자질이 있는 것은 아니다. 나이가 들면서 얻는 것보다 잃는 것이 더 많기 때문이다. 가장 현명한 사람이라고 해서 삶을 통해 절대적 가치를 터득했다고 할 수는 없을 것이다. 사실 노인들에게서는 젊은이들이 귀담아들을 만큼 중요한 충고를 기대하기 어렵다. 노인들의 경험이라고 해 봐야 지극히 부분적인 데다 그들이 믿듯이 여러 가지 개인적인 이유로 그들의 삶은 참담한 실패였다. 노인들에게 믿음 같은 것이 남아 있다면 그 경험에 따른 어떤 믿음뿐이리라. 이제 그들은 예전처럼 젊지도 않다. 나는 이 지구에서 삼십 년 정도 살았는데 아직까지 인생의 선배들로부터 유익한 가르침이나 진심에서 우러난 충고를 한마디도 듣지 못했다. 그들은 내게 도

---

12) 나무를 연료로 쓰는 초기의 증기 기관을 말한다.

움이 될 만한 말을 전혀 해 주지 않았다. 아마 해 주고 싶어도 그럴 수 없었을 것이다. 지금 내 앞에는 대부분 경험해 보지 않은 인생이라는 실험이 펼쳐져 있다. 선배들이 겪은 삶의 경험은 내게 도움이 되지 않는다. 내가 가치 있다고 여기는 어떤 경험을 하더라도 먼 훗날 인생의 스승들은 이에 대해 아무런 말도 해 주지 않았다는 사실을 곰곰이 생각할 게 틀림없다.

한 농부는 내게 말한다. "채소만 먹고 살 수는 없어요. 채소에는 뼈를 만드는 영양소가 들어 있지 않아요." 그래서 농부는 뼈에 필요한 영양소를 자기 몸에 공급하기 위해 하루의 일부분을 기꺼이 바친다. 그리고 그렇게 말하면서 풀만 먹고도 뼈가 튼튼한 데다 갖가지 장애물에도 불구하고 육중한 몸과 쟁기를 끄는 황소들 뒤를 따라다닌다. 혼자서 움직일 수 없는 사람이나 병자에게는 반드시 필요한 어떤 물건이 다른 사람에게는 그저 사치품에 지나지 않을 수 있다. 심지어 세상에는 그런 물건이 있는지조차 까맣게 모르는 사람도 있다.

일부 사람들은 그들의 선조가 높은 곳과 낮은 곳, 인간 생활의 모든 영역을 답사하고 모든 일에 관심을 보였다고 생각할 것이다. 이블린[13]은 말하길 "지혜로운 솔로몬왕은 나무와 나무 사이의 거리까지 법으로 정했고, 로마의 집정관들은 백성이 이웃의 토지에 들어가 땅에 떨어진 도토리를 몇 번까지 집어 오는 것이 재산을 침해하지 않는 일인지, 그 이웃의 몫은

13) 존 이블린(John Evelyn, 1620~1706). 영국의 저술가이자 원예가. 이어지는 문장은 그의 저서 『숲』에 실려 있다.

얼마인지를 정해 놓았다."라고 했다. 히포크라테스[14]는 손톱을 자르는 방법에 대한 지침까지 후세에 남겼다. 그 지침대로 하자면 손톱을 손가락 끝에 맞추어 잘라야지 더 짧거나 더 길게 자르면 안 된다. 다양하고 즐거운 삶을 소진시키는 그 같은 형태의 권태와 지루한 행위는 태곳적부터 존재했던 게 분명하다. 그러나 인간의 능력은 지금까지 제대로 측정된 적이 한 번도 없다. 우리는 과거의 전례만을 가지고 인간이 무엇을 할 수 있는지를 따지지 못한다. 지금까지 시도된 바가 거의 없기 때문이다. 지금까지 어떤 실패를 했든 "아들아, 괴로워하지 마라. 네가 하지 못한 일을 두고 누가 너를 탓하겠느냐?"[15]

우리는 수많은 간단한 방법으로 삶을 시험해 볼 수 있다. 예를 들어 밭에 심은 콩을 여물게 하는 태양이 지구를 비롯하여 태양계에 속한 다른 행성들을 동시에 비추는데, 내가 이 사실을 기억했더라면 몇 가지 실수를 막았으리라. 지금 내리쬐는 햇볕은 내가 콩밭의 풀을 뽑던 때의 볕이 아니다. 별들은 얼마나 신비스러운 삼각형의 꼭짓점을 이루고 있는가! 우주의 여러 궁궐에 사는 각기 다른 존재들이 얼마나 먼 거리에서 동시에 같은 별을 바라보고 있겠는가! 사람마다 체질이 다르듯 자연과 인간의 삶도 각양각색이다. 다른 사람의 삶이 어떤 가능성을 지녔는지 누가 예측하겠는가? 우리가 잠깐 동안

---

14) 의학의 아버지로 불리는 고대 그리스의 의학자(기원전 460?~기원전 377?).

15) 힌두교 경전 『비슈누 프라나』의 한 구절.

서로의 눈을 들여다보는 것보다 더 큰 기적이 일어날 수 있을까? 우리는 짧은 시간에 세상의 모든 시대를, 아니 모든 시대의 모든 세계를 살아야 한다. 역사와 시와 신화를 읽기 바란다. 다른 사람의 경험을 듣는 데 이보다 놀랍고 유익한 것은 없다.

나는 이웃들이 선이라고 하는 것의 대부분이 실제로는 악이라고 믿는다. 내가 무언가 후회하고 있다면 분명히 예절 바른 행동 탓이리라. 도대체 어떤 악마한테 홀려서 그런 착한 행동을 했던 것일까? 칠십 평생을 명예롭게 살아온 노인은 나름대로 가장 지혜로운 말이라 여기겠지만 내 귀에는 노인의 그 말을 외면하라고 속삭이는 거역할 수 없는 목소리만 들린다. 마치 선원들이 좌초한 배를 버리듯 새로운 세대는 과거 세대의 일을 버리기 마련이다.

나는 우리가 지금 믿는 것보다 훨씬 많은 것을 안심하고 믿어도 좋다고 생각한다. 우리는 자신에 대한 지나친 염려를 포기하는 만큼 정말로 다른 데 관심을 쏟을 수 있다. 자연은 인간의 강점만 아니라 약점과도 잘 어울린다. 어떤 것에 대해 끊임없이 느끼는 불안과 긴장은 치유 불능의 질병이나 마찬가지다. 우리는 우리가 하는 일의 중요성을 과장하는 버릇이 있다. 하지만 우리가 아직 이루지 못한 일이 얼마나 많은가! 우리가 병에 걸리기라도 하면 어떻게 되겠는가? 우리는 늘 주위를 경계하며 산다. 그런 가운데 되도록 종교적 믿음에 수동적으로 기대어 살지 않으려고 애쓴다. 하지만 낮에는 눈을 부릅뜨고 경계하다가도 밤이 되면 별수 없이 기도문을 중얼거리며 불확실한 것에 스스로를 맡겨 버린다. 우리는 철저하고 진지하게 현재의 삶을 숭배하고 변화의 가능성을 부인하며 살아가고 있다. 그러면서 그것이 유일한 길이라고 말한다. 그러나 하나의 중심점에서 방사 모양으로 뻗어 나가는 반지름을 그릴 방법은 무수하다. 주의 깊게 바라보면 모든 변화는 기적으로 여겨질 수 있다. 그리고 그런 기적은 우리 주변에서 매 순간 일어난다. 공자는 말했다. "아는 것을 안다고 하고, 모르는 것을 모른다고 하는 것이 진실로 아는 것이다."16) 한 사람이 머릿속으로 상상한 바를 오성(悟性)을 통해 사실로 바꾸면 모든 사람이 그 바탕 위에 자신의 삶을 건설할 것이라고 나는 예견한다.

앞에서 언급한 대부분의 불안과 근심은 무엇에 관한 것인지, 우리는 얼마나 걱정해야 하고 적어도 신경을 써야 하는지 잠시 생각해 보자. 물질문명의 한복판에서 생활하지만 우리 생활에 없어서는 안 되는 생필품은 무엇이고 옛사람들은 어떤 방법으로 그것들을 얻었는지 배울 수 있다면 원시적이고 개척자적인 삶을 살아 보는 것도 상당한 도움이 되리라. 혹은 옛 상인들의 거래 일지를 살펴봄으로써 옛날에는 상점에 어떤 물건이 진열되었고 사람들은 주로 무엇을 샀는지, 그러니까 가장 많이 소비되는 식료품과 잡화는 무엇이었는지 알아보는 것도 좋다. 우리의 골격이 조상들과 차이가 없듯이 시대가

16) 공자의 『논어』 중 「위정」 2편 17장에서 인용.

바뀌고 세상이 발전하더라도 인간 생존의 기본 법칙에는 거의 영향을 미치지 않았기 때문이다.

내가 말한 '생필품'이란 인간이 스스로의 노력으로 얻은 것 가운데 처음부터 또는 오랫동안 사용한 탓에 삶에 꼭 필요하게 되어 야만스럽든 가난하든 심지어 어떤 철학을 가졌든 그것 없이는 살아갈 엄두조차 내지 못할 정도로 중요한 물건을 뜻한다. 그런 의미에서 수많은 피조물에게 생필품은 단 한 가지, 즉 음식뿐이다. 초원의 들소에게는 마실 물과 함께 입에 맞는 풀이 생필품일 수 있다. 들소가 숲이나 산의 그늘진 집을 찾지 않는다면 말이다. 동물들에게는 먹이와 쉴 곳 말고 어떤 것도 필요하지 않다. 우리가 사는 기후대에서는 식량, 주거지, 의복, 연료라는 서너 가지 항목으로 생필품을 정확히 나누어 볼 수 있다. 이러한 것들이 확보되어야만 우리 인간은 비로소 자유와 성공의 가능성을 내다보면서 삶의 진정한 문제들에 맞설 준비를 갖추게 된다. 인간은 집만 아니라 의복과 먹을 것을 조리하는 법까지 고안해 냈다. 그리고 우연이겠지만 불이 따뜻하다는 사실을 알게 됨으로써 불을 이용하게 되었다. 처음에는 불을 사치품으로 여겼을 테지만 이제 인간은 불 옆에 앉는 것을 당연하게 여긴다. 우리는 고양이와 개들도 인간과 똑같은 과정을 통해 제2의 천성을 얻는 것을 본다. 우리 인간은 적당한 집과 의복으로 체내의 열을 유지한다. 그러나 적당한 수준을 넘어 집과 의복과 연료를 지나치게 사용하면, 다시 말해 과다 사용으로 외부 열이 체내의 열보다 더 높아지면 오히려 우리 몸이 요리되기 시작한다고 말할 수 있지 않을까? 박물학자 다윈은 티에라델푸에고섬[17] 원주민에 대해 말하길 옷을 제대로 갖추어 입은 데다 불 가까이에 앉은 자신의 일행은 조금도 따뜻하지 않았는데 불에서 멀리 떨어져 벌거벗고 있는 그들은 "무척 더운 듯 땀을 뻘뻘 흘리고 있는"[18] 모습을 보고 깜짝 놀랐다고 했다. 이와 마찬가지로 유럽인들이 옷을 입고 추워서 몸을 벌벌 떠는데 오스트레일리아의 원주민들은 벌거벗고도 아무렇지 않더라는 이야기를 들었다. 이 미개인들의 강인함과 문명인들의 지적인 능력을 결합할 수는 없을까? 리비히[19]의 주장에 따르면 인간의 몸은 난로이고 음식은 폐에서 내부 연소를 유지하는 연료다. 우리는 날씨가 추우면 더 많이 섭취하고, 따뜻하면 덜 먹는다. 동물의 체온은 체내 연소가 느리게 진행된 결과다. 연소가 너무 빠르게 진행되면 병에 걸리거나 심한 경우 죽음에 이르기도 한다. 지나치게 연소가 빨리 진행되어 연료가 부족하거나 통풍 장치에 결함이 생기면 불은 꺼지기 마련이다. 당연히 생명 유지에 필요한 열을 불과 혼동해서는 안 된다. 자, 비유는 이쯤에서 끝내겠다. 그러니 위의 관계를 따져 보면 '동물의 생명'이란 표현은 '동물의 열'이란 표현과 거의 같은 뜻이라고 할 수 있다. 결국

---

17) 스페인어로 '불의 땅'이란 뜻. 남아메리카 남쪽 끝에 위치하며 찰스 로버트 다윈(Charles Robert Darwin, 1809~1882)은 1831년 남아메리카와 남태평양을 탐사하던 중 이 섬을 방문했다.

18) 찰스 다윈의 『비글호 항해기』 중 한 구절.

19) 유스투스 폰 리비히(Justus Freiherr von Liebig, 1803~1873). 독일의 유기 화학자.

음식은 우리 체내의 불을 유지하는 연료다. 연료는 음식을 준비하거나 외부로부터 열을 가해 우리 몸을 따뜻하게 덥히는 역할을 한다. 한편 집과 의복 또한 그런 식으로 발생하여 흡수된 열을 다만 보존하는 역할을 한다고 볼 수 있다.

그렇다면 우리 몸에 가장 필요한 것은 온기를 보존하는 것, 다시 말해 생명 유지에 필요한 우리 몸 안의 열을 지키는 것이리라. 이 같은 이유로 우리는 음식과 의복과 집만 아니라 밤의 의복이랄 수 있는 침대를 마련하느라 온갖 수고를 아끼지 않는다. 집 안의 집이랄 수 있는 침대를 마련하기 위해 심지어 새에게서 둥지와 가슴의 솜털까지 빼앗는다. 우리 인간은 굴속 깊은 곳에 풀과 나뭇잎으로 잠자리를 만드는 두더지와 다를 바가 없다. 가난한 사람들은 세상이 춥다고 입버릇처럼 투덜거린다. 우리는 우리가 겪는 고통 대부분이 사회적 냉기 못지않게 신체적 냉기에서 비롯된다고 생각한다. 어떤 기후대에서는 여름이면 낙원에서와 같은 생활을 누릴 수 있다. 그런 곳에서는 음식을 조리할 때 말고는 연료가 필요하지 않다. 태양이 불인 데다 다양한 과일이 햇볕에 무르익는다. 게다가 다른 지역에 비해 음식의 가짓수가 더 많고 구하기도 더 쉽다. 옷과 집은 아예 필요가 없거나 필요해도 절반 정도면 충분하다. 내 경험에 따르면 오늘날 이 나라에서 생필품 다음으로 중요한 것은 칼, 도끼, 삽, 수레 같은 몇몇 도구들이다. 공부를 좋아하는 사람들은 전등과 문방구, 그리고 몇 권의 책이 더 필요하겠지만 아무튼 이런 것들은 모두 적은 비용으로 구할 수 있다. 하지만 어리석게도 몇몇 사람들은 지구 반대편의 미개하고 비위생적인 지역에 가서 십 년, 이십 년을 교역에 헌신하는데 그 이유가 나중에 뉴잉글랜드에 돌아와 편안하고 따뜻하게 살다가 생을 마치기 위해서라고 한다. 지나치게 사치스러운 부자들은 단순히 편안하고 따뜻하게 생활하는 정도를 넘어 부자연스러울 만큼 뜨겁게 지낸다. 앞에서 말했듯이 몸이 요리될 정도인데 단순히 유행[20]을 좇느라 그런다.

대부분의 사치품은 물론이고 생활을 편리하게 해 주는 것들 가운데 많은 수가 꼭 필요하지도 않거니와 오히려 인류의 발전에 커다란 걸림돌이 된다. 사치품과 편의품에 관련하여 덧붙이자면 지혜로운 사람들은 가난한 사람들보다 더 소박하고 궁핍한 삶을 살았다. 중국, 인도, 페르시아, 그리스의 옛 철학자들은 외적인 면에서 누구보다 가난했다. 하지만 내적인 면에서는 누구보다 부유한 사람들이었다. 우리는 그들에 대해 잘 모른다. 우리가 그들에 대해 이만큼이라도 아는 것은 실로 대단한 일이다. 그 이후 개혁가와 자선가들의 경우도 마찬가지다. 이른바 자발적 가난이라는 우월한 시점에서 보지 않으면 우리는 인간 생활의 공평하고 현명한 관찰자가 될 수 없다. 농업, 상업, 문학, 예술을 막론하고 사치스러운 삶은 사치스러운 열매를 맺는다. 오늘날에는 철학을 가르치는 사람은 있을지언정 철학자는 없다. 그러나 한때는 철학자의 삶을 사는 것이 존경받을 만한 일이었다. 이제는 철학을 가르치는 것만으로도 존경받을 만하다. 철학자가 된다는 것은 오묘한 사

---

20) 소로 시대 부유한 집에 유행하던 중앙난방 시설을 뜻한다.

상을 가지거나 어떤 학파를 세우는 일이 아니라 지혜를 사랑하고 그 가르침에 따라 소박한 가운데 남에게 의지하지 않고 아량을 베풀며 신뢰를 주는 삶을 산다는 뜻이다. 또한 삶의 모든 문제를 이론적으로나 실질적으로 해결하는 걸 의미한다. 위대한 학자와 사상가들의 성공은 흔히 제왕이나 대장부다운 면모가 아니라 궁정의 신하다운 면모를 지닌다. 그들은 선조들이 그랬던 것처럼 그저 실용적으로 순응하면서 살았을 뿐, 어떤 의미에서도 숭고한 인류의 선조라고 할 수 없다. 그런데 왜 인간은 퇴화하는가?[21] 무엇이 종족을 소멸케 하는가? 민족의 힘을 약화시켜 끝내 파멸의 나락으로 떨어뜨리는 사치의 본질은 무엇일까? 우리 삶에 사치스러운 면이 전혀 없다고 확신할 수 있을까? 철학자는 외적인 형태의 삶에서도 시대를 앞서가는 사람이다. 철학자는 동시대를 사는 사람들처럼 음식을 먹거나 집을 짓거나 옷을 입거나 몸을 따뜻하게 덥히지 않는다. 어떻게 철학자이면서 다른 사람들보다 더 나은 방법으로 생명 유지에 필요한 열을 보존하지 않을 수 있을까?

이미 앞에서 말한 여러 가지 방법으로 따뜻하게 지낸다면 그다음에는 무엇이 필요하겠는가? 이제 똑같은 종류의 열, 예컨대 더 풍성하고 기름진 음식, 더 크고 화려한 집, 더 질 좋고 다채로운 옷, 계속 더 뜨겁게 타오르는 갖가지 난로 같은 종류는 아닐 것이 틀림없다. 일단 생활에 꼭 필요한 것들을 얻고

21) 소로 시대에 유럽 과학자들 사이에서 인간과 동물이 신대륙으로 옮겨가면 퇴화한다는 소문이 돌았다.

나면 쓰고 남을 물건을 구하기보다는 또 다른 걸 염두에 두기 마련이다. 다시 말해 비천하고 힘든 일에서 벗어날 휴가를 떠올리고 인생의 모험을 떠나려 한다. 뿌리를 내린 것으로 보아 흙이 씨앗에 적합한 모양이다. 그렇다면 이제 자신 있게 위쪽으로 싹을 틔워도 좋으리라. 왜 인간은 대지에 굳건한 뿌리를 내리고 그만큼 하늘 높이 솟아올랐겠는가? 귀한 식물은 땅에서 멀리 떨어진 공기를 호흡하고 햇볕을 받아 열매를 맺기 때문에 하찮은 뿌리채소처럼 취급되지 않는다. 뿌리채소는 2년생 식물이라도 뿌리가 완전히 자랄 때까지만 재배되는 데다 뿌리가 빨리 자라도록 윗부분을 자르기 때문에 사람들은 대부분 그것이 꽃을 피우는 계절을 알지 못한다.

나는 강인하고 용감한 사람들에게 삶의 법칙을 가르치려는 것이 아니다. 그런 사람들은 천국에서든 지옥에서든 처신을 잘하지 않겠는가? 그들은 최고의 부자들보다 더 호화로운 집을 짓고 아낌없이 돈을 써도 가난뱅이가 되지 않을 것이다. 그들이 어떻게 사는지는 모르겠지만 그런 사람들은 꿈에서나 존재하지 않을까 싶다. 현재 상황에서 용기와 영감을 얻고 연인처럼 따뜻한 애정과 열정으로 자기 삶을 소중히 여기는 사람들에게도 충고할 마음이 없다. 어느 정도는 나도 이런 부류에 속한다고 생각하는데 이들은 어떤 상황에서도 맡은 일에 충실한지 어떤지 스스로 판단할 줄 아는 사람들이다. 내가 말하려는 주된 대상은 개선의 여지가 있는데도 모든 일에 불평불만을 늘어놓으면서 자신의 운명이나 시대가 가혹하다고 한탄하는 대다수 사람들이다. 그들 중 일부는 맡은 일을 제대로 수행하고 있다면서 누구보다도 열정적으로, 그리고 아무리 달래도 소용이 없을 정도로 격렬하게 불평해 댄다. 내가 염두에 두는 또 다른 부류는 겉보기에는 부유하지만 불쌍할 정도로 곤궁한 사람들이다. 그들은 부를 축적했으나 그것을 쓸 줄도, 거기에서 벗어날 줄도 몰라서 평생 황금이나 은의 족쇄를 찬 채 살아간다.

내가 지난 세월을 어떻게 살고 싶었는지 말하면 독자들 가운데 실제로 내 삶이 어떠했는지 웬만큼 아는 이들도 놀랄 테지만 전혀 모르는 사람들은 많이 놀랄 것이다. 그러므로 내가 소중하게 여겼던 계획들 중 일부를 살짝 내비치는 정도로만 말하겠다.

날씨가 어떻든, 밤이든 낮이든 상관없이 나는 순간순간을 활용하고 이를 내 지팡이에 표시해 두고[22] 싶었다. 말하자면 과거와 미래라는 두 영원의 시간이 만나는 점, 그러니까 정확히 현재라는 순간에 서서 그 출발선을 발끝으로 딛고 싶었다. 내 말이 조금 모호하게 들리더라도 양해하기 바란다. 내 일에는 사람들 대다수가 하는 일보다 비밀스러운 점이 많다. 그렇기 때문에 일부러 감추려는 것은 아니다. 단지 일의 성격상 비밀이 많다. 그래도 나는 내 일에 대해 아는 한 모두 말할 것이고, 내 대문에 '출입 금지'라는 경고문 따위는 절대로 써 놓지

22) 로빈슨 크루소가 나무 막대기에 눈금을 새겨 시간의 흐름을 표시한 것을 비유한 표현.

않을 생각이다.

오래전에 사냥개와 적갈색 말과 멧비둘기를 잃어버렸는데 나는 아직도 녀석들의 행방을 쫓고 있다. 길에서 사람들을 만날 때마다 녀석들에 대해 말하면서 녀석들이 잘 가던 길이 어디인지, 뭐라고 불러야 반응하는지 설명했다. 그러다 사냥개 짖는 소리와 말발굽 소리를 들었다는, 심지어 멧비둘기가 구름 뒤로 사라지는 모습을 보았다는 사람을 한두 명 만났다. 그들은 마치 자신이 잃어버린 듯 녀석들을 찾고 싶어 했다.

단지 해돋이와 새벽이 아니라 자연 자체를 앞질러 예견할 수 있다면 얼마나 좋을까! 여름이든 겨울이든 나는 얼마나 많은 아침을 아직 이웃이 일하러 나서기도 전에 내 일을 하느라 분주히 움직였던가! 하루 일을 마치고 돌아오는 길에는 마을 사람들과 자주 마주쳤다. 대개 해가 져 어스레한 동안 보스턴을 향해 출발하려는 농부들이나 일터로 가는 벌목꾼들이었다. 내가 태양이 떠오르는 데에 힘을 보탤 수는 없었지만 그 광경을 그들과 함께 보았다는 것만으로도 큰 의미가 있었다.

아, 바람에 실려 온 소식을 듣고 사람들에게 급히 전하기 위해 얼마나 많은 가을날과 겨울날을 도회지 밖에서 보냈던가! 나는 모든 자산을 그런 일에 거의 쏟아부었고, 바람을 안고 달리느라 매번 숨을 헐떡였다. 만약 내가 전하는 소식이 어느 정당과 관련된 것이었다면 최신 정보라면서 즉각 신문에 실었으리라. 나는 간혹 절벽이나 나무 위 망루에 올라가서 사방을 둘러보다가 새로운 소식을 접하면 곧바로 전보를 통해 사람들에게 알리려고 했다. 그리고 저녁이면 언덕 꼭대기에서 하늘이 무너지기라도 하여 뭔가 새로운 소식이 있기를 기다리기도 했다. 하지만 이렇다 할 소식을 접한 적이 없고, 설령 접했더라도 만나[23]처럼 금세 햇빛에 녹아 버렸다.

나는 오랫동안 발행 부수가 그다지 많지 않은 잡지사의 기자로 일했다. 그런데 잡지[24] 편집장이 내가 기고한 글 대부분이 기사로 싣기에 적절하지 않다고 여겼다. 글 쓰는 사람에게는 흔한 일이지만 결국 힘들게 고생만 한 꼴이었다. 그래도 돌이켜 생각하면 고생 자체가 보상이 아니었나 싶다.

나는 여러 해 동안 눈보라와 폭풍우 관측자를 자임하며 충실하게 임무를 수행했다. 또 측량 기사로 일하면서 간선 도로는 아니지만 숲길과 모든 지름길을 찾아내 길을 열었고, 사람들의 발자국으로 그 효용성이 입증된 계곡 사이에 다리를 놓음으로써 어느 계절에나 사람들이 건널 수 있도록 했다.

나는 걸핏하면 울타리를 뛰어넘어 성실한 목동을 애태우는 사나운 가축을 길들였다. 그리고 사람의 손길이 미치지 않는 농장의 구석구석을 세심하게 살폈다. 그날 어떤 밭에서 요나가 일했는지, 솔로몬이 일했는지[25] 알지 못했지만 그런 일은 내가 상관할 바가 아니었다. 나는 빨간 열매가 열리는 월귤나

---

23) 이스라엘 사람들이 이집트에서 탈출하여 가나안을 향해 가던 중 시나이 사막에서 신에게 받은 음식. 「출애굽기」 16장 21절 참고.

24) 1840년대에 발행되던 문학, 철학, 종교 계간지 《다이얼》을 말한다.

25) 불특정한 농부를 일컫는 이름이지만 밭을 가는 농부도 요나 같은 선지자일 수 있고 솔로몬 같은 현자일 수 있다는 점을 시사한다.

무와 모래땅에서 자라는 벚나무를 비롯하여 가시나무, 적송, 검은물푸레나무, 흰포도나무, 노랑제비꽃에 꼬박꼬박 물을 주었다. 그렇게 신경 쓰지 않았다면 그 나무와 꽃들은 건기에 바싹 말라 죽었을 것이다.

자랑이 아니라 나는 내 일에 오랫동안 꾸준히, 그리고 충실하게 임했다. 그런다고 주민들이 내 이름을 마을 관리인 명단에 끼워 넣거나 나를 약간의 보수가 딸린 한직에 앉힐 것도 아니었다. 내가 성실하게 기록했다고 맹세할 수 있는 회계 장부는 감사를 받거나 결재를 받은 적도 없거니와 정산을 통해 차액을 지급받은 적은 더더욱 없었다. 나는 애당초 그런 것은 바라지도 않았다.

얼마 전 한 인디언 행상이 내 이웃에 사는 유명한 변호사 집에 바구니를 팔러 온 적이 있다. "바구니를 사시겠습니까?" 인디언은 물었다. 변호사는 "아뇨, 필요 없어요."라고 대답했다. 잠시 후 인디언이 대문을 나서면서 소리쳤다. "뭡니까? 우리를 굶겨 죽일 작정이오?" 주위의 백인들이 아주 잘 사는 모습을 보고, 특히 그 변호사가 변론을 잘 엮기만 하면 신기할 정도로 재물과 지위가 따르는 것을 보고 인디언은 나도 사업을 해야겠다, 바구니를 짜야지, 그 일은 내가 잘할 수 있으니까 하는 생각이 들었을 것이다. 바구니를 짜면 그것으로 자기 할 일은 끝나고 백인들은 마땅히 바구니를 사야 한다고 생각했을지도 모른다. 그는 백인들이 살 만한 가치가 있는 바구니를 만들거나, 적어도 백인들이 바구니를 가치 있는 물건이라고 생각하도록 설득하거나, 아니면 살 만한 다른 물건을 만들어야 한다는 점은 깨닫지 못했으리라. 나도 나무를 가늘게 쪼개어 바구니 비슷한 물건을 만든 적이 있는데 사람들이 살 만한 걸 만들지는 못했다.[26] 하지만 나는 바구니 같은 걸 엮는 일 자체만으로도 가치 있다 생각했고, 사람들이 살 만한 바구니를 만드는 방법을 연구하기보다 어떻게 하면 그것을 팔지 않아도 되는지에 대해 궁리하기 시작했다. 사람들이 성공적이라고 칭송하고 존경하는 삶은 단지 인생을 살아가는 한 가지 방법에 지나지 않는다. 다른 다양한 방식의 삶을 희생하면서 하나의 삶을 과대평가할 이유는 어디에도 없다.

마을 사람들이 법원에 자리를 하나 내주거나 부목사 혹은 그 밖의 먹고살 만한 일자리를 마련해 줄 가능성은 거의 없다는 것을 알고 나는 나 자신을 위해 어느 때보다 더 절실한 마음으로 내가 더 잘 아는 숲으로 고개를 돌렸다. 나는 자금이 마련될 때까지 기다리지 않고 수중에 있는 약간의 돈을 가지고 즉시 사업을 벌이기로 마음먹었다. 내가 월든 호수로 간 목적은 돈에 쪼들리며 살기 위해서도 넉넉하게 살기 위해서도 아니었다. 되도록 누구의 방해를 받지 않고 개인적인 일[27]을 하고 싶어서였다. 약간의 상식과 계획을 세워 사업을 꾸려 갈 약간의 재능이 부족해서 목적을 성취하지 못한 채 주저앉는다면 슬프다기보다 어리석어 보일 터였다.

---

26) 소로는 1849년 처녀작 『콩코드강과 메리맥강에서 보낸 일주일』을 완성하여 1000부를 출간했지만 300부밖에 팔지 못해 오히려 빚을 지는 신세가 되었다.

27) 『콩코드강과 메리맥강에서 보낸 일주일』의 집필을 의미한다.

나는 엄격하게 일을 처리하는 습관을 들이려고 애썼다. 그런 습관은 누구에게나 필요하다. 천상의 제국[28]과 무역을 한다면 세일럼[29] 같은 항구에 자그마한 회계 사무실을 마련하는 정도로도 충분하다. 이 땅에서 생산되는 순수한 물품들, 예컨대 많은 양의 얼음과 소나무 목재, 약간의 화강암[30]을 언제든 화물선에 실어 수출할 수 있다. 이는 좋은 모험이다. 돈벌이가 되지만 위험이 따른다. 따라서 모든 세부 사항을 꼼꼼히 점검해야 한다. 도선사와 선장, 화주와 보험업자 역할을 겸하고 직접 물건을 사고팔며 회계 장부를 손수 작성할 필요가 있다. 또 받은 편지는 빠짐없이 읽어야 하고 발송할 편지는 직접 작성할 줄 알아야 한다. 밤낮을 가리지 않고 수입품의 하역을 감독하는 일도 게을리해서는 안 된다. 그리고 값비싼 화물이 뉴저지 해안에서 자주 하역되는데 이 때문에 해안 곳곳을 분주하게 돌아다녀야 한다. 잠시도 한눈팔지 않고 수평선을 살피며 스스로 무선 전신기가 되어 연안으로 향하는 모든 선박에 조난 위험을 알릴 필요가 있다. 꽤 멀더라도 수요가 많은 시장에는 상품을 꾸준히 발송하여 관계를 유지하는 것이 중요하다. 세계 곳곳의 시장 상황만 아니라 전쟁과 평화에 대한 전망을 따져 봄으로써 무역과 문명의 동향을 예측할 줄도 알아야 한다. 그러려면 모든 탐험대가 거둔 성과를 십분 활용

28) 청나라까지의 중국 왕조를 일컫는 말.

29) 매사추세츠주 보스턴 북동쪽에 있는 항구 도시로 한때 중국과의 무역 중심지였다.

30) 당시 얼음, 소나무 목재, 화강암은 뉴잉글랜드의 주요 수출품이었다.

하고 새로운 항로와 새롭게 등장한 항해술을 이용하는 게 좋다. 해도를 연구하고 암초와 새로 생긴 등대와 부표의 위치를 확인하고 로그표[31]를 계속 점검하고 수정하는 일도 해야 한다. 정든 부두에 무사히 도착해야 할 선박이 계산 착오로 암초에 부딪혀 좌초하는 일이 잦다. 아직 밝혀지지 않은 라페루즈[32]의 운명을 생각해 보라. 한노[33]와 페니키아인들로부터 오늘에 이르기까지 모든 위대한 발견자와 항해가를 비롯하여 탐험가와 상인들의 생애를 연구함으로써 보편적인 과학과 보조를 맞추는 것도 필요하다. 또 자신의 현재 상황을 파악하기 위해 이따금 재고를 조사해야 한다. 무역은 한 사람의 능력을 모조리 쏟아부어야 하는 노동이다. 손익과 이자 계산, 포장 용기의 중량과 공제[34]를 포함하여 이런저런 계량 문제 등 온갖 지식이 요구되는 일이다.

나는 예전부터 월든 호수가 사업하기에 적당한 곳이라고 생각했다. 철도가 놓이고 얼음 교역이 발달해서만이 아닌 여러 가지 이점이 있기 때문인데 여기에서 이를 공개하는 것은 그다지 현명한 일이 아닌 듯하다. 이를테면 월든 호수는 지반이

31) 대수표라고도 하며 19세기 항해에서 달의 고도와 수평 시차 등의 계산에 쓰였다.

32) La Pérouse(1741~1788). 프랑스의 탐험가. 항해 중 오스트레일리아의 보터니만에서 실종되었다.

33) 기원전 500년경에 활동한 카르타고의 제독이자 탐험가. 당시 서아프리카 카메룬까지 항해했다고 전해진다.

34) 화물의 정량 측정에서 포장 용기의 무게를 빼는 것 외에 훼손에 대비하여 약 47킬로그램당 약 2킬로그램을 공제한 제도를 말한다.

단단한 좋은 선착장이랄 수 있다. 네바강[35]의 늪지처럼 흙으로 메울 필요가 없다. 하지만 집을 지으려면 어디서든 말뚝을 박고 그 위에 지어야 안전하다. 서풍이 불고 네바강이 얼었을 때 밀물이 닥치면 상트페테르부르크가 지구 표면에서 사라질 거라고 하지 않는가?

이 사업은 별다른 자본 없이 시작할 예정이었으므로 여기에 반드시 필요한 수단들을 어디에서 구할지 추측하기란 쉽지 않을 것이다. 실질적인 부분으로 넘어가 옷에 관해 말해보자. 우리는 옷을 구입할 때 옷의 효용을 따지기보다는 새것에 대한 애착과 사람들의 이목을 끌려는 마음에 좌우되는 경우가 많다. 일하는 사람은 옷을 입는 목적이 첫째는 체온을 유지하기 위함이고, 둘째는 현대 사회에서 벌거벗은 몸을 가리기 위해서라는 점을 기억해야 한다. 그러면 지금 옷장에 있는 옷만으로도 충분하고 중요한 일을 얼마든지 할 수 있다는 사실을 깨닫게 될 것이다. 왕실 전속 재봉사나 양재사가 만든 옷일지라도 그것을 한 번만 입고 마는 왕과 왕비는 몸에 딱 맞는 옷을 입었을 때의 편안함을 느낄 수 없다. 이를테면 그들은 깨끗한 옷을 걸친 목마와 다름없다. 옷이란 입은 사람의 성격에 영향을 미쳐서 매일 조금씩 그 사람과 동화되어 간다. 그래서 사람들은 의료 기구를 몸에 대는 경우가 아니면 옷을 벗

---

35) 러시아의 상트페테르부르크를 흐르는 강. '네바'는 핀란드어로 '늪지'를 가리킨다.

어야 할 때마다 주저하며 꾸물거리고 신체의 일부를 버리기라도 하듯 사뭇 진지해진다. 나는 여기저기 꿰맨 옷을 입었다고 해서 그 사람을 낮게 평가한 적이 없다. 그러나 세상 사람들이 건전한 양심의 옷을 입기보다 유행하는 옷이나 적어도 깨끗하고 한 군데도 꿰매지 않은 옷을 입는 데 더욱 열을 올리고 있다는 생각은 든다. 찢어진 곳을 꿰매지 않고 입는다고 해 봐야 최악은 준비성이 좀 부족하다는 정도일 것이다. "무릎에 헝겊을 대고 깁거나 해진 곳을 두어 번 박음질한 옷을 입을 수 있어요?"라고 질문함으로써 나는 이따금 지인들을 시험한다. 사람들은 대부분 그런 옷을 입고 다니면 일생을 망치게 될 거라고 믿는 듯이 행동한다. 그런 사람들은 찢어진 바지를 입고 다니느니 차라리 부러진 다리를 절룩거리며 다니는 편이 훨씬 낫다고 생각하리라. 또 그들은 다리가 부러지는 사고가 나면 서둘러 다리를 치료하겠지만 같은 사고로 바짓가랑이만 찢어지면 어떻게 할 줄을 몰라 쩔쩔맬 것이다. 이는 진정으로 존경할 만한 대상이 무엇인가를 생각하지 않고 무엇이 존경을 받는지를 먼저 생각하기 때문이다. 우리는 사람 자체보다 그 사람이 입은 외투와 바지에 주목한다. 여러분이 지금 입은 옷을 허수아비에게 입히고 알몸으로 그 옆에 서 있어 보라. 모든 사람이 허수아비에게 먼저 인사할 것이다. 며칠 전 옥수수밭을 지나다 외투와 모자를 씌운 말뚝을 보았다. 나는 옥수수밭의 주인이 누구인지 단박에 알아챘다. 그는 전에 보았을 때보다 약간 더 힘들어하는 모습이었다. 언젠가 개에 대해 들은 적이 있는데 그 개가 낯선 사람이 옷을 입고 가까이 다가

왔을 때는 마구 짖어 대더니 벌거벗고 침입한 도둑 앞에서는 얌전히 굴었다고 한다. 옷을 홀랑 벗으면 과연 몇 사람이나 자신의 현재 지위를 그대로 유지할지 궁금하다. 그럴 경우 여러분은 가장 존경받는 계층에 속하는 문명인 집단을 확실히 구분할 수 있겠는가? 동서양을 불문하고 모험적인 세계 일주를 한 파이퍼 부인[36]은 고향에서 멀지 않은 러시아령 아시아에서 관리들을 만나러 갈 때 "옷차림으로 사람을 판단하는 문명국에 들어왔으므로" 어쩔 수 없이 여행복이 아닌 평상복으로 갈아입을 필요성을 느꼈다고 한다. 심지어 민주적인 뉴잉글랜드 도시들에서조차 우연한 기회에 돈을 벌어 값비싼 옷과 장신구로 부를 과시하면 그것만으로도 거의 모든 사람의 존경을 받는다. 그러나 그런 이유로 존경을 바치는 사람들이 무수히 많다면, 미개한 우상 숭배자들이므로 그들에게 선교사를 보낼 필요가 있다. 더구나 사람들은 옷을 입게 되면서 바느질을 시작했는데 바느질은 끝이 없는 일이라고 할 수 있다. 특히 여자들의 옷은 바느질을 해도 해도 끝이 없다.

노력 끝에 마침내 할 일을 찾은 사람은 그 일을 하기 위해 굳이 새 옷을 장만할 필요가 없다. 그런 사람에게는 오랫동안 다락방에서 먼지를 뒤집어쓴 헌 옷으로도 충분하리라. 영웅에게 하인이 있다면 그는 하인이 신던 낡은 신발이라도 기꺼이 신을 것이다. 그리고 맨발이 구두보다 더 오래되었으므

---

36) 이다 로라 파이퍼(Ida Laura Pfeiffer, 1797~1858). 오스트리아의 여행가이자 작가. 여행기 『어느 여인의 세계 일주』를 썼다.

로 영웅은 맨발도 괜찮게 여길 수 있다. 파티나 의사당에 들락거리는 사람은 새 외투가 필요하다. 외투를 바꾸어 입을 때마다 사람이 달라 보이기 때문이다. 그러나 현재 입은 재킷과 바지, 모자와 신발이 신에게 예배를 드리는 데 부족하지 않으면 그것으로 되었다고 생각한다. 그렇지 않은가? 자신의 낡은 옷, 예컨대 낡은 외투가 닳고 닳아서 원재료 상태로 분해된 모습을 본 사람은 없을 것이다. 그런 외투를 가난한 아이에게 줄 경우 자선 행위라고 볼 수 없겠지만, 그 아이가 그 외투를 자기보다 더 가난한 아이한테 준다면 어차피 더 가난한 아이는 그것 없이도 지낼 테니 부자라고 할 수 있으리라. 나는 새 옷을 입으라고 요구하는 사업을 경계하라 말하고 싶다. 물론 새 옷을 입는 사람까지 경계할 필요는 없다. 그런 사람이 없다면 새 옷이 어떻게 몸에 딱 맞게 만들어지겠는가? 여러분이 무언가 새로운 일을 할 생각이라면 입던 헌 옷을 입은 채 시작하기 바란다. 사람에게 필요한 건 어떤 일을 어떻게 하고 어떤 인물이 되느냐이지 갖추어야 할 물건이 아니다. 입은 옷이 해지고 더러워도 함부로 새 옷을 장만하지 말아야 한다. 우리가 어떤 방식으로든 행동하거나 사업을 벌이거나 또는 항해를 하여 스스로 헌 옷을 입은 새 사람처럼 느껴지고, 그래서 그 옷을 계속 입는 것이 낡은 부대에 새 술을 담는 꼴이 된다면 그제야 비로소 새 옷이 필요하리라.[37] 우리가 날짐승처럼 털갈

37) 낡은 부대에 새 술을 담으면 부대가 터져 술이 쏟아지고 부대도 버리므로 새 술은 새 부대에 담아야 한다는 뜻이다. 「마태복음」 9장 17절 참고.

이를 한다면 그 시기는 우리 삶에 위기가 찾아왔을 때임이 틀림없다. 되강오리라는 물새는 외딴 호수를 찾아 털갈이 철을 보낸다. 이와 비슷하게 뱀도 허물을 벗고, 나방이도 애벌레 때 입었던 외투를 벗는다. 이는 모두 몸속에서 일어난 움직임과 팽창의 결과로 옷이란 우리에게 맨 바깥쪽에 있는 표피이며 이내 사라질 덮개에 불과하다. 그런 옷을 벗어 던지지 않으면 가짜 국기를 달고 항해하다 발각되는 꼴이 되어 우리는 결국 자신뿐 아니라 다른 사람들에게도 버림받게 되리라.

우리는 옷 위에 옷을 껴입는다. 마치 자라면서 점점 몸집을 불리는 외생 식물 같다. 우리 몸의 겉을 에워싼 얇고 화려한 옷은 표피, 이를테면 가짜 피부라서 목숨과는 관계가 없고, 그런 만큼 여기저기 벗겨져도 치명적인 상처가 되지 않는다. 우리가 항상 입고 있는 좀 더 두꺼운 겉옷인 세포질 피부, 즉 외피는 곧잘 해진다. 그러나 속옷은 진피, 즉 진짜 피부라서 나무껍질을 빙 둘러 벗기듯 하지 않으면 제거할 수 없다. 그래서 속옷을 벗기면 그 사람에게 큰 상처를 입힌다. 어떤 인종이든 계절에 따라 속옷에 해당하는 무언가를 입을 것이다. 사람은 되도록 어둠 속에서도 자기 몸을 만져서 느낄 수 있을 정도로 옷을 간편하게 입는 것이 바람직하다. 그래야 모든 면에서 검소하고 철저하게 생활할 테고, 설령 적이 마을을 점령해도 고대의 어느 현인[38]처럼 빈손으로 태연하게 성문을 걸어

---

38) 그리스의 일곱 현인 중 한 명인 비아스(기원전 6세기)를 말한다. 비아스는 자신이 사는 프리에네가 적에게 점령당하자 가진 것이라곤 몸밖에 없으니 피난을 가느라 법석을 피울 필요가 없다며 태연했다고 한다.

나갈 수 있으리라. 두꺼운 옷 한 벌이면 얇은 옷 세 벌을 입는 것이나 마찬가지고, 값싼 옷은 누구나 큰 부담 없이 구입할 수 있다. 5달러면 오 년 동안 입을 두꺼운 외투를 살 수 있고, 두꺼운 바지는 2달러, 쇠가죽 구두 한 켤레는 1달러 50센트, 여름용 모자는 25센트, 겨울용 모자는 62.5센트만 주면 산다. 혹은 아주 적은 비용을 들여 집에서 옷과 모자를 만들면 더 좋다. 가난하더라도 자력으로 옷을 마련하여 입고 있으면 현명한 사람일수록 그에게 경의를 표할 것이다.

내가 특별한 형태의 옷을 주문하면 내 단골 여자 재봉사는 정색하며 말한다. "요즘 사람들은 그런 옷을 만들지 않아요." 재봉사는 마치 운명의 여신들[39] 같은 초월적인 권위자의 말을 인용하듯 굳이 '사람들'이라는 말을 강조하지 않는다. 그리고 내 말이 진심이라고 믿지 않거니와 내가 그렇게 몰상식한 사람이라고 생각하지 않기 때문에 나로서는 원하는 옷을 맞추어 입기 힘들다. 그런 신탁 같은 말을 들으면 나는 잠시 생각에 잠겨 한 마디 한 마디 되짚으면서 뜻을 헤아려 보고, 그 분야 사람들이 나와 어느 정도나 밀접한 관계를 맺고 있으며 내게 영향을 주는 일에서 어떤 권위를 지니는지 알아내려고 한다. 그리고 결국은 나도 '사람들'이라는 말을 조금도 더 강조하지 않고 재봉사처럼 모호한 말투로 대답하고 싶어진다. "맞

39) 그리스 신화에서 인간에게 복을 주고 화도 주는 운명의 여신 세 자매 모이라이를 말한다. 클로토는 생명의 실을 뽑아내고, 라케시스는 그 실을 감거나 짜서 인간에게 나누어 주며, 아트로포스는 가위로 그 실을 잘라 생명을 거둔다.

습니다. 얼마 전까지만 해도 사람들은 그런 옷을 만들지 않았어요. 하지만 요즘엔 그렇게 만듭니다." 재봉사가 내 기질은 헤아리지 않고 외투를 걸쳐 놓는 옷걸이인 듯 어깨너비만 재는 식으로 내 치수를 측정한다면 대체 무슨 소용인가? 사람들이 숭배하는 것은 미의 여신[40]이나 운명의 여신이 아니라 유행의 여신이다. 유행의 여신은 절대적인 권위를 휘두르며 실을 잣고 천을 짜고 옷감을 재단한다. 파리의 우두머리 원숭이[41]가 여행자용 모자를 쓰면 미국의 모든 원숭이가 덩달아서 똑같은 모자를 쓴다. 나는 이따금 이 세상에서 사람들의 도움을 받아 무엇이든 간단하고 정직한 일을 한다는 희망을 잃곤 한다. 강력한 압착기로 눌러 사람들의 낡은 관념을 모두 짜내어서 그 같은 생각이 다시는 고개를 들지 못하도록 해야 하지 않을까 싶다. 하지만 그런 생각은 불로 태워도 사라지지 않기 때문에 누군가의 머릿속에는 그 사람도 모르는 사이에 알에서 부화한 구더기가 우글거릴 수 있다. 결국 우리가 아무리 애를 써도 헛수고가 될 것이다. 그럼에도 불구하고 우리는 이집트의 밀알이 미라를 통해 우리에게 전해진 사실을 잊지 말아야 하리라.[42]

---

40) 그리스 신화에 나오는 미의 세 여신 아글라이아, 탈라이아, 에우프로시네를 말한다.

41) 프랑스 파리 태생의 오르세 백작인 알프레드 기욤 가브리엘(Alfred Guillaume Gabriel, 1801~1852)을 말한다.

42) 소로 시대에 이집트의 무덤에서 발견된 밀알을 발아시키려는 실험이 영국에서 진행되었다.

전반적으로 나는 이 나라를 비롯하여 어느 나라에서든 옷이 예술의 경지에 올라섰다고 주장할 수 없다고 생각한다. 요즘 사람들은 구할 수 있는 옷이면 닥치는 대로 마구 사서 입는다. 그들은 난파당한 선원처럼 해변에서 눈에 보이는 옷을 가리지 않고 걸치는데 공간적으로든 시간적으로든 약간의 거리가 생기면 서로 상대의 옷을 가면무도회에서나 걸칠 법한 것이라며 비웃는다. 모든 세대가 과거의 유행을 비웃으면서 새로운 유행을 신앙처럼 추종한다. 우리는 헨리 8세나 엘리자베스 여왕의 의상을 보고 식인종 섬의 왕과 왕비의 의상을 본 것처럼 재미있어한다. 그런데 어떤 옷이든 벗어 놓고 보면 초라하고 우스꽝스럽다. 사람이 입은 옷이 웃음거리가 되지 않고 오히려 신성하게 보이도록 하는 것은 그 옷을 입은 사람의 성실한 삶과 진지한 눈빛이다. 할리퀸[43]이 복통을 일으키면 그의 어릿광대 의상도 그런 분위기에 맞추어 고통스러운 색깔을 띠고, 병사가 포탄에 맞아 쓰러지면 찢어진 군복도 고관이 입는 자줏빛 의상만큼이나 그에게 잘 어울릴 것이다.

남자와 여자를 불문하고 새로운 유행을 좇는 이들의 유치하고 야만적인 취향 때문에 수많은 사람이 지금 이 시대가 요구하는 독특한 디자인을 찾기 위해 만화경을 흔들며 계속 그 속을 들여다보고 있다. 의류업자들은 일찍이 이런 취향이 변덕일 뿐이라는 사실을 알아냈다. 어느 특정 색깔의 실을 몇

43) '아를레키노'의 영어 이름. 옛날 이탈리아 코미디에 등장하던 어릿광대로 얼룩덜룩한 옷을 입었다.

가닥 더하거나 뺀 것 말고는 두 옷이 다른 구석이 전혀 없는데도 하나는 불티나게 팔리고, 다른 하나는 선반에서 먼지만 뒤집어쓴다. 하지만 계절이 바뀌면 선반의 옷이 유행하는 일이 자주 일어난다. 상대적으로 문신은 소위 말하는 소름 끼치는 풍습이 아니다. 단지 쉽게 지워지지 않도록 피부 깊숙이 문양을 새겨 넣는다는 이유만으로 문신을 야만적이라고 말할 수 없다.

나는 우리의 공장 제도가 옷을 구할 최적의 방법이라고 생각하지 않는다. 미국의 노동자들이 처한 상황은 영국인들의 그것과 나날이 비슷해지고 있다. 내가 지금까지 듣거나 관찰한 결과 공장 제도는 사람들에게 좋은 옷을 정직하게 입히는 것이 아니라 기업이 돈을 벌도록 하는 데 주된 목적이 있기 때문에 그런 현상은 조금도 이상할 것이 없다. 인간은 결국 목표한 바를 이루고야 만다. 그렇다면 당장은 실패하더라도 목표는 높은 곳에 두는 편이 낫지 않을까?

집에 대해서 생각해 보자. 이제는 집이 삶에 꼭 필요한 부분이라는 것을 부인하지 않겠다. 하지만 이곳보다 더 추운 지역에서도 오랫동안 집 없이 지낸 사례들이 있다. 새뮤얼 랭[44]은 말한다. "라플란드[45] 사람들은 가죽옷을 입고 가죽 자루를 머리와 어깨까지 뒤집어쓴 채 밤마다 눈 위에서 잠을 잔다. 털

44) Samuel Laing(1780~1868). 영국 스코틀랜드의 여행가이자 저술가이며 『노르웨이 체류기』로 유명하다.
45) 노르웨이, 핀란드, 스웨덴의 북부 지역을 말한다.

옷을 단단히 입은 사람도 얼어 죽을 만큼 혹독한 추위 속에서 말이다." 랭은 그 사람들이 그렇게 눈 위에서 자는 모습을 직접 보았다. 그러나 "그들이 다른 종족보다 특별히 추위에 더 강한 것은 아니다."라고 덧붙였다. 아마 인간은 지구상에 출현하고 얼마 지나지 않아서 집이 지닌 편의성, 즉 가정의 안락함을 발견했을 것이다. 여기에서 '가정의 안락함'이란 가족에게서 얻는 만족감보다 집에서 얻는 만족감을 의미하리라. 다만 집은 겨울철이나 우기와 관련된 것으로 일 년 중 3분의 2를 파라솔 외에 집이 필요 없는 지역에 사는 사람들의 경우 그 만족감은 지극히 부분적이고 일시적일 것이다. 내가 사는 지역에서도 예전에는 집이 여름에 밤이슬을 막는 덮개에 지나지 않았다. 인디언이 남긴 그림 문자를 보면 그들의 원형 천막은 일상적인 이동을 상징한다. 나무껍질에 연속으로 새기거나 그린 원형 천막들은 그들이 수없이 야영했다는 사실을 보여 준다. 사람은 팔다리가 크고 강인하게 창조되지 않았기 때문에 자기 세계를 좁히고 자신에게 알맞은 공간에 담을 쌓으려 한다. 맨 처음 우리 인간은 알몸으로 야외에서 살았다. 그 삶은 평온하고 따뜻한 날씨에 햇빛이 환할 때는 즐거웠으리라. 하지만 뙤약볕은 말할 것도 없고 우기와 겨울철에 서둘러 집이라는 피난처를 마련하지 않았다면 인간은 병이 들거나 얼어 죽었을 터다. 우화에 따르면 아담과 이브는 옷을 입기 전에 나뭇잎으로 몸을 가렸다.[46] 인간은 집을 비롯하여 따뜻하고 안락한 공

46) 「창세기」 3장 7절 참고. 소로에게는 『성경』도 하나의 우화다.

간을 원했다. 처음에는 몸이 따뜻해지기를 바랐고, 그다음에는 마음이 따뜻해지기를 바랐다.

인류가 지구상에 출현하고 얼마 안 된 시기에 어느 모험심 많은 사람이 바위굴에 들어가 그곳을 집으로 삼았던 때를 상상해 보자. 모든 아이들은 어느 정도 세상을 처음부터 다시 시작하는 존재라서 비가 오든 춥든 상관없이 집 밖에서 놀기를 좋아한다. 또 본능적으로 놀이를 좋아하기 때문에 소꿉장난도 하고 말타기도 한다. 어릴 때 완만하게 비탈진 바위나 동굴의 입구를 호기심 어린 눈으로 바라보지 않은 사람은 없을 것이다. 이는 가장 원시적인 조상의 본능이 여전히 우리 내부에 살아 있다는 증거다. 우리의 집은 동굴에서 출발하여 야자나무 잎, 나무껍질과 나뭇가지, 이어 붙인 아마포, 풀과 짚, 널빤지, 돌과 기와로 지붕을 덮는 단계로 점점 발전해 왔다. 그 결과 우리는 야외에서 사는 것이 무엇인지 모르고, 우리의 생활은 우리가 생각하는 것 이상으로 더 여러 가지 의미에서 가정적이다. 이제 집에서 들판까지 거리가 굉장히 멀어졌다. 낮이든 밤이든 우리와 천체들 사이에 아무런 방해물 없이 많은 시간을 보낼 수 있다면 얼마나 좋을까. 또 시인이 지붕 밑에서 그렇게 많이 노래하지 않고 성자가 지붕 아래에서 그처럼 오랫동안 머물지 않는다면 얼마나 좋겠는가. 새들도 동굴 속에서는 노래하지 않고, 비둘기도 새장 안에서는 순결을 간직하지 못하는 법이다.

하지만 누군가 거주할 집을 지으려 한다면 양키[47]의 영리

---

47) 뉴잉글랜드에 사는 사람들을 가리키는 말. 독립 전쟁 때는 영국인이 미

함을 약간 발휘할 필요가 있다. 그래서 구빈원이나 출구를 찾을 수 없는 라비린토스,[48] 박물관이나 양로원, 교도소나 호화로운 무덤 같은 집을 짓는 일이 없도록 해야 한다. 집을 지을 때는 기본적으로 갖추어야 할 것이 무엇인지를 생각하기 바란다. 언젠가 페놉스코트족[49] 인디언들이 30센티미터 넘게 눈이 쌓였는데도 얇은 무명 천막 안에서 사는 모습을 보았다. 그때 나는 차라리 눈이 더 높이 쌓여서 바람을 막아 주면 그들이 좋아할 거라고 생각했다. 안타깝게도 지금은 감각이 다소 무뎌졌지만 전에는 내 본연의 일을 추구할 만큼 자유를 누리면서 어떻게 하면 정직하게 생계를 꾸려 나갈까 하는 문제로 지금보다 훨씬 많이 고민했다. 그 시절 나는 철도 옆에 놓인 커다란 상자를 자주 보았다. 철도 인부들이 야간에 연장을 넣어 두는 길이 180센티미터에 너비 90센티미터 정도 되는 상자였다. 그것을 볼 때마다 형편이 어려운 사람의 경우 1달러쯤 주고 그런 상자를 구입하여 공기가 통하도록 송곳으로 구멍을 몇 개 뚫고 비가 내릴 때나 밤중에 그 안에 들어가서 덮개를 닫으면 사랑과 영혼의 자유를 충분히 누릴 수 있으리라는 생각이 들었다. 그렇게 사는 것이 최악의 삶으로 여겨지지 않았고, 결코 경멸할 만한 대안 같지도 않았다. 그 안에서 살

국인을, 남북 전쟁 때는 남군이 북군을 경멸하여 양키라고 불렀다.

48) 그리스 신화의 전설적인 건축가 다이달로스가 크레타 왕 미노스의 명령에 따라 괴물 미노타우로스를 감금하기 위해 만든 미로.

49) 메인주 북부 페놉스코트에 살던 부족으로 콩코드 마을을 방문하여 바구니를 팔곤 했다.

면 마음대로 밤늦게까지 자지 않을 수 있고, 언제 일어나든 집세를 독촉하며 괴롭히는 집주인과 맞닥뜨리지 않고 외출할 수 있을 것이다. 그런 상자에서 살아도 얼어 죽지는 않을 텐데 많은 사람이 그보다 더 크고 호화로운 상자를 빌려 살면서 임대료를 지불하느라 죽도록 고생한다. 이는 결코 농담이 아니다. 경제는 가볍게 다룰 수 있는 문제이기는 하지만 쉽게 결정해서는 안 된다. 예전에 거칠고 강인한 인디언 부족이 이 근처에서 주로 야외 생활을 했는데 그들은 자연에서 손쉽게 마련할 수 있는 재료만으로 안락한 집을 지었다. 매사추세츠 식민지 관할청의 인디언 감독관이었던 구킨[50]은 1674년에 쓴 책에서 이렇게 말했다. "그들이 지은 가장 좋은 집은 수액이 올라오는 계절에 원줄기에서 벗겨 마르기 전에 무거운 통나무로 눌러 넓고 얇게 만든 나무껍질로 지붕을 덮어 아주 단정하고 튼튼하고 따뜻하다. (……) 그보다 못한 집은 왕골로 엮은 거적 같은 것으로 덮었는데 튼튼하고 따뜻하지만 앞의 집만큼 좋지는 않다. (……) 나는 길이 18~30미터에 너비 9미터인 집도 보았다. (……) 나는 그들의 원형 천막에서 종종 밤을 보냈는데 영국에서 가장 좋은 집 못지않게 따뜻했다." 구킨은 대부분 인디언들이 천막에 카펫을 깔고 벽 안쪽으로 정교하게 수놓은 돗자리를 둘렀으며 각양각색의 도구를 갖추어 놓았다

50) 대니얼 구킨(Daniel Gookin, 1612~1687). 17세기 영국의 식민지 관료. 1656년 매사추세츠주의 인디언 감독관으로 임명되어 백인의 횡포로부터 인디언을 보호했다. 이어지는 글은 그가 쓴 『뉴잉글랜드의 인디언 역사 모음집』의 한 구절이다.

고 덧붙였다. 인디언들은 천장에 낸 구멍 위에 돗자리를 달아 놓고 그것을 끈으로 움직여서 통풍을 조절할 만큼 진보한 사람들이었다. 그런 천막집은 하루나 이틀이면 충분히 짓는다. 그리고 몇 시간이면 헐어서 간단히 정리할 수 있다. 인디언들은 가족마다 천막집을 한 채씩 지녔거나 그런 집에 방 한 칸을 가지고 있었다.

미개한 상태에서도 모든 가정이 가장 좋은 영국식 집 못지않게 안락하고 그들의 소박하고 단순한 욕망을 채워 주기에 충분한 집을 하나씩 가졌다. 하늘을 나는 새도 둥지가 있고 여우도 굴이 있고 미개한 원주민들도 천막집이 있건만 현대의 문명사회에서 제집을 가진 사람은 절반도 안 된다고 해도 지나친 말은 아닐 것이다. 커다란 마을이나 도시처럼 문명화된 곳에서 제집을 소유한 사람은 전체 인구의 극히 일부분에 지나지 않는다. 집이라는 이름의 옷은 여름이든 겨울이든 없어서는 안 되는 필수품이라서 집이 없는 사람들은 해마다 집세를 지불해야 한다. 그런데 집세가 인디언 마을의 천막을 몽땅 살 정도이기 때문에 그런 사람들은 평생 가난에서 벗어나지 못한다. 나는 여기서 집을 소유하는 쪽보다 빌리는 쪽이 불리하다는 말을 하려는 게 아니다. 미개인들은 적은 비용으로 집을 마련할 수 있어서 집을 소유하는 반면, 문명인들은 대개 제집을 장만할 경제적 여력이 없기 때문에 남의 집을 빌려 산다. 이런 처지는 세월이 흘러도 좀처럼 나아지지 않는다. 가난한 문명인일지라도 집세만 지불하면 미개인의 천막집에 비해 궁궐 같은 집을 차지할 수 있지 않느냐고 반박할 사람도 있을 것이다. 요즘 이 나라의 일 년 집세는 전국적으로 25달러에서 100달러까지 다양하다. 이 정도의 집세를 지불하면 널찍한 방, 깨끗한 페인트칠과 벽지, 럼퍼드 벽난로,[51] 회반죽을 바른 벽, 베니션 블라인드, 구리 펌프, 용수철 자물쇠, 널찍한 지하실 말고도 수 세기 동안 이루어진 수많은 진보의 혜택을 누릴 수 있다. 그런데 어째서 이런 혜택을 누리는 사람은 대부분 가난한 문명인인 반면 아무것도 갖추지 못한 미개인의 삶이 풍요롭다고 말하는가? 문명이 인간의 생활 조건을 개선했다는 주장이 사실이라면 비용을 더 들이지 않고 더 좋은 집을 지었다는 걸 입증해야 한다. 나도 문명이 인간 생활을 개선했다고 생각하지만 현명한 사람들만이 그 이점을 활용할 줄 안다. 당장이든 나중이든 물건에 드는 비용은 궁극적으로 그것과 교환해야 하는 시간의 총량이다. 내가 사는 지역의 평균 집값은 800달러 정도이고, 그 돈을 모으려면 가족을 부양하지 않는 노동자라도 십 년에서 십오 년은 걸린다. 노동의 가치가 사람마다 다르기는 하지만 모든 노동자의 하루 품삯을 평균 1달러로 계산했을 때 그렇다.[52] 결국 노동자가 오두막 한 채를 마련하려면 평생의 절반을 바쳐야 한다는 이야기다. 집을 마련하는 대신 집세를 내는 쪽을 택하더라도 이 역시 현명하지 못한 불행한 선택이 될 가능성이 크다. 미개인들이 이런 조건으로 자신들의 오두막을 궁궐과 맞바꾸려 한다면 과연

51) 럼퍼드 백작 벤저민 톰슨(Benjamin Thomson, 1753~1814)이 발명한 벽난로.

52) 소로 시대 비숙련 노동자의 평균 일당은 1달러였다.

현명한 짓일까?

내 생각에 그런 불필요한 재산을 미래에 대비한 자금으로 보유하여 얻는 이익은 기껏해야 장례 비용으로 사용하는 정도 외에 별다를 게 없을 듯하다. 하지만 사람은 제 시신을 직접 매장할 일이 없지 않은가. 미래에 대한 대비는 문명인과 미개인 사이의 중요한 차이점이라고 할 수 있다. 문명인의 생활을 제도화하고 개인의 삶을 거기에 흡수시킨 것은 의심할 여지 없이 우리 인류의 삶을 보존하고 완전하게 하기 위함이다. 나는 이 자리에서 그런 제도로 인한 이익을 얻기 위해 우리가 어떤 희생을 치르는지 밝히고, 아무런 손해를 입지 않고도 모든 이점을 지키면서 살 가능성을 보여 주고 싶다. 가난한 사람들은 늘 너희와 함께 있다,[53] 아비가 신 포도를 먹었으므로 아들의 이가 시다[54] 같은 말들은 무슨 뜻이겠는가?

"나 주 여호와가 말하노라. 내가 내 삶을 두고 맹세하노니 너희가 이스라엘 가운데서 다시는 이 속담을 쓰지 못하게 되리라."[55]

"모든 영혼이 다 내게 속한지라. 아비의 영혼이 내게 속함같이 아들의 영혼도 내게 속하였나니 범죄하는 그 영혼이 죽으리라."[56]

다른 계급의 사람들만큼 유복하게 사는 내 이웃 콩코드의

53) 「마태복음」 26장 11절 참고.
54) 「에스겔서」 18장 2절 참고.
55) 「에스겔서」 18장 3절 참고.
56) 「에스겔서」 18장 4절 참고.

농부들을 생각해 보면 대부분이 농장의 진짜 주인이 되기 위해서 이십 년, 삼십 년, 또는 사십 년 동안 힘들게 노동을 했다. 담보 잡힌 상태로 농장을 물려받았거나 돈을 빌려 농장을 구입했기 때문이다. 하지만 아직 빌린 돈을 갚지 못한 농부들이 태반이다. 그들은 노동의 3분의 1을 집값을 갚는 데 바친다. 그런 터에 빚이 농장의 가치를 넘어서서 농장 자체가 큰 짐이 되기도 한다. 그럼에도 농장에 대해 잘 안다는 이유로 그 같은 농장을 서슴없이 물려받는다. 토지 평가사들에게 물어보면 놀랍게도 마을에서 빚 없이 완전한 상태로 농장을 소유한 농부를 열두 명도 대지 못한다. 이런 농장들의 역사를 알고 싶다면 해당 농장을 담보로 잡고 있는 은행에 가서 물어보라. 농장에서 열심히 일하여 빚을 갚은 사람은 극히 드물기 때문에 모든 이웃이 그가 누구인지 알려 줄 수 있을 정도다. 그런 농부가 콩코드에 셋이라도 있을지 의심스럽다. 흔히 상인은 100명 중 아흔일곱 명 정도가 망한다는데 이는 농부에게도 그대로 적용되는 말이다. 상인과 관련하여 한 상인은 자신들의 실패는 대부분 재정적인 여유가 없어서가 아니라 사정이 여의찮아 계약을 충실히 이행하지 못한 데서 비롯된다고 말했다. 이는 매우 적절한 지적인데 그들은 결국 금전적으로 파산하고 도덕적으로도 파산한 셈이다. 그러고 보면 상인들의 문제는 실제보다 더 나쁘다고 할 수 있다. 그 말은 100명 가운데 성공한 세 명의 상인도 자기 영혼을 구제하는 데 성공하지 못했을 뿐 아니라 오히려 정직하게 실패한 아흔일곱 명의 상인보다 더욱 부정적인 의미에서 파산했음을 암시한다. 파산과 지불 거절은 우리 문명권에서 온갖 재주를 부리며 더 높이 뛰어오르는 도약의 발판이 되기도 하나 미개인은 굶주림이라는 이름의 탄력성 없는 널빤지 위에 계속 서 있을 뿐이다. 그런데도 이쪽에서는 농업이라는 기계의 모든 접합부가 매끄럽게 움직이는 걸 보여 주기라도 하듯 미들섹스 가축 품평회[57]가 해마다 성대하게 열린다.

농부는 생계 문제를 문제 자체보다 훨씬 복잡한 방식으로 해결하려 든다. 가죽으로 된 구두끈 하나를 구하려고 소 떼를 가져다 바치는 식이다. 또 남에게 의지하지 않고 안락하게 살기 위해 능숙한 솜씨로 올무를 놓지만 돌아서자마자 그 덫에 발이 걸리는 식이다. 그래서 농부는 평생 가난하게 살 수밖에 없다. 비슷한 이유로 우리는 모두 사치품에 둘러싸여 있으나 수많은 원시적 즐거움을 누리지 못하기 때문에 가난하기는 마찬가지다. 채프먼[58]은 다음과 같이 노래했다.

> 거짓된 인간 사회……
> 세속적 위대함을 좇느라
> 천상의 온갖 즐거움이 허공에 흩어지는구나.

농부가 집을 마련했을 때 더 부자가 되는 것이 아니라 더

---

57) 미들섹스 카운티에 속한 콩코드에서는 매년 9월이나 10월에 미들섹스 농업 협회 주관으로 가축 품평회가 열렸다.

58) 조지 채프먼(George Chapman, 1559~1634). 영국의 시인이자 극작가. 인용문은 『카이사르와 폼페이우스의 비극』에서 발췌한 것이다.

가난해질 수 있다. 집이 농부의 주인 노릇을 하기 때문이다. 모모스는 미네르바[59]가 지은 집에 대해 "집을 이동 가능하게 짓지 않아 나쁜 이웃을 피할 수 없을 것이다."라고 말했는데 타당한 비판이라고 생각한다. 이 비판은 현대에도 그대로 적용된다. 집이란 우리 마음대로 옮길 수 없는 재산이라서 우리는 거기에 산다기보다 종종 갇혀 있으며, 우리가 피해야 할 나쁜 이웃은 바로 우리 자신의 천박함이기 때문이다. 내가 사는 마을에서 한 세대 전부터 변두리에 있는 집을 팔고 읍내로 이사하고 싶어 했지만 아직도 뜻을 이루지 못한 가정을 한둘 알고 있다. 그들은 죽어서나 집이라는 감옥에서 해방될 것이다.

대다수 사람들이 개선된 설비를 골고루 갖춘 현대식 주택을 소유하거나 임대할 수 있다고 가정해 보자. 문명은 우리가 사는 주택을 끊임없이 개선해 왔다. 하지만 그 안에 사는 사람들까지 똑같이 개선하지는 못했다. 문명은 궁궐을 만들었으나 왕과 귀족을 그에 걸맞게 개조하기란 결코 쉬운 일이 아니었다. 문명인이 미개인보다 더 가치 있는 것을 추구하지 못하고, 문명인이 천박한 생필품과 육체의 안락을 얻기 위해 생의 대부분을 보낸다면 미개인보다 더 좋은 집을 소유할 이유가 어디에 있겠는가?

아니, 가난한 소수의 사람들은 어떻게 지내고 있는가? 외적 환경에서 미개인보다 나은 문명인이 일부 있기는 하지만 자세

59) 모모스는 그리스 신화에 나오는 조소와 비난의 신이고, 미네르바는 로마 신화에 나오는 지혜의 여신으로 그리스 신화의 아테나에 해당한다.

히 보면 그와 똑같은 비율의 다른 문명인은 미개인보다 못한 환경에서 산다. 한 계층의 호화로운 생활은 다른 계층의 빈곤으로 균형이 맞추어진다. 한쪽에 궁궐이 있으면 다른 한쪽에는 구빈원과 '조용한 빈민들'[60]이 있다. 수많은 사람이 마늘로 연명하며 파라오의 무덤을 만들기 위해 피라미드를 쌓느라 고생했지만 정작 자신들은 장례식도 치르지 못한 채 묻혔으리라. 궁궐의 처마 돌림띠를 마무리하던 석공들은 밤이 되면 인디언의 원형 천막만도 못한 허름한 오두막으로 돌아갔을 것이다. 문명국임을 나타내는 증거가 많은 것을 두고 그 나라 국민 대다수가 미개인보다 나은 삶을 산다고 생각한다면 큰 오산이다. 나는 지금 영락한 부자들이 아니라 비천해진 빈민들에 대해 말하고 있다. 빈민들의 사정이 어떤지 알기 위해 굳이 멀리까지 나갈 필요는 없다. 최신의 문명이 낳은 철도를 따라 죽 늘어선 판잣집을 보면 훤히 알 수 있기 때문이다. 나는 산책할 때마다 돼지우리 같은 집에서 생활하는 사람들을 목격하는데 다들 햇볕을 들이기 위해 겨우내 출입문을 활짝 열어 놓고 산다. 집에는 흔한 장작더미 하나 없다. 사실은 그런 것이 있으리란 상상조차 못 할 형편이다. 남녀노소 할 것 없이 오랫동안 추위와 가난에 움츠린 습관 탓인지 몸이 잔뜩 오그라든 데다 팔다리와 지능의 발달이 거의 멈추어 버린 듯 보인다. 이 시대의 특징을 이루는 여러 사업이 그 같은 노동자들의 노동

60) 구빈원 같은 시설의 도움을 받지 못하고 자기 집에서 조용히 지내는 빈민층을 말한다.

으로 이루어진 만큼 그들에게 눈길을 주는 것은 당연하다. 정도의 차이는 있겠지만 세계 최대의 구빈원[61]이라는 영국에서 일하는 노동자의 형편도 마찬가지다. 지도에서 흰색, 즉 문명화한 지역으로 표시된 아일랜드를 살펴보자. 먼저 아일랜드인의 신체 조건을 문명인과 접촉하면서 퇴락하기 전의 북아메리카 인디언이나 남태평양 제도의 원주민 같은 미개인들과 비교해 보라. 나는 아일랜드의 통치자들이 여느 문명국 통치자에 비해 지혜롭지 못하다고 생각하지 않는다. 하지만 아일랜드의 상황은 비참할 정도의 가난이 문명과 공존할 수 있다는 사실을 증명해 보인다. 굳이 이 자리에서 미국의 주요 수출품인 면화를 생산하는 데다 그들 자체가 남부의 주요 산물인 흑인 노동자들을 언급하고 싶은 마음은 없다. 이를테면 나는 '중간 정도'의 환경에 놓인 사람들에 대해서만 말하려고 한다.

사람들 대부분은 집이 무엇인지 생각하지 않는 것 같다. 그럼에도 사람들은 이웃이 소유한 정도의 집은 가져야 한다고 생각한다. 그래서 가난하게 살지 않아도 될 것을 평생 가난에 쪼들려 산다. 재봉사가 만든 옷이면 무조건 받아 입는 한편, 평소에 쓰던 종려나무 잎이나 우드척[62] 가죽으로 만든 모자는 벗어 던진 채 왕관을 구입할 형편이 안 된다고 신세 한탄

61) 산업 혁명 시기인 1838년 영국 수상 벤저민 디즈레일리가 하원에서 영국을 세계 최대의 '공장(workshop)'이라고 칭한 것을 '구빈원(workhouse)'으로 빗댄 표현이다.

62) 다람쥐과에 속한 설치류의 일종으로 북아메리카에 널리 분포하며 땅에 굴을 파고 산다.

하는 것과 마찬가지다. 지금 사는 집보다 훨씬 편리하고 호화로운 집을 소유하는 것은 그다지 어려운 일이 아니리라. 그러나 우리에게는 그런 집을 지을 만한 여력이 없다는 사실을 인정해야 한다. 우리는 어째서 더 많은 것을 얻으려고 항상 바동거릴까? 때로는 더 적게 가지고도 만족하는 법을 배우려고 애써야 하지 않을까? 어째서 존경을 받아야 할 시민이 죽음을 앞두고 젊은이에게 여분의 장화와 우산을 비롯하여 오지 않을 손님을 위해 빈방을 마련해야 한다는 따위의 훈계를 하고 손수 모범을 보이며 엄숙히 가르쳐야 한다는 말인가? 왜 우리의 가구는 아랍인이나 인디언의 가구처럼 소박하면 안 될까? 인류의 은인들에 대해 생각해 보자. 우리는 그들을 하늘이 보낸 메신저 또는 신이 인간에게 하사한 선물을 나르는 존재로 신격화했다. 하지만 내 머릿속에는 그들을 따라왔을 추종자들이나 최신 가구를 가득 실은 마차가 좀처럼 그려지지 않는다. 만에 하나 우리가 도덕적으로든 지적으로든 아랍인보다 뛰어나고 그만큼 우리의 가구가 더 복잡할 수밖에 없다고 주장한다면 어떻게 될까? 그야말로 얼토당토않은 주장이 아닐까? 오늘날 우리의 집들은 가구로 어지럽고 더럽혀져 있다. 현명한 주부라면 가구 대부분을 쓰레기 구덩이에 처넣음으로써 아침 일을 마칠 것이다. 아침 일! 아우로라[63]의 홍조 띤 얼굴과 멤논[64]의 음악과 더불어 사람이 이 세상에서 아침에 해

63) 로마 신화에 나오는 새벽의 여신으로 그리스 신화의 에오스에 해당한다.
64) 아우로라의 아들. 이집트에 있는 멤논 석상은 아침 햇살을 받으면 하프를 켜는 듯한 아름다운 소리를 냈다는 전설이 있다.

야 할 일이 무엇일까? 한때 내 책상에는 석회암 덩어리가 세 개 놓여 있었다. 당시 나는 내 머릿속의 가구들에 쌓인 먼지도 다 털어 내지 못했는데 돌덩어리의 먼지를 매일 털어야 한다는 사실을 알고 크게 당황했다. 급기야 그 돌덩어리에 정나미가 떨어졌고, 그래서 창밖으로 던져 버렸다. 이런 내가 어떻게 가구가 갖추어진 집을 소유하겠는가? 차라리 들판에 나가서 살고 싶다. 사람이 땅을 파헤치지 않는 한 풀잎에 먼지가 쌓일 일은 없다.

대중이 정신없이 좇는 유행을 만들어 퍼뜨리는 자는 사치와 방탕을 일삼는 자들이다. 소위 최고급 여관에 투숙한 여행자는 이 사실을 금방 알 수 있다. 여관 주인이 그 사람을 사르다나팔로스[65]라도 되는 듯 극진히 대접하기 때문이다. 이때 주인이 베푸는 호의에 몸을 맡기면 영혼까지 빼앗겨 버리기 십상이다. 내 생각에 기차의 객실은 안전과 편의성은 뒷전이고 사치스러운 치장에 돈을 더 많이 쓰는 경향이 있다. 객차가 마치 현대식 응접실로 탈바꿈한 것처럼 보인다. 침대 겸용의 긴 소파, 발걸이 의자, 햇빛 가리개, 동양식의 수많은 장식품까지 갖추었다. 서양으로 들여온 그런 물품들은 본래 하렘의 여인들이나 중국 왕조의 문약한 토박이들을 위해 만들어진 것들이라서 조너선[66]은 그 이름만 들어도 얼굴을 붉힐 게 뻔하다. 나라면 객차의 벨벳 방석에 여럿이 불편하게 앉아 있

---

65) 아시리아의 마지막 왕. 향락적이고 사치한 생활을 한 것으로 유명하다.
66) 19세기에 전형적인 미국인을 칭하던 이름. 전형적인 영국인을 가리키는 존 불에 해당한다.

느니 차라리 호박 하나를 독차지하고 걸터앉을 것이다. 그리고 호화로운 유람 열차를 타고 독한 공기를 마시면서 천국에 가는 대신 소달구지를 타고 신선한 공기를 마시며 땅 위를 돌아다닐 것이다.

원시 시대 벌거벗은 인간의 아주 단순한 삶은 적어도 자연 체류자로서 이런 이점을 시사한다. 그들은 음식과 수면으로 원기를 회복하면 다시금 새로운 여행을 준비할 수 있었다. 당시에는 세상을 천막 삼으면서 골짜기를 누비거나 평원을 가로지르거나 산꼭대기에 올랐다. 그런데 보라! 인간은 자신이 만든 도구의 도구가 되어 버렸다. 배고플 때 과일을 따 먹던 인간이 농부가 되었고, 나무 아래를 피신처로 삼던 인간이 집을 돌보게 되었다. 더 이상 우리는 밖에서 밤을 보내지 않지만 땅 위에 정착한 뒤로 하늘을 잊어버렸다. 우리는 다만 농경 문화의 개선된 방법으로서 기독교를 받아들였다. 그리고 현세를 위해 가족과 함께 사는 큰 집을 지었고, 내세를 위해 가족묘를 마련했다. 최고의 예술 작품은 현재의 조건에서 벗어나려는 인간의 몸부림을 표현한 것이다. 하지만 오늘날의 예술은 보잘것없는 현실에 안주하게 하고 더 높은 경지는 망각하게 하는 효과를 낳을 뿐이다. 설령 멋진 미술품이 우리에게 전해졌다고 해도 우리 마을에는 그것을 둘 만한 공간이 없다. 우리의 삶과 집과 거리가 그런 작품을 세울 받침돌 하나 내놓을 줄 모른다. 그림을 걸어 둘 못 하나 없고, 영웅이나 성인의 흉상을 올려놓을 선반 하나 없는 것이 우리 마을의 실정이다.

우리 집이 어떻게 지어지는지, 건축 대금이 어떻게 치러지고 또 치러지지 않는지, 집안 살림이 어떻게 관리되고 유지되는지를 생각하면 찾아온 손님이 벽난로 위 값싼 장식품을 감상하다 딛고 선 마룻장이 별안간 내려앉는 바람에 지하실의 단단하고 딱딱한 흙바닥에 벌러덩 나자빠지는 사태가 일어나지 않는 게 오히려 이상할 지경이다. 나로서는 그런 부유하고 세련된 생활이 차근차근 구축한 것이 아니라 단 한 번의 도약으로 얻어진 것이라는 생각을 떨쳐 버릴 수가 없다. 나는 그 같은 삶을 장식하는 미술품을 느긋하게 감상하지 못한다. 내 관심은 온통 도약에만 쏠려 있다. 인간이 순전히 근육의 힘만으로 도약한 최고의 기록은 어느 아랍 유목민이 세운 것으로 기억한다. 그는 평지에서 8미터 가까이 뛰어올랐다고 한다. 그 정도 높이에서는 인위적인 지지대가 없는 한 땅바닥에 떨어질 수밖에 없다. 만약 그렇지 않은 괴력의 소유자가 있다면 맨 먼저 이렇게 묻고 싶다. 누가 당신을 떠받치는가? 당신은 실패한 아흔일곱 명의 상인에 속하는가, 아니면 성공한 세 상인에 속하는가? 이 질문에 대답해 보라. 그러면 나는 당신의 자질구레한 물건들을 살펴보고 그것들이 장식품으로서 가치가 있는지 어떤지 판단할 것이다. 수레를 말 앞에 매면 볼썽사나울 뿐 아니라 실용적이지 않다. 집을 아름다운 물건으로 장식하려면 벽의 낡은 페인트부터 벗겨야 한다. 그런 식으로 우리 삶도 낡은 것들을 걷어 내고 아름다운 살림살이와 아름다운 생활로 토대를 마련해야 한다. 그런데 아름다움에 대한 안목은 집도 없고 살림꾼도 없는 야외에서 가장 잘

길러진다.

존슨[67]은 『기적을 일으키는 섭리』라는 책에서 자신과 같은 시기에 이 마을에 처음 정착한 사람들에 대해 말했다. "그들은 산기슭에 땅굴을 파고 들어가 그 위에 나무를 대고 흙을 덮어서 첫 번째 거처를 마련하고는 굴속 가장 높은 흙무더기에 연기 자욱하게 불을 피웠다." 존슨은 또 이렇게 말했다. "그들은 신의 축복으로 땅이 그들이 먹을 빵을 생산해 내기까지는 집을 짓지 않았다." 그리고 첫해 수확이 너무 적었기 때문에 "기나긴 계절에 대비하여 빵을 아주 얇게 썰어서 조금씩 먹을 수밖에 없었다." 뉴네덜란드[68]의 지방 장관은 이곳에 정착하려는 사람들에게 정보를 제공하려고 1650년 네덜란드어로 다음과 같은 상세한 자료를 발표했다. "뉴네덜란드, 특히 뉴잉글랜드에 정착하려는 사람들은 원하는 대로 농가를 단번에 지을 수단이 없었다. 그래서 지하실을 만들 듯 넓이는 적당하다고 생각되는 정도로 하고 깊이는 2미터쯤 되게 굴을 파서는 안쪽 벽에 빙 둘러 목재를 댄 뒤 흙이 쏟아져 들어오지 않도록 나무껍질 같은 것으로 틈을 메웠다. 바닥에는 널빤지를 깔고 천장에는 나무판자를 대었으며, 그 위에 두꺼운 나무로 된 지붕을 올린 뒤 나무껍질이나 잔디로 덮었다. 그런 집에서 온 가족이 함께 이 년, 삼 년, 또는 사 년 동안 습기를 걱정하지

---

67) 에드워드 존슨(Edward Johnson, 1598~1672). 매사추세츠 식민지의 지도자.

68) 17세기에 네덜란드 식민지였던 오늘날의 뉴욕주를 말한다. 1664년 영국 식민지가 되면서 이름이 뉴욕으로 바뀌었다.

않고 따뜻하게 살았는데 가족 수에 따라 내부를 칸막이로 나누는 것이 예사였다. 식민지 초기에는 뉴잉글랜드의 부유한 지도층 인사들도 이런 식으로 최초의 거처를 마련했다. 그 이유는 두 가지였다. 첫째는 다음 추수 때까지 식량이 모자라는 일이 없도록 집을 짓는 데 시간을 낭비하지 않기 위해서였다. 둘째는 고국에서 데려온 수많은 가난한 노동자의 용기를 꺾지 않기 위해서였다. 삼사 년이 지나서 그 지역의 농사가 제법 틀을 갖추면 그들은 그제야 비로소 수천 달러의 큰돈을 들여 근사한 집을 지었다."[69]

우리는 선조들이 밟은 이런 과정에서 신중한 삶의 태도를 엿볼 수 있다. 그들의 행동 양식에는 가장 시급한 욕구부터 먼저 해결해야 한다는 원칙이 있었던 듯하다. 그렇다면 오늘날은 가장 시급한 욕구부터 해결하고 있는가? 나는 호화로운 현대식 주택을 한 채 장만할까 생각하다가도 이내 단념하곤 한다. 이 나라가 아직은 인간을 경작하는 데 적합하지 않고 조상들이 밀가루 빵을 얇게 썰었던 것 이상으로 우리는 정신적 빵을 얇게 썰지 않으면 안 되는 처지에 있다고 보기 때문이다. 가장 미개한 시대라 해도 모든 건축 장식을 무시할 필요는 없다. 단지 우리가 사는 집의 겉만 장식하지 말고 조개껍데기의 안쪽처럼 우리 삶과 맞닿은 부분을 아름답게 꾸밀 필요는 있다. 그러나 아아! 나는 한두 집을 들어가 보았고, 그 내부가

69) 의사이자 저널리스트 에드먼드 베일리 오캘러헌(Edmund Bailey O'Callaghan, 1797~1880)의 『기록으로 본 뉴욕주 역사』(1850)의 한 구절.

어떻게 꾸며져 있는지 훤히 안다.

오늘날 우리는 체질이 그렇게 퇴화한 게 아니라서 여전히 동굴이나 원형 천막에서 살고 짐승의 가죽을 입을 수 있다. 다만 값비싼 대가를 치르더라도 인류의 근면성과 발명이 낳은 이런저런 편의는 받아들이는 편이 확실히 낫다. 사실 우리 마을 같은 곳에서는 판자와 지붕널, 석회와 벽돌 등이 살기에 적합한 동굴이나 반듯한 통나무, 충분한 양의 나무껍질, 제대로 반죽한 진흙, 평평한 석재보다 값이 훨씬 싼 데다 구하기 쉽다. 내가 이런 일에 대해 자신 있게 말하는 것은 이론적으로나 실질적인 면에서 그만큼 잘 알기 때문이다. 우리가 지혜를 조금 더 발휘하여 이런 재료들을 잘 활용하면 최고의 부자들보다 더 부유하게 살고, 우리의 문명을 축복으로 바꿀 수 있을 것이다. 사실 문명인이란 단지 좀 더 경험이 많고 좀 더 현명해진 미개인일 뿐이다. 자, 서둘러 내 실험으로 넘어가 보자.

1845년 3월 말쯤 나는 도끼 한 자루를 빌려 내가 집을 지으려는 곳에서 가장 가까운 월든 호수 옆 숲으로 들어가 재목감으로 곧게 뻗은 백송을 몇 그루 베어 쓰러뜨렸다. 무슨 일이든 남에게 아무것도 빌리지 않고 시작하기란 어려운데 무언가를 빌림으로써 이웃이 당신의 일에 관심을 기울일 기회를 주는 것이 어쩌면 가장 너그러운 행위일 수 있다. 도끼의 주인은 내게 도끼를 건네면서 자기 눈동자처럼 아끼는 물건이라고 말했다. 나는 도끼를 빌려 올 때보다 더 날카롭게 날을 갈아서 돌려주었다. 내가 작업한 곳은 소나무가 우거진 쾌적한 언덕이었다. 나무들 사이로 호수가 보였고, 소나무와 히커리나무가 무성한 숲속에 자그마한 공터가 있었다. 호수에는 얼음이 아직 녹지 않았지만 군데군데 녹은 자리가 보이고, 온통 거무스레한 빛을 띠는 데다 물기를 머금고 있었다. 낮에 그곳에서 작업을 하노라면 이따금 눈발이 흩날렸다. 그러나 대개는 집에 돌아가려고 철길로 나오면 끝없이 펼쳐진 모래밭이 아지랑이 속에서 반짝거렸고, 철도가 봄의 햇살을 받아 눈부시게 빛났다. 그 무렵 우리와 함께 새해를 시작하려고 일찌감치 날아온 종달새와 딱새 같은 새들이 지저귀는 소리를 들을 수 있었다. 그야말로 상쾌한 봄날의 연속이었다. 따사로운 햇볕에 얼었던 땅만 아니라 인간이 느끼는 불만의 겨울[70]도 녹아내렸고, 겨울잠을 자던 온갖 생명이 기지개를 켰다. 어느 날인가는 도낏자루가 빠져 버렸다. 그때 나는 히커리나무의 생가지를 잘라 돌로 때려서 쐐기를 박고는 자루가 다시 빠지지 않도록 물에 불리려고 호수의 얼음 구멍에 도끼를 송두리째 담갔다. 그 순간 줄무늬 뱀 한 마리가 물속으로 황급히 들어갔다. 뱀은 내가 그곳에 머무는 동안, 그러니까 십오 분 넘게 호수 바닥에 가만히 있었는데 조금도 불편하지 않은 듯했다. 아마도 동면에서 완전히 깨어나지 못했기 때문이었을 것이다. 어쩌면 우리 인간도 그와 비슷한 이유로 현재의 저급하고 원시적인 상

70) 셰익스피어의 『리처드 3세』 첫 행 "지금은 우리가 겪는 불만의 겨울이다."를 빗댄 표현.

태에서 깨어나지 못하는 것은 아닐까 하는 생각이 들었다. 그러나 완연한 봄기운이 깨우는 걸 느끼면 우리는 반드시 지금보다 더 높고 영묘한 삶을 향해 비상할 것이다. 서리가 하얗게 내려앉은 어느 날 아침 길을 걷다가 뱀들이 추위에 몸이 굳어서 움직이지 못하고 햇볕이 녹여 주기만을 기다리는 모습을 보았다. 4월 1일에 비가 내리면서 호수의 얼음이 녹았다. 그날 아침은 안개가 자욱했고, 일행을 놓친 기러기 한 마리가 길을 잃은 듯 혹은 안개의 정령이라도 되는 듯 호수 부근에서 끼룩끼룩 우는 소리가 들렸다.

나는 며칠 동안 나무를 베고 깎고, 또 기둥과 서까래를 만들었다. 모든 것을 내 자그마한 도끼 한 자루를 가지고 해냈다. 작업을 하면서 사람들과 많은 말을 나누거나 학자 같은 생각은 하지 않고 혼자서 노래를 불렀다.

> 사람들은 많은 것을 안다고 말한다.
> 하지만 보라! 모든 것이 날개를 펴고 날아갔다.
> 예술 작품도, 과학의 지식도,
> 수많은 생활용품도.
> 바람이 분다.
> 우리가 아는 것은 이뿐이다.[71]

나는 주 목재들을 사방 15센티미터 정도 되게 깎았다. 샛기

---

71) 소로의 자작시.

둥으로 쓸 나무들은 대부분 양면만 다듬었고, 서까래와 바닥에 깔 널빤지는 한쪽만 다듬고 다른 쪽은 나무껍질을 남겨 두었다. 그래서 톱으로 켠 목재보다 더 곧고 튼튼했다. 이때 다른 연장도 빌려 놓은 덕에 목재 밑부분에 장붓구멍을 뚫고 장부촉을 깎아서 끼울 수 있었다. 내가 숲에서 일한 시간은 그다지 길지 않았다. 하지만 거의 언제나 버터 바른 빵을 점심으로 싸 갔고, 정오에는 베어 낸 소나무 가지 사이에 앉아 빵을 쌌던 신문지를 펼쳐서 읽었다. 손에 송진이 잔뜩 묻어 빵에서도 소나무 향이 은은하게 풍겼다. 집을 다 짓기 전에 나는 소나무의 적이 아니라 친구가 되었다. 소나무를 몇 그루 베기는 했어도 그러는 동안에 소나무를 잘 알게 되었다. 이따금 숲을 산책하던 사람이 내 도끼질 소리에 이끌려 찾아오기도 했는데, 그럴 때면 잘라 놓은 나무토막 위에 앉아서 우리는 즐겁게 이야기를 나누었다.

서두르지 않고 정성을 들여 작업한 덕인지 4월 중순이 되자 집의 뼈대를 세울 준비가 갖추어졌다. 나는 판자를 얻기 위해 피치버그 철도[72] 공사장에서 일하는 제임스 콜린스라는 아일랜드인의 판잣집을 일찌감치 사 놓았다. 그의 판잣집이 꽤 쓸 만하다는 말을 소문으로 들었기 때문이다. 내가 판잣집을 보러 갔을 때 콜린스 씨는 집에 없었다. 나는 조용히 집 주위를 둘러보았다. 창문이 높은 데다 깊이 들어가 있어서인지 처음에는 집 안의 누구도 나를 알아보지 못했다. 지붕이 뾰

72) 보스턴에서 콩코드를 경유하여 공업 도시 피치버그까지 이어진 철도.

족한 자그마한 오두막은 이렇다 하게 눈에 띄는 구석이 없었다. 집 주위에 퇴비 더미처럼 흙을 1.5미터 높이로 빙 둘러 쌓아 놓았다. 지붕은 햇볕에 말라비틀어져 허술해 보였지만 그나마 가장 성한 부분이었다. 문지방은 아예 없고 문 대신 달아 놓은 널빤지 밑으로 닭들이 계속 들락날락했다. 이윽고 콜린스 부인이 문을 열더니 안으로 들어와서 살펴보라고 말했다. 내가 문으로 다가가자 닭들이 쫓기듯 안으로 들어갔다. 집 안은 어두웠고, 대부분 흙바닥이었다. 우중충한 데다 눅눅해서 오한이 들지 않을까 걱정되었다. 여기저기 붙어 있는 널빤지를 걷어 내면 집이 와르르 무너져 내릴 것만 같았다. 부인은 등잔불을 밝혀 지붕과 벽의 안쪽을 보여 주었다. 또 널빤지가 깔린 침대 밑도 보여 주었지만 지하실에는 발을 들여놓지 말라고 말했다. 언뜻 보기에 지하실은 60센티미터 정도 깊이의 흙구덩이 같았다. 콜린스 부인의 말대로 "천장과 벽을 두른 판자, 그리고 창문 하나는 꽤 쓸 만해" 보였다. 정사각형 판유리 두 장을 끼운 창문은 최근에 고양이만 들락거린다고 했다. 그 밖에 난로 하나, 침대 하나, 의자 하나, 그 집에서 태어난 아기 하나, 비단 양산 하나, 테두리에 금박을 두른 거울 하나, 어린 떡갈나무에 못으로 고정한 최신형 커피 가는 기계가 다였다.

방을 둘러보는 사이 집주인 콜린스 씨가 돌아왔다. 우리는 곧 매매 계약을 했다. 그날 밤 내가 4달러 25센트를 지불하면 그사이 아무에게도 팔지 않고 이튿날 아침 5시에 집을 비우는 조건이었다. 결국 집은 아침 6시에 내 소유가 될 것이다. 콜린스 씨는 내게 아침 일찍 오는 편이 좋을 거라고 말했다. 땅

값과 연료비에 대해 애매하면서도 부당하기 짝이 없는 청구권을 주장하는 사람이 있다는 것이었다. 그것이 유일한 골칫거리라고 했다. 아침 6시에 길에서 그와 그의 가족을 만났다. 짐이라고는 커다란 꾸러미 하나뿐이었는데, 그 안에는 침대와 커피 기계와 거울과 닭들로, 말하자면 고양이를 빼고 그것들이 그의 전 재산인 셈이었다. 고양이는 숲으로 달아나 들고양이가 되었다고 했다. 그런데 나중에 알게 된 사실이지만 고양이는 우드척을 잡으려고 설치한 덫에 걸려서 죽었다.

나는 그날 아침 집을 헐고는 못을 뽑아낸 판자들을 손수레를 이용해 몇 차례에 걸쳐 호숫가로 옮겨서 풀밭에 늘어놓았다. 햇볕에 말려 소독하고 뒤틀린 부분을 똑바로 펴기 위해서였다. 내가 손수레를 끌고 숲길을 오갈 때면 아침 일찍 일어난 개똥지빠귀 한 마리가 노래를 불러 주었다. 그런데 어느 날 패트릭이라는 꼬마가 내게 일러 주기를 내가 호숫가로 판자를 나르는 틈틈이 이웃에 사는 실리라는 아일랜드 남자가 아직은 쓸 만한 못 몇 개를 비롯하여 꺾쇠와 대못을 자기 주머니에 슬쩍슬쩍 집어넣었다는 것이다. 한번은 그 남자가 헐린 집터를 무심히 바라보다가 아무렇지 않은 표정으로 내게 인사를 건넸다. 그러고는 딱히 할 일이 없어서 구경 삼아 왔다고 말했다. 구경꾼으로 왔든 어떻든 그는 그 시시껄렁한 일이 마치 트로이의 신상을 옮기는 일[73]이라도 되는 양 무척 진지하게 굴었다.

73) 트로이 전쟁 때 그리스가 오디세우스를 통해 트로이 성안에 있는 아테네 여신상을 훔친 일을 가리킨다.

나는 남쪽으로 비탈진 언덕 기슭에 지하 저장실을 마련했다. 원래 우드척 한 마리가 굴을 파 놓은 자리였다. 옻나무와 블랙베리의 뿌리를 헤치고 대략 사방 180센티미터 너비에 210센티미터 깊이로 고운 모래가 나올 때까지, 그러니까 더 이상 풀과 나무뿌리가 보이지 않는 깊이까지 파 내려갔다. 그 안에서는 한겨울에도 감자가 얼 일은 없을 것이다. 벽면은 돌을 쌓지 않고 완만하게 경사진 대로 두었다. 하지만 햇볕이 전혀 닿지 않아서 벽면이 원형 그대로 유지되었다. 저장실을 만들기까지 두 시간쯤 걸렸는데 땅을 파는 일이 무척 즐거웠다. 어느 위도에서든 땅을 파고 들어가면 일정한 온도를 얻을 수 있다. 도시의 호화로운 주택에도 지하 저장실이 있고, 사람들은 그곳에 옛날처럼 뿌리채소를 저장한다. 지상의 건축물이 사라지고 나서 오랜 세월이 흘러도 우리 후손들은 땅속에서 이런 지하실의 흔적을 발견하게 될 것이다. 그러고 보면 집이란 굴로 들어가는 입구에 세운 현관 같은 것인지도 모른다.

5월 초순에 이르러 나는 몇몇 지인의 도움을 받아 마침내 골조를 세웠다. 딱히 도움이 필요해서라기보다 이웃과 친목을 다지는 기회가 될 듯싶었다. 들보를 올린 이들의 자질을 고려할 때 나만큼 영광을 누린 사람은 없으리라. 그들이 언젠가 훨씬 웅장한 건축물을 세우는 것을 돕게 될 운명이라고 나는 믿는다. 7월 4일 벽에 판자를 붙이고 지붕을 올리자마자 나는 집에 들어앉았다. 판자의 가장자리를 얇게 깎아 겹쳐서 붙인 덕에 비가 내려도 물이 전혀 스며들지 않았다. 판자를 붙이기 전에 호숫가에서 두 수레 분량의 돌을 주워 언덕 위로 나른 뒤 집의 한쪽 모퉁이에다 굴뚝의 토대를 쌓았다. 그러고는 가을에 뿌리채소를 수확하고 나서 굴뚝을 세웠는데 아직 난방을 위한 불이 필요하기 전이라 며칠 동안은 아침 일찍 밖에서 밥을 지었다. 어떤 면에서는 그게 더 간편하고 기분 좋은 취사 방법이란 생각이 든다. 빵이 다 구워지기 전에 비바람이 불 때면 판자 몇 장을 불 가까이에 세워 놓고 그 아래 앉아 빵이 구워지는 과정을 지켜보며 즐거운 시간을 보냈다. 당시는 이런저런 일로 너무 바빠서 책을 거의 읽지 못했다. 하지만 물건을 쌌던 것이든 식탁보로 썼던 것이든 땅에 아무렇게나 펼쳐진 신문지 조각은 책을 읽는 것만큼이나 큰 즐거움을 주었고, 사실상 『일리아스』[74] 못지않은 역할을 했다.

집을 지을 때는 내 경우보다 훨씬 용의주도하게 생각하고 짓는 편이 나을 것이다. 이를테면 출입문과 창문, 지하실과 다락방이 인간 본성의 어느 면에 바탕을 두었는지 고려하면서 집을 지으면 어떨까 싶다. 또 일시적인 필요보다 더 타당한 이유를 찾아낸 뒤에야 땅 위에 건물을 올리는 게 좋지 않을까 싶기도 하다. 사람이 집을 지을 때는 새가 둥지를 틀 때와 마찬가지로 합당한 목적이 있어야 한다. 사람이 자기 손으로 직접 집을 짓고 소박하면서 정직한 노동으로 가족을 먹여 살린다면 새끼들에게 먹이를 먹이면서 노래하는 새처럼 시적인 재능이 개발될지 누가 알겠는가? 그런데 이런! 우리는 다른 새의 둥지에 알을

74) 고대 그리스의 시인 호메로스가 쓴 서사시.

낳고 시끄럽게 지저귀어 길을 지나는 나그네에게 불쾌감을 주는 찌르레기나 뻐꾸기처럼 행동한다. 집을 짓는 즐거움을 무조건 목수에게 양보해야 할까? 일반 대중의 경험에서 건축이 차지하는 비중은 어느 정도일까? 나는 그동안 여러 곳을 돌아다녔지만 자신이 살 집을 자기 손으로 짓는 것처럼 아주 단순하면서도 자연스러운 일을 열심히 하는 사람을 만난 적이 없다. 우리는 공동체의 일원이다. 재봉사만 아홉 명이 한 사람 구실을 하는 게 아니다.[75] 목사와 상인, 농부도 마찬가지다. 이 노동 분업은 어디서 끝나는 것일까? 그리고 분업을 통해 이루려는 목표는 무엇일까? 누군가 나를 대신하여 생각하고 있을지도 모른다. 하지만 그런 이유로 내가 스스로 생각하기를 멈추고 다른 사람이 대신 하도록 두는 것은 바람직하지 않다.

사실 이 나라에는 소위 건축가라는 사람들이 있고, 신의 계시라도 되는 듯 건축 의장을 진리의 핵심이나 불가피한 요소로 여긴 나머지 거기에 반드시 아름다움이 있어야 한다는 생각에 사로잡힌 건축가[76]가 있다는 이야기도 들었다. 그의 관점에서 보면 모든 건축 의장이 훌륭하겠지만 단지 흔해 빠진 향락적 예술 취미에 지나지 않는다. 건축 분야의 감상적 개혁자인 그는 건축의 기초에서 시작하지 않고 처마돌림띠부터 시작했다. 그런 식으로 건축 장식에 진리의 핵심을 집어넣

---

75) "재봉사는 아홉 사람이 한 사람 구실을 한다.(Nine tailors make a man.)"라는 17세기 영국 속담이 있다.

76) 당시에 실용적인 건축 의장을 제창한 미국의 조각가이자 작가 호레이쇼 그리노(Horatio Greenough, 1805~1852)를 말한다.

으려는 것은 모든 알사탕에 아몬드나 캐러웨이 열매를 넣으려는 행위와 같다. 아몬드는 설탕 없이 먹는 게 건강에 좋은데 말이다. 아무튼 거주자, 즉 집에서 살 사람이 직접 안과 밖을 만들고 장식 문제는 저절로 해결되도록 하는 방식과는 사뭇 다르다. 합리적인 사람이라면 장식은 단순히 외적인 것으로 껍데기에 불과하다고 생각하지 않을까 싶다. 브로드웨이 주민들은 트리니티 교회[77]를 지을 때 건축업자에게 하청을 주었다. 그렇다면 거북이가 점박이 무늬 등딱지를 지니게 된 것이라든지 조개가 진주처럼 영롱한 빛을 띠게 된 것도 하청 계약을 맺어서일까? 거북과 등딱지가 아무런 관련이 없듯 인간도 사는 집의 건축 양식과 실질적인 관련이 없다. 아무리 한가해도 병사가 자신의 용기를 보여 주는 색깔을 깃발에 칠할 필요는 없다. 적이 알아차릴 게 뻔하다. 위험이 닥치면 병사는 하얗게 질릴 것이다. 내 생각에 앞의 건축가는 처마돌림띠 위로 몸을 굽히고 자기보다 세련되지 못한 거주자들에게 어설픈 진실을 속삭이지만, 그것이 온전한 진실이 아님을 거주자들이 더 잘 아는 듯싶다. 지금 내 눈에 들어오는 건축의 아름다움은 참된 의미에서 최고의 건축가랄 수 있는 거주자의 필요성과 성격, 즉 겉모습은 전혀 고려하지 않은 채 무의식적인 진실성과 품위를 바탕으로 내부에서 외부로 서서히 성장한 것이다. 이 같은 아름다움이 다시 우리 앞에 숙명적으로 나타난다

77) 뉴욕 브로드웨이에 지은 고딕 양식의 성공회 교회를 말한다. 화재로 심하게 훼손되었으나 1846년에 재건축되었다.

면 무의식적인 아름다운 삶이 선행된 다음에나 가능하리라. 화가라면 잘 알겠지만 이 나라에서 가장 흥미로운 주택은 대부분 가난한 사람들의 꾸밈없고 소박한 통나무집과 오두막집이다. 이런 집들이 한 폭의 그림처럼 보이는 것은 외관상의 특징이 아니라 집이라는 껍데기 안에서 생활하는 거주자의 삶 때문이다. 변두리 주민들의 성냥갑 같은 집들도 그들이 소박하지만 상상력을 북돋는 삶을 살고 건축 양식의 효과를 내기 위해 집을 억지로 꾸미지 않을 때 오히려 우리의 관심을 끌게 될 것이다. 건축 장식은 대부분 공허함 그 자체다. 그래서 9월에 강풍이 불기라도 하면 빌려다 꽂은 깃털처럼 몸에 상처 하나 남기지 않고 몽땅 날아가 버린다. 지하실에 올리브나 와인을 저장하지 않은 사람은 '건축' 없이도 얼마든지 살아갈 수 있다. 문학에서 문체의 장식과 관련하여 똑같은 소동이 벌어진다면, 그러니까 교회를 짓는 건축가들이 처마돌림띠에 신경 쓰듯 고전이 될 책을 쓰는 작가들이 글을 아름답게 꾸미는 데 시간을 보낸다면 어떻게 될까? 오늘날의 순수 문학과 순수 미술, 이런 것을 가르치는 교수들도 그런 이유에서 탄생하기는 했다. 요즘 사람들은 기둥 몇 개를 머리 위나 발아래로 어떻게 비스듬히 세울지, 상자 같은 집에 어떤 색을 칠할지에 지대한 관심을 기울인다. 물론 거주자 자신이 열성적으로 기둥을 세우거나 직접 집을 칠했다면 그나마 의미가 있다. 하지만 거주자의 혼이 이미 빠져나간 탓에 그런 행위는 제 관을 짜는 일, 즉 무덤 만들기나 마찬가지다. 그럴 때 목수는 단지 '관을 짜는 사람'을 달리 표현한 말일 뿐이다. 삶에 절망하거나 관심을 잃은 탓인지 발밑의 흙 한 줌을 집어서 그것으로 집을 칠하라고 말하는 사람도 있다. 그 사람은 자기가 마지막 누울 비좁은 집을 생각할지 모르지만 그런 일은 차라리 동전을 던져서 결정하는 게 낫지 않을까? 참으로 한가한 사람이라는 생각이 든다. 흙 한 줌을 집어서 도대체 어떻게 하겠다는 것인가? 차라리 집을 얼굴색으로 칠하는 게 낫지 않을까 싶다. 집이 주인을 대신하여 창백해지거나 홍조를 띠게 말이다. 오두막의 건축 양식을 개량할 생각이라니! 누군가 내게 맞는 장식을 마련해 준다면 내가 직접 장식해 볼 것이다.

겨울이 오기 전에 나는 굴뚝을 세웠다. 그리고 빗물이 샐 염려는 없지만, 사방 외벽에 널빤지를 댔다. 그런데 이 널빤지는 통나무를 처음 켤 때 나온 생나무 조각이라서 몹시 거친 데다 수액까지 흘러 모서리를 대패로 반듯하게 다듬어야 했다.

그렇게 나는 널빤지를 촘촘히 대고 석회를 바른 집을 한 채 지니게 되었다. 길이 4.6미터, 너비 3미터, 기둥 높이 2.4미터인 집에는 다락방과 벽장이 있었다. 양편에 커다란 창문이 하나씩 있고, 뚜껑문이 두 개, 한쪽 끝에 출입문, 그 맞은편에 벽난로를 마련했다. 집을 짓는 데 든 정확한 비용은 아래와 같다. 다만 인부를 고용하지 않고 모든 일을 혼자서 했으므로 노임은 계산하지 않았고 사용한 자재에 대해서는 통상적인 시세를 적용했다. 내가 여기서 그 내역을 자세히 밝히는 이유는 자기 집의 건축 비용이 얼마인지 정확히 말할 수 있는 사람이 거의 없을 뿐 아니라 설령 있더라도 갖가지 자재들의 개별적인 비용까지 아는 이는 찾아보기 힘들기 때문이다.

판자	8달러 3.5센트
	(대부분 판잣집에서 나온 것임)
지붕과 벽에 쓴 헌 널빤지	4달러
욋가지	1달러 25센트
유리가 있는 중고 창문틀 2개	2달러 43센트
헌 벽돌 1000장	4달러
석회 두 통	2달러 40센트(비싼 편임)
털[78]	31센트(필요 이상의 분량임)
철제 벽난로 가로장	15센트
못	3달러 90센트
경첩과 나사	14센트
빗장	10센트
분필	1센트
운송비	1달러 40센트
	(대부분 내가 등에 지고 운반함)
------------------------	------------------------
합계	28달러 12.5센트

이것이 내가 집을 지을 때 사용한 재료들이다. 내가 점유자의 권리에 기대어 집 주위에서 주워다 쓴 목재와 돌, 모래 등은 제외했다. 집 바로 옆에 자그마한 헛간도 마련했는데 집을

78) 회반죽의 강도를 높이기 위해 석회에 섞는 털을 말한다. 말 털을 주로 사용했다.

짓고 남은 자재로 지었다.

나는 콩코드의 중심가에 있는 어느 집보다 웅장하고 화려한 집을 지을 생각이다. 물론 지금의 집만큼 마음에 들되 비용은 더 많이 들지 않도록 지어야 할 것이다.

이렇게 해서 나는 집을 원하는 학생이 연간 내는 집세보다 크지 않은 비용으로 평생 살 집을 장만할 수 있다는 사실을 알게 되었다. 내가 주제넘게 호언장담한다고 생각하는 사람이 있다면 나 자신이 아니라 인류 전체를 위해 큰소리치는 거라고 둘러대고 싶다. 허점과 모순이 있을지라도 내 말에 담긴 진실은 달라지지 않는다. 내가 이따금 빈말을 하고 위선적으로 행동하는 탓에 나 자신부터 매우 유감스럽게 생각하지만 이 문제에서는 자유롭게 숨 쉬며 마음껏 기지개를 켜고 싶다. 그래야 정신적으로나 육체적으로 편안할 테니까. 나는 겸손을 빙자한 악마의 대변인 노릇 따위는 절대로 하지 않겠다고 맹세한다. 나는 언제나 진실의 대변인이 되려고 애쓸 것이다. 케임브리지 대학교[79]에서는 내 방보다 약간 넓은 방을 일 년에 30달러의 방세를 받고 학생들에게 빌려준다. 학교 법인은 한 지붕 밑에 서른두 개의 방을 나란히 만들어 이득을 챙기는데 학생들은 숫자도 많지만 시끄러운 옆방 학생들 때문에 불편을 감수해야 한다. 경우에 따라서는 4층 방에 배정되는 불이익을 당한다. 우리가 이런 여러 면을 살펴보고 좀 더 현명하게 대처

79) 매사추세츠주 케임브리지의 하버드 대학교를 말한다. 소로는 1837년에 이 대학교를 졸업했다.

한다면 이미 많은 것을 배웠기 때문에 그만큼 교육을 더 받을 필요도 없을 뿐 아니라 교육비를 대폭 절감할 수 있다고 생각한다. 케임브리지나 그 밖의 다른 대학교에서 학생들에게 필요한 편의 시설을 학생과 학교 당국이 적절하게 관리한다면 현재 학생들이나 다른 누군가가 치르는 희생의 비용을 10분의 1로 줄일 수 있을 것이다. 학생들이 원하는 항목이라 하여 반드시 돈이 많이 드는 건 아니다. 예컨대 수업료는 학비에서 큰 몫을 차지하지만 학생이 교양 있는 또래 사람들과 어울리면서 얻는 훨씬 값진 교육에는 수업료 같은 돈이 들지 않는다. 대학을 설립할 때는 보통 얼마씩 기부금을 모은 뒤 분업 원칙을 맹목적으로 따르는 방식을 취한다. 이때 분업 원칙은 신중하고 용의주도하게 적용해야 하는데 대학 설립을 돈벌이의 기회로 삼으려는 건축업자를 불러들이는 경우가 많다. 그 같은 건축업자들은 아일랜드 출신 노동자들을 고용하여 기초를 다진다. 그동안 예비 대학생들에게 대학에 들어올 준비를 하라는 안내문이 날아든다. 결국 이런 실책의 대가는 후세 사람들이 고스란히 치르게 되어 있다. 나는 차라리 학생들, 혹은 대학의 혜택을 받으려는 사람들이 직접 나서서 기초를 다지는 편이 낫다고 생각한다. 사람은 육체노동을 할 줄 알아야 한다. 젊은 학생이 교묘한 방법으로 육체노동을 피하고 그로써 여가를 즐기며 만년의 은퇴 생활로 들어선다면 그 삶은 수치스럽고 무가치할 뿐 아니라 여가를 가치 있게 만드는 유일한 수단인 경험을 스스로 제거한 꼴이 된다. 어쩌면 이렇게 반박하는 사람도 있을 것이다. "그럼 학생더러 머리로 일하지 말고 손으로 일하라는 겁니까?" 정확히 말하면 결코 그런 뜻이 아니다. 하지만 그와 비슷한 뜻으로 해석할 여지는 있다. 내 말은 공동체가 많은 비용을 들여 지원하는 동안 학생들은 인생을 즐기기만 한다거나 공부만 하지 말고 처음부터 끝까지 진지하게 살라는 뜻이다. 젊은이들이 인생을 실험해 보지 않고 어떻게 더 효과적으로 사는 법을 터득하겠는가? 그런 실험은 수학 못지않게 젊은이들의 지성을 단련할 거라고 생각한다. 어느 아이에게 예술과 과학에 대해 가르치고 싶다면 나는 그 아이를 어떤 교수가 있는 곳에 보내는 식의 흔해 빠진 방법을 쓰지 않을 것이다. 그런 곳에서는 무언가에 대한 강의를 하고 실습도 하겠지만 살아가는 데 필요한 기술에 대해서는 가르치지 않는다. 망원경과 현미경으로 세상을 관찰하는 법은 가르칠지언정 육안으로 세상을 보는 법은 가르쳐 주지 않는다. 따라서 화학을 공부하지만 빵이 어떻게 구워지는지 배우지 못하고, 기계학은 배워도 빵을 얻는 방법은 배우지 못한다. 해왕성의 새로운 위성은 발견할 줄 알면서 제 눈에 든 티끌은 보지 못하며, 자신이 지금 어떤 악당의 추종자 노릇을 하는지도 깨닫지 못한다. 또 식초 한 방울 속에 들어 있는 괴물들은 살피면서 주변에 들끓는 괴물들에게 자신이 잡아먹히고 있는 줄은 모른다. 여기에 관련 서적을 탐독하면서 자신이 직접 광석을 채굴하고 그것을 녹여 잭나이프를 만든 학생과 기술 강좌를 통해 야금학을 배우고 아버지에게서 로저스 주머니칼[80]을

80) 영국의 칼 제조 회사인 조지프 로저스의 주머니칼을 말한다.

선물로 받은 학생이 있다고 하자. 한 달이 지난 다음에 어느 학생이 더 발전해 있을까? 둘 중 누가 손가락을 더 잘 베일까? 나는 대학교를 졸업할 무렵에야 내가 항해학을 공부한 사실을 알고 깜짝 놀랐다. 내가 한 번이라도 항구 밖으로 배를 몰고 나갔다면 항해에 대해 훨씬 많이 알았으리라. 미국의 대학교에서는 가난한 학생도 정치경제학을 배우고 공부할지언정 철학과 동의어인 생활경제학은 진지하게 다루지 않는다. 그 결과 애덤 스미스와 리카도와 세[81]를 읽는 동안 학생은 자기 아버지를 헤어날 수 없는 빚구덩이에 빠뜨리고 만다.

우리 대학들처럼 수많은 종류의 '현대적 개선'도 똑같은 상황이다. 여기에는 모종의 환상이 개입되어 있다. 개선이라고는 하지만 언제나 긍정적인 발전만 있는 것이 아니라는 이야기다. 악마는 개선을 위해 초기에 투자한 몫은 물론이고 그 뒤 계속해서 투자한 몫에 대해 최후까지 가혹하게 이자를 받아 낸다. 발명품은 대부분 진지한 일에서 우리의 관심을 돌리도록 하는 예쁘장한 장난감인 경우가 많다. 철도가 보스턴이나 뉴욕으로 이어지듯 그것은 개선되지 않은 목적을 달성하기 위한 개선된 수단에 지나지 않는다. 우리는 메인주에서 텍사스주까지 전신망을 구축하기 위해 몹시 서두른다. 하지만 메인주와 텍사스주는 통신을 할 만큼 중요한 일이 없을 수도 있다. 귀가 먼 어느 저명한 부인을 간절히 만나고 싶어 하던

81) 애덤 스미스(Adam Smith, 1723~1790)와 데이비드 리카도(David Ricardo, 1772~1823)는 둘 다 영국의 경제학자이고, 장 바티스트 세(Jean Baptiste Say, 1767~1832)는 프랑스의 경제학자다.

남자가 막상 부인의 나팔형 보청기 한쪽을 손에 쥐자 말문이 막혔듯이 말이다. 전신의 주된 목적은 메시지를 빨리 전달하는 것이지 분명하게 전달하는 것이 아닌 듯하다. 우리는 대서양 해저에 케이블을 설치하여 구세계[82]의 소식을 몇 주 앞당겨 신세계[83]로 가져오기를 갈망한다. 하지만 케이블을 통해 미국인의 팔랑거리는 큰 귀에 전해질 첫 번째 소식은 기껏해야 애들레이드 공주[84]가 백일해에 걸렸다는 것 정도가 아닐까 싶다. 일 분에 1.6킬로미터를 달리는 말을 타야만 가장 중요한 소식을 전하는 것은 아니다. 그는 복음 전도사도 메뚜기와 석청[85]을 먹고 다니는 예언자도 아니다. 솔직히 '플라잉 차일더스'[86]가 방앗간에 옥수수 한 자루라도 나른 적이 있는지 의심스럽다.

내게 이렇게 말하는 사람이 있다. "여행을 좋아한다면서 저축을 하지 않는다니 놀랍네요. 마음만 먹으면 오늘이라도 당장 기차를 타고 피치버그로 가서 구경할 수 있을 텐데 말예요." 나는 그런 사실을 모를 만큼 어리석지 않다. 하지만 내 경험에 비추어 보건대 걷는 것만큼 빠른 여행은 없다. 나는 그렇

---

82) 아메리카 대륙이 널리 알려지기 이전부터 사람들이 알고 있던 유럽, 아프리카, 아시아 세 대륙을 이르는 말.

83) 아메리카 대륙을 가리킨다.

84) 빅토리아 애들레이드 메리 루이자(Victoria Adelaide Mary Louisa, 1840~1901). 영국 빅토리아 여왕의 장녀이자 독일 프리드리히 3세의 왕비.

85) 세례 요한이 황야에서 먹었다는 음식. 「마태복음」 3장 4절 참고.

86) 18세기 초 영국에서 활약한 경주마로 일 분에 1.6킬로미터를 달렸다고 한다.

게 말하는 사람에게 제안하고 싶다. 우리 둘 중 누가 더 빨리 피치버그에 도착하는지 겨루어 보자고. 피치버그까지 거리는 48킬로미터이고, 기차 요금은 90센트다. 90센트는 노동자의 하루 품삯에 해당하는 돈이다. 내 기억으로 피치버그까지 이어진 철도를 건설할 때 일했던 노동자의 일당이 60센트였다. 내 경우 지금 당장 걷기 시작하면 해가 저물기 전에 피치버그에 도착할 수 있다. 나는 일주일 동안 쉬지 않고 그런 속도로 여행한 적이 있다. 당신이라면 내가 걸어서 가는 동안 차비부터 벌어야 하니까 내일쯤에나 도착할 것이다. 운 좋게도 때맞추어 일자리를 구하면 오늘 밤에 도착할 수도 있다. 하지만 당신은 피치버그에 가는 대신 하루의 대부분을 여기서 일해야 할 것이다. 따라서 기차로 세상 끝까지 갈 수 있다 해도 나는 항상 당신보다 앞서갈 거라고 생각한다. 여행하는 동안 곳곳의 풍경을 구경하고 전원적인 경험까지 쌓다 보면 당신과 만날 일도 없을지 모른다.

이것이 누구도 거역할 수 없는 보편적인 법칙이다. 철도에도 이 법칙은 적용될 수 있다. 모든 인류가 철도를 이용하여 세상 어디에나 갈 수 있도록 하려면 지표면 전체를 평평하게 깎아야만 한다. 사람들은 공동으로 자본을 투자하고 오랫동안 삽질 같은 노동을 하면 언젠가는 모두가 빠른 시간 안에 어디든 무료로 기차 여행을 하게 될 거라는 식의 막연한 생각을 한다. 그러나 사람들이 우르르 정거장에 몰려들고 차장이 "승차 완료!"라고 소리쳐도 기관차의 연기가 걷히고 수증기가 물방울이 될 때쯤이면 기차에 탄 사람은 몇 명 되지 않고 대부분 기차에 치여 목숨을 잃거나 크게 다쳤다는 사실을 깨닫게 될 것이다. 이를 두고 "안타까운 사고"라고 말할 테고, 실제로 그렇기는 하다. 차비를 번 사람은 마침내 기차를 타게 될 것이다. 그러니까 오래 살아남았다면 말이다. 그러나 그 무렵이면 여행하고 싶은 마음도 없고 기력도 쇠하리라. 이렇게 삶의 값어치가 바닥으로 떨어진 노년기에 확실하지도 않은 자유를 누리기 위해서라며 인생의 황금기를 돈 버는 데 보내는 사람들을 보면 훗날 고국에 돌아와 시인으로 살겠다면서 한몫 챙기려고 인도로 떠났던 영국인이 생각난다. 그는 인도에 가는 걸 포기하고 그 즉시 다락방에 올라가서 시를 썼어야 했다. 어쩌면 100만 명의 아일랜드 출신 노동자들이 이 나라의 수많은 판잣집에서 뛰쳐나와 "뭐라고요? 우리가 건설한 이 철도가 쓸모없다고요?" 하고 일제히 소리칠지도 모른다. 나는 이렇게 대답할 것이다. "아닙니다. 비교적 쓸모가 있습니다. 어쩌면 여러분은 이보다 더 쓸모없는 일을 할 수도 있었을 겁니다. 다만 여러분이 내 형제나 마찬가지니 한마디 하자면 여러분 모두 이 나라에서 땅을 파는 것보다 더 좋은 일에 시간을 보낼 수 있기를 바랍니다."

집을 완성하기 전 나는 예상하지 못한 비용을 충당하기 위해 정직하면서도 기분 좋은 방법으로 10달러에서 12달러를 벌었으면 하고 집 근처 약 1만 제곱미터의 푸석푸석한 모래땅에 강낭콩을 심고, 그 한쪽에는 감자, 옥수수, 완두콩, 순무를 조금씩 심었다. 전체 면적이 4만 5000제곱미터 정도로 대부분 소나무와 히커리나무가 자라고 있었는데, 지난해 4000제곱미터당 8달러 8센트에 팔렸다. 어떤 농부는 그 땅이 "찍찍거리는 다람쥐를 키운다면 모를까 아무짝에도 쓸모없다."라고 말했다. 나는 거기에 거름도 주지 않았고 김매기도 거의 하지 않았다. 땅 주인이 아닌 잠깐 빌려 쓰는 사람일 뿐인 데다 그 넓은 땅을 다시는 경작하고 싶지 않았기 때문이다. 단지 쟁기질로 땅을 갈아엎으면서 그루터기 몇 코드[87]를 캐내어 한동안 땔감으로 사용했을 뿐이다. 그루터기를 캐낸 작고 둥근 곳은 경작하지 않은 처녀지라서 여름철에는 다른 데보다 콩이 무성하게 자라 쉽게 구분이 갔다. 집 뒤의 죽어서 상품 가치가 거의 없는 고목과 호수에서 건진 부목도 땔감으로 사용했다. 쟁기질할 때는 소 한 쌍에 인부 한 사람을 썼는데 쟁기는 내가 직접 잡았다. 농사를 짓느라 첫해에 지출한 비용은 농기구와 씨앗과 품삯 등에 들인 14달러 72.5센트가 전부였다. 옥수수 씨앗은 주위에서 공짜로 얻었다. 남아돌 만큼 많이 심지 않는 한 씨앗에는 비용이 거의 들지 않는다. 아무튼 그렇게 하여 강낭콩 12부셸,[88] 감자 18부셸, 그리고 약간의 완두콩과 단옥수수를 수확했다. 노란 옥수수와 순무는 너무 늦게 심은 탓에 수확을 하지 못했다. 내가 농사에서 얻은 수입은 23달러 44센트였다.

---

87) 북아메리카에서 땔감용 또는 펄프용 나무의 부피 단위. 1코드는 약 3.62세제곱미터다.

88) 무게 혹은 부피 단위. 미국에서 1부셸은 무게일 경우 약 27.2킬로그램, 부피일 경우 약 35.2리터다.

수입	23달러 44센트
지출	14달러 72.5센트
순이익	8달러 71.5센트

내가 이때까지 음식으로 소비한 것을 제외하더라도 이 계산을 할 때쯤에는 4달러 50센트 상당의 농산물이 수중에 남아 있었다. 그 정도 돈이면 내가 직접 기르지 않고 저절로 자란 풀을 팔아 얻은 금액보다 훨씬 많다. 모든 것을 고려할 때, 다시 말해 한 사람의 영혼과 오늘이라는 시점의 중요성을 고려할 때 내 실험이 짧은 기간이었음에도, 어쩌면 일시적인 성격 탓이겠지만 나는 그해 콩코드의 어느 농부보다 더 농사를 잘 지었다고 확신한다.

이듬해 농사는 훨씬 잘 지었다. 내게 필요한 땅, 그러니까 1200제곱미터쯤 되는 땅만 정성껏 일구었기 때문이다. 그리고 아서 영[89]의 저서를 비롯하여 수많은 농업 관련 서적에 의지하지 않고 두 해에 걸친 직접 경험을 통해서 사람이 소박하게 생활하는 가운데 자신이 기른 농작물만 먹으며 필요한 만큼만 재배하고 그 수확물을 호사스럽고 값비싼 물건과 교환하는 짓만 하지 않는다면 단 몇 제곱미터의 땅만 경작해도 충분히 먹고살 수 있다는 사실을 터득했기 때문이다. 밭을 일굴

89) Arthur Young(1741~1820). 영국의 농학자. 18세기 말 농업 혁명기에 농업 근대화의 본질을 포착하여 농업 기술의 개선과 새로운 경영 방법의 보급에 힘썼다.

때 소를 이용하기보다 삽 같은 농기구를 사용하고, 농사를 지은 오래된 땅에 거름을 주는 것보다 그때그때 적당한 땅을 택해 새로 일구는 쪽이 비용이 덜 든다는 사실도 알았다. 여름철에는 필요한 농사일을 틈틈이 쉬엄쉬엄 할 수 있으므로 지금처럼 소나 말이나 돼지에게 얽매이지 않아도 되었다. 나는 현재의 경제적, 사회적 제도에서의 성공과 실패에 크게 관심이 없는 사람이고, 따라서 이런 점에 대해 편견 없이 말하고자 한다. 나는 콩코드의 어느 농부보다 독립적이다. 이는 집이나 농장에 얽매이지 않고 매 순간 타고난 성품을 따르기 때문이다. 게다가 나는 농부들보다 잘살고 있다. 설령 집이 불타거나 작물이 흉작이었어도 전과 크게 다름없이 잘 지내고 있을 것이다.

나는 이따금 사람이 가축의 주인이 아니라 가축이 사람의 주인이고, 가축이 사람보다 훨씬 자유롭다는 생각을 한다. 사람과 소는 서로 바꾸어 일하기도 한다. 그러나 해야 하는 일의 양을 놓고 생각하면 소가 더 유리한 것 같다. 소가 사는 농장은 상당히 넓다. 게다가 소가 일한 대가로 사람은 육 주 동안 건초 만드는 작업을 하는데 무척 힘든 노동이다. 모든 면에서 소박하게 사는 나라, 다시 말해 철학자들만 사는 나라가 있다면 거기에서는 동물의 노동력을 이용하는 따위의 어리석은 짓은 절대로 하지 않을 것이다. 물론 철학자들의 나라는 지금까지 존재한 적 없고 앞으로도 존재할 것 같지 않다. 그런 나라가 존재하는 게 바람직한지도 잘 모르겠다. 다만 나는 내 일을 대신하도록 길들이기 위해 소나 말을 사육하는 짓은 결코 하지 않을 것이다. 소와 말을 돌보는 데 내 삶을 바치고 싶지 않다. 사회에 득이 된다고 하더라도 마찬가지다. 한쪽의 이득은 다른 한쪽의 손실 덕분일 수 있다. 그렇지 않다고 어떻게 장담하며, 마구간을 돌보는 아이가 주인과 똑같은 이유로 만족한다고 어떻게 확신할 수 있겠는가? 어떤 공공사업이 가축의 도움을 빌리지 않았다면 불가능했기 때문에 사업 달성의 영광을 소나 말에게도 나누어 주는 게 마땅하다고 치자. 이 경우 사람이 혼자서는 그보다 더 가치 있는 일을 해낼 수 없었을까? 인간이 가축의 도움을 받아서 불필요하게 예술적인 일만 아니라 사치스럽고 낭비적인 일까지 하기 시작하면 어쩔 수 없이 소가 하는 모든 일을 몇몇 사람이 떠맡게 될 것이다. 이는 곧 적지 않은 사람들이 몇몇 강한 자들의 노예로 전락할 수밖에 없다는 의미다. 그렇게 인간은 자기 내부에 있는 짐승을 위해서뿐 아니라 그런 삶을 상징하듯 외부에 있는 짐승을 위해서도 일하게 될 것이다. 주위에 벽돌이나 돌로 지은 집이 많은데 아직도 농부의 성공이 그의 축사가 집보다 어느 정도 큰가에 따라 측정된다. 우리 마을은 인근에서 가장 큰 규모의 축사를 가진 것으로 알려져 있다. 공공건물의 규모도 다른 마을에 뒤지지 않게 크다. 하지만 자유로운 예배나 자유로운 발언을 위한 회관은 거의 찾아볼 수 없다. 여러 민족이 건축물로 자신들의 업적을 후세에 남기려고 애쓰는데 왜 건축물보다는 추상적인 사고의 힘으로 무언가를 남기려 하지 않을까? 『바가바드기타』[90]는 동양의 어떤 유적보다도 경

90) 소로가 애독한 힌두교 경전. '거룩한 신의 노래'라는 뜻으로 고대 인도

이롭지 않은가! 탑과 신전은 군주의 사치품일 뿐이다. 소박하고 자주적인 사람은 군주의 명령에 무턱대고 복종하지 않는다. 천재의 재능은 황제의 소유물이 아니다. 전혀 아니라고 부인할 수는 없지만 천부적 재능은 은도 아니고 금도 아니며 대리석도 아니다. 도대체 무슨 목적으로 그렇게 많은 돌을 망치질로 다듬어 대는지 모르겠다. 아르카디아[91]에 갔을 때 나는 거기에서 망치로 쳐서 돌을 다듬는 광경을 보지 못했다. 많은 민족이 다듬은 돌을 남김으로써 자신들에 대한 기억을 영속화하려는 헛된 야망에 사로잡혀 있다. 그런 노력을 품격을 다듬고 함양하는 데 기울이면 어떻게 될까? 한 조각의 식견이 달까지 치솟은 기념비보다 더 오랫동안 기억될 것이다. 나는 원래의 자리에 놓인 자연 그대로의 돌을 보고 싶다. 테베[92]의 웅장함은 천박하다. 성문이 100개나 되지만 인생의 참다운 목적에서 멀어진 테베의 신전보다 정직한 농부의 밭을 둘러싼 높이 5미터의 돌담이 더 의미 있어 보인다. 미개하고 야만적인 종교와 문명일수록 화려한 신전을 짓는다. 참된 기독교라면 그런 짓을 하지 않을 것이다. 한 민족이 망치질로 다듬은 돌은 대부분 그들의 무덤을 짓는 데 사용될 뿐이다. 그런 민족은 스스로를 생매장한다고 볼 수 있다. 피라미드도 어느 야심 찬 얼간이를 위한 무덤을 축조하는 일에 엄청나게 많은 사람이

의 대서사시 『마하바라다』에 포함되어 있다.

91) 고대 그리스인들이 이상향으로 여겼던 펠로폰네소스반도의 고원. '아르카디아에 갔다.'라는 표현은 일종의 문학적 수사다.

92) 고대 이집트의 수도로 수많은 문화유산을 남겼다.

평생을 바쳤다는 사실이 놀라울 뿐 그다지 경탄할 것이 없는 축조물이다. 어쩌면 그 얼간이를 나일강에 빠뜨려 죽이고 그 시체를 개에게 던져 주는 편이 더 현명하고 명예로운 일이었을지 모른다. 피라미드를 짓는 데 동원된 백성들과 그 얼간이를 위해 무언가 변명을 늘어놓을 수도 있겠지만 내게는 그럴 시간이 없다. 종교와 예술에 대한 건축가의 사랑은 전 세계 어디나 비슷하다. 이집트 신전이든 미합중국 은행이든 크게 다를 것이 없다. 그런 건물들은 필요 이상으로 많은 비용이 든다. 주요 동기는 허영심이고, 마늘과 빵과 버터[93]에 대한 애착이 그런 허영심을 부추긴다. 촉망받는 젊은 건축가 밸컴 씨는 비트루비우스[94]의 책 뒷면에 연필과 자로 설계도를 그려서는 석재상인 돕슨 앤드 선스에 일을 맡긴다. 3000년의 세월이 건축물을 내려다보기 시작하면 사람들은 그제야 그것을 올려다보기 시작한다.[95] 높디높은 탑과 기념물은 어떤지 생각해 보자. 일찍이 우리 마을에는 계속 땅을 파 내려가서 기필코 중국에 도달하겠다는 미치광이가 있었다. 그가 주장하길 중국의 솥과 냄비가 덜걱거리는 소리가 들리는 곳까지 파 내려갔

---

93) 피라미드를 건설한 사람들은 마늘을 먹었다고 한다. 빵과 버터는 임금의 다른 표현이다.

94) 마르쿠스 비트루비우스 폴리오(Marcus Vitruvius Polio, 기원전 80?~기원전 15?). 기원전 1세기에 활동한 로마의 건축가. 그의 저서 『건축 10서』는 유럽 근대 건축에 지대한 영향을 끼쳤다.

95) 나폴레옹은 이집트 피라미드 앞에서 병사들에게 4000년의 세월이 자신들을 내려다보고 있다는 말을 했다는데 이를 빗댄 표현인 듯하다.

다고 했다. 하지만 나는 그가 팠다는 구멍[96]을 구경하려고 일부러 가서 볼 생각은 손톱만큼도 없다. 많은 사람이 동서양의 기념물에 관심을 가지며, 그것을 누가 세웠는지 알고 싶어 한다. 나는 그 시대에 그런 기념물을 세우지 않은 사람, 그런 시시껄렁한 것을 초월한 군주가 누구인지 알고 싶다. 그러나 지금은 내 통계 자료부터 살펴보기로 하자.

그동안 나는 손가락 수만큼이나 다양한 직업을 가져서 측량과 목수 일, 그리고 마을의 여러 가지 막일을 하여 13달러 34센트를 벌었다. 내가 그곳에서 이 년 조금 넘게 살았는데 이 계산을 했을 때는 7월 4일부터 이듬해 3월 1일까지 여덟 달 동안이고, 내역은 다음과 같다. 내가 직접 재배한 감자와 옥수수, 약간의 완두콩은 계산에 넣지 않았다. 마지막 날에 남아 있던 식량도 마찬가지다.

쌀	1달러 73.5센트
당밀	1달러 73센트(감미료 중에서 가장 값이 저렴함)
호밀 가루	1달러 4.75센트
옥수숫가루	99.75센트(호밀 가루보다 저렴함)

실패한 실험들:

돼지고기	22센트

96) 콩코드의 이스터브룩 숲에는 '중국으로 가는 구멍(The hole to China)'이라고 불리는 자그마한 굴이 있다.

밀가루	88센트
	(가격과 노고를 생각하면 옥수숫가루보다 비쌈)
설탕	80센트
돼지기름	65센트
사과	25센트
말린 사과	22센트
고구마	10센트
호박 한 개	6센트
수박 한 개	2센트
소금	3센트

그렇다. 나는 전부 합해서 8달러 74센트를 식비로 썼다. 내가 이렇게 내 잘못을 뻔뻔스럽게 공개하는 것은 독자들도 대부분 나처럼 잘못한 적이 있을 테고, 이렇게 활자화하면 독자들의 행적도 나보다 더 나아 보이지 않는다는 점을 알기 때문이다. 이듬해 나는 이따금 물고기를 잡아서 저녁으로 먹었다. 또 콩밭을 망쳐 놓은 우드척 한 마리를 잡아먹기도 했다. 타타르족[97]이라면 우드척의 환생을 도왔다고 말했겠지만 어쨌든 나는 녀석을 잡아서 시험 삼아 먹어 보았다. 사향 냄새가 났으나 먹는 순간에는 맛이 있었다. 마을 푸줏간에 맡겨 조리할 수 있게 손질하면 어떨지 모르겠지만 오랫동안 먹을거리로 삼기에는 적당하지 않은 것 같았다.

97) 몽골고원에 거주하는 부족 중 하나.

같은 기간의 피복비와 그 외 부대 비용은 모두 합해 8달러 40.75센트이고 이 항목에서는 세분화할 만한 것이 별로 없다.

석유와 몇몇 살림 도구　2달러

세탁과 옷 수선은 대부분 외부에 맡겼다. 청구서를 아직 받지 못했기 때문에 이 비용을 빼고 금전적으로 지출한 총액은 다음과 같다. 이 지역에 살자면 어쩔 수 없이 지출해야 하는 비용이다.

집	28달러 12.5센트
1년간 영농비	4달러 72.5센트
8개월간 식비	8달러 74센트
8개월간 피복비 등	8달러 40.75센트
8개월간 등유 등	2달러
합계	61달러 99.75센트

직접 생계비를 벌어야 하는 독자들을 위해 밝힌다. 나는 위의 지출 금액을 충당하려고 농작물을 팔아서 23달러 44센트를 벌었다.

농작물 판매 수입　23달러 44센트

날품으로 번 돈	13달러 34센트
합계	36달러 78센트

지출 총액에서 수입 총액을 빼면 25달러 21.75센트의 차액이 생긴다. 내가 숲에 들어갈 때 지녔던 자금과 거의 비슷한 금액이며, 이는 앞으로 어느 정도 지출이 발생할지 가늠할 척도다. 나는 이 지출을 통해 여가와 자립과 건강을 얻었고, 원하는 날까지 편안히 살 수 있는 집까지 마련했다.

이 같은 통계 자료는 일회성에 그친 것이라서 그다지 도움이 못 될 수 있으나 완성도가 꽤 높기 때문에 그런대로 가치가 있다. 나는 수중에 들어온 것은 빠짐없이 계산에 넣었다. 위 계산을 보면 일주일에 식비로만 27센트를 쓴 듯한데, 그 후 거의 이 년 동안은 효모를 첨가하지 않은 호밀 가루와 옥수숫가루, 감자, 쌀, 소금에 절인 약간의 돼지고기, 당밀, 소금, 그리고 물만 먹고 생활했다. 인도 철학을 좋아한 만큼 내가 쌀을 주식으로 삼은 것은 지극히 당연한 일이다. 습관적으로 트집잡기를 즐기는 사람들의 비난에 대비하기 위해 한 가지 밝히고 싶다. 나는 과거에 이따금 외식을 했다. 앞으로도 그럴 기회가 있을 거라고 믿는다. 그런데 외식을 하면 살림살이에 타격을 받는 경우가 많다. 다만 방금 말했듯 외식은 생활의 일부나 마찬가지라서 위와 같은 수지 비교에는 별다른 영향을 끼치지 않는다.

내가 이 년 동안의 경험을 통해 배운 것은 이렇게 위도가 높은 지역에서도 믿기지 않을 만큼 적은 수고로 필요한 식량을 얻을 수 있을 뿐 아니라 사람도 동물처럼 소박한 식사로 건강과 체력을 유지할 수 있다는 사실이다. 나는 옥수수밭에서 채취한 쇠비름(포르툴라카 올레라케아)을 살짝 데쳐서 소금으로 간한 것만으로도 대단히 만족스러운 식사를 했다. 내가 쇠비름의 라틴어 학명을 적은 것은 그 이름이 지닌 향긋한 맛 때문이다. 분별 있는 사람이라면 평화로운 시절의 평범한 정오에 소금을 뿌려서 삶은 말랑말랑한 옥수수를 먹는 것 말고 무엇을 더 바라겠는가 싶다. 내가 비교적 다양한 음식을 먹은 것은 건강상의 이유에서가 아니라 단순히 식욕에 굴복했기 때문이다. 사람이 굶는 경우가 종종 발생하는데 이는 필요한 식량이 부족해서가 아니라 호사를 탐하기 때문이다. 내가 아는 점잖은 부인은 아들이 습관적으로 물만 마시는 바람에 목숨을 잃었다고 생각한다.

독자들은 내가 이 문제를 영양학적 관점보다 경제적 관점에서 다루고 있다는 것을 눈치챌 텐데, 식료품이 가득 찬 저장실을 갖고 있다면 모를까 그렇지 않은 한 나 같은 금욕적인 식생활을 시도조차 하지 않을 것이다.

내가 맨 처음 만든 빵은 옥수숫가루에 소금만 약간 넣은 진정한 의미의 괭이케이크[98]였다. 나는 집 밖에 불을 피우고 집을 지을 때 쓰다 남은 나무토막이나 널빤지에 반죽을 얹어

98) 옥수숫가루로 만든 작은 케이크. 커다란 괭이 날에 올려놓고 굽기 때문에 붙여진 이름이다.

서 빵을 구웠다. 그런데 이 빵은 연기가 배어서 송진 냄새가 진하게 풍겼다. 나는 밀가루 빵도 만들어 보았다. 그 결과 호밀 가루와 옥수숫가루를 섞어서 구운 빵이 가장 맛있고 만들기 쉽다는 사실을 터득하게 되었다. 추운 날씨에 이집트 사람들이 달걀을 부화시킬 때처럼 조그만 반죽 덩어리를 주의 깊게 지켜보고 이리저리 뒤집으며 연속으로 구워 내는 일은 무척 즐거웠다. 빵들이 내가 직접 재배한 곡물의 결과물인 데다 아주 귀한 과일 못지않게 향기로웠다. 나는 빵을 천으로 싸서 그 향기를 가능한 한 오랫동안 보존했다.

나는 옛날부터 전해 내려오는, 그리고 우리에게 꼭 필요한 빵 굽는 기술을 연구했다. 구할 수 있는 권위 있는 책들을 참고하는 한편 효모를 넣지 않은 빵을 최초로 만든 원시 시대, 즉 인간이 야생의 나무 열매와 살코기만 먹던 시대에서 벗어나 처음으로 부드럽고 세련된 음식을 접했던 때까지 거슬러 올라가 보았다. 반죽이 시큼해진 것을 우연히 발견하고 빵을 발효시키는 과정과 그 이후의 여러 가지 발효법을 차례대로 섭렵한 끝에 마침내 생명의 지팡이[99]라고 일컫는 '맛 좋고 향기롭고 건강한 좋은 빵'을 만나게 되었다. '빵의 영혼'이라고도 불리는 효모는 빵의 세포 조직을 채우는 스피리투스[100]로 여겨져서 베스타[101]의 불처럼 신성하게 보존되었다. 병에 가

---

99) 영어 속담에 "빵은 생명의 지팡이다.(Bread is the staff of life.)"라는 말이 있다.

100) spiritus. 영혼, 정령, 생명 등을 뜻하는 라틴어.

101) 로마 신화에 나오는 불의 여신. 가정의 화롯불을 담당했기 때문에 가

득 담긴 채 메이플라워호[102]를 타고 아메리카 대륙으로 건너 온 최초의 효모는 제 역할을 충분히 해냈다. 그 덕에 지금도 이 나라에서는 효모의 영향력이 곡물의 파도를 타고 널리 퍼지며 점점 부풀어 오르는 게 아닌가 싶다. 나는 정기적으로 마을에 가서 효모를 구입했다. 그런데 어느 날 아침 사용법을 깜박 잊고 효모에 뜨거운 물을 부었다. 그 사고로 효모가 반드시 필요한 것이 아니라는 사실을 터득했다. 이는 종합적이 아닌 분석적인 과정을 통해 얻은 깨달음이었다. 그 뒤로 나는 빵을 만들 때 효모를 쓰지 않았다. 주부들 대부분이 효모 없이는 안전하고 건강에 좋은 빵을 만들 수 없다면서 진지하게 나를 설득하려 들었다. 어떤 노인은 내 기력이 급격히 쇠할 거라고 예언하듯 말하기도 했다. 그러나 나는 효모가 반드시 필요한 재료가 아니라는 사실을 숙지하고 일 년 동안 효모 없이 살았는데 여전히 멀쩡하게 땅을 딛고 돌아다니고 있다. 귀찮게 효모가 가득 든 병을 주머니에 넣고 다니지 않아서 얼마나 홀가분한지 모르겠다. 효모병을 주머니에 넣고 다니다 보면 마개가 펑 하고 튀어 나가면서 내용물이 쏟아져 당황스러운 경우가 종종 발생한다. 효모를 쓰지 않으면 빵을 훨씬 간단하게 만들고 모양도 좋다. 인간은 어떤 동물보다 기후와 환경에 적응하는 능력이 뛰어나다. 나는 빵을 만들 때 탄산 소다나 다른 산이나 알칼리 같은 것을 넣지 않았다. 내가 만든

정의 수호신으로도 불렸다. 그리스 신화의 헤스티아에 해당한다.

102) 1620년 영국에서 미국으로 첫 이민을 떠난 청교도들이 탔던 배 이름.

빵은 기원전 2세기쯤 마르쿠스 포르키우스 카토[103]가 제안한 방법을 따른 것일 수 있다.

> Panem depsticium sic facito. Manus mortariumque bene lavato. Farinam in mortarium indito, aquæ paulatim addito, subigitoque pulchre. Ubi bene subegeris, defingito, coquitoque sub testu.

이를 나는 다음과 같이 이해했다.

> 밀가루 반죽은 이렇게 한다. 먼저 손과 반죽 그릇을 깨끗이 씻는다. 그릇에 밀가루를 넣고 물을 천천히 부으면서 꼼꼼히 반죽한다. 반죽이 끝나면 빵 모양을 만든 다음 뚜껑을 덮고 굽는다.

그러니까 빵을 솥에 넣고 구우라는 뜻이다. 효모에 대해서는 일언반구도 없다. 내가 생명의 지팡이인 빵을 늘 먹은 것은 아니다. 지갑이 텅텅 비어서 한 달 넘도록 빵을 구경조차 못한 적도 있다.

뉴잉글랜드 주민들은 누구나 호밀과 옥수수의 고장인 이곳에서 빵 재료를 쉽게 얻을 수 있기 때문에 가격 변동이 심한

---

103) Marcus Porcius Cato(기원전 234~기원전 149). 로마의 정치가이자 문인이며 저서로 『로마 기원론』과 『농업론』이 있다. 이어지는 인용문은 『농업론』에 실린 것이다.

데다 거리도 먼 시장에 의존할 필요가 없다. 하지만 사람들이 소박하고 자주적인 삶으로부터 멀리 벗어나 있는 탓에 콩코드의 상점에서는 신선하고 맛깔스러운 재료를 구하기 어렵다. 그렇다고 묽은 옥수수죽을 먹거나 거친 옥수숫가루를 사용할 수도 없는 노릇이다. 대부분 농부들이 직접 재배하고 수확한 곡물은 소나 돼지에게 먹이느라 자신들은 비쌀 뿐 아니라 건강에도 좋지 않은 밀가루를 가게에서 사다 먹는다. 호밀은 척박한 땅에서도 잘 자라고 옥수수 또한 굳이 기름진 땅이 필요 없다. 따라서 나는 내가 먹을 한두 부셸의 호밀과 옥수수는 쉽게 재배할 수 있었고, 이런 곡물을 맷돌에 갈아 빵을 만들어 먹으면 쌀이나 돼지고기 없이도 얼마든지 건강하게 살아갈 수 있다. 당분을 섭취할 필요가 있으면 호박이나 사탕무로 훌륭한 당밀을 얻을 수 있다는 사실도 실험을 통해 알게 되었다. 더 쉽게 당밀을 얻으려면 단풍나무 몇 그루를 심는 것으로도 충분하다. 나는 단풍나무들이 자라는 동안 앞에서 언급한 것 외에 여러 가지 대용품을 이용할 수 있다는 사실도 알았다. 조상들이 노래했듯이 우리는

> 호박과 파스닙과 호두나무 조각으로
> 입술을 달게 적실 술을 빚을 수 있다.[104)]

마지막으로 식료품 가운데 비교적 구하기 쉬운 소금에 대

---

104) 뉴잉글랜드 민요 「조상들의 노래」의 한 구절.

해 말하자면, 우리는 소금을 구한다는 구실로 얼마든지 바닷가에 갈 수 있다. 소금 없이 지내는 게 가능하다면 물도 적게 마시게 될 것이다. 나는 인디언이 소금을 구하려고 애썼다는 이야기를 들어 본 적이 없다.

내 경우 식량에 관한 한 돈을 주고 사거나 다른 것과 교환할 필요가 없었다. 그리고 집은 이미 마련되어 있어서 남은 일이라고 해야 옷과 땔감을 구하는 것뿐이었다. 내가 지금 입은 바지는 어떤 농부의 집에서 지은 천으로 만들었다. 나는 농부가 직공으로 전락하는 것은 인간이 농부로 전락한 것[105]만큼이나 잊히지 않을 중대한 사건이라고 생각하기 때문에 인간에게 그런 미덕이 여전히 존재한다는 사실에 대해 하늘에 감사한다. 새로 개간하는 땅에서는 늘 땔감이 골칫거리다. 주거지의 경우 지금처럼 임시 거주가 허용되지 않았다면 나는 지난번 매매한 가격으로 경작 중인 땅 약 4000제곱미터를 8달러 8센트에 구입하여 집을 지었을 것이다. 하지만 결국 임시 거주를 하게 되었고, 이로써 땅의 가치가 올라갔을 거라는 생각이 든다.

내 말을 잘 믿으려 하지 않는 사람들은 이따금 내게 채소만 먹고 살 수 있다고 생각하느냐는 식의 질문을 던진다. 그럴 때마다 나는 천연덕스럽게 널빤지에 박는 쇠못을 먹고도 살 수 있다고 대답한다. 문제의 핵심을 찌르는 대답을 하는 것이다. 핵심은 신념이니까. 그들이 이런 대답을 이해하지 못하면

105) 아담이 에덴동산에서 추방되어 농부로 전락한 것을 의미한다.

내가 이 책에서 말하려는 취지도 거의 이해하지 못할 텐데 나로서는 다음과 같은 실험이 시도되었다는 소리만 들어도 무척 기쁘다. 한 젊은이가 두 주 동안 치아를 절구 삼아서 속대에 붙은 딱딱한 날옥수수만 먹고 사는 실험을 했다고 한다. 다람쥐들은 이미 똑같은 실험을 하여 성공을 거두었다. 그래서인지 인간도 이런 실험에 흥미를 느끼는 모양이다. 이가 상한 노파나 남편이 남긴 재산의 3분의 1을 상속받아[106] 제분소에 투자한 과부들은 이런 실험을 아주 마뜩잖게 여기겠지만 말이다.

내 가구는 침대 하나, 탁자 하나, 책상 하나, 의자 셋, 지름이 8센티미터쯤 되는 거울 하나, 부젓가락 하나, 철제 장작 받침대 하나, 솥 하나, 냄비 하나, 프라이팬 하나, 국자 하나, 세숫대야 하나, 포크와 나이프 두 벌, 접시 세 개, 컵 하나, 숟가락 하나, 기름병 하나, 당밀 단지 하나, 옻칠한 램프 하나가 전부다. 일부는 내가 직접 만들었고, 나머지는 비용이 한 푼도 들지 않은 것이라서 목록에 넣지 않았다. 아무리 가난해도 의자 대신 호박에 걸터앉아야 할 정도로 가난한 사람은 없다. 만약 있다면 가난한 사람이 아니라 무능하고 게으른 사람일 것이다. 마을에 나가면 쓸 만한 의자를 다락방에 처박아 둔 집이 한둘이 아니다. 의자가 필요하면 아무 집에나 들어가서 가져오면 된다. 가구? 고맙게도 나는 가구점의 도움을 받

106) 소로 시대에는 남편이 죽으면 아내가 재산 중 3분의 1을 상속받고 나머지는 장자가 받는 것이 관행이었다.

지 않아도 얼마든지 앉을 수 있고 일어설 수 있다. 환한 대낮에 보잘것없는 가구를 수레에 가득 싣고 "텅 빈 상자뿐이잖아? 저게 스폴딩 씨네 가구래!" 하는 사람들의 놀림 섞인 눈총을 받으며 시골길을 오르면서 부끄러워하지 않을 사람이 철학자 말고 누가 있겠는가? 나로서는 수레에 실린 짐만으로 그것이 부잣집 짐인지 가난한 집 짐인지 도저히 분간이 안 된다. 단지 그런 짐의 주인은 예외 없이 가난에 찌든 사람처럼 보일 뿐이다. 물론 보잘것없는 가구가 많을수록 더 가난해 보일 것이다. 그런 이삿짐을 보면 오두막 열두 채의 가구를 몽땅 실은 것 같다. 오두막 한 채가 가난하다면 그 같은 가구가 잔뜩 실린 수레는 열두 배쯤 더 가난해 보인다. 우리의 가구, 우리의 엑수위아이[107]를 버리기 위해서가 아니면 도대체 무엇 때문에 이사를 한다는 말인가? 마침내 우리가 이 세상을 떠나 새로운 가구가 갖추어진 저 세상에 갈 때도 이것들을 태워 버려야 하는 것 아닌가? 가구를 끌고 다니는 삶은 덫을 허리띠에 단단히 묶고 인간의 운명이 걸린 험준한 땅을 지나가는 것과 같다. 차라리 덫에 걸린 꼬리를 잘라 내고 달아난 여우가 운 좋은 녀석이 아닐까?[108] 사향쥐는 덫에 걸리면 도망치기 위해 세 번째 다리까지 물어서 끊는다고 한다.[109] 우리 인간이 융

107) exuviæ. 허물, 빈껍데기 등을 뜻하는 라틴어.

108) 『이솝 우화』의 「꼬리 없는 여우」에서 여우가 덫을 빠져나오다 꼬리를 잃은 것을 빗댄 표현.

109) 사향쥐는 덫에 걸리면 도망치기 위해 세 번째 다리까지 끊기도 하는데 남은 다리 하나로는 도망칠 수 없어 결국 죽는다고 한다.

통성을 잃어버린 것은 놀랄 일이 아니다. 인간은 얼마나 자주 진퇴양난에 빠지는가! "잠깐만요. 이런 말씀을 드려 죄송하지만 진퇴양난에 빠진다는 게 무슨 뜻인가요?" 당신이 천리안을 지닌 사람이라면 누구를 만나든 그가 소유한 모든 것, 심지어 그가 제 물건이 아닌 척하며 뒤에 숨긴 것까지 볼 수 있으리라. 그 많은 물건 중에는 부엌 가구는 물론이고 아까워서 불태우지 못한 온갖 잡동사니들이 있을 것이다. 그리고 그 사람은 그런 물건들을 몽땅 지닌 채 어떻게든 앞으로 나아가려고 버둥거리는 것처럼 보이리라. 아무것도 지니지 않았다면 출입문이나 웬만한 옹이구멍도 빠져나갈 수 있다. 짐이 잔뜩 실린 수레까지는 끌고 지나가기 힘들어서 옴짝달싹하지 못하는데 바로 그런 사람을 두고 진퇴양난에 빠졌다고 하겠다. 말쑥하고 야무져 보이는 데다 자유분방하고 빈틈없어 보이기까지 하는 사람이 자신의 '가구'가 보험에 들어 있느니 어쩌니 하고 떠들어 대는 소리를 들으면 연민을 느끼지 않을 수 없다. "하지만 내 가구를 어떻게 하면 좋죠?"라고 묻는다면 그는 거미줄에 걸린 화려한 나비 신세나 마찬가지다. 오랫동안 가구 없이 살아온 듯 보이는 사람들도 꼬치꼬치 캐물으면 다른 누군가의 창고에 가구를 보관하고 있다는 사실을 알게 된다. 내 생각에 오늘날 영국은 엄청난 양의 짐을 끌고 다니며 여행하는 노신사 같다. 오랫동안 살림살이를 하면서 모아 둔 잡동사니를 불태울 용기가 없어서 계속 끌고 다니는 것이다. 커다란 여행 가방, 작은 여행 가방, 모자 상자, 이런저런 꾸러미들 중에서 적어도 앞의 세 가지는 버려도 된다. 침대를 짊어지고 걷는 일은 건강한 사람에게도 힘에 부친다. 병약한 사람이라면 미련 없이 침대를 바닥에 버려두고 뛰어가라고 충고하겠다. 언젠가 전 재산이 든 꾸러미를 짊어지고 비틀거리며 걷는 이주자를 만난 적이 있는데 꾸러미가 마치 목덜미에서 솟아 나온 거대한 혹 같았다. 내가 딱하게 여긴 것은 그 꾸러미가 전 재산이라서가 아니라 그가 짊어지고 다녀야 하는 짐이 너무 버거워 보였기 때문이다. 내가 어쩔 수 없이 그런 덫을 끌고 다녀야 하는 처지라면 되도록 가벼운 것을 고르고, 그것에 내 급소가 다치는 일이 없도록 조심할 것이다. 하지만 애초부터 덫에 손발이 걸리지 않도록 하는 편이 현명하리라.

내친김에 나는 커튼에도 돈 한 푼 들이지 않았다는 말을 하고 싶다. 해와 달 말고는 내 집 안을 들여다볼 이가 없기도 하지만 해와 달이 들여다보는 것은 얼마든지 환영하기 때문이다. 달빛이 비친다고 해서 우유나 고기가 상하지는 않는다. 햇빛을 받는다고 해서 가구에 흠집이 나거나 카펫이 바래는 것도 아니다. 이따금 햇볕이 뜨겁게 내리쬘 때는 살림살이에 한 항목을 추가하기보다 자연이 제공하는 커튼인 나무 그늘 뒤로 물러서는 편이 경제적으로 훨씬 낫다. 언젠가 어떤 부인이 내게 신발 매트를 주겠다고 했는데 정중히 사양했다. 내 집에는 놓을 공간도 없거니와 집 안에서든 집 밖에서든 신발의 흙을 털 시간이 없었기 때문이다. 사실 신발 바닥은 출입문 앞 잔디에 쓱쓱 문질러 닦으면 그만이다. 불행의 씨앗은 커지기 전에 자르는 게 상책이다.

얼마 전 교회 집사의 유품 경매에 참석했다. 그의 인생이 무력해 보이지 않아서였다.

인간이 행한 죄악은 사후에도 남는다.[110)]

흔히 그렇듯 상당수가 아버지 대부터 쌓이기 시작한 잡동사니였다. 그중에는 바싹 마른 조충도 한 마리 있었다. 그리고 그 잡동사니는 반세기 동안 집사의 다락방과 다른 먼지 구덩이에 처박힌 채 지금도 불태워지지 않았다. 모닥불에 태우거나 파괴하여 치우는 대신 그것을 경매에 붙여 결과적으로 잡동사니를 늘렸다. 마을 사람들은 경매에 나온 물건을 보기 위해 우르르 몰려와서는 하나도 남김없이 구입하여 자신들의 다락방과 먼지 구덩이로 조심스레 옮겼다. 그것들은 그곳에 얌전히 처박혀 있다가 언젠가 유품 정리가 이루어질 때 또다시 다른 곳으로 팔려 갈 것이다. 사람은 죽을 때면 먼지를 걷어찬다고 했다.

어떤 미개인들의 관습 가운데에는 우리가 본받아야 할 유익한 것이 있다. 적어도 그들은 해마다 허물을 벗는 듯한 의식을 치르기 때문이다. 실제로 허물이 있든 없든 상관없이 그들은 허물을 벗는다는 의미를 이해하고 있다. 우리도 바트램[111)]이 머클래스족 인디언의 풍습이라고 밝힌 '버스크', 즉 '첫 열매의 향연' 같은 축제를 벌이면 좋지 않을까?

---

110) 셰익스피어의 『줄리어스 시저』에 나오는 대사.

111) 윌리엄 바트램(William Bartram, 1739~1823). 미국의 식물학자.

"마을에서 버스크를 행할 때는 새 옷, 새 항아리, 새 냄비를 비롯하여 여러 가재도구와 가구를 미리 준비한 뒤 헌 옷과 그 밖의 낡은 물건들을 모아 두고는 집과 광장과 마을의 오물을 쓸고 닦는다. 남은 곡식과 오래된 식량은 한곳에 쌓아 놓고 불태운다. 약을 먹고 사흘 동안 금식을 하고 나면 마을의 불이 몽땅 꺼진다. 이 금식 기간에는 식욕이든 성욕이든 욕망을 충족하는 일체의 행위를 삼간다. 대사면이 내려져 모든 죄인이 자기 마을로 돌아갈 수 있다. (……) 금식이 끝나고 나흘째 되는 날 아침에 제사장이 광장에서 마른 나무들을 비벼 불을 새로 지핀다. 이 불로 마을의 모든 집에 순수한 새 불을 공급한다."

그런 다음 그들은 새로 수확한 햇곡식과 햇과일로 사흘 동안 잔치를 벌이며 춤을 추고 노래한다. "그리고 이어지는 나흘 동안은 그들과 똑같은 방식으로 몸을 정화하고 새롭게 단장한 이웃 마을 사람들을 초대하여 함께 즐긴다."

멕시코 사람들은 세상의 종말이 온다는 믿음 때문에 오십이 년을 주기로 이와 비슷한 정화 의식을 치렀다.

사전을 보면 성례(聖禮)는 '내적이고 영적인 은총이 눈에 보이게 겉으로 드러난 징후'라고 정의되어 있다. 그런데 나는 인디언의 버스크만큼 진실한 성례 이야기를 들어 본 적이 없다. 그들에게는 그런 계시를 받았다는 성경 기록이 없지만 하늘로부터 직접 영감을 받아 그 같은 의식을 치르는 것이라고 나는 믿는다.

오 년 넘게 나는 오로지 내 손으로 일해서 생계를 이었다. 그 결과 일 년에 여섯 주 정도만 일하면 필요한 생활비를 벌

수 있다는 사실을 알았다. 나는 여름의 대부분과 겨우내 돈에 구애받지 않고 연구에만 전념했다. 한때는 학교 운영에 온 힘을 쏟았는데[112] 그때 깨달은 것은 지출이 수입과 비례한다는 사실, 아니 오히려 지출이 수입을 초과한다는 사실이었다. 교사다운 생각과 신념을 가져야 함은 물론이고 상황에 맞게 옷을 차려입고 훈육해야 하는 데다 내 시간까지 적잖게 빼앗긴 탓이었다. 나는 학생들의 이익을 위해서가 아니라 나 자신의 생계를 위한 수단으로 가르쳤고, 그랬기 때문에 결국 실패하고 말았다. 나는 사업도 해 보았다. 하지만 사업이 자리를 잡으려면 십 년은 걸리고, 그때쯤이면 나 자신이 악마가 되어 있을 거라는 생각이 들었다. 내가 사업 수완이 좋아 크게 성공할지도 모른다는 생각에 두렵기도 했다. 예전에 내가 생계를 위해서 무슨 일을 할 수 있을지 궁리하던 중 친구들의 바람대로 했다가 톡톡히 맛본 서글픈 경험이 뇌리에 생생하게 떠올라 내 창의력을 짓누른 적이 있다.[113] 그때 나는 월귤을 따서 생계를 꾸리면 어떨까 사뭇 진지하게 생각했다. 그런 일이라면 얼마든지 잘할 수 있고, 내 가장 큰 장점이라면 욕심이 별로 없는 것이므로 수입이 얼마 안 되어도 만족할 듯싶었다. 더욱이 그런 일은 밑천이 거의 들지 않고 내 일상적인 생활 방식

112) 소로는 1838년부터 1841년 3월까지 형과 함께 사립 학교를 운영하며 교사로 일했다.

113) 미국의 사상가이자 시인인 랠프 월도 에머슨 등 지인들의 권유로 『콩코드강과 메리맥강에서 보낸 일주일』을 출간했다가 팔리지 않아 책을 되사들이는 등 골머리를 앓은 일을 말한다.

에서 크게 벗어나지 않을 것 같았다. 정말 어리석지만 나는 그렇게 생각했다. 내 지인들은 이런저런 사업이나 여러 전문 직종에 망설이지 않고 뛰어들었는데 나는 월귤을 따는 일이 그들의 업무와 비슷하다고 생각했던 것이다. 결국 여름 내내 이 언덕 저 언덕 누비고 다니며 닥치는 대로 월귤을 따서는 아무렇게나 처분했다. 말하자면 아드메토스의 양 떼[114]를 돌보는 것과 다름없었다. 나는 또 약초를 채집하거나 상록수를 수레 가득 싣고 시골 마을은 물론이고 도시까지 나가서 숲을 그리워하는 사람들에게 파는 일을 꿈꾸었다. 그러다 나중에야 장삿속으로 사업을 하면 그와 관련한 모든 것에 저주가 내린다는 사실을 터득하게 되었다. 설령 하늘의 메시지를 전달하는 사업일지라도 장삿속이면 온갖 저주가 따르게 된다.

나는 특별히 좋아하는 것이 있고 무엇보다 자유를 소중히 생각했기 때문에, 그리고 힘든 가운데에서도 충분히 성공할 자신이 있었기 때문에 값비싼 카펫이나 화려한 가구, 우아한 조리실, 또는 그리스나 고딕 양식의 최신식 집을 마련하는 데 시간을 허비하고 싶지 않았다. 그런 물건들을 손에 넣는 게 조금도 어렵지 않을 뿐 아니라 일단 수중에 들어오면 어떻게 사용하는지 금세 이해할 줄 아는 이가 있다면 그 사람이나 실컷 추구하도록 양보하겠다. 부지런한 나머지 노동 자체를 위한 노동을 하거나 노동하면 더 나쁜 길로 빠지는 걸 막을 수 있

114) 그리스 신화에서 아폴론은 키클롭스를 죽이고 인간 세상에 내려와 아드메토스왕의 양 떼를 돌보는데 소로는 여기서 자신을 영락한 아폴론에 빗대고 있다.

기 때문에 노동을 좋아하는 것처럼 보이는 사람이 있다. 현재 나는 그런 사람에게 딱히 할 말이 없다. 단지 지금 누리는 것보다 더 많은 여가가 생겼는데도 이를 주체할 줄 모르는 사람에게는 현재보다 두 배로 일하라고, 즉 빚을 완전히 갚고 자유 증서[115]를 얻을 때까지 열심히 일하라고 권하고 싶다. 나는 날품팔이가 가장 독립적인 직업이라고 생각한다. 일 년에 삼십 일 내지 사십 일만 일하면 얼마든지 먹고살 수 있기 때문이다. 날품팔이 노동자의 일과는 해가 저물면 끝난다. 그때부터는 노동에서 완전히 벗어나 자신이 선택한 일에 자유롭게 몰두할 수 있다. 반면에 그의 고용주는 머리를 싸매고 고민하느라 일 년 열두 달 쉴 틈이 없다.

요컨대 경험과 신념에 비추어 소박하고 현명하게 산다면 이 땅에서 자기 한 목숨 유지하는 것은 고난이 아니라 오락이라고 확신한다. 더 소박하게 사는 민족의 일상적인 노동은 더 인위적인 생활을 하는 민족에게는 기분 전환을 위한 스포츠와 같을 것이다. 나보다 더 쉽게 땀을 흘리는 사람이 아닌 한 굳이 이마에 땀방울이 맺히도록 일하면서 생계를 꾸려 나갈 필요는 없으리라.

내가 아는 한 젊은이는 부모한테 몇 헥타르의 땅을 물려받았다며 자기도 '방법이 있다면' 나처럼 살고 싶다고 말했다. 나는 어느 누구도 내 생활 방식을 그대로 받아들이는 걸 바라지

115) 식민 시대 이민자들은 유럽에서 신대륙으로 올 때 진 빚을 노역 계약으로 대체하거나 노임으로 빚을 청산할 경우 '자유 증서'를 발급받았다.

않는다. 더구나 그 사람이 내 생활 방식을 제대로 익히기 전에 내가 또 다른 생활 방식을 찾아낼지도 모를 뿐 아니라 가능하면 세상 사람들이 다양한 삶을 살아가기를 바라기 때문이다. 나는 젊은이들이 아버지나 어머니, 또는 이웃의 생활 방식을 답습하지 말고 저마다 자기만의 방식을 찾아내어 독자적으로 살아가기를 바란다. 젊은이는 건물을 지을 수 있고, 나무를 심을 수 있으며, 멀리 항해를 떠날 수 있다. 어른들은 젊은이가 하고 싶어 하는 일을 방해하지 말아야 한다. 항해사나 도망한 노예가 북극성을 바라보며 방향을 정하듯 우리는 정확한 지표가 있어야 현명하게 처신할 수 있다. 그 지표는 평생에 걸쳐서 우리를 인도하기에 충분한 길잡이가 된다. 우리는 정해진 기간 안에 목적지인 항구에 도착하지 못할 수는 있어도 항로를 벗어나는 일은 결코 없다.

이 경우 의심할 여지 없이 한 사람에게 진리인 것은 1000명의 사람에게도 여전히 진리다. 이는 커다란 공동 주택을 짓는다고 작은 공동 주택보다 그 크기에 비례하여 비용이 더 많이 들지 않는 것과 같은 이치다. 공동 주택이 크든 작든 지붕 하나로 다 덮을 수 있고 지하실도 하나면 되고 벽 또한 하나로 여러 세대를 나눌 수 있다. 하지만 내 경우 단독 주택이 더 좋다. 게다가 다른 사람에게 공동 주택의 이점을 납득시키기 위해 애쓰는 걸 생각하면 혼자서 독채를 짓는 편이 일반적으로 비용이 덜 든다. 다른 사람을 설득하는 데 성공한다고 해도 공동 주택은 비용을 줄이려면 벽이 얇아야 한다. 그런데 벽을 공유하는 이웃이 나쁜 사람으로 판명될 수도 있고, 그가 자기 쪽 벽을 수리하지 않을 수도 있다.[116] 이웃 사이에 일반적으로 가능한 협력이라고 해 봐야 지극히 부분적이고 피상적이다. 진정한 협력이 아예 불가능하지는 않지만 가능해도 사람의 귀에는 잘 들리지 않는 화음처럼 너무 작아서 없는 것이나 다름없다. 어떤 사람이 뚜렷한 소신을 가지고 있다면 언제 어디서나 변함없이 소신 있게 협력할 테지만, 소신이 없으면 누구와 손을 잡더라도 계속 남남처럼 지내게 된다. 협력한다는 것은 가장 저급한 의미에서든 가장 고결한 의미에서든 '함께 사는 것'을 의미한다. 최근에 나는 함께 세계 일주를 떠나려 한다는 두 젊은이에 대한 이야기를 들었다. 한 젊은이는 돈이 없기 때문에 여행하면서 선원이나 농장 잡부로 일하며 여비를 마련하고, 다른 젊은이는 주머니에 환어음을 가지고 다니기로 했다. 둘 중 한 사람은 전혀 일하지 않을 테니 오랫동안 동행을 하거나 서로 협력하지는 못하게 될 것이 뻔하다. 아마 여행의 첫 번째 위기에서 헤어지고 말 것이다. 내가 말했듯 무엇보다도 혼자인 사람은 오늘 당장 여행을 떠날 수 있다. 그러나 다른 사람과 함께 여행할 사람은 상대방이 준비할 때까지 기다려야 하고, 출발하기까지 한참이 걸릴지도 모른다.

그런데 나는 마을 사람 몇몇한테서 나와 관련된 모든 것이

116) 영어에 '담장이 튼튼해야 이웃과 사이가 좋다.(Good fences make good neighbors.)'라는 말이 있다.

너무 이기적이라는 말을 들었다. 고백하건대 나는 이제까지 자선 사업에 관심을 기울인 적이 별로 없다. 의무감에서 몇 차례 희생을 감수했는데, 그런 중에 자선의 기쁨 또한 희생되었다. 어떤 사람들은 우리 마을의 가난한 가정을 돕는 일에 나서 달라고 온갖 수단을 동원하여 나를 설득했다. 한가한 사람에게는 악마가 일을 찾아 준다[117]는 말이 있는 만큼 내가 할 일이 전혀 없다면 그런 일에 발 벗고 나설지도 모른다. 하지만 언젠가 그런 일에 뛰어들어 몇몇 가난한 사람들이 모든 면에서 나만큼 편안하게 살도록 지원함으로써 그들의 신에게 고마워하도록 해야겠다 생각하고 용기를 내어 내 뜻을 전했더니 그들은 이대로 가난하게 사는 게 좋다고 주저 없이 말했다. 우리 마을 사람들은 남녀노소를 불문하고 여러 가지 방법으로 이웃 사람들의 행복을 위해 헌신하고 있다. 따라서 한 사람 정도는 비록 인류애와 거리가 멀더라도 다른 일을 하도록 내버려 두어도 좋으리라고 생각한다. 다른 일도 마찬가지지만 자선 사업을 하는 데는 타고난 소질이 필요하다. 요즘 자선 사업은 비집고 들어갈 공간이 없을 정도로 자리가 꽉 찼다. 나는 꽤 열심히 자선 활동을 벌인 편인데, 이상하게 들리겠지만 그런 행위가 내 생리에는 맞지 않는 듯하다. 그리고 사회가 내게 요구하는 선행을 하기 위해 내 고유의 직분을 의식적으로나 고의적으로 포기해서는 안 될 것 같다는 생각이 든다. 설령

---

117) 영어에 "악마는 한가한 손을 위한 일을 찾는다.(The devil finds work for idle hands.)"라는 속담이 있다.

우주를 파멸에서 구하는 일이라 해도 말이다. 다른 부분에서도 비슷하지만 훨씬 확고부동한 의지를 가지고 추구해야만 지금의 우주가 보존될 수 있다고 나는 믿는다. 다만 다른 사람이 타고난 재능을 발휘하는 걸 방해하고 싶지 않다. 나는 자선 사업을 탐탁하게 여기지 않지만 몸과 마음을 다하여 그런 일에 매진하는 사람들에게 "세상 사람들은 당신들이 하는 일을 악행이라고 할 테지만, 설령 그렇다 하더라도 포기하지 말고 열심히 하세요."라고 말하고 싶다.

나는 내 견해가 유별나다고 생각하지 않는다. 아마 독자들 중에는 나와 비슷한 변명을 하는 사람이 많을 것이다. 어떤 일을 할 때 나는 이웃들이 좋게 평가하지 않더라도 그 일에 고용될 만한 적임자라고 서슴없이 말한다. 무엇인지는 고용주가 결정할 노릇이지만 말이다. 통상적인 의미에서 선행은 내 주요 관심사가 아니지만 내가 선한 일을 했다면 대부분 내 의도와 관련이 없다. 실제로 사람들은 이렇게 말한다. 무슨 일이든 현재의 위치에서 그 모습 그대로 시작하라, 더 가치 있는 사람이 되겠다는 목표에 집착하지 말고 애초의 친절한 마음으로 선한 일을 하려고 애써라. 내가 이런 맥락으로 설교를 한다면 사람들은 무엇보다 먼저 선한 사람이 되려 애쓰라고 말할 것이다. 태양이 고작 달이나 6등성[118] 정도의 밝기로 빛나다가 제 역할을 멈추고 로빈 굿펠로[119]처럼 여기저기 돌아다니면

---

118) 1등성은 가장 빛나는 별인 반면 6등성은 눈에 겨우 보이는 별이다.
119) 영국 민담에 나오는 장난꾸러기 요정.

서 오두막 창문마다 기웃거리고, 미치광이를 부추기고, 살코기를 상하게 하고, 어둠을 걷어 내는 일만 해서야 되겠는가? 모름지기 태양이라면 따뜻한 열기와 너그러움을 꾸준히 증가시켜서 누구도 똑바로 쳐다볼 수 없을 정도로 눈부시게 빛나는 한편, 본래의 궤도를 따라 세상을 돌면서 온정을 베풀거나 더 진실한 물리학[120]이 발견했듯이 그 주위를 도는 행성이 혜택을 누리도록 도와야 한다. 파에톤[121]은 자선 행위를 통해 자신이 신의 아들임을 증명하려고 하루 동안 태양의 전차를 빌려 탔지만 궤도를 이탈하여 하늘나라의 아래쪽 거리에 있는 몇 블록의 집들을 불태우고 지구 표면까지 그슬렸다. 그리하여 지구의 샘들이 모두 말라붙었고, 거대한 사하라 사막이 생겨났다. 결국 보다 못한 유피테르[122]가 벼락을 내리쳐서 파에톤을 땅으로 내동댕이쳤다. 태양은 아들의 죽음을 슬퍼한 나머지 일 년 동안 빛을 비추지 않았다.

부패한 자선 행위에서 풍기는 악취만큼 고약한 것은 없다. 그것은 인간의 썩은 고기 냄새이자 신의 썩은 고기 냄새다. 어떤 사람이 내게 선행을 베풀려는 의도로 내 집에 온다는 사실을 알아채면 나는 그 즉시 모래 열풍이라 불리는 아프리카 사막의 건조하고 푹푹 찌는 바람을 피하듯 필사적으로 도망칠 것이다. 그런 바람은 입과 코와 눈을 흙먼지로 가득 채워 사람을 질식시킨다. 그의 선행에 조금이라도 은혜를 입으

120) 천동설을 뒤엎은 코페르니쿠스의 지동설을 가리킨다.

121) 태양신 헬리오스의 아들.

122) 로마 신화에 나오는 최고의 신으로 그리스 신화의 제우스에 해당한다.

면 그 바이러스가 내 피를 감염시킬 수도 있다. 생각만 해도 끔찍한 일이다. 그런 상황에 처하면 나는 차라리 악행을 참고 견디는 쪽을 택하겠다. 어떤 사람이 내가 굶주렸을 때 먹여 주고, 추위에 떨고 있을 때 따뜻하게 해 주고, 도랑에 빠졌을 때 건져 주었다고 치자. 그렇다고 해서 그가 내게 마냥 좋은 사람일까? 꼭 그렇지만은 않다. 그 정도 일은 뉴펀들랜드 개[123]도 할 수 있다. 가장 넓은 의미에서 생각해 볼 때 자선은 인간에 대한 사랑이 아니다. 하워드[124]는 더할 나위 없이 친절하고 훌륭한 사람이고, 그에 따른 보상도 받았다. 하지만 도움이 절실할 때 우리를 도와주지 않는다면 100명의 하워드가 있다 한들 그들의 자선이 우리에게 무슨 소용이겠는가? 자선 단체가 많다지만 나 혹은 나와 비슷한 사람을 돕자는 의견이 진지하게 논의된 단체가 있다는 소리는 이제껏 들어 본 적이 없다.

예수회 선교사들은 화형을 당하는 처지에 놓인 인디언들이 자기들을 박해한 선교사들에게 오히려 새로운 고문 방법을 제안하여 상당히 어리둥절했다고 한다. 인디언들은 육체적 고통에 초연한 만큼 선교사들이 어떤 위안거리를 제공해도 쉽게 현혹되지 않았다. 남에게 대접을 받고자 하는 대로 너희

123) 검은 털이 북슬북슬한 대형견으로 짐을 나르거나 수레를 끄는 일 외에도 발에 물갈퀴가 붙어 있어 헤엄을 잘 치기 때문에 물에 빠진 사람을 구하기도 한다.

124) 존 하워드(John Howard, 1726~1790). 교도소 개혁을 주도한 영국의 박애주의자.

도 남에게 대접하라[125]는 율법은 인디언들의 귀에 그다지 설득력 있게 들리지 않았다. 인디언들은 남들이 자신들을 어떻게 다루든 상관하지 않은 데다 선교사들과 전혀 다른 방식으로 적들을 사랑했고, 적들이 어떤 짓을 저질러도 너그럽게 용서하는 태도를 보였다.

가난한 사람에게 꼭 필요한 도움을 주되 당신의 전례가 그들을 뒤처지게 만들 수 있다는 점을 명심하라. 돈을 준다면 무턱대고 주어 버리지 말고 당신의 노력도 기울여라. 우리는 이따금 이상한 실수를 한다. 가난한 사람들은 언뜻 지저분하고 남루하고 무지해 보일 수 있지만 그렇다고 해서 굶주린 채 추위에 떨고 지내는 것은 아니다. 겉모습은 부분적으로 그들의 취향일 뿐 단순히 불운하기 때문은 아니다. 당신이 돈을 주면 그들은 그 돈으로 더 많은 누더기를 구입할지도 모른다. 아일랜드 출신 노동자들이 초라한 누더기를 걸치고 얼어붙은 호숫가에서 얼음을 잘라 내는 모습을 볼 때마다 안타까운 마음이 들었다. 지켜보는 나도 추위에 덜덜 떨기는 했지만 그들보다 말쑥하고 멋진 옷을 입었기 때문이다. 그런데 추위가 맹위를 떨치던 어느 날 호수에 빠진 노동자가 몸을 녹이려고 내 집에 왔을 때 그는 세 겹이나 껴입은 바지와 두 켤레의 양말을 벗은 뒤에야 맨살을 드러냈다. 바지와 양말은 더러운 데다 너덜너덜했다. 그는 내가 건넨 겉옷을 입지 않겠다고 거절했는데 속옷을 잔뜩 껴입었으므로 그럴 만도 했다. 그에게 필요

125) 「누가복음」 6장 31절 참고.

한 것은 바로 그런 더킹[126]이었으리라. 아무튼 그 뒤로 나는 나 자신이 불쌍하게 느껴지기 시작했고, 그에게 싸구려 기성복 가게를 통째로 주는 것보다 내게 플란넬 셔츠를 선물하는 편이 더 큰 자선이 될 수 있다는 사실을 깨달았다. 악의 뿌리를 자르는 사람이 한 명이라면 악의 가지를 잘라 내는 사람은 1000명은 될 것이다. 가난한 사람에게 많은 시간과 돈을 들이는 것은 헛된 노력으로 끝날 수 있다. 그런 방식으로는 구제하려고 애쓰는 가난을 오히려 조장하게 된다. 마치 열 명의 노예 중 한 명을 팔아서 나머지 노예들에게 일요일 하루 동안 자유를 사 주는 신앙심 깊은 노예 상인의 행위와 다름없다. 주위에는 가난한 사람을 고용하여 부엌에서 일하게 하는 식으로 친절을 베푸는 사람들도 있다. 하지만 직접 부엌일을 하는 것이 더한 친절이지 않을까? 수입 중 10분의 1을 자선 활동에 쓴다고 자랑하는 사람도 있다. 그러나 수입의 10분의 9를 쓴다면 자선 활동 자체를 끝낼 수 있을 것이다. 사회는 재산의 10분의 1만을 회수한다. 이는 재산을 가진 사람의 너그러움 때문인가, 아니면 사회 정의를 책임지는 관리들의 태만 탓인가?

자선은 온 인류가 가치를 인정하는 거의 유일한 미덕이다. 하지만 이것은 지나치게 과대평가되어 있다. 자선을 과대평가하는 것은 우리의 이기심 탓이다. 어느 화창한 날 이곳 콩코드에서 가난하지만 건장한 남자가 내 앞에서 마을 사람 한 명

126) ducking. '물에 빠지다.'라는 뜻과 '(타격이나 책임, 부탁 등을) 피하거나 거절하다.'라는 뜻이 있다. 일종의 말장난으로 쓴 단어다.

을 입에 침이 마르도록 칭찬했다. 그 사람이 가난한 이웃에게 친절하다는 이야기인데 가난한 이웃은 바로 그 남자였다. 이처럼 평범하지만 친절한 이들은 진정한 의미에서 인류의 정신적인 아버지와 어머니들보다 더 많은 존경을 받는다. 언젠가 영국에 대한 어느 목사의 강연을 들은 적이 있다. 학식과 지성을 두루 갖춘 그는 영국의 과학과 문학과 정치계의 위인들, 이를테면 셰익스피어를 비롯하여 베이컨, 크롬웰, 밀턴, 뉴턴 등을 나열한 뒤 영국 기독교계의 영웅들에 대해 말했다. 그런데 마치 자기 직업이 그러라고 요구하기라도 한 듯 기독교계의 영웅들을 위인 중의 위인으로 여겨 다른 인물들보다 훨씬 높은 위치로 추어올렸다. 그가 말한 기독교계의 영웅들은 펜과 하워드, 프라이 부인[127]이었다. 목사의 말을 들은 사람은 누구나 거짓과 위선을 느꼈을 것이다. 그들 세 사람은 영국에서 가장 훌륭한 박애주의자로 손꼽힐지 몰라도 가장 위대한 인물은 아니다.

나는 박애주의자가 마땅히 받아야 할 칭찬을 조금이라도 깎아내리고 싶지 않다. 다만 자신의 삶과 업적을 통해 인류에게 축복을 안겨 준 모든 사람을 공정하게 평가하기를 바랄 뿐이다. 나는 사람을 평가할 때 강직함과 자비심을 크게 고려하지 않는다. 비유하자면 그런 것들은 인간의 잎과 줄기에 불과하다고 말할 수 있다. 푸른 잎을 말려서 병자가 마시는 차를 만드는 식물은 대개 돌팔이 의사들이 애용하는데 그런 하찮

127) 윌리엄 펜(William Penn, 1644~1718), 존 하워드, 엘리자베스 프라이(Elizabeth Fry, 1780~1845). 세 사람 모두 퀘이커교도로서 펜실베이니아를 개척하거나 교도소 개혁에 힘썼다.

은 용도 말고는 별 쓸모가 없다. 나는 인간의 잎과 줄기가 아니라 꽃과 열매를 원한다. 그 사람에게서 향기가 풍겨 오기를 바라고, 우리의 교제가 잘 익은 열매 같은 원숙한 향기를 내뿜기를 바란다. 그 사람의 선량한 품성은 부분적이거나 일시적이 아니라 늘 흘러넘치는 것이어야 한다. 그는 선량하기 위해 어떤 희생도 치르지 않아야 하며, 자신이 희생한다는 사실도 의식하지 말아야 한다. 이것이 수많은 죄를 덮는 자선이다.

박애주의자는 자신이 이겨 낸 슬픔에 대한 기억으로 인류를 대기처럼 감싸면서 그것을 연민이라고 일컫는다. 우리는 절망이 아닌 용기를, 질병이 아닌 건강과 평안을 나누어야 한다. 그와 동시에 절망과 질병이 전염병처럼 퍼지지 않도록 주의를 기울여야 한다. 저 통곡 소리는 남부의 어느 평원에서 들려오는 것일까? 우리가 빛을 전해 주어야 할 미개인은 어느 위도에서 살고 있을까? 우리가 구제해야 할 저 방종하고 잔혹한 인간은 누구인가? 몸이 아파서 기능을 제대로 발휘하지 못하거나 위장에 병이 생긴 사람도 — 위장은 연민이 움트는 곳이므로 — 당장 세상을 개혁하는 일에 나설 수 있다. 그는 자신이 소우주가 되어 세상 사람이 지금껏 풋사과를 먹고 있었다는 사실을 발견한다. 이것이 진정한 발견이고, 그는 그것을 해낸 사람이다. 사실 그의 눈에는 지구 자체가 거대한 풋사과로 보인다. 그 사과가 익기도 전에 인간의 자식들이 야금야금 갉아먹는다고 생각하니 섬뜩하고 무섭기만 하다. 그는 과감하게 박애 정신을 발휘하여 곧바로 에스키모와 파타고니아 사람들을 찾아내고, 인구가 많은 인도와 중국의 마을들을 품에 안는다. 그동안 권력자들은 나름의 목적을 달성하기 위해 박애주의자를 이용한다. 그리하여 몇 년 동안 박애 활동을 하고 나면 그는 한쪽 또는 양쪽 볼에 엷은 홍조를 띠게 되고 삶은 미숙한 상태에서 벗어나 예전처럼 유쾌하고 건전해진다. 나는 지금껏 내가 저지른 것보다 더 큰 죄가 있으리라고는 상상조차 한 적이 없다. 나보다 더 못된 인간을 만난 적도 없고, 앞으로도 그럴 것이다.

개혁가가 진정으로 슬픈 것은 고통을 받는 이웃에 대한 연민 때문이 아니다. 설령 성스러운 신의 아들일지라도 그를 슬프게 하는 것은 자신이 느끼는 개인적인 고통이다. 그 고통이 말끔히 사라지고 봄이 찾아와서 침대에 아침 햇살이 비치면 그는 변명 한마디 없이 자신의 너그러운 동료 개혁가들을 저버릴 것이다. 내가 끽연에 반대하는 강연을 하지 않는 이유는 나 자신이 담배를 한 번도 피워 보지 않았기 때문이다. 그런 강연은 담배를 피웠다가 끊은 사람들이 받아야 하는 벌이다. 하지만 내가 행한 것들 중에서 그 해독에 대해 강연할 만한 것은 얼마든지 있다. 당신이 어쩌다, 가령 누군가에게 속아서 자선 활동을 하게 된다면 오른손이 하는 일을 왼손이 모르게 하라. 자선은 굳이 알릴 만한 가치가 없기 때문이다. 물에 빠진 사람을 구한 다음에는 묵묵히 구두끈을 묶고 한차례 숨을 돌린 뒤 자유롭게 하고 싶은 일을 찾아서 떠나라.

우리의 미풍양속은 오히려 성인들과 접촉하면서 문란해졌다. 성가집은 신에 대한 저주의 멜로디와 신에 대한 끝없는 인내의 가사로 가득하다. 선지자들과 구원자들도 인간의 희망을 북돋기보다는 두려움을 달래 줄 뿐이라고 말할 사람이 있을 것이다. 생명이라는 선물에 대한 소박하지만 억누를 수 없는 만족감, 신에 대한 기억할 만한 찬양은 어디에도 기록되어 있지 않다. 멀리 떨어져 틀어박혀 있는 듯해도 건강과 성공은 내게 도움이 되고, 아무리 지극한 연민을 보여도 질병과 실패는 나를 슬프게 하며 내게 해를 끼친다. 그러니까 우리가 진정으로 인디언적이고, 식물적이고, 자성을 띠는, 혹은 자연적인 방법을 통해 인류를 원래 상태로 회복시키려 한다면 무엇보다 우리 자신부터 자연처럼 단순하고 건강해져 우리 이마 위에 드리운 구름을 걷어 내고 자그마한 생명력까지 우리의 숨구멍으로 흡수해야 한다. 더 이상 가난한 사람의 관리자로 남아 있지 말고 세상의 훌륭한 사람 가운데 하나가 되도록 노력할 일이다.

시라즈의 사디[128]가 쓴 『굴리스탄』, 즉 『장미 정원』에서 이런 구절을 읽었다. "사람들이 현자에게 물었다. '지고하신 신께서 그늘이 많이 지도록 높고 울창하게 창조한 수많은 나무 가운데 사람들은 유일하게 열매도 맺지 않는 삼나무만 자유롭다고 말합니다. 여기에 어떤 특별한 비밀이 있습니까?' 이에 현자가 대답했다. '모든 나무는 저마다 고유의 열매를 맺는 데다 정해진 계절이 있다. 제 계절에는 꽃을 피우고 싱싱한 열매를 맺지만 계절이 지나면 마르고 시든다. 삼나무는 계절에 아랑곳하

128) 페르시아의 시인이자 신비주의자(1209?~1292).

지 않고 언제나 푸르고 울창하다. 이러한 성질을 아자드,[129] 혹은 종교적으로 독립했다고 한다. 일시적이고 덧없는 것에 마음을 두지 마라. 칼리프[130]의 시대가 끝난 뒤에도 디즐라, 즉 티그리스강은 바그다드를 적시며 계속 흐를 것이다. 네가 가진 것이 많으면 대추야자나무처럼 아낌없이 베풀어라. 그러나 베풀 것이 없으면 삼나무처럼 자유로운 사람이 되어라.'"

보완의 시

가난한 자의 허세

토머스 커루[131]

불쌍한 가난뱅이여, 그대는 참으로 뻔뻔하구려,
그대의 초라한 오두막이나 함지박 같은 집이
손쉽게 얻는 햇빛 속이나 그늘진 우물가에서
풀뿌리와 채소로
게으르고 현학적인 미덕을 얼마간 기른다고 하여
하늘에 한 자리를 요구하니 말이오.
아름다운 꽃을 피우는 미덕은
마음의 줄기에서 만발하는데

129) '자유롭다'라는 뜻의 페르시아어.
130) '무함마드의 후계자 또는 대리인'이라는 뜻으로 정치와 종교의 권력을 지닌 이슬람 제국 주권자에 대한 칭호.
131) Thomas Carew(1594~1640?). 영국의 왕당파 시인.

그대의 오른손은 마음에서 그런 자비로운 열정을 찢고
본성을 타락시키고 감각을 마비시키며
활동적인 인간들을 돌로 바꾸어 놓았으니
그대는 고르곤[132]이나 다름없구려.
우리는 그대의 억지스러운 절제나
기쁨도 슬픔도 모르는 부자연스러운 무지와의
따분한 교제 같은 것은 원하지 않소.
우리는 또 능동적이기보다 고상한 척 속이면서
억지로 끄집어내는 수동적인 용기도 필요 없소.
이 비천하고 영락한 무리는 평범함에 만족하므로
그대의 비굴한 근성과 잘 어울릴 것이오.
우리는 평범을 넘어선 미덕을 원하오.
용감하고 관대한 행위, 제왕다운 기품,
모든 것을 한눈에 꿰뚫는 분별력, 한계를 모르는 아량,
그 이름이 남지는 않았지만 헤라클레스나 아킬레우스나 테세우스[133]처럼
모범을 보였던 영웅적인 미덕을 원하오.
그러므로 그대는 그대의 역겨운 오두막으로 돌아가
새롭게 빛나는 밝은 하늘이 보이거든
그런 위인들이 어떤 존재였는지 알아보도록 하시오.

132) 그리스 신화에서 머리카락이 뱀으로 되어 있는 세 자매를 말한다. 이 괴물과 눈이 마주치면 돌로 변했다고 한다.

133) 셋 모두 그리스 신화에 나오는 영웅이다.

내가 살았던 곳과 거기 살았던 이유

인생의 어느 시기에 이르면 우리는 모든 장소를 우리가 살 집터로 쓸 만한지 생각해 보는 버릇이 생긴다. 나는 내가 사는 곳에서 사방 20킬로미터 이내의 시골 땅을 샅샅이 조사했다. 그러고는 모든 농장을 하나둘 차례로 사들이는 상상을 해 보았다. 어느 농장이든 마음대로 살 수 있었고, 가격도 알고 있었다. 나는 농부의 집과 토지를 살피고 다니면서 야생 사과를 맛보고 농부와 농사에 관련된 이야기를 나누고 농부가 얼마를 부르든 그 가격에 농장을 사서는 농부에게 저당을 잡히는 상상도 했다. 심지어 농부가 부르는 값보다 더 높은 가격을 매기기도 했는데 모든 것을 인수하면서 토지 문서만은 받지 않았다. 말하는 걸 좋아하는 만큼 문서 대신 농부의 말을 믿기로 했던 것이다. 아무튼 나는 그처럼 상상으로 농장을 일구었다. 어느 정도는 농부도 교화했고, 이런 상상을 충분히 즐기고 난 뒤에야 농부에게 농장을 계속 일구도록 맡기고 물러났다. 이 같은 상상을 한 탓에 친구들은 나를 일종의 부동산업자로 여기게 되었다. 내가 어디에 눌러앉든 나는 거기서 충분히 살 수 있었다. 내가 눌러앉으면 풍경이 나를 중심으로 펼쳐졌다. 따지고 보면 집이란 세데스,[134] 즉 엉덩이를 붙이고 눌러앉는 자리가 아닌가? 내가 눌러앉은 곳이 시골이면 더 좋을 것이다. 나는 당분간은 개발될 것 같지 않은 집터를 여러 곳 발견했다. 그중 하나는 사람들이 볼 때 마을에서 너무 멀다고 생각할 터였다. 그러나 내 눈에는 마을이 집터에서 너무 멀어 보였다. 음, 이곳이라면 충분히 살 수 있겠다고 나는 생각했다. 그러고는 한 시간 동안 머물면서 여름과 겨울의 생활을 머릿속에 그려 보았다. 또 어떻게 하면 그곳에서 많은 세월을 보내며 겨울을 버텨 내고 따뜻한 봄을 맞을지 곰곰이 생각했다. 훗날 그 지역에 살 사람들은 어디에 집을 짓든지 자기들보다 앞서 그곳을 집터로 잡은 사람이 있었다고 믿어도 좋다. 땅을 어떻게 과수원과 숲과 목초지로 나눌지, 문 앞에 어떤 멋진 떡갈나무와 소나무를 남겨 둘지, 어느 쪽에서 보아야 고목들이 가장 근사하게 보일지를 결정하는 데 오후 한나절이면 충분했다. 그런 다음 나는 그 땅을 경작하지 않고 묵혀 두기로 했다. 손대지 않고 내버려 둘 수 있는 것이 많을수록 부자라는 생각에서였다.

134) sedes. 좌석, 의자, 앉는 자리 등을 뜻하는 라틴어.

나는 상상의 날개를 더욱 활짝 펴서 몇몇 농장의 선매권까지 소유하게 되었다. 선매권은 내가 간절히 바란 것이지만 농장을 소유함으로써 애를 먹은 적은 없었다. 실제로 농장을 소유할 뻔한 적은 있었다. 할로웰 농장[135]을 사려고 했을 때였다. 나는 씨앗을 선별하는 한편 물건을 실어 나를 외바퀴 수레를 만들기 위해 이것저것 필요한 재료를 모았다. 그런데 주인이 내게 땅문서를 넘겨주기 전 그의 아내가 마음을 바꾸어 농장을 팔지 않겠다고 했다. 어떤 남자에게나 그런 아내가 있기 마련이다. 아무튼 주인은 내게 위약금으로 10달러를 주겠다고 제안했다. 이제 사실대로 말하자면 나는 가진 돈이 10센트뿐이었다. 당시는 내가 10센트를 가진 사람인지, 농장을 가진 사람인지, 10달러를 가진 사람인지, 아니면 세 가지를 모두 가진 사람인지 내 산술 능력으로는 도무지 분간할 수 없었다. 그렇지만 나는 주인에게 10달러는 물론이고 농장도 계속 가지고 있으라고 말했다. 농장 소유로 인한 즐거움을 이미 충분히 맛보았기 때문이다. 아니, 좀 더 정확히 말하면 내가 관용을 베풀어 농장을 산 값에 그대로 되팔고 부자가 아닌 땅주인에게 위약금 10달러를 선물한 셈인 데다 내게는 여전히 10센트와 씨앗을 비롯하여 외바퀴 수레를 만들 재료가 남아 있었기 때문이다. 그리하여 나는 내 가난에 아무런 손해를 입히지 않은 채 부자의 기분을 만끽했다. 그러면서 그곳의 풍경

135) 월든 호수에서 남서쪽으로 1.6킬로미터 정도 떨어진 서드베리강 서쪽에 있는 옛 농장.

을 기억 속에 담았고, 그 후로 해마다 외바퀴 수레 없이 그 풍경이 생산하는 것을 내 기억 속으로 옮겨 왔다. 경치에 관해 이런 시구가 있다.

> 나는 내가 바라보는 모든 것의 군주이며,
> 그런 내 권리를 의심할 사람은 아무도 없다.[136)]

나는 어느 시인[137)]이 농장에서 가장 귀중한 것을 취한 뒤 묵묵히 돌아가는 모습을 자주 보았다. 무뚝뚝한 농부는 시인이 야생 사과 두어 개만 따 갔을 것이라고 짐작했다. 농부가 몇 년 동안 깨닫지 못했을 뿐이지 시인은 그 농장에 운율이라는 눈에 보이지 않는 아름다운 울타리를 둘러치고는 그 안에서 젖을 짜고 불순물을 걷어 낸 다음 크림은 전부 가져가고 농부에게는 탈지유만 남겨 놓았다.

할로웰 농장이 내게 매력적으로 보였던 것은 완벽하게 외진 곳에 자리 잡고 있었기 때문이다. 농장은 마을에서 대략 3킬로미터, 가장 가까운 이웃과도 800미터쯤 떨어진 데다 간선 도로와도 널찍한 밭을 사이에 두고 있었다. 농장이 강을 끼고 있는 것 또한 내게는 매력으로 작용했다. 농장 주인은 강에서 피어오르는 안개 덕에 봄 서리의 피해를 입지 않는다고 말했지만 그런 것은 내게 중요하지 않았다. 폐허나 다름없는 잿빛의

---

136) 영국의 시인 윌리엄 쿠퍼(William Cowper, 1731~1800)가 쓴 「알렉산더 셀커크가 후안페르난데스 제도에서 쓴 것으로 추정되는 시」의 한 구절.
137) 소로 자신을 암시한다.

집과 헛간, 곧 허물어질 듯한 울타리에 대해서도 나와 주인 사이에 의견 차이가 있었다. 토끼가 갉아 먹어서 속이 빈 데다 이끼로 뒤덮인 사과나무는 내가 앞으로 어떤 이웃과 지내게 될지 보여 주었다. 그러나 무엇보다 내 마음을 사로잡은 것은 맨 처음 배를 타고 그 강을 올라가던 때의 추억이었다. 당시 농장의 집은 울창한 꽃단풍나무 숲에 가려서 보이지 않았다. 그 집의 개가 짖는 소리만 나무들 사이로 들렸을 뿐이다. 아무튼 나는 농장 주인이 바위들을 파내고 속이 빈 사과나무들을 베고 목초지 여기저기에 돋아난 어린 자작나무를 뿌리째 뽑아내기 전에, 말하자면 주인이 환경을 개선하겠다고 이것저것 건들기 전에 서둘러 농장을 사려고 했다. 나는 앞에서 말한 매력을 즐기기 위해 세상을 어깨에 짊어진 아틀라스[138] 처럼 농장을 경영할 각오가 되어 있었다. 아틀라스가 그런 고생을 한 대가로 어떤 보상을 받았는지는 들은 적이 없어 알지 못하지만, 값을 지불함으로써 아무런 간섭도 받지 않고 농장을 소유하고 싶었다. 농장을 사려는 데 특별한 동기나 이유 같은 것은 없었다. 그저 농장을 사서 모든 일을 묵묵히 하겠다는 각오만 하고 있었다. 나는 농장에 손을 대지 않고 그대로 두기만 해도 내가 원하는 것을 풍성하게 수확한다는 사실을 알고 있었다. 그러나 말했다시피 농장을 사는 일은 틀어지고 말았다.

---

138) 그리스 신화에 나오는 거인 신. 천계를 어지럽힌 죄로 제우스에게 하늘을 어깨로 떠받치는 벌을 받았다.

그러니까 대규모 농사에 대해 내가 말할 수 있는 것은 씨앗을 준비했다는 사실뿐이다.(채마밭은 꾸준히 가꾸어 왔다.) 씨앗은 오래 묵을수록 좋아진다고 여기는 사람이 많은데 시간이 지나면서 좋은 씨앗과 나쁜 씨앗이 구분되는 것은 확실하다. 따라서 웬만큼 시간이 경과하여 마침내 씨를 뿌릴 때가 되면 실망할 가능성도 그만큼 줄어들 것이다. 하지만 나는 동료들에게 되도록 무언가에 오랫동안 얽매이지 말고 자유롭게 살라고 당부하고 싶다. 농장 일에 얽매여 살든 군 교도소에 갇혀서 지내든 큰 차이가 없다.

카토가 쓴 『농업론』[139]은 나만의 '컬티베이터'[140]인 셈인데 거기에 다음과 같은 구절이 있다. 내가 읽은 유일한 번역본은 이 구절을 엉망으로 번역해 놓았다.

> 농장을 구입할 때는 욕심 부리지 말고 마음속으로 몇 번이고 다시 생각하라. 또 농장을 살펴보는 일을 귀찮게 여기지 말며, 한 번 둘러보는 것으로 충분하다고 생각하지 마라. 좋은 농장이라면 자주 가 볼수록 마음에 들 것이다.

이제 나는 욕심을 부려 농장을 사지 않고 살아 있는 동안 둘러보고 또 둘러볼 것이다. 그리고 먼저 거기에 묻힐 생각이

---

139) 기원전 2세기에서 기원후 4세기까지 로마의 농업 관련 글을 모은 책으로 마르쿠스 포르키우스 카토를 비롯하여 네 작가가 집필했다.

140) cultivator. 경작자라는 뜻. 소로 시대에는 《보스턴 컬티베이터》, 《뉴잉글랜드 컬티베이터》처럼 농업 잡지에 '컬티베이터'라는 명칭이 붙었다.

다. 그래야 마침내 농장이 더욱 내 마음에 들 것이다.

이번 경우는 내가 같은 유형으로 시도한 두 번째 실험인데 편의상 이 년의 경험을 일 년으로 압축하여 좀 더 자세히 설명하도록 하겠다. 말했듯이 나는 실의의 노래를 부르는 것이 아니라[141] 이웃들을 깨울 수만 있다면 횃대 위에 올라앉은 아침 수탉처럼 기운차게 소리치려는 것이다.

맨 처음 내가 숲에 살기 시작한 날, 다시 말해 낮만 아니라 밤에도 거기서 보내기 시작한 날은 우연히도 1845년 7월 4일 미국 독립 기념일이었다. 당시 집은 아직 완성되지 않아서 겨울을 나기 어려운 상태였다. 겨우 비를 피할 정도였으며 회벽을 바르지도 굴뚝을 세우지도 않았다. 벽이라고 해야 비바람에 얼룩진 거친 널빤지뿐인 데다 틈새가 널찍하게 벌어져서 밤에는 추웠다. 그래도 곧게 다듬은 하얀 샛기둥과 대패질한 문틀과 창틀 덕분에 집 전체가 깨끗하고 시원해 보였다. 특히 아침에 목재가 이슬을 흠뻑 머금었을 때는 더 그렇게 보여서 점심때쯤이면 나무에서 향긋한 수액이 배어날 거라고 상상했다. 그런 상상을 하며 찬란한 아침의 분위기를 자아내는 집을 바라보면 일 년 전 방문했던 산 위의 집이 떠올랐다. 회반죽을 바르지 않아 바람이 잘 통하는 그 오두막은 신이 여행하다가 기꺼이 머물 만하며 여신이 옷자락을 끌고 거닐 만한 곳

141) 영국의 시인 새뮤얼 테일러 콜리지(Samuel Taylor Coleridge, 1772~1834)의 시 「실의의 노래」를 빗댄 표현.

이었다. 내 집을 스쳐 지나는 바람은 산등성이를 휘돌아 오며, 지상의 음악에서는 끊긴 천상의 아름다운 가락만 실어다 주었다. 아침 바람이 쉴 새 없이 불고, 창조의 시는 끊임이 없다. 하지만 그 소리를 듣는 귀는 많지 않다. 속세를 벗어나면 올림포스산[142]은 어디에나 있다.

배를 제외하고 내가 지금까지 소유한 집은 텐트 하나뿐이었다. 여름에 여행할 때 가끔 사용했는데 지금은 둘둘 말려 다락방에 처박혀 있다. 배는 몇 사람의 손을 거친 뒤 세월의 강물에 떠내려가 버렸다. 이제 더 튼튼한 거처가 생겼으니 나는 세상에 정착하는 쪽으로 어느 정도 진일보했다고 볼 수 있다. 아주 약간 초라할지언정 이 집은 나를 에워싼 일종의 결정체였고, 건축자인 내 요구를 들어주었다. 이 집에는 윤곽만 그린 그림처럼 여러 의미가 담겨 있었다. 집 안 공기가 늘 신선함을 잃지 않았기 때문에 굳이 바람을 쐬러 문밖에 나갈 필요가 없었다. 비가 많이 내리는 날에도 나는 집 안보다는 문 바로 뒤에 앉아 있곤 했다. 『하리반사』[143]에 "새가 없는 집은 양념하지 않은 고기와 같다."라는 말이 있다. 내 집은 그렇지 않았다. 나는 어느새 새들의 이웃이 되어 있었다. 새를 잡아 가두어서가 아니라 새들 가까이에 집을 짓고 그 안에 나를 가두었기 때문이다. 나는 채마밭과 과수원을 자주 드나드는 새들뿐 아니라 마을 사람에게 세레나데를 불러 주는 일이

142) 그리스에서 가장 높은 산으로 그리스 신화에서 신들이 사는 곳이다.
143) 고대 인도의 대서사시 『마하바라타』의 부록편이다. 소로는 프랑스어로 번역된 작품을 읽었다.

전혀 또는 거의 없어서 더욱 야성적이고 더욱 가슴 뛰게 하는 숲속의 노래꾼들인 티티새, 개똥지빠귀, 풍금조, 멧새, 쏙독새를 비롯하여 그 밖의 많은 새와도 가까운 이웃이 되었다.

나는 콩코드 마을에서 남쪽으로 2.5킬로미터 정도 떨어진 조그마한 호수의 기슭에 자리를 잡았다. 마을보다 지대가 약간 높은 이곳은 콩코드 마을과 링컨 마을 사이에 드넓게 펼쳐진 숲의 한복판으로, 그 일대에서 유일하게 널리 알려진 콩코드 전쟁터[144]에서 남쪽으로 3킬로미터쯤 되는 지점이었다. 내 집은 숲에서 아주 낮은 지대에 위치해 있기 때문에 시야에 들어오는 가장 먼 지평선이라고 해야 800미터쯤 떨어진 맞은편 호숫가였는데, 그곳 역시 다른 지역처럼 숲으로 덮여 있었다. 처음 일주일 동안은 호수를 바라볼 때마다 호수가 높은 산기슭에 있어서 바닥이 다른 호수의 수면보다 훨씬 높다는 인상을 받았다. 해가 뜨면 호수는 밤에 입은 안개 옷을 벗어 버렸고, 그와 함께 여기저기서 부드러운 잔물결과 매끄러운 수면이 햇빛을 반사하며 조금씩 모습을 드러냈다. 그리고 안개는 밤의 비밀 집회를 끝낸 유령들처럼 살그머니 사방으로 흩어져서는 숲속으로 자취를 감추었다. 산기슭답게 이슬은 다른 곳보다 늦게까지 나무들에 맺혀 있는 듯했다.

8월에 비바람이 간간이 몰아치는 동안에는 이 조그마한 호수가 내게 더없이 소중한 이웃이었다. 그때 하늘은 구름에 덮여 있지만 공기와 물은 부드럽고 잔잔해서 한낮인데도 저녁처

144) 1775년 4월 19일 미국 독립 전쟁의 시발점이 된 전쟁터.

럼 고요했다. 티티새의 노랫소리만 호숫가 여기저기서 들려올 뿐이었다. 호수는 그때가 가장 잔잔하다. 호수 위 맑은 공기층은 얇고 구름에 가려서 어두운데 구름 사이로 비친 햇빛과 반사된 빛으로 가득 채워진 수면은 그 자체가 소중하기 그지없는 낮은 하늘이 된다. 얼마 전 나무를 베어 낸 가까운 언덕에 올라가 보면 호수 건너 남쪽으로 기슭을 이룬 언덕들의 널찍한 끝자락 사이로 아름다운 경치가 펼쳐진다. 서로 마주 보는 맞은편 언덕들의 경사면에서는 나무들이 우거진 골짜기를 지나 호수 방향으로 강물이 흐를 것 같지만 강은 없었다. 그 부근의 녹음이 우거진 언덕들 사이나 그 너머에는 저 멀리 지평선 위로 푸른빛이 감도는 더 높은 언덕이 보였다. 까치발을 딛고 서면 북서쪽으로 훨씬 푸르고 더 먼 산맥의 몇몇 봉우리가 어렴풋이 보였는데 마치 하늘의 조폐국에서 찍어 낸 푸른색 동전 같았다. 일부이기는 하지만 마을도 보였다. 그러나 다른 방향으로는 이 지점에서도 주위를 에워싸고 있는 숲 저편이나 그 너머는 볼 수 없었다. 부력을 주어 땅을 뜨게 하려면 근처에 물이 있어야 좋다. 아무리 작은 샘이라도 그 안을 들여다보면 땅이 대륙이 아니고 섬이라는 사실을 깨닫게 해 준다는 점에서 가치가 있다. 이는 샘물이 버터를 차게 유지하는 역할[145]을 하는 것만큼이나 중요하다. 언덕 꼭대기에 올라서면 호수 너머로 펼쳐진 서드베리 초원[146]이 보인다. 언젠가 홍

145) 소로 시대에 버터의 부패를 막기 위해 샘물에 담가 보관하기도 했다.
146) 월든 호수에서 남서쪽으로 5킬로미터쯤 떨어진 곳에 있다.

수가 났을 때 아마도 신기루 현상 탓이겠지만 그 모습이 대야 속의 동전처럼 소용돌이치는 계곡에 높이 떠 있는 것 같았다. 호수 너머의 땅은 그 사이에 끼어 있는 이 작은 호수 때문에 고립된 채 둥둥 떠다니는 얇은 빵 조각 같았다. 내가 사는 이 곳이 마른 땅일 뿐이라는 생각이 들었다.

내 집 문에서 보이는 풍경은 훨씬 옹색하지만 답답하거나 갇혀 있다는 느낌은 조금도 들지 않았다. 무엇보다 내 상상력을 발휘하기에 충분한 초원이 눈앞에 드넓게 펼쳐져 있었다. 건너편 기슭에서 융기한 졸참나무가 우거진 나지막한 구릉지가 서부 대평원과 타타르 초원 지대[147] 쪽으로 뻗어 있어 유랑하는 모든 인간 가족에게 넉넉한 공간을 제공했다. 다모다라[148]는 더 넓은 새 목초지를 원하는 목동들에 대해 "이 세상에서 광활한 지평선을 마음껏 즐기는 이만큼 행복한 사람은 아무도 없다."라고 말했다.

장소와 시간이 모두 바뀌었고, 나는 나를 가장 매혹시킨 우주의 그 지역과 역사 속의 그 시대에 더 가까이 살게 되었다. 내가 살던 곳은 밤마다 천문학자들이 관측하는 수많은 공간만큼이나 세상과 멀리 떨어져 있었다. 우리는 습관적으로 천상계의 외진 한구석, 소음과 소란에서 멀리 떨어진 카시오페이아의 의자[149] 뒤쪽 어딘가에 희귀하고 유쾌한 곳이 있을 거라고 상상한다. 나는 내 집이 비록 우주에서 외따로 떨어지

147) 아시아 쪽 러시아의 초원 지대.

148) 힌두 신 크리슈나의 별칭.

149) 카시오페이아 별자리에서 W 자 모양을 이루는 다섯 개의 별.

기는 했지만 언제나 새롭고 무엇에도 더럽혀지지 않은 장소에 터를 잡고 있다는 사실을 깨달았다. 플레이아데스성단이나 히아데스성단이나 알데바란이나 견우성[150]에 가까이 사는 것이 가치 있는 일이라면 나는 실제로 그런 곳에 살고 있었다. 그러니까 내가 뒤에 남겨 두고 온 삶에서 별만큼이나 멀리 떨어진 곳에 살고 있었던 것인데, 그 때문에 가장 가까운 이웃에게도 나는 달빛이 없는 밤에나 보일 정도로 희미하게 깜빡이는 자그마한 빛에 지나지 않았다. 내가 웅크리고 앉아 있는 곳은 드넓은 우주의 그런 공간이었다.

> 한 목동이 살고 있었네.
> 그의 사상은
> 양들이 무리를 이루어 풀을 뜯어 먹던
> 산만큼이나 높았다네.[151]

만약 양들이 목동의 생각보다 늘 더 높은 목초지로 돌아다닌다면 우리는 목동의 삶을 어떻게 생각해야 할까?

날마다 맞이하는 아침은 내게 자연처럼 소박하고 순수한 삶을 꾸려 가라고 권했다. 나는 그리스 사람들 못지않게 새벽의 여신 에오스를 진심으로 숭배했다. 나는 매일 아침 일찍

---

150) 플레이아데스성단은 황소자리의 어깨 부분에 보이는 별 무리, 히아데스성단은 황소자리에 있는 V 자 모양의 별 무리, 알데바란은 황소자리에서 가장 밝은 별, 견우성은 독수리자리에서 가장 밝은 별을 가리킨다.
151) 작자 미상의 옛 민요.

일어나 호수에서 목욕을 했다. 이는 하나의 종교적인 의식이었고, 내가 한 일 가운데 가장 잘한 일이었다. 중국 탕왕[152]의 욕조에 이런 글이 새겨져 있었다고 한다. "매일 너 자신을 완전히 새롭게 하라. 날이면 날마다 새로워지고, 영원히 새로워져라."[153] 나는 이 말에 담긴 뜻을 이해할 수 있다. 아침은 영웅시대를 되살려 낸다. 이른 새벽에 문과 창을 열어 놓고 앉아 있노라면 볼 수도 상상할 수도 없게 집 안을 마구 돌아다니는 모기 한 마리가 희미하게 앵앵거리는데 나는 그 소리를 들을 때마다 감동하곤 했다. 그것은 어떤 명성을 찬양한 트럼펫 소리보다 감동적이었다. 이를테면 호메로스의 진혼곡이었다. 그 자체가 분노와 방황을 노래하며 공중을 맴도는 『일리아스』이자 『오디세이아』였다.[154] 모깃소리에는 광활한 우주 같은 것이 담겨 있었다. 그 소리는 이 세상의 줄기찬 활력과 번식력에 대한 지속적인 광고였다. 하루 중 가장 기억할 만한 때인 아침은 깨어나는 시간이다. 아침에는 비몽사몽이 가장 덜하다. 밤낮을 가리지 않고 잠을 자는 우리 몸의 어떤 부분도 아침에 적어도 한 시간은 깨어 있다. 우리가 타고난 재능으로 깨어나지 않고 다른 사람이 기계적으로 건드려 잠을 깬다면, 또 천상의 음악과 대기를 가득 채운 향기와 함께 우리가 새롭게 얻은 힘과 내면의 열망에 의하지 않고 단순히 공장의 종소리 때문에

---

152) 중국 고대 상 왕조(기원전 1600~기원전 1046)를 창건한 왕.

153) 공자의 『대학』에 나오는 구절.

154) 호메로스의 『일리아스』는 아킬레우스의 분노, 『오디세이아』는 오디세우스의 방황에 대한 언급으로 시작된다.

잠을 깬다면, 그런 날을 하루라고 부를 수 있을지는 몰라도 전날보다 더 고결한 삶을 시작하지 못할뿐더러 그날에 대해서는 별로 기대할 것이 없다. 올바르게 잠에서 깨어나야만 어둠도 열매를 맺고 빛 못지않게 소중하다는 사실을 깨닫게 된다. 하루하루에 자신이 더럽힌 시간보다 더 이르고 더 성스럽고 더 찬란하게 빛나는 새벽의 시간이 포함되어 있다는 사실을 믿지 못한다면 삶에 절망한 상태에서 어두운 내리막길을 걷는 사람이다. 부분적으로나마 감각적인 생활을 중단하면 인간의 영혼, 아니 영혼의 모든 기관은 아침마다 활력을 되찾는다. 그리고 그의 영성은 다시금 고결한 삶을 살려고 애쓰게 된다. 분명한 것은 기억할 만한 모든 사건은 아침 시간과 아침의 대기 속에서 일어난다는 사실이다. 『베다』[155]에도 "모든 지혜는 아침과 함께 깨어난다."라고 쓰여 있다. 시와 예술을 비롯하여 가장 아름답고 가장 기억할 만한 인간의 행위는 아침 시간에 이루어진다. 모든 시인과 영웅은 멤논처럼 새벽 여신의 자식이며, 해가 뜰 때 그들의 음악이 울려 퍼진다. 태양과 보조를 맞추어 탄력적이고 힘찬 생각을 유지하는 사람에게는 하루가 영원한 아침이다. 시계가 몇 시를 가리키든 사람들이 어떤 태도로 어떻게 일하든 중요하지 않다. 아침은 내가 잠에서 깨어 있는 시간이자 내 내면에 새벽이 깃들어 있는 때다. 도덕적 개혁이란 잠을 떨쳐 내려는 노력을 뜻한다. 사람들이 꾸벅꾸벅

---

155) 고대 인도의 종교 지식과 제례 규정을 담은 문헌. 브라만교의 경전을 가리키기도 한다.

졸지 않았다면 자신의 하루에 대해 그토록 형편없는 평가를 내릴 이유가 없다. 그 사람들은 그 정도로 계산에 서툴지 않다. 나른한 졸음에 압도되지 않았다면 반드시 무언가 해냈을 것이다. 수많은 사람이 육체노동을 하기에 충분할 만큼 잠에서 깨어 있다고 하지만 지적 능력을 효과적으로 발휘할 만큼 깨어 있는 사람은 100만 명 중 한 명에 불과하고, 시적인 삶이나 신성한 삶을 영위할 정도로 깨어 있는 사람은 1억 명 중 한 명에 지나지 않는다. 깨어 있다는 것은 곧 살아 있다는 뜻이다. 나는 완전히 깨어 있는 사람을 아직 만난 적이 없다. 만났더라도 그 얼굴을 똑바로 바라보지는 못했을 것이다.

우리는 기계의 도움을 받아서가 아니라 우리를 저버리지 않는 새벽의 무한한 기대로 깨어나고 늘 깨어 있는 상태를 유지할 줄 알아야 한다. 인간이 의식적인 노력을 통해 스스로 삶을 향상하는 능력을 지녔다는 사실보다 더 우리의 용기를 북돋는 것은 없다. 우리가 그림을 그리거나 조각을 하여 어떤 대상을 아름답게 만들 수 있다는 것은 대단한 일이다. 다만 우리가 바라보는 매체를 조각하고 그릴 수 있다면 훨씬 영광스러운 일일 텐데 우리는 틀림없이 그렇게 할 수 있다. 하루의 삶에 질적인 영향을 미치는 것이야말로 최고의 예술이다. 누구에게나 가장 숭고하고 귀중한 시간에 아주 세세한 부분까지 묵상할 가치가 있도록 자기 삶을 꾸릴 의무가 있다. 우리가 여기저기서 얻은 하찮은 교훈을 스스로 거부하거나 싫증을 내면 신탁에 의해 신이 어떻게 살아가야 하는지 분명히 알려 줄 것이다.

내가 숲으로 들어간 것은 나 자신이 의도한 대로 삶의 본질적인 사실만을 앞에 두고 살고 싶었기 때문이다. 스스로 인생의 가르침을 온전히 익힐 수 있는지 확인하고 싶어서였고, 죽음을 맞았을 때 내가 헛되이 살지 않았다는 것을 발견하고 싶어서였다. 나는 삶이 너무 소중하여 삶이 아닌 삶을 살고 싶지 않았다. 불가피한 경우가 아니라면 결코 물러서고 싶지 않았다. 한순간이라도 깊이 있게 살면서 삶의 정수를 고스란히 흡수하고 싶었다. 스파르타 사람처럼 강인하게 살아감으로써 삶이 아닌 것을 몽땅 물리치고 싶었다. 나는 뿌리까지 바짝 잘라 내어 구석으로 몰아가서는 가장 낮은 단계까지 끌어내림으로써 삶이 천박한 것으로 판명되면 그 적나라한 모습을 포착하여 세상에 알리고, 반대로 삶이 숭고한 것이면 직접 체험함으로써 그 사실을 깨달아 다음 여행기[156]에 정확하고 충실하게 기술하고 싶었다. 내가 보기에 사람들 대부분은 인생이 악마의 것인지 신의 것인지에 대해 이상할 만큼 확신을 갖지 못한 채 이승에서 사는 주된 목적은 "신을 찬양하고, 그 존재를 영원히 받아들이는 것"[157]이라고 다소 성급하게 결론을 내린다.

우화에서는 우리가 오래전에 인간으로 변했다고 하는데[158]

156) 소로는 자신의 에세이를 주로 excursion, 즉 '여행기'라고 칭했다.
157) 17세기 출간된 『뉴잉글랜드 초등 독본』에 실린 글.
158) 그리스 신화에서 아이기나섬의 왕 아이아코스는 전염병으로 백성들이 죽자 아버지인 제우스에게 개미를 인간으로 변하게 해 달라고 간청함으로써 섬의 인구를 다시 채웠다.

우리는 여전히 개미처럼 비천하게 살고, 소인족처럼 두루미들과 싸운다.[159] 이는 잘못에 잘못을 더하고, 누더기 위에 누더기를 덧대는 것이나 마찬가지이며, 이런 경우 우리가 지닌 최고의 미덕은 불필요한 데다 충분히 피할 수 있는데도 그러지 못하는 비참한 모습을 띠게 된다. 우리 삶은 사소한 일로 낭비된다. 정직한 사람은 셈을 할 때 열 손가락 이상 쓸 필요가 없다. 손가락이 모자라는 극단적인 경우 발가락 열 개를 보탤 수 있지만 그 외에는 하나로 뭉뚱그리는 것으로 충분하다. 간소하게, 간소하게, 간소하게 생활하자! 일을 100가지나 1000가지로 늘리지 말고 두세 가지로 줄이자. 100만 대신에 대여섯까지만 세고, 센 숫자는 엄지손톱에 적어 두자. 문명화된 삶이라는 풍랑의 바다 한복판에서는 먹구름과 폭풍과 흘러내리는 모래 등 고려해야 할 조건이 헤아릴 수 없이 많기 때문에 배가 침몰하여 항구로 돌아가지 못하는 사태를 피하려면 추측 항법[160]에 의지해야만 한다. 이런 점에서 성공한 사람은 계산을 뛰어나게 잘하는 것이 분명하다. 간소화하고 또 간소화하자. 하루 세 끼를 먹는 대신에 필요하다면 한 끼만 먹고, 100가지 음식 대신에 다섯 가지로 만족하자. 다른 것들도 같은 비율로 줄이자. 우리 삶은 수많은 군소 국가로 이루어진 독

---

159) 호메로스의 『일리아스』에서는 트로이 사람들을 소인족(피그마이오스)과 싸우는 두루미에 비유하고 있다.

160) 이미 아는 장소를 출발점으로 하여 그 후 항해 방향이나 거리 등에 의해 현재 배의 위치를 추산하면서 항해하는 방법.

일 연방[161]과 비슷하다. 독일 연방은 국경이 수시로 바뀌기 때문에 독일 사람조차 현재의 국경이 어떻게 되어 있는지 모른다. 이 나라도 여러 방면에서 이른바 내적 개혁이 이루어졌지만 사실은 허울 좋은 피상적인 개혁일 뿐 그 자체가 지나치게 비대해서 다루기 힘든 조직이 되어 버렸다. 그런 터에 치밀한 계산과 합당한 목적 없이 사치와 낭비를 일삼은 탓에 마침내 파산 지경에 이르고 말았다. 이 땅의 수많은 가정도 파산 상태에 놓여 있기는 마찬가지다. 가구가 뒤죽박죽 널브러진 상태에서 스스로 쳐 놓은 덫에 걸린 채 꼼짝 못 하는 꼴이다. 이 같은 국가와 가정을 구할 유일한 방법은 엄격하게 절약하는 가운데 스파르타 사람들 이상으로 간소하게 생활하고 한층 높은 목적의식을 갖는 것이다. 우리 삶은 속도가 지나치게 빠르다. 사람들은 나라가 다른 나라와 교역하고, 얼음을 수출하고, 전신으로 소식을 주고받고 시속 50킬로미터의 속도로 달리는 것[162]이 절대적으로 필요하다고 생각한다. 하지만 우리가 개코원숭이처럼 살아야 하는지 인간답게 살아야 하는지는 잘 모른다. 우리가 침목을 만들고 레일을 깔고 밤낮으로 열심히 일하는 대신 자신의 생활을 개선한답시고 시간을 낭비

---

161) 1815년 빈 회의의 결정으로 전 독일의 35개 군주국과 4개 자유 도시를 통합하여 조직한 연방 국가. 프로이센·오스트리아 전쟁 뒤 비스마르크가 해체했다.

162) 월든 호수 옆을 지나 피치버그로 뻗은 철도를 달리는 기차의 속도를 의미한다. 이 철도가 개통된 것은 소로가 숲속 생활을 시작하기 일 년 전인 1844년의 일이다.

하면 철도는 누가 건설하겠는가? 그리고 철도가 건설되지 않으면 우리가 어떻게 제때에 천국에 닿겠는가? 우리가 집에 머물며 자기 일에만 열중한다면 누가 철도를 필요로 하겠는가? 우리가 철도 위를 달리는 것이 아니라 철도가 우리 위를 달린다. 철로 밑에 깔린 침목이 무엇을 의미하는지 생각해 본 적이 있는가? 침목 하나하나는 사람, 아일랜드 사람이거나 양키, 즉 뉴잉글랜드 사람이다. 그들 위에 철로가 놓이고 모래가 덮이면 기차가 부드럽게 그 위를 달리게 된다. 이를테면 그 사람들은 튼튼한 침목[163)]이다. 확실히 그렇다. 몇 년 주기로 침목이 새로 깔리고 그 위로 기차가 달린다. 따라서 철로 위를 달리는 즐거움을 누리는 사람이 있는가 하면, 그 밑에 깔려 철로를 떠받치는 불행한 사람이 있다. 기차가 잘못된 방향으로 놓인 여분의 침목에 부딪혀서 잠에 취한 채 걷는 나그네라도 깨우면 사람들은 황급히 기차를 세우고 무언가 뜻밖의 사건이 일어난 듯 야단법석을 떤다. 침목을 원래의 자리에 놓고 평평한 상태를 유지하기 위해 8킬로미터마다 인부들을 배치해야 한다는 사실을 알았을 때 나는 적잖게 기뻤다. 이는 그 불행한 사람들이 언젠가 다시 일어날 수도 있다는 징조라고 여겨졌기 때문이다.

우리는 왜 이처럼 인생을 허비하면서 허겁지겁 살아갈까? 배가 고프기도 전에 굶어 죽을 각오를 하는 것 같다. 우리는 제때의 바늘 한 땀이 나중에 아홉 땀을 던다고 말하면서 어

---

163) '침목'을 뜻하는 단어 sleeper에는 '잠든 사람'이라는 뜻도 있다.

리석게도 내일의 아홉 땀을 덜기 위해 오늘 천 땀의 바느질을 한다. 일에 대해 말하자면 우리는 늘 일에 파묻혀 살면서도 의미 있는 일은 전혀 하지 않는다. 다들 무도병[164)]에 걸려서 머리를 가만히 놔두지 못할 뿐이다. 불이 나서 내가 교회 종의 줄을 몇 차례 잡아당기면 콩코드 외곽의 농장에서 일하던 농부들, 아침만 해도 일이 너무 많아 정신없다고 투덜대던 남자들은 물론이고 어린아이와 여자들까지 만사 제쳐 두고는 종소리를 따라서 우르르 몰려들 것이다. 그런데 그 사람들이 몰려든 목적은 불길 속에서 재물을 구하려는 게 아니다. 사실대로 말하자면 불구경을 하러 온 사람이 훨씬 많다. 어차피 재물은 불타 버렸을 거라고 생각하는 터에 자신들이 불을 지른 게 아니기 때문이다. 불 끄는 장면을 가만히 구경하다가 그 일이 근사해 보이면 슬그머니 끼어들려고 온 사람도 있을 것이다. 불난 건물이 다름 아닌 마을 교회여도 마찬가지다. 식사를 한 뒤 낮잠을 자다가 삼십 분이 안 되어 눈을 뜨고는 고개를 쳐들면서 마치 인류 전체가 자기를 위해 보초라도 선 듯 "무언가 새로운 소식 없나?"라고 묻는 사람이 있다. 그런가 하면 삼십 분마다 깨워 달라고 부탁하는 사람도 있는데, 이 또한 특별한 목적이 있어서가 아니라 단순히 새로운 것이 없는지 묻기 위해서다. 그는 자기를 깨워 준 답례로 꿈 이야기를 들려준다. 하룻밤 자고 난 그에게 뉴스는 아침 식사만큼이나

164) 몸의 여러 근육이 불규칙적인 데다 아무 목적 없이 저절로 움직여 마치 춤을 추는 듯한 모습이 되는 신경계 질환.

절대 없어서는 안 되는 것이다. "무언가 새로운 소식을 알려줘. 이 세상 어디에서 어떤 사람에게 일어난 일이든 상관없이 내게 말하라고." 그는 이렇게 중얼거리면서 커피를 마시고 빵을 먹으며 신문 기사를 읽는다. 오늘 아침 어떤 남자가 와시토 강[165]에서 눈알이 뽑혔다는 기사다. 그 기사를 읽으면서도 그는 자신 또한 어둡고 깊이를 알 수 없는 거대 동굴[166]에 사는 데다 눈이라고는 퇴화하여 흔적만 남은 한쪽 눈뿐이라는 사실을 상상조차 하지 않는다.

나는 우체국 없이도 별다른 불편을 느끼지 않고 생활할 수 있다. 우체국을 이용할 만큼 중요한 소식은 거의 없다고 생각한다. 이미 몇 년 전에도 이런 이야기를 했지만[167] 비판적으로 말해 나는 지금껏 우푯값이 아깝지 않은 편지는 한두 통밖에 받아보지 못했다. 1페니 우편 제도[168]는 골똘히 생각에 잠겨 있는 사람에게 무슨 생각을 하는지 가르쳐 주면 1페니 줄게[169] 하던 농담이 실제로 1페니를 내는 제도로 이어진 것이다. 나는 또 신문에서 기억할 만한 기사를 읽은 적이 없다.

---

165) 미국 아칸소주 중앙 서부에 있는 와시토산맥에서 발원하는 강.
166) 미국 켄터키주 중부에 있는 매머드 동굴을 가리킨다. 눈이 퇴화한 물고기가 사는 것으로 알려져 있다.
167) 소로는 1846~1847년의 일기에서 "나는 우체국이 없어도 지낼 수 있을 것 같다. 나는 일 년에 편지를 한 통 이상 받아 보지 못했다."라고 썼다.
168) 우편 요금을 1페니로 통일한 제도이며 1839년 영국에서 시행되었다.
169) 원문의 'a penny for your thoughts.'는 '무슨 생각을 하는지 가르쳐 주면 1페니를 주겠다.'라는 뜻에서 발전하여 '무슨 생각을 그렇게 골똘히 하고 있어?'라는 뜻으로 쓰인다.

어떤 사람이 강도를 당했거나 살해되었거나 사고로 죽었다는 기사도 그렇지만, 어떤 집이 불타고 어떤 배가 난파하고 어떤 증기선이 폭발했다는 기사나 어떤 소가 서부 철도 노선에서 기차에 치이고 어떤 미친개가 죽고 겨울에 메뚜기 떼가 나타났다는 기사는 한 번만 읽으면 된다. 두 번 읽을 필요가 없다. 원칙을 알면 그것으로 충분하다. 무엇 때문에 수많은 실례와 응용에 신경을 쓴다는 말인가? 철학자에게 뉴스는 그저 가십에 불과하다. 그런 가십을 편집하거나 읽는 사람은 한가하게 차를 마시는 나이 든 여인들뿐이다. 그런데도 적잖은 사람들이 가십에 사족을 못 쓴다. 얼마 전 어느 신문사에 최근의 해외 소식을 알려고 많은 사람이 몰려드는 바람에 건물의 대형 판유리 몇 장이 그 압력을 이기지 못해 박살 났다는 이야기를 들었다. 좀 더 진지하게 생각하면 약간의 지혜가 있는 사람은 그 같은 소식을 십이 개월 전, 아니 십이 년 전에도 꽤 정확하게 작성할 수 있었을 것 같다. 스페인을 예로 들자면 돈 카를로스와 인판타,[170] 돈 페드로와 세비야와 그라나다[171] 같은 이름 — 내가 신문을 끊은 뒤 다른 이름으로 바뀌었을 수도 있다 — 을 그때그때 적당한 비율로 싣고 다른 흥밋거리가 없을 때는 투우에 관한 이야기로 보충하는 요령을 부릴 경우

170) 1830년대 초 스페인 국왕 페르난도 7세와 그 동생 돈 카를로스 사이에 왕녀(인판타)인 이사벨의 여왕 즉위를 놓고 권력 다툼이 벌어졌다. 당시 이사벨이 여왕에 즉위했으나 그 뒤 몇 년 동안 스페인은 내전에 휘말렸다.

171) 기독교 왕국인 카스티야의 왕 돈 페드로(Don Pedro, 1334~1369)는 스페인의 세비야와 그라나다를 점령하고 이슬람 세력을 잔인하게 토벌했다.

흠잡을 데 없는 기사가 될 것이다. 그러면 최근의 스페인 정세 또는 스페인 정세의 악화 같은 제목 아래 간결하면서도 명료하게 작성된 기사만큼이나 정확한 사실들을 우리에게 전해주리라. 영국의 경우를 살펴보면 그 땅에서 날아온 최근의 중대 뉴스는 1649년의 혁명[172] 정도다. 따라서 당신이 영국의 연평균 농산물 수확량의 이력을 잘 아는 터에 농산물과 관련된 투기사업에 손을 대려는 게 아니라면 굳이 영국에 주목할 필요가 없다. 신문을 거의 보지 않는 사람으로서 판단하건대 외국에서는 좀처럼 새로운 사건이 일어나지 않는다. 프랑스 혁명도 예외가 아니다.

새로운 소식이라니! 그보다는 세월이 지나도 낡지 않는 것을 아는 게 훨씬 중요하지 않겠는가! 중국 위나라의 고관 "거백옥이 근황을 묻기 위해 공자에게 사자를 보냈다. 공자는 사자를 옆에 앉히고 물었다. '주인께서는 어떻게 지내시는가?' 사자는 공손히 대답했다. '주인님께서는 허물의 수를 줄이려 하시지만 잘되지 않는 듯합니다.' 사자가 떠난 뒤 공자는 이렇게 말했다. '훌륭한 사자군! 아주 훌륭한 사자야!'"[173] 일요일은 새로운 한 주를 기운차게 시작하는 날이라기보다 헛되이 보낸 일주일을 과감하게 끝맺는 날이다. 따라서 목사는 지루하기 짝이 없는 설교로 한 주의 마지막 날인 휴일을 맞아 꾸벅꾸벅 조는 농부들의 귀를 괴롭히는 대신 우레 같은 목소리

172) 찰스 1세의 왕당파와 크롬웰이 이끄는 의회파가 대립한 끝에 국왕이 처형되고 공화정이 수립되는 계기를 마련한 청교도 혁명을 말한다.
173) 『논어』 14편 26절에서 인용.

로 "그만 멈추시오! 겉으로는 빠릿빠릿해 보이는데 행동은 왜 그렇게 굼뜬 것이오?"라고 호통을 쳐야 한다. 거짓을 진실로 여기고 허위와 망상을 건전한 진리로 여기는 사람이 많다. 진실만을 계속해서 바라보고 망상에 빠지지 않으려 애쓴다면 인생은 우리가 아는 것들과 비교해 동화나 『아라비안나이트』 같을 것이다. 또 필연적인 것과 존재할 권리가 있는 것만 존중한다면 거리마다 음악과 시가 울려 퍼질 것이다. 서두르지 않고 현명하게 처신할 경우 우리는 위대하고 가치 있는 것만이 영원히 절대적으로 존재한다는 사실과 함께 사소한 두려움과 쾌락은 한갓 진실의 그림자에 지나지 않음을 깨닫게 되리라. 이런 깨달음은 우리에게 언제나 원기를 북돋워 주는 숭고한 진리다. 사람들은 눈을 감고 꾸벅꾸벅 졸거나 그것이 무엇이든 겉모습에 현혹되어 비판 없이 수용함으로써 틀에 박힌 일상과 습관적인 삶을 살아간다. 그러나 어디까지나 허구를 바탕으로 세워진 부실한 삶일 뿐이다. 어린아이들은 삶을 놀이로 삼기 때문에 인생의 참된 법칙과 관계를 어른들보다 더 명확하게 분간할 줄 안다. 어른들은 인생을 가치 있게 살지도 못하면서 경험에 의해, 바꾸어 말하면 실패를 한 덕에 자신들이 아이들보다 더 현명하다고 생각한다. 언젠가 힌두교 경전에서 이런 구절을 읽었다. "옛날에 갓난아기 때 왕궁에서 쫓겨나 산림지기의 손에 자란 왕자가 있었다. 왕자는 그런 환경에서 자랐기 때문에 자신이 함께 사는 미개한 종족의 일원이라고 생각했다. 그러던 어느 날 왕의 신하가 왕자를 발견하고 진짜 신분을 밝혀 주었다. 그제야 왕자는 신분에 대한 오해를 풀고 자신이 왕자라는 사실을 깨닫게 되었다." 인도 철학자는 이 일화를 소개한 뒤 "이처럼 사람은 처한 환경에 영향을 받아 자신의 근본을 오해한다. 그러다 어느 훌륭한 스승이 진실을 밝혀 주면 그제야 자신이 브라흐마[174]라는 사실을 알게 된다."라고 말했다. 나는 우리 뉴잉글랜드 사람들이 사물의 겉만 볼 뿐 속까지 꿰뚫어 보지 못하기 때문에 오늘날 비참하게 생활한다고 생각한다. 우리는 눈에 보이는 것이 다라고 믿는다. 누군가 우리 마을을 지나가면서 겉으로 드러난 모습만 본다면 마을 한복판에 있는 '밀댐'[175]은 어떻게 되겠는가? 설령 그 사람이 밀댐을 직접 보고 실제 모습을 설명한다고 해도 우리는 그가 어떤 곳을 말하는지 알아차리지 못할 것이다. 읍사무소나 재판소, 교도소, 상점, 또는 우리가 사는 주택을 보라. 진실의 눈으로 바라볼 때 그것들이 실제로 무엇인지 설명해 보라. 여러분이 설명하는 동안 모두 산산이 부서져 버릴 것이다. 사람들은 진리가 먼 곳에 있다고 생각한다. 태양계의 외곽이나 지구에서 가장 멀리 떨어진 별 너머 어딘가에 있다고 생각한다. 아담 이전 시대나 최후의 인간 이후에 있다고 생각한다. 영원이란 시간 속에 참되고 숭고한 무언가가 있다. 하지만 모든 시간과 장소와 기회는 바로 지금 여기에 있다. 신도 지금 이 순간 영광의 정점에 올라섰다. 따라서 모든 시대를 통틀어 지금이 가장 신성하다. 우리는 우리를 에워싼 진실을 줄기차

---

174) 힌두교에서 창조를 주관하는 신.

175) 콩코드의 중심부였던 곳. 콩코드는 원래 물방아용 댐(mill-dam)의 부지였다가 정착지로 발전했다.

게 받아들여 흠뻑 젖어야만 비로소 숭고하고 고결한 것을 알아낼 수 있다. 우주는 우리 생각에 끊임없이, 그리고 고분고분하게 응답한다. 빨리 걷든 느리게 걷든 상관없이 우주에는 우리를 위한 길이 있다. 그렇다면 평생을 바쳐 새로운 삶을 고안하고 구상해야 하지 않을까? 그렇게 해 보자. 시인이나 예술가가 아주 아름답고 고상한 구상을 해 놓으면 적어도 후세 사람들이 완성해 나갈 것이다.

하루를 자연처럼 살아 보자. 철로 위에 떨어진 견과류 껍데기나 모기 날개 탓에 탈선하는 기차처럼 되지는 말자. 아침 일찍 일어나고 식사를 하든 거르든 조용하고 평온하게 지내자. 손님이 오든 종이 울리든 아이들이 함성을 지르든 상관하지 말고 하루하루 즐겁게 살기로 하자. 시대의 흐름에 휩쓸려서 살아야 할 이유가 어디 있는가? 정오의 얕은 여울에 있는 오찬이라는 이름의 무서운 급류와 소용돌이에 휘말려서 허우적거리지 말자. 그런 위험을 뚫고 나가면 우리는 안전할 것이다. 나머지 길은 내리막이기 때문이다. 긴장의 끈을 늦추지 말고 아침 활력을 유지한 채 율리시스처럼 돛대에 몸을 묶고는[176] 다른 쪽을 바라보면서 정오의 급류와 소용돌이를 피해 항해하자. 기적이 울리면 목이 쉬어 아플 때까지 울게 내버려 두자. 종이 울려도 부랴부랴 뛰어나갈 필요 없다. 종소리가 어떤 음악과 유사한지 생각해 볼 수도 있지 않은가. 마음

176) 율리시스(오디세우스의 라틴어 이름)는 바다의 요정 세이렌의 노랫소리에 현혹당해 제물이 되지 않으려고 돛대에 제 몸을 묶었다.

을 차분히 가라앉히고 여론, 편견, 전통, 망상, 겉치레로 이루어진 진흙탕, 즉 지구를 뒤덮은 퇴적물을 밟고 지나 파리와 런던, 뉴욕과 보스턴과 콩코드를 지나고, 교회와 시골을 지나고, 시와 철학과 종교를 지나자. 그러면 마침내 바로 여기라고, 틀림없다고 말할 수 있는 '리얼리티'라는 이름의 단단한 바위 바닥에 닿게 될 것이다. 거기에서는 홍수와 서리와 불의 영향권을 벗어나 '프웽 다퓌(point d'appui)', 즉 하나의 '거점'으로 성벽과 국가의 기초를 다지고, 가로등을 안전하게 세울 수 있다. 또 위선과 겉치레의 홍수가 진실을 얼마나 깊이 뒤덮곤 했는지 후세 사람들이 알도록 측정기를 설치할 수 있다. 나일로미터가 아니라 리얼로미터[177]라는 측정기를 말이다. 여러분이 어떤 사실을 정면으로 마주한다면 마치 시미터[178]의 칼날같이 양쪽 면에 햇빛이 부딪혀 반짝이는 모습을 보고, 그 칼날이 여러분의 심장과 골수를 부드럽게 가르는 것을 느끼리라. 그리하여 마침내 이승의 삶을 행복하게 끝마치게 될 것이다. 삶이든 죽음이든 우리는 오로지 사실만을 갈구한다. 우리가 실제로 죽어 가고 있다면 우리 목구멍에서 울리는 가르랑거리는 소리를 듣고 팔다리가 차가워지는 것을 느끼자. 만약 우리

177) 나일로미터(nilometer)는 고대 이집트에서 홍수를 경고하기 위해 나일강의 수위를 재던 측정기다. nil이 nothing을 뜻하기도 하여 나일로미터는 '아무것도 아닌 계기'라는 의미를 내포한다.'리얼로미터(realometer)는 '나일' 대신에 '진실'을 뜻하는 '리얼'을 써서 만든 조어이며 '진실 측정기'라는 뜻이다.

178) 아랍인들이 쓰는 초승달 모양의 검. 신월도 또는 언월도라고도 한다.

가 살아 있다면 우리가 해야 할 일을 시작하자

시간은 내가 낚싯줄을 내리는 강물일 뿐이다. 나는 그 강물을 마신다. 그러면서 모랫바닥을 굽어보고 강이 얼마나 얕은지 가늠한다. 시간의 얕은 강물은 흘러가 버릴지라도 영원은 그 자리에 남는다. 나는 더 깊은 곳의 물을 마시고 싶다. 별들이 조약돌처럼 깔려 있는 하늘에서 낚시를 하고 싶다. 나는 하나라는 셈도 할 줄 모르고, 알파벳의 첫 글자도 모른다. 나는 태어나던 날만큼 지혜롭지 못한 것을 늘 한탄해 왔다. 지성은 거대한 칼이다. 그것은 사물의 비밀을 포착하고 그 속으로 파고든다. 나는 필요 이상으로 손을 바쁘게 놀리고 싶지는 않다. 내 머리가 손이고 발이다. 나는 내 최고의 능력이 모두 머릿속에 집중되어 있는 것을 생생히 느낀다. 몇몇 동물이 무언가를 찾을 때 주둥이와 앞발을 써서 굴을 파듯 나는 내 머리가 그런 역할을 한다는 걸 본능적으로 알고 있다. 나는 머리로 굴을 파서 앞에 놓인 언덕들을 뚫고 나갈 것이다. 이 근처 어딘가에 풍부한 광맥이 있을 거라는 생각이 든다. 나는 탐지기가 가리키는 방향과 엷게 피어오르는 증기를 보고 광맥이 있는 곳을 판단할 것이다. 바로 여기서부터 굴을 파기 시작해야겠다.

독서

일을 좀 더 신중하게 생각하여 선택한다면 누구나 본질적으로는 학자나 관찰자가 될 수 있다. 누구든지 인간의 본성이나 운명에 지대한 관심을 가지고 있기 때문이다. 우리가 자신이나 후손을 위해 재산을 축적하고 가정이나 국가를 세우고 더 나아가 명성까지 얻어도 결국은 죽게 마련이다. 하지만 진리를 좇으면 불멸의 삶을 살게 될 뿐 아니라 세상의 변화나 뜻밖의 일을 당해도 두려워하지 않게 된다. 고대 이집트나 인도의 철학자는 신상을 덮은 베일의 한 귀퉁이를 걷어 올렸다. 그 베일은 지금도 걷어 올려진 채 살랑살랑 나풀거려서 나는 고대 철학자가 그랬듯 신선하게 빛나는 신상의 찬란한 모습을 볼 수 있게 되었다. 당시 대담하게 베일을 걷어 올린 것은 철학자 안에 있는 나 자신이고, 지금 그 모습을 회상하는 것은 내 안에 있는 철학자이기 때문이다. 베일에는 먼지 한 점 묻지 않았다. 그 신성한 모습이 드러난 뒤로 시간이 전혀 흐르지 않았기 때문이다. 우리가 정말로 개선하거나 개선할 수 있는 시간은 과거도 현재도 미래도 아니다.

내가 살던 집은 사색만 아니라 독서다운 독서를 하기에 대학보다 더 적합한 곳이었다. 나는 흔하디흔한 순회 도서관조차 찾아오지 않는 벽지에서 살았지만 전 세계를 순회하는 책들의 영향을 어느 때보다 많이 받았다. 이런 책들의 글은 처음에는 나무껍질에 쓰였으나 지금은 리넨 종이에 인쇄되곤 할 것이다. 시인 미르 카마르 웃딘 마스트[179]는 이렇게 말한다. "나는 책을 통해 앉아서 정신세계를 두루 돌아다니는 이점을 얻었고, 심원한 교리라는 술을 마심으로써 한 잔의 술에 취했을 때의 즐거움을 맛보았다." 나는 여름 내내 책상 위에 호메로스의 『일리아스』를 놓아두었는데도 이따금 책장을 넘겨 보기만 했다. 집 짓는 일을 마무리하고 콩밭을 돌보느라 일이 끊이지 않아 처음에는 공부할 여력이 없었다. 그래도 앞으로 책을 얼마든지 읽을 수 있다고 기대하면서 스스로를 다독였다. 나는 일하는 틈틈이 가벼운 여행기 한두 권을 읽었고, 그제야 그 같은 시시한 독서를 하는 자신이 부끄러워 지금 내가 어디에 와서 살고 있느냐고 자문했다.

학생은 방탕이나 사치에 빠질 위험 없이 호메로스나 아이

179) 18세기 인도의 시인. 페르시아어와 우르두어로 시를 썼다.

스킬로스[180]를 그리스어로 읽어도 된다. 이는 학생이라면 작품에 등장하는 영웅을 어느 정도 본받을 수 있고, 책을 읽는 데 아침나절을 기꺼이 바칠 수 있다는 뜻이다. 영웅에 관한 책은 비록 모국어로 되었을지라도 타락한 시대의 독자들에게는 죽은 언어로 쓰인 것처럼 이해하기 어려울 수 있다. 그래서 우리는 지혜와 용기와 아량을 총동원하여 일반적으로 쓰이는 것보다 더 큰 의미를 추측하면서 단어 하나하나, 문장 하나하나의 의미를 열심히 찾아야만 한다. 요즘의 저렴하고 풍부한 출판물과 번역서가 고대 영웅을 다룬 작가들에게 가까이 다가가도록 우리를 도와주지는 못한다. 그래서인지 그런 작가들은 여전히 외로워 보이고, 그들의 인쇄된 글자 또한 어딘지 낯설고 이상해 보인다. 고대 언어는 세간의 시시한 일상을 벗어난 것으로 영원히 잊히지 않을 암시와 자극을 주기 때문에 설령 단어 몇 개를 배우더라도 젊은 시절의 귀중한 시간을 바칠 만하다. 농부가 귀동냥한 라틴어 단어 몇 개를 기억하고 되풀이하여 말한다면 결코 헛된 일이 아니다. 사람들은 고전 연구가 결국 현대적이고 실용적인 학문에 자리를 내주고 말 것이라고 종종 말한다. 그러나 대담한 연구자라면 어떤 언어로 쓰였든, 얼마나 오래되었든 상관하지 않고 변함없이 고전을 연구할 것이다. 인간의 가장 고귀한 사상을 기록한 것이 고전 아닌가? 고전은 아직까지 사라지지 않고 남아 있는 유일한 신탁

180) 고대 그리스의 비극 시인(기원전 525~기원전 456).

이며, 그 안에는 델포이나 도도나[181]도 밝히지 못한 가장 최근의 질문에 대한 해답이 담겨 있다. 고전 연구를 그만두는 것은 자연이 오래되었다는 이유로 자연에 대한 연구를 그만두는 것이나 다름없다. 독서다운 독서를 하는 것, 다시 말해 제대로 된 책을 제대로 된 정신으로 읽는 것은 그 자체가 고귀한 수행이다. 그런데 여기에는 당대의 풍습이 평가하는 어떤 수행보다도 힘겨운 노력이 필요하다. 운동선수가 하는 것과 같은 훈련, 거의 평생에 걸쳐서 목적을 달성하겠다는 꾸준한 의지가 필요하다. 책은 쓰였을 때처럼 신중하게 정성을 들여 읽어야 한다. 책이 쓰인 나라의 언어를 말할 수 있어도 그것만으로는 충분하지 않다. 입말과 글말, 즉 귀로 듣는 언어와 눈으로 읽는 언어 사이에 큰 차이가 있기 때문이다. 입말은 대체로 일시적인 하나의 소리, 하나의 발음, 하나의 방언에 불과하기 때문에 동물적이다. 우리는 그런 언어를 어머니에게서 동물처럼 무의식적으로 배운다. 글말은 입말이 경험을 쌓아 한층 성숙해진 언어다. 입말이 어머니의 말이라면 글말은 아버지의 말로서 귀로 듣기에 버거울 만큼 의미심장한 데다 한껏 절제된 가운데 선택된 표현이기 때문에 그것을 말하려면 다시 태어나야만 한다. 중세에 그리스어와 라틴어를 쓸 줄 알았던 사람들은 대부분 그때 우연히 태어난 덕에 자기 나라의 언어로 쓰인 천재들의 작품을 읽을 자격을 얻은 것이 아니다. 그런 작품을 읽은 것은 그

181) 고대 그리스 도시 델포이는 아폴론의 신탁소로, 도도나는 제우스의 신탁소로 유명했다.

들이 아는 그리스어와 라틴어로 쓰여서가 아니라 정선된 문학 언어로 쓰였기 때문이다. 그들은 상대적으로 고상한 그리스와 로마의 방언을 배우지 않았다. 그래서 그런 방언으로 쓴 책은 그들에게 휴지나 다름없었고, 그들은 당대의 저속한 문학을 더 높이 평가했다. 그런데 유럽의 몇몇 나라가 조잡하기는 하지만 점점 발전하기 시작한 자국 문학의 목적에 딱 맞는 언어를 갖게 되면서 비로소 학문이 되살아났고, 학자들은 시대를 뛰어넘어 고대의 보물을 식별할 수 있게 되었다. 로마와 그리스의 대중이 듣지도 못한 것을 수 세기가 지난 뒤 소수의 학자들이 읽게 되었으며, 그런 글은 지금도 몇몇 학자들만 읽고 있다.

우리가 이따금 웅변가의 열변에 감탄하지만 입말은 그저 잠시 머물다 덧없이 사라질 뿐 문자로 기록된 글말을 넘어서지 못한다. 별들이 빛나는 창공이 구름 저편에 있는 것과 마찬가지다. 별들이 있고, 그것을 볼 수 있는 사람만 읽을 수 있다. 천문학자는 끊임없이 별을 관찰하고 별에 대해 설명한다. 글말은 우리가 일상적으로 나누는 대화나 내뱉으면 입김처럼 증발하여 사라지는 발산물이 아니다. 토론회에서 달변으로 여겨지던 것이 서재에서는 단순히 화려한 수사로 밝혀지는 일이 흔하다. 웅변가는 그때그때 떠오르는 순간적인 영감에 의지하여 눈앞의 군중, 즉 자기 목소리를 들을 수 있는 사람들에게 말한다. 그러나 작가는 비교적 평온한 삶을 사는 만큼 웅변가를 고무시키는 사건이나 군중을 만나면 오히려 정신이 산만해진다. 작가는 인류의 지성과 감성, 이를테면 그를 이해할 수 있는 모든 시대의 모든 사람을 상대로 말한다.

알렉산드로스 대왕이 원정을 떠날 때 귀중품 보관함에 『일리아스』를 넣고 다닌 사실은 전혀 놀랄 만한 일이 아니다. 글로 기록된 문자는 인류 역사에서 가장 귀중한 유물이다. 그것은 다른 어떤 예술 작품보다 우리에게 친숙하고 보편적이며, 우리의 삶과 가장 가까운 예술품이다. 또 모든 언어로 번역되어 읽힐 수 있으며, 실제로 모든 사람의 입을 통해 표현되고 있다. 게다가 캔버스나 대리석에 재현될 수 있을 뿐 아니라 그 자체가 생명의 숨결로 조각될 수 있다. 그 결과 고대인의 생각을 상징하던 문자가 현대인에게는 언어가 되었다. 그리스의 대리석 조각에 그랬듯 2000번의 여름은 그리스의 기념비적인 문학에도 한층 성숙한 가을의 황금빛 색조를 입혔다. 그리스 문학이 세월의 침식에 맞서 스스로를 지키기 위해 고유의 평온하고 천상적인 분위기를 모든 땅에 전해 주었기 때문이다. 책은 이 세상의 귀중한 재산이며, 수많은 세대와 민족의 매력적인 유산이다. 가장 오래되고 가장 훌륭한 책은 어느 오두막의 선반에서든 자연스럽고 당당하게 한 자리를 차지한다. 책은 스스로 어떤 명분을 내세우지 않지만 독자를 계몽하고 마음의 양식이 되는 한 상식적인 독자라면 책을 거부하지 않을 것이다. 그 저자들은 어느 사회에서나 타고난 거부할 수 없는 귀족 계층이며, 인류에게 왕이나 황제보다 더 큰 영향을 미친다. 문맹에다 글을 냉소적으로 대하는 상인이 근면성과 뛰어난 사업 수완을 발휘하여 그토록 바라던 여유와 자립할 만한 수입을 얻어 부유한 상류사회의 일원으로 받아들여지면 필연적으로 그보다 더 높은, 그러나 아직은 접근할 수 없는 지성과 재능의 세계로 눈을 돌리기 마련인데 그러기에는 교양이 턱없이 부족하며 재산 또한 덧없고 쓸모없다는 사실을 깨닫는다. 그 결과 자신에게 부족하다고 뼈저리게 느끼는 지적 교양을 자식들만큼은 갖추게 하려고 온갖 노력을 기울이고, 그럼으로써 그는 한 가문의 창시자가 된다.

옛 고전을 원어로 읽는 법을 익히지 않은 사람들은 인류의 역사에 대해 매우 불완전한 지식을 지닐 수밖에 없다. 우리 문명 자체가 고전의 복사판이라고 여겨지지 않는 한 어떤 고전도 현대어로 번역된 일이 없기 때문이다. 호메로스의 작품은 아직 영어로 간행된 일이 없고, 아이스킬로스나 베르길리우스[182]의 작품도 마찬가지다.[183] 아침처럼 정제된 가운데 내용이 충실하고 아름다운 작품인데도 말이다. 후세 작가들이 천재적인 재능을 지녔다고 말해지더라도 옛 고전 작가들의 정교한 아름다움과 완성도, 그리고 평생에 걸친 영웅적이고 문학적인 노고에 견줄 만한 작가는 매우 드물다. 고전 작가들을 모르는 자들만이 그들을 잊자고 말한다. 우리가 고전에 관심을 기울이고 감상할 수 있는 학식과 재능을 갖추게 되면 그때

---

182) 푸블리우스 베르길리우스 마로(Publius Vergilius Maro, 기원전 70～기원전 19). 고대 로마의 시인. 로마 건국을 노래한 서사시 『아이네이스』를 비롯하여 『전원시』, 『농경시』 등을 썼다.

183) 이는 고전의 정신이나 의미가 번역을 통해 완벽하게 전달되지 않았다는 뜻일 수 있다. 호메로스의 작품은 조지 채프먼(1624), 아이스킬로스의 작품은 로버트 포터(1777), 베르길리우스의 작품은 개빈 더글러스(1513)에 의해 각각 번역, 출판되었다. 소로도 1843년 아이스킬로스의 작품 『사슬에 묶인 프로메테우스』를 번역하여 《다이얼》에 실었다.

고전 작가의 존재를 잊어도 늦지는 않다. 우리가 고전이라 칭하는 유물들과 이보다 더 오래되고 더 고전적이지만 덜 알려진 여러 민족의 경전들이 한층 더 많이 축적되었을 때, 바티칸 궁전이 『베다』와 『젠드아베스타』[184]와 『성경』을 비롯하여 호메로스와 단테와 셰익스피어의 작품들로 가득 채워지고, 앞으로 다가올 모든 세기에도 그 같은 전리품이 세계의 광장에 차곡차곡 쌓아 올려졌을 때 그 시대는 진정으로 풍요로워질 것이다. 이렇게 쌓아 올린 유산이 있어야만 우리는 비로소 하늘에 오를 희망을 품게 되리라.

인류는 아직 위대한 시인들의 작품을 읽은 적이 없다. 그런 작품은 위대한 시인만이 읽을 수 있다. 대중이 그 같은 작품을 읽었다 해도 단지 별을 읽듯이, 그것도 천문학적이 아니라 기껏해야 점성술로 읽었을 뿐이다. 사람들 대부분은 장부를 정리하거나 거래에서 속임수에 넘어가지 않으려고 셈법을 배우듯 사소한 편리를 위해 읽기를 배운다. 그래서 고귀한 지적 활동으로서의 독서에 대해서는 거의 또는 전혀 모른다. 더 높은 차원의 이 같은 독서는 사치품처럼 어르고 달래어 우리의 고귀한 재능까지 잠들게 하는 독서가 아니다. 발끝으로 서서 눈을 부릅뜬 채 깨어 있는 시간들을 온전히 바쳐 읽지 않으면 안 되는 진정한 의미에서의 독서인 것이다.

문자를 배운 이상 우리는 최고의 문학 작품을 읽어야 한다. 평생을 초등학교 4학년이나 5학년 학생처럼 교실 맨 앞줄

184) 고대 페르시아 종교인 조로아스터교의 경전 『아베스타』의 다른 이름.

의 가장 낮은 의자에 앉아서[185] 알파벳이나 한 음절로 된 낱말만 되뇌어서는 안 되잖은가. 사람들 대부분은 『성경』이라는 좋은 책을 읽거나 남이 읽는 것을 듣고 우연히 지혜가 담긴 글을 통해 자기 죄를 깨달으면 그것으로 만족한다. 그리고 남은 생애 동안은 무기력하게 가벼운 읽을거리나 읽으면서 자신의 능력을 허비한다. 우리 마을의 순회 도서관에 '리틀 리딩'이라는 제목의 몇 권짜리 작품이 있는데 처음에 나는 내가 아직 가 본 적 없는 마을에 관한 책을 가리키는 줄 알았다.[186] 어떤 사람들은 고기와 야채를 배불리 먹은 뒤에도 온갖 것을 집어 먹고 거뜬히 소화하는 가마우지와 타조처럼 이 같은 종류의 책을 마구 읽어 댄다. 무엇이든 허투루 버리는 것을 용납하지 못하기 때문이다. 작가들이 그런 여물을 공급하는 기계라면 그들은 그 여물을 먹어 치우는 기계인 셈이다. 그 같은 사람들은 지블런과 세프로니아[187]에 관한 9000번째 이야기를 읽는다. 젊은 남녀가 과거 누구도 하지 못한 뜨거운 사랑을 했고, 두 사람 모두 참된 사랑의 길을 순탄하게 달리지 못했지만 어쨌든 그들의 사랑은 앞으로 나아가다 넘어지고 다시 일어나서 계속 나아가기를 반복했다느니, 어떤 딱하고 불행한 남자가 교회의 첨탑 꼭대기에 올라갔는데 애초에

185) 소로 시대에 교실이 하나뿐인 시골 초등학교에서 저학년 학생은 맨 앞줄의 가장 낮은 의자에 앉았다.
186) '리틀 리딩'은 '소소한 읽을거리'라는 뜻인데 보스턴 북쪽에 '리딩'이라는 마을이 있다.
187) 소로 시대에 유행한 연애 소설의 주인공 이름.

그러지 말았어야 했다느니, 소설가가 그 남자를 쓸데없이 그곳에 올려놓고 희희낙락하며 종을 울려서는 세상 사람들을 모아 놓은 뒤 "천만다행으로 남자가 내려왔어요!"라고 떠벌리는 이야기다. 나로서는 고대 작가들이 영웅들을 하늘의 별자리 사이에 올려놓았듯이 소설 왕국에 등장하는 그런 야심 있는 주인공들이 땅으로 내려와 못된 장난질로 정직한 사람들을 괴롭히지 못하도록 그들을 풍향계로 바꾸어서 녹이 슬 때까지 뱅글뱅글 돌아가게 내버려 두는 편이 좋을 듯하다. 다음번에 그 소설가가 종을 울리면 나는 교회당이 불에 타서 폭삭 내려앉아도 꼼짝하지 않을 것이다. "『티틀 톨 탄』으로 유명한 작가가 새롭게 선보이는 중세 로맨스 『팁 토 홉의 도약』[188]이 매달 출간될 예정입니다! 주문이 쇄도하고 있으니 한꺼번에 몰려오지 마십시오!" 사람들은 이런 글에 원초적인 호기심을 느낀 나머지 눈을 휘둥그레 뜬 채 주름이 격하게 운동하지 않아도 지칠 줄 모르고 척척 소화시키는 위장을 지닌 듯 무턱대고 읽는다. 마치 네 살배기 꼬마가 긴 의자에 걸터앉아 금박 표지의 2센트짜리 『신데렐라』를 읽듯이 말이다. 하지만 그런 책을 읽어 봐야 발음이나 악센트 혹은 말투가 조금도 나아지지 않을뿐더러 교훈을 끄집어내거나 끼워 넣는 기술도 터득할 수 없다. 그러기는커녕 눈이 침침해지고 몸의 순환 기관이 나빠지며 지적 능력이 전반적으로 위축되면서 퇴보하게 된

188) 둘 다 가공의 작품이다.

다. 매일 이런 종류의 생강 빵[189]이 거의 모든 오븐에서 순수한 밀가루나 귀리 혹은 옥수수로 만든 빵보다 훨씬 많이 구워지고, 시장에서도 훨씬 확실하게 팔린다.

훌륭한 독서가라고 일컬어지는 사람들조차 좋은 책을 읽지 않는다. 우리 콩코드의 교양은 어느 수준에 해당할까? 몇몇 예외적인 사람을 빼고 이 마을에는 누구나 읽고 쓸 수 있는 언어로 된 영문학에서조차 가장 뛰어난 작품이나 그에 버금가는 좋은 작품을 좋아하는 사람이 없다. 다른 곳도 그렇겠지만 이 마을에서는 대학 교육을 받은 이른바 지식인이라는 사람들도 영문학 고전에 대해 거의 또는 아예 모른다. 문자로 기록된 인류의 지혜랄 수 있는 옛 고전과 경전의 경우 알려고 하면 누구나 어디에서든 구해 볼 수 있는데도 그런 노력을 그다지 기울이지 않는다. 내가 아는 사람 중에 프랑스어 신문을 구독하는 중년의 벌목꾼이 있다. 그는 새로운 소식을 알기 위해서가 아니라 캐나다의 프랑스어권 지역 출신이기 때문에 '프랑스어를 잊지 않도록 계속 연습하려고' 그 신문을 구독한다고 했다. 한번은 이 세상에서 할 수 있는 가장 바람직한 일이 무엇이라고 생각하느냐고 물었더니 프랑스어뿐 아니라 계속 공부를 하여 영어 실력을 키우는 것이라고 대답했다. 이는 대학 교육을 받은 사람이면 일반적으로 하고 있거나 하고 싶어 하는 것이리라. 영어 신문을 구독하는 것도 바로 그런 목적을 이루기 위함이다. 영어로 쓰인 최고의 책들 중 하나를 방

189) 허울 좋은 책을 비유한 표현.

금 읽고 온 사람이 그 책에 대해 대화를 나눌 수 있는 상대가 몇 명이나 될까? 이른바 문맹이라는 사람도 알 정도로 유명한 그리스어나 라틴어 고전을 누군가가 원어로 읽었다고 가정해 보자. 아마 그 책에 대해 이야기를 나눌 사람을 한 명도 찾지 못한 채 평생을 침묵 속에서 지낼 수밖에 없을 것이다. 실제로 미국의 대학에서는 어려운 그리스어를 통달했다 하더라도 그리스 시인의 지혜와 시의 난해성을 극복함으로써 깨어 있는 영웅적 독자들에게 공감을 불러일으킬 줄 아는 교수를 거의 찾아보기 힘들다. 인류의 성스러운 경전이나 『성경』에 대해 말한다면 내게 그 책들의 제목만이라도 알려 줄 수 있는 사람이 과연 이 마을에 한 명이라도 있나 싶다. 사람들 대부분은 유대인만이 아니라 다른 민족도 경전을 가지고 있다는 사실을 알지 못한다. 우리는 1달러짜리 은화 한 닢을 주울 수 있다면 꽤 먼 길을 돌아가는 것도 마다하지 않으리라. 그런데 이미 고대의 내로라하는 현인들이 말했고, 그 뒤 모든 시대의 현인들이 그 가치를 보증한 금과옥조 같은 가르침이 옆에 있는데 우리는 기껏해야 초급 독본이나 교과서 정도의 '쉬운 읽을거리'[190]만 읽는 데다 학교를 졸업했어도 아이들이나 초보자를 위한 『리틀 리딩』 따위를 읽는 게 고작이다. 그렇기 때문에 우리의 독서와 대화와 사고는 원시 상태의 피그미족이나 난쟁이[191]라고 할 만큼 매우 낮은 수준이다.

190) 소로 시대에 『어린이를 위한 쉬운 읽을거리』라는 책이 널리 읽혔다.
191) 원서의 manikins는 '난쟁이' 외에 '마네킹'의 뜻도 지녔다.

나는 이곳 콩코드에서 배출한 어떤 인물보다 더 현명한 사람들과 친하게 지내고 싶다. 이곳 사람들은 그런 인물들의 이름을 잘 모른다. 내가 플라톤의 이름을 듣고 그의 책을 읽지 않으면 되겠는가? 내가 읽지 않는다면 이는 플라톤이 우리 마을 사람인데도 만난 적 없고, 바로 이웃인데도 그의 지혜로운 말은커녕 평소의 말조차 귀 기울여 들은 적이 없는 것과 마찬가지다. 하지만 현실은 어떤가? 영원불멸의 지혜가 담긴 플라톤의 『대화편』이 옆 선반에 놓여 있는데 나는 여태껏 그것을 읽지 않았다. 우리는 본데없이 자란 데다 미천하고 무식한 상태에서 살아간다. 이런 점을 들어 고백하자면 나는 글을 전혀 모르는 우리 마을 사람의 무식함과 어린이나 지적 수준이 낮은 이들을 위한 책밖에 읽을 줄 모르는 사람의 무식함이 크게 다르지 않다고 생각한다. 우리는 옛날의 위인들만큼이나 훌륭한 사람이 되어야 한다. 그러나 그전에 그들이 얼마나 훌륭했는지 먼저 알아야 한다. 우리 인간은 소인족[192]이고, 지적인 면에서 일간지의 칼럼 수준보다 높이 날 수 없다.

모든 책이 그 독자들만큼 따분하지는 않다. 책에는 우리가 처한 상황에 딱 들어맞는 글이 있을 수 있다. 우리가 제대로 듣고 이해할 수 있다면 그것은 우리 삶에 아침이나 봄보다 더 많은 활력을 주고 사물에 새로운 면모를 부여할 것이다. 한 권의 책을 통해 인생에서 새로운 전기를 맞이한 사람이 얼마나

192) 앞에서 말한 피그미족이나 난쟁이처럼 지적으로 작다는 것을 비유한 표현.

많은가? 우리가 겪은 기적을 설명하고 새로운 기적을 보여 줄 책이 우리를 위해 존재할 수 있다. 지금은 말로 표현할 수 없는 것이 어느 책에선가 표현되어 있는 것을 발견하게 될지 모른다. 우리를 혼란과 혼돈에 빠뜨려 당혹스럽게 하는 문제들은 과거의 현인들에게도 똑같이 제기되었다. 한 사람도 예외는 없었다. 현인들은 저마다 능력에 따라서 자신의 글과 삶을 통해 그 문제들에 대한 해답을 제시했다. 이제 우리는 그들의 지혜와 함께 관용을 익히게 될 것이다. 그런데 이를 사실이 아니라고 생각하는 사람이 있다. 콩코드 외곽의 농장에 고용되어 혼자 외롭게 지내는 그는 특이한 종교 체험을 통해 다시 태어남으로써 자신의 신앙에 따라 엄숙한 가운데 배타적인 생각을 하게 되었다. 그러나 이미 수천 년 전에 조로아스터[193]도 같은 길을 걸었고, 같은 경험을 했다. 단지 그는 현명했기 때문에 관용이 보편적인 것이라는 사실을 깨달았고, 이를 바탕으로 이웃을 대했으며, 사람들과 어울려 하나의 종교를 창시하고 확립했다고 전해진다. 농장의 고용인도 겸손하게 마음을 열어 조로아스터와 교류하고, 모든 위인들의 영향을 받아 예수 그리스도와도 교감함으로써 '우리 교회'라는 배타적인 태도를 버리면 어떨까 싶다.

우리는 지금 19세기에 살고 있으며, 미국이 어떤 나라보다 빠르게 발전하고 있다고 자랑스러워한다. 그러나 우리 마을이

193) 기원전 6세기 페르시아의 종교 개혁가이자 조로아스터교 창시자. 그리스어로는 '자라투스트라'라고 한다.

자체의 문화 발전을 위해 하는 일이 얼마나 적은지 생각해 보라. 나는 마을 사람들에게 아첨하고 싶지 않을뿐더러 아첨받고 싶지도 않다. 그래 봐야 양쪽의 발전에 아무런 도움이 되지 않기 때문이다. 우리는 자극을 받을 필요가 있다. 소처럼 채찍을 맞고서라도 달릴 필요가 있는 것이다. 우리는 아이들을 위한 초등 교육에 대해서는 비교적 훌륭한 제도를 갖추었다. 그러나 성인을 위한 교육 기관은 찾아볼 수 없다. 겨울철에만 열릴 뿐 고사하기 직전에 놓인 라이시움[194]과 최근 주정부의 제안으로 생긴 보잘것없는 도서관이 전부다. 우리는 정신적 양식보다 육체적 양식이나 질병을 치료하는 데 더 많은 비용을 지출한다. 이제는 초등 수준을 넘어선 학교를 설립하여 성인이 되기 시작할 즈음 교육을 중단하는 일이 없도록 할 때가 되었다. 마을이 곧 대학이 되고, 여유가 있는 연장자들은 특별 연구원이 되어 남은 일생 동안 교양을 쌓으며 학문을 추구할 때가 된 것이다. 세상 사람들이 언제까지 하나의 파리 대학교, 하나의 옥스퍼드 대학교만으로 만족해야 한다는 말인가? 학생들이 이곳에 기숙하며 콩코드의 하늘 아래에서 교양 교육을 받을 수도 있지 않은가? 아벨라르[195] 같은 위

194) 라이시움(lyceum)은 원래 아리스토텔레스가 철학을 가르치던 아테네의 학원 이름이다. 콩코드에서는 토론과 강좌가 열리는 일종의 성인 교육 기관으로 1829년에 설립되었다. 소로는 이곳에서 비서 겸 관리인으로 일하며 강사를 섭외하거나 직접 강의를 했다.

195) 피에르 아벨라르(Peter Abelard, 1079~1142). 프랑스의 철학자이자 신학자로 파리 대학에서 강의했다.

대한 학자를 초빙하여 강의를 들을 수도 있지 않은가? 참으로 안타까운 일이다! 우리는 가축에게 먹이를 줘야 한다느니 가게를 지켜야 한다느니 구실을 내세우며 너무나 오랫동안 학교를 멀리한 채 서글프게도 교육을 등한시해 왔다. 이 나라에서는 각 마을이 어떤 면에서 유럽의 귀족 같은 역할을 떠맡아야 한다. 이를테면 마을은 예술의 후원자가 되어야 한다. 그렇게 해도 될 만큼 재력이 탄탄하다. 단지 그럴 만한 도량과 세련된 의식이 부족할 뿐이다. 마을에서는 농부와 상인들이 좋다고 하는 일에 돈을 펑펑 쓰면서 지적인 사람들이 그보다 훨씬 가치 있는 일에 돈을 쓰자고 제안하면 유토피아를 꿈꾸는 허무맹랑한 발상이라며 무시한다. 우리 마을 사람들은 행운 덕인지 정치 덕인지 공회당을 짓는 데 1만 7000달러를 썼다. 하지만 100년이 지나도 그 껍데기 안에 들어갈 진정한 요체인 살아 있는 지성을 초빙하는 일에는 그만한 돈을 쓰지 않을 것이다. 겨울철 교양 강좌를 위해 해마다 받는 125달러의 기부금은 마을에서 모금된 같은 액수의 어떤 돈보다 유용하게 쓰이고 있다. 19세기를 살면서 우리는 왜 19세기가 제공하는 혜택을 누리려 하지 않는가? 왜 우리 삶은 모든 면에서 낙후했는가? 신문을 읽는다면 보스턴에서 일어나는 흥밋거리 기사나 다루는 신문 말고 세계 최고의 권위 있는 신문을 구독하는 게 어떤가? 이곳 뉴잉글랜드의 '중립적 가정'이 애독하는 신문[196]이 제공하는 유아식 같은 기사를 핥아먹거나 올리브 가

196) 모든 가족이 읽을 수 있도록 정치적 내용을 피한 신문을 말한다.

지[197]를 뜯어먹는 짓은 이제 그만두어야 하지 않겠는가? 모든 교양 학회의 보고서가 우리 손에 들어오게 하자. 그러면 우리는 그 사람들이 무얼 아는지 알게 될 것이다. 우리는 어째서 우리의 읽을거리를 선택하는 일을 하퍼 앤드 브라더스나 레딩 앤드 컴퍼니[198] 같은 출판사에 맡기는가? 취향이 세련된 귀족이 교양을 쌓는 데 도움이 되는 것들, 가령 재능, 학문, 지혜, 책, 그림, 조각, 음악, 철학적 도구 등으로 스스로를 에워싸듯 우리 마을도 그렇게 하자. 우리의 청교도 선조들이 한때 황량한 바위 땅에서 추운 겨울을 이겨 내는 동안 교사 한 명, 목사 한 명, 교회 관리인 한 명, 교구 도서관 하나, 행정 위원 세 명을 두었다고 해서 우리도 그렇게 하는 것에 만족해서는 안 된다. 집단행동은 우리 제도의 정신에 부합한다. 나는 우리의 제반 여건이 풍요로워지면서 재력 또한 유럽의 귀족보다 낫기 때문에 나아지리라고 확신한다. 뉴잉글랜드는 세계의 모든 현인을 초청하여 주민들을 가르칠 수 있다. 그들이 머무는 기간에 숙식을 제공하고 우리는 지방의 한계를 벗어날 수 있다. 그것이 바로 우리가 원하는 성인을 위한 특별 학교다. 귀족이 아닌 보통 사람들로 구성된 고결한 마을을 만들어 보자. 필요하다면 조금 돌아가더라도 강 위에 다리 하나를 덜 놓고, 그 비용으로 우리를 에워싼 무지의 어두운 심연을 건널 구름다리 하나를 더 놓자.

---

197) 보스턴에서 간행된 감리교 주간 신문인 《올리브 가지》를 말한다.
198) 각각 뉴욕과 보스턴에 있는 출판사.

소리

그러나 엄선된 고전이라도 책에만 한정하여 그 자체가 하나의 방언이자 지역어에 불과한 특정 언어로 쓰인 글만 읽는다면 우리는 모든 사물과 사건을 은유를 거치지 않은 채 직접 말하는 언어, 즉 의미가 풍부하고 표준이 되는 언어를 잊을 위험이 있다. 이 같은 언어는 수차례나 공표되었지만 활자로 인쇄된 적은 거의 없다. 덧문을 없애면 그 덧문을 통해 비쳐 들던 햇빛도 기억에서 사라지기 마련이다. 어떤 방법이나 훈련도 끊임없이 경계하는 태도보다 나을 수 없다. 제아무리 훌륭한 역사, 철학, 시학 강좌, 그리고 최고의 사회 공동체와 나무랄 데 없는 생활 방식이라도 반드시 보아야 할 것을 놓치지 않고 눈여겨보는 훈련에 비하면 그다지 중요하지 않다. 당신은 단순히 글을 읽는 독자나 학생이 되겠는가, 아니면 앞일을 내다보는 사람이 되겠는가? 당신의 운명을 읽고, 당신 앞에 무엇이 있는지 똑바로 보면서 미래를 향해 계속 나아가라.

숲에서 맞이한 첫 번째 여름에 나는 책을 읽지 못했다. 나는 콩밭을 일구었다. 아니, 종종 그보다 더 나은 일을 할 때도 있었다. 정신적인 일이든 육체적인 일이든 일을 하느라 현재라는 순간의 아름다움을 희생하고 싶지 않은 때가 있었다. 나는 삶에 넉넉한 여백을 두고 싶었다. 이따금 여름철이면 평소처럼 미역을 감은 뒤 햇볕이 잘 드는 문간에 앉아 동트는 새벽부터 정오까지 아무런 방해를 받지 않은 채 끝없는 공상에 잠기곤 했다. 그럴 때면 소나무와 호두나무와 옻나무를 비롯하여 고독과 정적이 나를 감싼 가운데 주변의 새들이 노래를 하거나 소리 없이 집 안을 들락거렸다. 나는 그렇게 조용히 공상에 잠겼다가 서쪽 창문으로 햇빛이 비쳐 들거나 멀리 떨어진 큰길에서 여행자의 마차 소리가 들려오면 그제야 시간이 흘렀음을 알았다. 나는 그런 시간들을 통해서 밤새 자라는 옥수수처럼 쑥쑥 성장했다. 그 같은 공상의 시간은 내게 몸을 움직여서 하는 일보다 훨씬 유익했다. 그것은 내 삶에서 공제되는 시간이 아니라 내게 주어진 시간적 한도를 초월하는 시간이었다. 나는 동양인들이 말하는 무위와 명상의 뜻이 무엇인지 깨달았다. 대체로 시간이 어떻게 흐르는지 의식하지 않았다. 마치 내 일을 조금 가볍게 하려는 듯 하루가 갔다. 방금 아침인가 싶었는데 어느새 저녁이었고, 특별히 기억할 만한 것이 없었다. 나는 새처럼 노래하는 대신 내게 주어진 끝없는 행운에 조용히 미소를 지었다. 어쩌면 참새가 문 앞 호두나무

가지에 앉아 지저귀듯 나 또한 그와 비슷한 소리를 내며 웃거나 내 보금자리에서 흘러나오는 노랫소리를 참새가 들을까 봐 잠자코 있었을지도 모른다. 아무튼 내 하루하루는 이교도 신들의 이름이 붙은 요일[199]도 아니었고, 시간 단위로 잘게 나뉘어 째깍거리는 시계 소리에 안달하는 나날도 아니었다. 내가 푸리 인디언[200]처럼 살았다는 뜻이다. 이들은 "어제와 오늘과 내일을 한 낱말로 말한다. 다만 어제를 의미할 때는 뒤쪽을 가리키고, 내일은 앞쪽을, 지금 지나가는 오늘은 머리 위를 가리킴으로써 뜻의 차이를 나타낸다."[201] 어쩌면 이 같은 삶이 마을 사람들에게 무척 게을러 보였으리라. 그러나 새와 꽃이 그들 나름의 기준으로 나를 심판했다면 크게 부족함이 없는 삶이라고 평가했을 것이다. 우리 인간은 자기 내면에서 삶의 동기를 찾아야 한다. 확실히 그렇다. 자연의 하루는 지극히 평온하기 때문에 여간해서는 인간의 게으름을 나무라지 않는다.

오락거리를 사교 모임이나 극장 같은 외부에서 찾는 사람들에 비해 내 생활 방식에는 적어도 한 가지 장점이 있었다. 요컨대 생활 자체가 즐거움이었고, 늘 새로움을 띠었다. 마치 수많은 장면으로 구성되어 끝나지 않을 한 편의 드라마 같았

199) 이를테면 일요일은 로마 신화의 태양신 '솔(Sol)'의 날이고, 목요일은 북유럽 신화의 천둥신 '토르(Thor)'의 날이며, 금요일은 북유럽 신화의 사랑과 전쟁의 여신 '프레야(Freya)'의 날이다.

200) 남아메리카 북부 해안과 브라질 동부에 살던 원주민 부족.

201) 이다 로라 파이퍼의 『어느 여인의 세계 일주』에 실린 글.

다. 우리가 늘 최근에 배운 최선의 방법으로 생계를 꾸리고 생활을 조절해 나간다면 결코 권태에 시달리는 일은 없을 것이다. 누구나 타고난 천재성을 충실히 따르면 매 순간 새로운 전망이 눈앞에 펼쳐질 것이다. 집안일은 즐거운 소일거리였다. 마루가 더러워지면 아침 일찍 일어나 가구를 몽땅 문밖의 풀밭에 내놓았다. 침대와 침대 프레임을 통째로 옮기고 마룻바닥에 물을 끼얹고는 호수에서 가져온 흰 모래를 뿌린 다음 마루가 깨끗하고 하얗게 될 때까지 빗자루로 북북 문질렀다. 마을 사람들이 아침 식사를 마칠 즈음이면 햇살에 집 안의 물기가 잘 말랐고, 나는 다시 안으로 들어가서 별다른 방해를 받지 않고 계속 명상에 잠겼다. 가재도구가 풀밭에 마치 집시의 봇짐처럼 자그마한 무더기를 이룬 모습이며, 책과 펜과 잉크가 그대로 놓인 세발탁자가 소나무와 호두나무 사이에 서 있는 모습을 보는 것도 즐거움이었다. 물건들도 밖에 나온 것을 좋아하고, 다시 안으로 들이는 것을 싫어하는 듯 보였다. 이따금 나는 그 위로 차양을 치고서 거기에 앉아 있고 싶었다. 물건들에 햇빛이 내리쬐는 광경을 보고 자유로운 바람이 그 위를 스치고 지나가는 소리를 듣는 일도 보람 있었다. 익숙한 물건을 집 밖에 내놓고 보면 안에서보다 훨씬 흥미롭게 느껴진다. 새 한 마리가 바로 옆 나뭇가지에 앉아 있고, 풀솜나물이 탁자 밑에서 자라고, 블랙베리 넝쿨이 탁자의 다리를 휘감고, 솔방울과 밤송이 가시와 딸기나무 잎사귀가 여기저기 흩어져 있다. 가구들이 한때 그들 사이에 놓여 있었기 때문에 마치 그 형상들이 탁자, 의자, 침대 프레임 같은 우리 가구로 옮겨

오는 것처럼 보였다.

내 집은 커다란 숲의 가장자리인 언덕 기슭에 있었다. 주변에는 어린 리기다소나무와 호두나무가 우거지고, 30미터[202)]쯤 떨어진 곳에 호수가 있어 오솔길을 따라 언덕을 내려가면 그곳에 닿았다. 집 앞 마당에는 딸기와 블랙베리, 풀솜나물, 물레나물, 미역취, 떡갈나무, 벚나무, 월귤나무, 땅콩이 자랐다. 5월이 끝날 무렵이면 벚나무의 짧은 줄기 주위에 원통 모양으로 부채꼴의 꽃들이 피면서 호수까지 이어진 오솔길 양쪽을 곱게 장식했다. 가을에는 벚나무 가지가 제법 큼지막하고 탐스러운 버찌의 무게를 이기지 못하고 아래로 늘어지며 빗살처럼 사방으로 퍼지는 화환 모양을 이루었다. 나는 자연에 경의를 표하는 의미로 버찌를 먹어 보았는데 맛은 썩 좋지 않았다. 집 주변에 울창하게 자란 옻나무는 내가 쌓아 놓은 토담까지 뚫고 올라가서는 첫해에 무려 150~180센티미터나 자랐다. 넓은 깃털 모양의 열대성 옻나무 잎은 낯설면서도 보기 좋았다. 죽은 듯 보이던 마른 줄기에서 늦봄에 갑자기 커다란 새순이 돋아나는가 싶더니 신기하게도 지름이 2.5센티미터 정도 되는 초록빛의 우아하고 부드러운 가지로 자랐다. 그런데 가지들이 아무렇게나 쑥쑥 자란 탓에 연약한 마디가 견뎌 내지 못한 모양이었다. 이따금 창가에 앉아 있으면 바람 한 점 불지 않는데도 싱싱하고 여린 가지들이 제 무게를 이기지 못하고 부러져

202) 원문은 6로드로 표기되어 있다. 1로드는 약 5미터다. 6로드는 약 30미터이지만 소로가 지은 집에서 호수까지의 실제 거리는 60미터가 넘는다.

서 부채처럼 땅에 떨어지는 소리가 들렸다. 꽃이 활짝 피었을 때 수많은 야생 꿀벌을 끌어들이던 엄청난 양의 딸기들은 8월이 되면서부터 점차 벨벳 같은 진홍빛을 띠어 갔는데 제 무게를 이기지 못하기는 마찬가지여서 아래로 휘어지며 여린 줄기를 부러뜨렸다.

여름날 오후, 창가에 앉아 있으면 매들이 내가 일군 밭 주변을 빙빙 돈다. 멧비둘기들은 두세 마리씩 짝을 지어 내 시야를 비스듬히 가로질러서 쏜살같이 날아가거나 집 뒤의 백송나무 가지에 앉아 안절부절못하며 허공에 대고 소리를 지른다. 물수리가 거울 같은 호수 표면에 잔물결을 일으키면서 물고기를 낚아 올린다. 밍크가 집 앞 늪에서 살그머니 기어 나와서는 호숫가의 개구리를 덮친다. 이리저리 날아다니는 개개비의 무게에 눌려 사초가 고개를 숙인다. 지난 삼십 분 동안 나는 보스턴에서 시골로 여행객을 실어 나르는 기차가 덜커덩거리는 소리를 들었다. 그 소리는 점점 잦아들다가 어느 순간 자고새의 울음소리처럼 되살아났다. 내가 기차 소리를 들은 것은 우리 마을 동쪽에 있는 어느 농장에서 더부살이를 했다는 사내아이처럼 세상과 동떨어진 곳에 살지 않았기 때문이다. 그 아이는 향수병에 걸려서 오래지 않아 초췌한 몰골로 집에 돌아갔다. 아이는 그처럼 따분하고 외진 곳은 처음인 데다 사람들이 모두 떠나서 없는 터에 기적 소리조차 들을 수 없었다. 지금도 매사추세츠주에 그런 곳이 있다니 나로서는 믿기지 않는다.

진정으로 우리 마을은

철도라는 저 날쌘 화살의 표적이 되었으니

마음을 위로하는 기차 소리가 평화로운 들판에 울려 퍼진다 — 콩코드.[203)]

피치버그 철도는 내가 사는 곳에서 남쪽으로 500미터쯤 떨어진 지점의 호수 옆을 지난다. 나는 대개 철도 옆 둑길을 따라 마을에 간다. 말하자면 철도를 매개로 사회와 관련을 맺고 있다. 화물 열차를 타고 이 철도 노선을 오가는 사람들은 오랜 친구를 대하듯 내게 인사를 한다. 철도 변을 걷는 나를 자주 보아서 내가 철도 회사 직원인 줄 아는 게 분명하다. 그렇게 보아도 좋다. 나도 지구의 궤도 어딘가에서 선로 수리공으로 일하고 싶으니까.

여름이든 겨울이든 기관차의 기적 소리는 농가의 마당 위를 미끄러지듯 나는 매의 울음소리처럼 내 숲을 뚫고 들어와 바쁘게 움직이는 많은 도시 상인들이 읍내로 들어오거나 모험적인 시골 장사꾼들이 그 반대쪽에서 올라오고 있다는 것을 내게 알린다. 그들이 같은 지평선 아래로 들어오면 서로 길을 비키라며 경고의 기적을 울리는데 이따금 멀리 떨어진 두 마을까지 소리가 울려 퍼진다. 주민 여러분, 식료품이 왔어요, 여러분이 먹을 양식이 왔다고요! 농사를 짓는 사람도 자급자

---

203) 소로의 친구인 미국 시인 윌리엄 엘러리 채닝(William Ellery Channing, 1818~1901)이 쓴 시 「월든의 봄」의 한 구절.

족을 못 하기 때문에 감히 필요 없다고 거절할 수 없다. 그 대신 시골 사람들이 탄 기차가 식료품값 여기 있소! 하고 기적을 울린다. 이 기차는 성벽 파괴용 망치처럼 생긴 통나무를 싣고 도시의 성벽을 향해 시속 32킬로미터로 질주한다. 무거운 짐을 지고 허덕이는 성벽 안 사람들이 모두 앉기에 충분한 수의 의자도 실려 있다. 이렇게 시골은 거대하고 덜그럭거리는 공손함으로 도시에 의자를 건네준다. 토종 월귤나무 언덕들이 벌거숭이가 되고, 초원의 크랜베리는 샅샅이 그러모아 도시로 보낸다. 면화는 도시로 올라가고 옷감은 시골로 내려온다. 견직물은 올라가고 모직물은 내려온다. 책은 도시로 올라가지만 책을 쓰는 현인은 시골로 내려온다.

줄줄이 차량을 매달고 행성처럼 움직이는 기관차를 만났을 때, 아니 궤도가 원래 위치로 돌아오는 순환 곡선 같지 않은 데다 그 속도와 방향으로 계속 달리면 보는 사람으로서는 그것이 태양계로 다시 돌아올지 알 수 없기 때문에 행성이라기보다 혜성이라고 말하는 것이 더 정확할 텐데 아무튼 금빛과 은빛 소용돌이를 깃발처럼 뒤로 흘려보내고 내가 보았던 높은 하늘의 솜털구름 같은 증기를 햇빛을 향해 펼쳐 놓았을 때 기관차는 마치 여행하는 반신반인, 즉 구름 몰이꾼204)처럼 머지않아 석양의 하늘까지 자신의 제복으로 삼을 듯이 보인다. 이 철마가 발굽으로 대지를 울리고 콧구멍으로 불과 연기

---

204) 그리스 신 제우스와 힌두 신 인드라에게는 '구름 몰이꾼(cloud-compeller)'이라는 별명이 있다. 둘 다 최고의 신이며 우레와 비를 주관한다.

를 내뿜으면서 우레 같은 콧김으로 언덕들을 뒤흔드는 소리를 들을 때면 (사람들이 어떤 종류의 날개 달린 말이나 불을 뿜는 용을 신화 속에 새롭게 집어넣을지 모르지만) 나는 이제야 이 지구가 그 안에서 거주할 자격이 있는 종족을 지니게 되었다는 생각이 든다. 삼라만상이 보이는 그대로이고, 인간이 고귀한 목적을 위해 자연의 힘을 하인으로 부리는 것이라면 얼마나 좋겠는가! 기관차 위의 구름이 영웅적 행위로 인한 땀방울이고 농부의 밭 위에 떠 있는 구름처럼 인간에게 자비로운 것이라면 또 얼마나 좋겠는가! 그렇다면 자연의 힘과 자연의 여신도 즐거운 마음으로 인간의 사명에 동참하면서 인간을 보호할 것이다.

아침에 기차가 지나가는 광경을 바라보며 나는 해돋이를 볼 때와 똑같은 기분을 느낀다. 해돋이만큼이나 규칙적이기 때문이다. 기차가 보스턴을 향해 달리는 동안 뒤쪽으로 멀리까지 흔적을 남기면서 하늘에 닿을 듯 점점 높이 올라가는 증기구름은 태양을 잠시 가려서 먼 곳에 있는 내 밭에도 그늘을 드리운다. 증기구름이 하늘을 달리는 기차라면 땅에서 떨어지지 못하는 기차는 날카로운 창끝이다. 철마의 마부는 여물을 쑤어 주고 마구를 채우기 위해 이 겨울 아침에 산들 사이에 떠 있는 별빛을 받으며 일찍 일어난다. 또 일찍 불을 지펴서 철마에 생명의 열기를 불어넣는다. 이 일이 이른 아침만큼 순수하고 깨끗하면 얼마나 좋을까! 눈이 소복이 쌓인 날이면 그들은 철마에 설피를 신기고 거대한 쟁기로 산에서 해안까지 고랑을 판다. 철마는 쟁기 뒤를 따라가는 파종기가 고랑에 씨를 뿌리듯 분주하게 떠돌아다니는 사람들과 이런저런 상품들을 시골 곳곳에 흩뿌린다. 원기 왕성한 철마는 주인이 쉴 수 있도록 잠시 멈출 뿐 하루 종일 전국을 누빈다. 나는 한밤중에 철마의 발굽 소리와 도발적인 콧김 소리에 잠을 깬다. 그럴 때 철마는 숲속의 외딴 골짜기에서 얼음과 눈을 뒤집어쓴 채 자연의 힘과 맞서고 있을 것이다. 그리고 샛별이 뜰 무렵에야 마구간으로 돌아가겠지만 제대로 쉬거나 잠을 자지도 못하고 또다시 여행을 떠나리라. 저녁이면 철마가 마구간에서 그날 쓰고 남은 에너지를 콧김과 함께 내뿜는 소리를 듣기도 한다. 두어 시간이나마 잠을 자기 위해 신경을 안정시키고 간과 뇌를 식히려고 그러는 것이리라. 철마가 오랫동안 달려도 지치지 않듯 이 일이 영웅적이고 당당하면 얼마나 좋을까!

기차는 칠흑같이 캄캄한 밤중에 객실마다 불을 환히 밝히고 한때는 대낮에도 사냥꾼이나 겨우 드나들던 마을 변두리의 인적 없는 숲을 뚫고 달린다. 하지만 승객들은 그런 사실을 알아채지 못한다. 기차는 많은 사람이 모인 읍이나 도시의 불빛 밝은 역에서 멈추었다가 어느 순간 황량한 디즈멀 습지[205]를 지나면서 올빼미와 여우를 깜짝 놀라게 한다. 이제 마을에서 기차의 출발과 도착은 하루의 중요한 사건이다. 기차가 매우 규칙적이고 정확하게 오가는 데다 기적이 아주 멀리서도 들리기 때문에 농부들은 그 소리를 듣고 시계의 시간을 맞춘다.

205) 버지니아주 남동부에서 노스캐롤라이나주 북동부까지 걸쳐 있는 광대한 습지.

잘 운영되는 제도 하나가 온 나라를 관리한다고 볼 수 있다. 철도가 발명된 이후 사람들의 시간관념이 어느 정도 나아지지 않았을까? 사람들은 예전의 마차 역보다 오늘날의 기차역에서 더 빨리 말하고 생각하지 않을까? 기차역의 분위기에는 사람을 들뜨게 하는 구석이 있다. 나는 기차역이 이룬 기적에 놀라곤 한다. 내가 보기에 이웃 가운데 몇몇은 기차 같은 빠른 교통수단으로 보스턴에 갈 사람이 결코 아닌데도 출발을 알리는 종이 울리는 순간 승차를 서두른다. 요즘에는 '철도식으로' 일하라는 말이 유행어처럼 쓰인다. 어떤 강력한 힘이 앞길을 막지 말라고 여러 차례 진지하게 경고하면 그 말을 들을 가치가 있다. 이 경우에 소요 단속령[206)]을 읽어 주려고 멈추지도 않거니와 군중의 머리 위로 경고 사격을 하는 일도 없다. 우리는 옆으로 비켜서지 않고 앞으로 돌진하는 아트로포스[207)] 같은 운명을 불러들였다.(기관차에 이 여신의 이름을 붙여도 좋을 듯하다.) 사람들은 기차라는 화살이 몇 시 몇 분에 주변의 특정 지점을 향해 발사될 것이라는 통고를 받는다. 그러나 기차는 누구의 일도 방해하지 않는다. 아이들은 다른 쪽 선로를 따라 등교한다. 우리는 철도 덕분에 더 안정된 생활을 한다. 우리는 모두 텔[208)]의 아들이 되기 위한 교육을 받는다.

---

206) 1715년 영국에서 공표된 법령이다. 열두 명 이상이 모여 소요를 일으킬 경우 법령을 읽어 준 뒤 해산하지 않으면 중죄로 다스렸다.

207) 그리스 신화에 나오는 운명의 여신 모이라이 세 자매 중 막내. 미래를 맡아 운명의 실을 끊는 역할을 한다.

208) 스위스 건국의 전설적 영웅 빌헬름 텔을 말한다. 빌헬름 텔의 아들은

대기에는 눈에 보이지 않는 화살이 가득하다. 자신의 길을 제외한 모든 길은 운명의 길이다. 그러므로 자신의 길을 벗어나지 마라.

상업이 내 마음에 드는 이유는 그 진취적 기상과 용기 때문이다. 상업은 두 손을 모아 유피테르에게 기도하지 않는다. 나는 상인들이 크든 작든 저마다 용기를 가지고 만족을 느끼면서 일하고, 자신들이 생각한 것보다 훨씬 많은 성과를 거두는 것을 본다. 아마 의식적으로 계획했더라도 그보다 더 잘하지는 못했을 것이다. 나는 부에나비스타[209] 전투의 최전선에서 삼십 분을 버틴 군인들의 영웅적 행위보다 겨우내 제설차에 매달려 사는 사람들의 꿋꿋하고 낙천적인 용기에 더 큰 감명을 받는다. 그들은 보나파르트[210]가 가장 희귀한 용기라고 여긴 '새벽 3시의 용기'[211]만 지닌 게 아니라 일찍 쉬러 가지도 않을뿐더러 눈보라가 잠잠해지거나 철마의 근육이 얼어붙어야 비로소 잠자리에 든다. 나는 사람의 피를 꽁꽁 얼릴 정도로 폭설이 맹위를 떨치는 이 아침에 그들의 차가 토해 낸 차가운 숨결의 짙은 안개를 뚫고 울리는 둔탁한 종소리를 듣는

아버지가 자기 머리 위에 놓인 사과를 화살로 겨냥할 때 아버지를 믿고 꿋꿋이 서 있었다고 한다.

209) 멕시코 북부에 있는 마을. 미국과 벌인 멕시코 전쟁(1846~1848) 때 격전지다. 소로는 이 전쟁을 영토 확장을 꾀하려는 부당한 행위로 간주하고 미국 정부의 전쟁 정책에 반대했다.

210) 프랑스 황제였던 나폴레옹 1세를 말한다.

211) 정확하게는 '새벽 2시의 용기'다. 나폴레옹 1세는 새벽 2시에 깨워도 힘과 용기가 넘치는 병사를 크게 칭찬했다고 한다.

다. 그것은 뉴잉글랜드 북동부를 강타한 눈보라가 거부권을 행사하는데도 기차가 그리 오래 지연되지 않고 이쪽으로 오고 있다는 사실을 알리는 소리다. 이윽고 눈과 서리를 뒤집어쓴 제설 인부들이 기관차의 제설판 위로 머리를 내밀고 있는 모습이 내 눈에 들어온다. 그 제설판은 시에라네바다산맥[212]의 암석 덩어리 같은 것을 치울 뿐 우주의 변두리를 지키는 들국화나 들쥐들의 보금자리는 건드리지 않는다.

상업은 뜻밖에도 자신만만하고 차분하며, 기민하고, 모험심이 강하고, 끈질긴 면이 있다. 게다가 그 방법이 수많은 공상적인 기획과 감상적인 실험보다 훨씬 자연스럽고, 그리하여 괄목할 만한 성공을 거둔다. 화물 열차가 덜컹거리며 옆을 지나갈 때면 나는 왠지 모르게 기분이 상쾌하고 가슴이 뿌듯해진다. 그리고 롱 워프에서 챔플레인 호수[213]까지 내내 기차에 실려 가는 화물의 냄새를 맡을 때면 낯선 이국의 땅과 산호초, 인도양, 열대 기후, 광활한 지구가 머릿속에 그려진다. 내년 여름에 수많은 뉴잉글랜드 사람들의 옅은 황갈색 머리칼을 가려 줄 종려나무 잎을 비롯하여 마닐라삼과 코코넛 껍질, 낡은 밧줄과 마대, 고철과 녹슨 못들을 보면 내가 마치 세계의 시민이 된 기분이 든다. 화물칸에 가득 실린 찢어진 돛들은 종이와 책으로 만들어지겠지만 지금 그 상태로 있는 것

212) 미국 서부의 주요 산맥이며 캘리포니아 동쪽 능선을 따라 남쪽으로 뻗어 있다.

213) 롱 워프는 보스턴에 있는 부두이고, 챔플레인 호수는 미국 버몬트주와 뉴욕주의 경계를 이루면서 캐나다 퀘벡주까지 걸쳐 있는 호수다.

이 내 눈에는 훨씬 읽기 쉽고 흥미로워 보인다. 폭풍우에 시달린 돛들의 역사를 그 찢어진 자국만큼 생생하게 묘사할 사람이 어디 있겠는가? 그것은 더 이상 수정할 필요 없이 곧바로 인쇄할 수 있는 교정쇄다. 메인주의 숲에서 실린 원목이 지나간다. 지난번 홍수 때 바다로 떠내려가지 않고 남은 것들이다. 그 때 떠내려가거나 쪼개진 원목 때문에 나무가 300미터당 4달러나 값이 올랐다. 소나무와 가문비나무와 삼나무 같은 원목은 1등급, 2등급, 3등급, 4등급으로 나뉘는데 얼마 전까지만 해도 모두 같은 등급으로 곰과 사슴과 순록의 머리 위에서 바람에 흔들리고 있었다. 그다음은 최상급인 토마스턴[214] 석회가 지나간다. 소석회가 되려면[215] 언덕들을 지나 멀리까지 가야 할 것이다. 이번에는 색깔과 품질이 제각각인 넝마 꾸러미다. 최하 수준까지 질이 떨어진 무명과 아마포가 옷으로서 최후의 결말을 맞이했다고 하겠다. 그 무늬는 밀워키[216]가 아니면 어디에서도 더는 입에 오르내리지 않을 것이다. 영국이나 프랑스나 미국에서 날염된 천, 깅엄, 모슬린 같은 눈부시게 화려한 천이 부자와 가난한 사람 상관없이 모든 지역에서 수집되어 한 가지 색깔이나 몇 가지 색조를 띤 종이로 재생되고, 거기에 상류층과 하류층의 실생활에 관한 이야기가 사실을 바탕

---

214) 메인주에 있는 도시이며 석회 산지로 유명하다.

215) 생석회에 물을 혼합하면 화학 변화를 일으켜 소석회가 된다.

216) 미국 중서부 위스콘신주의 밀워키는 소로 시대에 독일 이민자들이 몰려들면서 급속히 성장했지만 보스턴이나 뉴욕과 비교하여 유행에 뒤처진 도시로 통했다.

으로 생생하게 기록될 것이 분명하다. 밀폐된 화물칸이 지나갈 때는 소금에 절인 생선 비린내가 풍긴다. 뉴잉글랜드의 돈벌이를 뜻하는 이 강렬한 냄새를 맡으면 그랜드뱅크스[217)]와 어업이 머릿속에 떠오른다. 얼마나 완벽하게 소금에 절이는지 생선은 무슨 일이 있어도 상하지 않을 것이다. 뉴잉글랜드 사람 가운데 성자들의 인내심마저 무색하게 할 정도로 철저하게 절인 이 생선을 보지 못한 이는 없으리라. 소금에 절인 생선으로 거리를 청소하고, 도로를 덮고, 불쏘시개를 쪼갤 수 있다. 마부는 이런 생선으로 햇빛과 바람과 비로부터 자신의 몸과 짐을 보호할 수 있을 것이다. 언젠가 콩코드의 한 상인이 그랬듯 가게를 개업할 때 간판 대신 절인 생선을 문 옆에 걸어 놓을 수도 있다. 세월이 흘러 언젠가는 가장 오래된 단골손님도 그것이 동물인지 식물인지 광물인지 분간하지 못하게 되겠지만, 그래도 여전히 눈송이처럼 깨끗해서 냄비에 넣고 끓일 경우 훌륭한 암갈색 생선 요리가 되어 토요일 저녁상에 오를 것이다. 다음은 스페인산 소가죽이 실린 화물칸이다. 소의 꼬리가 가죽이 벗겨지기 전 소들이 스페니시메인[218)]의 드넓은 초원을 질주하던 때와 똑같은 각도로 위를 향해 구부러져 있다. 이 꼬리는 고집불통의 상징물로서 타고난 악덕이 얼마나 절망적이고 치유하기 힘든지 분명하게 보여 준다. 솔직히 말해 나는 어떤 사람의 본성을 알고 나면 그것이 좋은 쪽으로

---

217) 북아메리카의 동북 연해에 있는 세계적인 어장으로 뉴잉글랜드의 어부들은 예전부터 여기에서 물고기를 잡았다.

218) 남아메리카 북안의 오리노코강과 파나마 이스무스 해협 사이의 지역.

든 나쁜 쪽으로든 살아생전에 바뀔 것이라고 전혀 기대하지 않는다. 동양 사람들은 "개의 꼬리를 불에 달군 뒤 힘을 주어 눌러서 끈으로 둥글게 묶을 수는 있지만 십이 년 동안 같은 노력을 기울여도 본래 모양은 바뀌지 않을 것이다."[219]라고 말한다. 꼬리가 상징하는 완고한 고집을 고치는 효과적인 방법은 고아서 아교로 만드는 것뿐이다. 내가 알기로는 아교를 소의 꼬리로 만드는 것 같은데 그렇게 해야 어딘가에 달라붙어 움직이지 않을 것이다. 이번에는 당밀이나 브랜디가 들어 있는 커다란 통이 지나간다. 버몬트주 커팅스빌에 사는 존 스미스에게 배달되는 것이다. 그는 그린산맥 일대에서 장사를 하는 상인으로 물건을 받아 자신의 개간지 근처에 거주하는 농부들에게 판다. 아마도 지금쯤 지하 창고의 뚜껑문 위에 서서 얼마 전 해안에 도착한 물건들이 자기 물건값에 어떤 영향을 끼칠지 따져 보면서 다음 기차로 오는 물건이야말로 최상급이라고, 오늘 아침까지 스무 번이나 되풀이한 말을 다시금 고객들에게 떠벌리고 있을 것이다. 이번 물건도 《커팅스빌 타임스》에 광고되었다.

도시로 올라가는 물건이 있는가 하면 시골로 내려오는 물건이 있다. 부웅 하는 기적 소리에 놀라 나는 책에서 눈을 떼고 앞을 바라본다. 멀고 먼 북쪽 산악 지대에서 벌목된 뒤 그린산맥과 코네티컷강을 넘어온 커다란 소나무가 십 분 만에 마을

219) 영국의 동양학자 찰스 윌킨스(Charles Wilkins, 1749~1836)가 번역한 『산스크리트 우화와 속담』에 나오는 우화 「사자와 토끼」의 한 구절.

을 지나서는 누가 볼세라 휙 사라져 버린다. 이제 그 소나무는

어느 거대한 기함의
돛대가 될 것이다.[220)]

잘 들어라! 가축 열차가 다가온다. 수많은 언덕, 양 우리, 마구간, 외양간의 가축들과 막대기를 든 몰이꾼들, 양 떼에 둘러싸인 목동들까지 모두 산악 지대의 목초지 말고는 9월의 강풍에 날리는 나뭇잎처럼 재빠르게 달려왔다가 순식간에 지나간다. 대기는 송아지와 양들의 울음소리와 황소들이 서로 밀치는 소리로 가득 차서 마치 골짜기의 목초지 전체가 지나가는 것 같다. 맨 앞에 있는 늙은 길잡이 양의 목에 달린 방울이 딸랑거리면 산들은 거세하지 않은 숫양처럼 날뛰고 나지막한 언덕들은 새끼 양처럼 깡충거린다 열차의 가운데 칸에 탄 몰이꾼들은 이제 가축과 마찬가지로 화물의 처지가 되어 할 일이 없는데도 쓸모없는 막대기를 무슨 계급장이라도 되는 듯이 계속 움켜쥐고 있다. 그러나저러나 개들은 어디에 있을까? 개들에게 그 같은 상황은 대탈주나 다름없다. 개들은 당황한 나머지 어쩔 줄을 모를 것이다. 녀석들은 가축의 냄새를 놓치고 말았다. 녀석들이 피터버러 구릉지[221)] 뒤에서 짖거나 그린산맥 서쪽 등성이를 헐떡거리며 올라가는 소리가 들리

220) 영국의 시인 존 밀턴(John Milton, 1608~1674)의 『실낙원』에 나오는 구절.

221) 뉴햄프셔주 남쪽에 있으며 콩코드의 북서쪽에서 지평선을 이룬다.

는 듯하다. 녀석들은 가축들이 도살되는 장면을 지켜보지 않을 것이다. 이제 녀석들의 임무는 끝났다. 녀석들의 충성심과 총명함은 표준 이하로 떨어졌다. 녀석들은 수치심을 느끼며 슬금슬금 집에 돌아갈 수도 있고, 야생의 상태로 돌아가서 늑대나 여우와 한패가 될 수도 있다. 아무튼 목가적인 삶도 그렇게 바람처럼 지나가 버린다. 종이 울린다. 나는 기차가 지나가도록 철도에서 비켜서야 한다.

철도는 내게 무엇인가?
철도가 어디에서 끝나는지
나는 보러 가지 않으리라.
철도는 몇몇 골짜기를 메우고
제비들을 위해 둑을 쌓으며
모래를 흩날려서
블랙베리를 자라게 한다.

그러나 나는 숲속에 난 수렛길을 건너듯 철길을 건넌다. 나는 기차가 내뿜는 연기와 증기와 시끄러운 소리로 내 눈과 귀가 상하는 일이 없도록 하겠다.

이윽고 기차가 지나가면서 분주하게 돌아가던 세상도 함께 지나가 버렸다. 호수의 물고기도 덜커덩거리며 지나가는 기차의 진동을 더 이상 느끼지 않으리라. 나는 어느 때보다 혼자라는 걸 느낀다. 남은 긴 오후 시간 내내 내 명상을 방해하는 것은 멀리 떨어진 간선도로를 덜걱거리며 오가는 마차나 마차를 끄는 짐승이 내는 희미한 소리뿐일 것이다.

가끔 일요일에는 종소리를 들었다. 링컨, 액턴, 베드퍼드, 콩코드 같은 마을에서 바람을 타고 들려오는 은은하고 감미로운 종소리는 야생의 세계로 들여와도 좋을 자연의 선율이다. 꽤 먼 거리의 숲을 넘어오는 탓에 종소리에는 마치 지평선의 솔잎이 하프의 줄을 튕긴 듯한 진동음이 배어 있다. 아주 멀리 떨어진 곳에서 들려오는 소리는 모두 하나의 똑같은 효과를 내는데, 이를테면 우주의 수금을 켜는 소리 같다. 멀리 보이는 산등성이가 중간의 대기층을 통과하는 빛에 의해 하늘색을 띠어 우리 눈에 더욱 아름답게 보이는 것과 같은 현상이리라. 이때 내 귀에 들리는 것은 대기에 걸러진 선율이고, 솔잎을 비롯한 숲의 모든 잎과 교류한 선율이며, 자연의 힘에 의해 변조된 뒤 계곡에서 계곡으로 메아리치는 소리의 한 부분이다. 메아리는 어느 정도 독창적인 소리인 데다 나름의 마력과 매력을 지닌다. 요컨대 메아리는 종소리에서 다시 울릴 만한 가치가 있는 소리의 반복된 울림인 동시에 부분적으로는 숲 자체의 목소리이기도 하다. 숲에 사는 요정의 속삭임과 노래가 담겨 있는 것이다.

저녁이면 숲 너머 지평선에서 암소의 울음소리가 감미롭고 아름답게 들려온다. 맨 처음 들었을 때는 언덕과 골짜기를 방랑하며 이따금 세레나데를 부르는 음유 시인들의 목소리라고 생각했다. 그러나 계속 들으면서 암소가 흔히 내는 자연스러운 소리라는 걸 알게 되었을 때 기분 나쁠 정도로 실망하지는 않았다. 젊은 음유 시인들의 노래가 암소의 울음소리와 비슷하다고 말했지만 비웃으려는 의도는 손톱만큼도 없다. 나는 단지 그 젊은이들이 부르는 노래의 가치를 인정한다는 사실을 표현하고 싶었을 뿐이다. 요컨대 그들의 노래는 자연이 내는 하나의 소리였다.

여름에 한동안은 저녁 기차가 지나간 뒤 7시 30분쯤 되면 어김없이 쏙독새들이 내 집 앞의 그루터기나 마룻대 위에 앉아 삼십 분가량 저녁 기도를 읊조렸다. 매일 저녁 일정한 시각, 즉 해가 지고 오 분 이내에 시계만큼이나 거의 정확하게 노래하기 시작했다. 나는 쏙독새의 습성을 알게 되는 흔치 않은 기회를 얻었다. 이따금 네다섯 마리가 숲 여기저기에서 동시에 노래했는데 희한하게 돌림노래를 하듯 한 소절씩 잇달아 부르는 경우도 있었다. 아주 가까운 곳에서 노래했기 때문에 나는 쏙독새들이 한 음을 끝내고 꾸륵꾸륵 목을 가다듬듯이 내는 소리뿐 아니라 거미줄에 걸린 파리처럼 윙윙거리는 독특한 소리까지 들을 수 있었다. 당연히 몸집에 비례하기 때문에 윙윙거리는 소리는 파리보다 훨씬 컸다. 어쩌다 숲에 들어가면 쏙독새 한 마리가 몇 미터 떨어진 거리에서 마치 줄에 묶인 듯 내 주위를 빙빙 돌기도 했다. 아마 내가 녀석이 낳은 알 주위에 있었기 때문이리라. 아무튼 새들은 일정한 간격을 두고 밤새 노래했고, 동이 트기 직전이나 동틀 무렵이면 언제나 선율이 실린 아름다운 노래를 불렀다.

다른 새들이 조용해지는가 싶으면 멧부엉이들이 순서를 이어받아 죽음을 애도하는 여인들처럼 우울루울루 하고 태고의 울음소리를 낸다. 이 새들의 음울한 울음소리를 들으면 벤 존슨이 떠오른다.[222] 영락없이 한밤중의 교활한 마녀들 같다! 멧부엉이들의 울음소리는 시인들의 정직하고 투박한 노래가 아니다. 장난기라고는 찾아볼 수 없는 지극히 엄숙한 무덤의 소곡이고, 동반 자살한 두 연인이 지옥의 숲에서 지난날 꿈만 같던 사랑의 고통과 기쁨을 추억하며 서로 위안하는 노래다. 그러나 나는 숲 언저리를 따라 울리는 멧부엉이들의 떨리는 듯한 울부짖음과 구슬픈 응답 소리를 듣는 것이 좋다. 그 소리를 들으면 이따금 음악이, 그리고 노래하는 새들이 떠오른다. 마치 음악의 어둡고 눈물겨운 측면, 이를테면 노래 말고는 표현할 길 없는 회한과 탄식인 듯하다. 멧부엉이들은 타락한 영혼들의 비천한 정령이자 우울한 전조다. 이들은 한때 인간의 모습으로 밤마다 지상을 배회하며 사악한 짓을 일삼았고, 이제는 죄를 지은 현장에서 탄식의 송가나 애절한 비가를 부르며 회개하고 있다. 멧부엉이들은 내게 우리 모두의 거처인 자연의 다양성과 포용력에 대한 새로운 감각을 일깨운다. 호수의 이쪽에서 멧부엉이 한 마리가 오우-오-오-오-오, 태-어-나-지 말았어야 했어! 하고 탄식하며 절망의 날갯짓으로 공중을 맴돌다가 잿빛 떡갈나무에 다시 내려앉는다. 잠시 뒤에 호수 건너편에서 다른 멧부엉이가 떨리는 목소리로 진심을 담아 되풀이한다. ……태-어-나-지 말았어야 했어! 그러면 저

222) 영국의 시인이자 극작가이자 비평가인 벤 존슨(Ben Jonson, 1573~1637)의 가면극 『여왕의 가면』에 나오는 「마녀들의 노래」가 떠오른다는 의미다.

멀리 링컨 숲에서 ……말았어야 했어! 하고 응답하는 소리가 희미하게 들려온다.

나는 올빼미의 세레나데도 들었다. 가까이에서 들으면 그것은 자연의 가장 우울한 소리란 생각이 든다. 마치 죽어 가는 인간의 신음을 올빼미 소리로 정형화하여 영원히 자연의 합창 속에 포함시킨 것 같다. 희망을 버리고 떠난 불쌍하고 나약한 노인이 어두운 골짜기로 들어가며 짐승처럼 울부짖으면서도 인간적으로 흐느끼는 듯한 그 소리는 목구멍을 울리고 나오는 음울한 리듬 탓에 더욱 처량하게 들린다. 그 소리를 흉내 내려고 하면 나는 늘 '글르'라는 소리가 먼저 튀어나오니 이는 건전하고 대담한 사고의 고된 수행 속에서 아교질처럼 흐물흐물하고 곰팡내 나는 단계에 다다른 마음의 표현이다. 그 소리를 들으면 무덤을 파헤쳐 시체를 먹는 귀신과 정신박약자나 정신이상자의 울부짖음이 떠오른다. 하지만 지금은 올빼미 한 마리가 멀리 떨어진 숲에서 음악적인 선율로 응답하듯 노래한다. 노랫소리는 거리가 멀어서인지 무척 아름답게 들린다. 후 후 후, 후러 후. 정말 그 소리는 대개 낮이든 밤이든, 여름이든 겨울이든 내 머릿속에 즐거운 일만 떠올리게 했다.

나는 이 세상에 올빼미가 있어서 정말 기쁘다. 올빼미가 인간을 대신하여 백치나 미치광이 같은 소리로 울도록 내버려 두자. 그것은 대낮에도 어두컴컴한 늪지대와 땅거미 진 숲에 딱 어울리는 소리로 인간이 아직까지 인식하지 못한 미개척의 광활한 자연이 있다는 사실을 암시한다. 올빼미는 우리 모두가 지닌 쓸쓸한 황혼과 해답을 찾지 못하는 사색을 상징한다. 태양이 온종일 어느 황량한 늪지대의 지표면을 비추는데 거기에 녹회색 이끼가 뒤덮인 가문비나무 한 그루가 서 있고, 작은 매들이 상공을 맴돌고, 박새가 상록수들 사이에서 혀 짧은 소리로 지저귀고, 자고새와 토끼가 그 밑을 살금살금 숨어 다닌다. 그러나 이제 더 음울해지고 그곳에 어울리는 낮이 밝아 오면 다른 종류의 생물들이 잠의 늪에서 깨어나 자연의 의미를 표현할 것이다.

늦은 저녁이면 마차가 덜컹거리며 다리를 건너는 소리(밤에 이 소리는 어떤 소리보다 멀리까지 들린다.)와 개 짖는 소리, 멀리 떨어진 농가의 헛간 앞마당에서 암소가 구슬프게 우는 소리가 간간이 들렸다. 그사이 호숫가에서는 황소개구리의 우렁찬 울음이 나팔 소리처럼 울려 퍼졌다. 황소개구리들은 여전히 뉘우치지 못하고 지옥의 호수(월든 호수에는 수초가 거의 없이 개구리만 많아서 이렇게 비유했다. 월든 호수 요정들의 용서를 바란다.)에서 돌림노래나 부르는 옛 술꾼과 술고래들의 고집스러운 혼령이 아닌가 싶다. 이 개구리들은 옛날 잔칫날의 흥겨운 규칙을 지키려 하지만 목소리가 쉰 터에 엄숙할 만큼 진지해서 오히려 한껏 달뜬 분위기를 조롱하는 꼴이었고, 와인은 그 맛을 잃어 단순히 배를 채우는 액체가 되었다. 달콤한 취기는 과거의 아픈 기억을 익사시키는 게 아니라 물로 배를 채운 것 같은 포만감과 팽창감만 가져다주었다. 턱에서 흘러내리는 침을 받아 주는 냅킨인 셈인 하트 모양의 잎에 턱을 얹은 제일 어른 같은 황소개구리가 이 북쪽 호숫가에서 한때 경멸했던 물을 크게 한 모금 마시고는 개구울, 개구울, 개구울! 외치며 잔을 돌린다. 그러자 곧 멀리 후미 쪽에서 수면을 타고 똑같은 구호가 들려온다. 나이와 허리둘레 면에서 두 번째인 개구리가 정해진 양의 물을 마셨다는 뜻이다. 이 같은 의식이 호숫가를 한 바퀴 돌고 나면 의식을 주관한 대장 개구리가 만족한 듯 개구울! 하고 외친다. 그리고 배가 가장 덜 튀어나오고, 물을 가장 많이 흘리고, 배가 가장 무기력하게 축 늘어진 녀석에 이르기까지 모든 개구리가 한 치의 실수도 없이 똑같은 구호를 차례대로 복창한다. 그런 다음 술잔이 다시 돌기 시작하여 해가 뜨고 아침 안개가 걷힐 때까지 계속 이어지고, 마침내 대장 개구리만 물속으로 뛰어들지 않고 혼자 남아서 이따금 개굴 하고 헛되이 외치며 응답을 기다린다.

글쎄, 내 개간지에서 수탉의 울음소리를 들은 적이 있는지 잘 모르겠지만 수탉의 노래를 듣기 위해 수평아리를 기를 가치가 있다고 생각한 적은 있다. 수탉은 한때 인도의 들꿩이었는데 그 울음소리가 보통의 새와 확실하게 구별될 만큼 독특하다. 수탉을 가축으로 두지 않고 자연에서 자라도록 한다면 그 울음소리는 끼룩거리는 기러기 소리나 부엉부엉 하는 부엉이 소리를 뛰어넘어 우리 숲에서 가장 유명한 음악이 될 것이다. 수탉의 낭랑한 나팔 소리가 잠시 멈추었을 때 암탉들이 꼬꼬댁거리며 그 공간을 채우는 것을 상상해 보라! 달걀과 닭다리를 얻기 위해서일지언정 인간이 야생의 새를 길들여 가축에 포함시킨 것은 조금도 이상한 일이 아니다. 겨울날 아침에 닭들이 무리를 지어 있는 숲, 닭들의 고향 같은 숲을 거닐며 야생 수탉들이 나무 위에서 힘차게 우는 소리를 듣는다고 생각해 보라. 맑고 날카로운 울음소리는 멀리까지 온갖 소리가 뒤섞인 땅 위에 울려 퍼져서 다른 새들의 연약한 소리를 삼켜 버릴 것이다. 사람들은 그 울음소리를 듣고 긴장할 것이다. 그 소리를 듣고 누가 일찍 일어나지 않겠는가? 날이 갈수록 사람들은 점점 더 일찍 일어나게 되어 마침내 모두가 더할 나위 없이 건강하고 부유하고 현명해질 것이다. 모든 나라의 시인들이 토박이 새들과 함께 외래종인 이 수탉의 노래를 찬양한다. 이 용감한 수탉은 어떤 기후 조건에도 잘 적응하여 토박이 새들보다 더 토박이답다. 늘 건강하며 폐도 튼튼하다. 수탉의 기백은 결코 시들 줄 모른다. 대서양과 태평양을 항해하는 선원들도 수탉의 울음소리를 듣고 잠에서 깬다. 하지만 나는 수탉의 날카로운 소리를 듣고 잠에서 깬 적이 없다. 개와 고양이와 돼지는 물론이고 닭도 기르지 않았으니 내 집에서는 가정적인 소리가 나지 않았으리라고 말하는 사람이 있을 것이다. 내 집에서는 사람에게 위안을 주는 우유 교반기 소리, 물레 돌리는 소리, 솥에서 쉭쉭거리며 김이 빠지는 소리, 주전자에서 물이 끓는 소리, 아이들이 우는 소리도 나지 않았다. 그렇기 때문에 옛날의 이 같은 소리에 익숙한 사람이 내 집에 들어와서 살았다면 권태로운 나머지 미치거나 죽어 버렸을 것이다. 내 집의 벽 속에는 쥐도 살지 않았다. 살았다면 먹을 것이 없어서 금세 굶어 죽었으리라. 아예 처음부터 들어오지 않았을 수도 있다. 그런데 지붕 위와 마루 밑에는 다람쥐들이 살았고, 마룻대 위에는 쏙독새가 있었고, 창문 아래에서는 어치가 울었다. 또 산토끼와 우드척이 집 아래를 들락거렸고, 멧부엉이와 올빼미가 집 뒤에서 울었으며, 호수 위로는 기러기와 물새가 떼를 지어 날아다녔다. 밤만 되면 우는 여우도 있었다. 제법 온순한 새인 종달새와 꾀꼬리들은 농장 주변에서 흔히 볼 수 있지만 내 개간지에는 얼씬도 하지 않았다. 마당에 큰 소리로 우는 수탉도 없었고, 꼬꼬댁거리는 암탉도 없었다. 아니, 마당 자체가 없었다. 울타리 없는 자연이 문턱까지 바짝 다가와 있었다. 창문 밑에서는 어린 나무들이 자랐고, 야생 옻나무와 블랙베리 넝쿨이 지하실 쪽으로 뿌리를 내리고 있었다. 소나무들은 억센 만큼 튼튼하게 잘 자라서 가지가 지붕 널을 스치며 삐걱거리는 소리를 냈고, 뿌리는 집 밑으로 계속 뻗어 내려갔다. 바람이 강하게 불면 날아가 버릴 석탄 나르는 양동이나 블라인드도 없었다. 집 뒤의 소나무가 바람에 부러지거나 뿌리째 뽑히면 그대로 땔감이 되었다. 어쩌다 폭설이 내려도 앞마당에서 대문에 이르는 길이 막히는 일은 없었다. 앞마당도 없고 대문도 없었기 때문이다. 내 집 주위에는 문명 세계로 통하는 길 자체가 없었다.

고독

기분 좋은 저녁이다. 이런 때는 몸 전체가 하나의 감각 기관이 되어 모든 땀구멍으로 기쁨을 빨아들인다. 나는 자연의 일부로서 묘한 자유로움을 느끼며 자연 속을 돌아다닌다. 구름이 끼고 바람까지 불어 쌀쌀하다. 나는 셔츠만 걸친 채 돌투성이 호숫가를 따라 걷는다. 특별히 시선을 끄는 것은 없지만 자연의 모든 요소가 내 마음을 사로잡아 유쾌하기 그지없다. 황소개구리들이 나팔을 불어 밤을 알리고, 쏙독새의 노랫소리가 호수에 잔물결을 일으키는 바람을 타고 들려온다. 바람에 살랑거리는 오리나무와 포플러나무 잎과 공명하는 순간에는 숨이 다 막힐 것 같다. 하지만 호수처럼 내 평온함은 잔물결만 일 뿐 크게 넘실대지는 않는다. 저녁 바람이 일으킨 이 잔잔한 물결은 석양에 반짝이는 호수의 수면만큼이나 폭풍과 거리가 멀다.

땅거미가 지면서 숲을 지나는 바람이 거세지고 파도가 거칠게 일렁인다. 이따금 몇몇 동물들이 노래하며 다른 동물들의 마음을 달래 준다. 완벽하게 평온한 휴식은 없다. 사나운 짐승들은 휴식을 취하지 않고 부지런히 먹잇감을 찾아다닌다. 여우와 스컹크와 산토끼가 두려움을 잊은 채 들과 숲을 배회한다. 그들은 자연의 야경꾼이자 활기찬 삶의 나날을 연결하는 고리다.

집에 돌아오면 손님들이 다녀가며 놓고 간 명함, 아니면 꽃다발이나 상록수 가지로 엮은 화환이나 연필로 이름을 적은 노란 호두나무 잎이나 나뭇조각을 발견한다. 어쩌다 숲을 찾는 사람들이 오는 길에 나뭇가지를 꺾어서 만지작거리다가 일부러 또는 우연히 두고 갈 때가 있다. 누군가 버드나무 줄기의 껍질을 벗겨서 고리 모양으로 엮은 것을 탁자에 놓고 가기도 했다. 주변의 휘어진 나뭇가지나 풀잎이나 발자국을 보면 내가 없을 때 손님들이 다녀갔는지 어쨌는지 알 수 있었다. 또 떨어진 꽃잎이나 뽑아서 아무렇게나 내던진 한 움큼의 풀 같은 사소한 흔적을 본다든지 시가나 파이프 담배의 은은한 잔향을 맡고도 손님의 성별과 나이와 인품이 대충 짐작되었다. 심지어 파이프 담배 냄새만으로 300미터 떨어진 큰길에 나그네가 지나가는 것을 알아챈 적도 있다.

우리 주위에는 대체로 넉넉한 공간이 있다. 지평선은 팔꿈치에 닿을 만큼 아주 가까이 있지 않다. 울창한 숲이 우리의 문간을 기웃거리는 일도 없고 호수도 마찬가지다. 그러나 우리는 얼마간 항상 땅을 개간한다. 땅을 길들이고 황폐하게 만들며, 어떤 식으로든 차지하고 울타리를 쳐 자연을 개척한다. 무엇 때문에 나는 내게 임의로 맡겨진 이 광활한 땅, 인적조차 드문 몇 제곱킬로미터의 숲을 은둔 생활을 위해 차지하고 있다는 말인가? 가장 가까운 이웃도 2킬로미터 정도 떨어져 있는 데다 언덕 꼭대기에 올라가지 않으면 내 집을 중심으로 800미터 내에 어떤 집도 보이지 않는다. 나는 숲과 경계를 이루는 지평선까지 땅을 독차지하고 있다. 지평선 한쪽으로는 멀리 호숫가를 지나는 철도가 보이고, 다른 쪽으로는 숲의 오솔길과 접한 울타리가 보인다. 하지만 내가 사는 곳은 대초원만큼이나 적막하다. 뉴잉글랜드인데 아시아나 아프리카에서 사는 기분이 든다. 말하자면 내게는 나만의 해와 달과 별이 있으며, 나만의 작은 세계가 있다. 밤에는 내 집 앞을 지나가거나 문을 두드리는 나그네도 없었다. 내가 이 세상 최초의 인간이거나 마지막 인간이어도 이보다 더 고독하지는 않았을 것이다. 다만 봄에는 이따금 메기를 낚으러 오는 마을 사람들이 있었다. 이들은 어둠을 미끼로 자기들만의 월든 호수에서 메기보다는 마음을 낚았던 게 분명하다. 대개의 경우 "세상을 어둠과 내게 남긴 채"[223] 빈 바구니를 들고 돌아갔으니까. 그 덕에 밤의 검은 알맹이가 사람의 접근으로 더럽혀지는 일은 일어나지 않았다. 내가 보기에 마녀들이 모두 교수형을 당한 데다 기독교와 양초가 널리 보급되었는데 여전히 사람들은 어둠을 두려워하는 듯하다.

---

223) 영국 시인 토머스 그레이(Thomas Gray, 1716~1771)의 시 「시골 묘지에서 읊은 만가(輓歌)」 중 "세상을 어둠과 내게 남기고, 농부는 집을 향해 지친 걸음을 옮긴다."에서 인용했다.

그러나 나는 이따금 가장 다정하고 상냥하며 가장 순수하고 호의적인 친구를 다름 아닌 자연계의 만물 속에서 발견할 수 있음을 경험했다. 심지어 가련한 염세주의자와 지독하게 우울한 사람의 경우도 마찬가지다. 자연의 한복판에 살면서 자신의 감각을 잃지 않으면 암울한 우울증에 걸릴 리 없다. 건강하고 순수한 귀에는 어떤 폭풍우도 그대로 들리지 않고 아이올로스[224)]의 노래로 들릴 것이다. 어떤 것도 소박하고 용감한 사람을 저속한 슬픔으로 내몰 권리가 없다. 사계절과 우정을 나누는 동안은 어떤 것도 내 삶을 힘겨운 짐으로 만들지 못한다고 믿는다. 오늘 내 콩밭을 적시고 나를 집 안에 붙들어 매는 보슬비는 따분하고 우울한 비가 아니다. 콩만 아니라 나한테도 이로운 비다. 비가 내려서 콩밭의 김을 매지 못하지만 비는 김을 매는 것보다 훨씬 가치 있다. 비가 너무 오랫동안 계속 내려서 저지대의 땅에 심은 씨가 썩어 감자 농사를 망쳐도 고지대의 풀에게 좋다면 상관없다. 풀에게 좋으면 내게도 좋다. 가끔 나 자신을 다른 사람과 비교해 보면 나는 분에 넘칠 만큼 신들의 총애를 받는 것 같다. 마치 주위 사람들이 갖지 못한 보증서와 허가서를 가지고 있을 정도로 신들의 각별한 인도와 보호를 받고 있는 듯하다. 내가 스스로를 치켜세우는 게 아니다. 그런 일이 가능한지 모르지만 신들이 나를 치켜세우고 있다는 생각이 든다. 나는 외로움을 느낀 적이 없다. 고독감에 짓눌린 적도 없다. 딱 한 번, 그러니까 숲에 들어

224) 그리스 신화에 나오는 바람의 신.

오고 나서 몇 주 지났을 때 가까운 곳에 이웃이 있는 것이 평온하고 건강한 삶의 필수 조건이 아닐까 하고 한 시간쯤 생각한 적은 있다. 혼자라는 게 썩 달갑지 않았다. 하지만 동시에 내 마음이 조금은 비이성적이라는 사실을 의식했고, 그런 기분에서 곧 벗어나리라는 걸 예감했다. 조용히 비가 내리는 가운데 그런 생각에 잠길 때면 문득 대자연 속에, 후드득 떨어지는 빗방울 소리 속에, 집 주변의 모든 소리와 풍경 속에 무척 상냥하고 다정한 세상이 있다는 느낌을 받았다. 나를 지탱하는 대기처럼 무한하고 무어라 형언할 수 없는 친밀감이었다. 그때는 이웃에 사람이 있으면 얻게 될 이점들이 하찮은 공상 같았는데, 그 이후로는 한 번도 외롭다는 생각을 하지 않았다. 작은 솔잎 하나하나가 나와 교감하며 쑥쑥 자라고 부풀어 오르면서 내 친구가 되었다. 나는 흔히 거칠고 황량하다고 여겨지는 곳에도 친근한 무엇이 존재한다는 걸 느꼈다. 또 나와 혈연적으로 가깝거나 인간적인 존재가 반드시 사람, 특히 마을 사람만은 아니라는 사실을 분명히 깨달았고, 그렇기 때문에 이제부터는 어떤 장소도 내게 낯선 곳이 될 수 없다고 생각했다.

토스카의 아름다운 딸이여,
죽은 자에게 바치는 애도는 슬퍼하는 자의 목숨을 불시에 앗아 가니
이 땅에서 살날이 얼마 되지 않으리라.[225)]

225) 3세기 아일랜드의 전설적인 시인 오시안의 시 「크로마」에서 인용.

내가 가장 즐거운 시간을 보낸 것은 봄이나 가을에 폭풍우가 오래 지속되는 동안이었다. 나는 오전은 물론이고 오후에도 집 안에 틀어박힌 채 쉴 새 없이 윙윙대는 바람 소리와 세차게 퍼붓는 빗소리를 들으며 마음을 달랬다. 기나긴 밤을 예고하듯 황혼은 일찌감치 주위를 물들였고, 그 무렵이면 머릿속에서 많은 생각이 뿌리를 내리고 가지를 뻗었다. 북동풍에 실려 와 위협적으로 내리는 비가 마을의 집들을 덮치면 아낙네들은 대걸레와 양동이를 들고 범람하는 물을 막으려고 현관 앞에 서 있었다. 하지만 나는 내 작은 집의 하나뿐인 문 뒤에 앉아서 집이 주는 편안함과 안전함을 마음껏 누렸다. 번개에 천둥까지 치며 비가 억수로 내리던 어느 날 벼락이 호수 건너편의 커다란 리기다소나무에 떨어져 꼭대기에서 밑동까지 3센티미터 남짓한 깊이에 10~12센티미터 너비의 상처가 생겼다. 상처는 마치 지팡이에 나선형 홈을 파 놓은 것처럼 뚜렷했다. 며칠 전에 그 나무 옆을 다시 지나갔는데 팔 년 전 순수한 하늘에서 누구도 저항할 수 없는 무시무시한 벼락이 떨어진 흔적이 전보다 더 선명해진 것을 보고 경외감을 느꼈다. 사람들은 걸핏하면 나한테 말한다. "그곳에서는 무척 외로울 것 같아요. 비가 오나 눈이 내리는 날, 특히 그런 밤에는 사람들과 가까이 있고 싶지 않나요?" 나는 이 사람들한테 이렇게 대꾸해 주고 싶다. 우리가 사는 이 지구 전체가 우주에서는 한 점에 지나지 않습니다. 우리의 측량 도구로는 저기 떠 있는 별의 너비를 측정할 수도 없는데 저 별에서 가장 멀리 떨어져 사는 두 사람 사이의 거리는 얼마나 될 것 같습니까? 내가 왜 외로울 거라고 생각합니까? 우리가 사는 지구도 은하수 안에 존재하지 않나요? 당신이 던진 질문은 내게 조금도 중요하지 않아 보입니다. 사람을 주변의 동료들과 분리함으로써 외로움을 느끼게 하는 건 어떤 종류의 공간일까요? 두 다리를 부지런히 움직인다고 해서 두 사람의 마음이 더 가까워지는 건 아니라는 사실을 나는 깨달았습니다. 우리는 무엇과 가장 가까이 살고 싶어 할까요? 많은 사람은 분명히 아니겠지요. 우리는 기차역이나 우체국을 비롯하여 술집, 교회, 학교, 식료품점, 비컨힐[226]이나 파이브포인츠[227]처럼 사람이 많이 모이는 곳이 아니라 생명의 영원한 원천 가까이에서 살고 싶어 할 겁니다. 이는 물가의 버드나무가 물 쪽으로 뿌리를 뻗는 것과 같은 이치이고, 모든 경험에 비추어 보면 우리의 생명은 그런 곳에서 솟아 나왔다는 사실을 알 수 있습니다. 물론 그곳이 어딘지는 각자의 본성에 따라 다르겠지만 현명한 사람이라면 바로 거기에 지하실을 팔 겁니다…….

어느 날 저녁 나는 월든 거리에서 소 두 마리를 몰고 시장에 가는 콩코드 사람을 뒤쫓아가 따라잡았다. 자세한 내막은 모르지만 '상당한 재산'을 모은 사람이었는데 내게 생활을 편리하게 해 주는 많은 것을 어떻게 포기하게 되었느냐고 물었다. 나는 확실히 이런 생활을 꽤 좋아한다고 대답했다. 결코 농담으로 한 말이 아니었다. 나는 그 사람이 어두운 진흙길을

226) 고급 주택이 많은 보스턴의 중심지.

227) 소로 시대에 우범 지역으로 악명이 높았던 뉴욕 맨해튼의 한 지역. 지금은 사라지고 없다.

더듬어 브라이턴[228]으로 가든 브라이트타운[229]으로 가든 내버려 두고 집으로 돌아와서 잠자리에 들었다. 아마 그는 아침에야 그곳에 도착했을 것이다.

죽은 사람이 깨어나거나 되살아날 가망이 조금이라도 있다면 시간과 장소는 그다지 중요하지 않다. 그런 기적이 일어날 만한 곳은 항상 똑같으며, 그것은 우리의 모든 감각에 말로 표현할 수 없는 쾌감을 준다. 하지만 우리는 대부분 자신과 동떨어지고 일시적인 상황에만 관심을 기울인다. 사실은 그런 상황이 우리의 주의를 흐트러뜨리는 원인인데 말이다. 모든 사물의 가장 가까운 곳에는 그것을 존재하도록 하는 힘이 있다. 우리 바로 옆에서 가장 위대한 법칙이 실행되고 있는 것이다. 우리 옆에는 우리가 고용한 일꾼이나 우리가 대화를 나누고 싶은 일꾼이 아니라 우리를 일거리로 삼는 일꾼이 있다.

"하늘과 땅의 오묘한 힘은 그 영향력이 얼마나 넓고 깊은가!"

"그 힘은 보려 해도 보이지 않고, 들으려 해도 들리지 않는다. 만물의 본질과 같기 때문에 따로 떼어 낼 수도 없다."

"인간은 그 힘으로 우주 안에서 마음을 정화하고 신성하게 하며 의관을 정제하여 조상들에게 제사를 바친다. 만물의 본질은 그 자체가 오묘한 지혜의 바다다. 그것은 위와 좌우 도처에 있으며 사방에서 우리를 에워싸고 있다."[230]

---

228) 소로 시대에 보스턴 교외에 있던 도살장 지역.

229) 소로 시대에 bright는 '우량 황소'를 가리키는 말로 브라이트타운은 '우시장'이라는 뜻이다.

230) 공자의 『중용』 16장 1~3절.

인간은 내가 꽤 흥미롭게 여기는 실험 대상이다. 이런 상황에서 우리가 잠시나마 서로 어울려 잡담하는 것을 그만두고 우리의 기운을 북돋울 생각을 하며 살 수는 없을까? 공자는 "덕이 있는 사람은 외롭지 않다. 그에게는 반드시 이웃이 있다."[231]라고 했는데 참으로 옳은 말이다.

사색을 함으로써 우리는 온전한 의미에서 자기 자신으로부터 벗어날 수 있다. 그리고 정신의 의식적인 노력으로 행위와 그 결과로부터 초연할 수 있다. 그렇게 되면 좋든 나쁘든 모든 일이 급류처럼 우리 곁을 지나가 버린다. 우리는 자연에 완전히 휘말려 들지 않는다. 나는 시냇물에 떠내려가는 나무토막일 수도 있고, 하늘에서 그것을 내려다보는 인드라[232]일 수도 있다. 나는 연극 공연에 영향을 받을 수 있는 반면, 나와 훨씬 관련이 있는 실제 사건에는 영향을 받지 않을 수도 있다. 나는 나 자신을 인간적 실체로 인식할 뿐이다. 말하자면 나를 단지 생각과 감정의 무대로만 아는 것이다. 나는 다른 사람들만큼이나 나 자신에게 초연할 수 있는 어떤 이중성이 내 안에 있다는 사실을 느낀다. 내 경험이 아무리 강렬해도 나는 내 일부가 나를 비판하는 것을 의식한다. 엄격히 말해 그 일부는 나 자신도 그 누구도 아니다. 나와 경험을 공유하지 않고 그저 관찰하듯 방관하는 구경꾼일 뿐이다. 비극일 가능성이 큰 인생이라는 연극이 끝나면 그 구경꾼들은 각자 제 갈 길을 간

---

231) 『논어』 4편 25절에서 인용.

232) 인도 신화에 나오는 바람과 비와 천둥의 신.

다. 구경꾼들에게 인생이라는 연극은 일종의 허구이며 상상력이 빚은 작품일 뿐이다. 이런 이중성 탓에 우리는 이따금 쉽게 서로 어설픈 이웃이 되고 친구가 된다.

나는 대부분의 시간을 혼자 지내는 것이 심신 건강에 좋다고 생각한다. 아무리 좋은 사람이라도 함께 있으면 금세 싫증이 나고 시간을 낭비하는 꼴이 되고 만다. 나는 혼자 있는 것을 좋아한다. 고독만큼 편안한 친구를 아직 만나지 못했다. 우리는 대체로 방에 혼자 있을 때보다 밖에 나가 사람들 사이에 있을 때 더 외롭다. 사색에 잠기거나 일하는 사람은 어디에 있든 상관없이 늘 혼자다. 고독은 어느 한 사람과 그 동료들 사이에 가로놓인 공간의 거리로는 측정할 수 없다. 케임브리지 대학교의 매우 혼잡한 강의실에서도 정말로 열심히 공부하는 학생은 사막 한가운데의 수도승만큼이나 고독하기 마련이다. 농부는 밭에서 김을 매거나 숲에서 나무를 베며 온종일 일에 몰두하기 때문에 외로움을 느끼지 않는다. 하지만 날이 어두워 집에 돌아오면 이런저런 잡념에 휩싸여 방에 혼자 앉아 있을 수 없게 된다. 그래서 사람들을 만나 기분을 전환할 곳을 찾아가는데, 그러는 것이 그날 겪은 외로움을 보상받는 길이라고 생각하기 때문이다. 농부는 학생이 밤새도록, 그리고 낮의 대부분을 혼자 집에 머물면서 어떻게 권태와 울적한 기분에 빠지지 않는지 의아하게 생각할 것이다. 학생이 집에 있어도 농부와 마찬가지로 자신의 밭에서 일하고, 자신의 숲에서 나무를 베며 농부와 똑같거나 오히려 더욱 응축된 형태의 기분 전환과 교제를 추구한다는 사실을 알지 못하기 때문이다.

교제는 일반적으로 값싼 행위다. 우리는 서로 새로운 가치를 얻을 시간이 없이 너무 자주 만난다. 우리는 하루 세 번 식사 때마다 만나서 곰팡내가 날 정도로 오래된 치즈를 서로에게 맛보라고 권한다. 이를테면 곰팡내 나는 치즈가 바로 우리 자신인데 우리는 이런 빈번한 만남을 견디도록, 그것이 공공연한 싸움으로 번지지 않도록 하기 위해 예의범절이라 불리는 일정한 규칙에 합의해야 했다. 우리는 우체국이나 친목회에서 만나고, 매일 밤 난롯가에서도 만난다. 우리는 너무 바짝 붙어서 살기 때문에 서로 방해가 되고 서로의 발에 걸려 넘어지기도 한다. 그래서 나는 우리가 서로에 대한 존경심을 잃어버렸다고 생각한다. 만남의 횟수를 줄여도 마음에서 우러난 중요한 대화를 얼마든지 나눌 수 있다. 공장에서 일하는 여공들을 생각해 보라. 그들은 혼자 있는 법이 없다. 꿈속에서도 거의 혼자 있지 못한다.[233] 내가 사는 곳처럼 2.6제곱킬로미터 면적에 한 사람만 거주하는 정도가 좋을 것이다. 사람의 가치는 피부에 있지 않으며, 피부를 맞대야만 그 사람의 가치를 아는 것은 아니다.

숲에서 길을 잃고 굶주림과 탈진으로 나무 밑에서 죽어 가던 남자 이야기를 들은 적이 있다. 그는 몸이 쇠약해진 데다 병적인 상상력까지 더해져 기괴한 환영에 휩싸였다. 그런데 그런 환영이 실제로 존재한다고 믿었기 때문에 고독감에서 벗어

233) 소로 시대에 미국의 일부 공장에서 일하던 여공들은 한방에서 보통 여섯 명이 거주했기 때문에 사생활이 전혀 없었다.

날 수 있었다고 한다. 마찬가지로 우리가 육체적으로나 정신적으로 건강하다면 비록 남자의 경우와 비슷할지언정 더 정상적이고 자연스러운 교제를 통해 지속적으로 힘을 얻어 마침내 혼자가 아니라는 걸 깨닫게 될 것이다.

내 집에는 친구가 많다. 특히 아무도 찾아오지 않는 아침에는 더욱 그렇다. 내 처지가 어떤지 이해할 수 있도록 몇 가지 비유를 들어 설명하겠다. 호숫가에 살면서 떠들썩하게 웃는 물새나 월든 호수 자체가 외롭지 않듯이 나도 외롭지 않다. 도대체 저 외로운 호수는 무슨 친구가 있다는 말인가? 하지만 호수는 하늘빛 물속에 푸른 악마들[234]이 아니라 푸른 천사들을 데리고 있다. 태양도 혼자다. 가끔가다 안개 자욱한 날에는 태양이 둘로 보이기도 하는데 그중 하나는 가짜다.[235] 신도 혼자다. 하지만 악마는 결코 혼자가 아니다. 수많은 무리를 거느린 군단이다. 초원에 홀로 핀 노란 현삼이나 민들레, 콩잎, 괭이밥, 말파리, 호박벌이 외롭지 않듯이 나도 외롭지 않다. 밀브룩,[236] 풍향계, 북극성, 남풍, 4월의 소나기, 1월의 눈 녹은 물, 새집에 처음 거미줄을 친 거미가 외롭지 않듯이 나도 외롭지 않다.

숲에 눈이 펑펑 내리고 바람이 세차게 부는 긴 겨울밤이면

234) 푸른 악마들(blue devils)은 재앙을 가져오는 악마를 뜻하는 17세기 용어다.

235) 대기에 떠 있는 미세한 얼음 조각에 햇빛이 굴절되거나 반사되어 또 다른 태양이 떠 있는 것처럼 보이는 환일 현상을 말한다.

236) 콩코드를 관통해 흐르는 시내.

이따금 호수의 옛 정착자이자 주인이었던 사람이 찾아온다. 월든 호수를 파고 바닥에 돌을 깔았고, 호숫가를 따라 소나무를 심었다고 알려진 사람이다. 그는 내게 지나간 과거와 앞으로 찾아올 미래에 대한 이야기를 들려준다. 우리는 사과나 사과술 없이 교제의 기쁨과 만물에 대한 즐거운 견해를 나누며 유쾌한 저녁을 보낸다. 나는 지혜롭고 유머 감각이 뛰어난 그 친구가 무척 좋다. 그는 월리나 고프[237]보다 더 사람 눈에 띄지 않게 은밀히 행동한다. 그래서 사람들은 그가 죽은 줄 아는데 어디에 묻혔는지는 아무도 모른다. 내 이웃에 사는 노부인도 대다수 사람들의 눈에 띄지 않는다. 나는 때때로 노부인의 향기로운 약초밭을 거닐면서 약초를 캐고 부인의 이야기에 귀 기울이기를 좋아한다. 노부인은 누구와 비교할 수 없을 만큼 재주가 비상하며, 그 기억력은 신화 이전의 먼 과거까지 거슬러 올라가 모든 전설의 기원은 물론이고 그 전설이 어떤 사실에 근거하는지도 밝혀낼 수 있다. 전설의 근거가 되는 사건들이 노부인이 젊었을 때 일어났기 때문이다. 이 혈색 좋고 원기 왕성하고 다정한 노부인은 날씨와 계절을 가리지 않고 즐겁게 산다. 어쩌면 자식들보다 더 오래 살 것 같다.

태양과 바람과 비, 여름과 겨울, 이 자연은 형언할 수 없이 순수하고 자애로운 만큼 우리에게 영원한 건강과 활기를 준다! 그리고 인간에 대한 무한한 연민 때문에 어떤 사람이 정

237) 에드워드 월리는 영국 청교도 혁명 당시 찰스 1세의 처형에 가담했다가 왕정복고 이후 미국으로 피신하여 코네티컷주와 매사추세츠주에 숨어 살았다. 월리의 사위 윌리엄 고프 역시 청교도 혁명 당시 군사 지도자였다.

당한 이유로 슬픔에 잠기면 자연 전체가 영향을 받아서 태양은 밝은 빛을 잃고 바람은 자비롭게 한숨을 내쉬고 구름은 눈물 같은 비를 뿌리고 숲은 한여름에도 잎을 떨어뜨린 채 상복으로 갈아입을 것이다. 내가 어찌 대지와 교감하지 않겠는가? 나 자신도 부분적으로는 대지에서 나온 잎이고 부식토가 아닌가?

우리를 계속해서 건강하고 평온하고 만족스럽게 해 줄 묘약은 무엇일까? 그것은 나나 당신의 증조부가 아니라 우리 공동의 증조모인 자연이 빚은 보편적인 식물성 생약이다. 자연은 이 약을 통해 한결같은 젊음을 유지하면서 파[238]와 같은 수많은 장수 노인들보다 더 오래 살았고 죽은 그들의 썩은 지방을 흡수하여 건강을 지켰다. 내 만병통치약은 아케론과 사해[239]의 물을 적당히 섞어 만든 엉터리 물약이 아니다. 그러니까 이따금 볼 수 있는 것으로 돌팔이 의사가 길고 납작한 검은 범선 같은 모양의 유리병 운반용 마차에 싣고 다니며 파는 자그마한 병 속의 약이 아니다. 나는 그런 걸 먹느니 물을 섞지 않은 순수한 아침 공기를 한 모금 마시겠다. 아침 공기! 사람들이 하루의 원천인 이른 아침의 맑은 공기를 마시지 않는다면 우리는 이 세상의 아침 시간을 누릴 예매권을 잃어버리고 늦잠을 자는 사람들을 위해 아침 공기를 병에 담아 가게

---

238) 1483년에 태어나 1635년까지 152년을 살았다는 영국인 토머스 파(Thomas Parr)를 말한다.

239) 아케론은 그리스 신화에 나오는 저승의 강이고, 사해는 이스라엘과 요르단 접경에 있는 소금 호수다.

에서 팔기라도 해야 할 것이다. 하지만 명심하자, 아침 공기는 서늘한 지하실에서도 정오까지 버티지 못할 뿐 아니라 그 시간이 되기 훨씬 전에 병마개를 밀어내고 아우로라의 발걸음을 따라 서쪽으로 사라진다. 내가 숭배하는 것은 약초를 자주 쓴 늙은 의사 아스클레피오스[240]의 딸로 한 손에 뱀을 들고 다른 손에는 그 뱀이 마시는 물이 든 잔을 든 모습으로 묘사되는 히기에이아[241]가 아니다. 나는 유노[242]와 야생 상추의 딸이고 유피테르에게 술을 따라 올리는 여신으로 신과 인간에게 젊음의 활력을 되찾아 주는 능력을 지닌 헤베[243]를 숭배한다. 이 여신은 지구에 존재한 젊은 여자들 가운데 유일하게 신체 조건이 완벽한 데다 건강하고 활달했을 것이다. 이 여신이 나타나면 어디든 봄이 시작되었으니까.

240) 그리스 신화에 나오는 의술의 신.

241) 그리스 신화에 나오는 건강의 여신.

242) 로마 신화에 나오는 최고의 여신. 유피테르의 아내이며 그리스 신화의 헤라에 해당한다.

243) 유피테르(제우스)와 유노(헤라)의 딸로 젊음의 여신이다. 로마 신화에서 헤베는 유노가 야생 상추를 먹은 뒤 임신한 것으로 나온다.

방문객들

대다수의 사람들처럼 나도 남들과 어울리기를 좋아하고, 마음에 맞는 사람을 만나면 언제든 흡혈귀처럼 달라붙을 준비가 되어 있다고 생각한다. 나는 원래 은둔자가 아니지만 업무상 술집에 가게 되는 경우 가장 끈질긴 단골손님보다 더 오래 버티고 앉아 있을지도 모른다.

내 집에는 의자가 세 개 있다. 하나는 고독을 위한 것이고, 또 하나는 우정을 위한 것이며, 나머지 하나는 사람들과 어울리기 위한 것이다. 예기치 않게 많은 손님이 찾아왔을 때 내놓을 의자가 세 개뿐이지만 대개는 앉지 않고 서서 방을 효율적으로 잘 이용했다. 작은 집인데 얼마나 많은 남녀가 들어올 수 있는지 놀랍다. 나는 스물다섯에서 서른 명이나 되는 영혼을 그들의 육체와 함께 한꺼번에 내 지붕 밑에 들였는데, 너무 비좁아서 답답함을 느끼며 헤어진 적은 한 번도 없었다. 공공 주택이든 개인 주택이든 우리의 집들은 대부분 셀 수 없을 정도로 많은 방과 드넓은 거실, 그리고 술을 비롯하여 평화 시의 군수품을 저장하는 지하실까지 갖추어 그 안에 사는 사람 수에 비해 터무니없이 커 보인다. 너무 크고 화려해서 거주자들이 그 안에 들끓는 해충처럼 보일 정도다. 포고관이 트레몬트나 애스터나 미들섹스 하우스[244] 앞에서 소집 나팔을 불어도 투숙객을 위한 광장에 기어 나오는 것은 우스꽝스럽게 생긴 생쥐 한 마리뿐인데 그 녀석마저 금세 포장도로에 난 구멍 속으로 다시 기어 들어가는 꼴을 보면 놀랍다.

내가 작은 집에서 이따금 겪었던 불편한 점 한 가지는 손님과 무언가 심오한 생각을 심오한 단어를 써서 말할 때 둘 사이에 충분한 거리를 두기가 어려웠다는 것이다. 우리의 생각이 예정된 항구에 도달하려면 항해를 위한 시동을 걸고 한두 바퀴 돌아볼 공간이 있어야 한다. 생각이라는 탄환은 좌우상하의 흔들림을 극복하고 마지막으로 안정된 궤도에 진입해야 비로소 듣는 사람의 귀에 도달한다. 그렇지 않으면 그 탄환은 듣는 사람의 머리 측면을 스치고 지나가게 된다. 우리가 쓰는 문장도 중간중간 벌려서 단락을 지을 공간이 필요하다. 국가와 마찬가지로 개인 간에도 적당히 넓고 자연스러운 경계선은 물론 공간이 넉넉한 중립 지대가 있어야 한다. 나는 호수를 사이에 두고 친구와 대화한 적이 있는데 유쾌하면서 색다른 재

244) 각각 보스턴, 뉴욕, 콩코드에 있는 대형 호텔이다.

미가 있었다. 내 집에서는 둘 사이의 거리가 너무 가깝다 보니 서로 말소리를 제대로 알아듣기 힘들었다. 상대방에게 잘 들리도록 낮은 목소리로 말할 수 없었던 탓이다. 고요한 수면에 돌멩이 두 개를 아주 가깝게 던질 경우 서로의 파동을 깨는 이치와 같다. 단순히 커다란 목소리로 수다스럽게 말하기 좋아하는 사람은 뺨과 턱이 맞닿을 만큼 바짝 붙어 있어 상대방의 호흡을 느껴도 개의치 않는다. 하지만 신중하고 사려 깊게 말하는 사람은 동물적인 열기와 습기가 완전히 증발하도록 어느 정도 거리를 두려고 한다. 우리가 직접 말로 표현하지 않거나 표현할 수 없는 저마다의 생각을 주고받음으로써 친밀한 교제를 하고 싶다면 침묵해야 할 뿐 아니라 되도록 상대방의 목소리가 들리지 않도록 신체적으로 멀리 떨어져 있어야 한다. 이런 기준으로 보면 말이란 소리를 잘 듣지 못하는 사람들의 편의를 위한 것 같다. 하지만 고함치듯 큰 소리로 외쳐도 전달되지 않는 미묘한 것들이 많다. 대화가 점점 고상하고 장엄한 어조를 띠기 시작하면 우리는 의자를 조금씩 뒤로 밀다가 서로 맞은편 구석에 닿아 결국에는 더 이상 물러설 공간이 없었다.

아무래도 내 '가장 좋은' 방이자 언제든 손님을 맞을 준비가 되어 있는 응접실은 집 뒤의 소나무 숲이었다. 그곳의 카펫에는 햇빛도 거의 닿지 않았다. 나는 여름철 귀한 손님이 찾아올 때마다 귀중한 자연의 도우미가 바닥을 쓸고 가구의 먼지를 털고 사물들을 말끔히 정돈해 놓은 그곳으로 데려갔다.

손님이 한 사람일 경우에는 이따금 소박한 음식을 나누어 먹었다. 우리는 푸딩 반죽을 젓거나 잿더미 속에서 빵이 점점 부풀며 익어 가는 모습을 지켜보느라 대화가 끊기는 일은 없었다. 그런데 손님이 스무 명쯤 몰려와서 내 집을 가득 채울 때는 두 사람이 먹을 만큼 빵이 있어도 먹는 습관을 아예 잊어버린 것처럼 식사에 대해서는 한마디도 하지 않았다. 우리는 자연스레 절식을 실천했다. 손님 접대의 예의에 어긋나는 행동이라고는 생각하지 않았다. 오히려 대단히 적절하고 사려 깊은 행동이라고 생각했다. 그런 경우 종종 회복이 필요한 육체적 생명의 소모와 쇠약이 기적적으로 늦추어지고, 그리하여 생생한 활력이 자리를 굳게 지키는 듯했다. 이런 식이라면 스무 명은 물론이고 1000명도 거뜬히 대접할 것 같았다. 집에 있는 나를 찾아왔다가 내 태도에 실망하거나 배고픈 상태로 돌아갔다면 적어도 내가 그 심정을 충분히 이해했다는 것만은 믿어 주기 바란다.

많은 주부들이 공감하기 어렵겠지만 낡은 관습 대신 새롭고 더 좋은 관습을 다지는 일은 의외로 쉽다. 손님에게 내놓는 식사에 당신의 평판을 맡길 필요는 없다. 내가 누군가의 집을 방문하는 걸 케르베로스[245]만큼이나 효과적으로 막는 것이 있다면 바로 과시하듯 음식을 줄줄이 내놓는 접대 방식이다. 내게는 그런 행동이 다시는 자기를 괴롭히지 말아 달라는 집주인의 정중하면서도 우회적인 암시로 읽힌다. 앞으로 그런 집에는 두 번 다시 찾아가지 않을 작정이다. 어느 날 나를 찾

245) 그리스 신화에서 지옥문을 지키는 개.

아온 손님이 명함 대신 놓고 간 노란 호두나무 잎에 적힌 스펜서의 시 한 구절을 내 집의 모토로 삼은 것을 나는 자랑스럽게 생각한다.

그곳에 이르러 그들은 아담한 집을 채운다.
환대라곤 전혀 없는 곳이므로 애써 구하지 않는다.
그들에게는 휴식이 진수성찬이고, 모든 것이 그들의 뜻대로다.
가장 고귀한 정신에 최고의 만족이 따른다.[246)]

훗날 플리머스[247)] 식민지 총독이 된 윈슬로[248)]가 수행원 한 명을 데리고 매서소이트 추장[249)]을 찾아갔을 때였다. 둘은 걸어서 숲속을 지나왔기 때문에 추장의 집에 도착했을 즈음에는 몹시 지치고 배가 고팠다. 추장은 두 사람을 반갑게 맞았지만 식사에 대해서는 한마디도 하지 않았다. 두 사람의 말을 그대로 옮기면 밤이 되자 "추장은 자기 부부가 쓰는 침대에 우리를 눕혔다. 추장 부부는 한쪽에 눕고 우리는 반대쪽

246) 영국 시인 에드먼드 스펜서(Edmund Spenser, 1552~1599)의 서사시 『요정 여왕』에서 인용.

247) 매사추세츠주 동쪽에 있는 도시로 1620년 북아메리카 식민지 시대 뉴잉글랜드 최초의 영국 식민지가 되었다.

248) 에드워드 윈슬로(Edward Winslow, 1595~1655). 메이플라워호를 타고 미국에 건너온 영국인으로 그의 일기에는 플리머스 식민지 초창기 상황이 잘 묘사되어 있다.

249) 매사추세츠주 남동부에 거주한 인디언 부족 왐파노아그의 추장. 식민지 이주민에게 우호적인 인물로 알려져 있다.

에 누웠다. 침대라고 해야 바닥에서 30센티미터 높이의 널빤지 위에 얇은 담요를 깐 것이었다. 추장의 부하 두 명도 잘 방이 없어 우리 옆에 바싹 붙어서 잤다. 우리는 여행보다 잠자리 때문에 더 피곤했다." 이튿날 낮 1시에 매서소이트 추장이 "직접 창을 던져서 잡은 물고기 두 마리를 가져왔다." 대략 송어의 세 배쯤 되는 커다란 물고기였다. "그 물고기를 끓였을 때 적어도 마흔 명이 먹으려고 기다리고 있었다. 대부분 조금씩 나누어 먹었다. 이틀 밤과 하루 낮 동안 우리가 먹은 음식은 그것이 전부였다. 나머지 여행 중에 자고새 한 마리를 구하지 않았다면 우리는 내내 굶주린 채 걸었을 것이다." 두 사람은 먹을 것이 없는 데다 "인디언들의 야만적인 노랫소리(인디언들은 습관적으로 노래하다 잠이 들었다.) 때문에" 잠까지 제대로 자지 못해 머리가 어지러워 걱정했는데 다행히 여행할 기력이 남아서 집에 돌아가려고 서둘러 길을 떠났다. 그들이 잠자리에 대해서는 허접한 대접을 받은 게 사실이다. 하지만 그들에게 불편했을지언정 인디언들은 경의를 표한 것이었다. 식사에 관해서는 인디언들이 그 이상 어떻게 대접할 수 있었을지 나로서는 잘 모르겠다. 인디언들도 먹을 것이 전혀 없었을 텐데, 그렇다고 손님들에게 사과할 수도 없었으리라. 그러는 것이 식사를 대신할 수 있다고 생각할 만큼 어리석지 않으니까. 결국 인디언들은 허리띠를 더 세게 졸라매고 식사에 대해 아무 말도 하지 않았다. 나중에 윈슬로가 다시 인디언들을 방문했을 때는 먹을 것이 풍부한 계절이었다. 따라서 식사를 하는 데 아무런 문제가 없었다.

사람이 어디에 살든 손님은 있게 마련이다. 숲속에 사는 동안 나는 인생의 어느 시기보다 더 많은 손님을 맞았다. 나를 찾아오는 사람이 좀 있었다는 뜻이다. 나는 다른 어느 곳보다 좋은 숲이라는 환경에서 몇몇 사람을 만났다. 그러나 사소한 일로 만나러 오는 사람의 수는 전보다 적었다. 이를테면 마을에서 멀리 떨어져 있는 것만으로 방문객이 추려진 셈이었다. 나는 교제라는 이름의 강물이 흘러드는 드넓은 고독의 바다 한가운데로 물러나 있었고, 그렇기 때문에 내 주위에는 필요한 친구들, 그러니까 대체로 가장 고운 침전물만 쌓였다. 게다가 바다 저편에 아직 탐사되지도 개척되지도 않은 대륙이 존재한다는 증거들이 내게 떠내려왔다.

오늘 아침 내 집을 찾아온 손님은 호메로스의 작품 속 인물이나 파플라고니아[250] 사람 같았다. 이름이 꽤 시적인 데다 그와 잘 어울렸는데 여기서 밝힐 수 없어 유감스럽다. 아무튼 캐나다 태생의 벌목꾼이자 기둥을 만드는 그 사람은 하루에 쉰 개의 기둥에 구멍을 뚫을 수 있으며 전날 저녁에는 자기 개가 사냥한 우드척을 요리해 먹었다고 했다. 그는 또 호메로스에 대해 들어서 알고 있다며 "비 오는 날에 책이 없으면 뭘 해야 할지 난감하다."라고 말했지만 아마도 장마철을 여러 차례 겪는 동안 책 한 권을 온전히 읽지 못했을 것이다. 그는 저 멀리 고향에서 그리스어를 읽을 줄 아는 신부한테 『성경』 읽는 법을 배웠다. 그런데 이제는 그가 호메로스의 책을 들고 있

250) 흑해 연안에 위치한 소아시아(아나톨리아) 지역의 옛 지명.

는 동안 아킬레우스가 파트로클로스[251]의 슬픈 안색을 보고 책망하는 아래의 구절처럼 내가 번역을 해 주어야 한다.

> 파트로클로스, 자네는 어찌하여 계집애처럼 눈물짓는가?
> 자네 혼자 프티아에서 날아온 소식이라도 들었는가?
> 듣자 하니 악토르의 아들 메노이티오스가 아직 살아 있네,
> 아이아코스의 아들 펠레우스도 미르미돈 사람들에 섞여 살아 있고.
> 둘 중 하나라도 죽었다면 우리는 크게 슬퍼해야겠지.

"멋있는 구절이네요."라고 벌목꾼은 말한다. 그는 일요일인 오늘 아침에 어떤 환자를 위해 모은 하얀 떡갈나무 껍질 한 다발을 겨드랑이에 끼고 있다. "오늘은 일요일인데 그런 책을 읽어도 괜찮은지 모르겠어요." 그에게 호메로스는 위대한 작가였지만 호메로스가 무엇에 대해 썼는지 알지 못했다. 어쩌면 그보다 더 순박하고 꾸밈없는 사람을 찾기란 힘들 것이다. 이 세상에 도덕적으로 아주 어두운 그림자를 드리우는 악과 질병은 그 사람에게 아예 존재하지 않는 것 같았다. 그는 스물여덟 살쯤 되어 보였고, 고향에서 농장을 마련할 돈을 벌기 위해 십이 년 전 캐나다의 아버지 집을 떠나 미국으로 일하러 왔다. 생김새는 무척 투박해 보였다. 동작이 굼뜨기는 했으

251) 그리스 신화에서 아킬레우스의 절친한 친구. 트로이 전쟁 중 헥토르에게 살해당하는데, 그 소식을 들은 아킬레우스는 친구의 원수를 갚기 위해 다시 전쟁터로 나간다.

나 체격이 탄탄하고 몸가짐이 정중했다. 햇볕에 그을린 목은 매우 굵었고, 검은 머리칼은 텁수룩했으며, 푸른 눈동자는 졸린 듯 멍해 보였지만 이따금 감정을 나타낼 때는 밝게 반짝거렸다. 그는 납작한 회색 작업 모자에다 칙칙한 색깔의 두꺼운 양모 외투를 걸치고 소가죽 장화를 신고 있었다. 그는 고기를 많이 먹었다. 여름 내내 나무를 베느라 점심을 가지고 내 집 앞을 지나 3킬로미터쯤 걸어서 일터로 갔는데 양철통에 든 점심은 차가운 고기, 그것도 대개는 차가운 우드척 고기였고, 돌로 된 병에 커피를 담아 허리띠에 매달고 다녔다. 이따금 내게 커피를 권하기도 한 그는 아침 일찍 내 콩밭을 가로질러 갔지만 미국인들처럼 조바심을 내거나 성급한 기색을 보이지 않았다. 서두르다 다치는 일은 좀처럼 없을 것 같았다. 일도 열심히 하지 않았다. 하숙비 정도만 벌면 상관없다는 태도였다. 일하러 가는 길에 개가 우드척을 잡으면 그는 그것을 해 질 녘까지 안전하게 호수에 담가 놓을 수는 없을까 삼십 분 동안 곰곰이 생각했다. 그러고 나서 도시락을 덤불 속에 놔두고 하숙집까지 2.5킬로미터쯤 되돌아가서 우드척의 털을 벗기고 내장을 빼낸 다음 지하실에 보관했다. 그는 이런 문제에 대해 오랫동안 생각하기를 좋아했다. 그는 아침에 내 집 앞을 지나면서 걸핏하면 이렇게 말했다. "날짐승이 얼마나 많은지 몰라요. 매일 일하러 가지 않아도 된다면 멧비둘기, 우드척, 산토끼, 자고새를 사냥해서 필요한 만큼 고기를 얻을 텐데 정말 아쉬워요. 하루만 사냥하면 일주일 먹을 고기를 얻을 수 있는데 말이에요."

그는 능숙한 벌목꾼인 만큼 이따금 약간의 멋을 부려 기술을 과시했다. 나무를 자를 때면 나중에 새싹이 더 무성하게 자라고 썰매가 그루터기 위를 미끄러지듯 넘어가게 하기 위해 지면에 바싹 붙여 수평으로 잘랐다. 장작더미를 받치는 나무도 통나무를 쓰지 않았다. 손으로 쉽게 꺾을 수 있는 가느다란 막대기나 통나무를 잘게 자른 지저깨비로 받쳐 놓았다.

내가 그에게 흥미를 느낀 것은 조용한 성격에 외로운 처지인데도 무척 행복해 보였기 때문이다. 눈가에 쾌활함과 만족감이 샘물처럼 흘러넘쳤다. 그의 기쁨에는 불순물이 섞여 있지 않았다. 이따금 숲에서 나무를 베는 그와 마주쳤다. 그는 뭐라고 표현할 수 없을 만큼 만족스러운 웃음으로 나를 맞이했는데 영어도 곧잘 하지만 캐나다식 프랑스어로 인사하는 경우가 많았다. 또한 가까이 다가가면 하던 일을 멈추고 나를 만난 기쁨을 억제하지 못하는 표정을 지은 채 잘라 놓은 소나무 줄기 위에 벌렁 드러누웠다. 그러고는 소나무의 속껍질을 벗겨 공처럼 둥글게 말아 입 안에 넣고 씹으면서 기분 좋게 웃고 즐겁게 이야기했다. 그는 동물적인 활기가 넘치는 사람이라 간혹 즐거운 일이 떠오르면 땅바닥을 구르면서 깔깔 웃어 댔다. 그리고 주변의 나무들을 돌아보면서 외쳤다. "정말이에요! 나무 베는 일은 정말 즐거워요. 이보다 더 즐거운 일은 바라지 않아요." 가끔 한가할 때면 그는 권총을 들고 온종일 숲을 돌아다니면서 일정한 간격을 두고 자신을 위해 축포를 쏘아 댔다. 또 겨울에는 모닥불을 피워 놓고 정오쯤 되어 주전자에 든 커피를 데웠다. 그가 통나무에 앉아 점심을 먹을 때면 박새들이 팔에 내려앉아서 손에 든 감자를 쪼아 먹기도 했다. 그는 말했다. "이런 꼬마 녀석들이 주변에 있어서 얼마나 좋은지 모르겠어요."

그는 무엇보다 동물적인 면이 발달한 사람이었다. 신체적 인내와 만족을 기준 삼자면 소나무와 바위의 사촌이랄 수 있었다. 언젠가 하루 종일 일하면 밤에 피곤하지 않느냐고 물었더니 사뭇 진지하고 심각한 표정으로 대답했다. "천만에요. 저는 평생 피곤이라곤 느껴 본 적이 없어요." 하지만 지적인 면, 이를테면 정신적인 면은 잠들어 있어서 갓난아기와 다를 바 없었다. 그는 가톨릭 신부들이 원주민들을 가르치는 순진하고 비효율적인 방식으로 교육을 받았다. 그런 방법으로는 자각하는 단계가 아닌 단순히 신뢰와 존경의 단계까지만 다다를 수 있기 때문에 어른으로 성장하지 못하고 어린아이에 머물게 마련이다. 조물주가 그를 만들 때 그의 몫으로 튼튼한 육체와 만족을 주었고, 칠십 평생을 어린아이로 살도록 존경과 신뢰로 그를 떠받쳐 주었다. 그는 너무나 성실하고 순수해서 누군가에게 소개하려 해도 쉽지 않았다. 우드척을 소개하는 것 이상이었다. 누군가에게서 듣는 설명만으로는 그가 어떤 사람인지 알 수 없기 때문에 스스로 알아내는 수밖에 없었다. 그는 어떤 역할도 맡지 않으려고 했다. 사람들이 품삯을 지불하여 먹고 입는 것을 도우려 했으나 그들과 의견을 나누는 법이 없었다. 별다른 야심이 없는 그를 겸손하다고 말할 수 있을지는 모르겠다. 단지 그는 천성적으로 겸손한 사람이었다. 그렇다고 그 겸손함이 그의 두드러진 특징이랄 수도 없었는데 그 또한 그 점을 의식하지 못하고 있었다. 그는 자기보다 똑똑한 사람을 거의 신 같은 존재로 여겼다. 그런 사람이 곧 나타날 거라고 귀띔하면 그렇게 대단한 사람이 자기 같은 사람에게 아무런 볼일이 없을 테니 스스로 책임질 일만 신경 쓸 뿐 자기는 거들떠보지도 않을 거라고 생각하는 듯 행동했다. 그는 칭찬을 들어 본 적이 없었다. 그는 특히 작가와 목사를 존경했다. 그 사람들이 하는 일은 그에게 기적이나 다름없었다. 내가 꽤 많은 글을 썼다고 말하면 그는 글씨를 많이 썼다는 뜻으로 이해했다. 글씨를 솜씨 있게 잘 쓰기 때문인 모양이었다. 나는 이따금 큰길 옆에 쌓인 눈 위에 그의 고향 교구 이름이 프랑스어 특유의 악센트 부호와 함께 멋진 글씨체로 쓰인 것을 보고 그가 그 길을 지나간 사실을 알았다. 어느 날인가는 그에게 떠오르는 생각을 글로 쓰고 싶은 적이 있느냐고 물었다. 그는 글을 읽고 쓸 줄 모르는 사람을 위해 편지를 읽어 주고 써 준 적은 있지만 자기 생각을 글로 쓰려고 한 적은 없다고 대답했다. 그러면서 덧붙이기를 무엇부터 써야 할지 알 수 없고, 알 수가 없으니 죽을 지경이라며 철자법까지 신경을 써야 해서 도저히 엄두가 나지 않는다고 했다.

나는 한 저명한 현인이자 사회 개혁가가 그에게 세상이 바뀌기를 바라지 않느냐고 물었다는 이야기를 들었다. 그는 생뚱맞은 질문이라는 듯 웃으면서 캐나다 억양으로 대답했다. "아뇨, 나는 지금 이대로 좋습니다." 철학자가 그와 교제하면 많은 영감을 받게 될 터였다. 그를 모르는 사람에게 그는 세상 물정에 어두운 사람처럼 보일 것이다. 그러나 나는 이따금 그에게서 이제껏 본 적이 없는 면을 발견할 때가 있었다. 나는 그가 셰익스피어처럼 현명한 사람인지 어린애처럼 단순하고 무지한 사람인지, 다시 말해 섬세한 시적 의식을 지닌 사람인지 어리석기 짝이 없는 사람인지 분간이 안 되었다. 어떤 마을 사람은 그가 머리에 꼭 맞는 모자를 쓰고 혼자 휘파람을 불면서 한가하게 마을을 거니는 모습을 보면 신분을 위장하고 돌아다니는 왕자가 생각난다고 말했다.

그가 가진 책이라고는 연감 한 권과 산수책 한 권뿐이었다. 그는 산수 실력이 뛰어났다. 연감은 그에게 일종의 백과사전이었고, 그는 연감을 인간의 지식이 압축된 책이라고 생각했다. 따지고 보면 크게 틀린 생각은 아니었다. 연감에 인간의 지식이 상당 부분 담겨 있기 때문이다. 나는 당시에 진행된 여러 개혁에 대한 그의 생각을 듣는 것을 좋아했는데 그는 언제나 가장 단순하고 실용적인 관점에서 그것들을 바라보았다. 그는 그런 문제를 전에 들어 본 적이 없었다. 공장 없이도 살 수 있겠냐고 묻자 그는 버몬트산 회색 천으로 집에서 지은 옷을 입었는데 무척 만족스럽다고 대답했다. 차나 커피 없이 지낼 수 있겠냐는 질문에는 이 나라에 물 말고 다른 마실 게 또 있냐면서 솔송나무 잎을 담갔다가 그 물을 마셨더니 더운 날씨에는 맹물보다 더 좋았다고 말했다. 또 돈 없이 살 수 있겠냐고 묻자 뜻밖에도 화폐 제도의 기원에 관한 철학적인 해석과 일치하고 '페쿠니아'라는 단어의 유래[252]까지 암시하는 방법으

252) '돈' 또는 '재산'을 뜻하는 라틴어 pecunia는 '소'를 가리키는 pecus에서 유래했다.

로 돈의 편리한 점에 대해 설명했다. 이를테면 황소 한 마리가 전 재산인 경우 가게에서 실과 바늘을 사고 싶을 때마다 그 값에 해당하는 만큼 소의 일부를 저당 잡히는 건 불편하기도 하거니와 불가능하다는 것이었다. 그는 여러 가지 제도에 대해서도 어떤 철학자보다 훌륭하게 옹호할 줄 알았다. 제도들을 설명하면서 그것들이 널리 보급된 이유를 막연한 추측이 아니라 자신의 문제와 관련하여 실감 나게 제시했다. 언젠가 나는 그에게 인간에 대해 '깃털 없는 두 발 짐승'이라고 한 플라톤의 정의와 함께 어떤 철학자가 털 뽑힌 수탉을 가리키며 이것이 플라톤의 인간이라고 했다는 이야기를 들려주었다. 그는 곰곰이 생각한 끝에 무릎이 서로 다른 방향으로 굽는 게 사람과 닭의 결정적인 차이점이라고 말했다. 이따금 이렇게 외치기도 했다. "이야기하는 게 정말 좋아요! 나는 온종일이라도 이야기할 수 있어요!" 그를 몇 달 만에 만났을 때 이번 여름에 뭔가 새롭게 생각한 게 있느냐고 물었다. 그는 이렇게 대답했다. "글쎄요. 나처럼 쉬지 않고 일해야 먹고사는 사람은 평소 품고 있는 생각이나 잊어버리지 않으면 다행이에요. 나와 함께 김을 매던 사람이 김매기 시합을 하자고 하면 내 마음도 경쟁심에 휘말려 잡초 뽑는 일만 생각하게 될 겁니다." 그처럼 오랜만에 만난 경우 종종 그가 먼저 선수를 쳐서 그동안 무언가 발전이 있느냐고 내게 묻기도 했다. 어느 겨울날 나는 그에게 자신에 대해 늘 만족하느냐고 물어보았다. 그의 내면에 외부의 사제를 대신할 사제가 존재한다는 사실을 깨닫게 하여 좀 더 고귀한 삶의 동기를 제시해 주고 싶어서였다. "만족하죠!" 그는 말했다. "어떤 사람은 이런 거에 만족하고, 어떤 사람은 저런 거에 만족하죠. 아마 가진 것이 넉넉하다면 등은 난로를 향하고 배는 식탁을 향한 채 온종일 앉아 있는 것만으로 만족하겠지요, 정말로요!" 그러나 나는 어떤 방법으로도 그에게 정신적인 측면에서 사물을 바라보도록 할 수는 없었다. 그가 이해하는 듯 보이는 가장 고차원적인 개념은 동물도 인식할 거라고 기대되는 단순한 편의성이었다. 사실 이는 거의 모든 사람에게 해당한다고 볼 수 있다. 내가 생활 방식에서 개선할 점을 슬그머니 제안하면 그는 후회하는 기색 없이 그러기에는 너무 늦었다고만 대답했다. 그렇지만 그는 정직과 그에 따르는 미덕을 철저히 신봉하는 사람이었다.

그에게서는 사소하지만 무언가 실제적인 독창성이 감지되었고 이따금 그가 독자적으로 생각하고 자기 의견을 피력하는 모습도 볼 수 있었다. 다만 매우 드문 모습이라서 그것을 보려면 천릿길도 마다 않고 달려가야 했다. 그의 의견은 수많은 사회 제도를 다시 만드는 것이나 다름없었다. 그는 생각을 분명히 표현하지 못한 채 머뭇거리기도 했지만 언제든 남 앞에 내놓을 근사한 생각을 마음속에 품고 있었다. 그러나 생각이 너무 원시적이고 자신의 동물적 삶에 지나치게 젖어 있어 단순히 학식만 갖춘 사람의 생각보다는 유망해도 남들에게 전할 만큼 무르익지 않았다. 그의 존재는 사회의 최하층에도 얼마든지 천재적인 인물이 있을 수 있다는 사실을 말해 준다. 그들은 평생 비천하고 무지한 상태에 놓여 있더라도 저마다 독자적인 견해를 가지고 살아가는 사람들이다. 아무것도 보지 못하는 척하는 데다 겉으로는 어리석고 흐리멍덩해 보일지라도 깊이를 알 수 없는 월든 호수만큼이나 그 속을 헤아리기 힘든 사람들이다.

적지 않은 여행자들이 가던 길에서 벗어나 나를 만나고 내 집의 내부를 둘러보기 위해 찾아와서는 방문의 구실로 물 한 잔을 청했다. 나는 호수를 가리키며 물은 호수에서 길어다 마신다고 말하고는 원한다면 바가지를 빌려주겠다고 말했다. 외딴 곳에 살아도 만물이 약동하는 4월 초순이면 있는 연례 방문에서 나라고 예외일 수는 없었다. 나 또한 내 몫의 행운을 챙겼고, 방문객들 중에는 좀 별난 사람도 있었다. 구빈원과 그 비슷한 곳에서 지능이 약간 모자란 사람들이 나를 찾아오는 경우도 있었다. 나는 그들이 지능을 최대한 발휘하여 하고 싶은 말을 하도록 애썼다. 이를테면 '지능'을 우리의 대화 주제로 삼았고, 노력한 만큼 보람을 얻기도 했다. 나는 그들 가운데 몇몇은 이른바 빈민 감독관이나 마을의 행정 위원들보다 더 현명하다는 사실을 발견했고, 그래서 이제는 국면이 전환될 때라고 생각했다. 지적 능력과 관련하여 말하자면 좀 모자란 사람이나 온전한 사람이나 별 차이가 없다는 사실을 알게 되었다. 어느 날 악의가 없는 어리숙하고 가난한 남자가 찾아와서는 대뜸 나처럼 살고 싶다고 말했다. 나는 그가 들판에서 다른 사람들과 함께 커다란 곡물 자루 위에 앉거나 서서 가축들은 물론이고 그 자신도 엉뚱한 곳으로 벗어나지 않도록 울타리 노릇을 하고 있는 모습을 가끔 보았다. 그는 겸손이라고 일컫는 어떤 행위보다 나은, 좀 더 정확히 말하면 겸손이라고 말하기 무색할 만큼 지극히 단순하고 진솔한 태도로 자기는 "지능이 떨어진다."라고 말했다. 그리고 신이 자기를 그렇게 만들었지만 신은 다른 사람들을 돌보듯 자기를 돌보아 준다면서 이렇게 덧붙였다. "나는 어릴 때부터 늘 그랬어요. 한 번도 똑똑했던 적이 없지요. 나는 머리가 나빴지만 이 또한 신의 뜻이었다고 생각합니다." 말하자면 그는 자기 말이 옳다는 사실을 입증해 보이려고 나를 찾아왔는데 내게는 그 사람 자체가 형이상학적인 수수께끼였다. 어쨌든 나는 그처럼 희망적인 바탕 위에 굳건히 선 사람을 만난 적이 거의 없다. 그의 말은 단순하면서 진지했고, 한 마디 한 마디가 진실했다. 그는 스스로를 낮추었으나 그럴수록 높아 보였다. 처음에는 몰랐지만 나는 그것이 그의 현명한 처신이 낳은 결과라는 사실을 알았다. 가난하고 지능이 모자란 그 가엾은 남자가 깔아 놓은 진솔함과 솔직함의 바탕 위에서라면 우리의 교류는 현인들의 교류보다 더 나은 무언가를 향해 나아갈 듯싶었다.

나를 찾아온 몇몇 손님들은 대체로 마을에서 빈민으로 여겨지지 않았지만 빈민으로 여겨져야 마땅한 사람들, 이를테면 세상에서는 빈민 축에 끼는 사람들이었다. 그들은 손님 대접까지는 아니더라도 따뜻한 배려와 진심 어린 도움을 받고 싶다고 말했다. 그러면서 자립하지 않기로 결심했다는 사실을 미리 털어놓았다. 나는 손님이 세상에서 가장 식욕이 왕성한 사람이라고 해도 굶어 죽기 직전의 상태로는 내 집에 오지 않기를 바란다. 자선의 대상이라면 손님이랄 수 없다. 내가 다시

하던 일로 돌아가서 점점 더 쌀쌀맞게 대하는데도 자신의 방문이 끝난 줄 모르는 사람들도 있었다. 이동이 잦은 계절에는 지적 능력이 천차만별인 사람들이 찾아왔다. 그 가운데에는 지능이 너무 뛰어나서 주체를 못 하는 사람들이 있는가 하면, 농장에서 도망쳐 나왔으나 그곳에서 몸에 밴 습관을 그대로 지닌 노예들도 있었다. 그들은 사냥개들이 자기들을 추적하며 짖는 소리를 들은 듯 우화에 나오는 여우처럼 이따금 귀를 쫑긋 세우고 간청하는 눈으로 나를 쳐다보며 마치 이렇게 호소하는 것 같았다.

오, 그리스도인이여, 나를 돌려보낼 건가요?[253]

그중 진짜 도망 노예 한 명은 북극성을 향해 달아나도록 내가 도와주었다. 오리 새끼를 제 새끼인 병아리인 줄 알고 데리고 다니는 암탉처럼 오로지 한 가지 생각만 하는 사람들도 있었다. 그런가 하면 병아리 100마리를 떠맡게 된 암탉처럼 오만 가지 생각으로 머리가 혼란스러운 사람들도 있었는데, 이들은 벌레 한 마리를 쫓아다니는 병아리 100마리를 돌봐야 하는 데다 매일 아침 이슬 속에서 병아리 스무 마리가 길을 잃어버리는 바람에 녀석들을 찾아다니느라 애를 태우고 온몸이 더러워진 암탉과 다름없었다. 다리 대신에 여러 생각을 주

253) 미국의 노예제 폐지론자 엘리저 라이트(Elizur Wright, 1804~1885)의 시 「도망 노예가 그리스도인에게」에서 각 연에 붙은 후렴구.

렁주렁 달고 다니는, 이를테면 지적인 지네들을 보면 지네가 기어오르는 듯 온몸이 근질거렸다. 화이트산맥[254]에서처럼 방문객들이 이름을 적도록 방명록을 비치하는 게 어떠냐고 제안하는 사람도 있었다. 하지만 아아! 나는 기억력이 뛰어나서 굳이 그럴 필요가 없었다.

방문객들을 여러 차례 맞이하다 보니 그들의 몇몇 특징을 알아차릴 수 있었다. 아이들이나 젊은 여자들은 대체로 숲속에 있는 것을 좋아했다. 이들은 호수를 들여다보거나 꽃을 살피면서 시간을 유용하게 보냈다. 반면에 사업가들, 심지어 농부들조차 내 고독한 삶이나 일이라든지 내가 세상과 떨어져 사는 것만을 궁금하게 여겼다. 이들은 이따금 숲속을 거니는 것도 좋아한다고 말했는데 사실은 그렇지 않을 게 뻔했다. 생계를 유지하기 위해 오로지 돈 버는 데에만 시간을 쏟아붓는 사람들, 혼자 신을 차지하고 있기라도 한 듯 신에 대해서만 이야기하고 다른 견해는 받아들일 줄 모르는 목사들을 비롯하여 의사와 변호사들, 내가 외출했을 때 멋대로 집 안에 들어와서 찬장이며 침대를 훔쳐보는 불쾌한 주부들(한 부인은 내 침대 시트가 자기네 것만큼 깨끗하지 않다는 걸 어떻게 알았을까?), 젊음을 포기하고 전문직이라는 잘 닦인 길을 따라가는 것이 가장 안전하다고 결론지은 청년들은 모두 이구동성으로 지금의 내 상황에서는 세상에 유익한 일을 별로 할 수 없을 거라고 말했다. 아! 그것이 문제였다. 나이와 성별에 관계없이 늙고

254) 뉴햄프셔주에 있는 단풍으로 유명한 산.

허약하고 겁 많은 사람들은 주로 질병과 갑작스러운 사고와 죽음을 생각했다. 그들에게 삶은 위험으로 가득 찬 모양이었다. 하지만 위험을 생각하지 않으면 위험도 없지 않을까? 신중한 사람이라면 통고한 즉시 B 의사[255]가 달려올 수 있는 가장 안전한 장소를 골라서 살 것이라고 그들은 생각했다. 그들에게 마을은 문자 그대로 '공동-방위체'[256]였다. 그들은 구급상자 없이는 월귤도 따러 가지 않을 사람들이었다. 여기서 내가 말하고자 하는 핵심은 사람이 살아 있는 동안에는 언제든 죽을 위험이 있다는 것이다. 처음부터 죽은 듯이 살고 있다면 위험은 그만큼 줄어들 테지만 가만히 앉아 있어도 달리는 사람과 똑같은 위험을 감수해야 한다. 마지막으로 스스로를 개혁가라고 칭하는 가장 따분한 사람들이 있었다. 그들은 내가 늘 이런 노래를 부른다고 생각했다.

이것은 내가 지은 집이에요.
이 사람은 내가 지은 집에서 살아요.[257]

하지만 그들은 이 노래에 다음과 같은 세 번째 행이 있는

---

255) 뉴햄프셔주 킹스턴에 살면서 의사이자 정치가로 활동한 조사이어 바틀릿(Josiah Bartlett, 1729~1795)을 말한다.

256) 원문 com-munity는 '함께'를 뜻하는 접두어 com과 '방어하다'를 뜻하는 라틴어 munio를 결합한 단어다.

257) 동요집 『마더 구스의 노래』에 나오는 「이것은 잭이 지은 집」을 모방한 것이다.

걸 알지 못했다.

이들은 내가 지은 집에서 사는 사람을 귀찮게 해요.

나는 닭을 키우지 않아서 솔개를 두려워하지 않았다. 그러나 사람을 해치려고 노리는 '인간 솔개'는 무서웠다.

그 사람들보다 반가운 방문객들이 있었다. 딸기를 따러 오는 아이들, 깨끗한 셔츠 차림으로 일요일 아침 산책을 나온 철도원들, 낚시꾼과 사냥꾼들, 시인과 철학자들은 자유를 찾아 자신들의 마을을 떠나서 숲으로 들어온 정직한 순례자들이었다. 나는 그들과 교감하고 있었기 때문에 언제든 "어서 오세요, 영국인 여러분! 환영합니다, 영국인 여러분!"[258] 하며 반갑게 맞을 준비가 되어 있었다.

258) 1621년 3월 플리머스에 도착한 영국인 청교도들을 최초로 접촉한 인디언 추장 사모세트가 건넨 인사말.

콩밭

한편 콩을 심은 밭이랑 길이가 모두 합쳐 대략 11킬로미터였는데, 맨 먼저 심은 콩이 마지막 콩을 심기도 전에 꽤 자라 있었다. 정말 미루기가 쉽지 않았다. 끈기와 함께 자존심까지 요구하는 밭일, 헤라클레스 노역의 축소판 같은 이런 노동이 무슨 의미인지 알 수가 없었다. 심은 콩이 필요한 양보다 훨씬 많아 버거웠지만 나는 콩과 밭이랑을 사랑하게 되었다. 콩 덕분에 땅에 애착을 갖게 되었고, 그 결과 안타이오스[259]처럼 힘이 세졌다. 그러나 내가 왜 콩을 재배해야 했을까? 하늘만이 알 터였다. 내가 여름 내내 콩밭에만 매달린 것은 전에

259) 그리스 신화에서 바다의 신 포세이돈과 땅의 여신 가이아 사이에 태어난 거인으로 어머니인 땅에 닿을 때마다 점점 힘이 세졌다.

는 양지꽃, 블랙베리, 물레나물 같은 달콤한 야생 열매와 아름다운 꽃들만 자라던 땅에 콩이 자라게 하기 위해서였다. 나는 콩에서 무엇을 배우고, 콩은 또 내게서 무엇을 배울까? 나는 콩을 애지중지하고 김을 매주며 아침저녁으로 살핀다. 이것이 내 하루 일과다. 콩잎은 넓적하니 보기 좋다. 나를 도와주는 것들은 메마른 땅을 적시는 이슬과 비, 그리고 대부분 건조하고 척박한 땅이기는 하나 그 속에 남아 있는 영양분이다. 반면에 나를 방해하는 적은 벌레와 서늘한 날씨인데 무엇보다 가장 나쁜 적은 우드척이다. 우드척은 1000제곱미터 정도 되는 땅에 심은 콩을 깨끗이 먹어 치웠다. 하지만 나는 무슨 권리로 물레나물과 그 밖의 풀들을 쫓아냈고, 오래전부터 우드척들의 터전이었던 곳을 뒤엎었단 말인가? 어쨌든 남은 콩들은 곧 우드척이 갉아 먹을 수 없을 만큼 억세어질 테지만 점점 자라면서 새로운 적들을 만나게 될 것이다.

또렷하게 기억나는데 네 살 때 나는 가족을 따라 보스턴에서 이곳 고향 마을로 돌아왔다.[260] 바로 이 숲과 이 밭을 지나서 월든 호수에 도착했다. 그것은 내 기억에 새겨진 가장 오래된 장면들 가운데 하나다. 오늘 밤 내가 부는 피리 소리가 기억 속에 있는 호수의 수면을 일깨워 메아리친다. 나보다 나이가 많은 그때의 소나무들이 여전히 이곳에 서 있다. 정확히 말하면 몇 그루는 이미 쓰러졌고, 나는 소나무 그루터기로 땔

260) 소로 가족은 보스턴의 사우스엔드에 잠시 거주한 뒤 1821년 9월부터 1823년 3월까지 보스턴의 핑크니 스트리트에서 살았다.

감을 만들어 저녁밥을 지었다. 그루터기가 있던 자리에 새 나무가 자라면서 새로 태어나는 아이들이 보게 될 또 다른 풍경을 준비하고 있다. 이 목초지에는 옛날과 거의 똑같은 다년생 뿌리에서 옛날과 다름없는 물레나물의 새싹이 돋아난다. 나 또한 어린 시절에 꿈꾸던 환상적인 풍경에 옷을 입히는 데 한몫 거들었고, 내 존재가 끼친 영향 중 하나를 이 콩잎과 옥수수 잎과 감자 넝쿨에서 엿볼 수 있다.

나는 고지대에 있는 1만 제곱미터의 땅에 콩을 심었다. 개간된 지 십오 년밖에 지나지 않은 데다 2~3코드의 그루터기를 내가 직접 캐내어 처녀지나 마찬가지였기 때문에 거름을 전혀 주지 않은 땅이었다. 여름에 김을 매다 발견한 화살촉으로 보아 백인들이 들어와 이 땅을 개간하기 전에 지금은 멸종한 원주민 부족이 살면서 옥수수와 콩을 심었고, 그로 인해 콩 같은 농작물이 자라는 데 필요한 땅의 힘이 어느 정도 떨어졌을 듯했다.

우드척이나 다람쥐가 길을 건너기 전이나 해가 떡갈나무 위로 떠오르기 전, 그러니까 이슬이 채 마르기 전인 이른 아침에 나는 콩밭에서 거침없이 자라는 거만한 잡초 군단을 쓰러뜨린 뒤 그 머리 위에 흙을 덮기 시작했다. 농부들은 이른 아침에 일하지 말라고 말렸지만 나는 되도록 이슬이 마르기 전에 모든 일을 끝내라고 조언하고 싶다. 나는 이른 아침 이슬에 젖어 질척거리는 모래흙을 조형 미술가처럼 맨발로 밟으며 일했는데, 햇볕을 쬔 탓에 해 질 무렵이면 발에 물집이 생겼다. 햇빛이 콩밭에서 괭이질하는 나를 비추었고, 자갈이 많은 고지대의 길이가 75미터나 되는 초록빛 밭이랑 사이를 오가며 나는 온종일 김을 맸다. 이랑의 한쪽 끝에는 그늘에서 쉴 수 있는 관목과 떡갈나무가 우거진 숲이 있고, 반대쪽 끝에는 한 차례 김을 매고 돌아올 때마다 초록 열매의 빛깔이 점점 짙게 물들던 블랙베리 밭이 있었다. 잡초를 뽑고 콩 줄기 주변에 새 흙을 덮어 주며 내가 뿌린 씨에서 솟아 나온 새싹이 잘 자라도록 기운을 북돋우고, 싯누런 흙이 여름에 대한 생각을 다북쑥이나 개밀아재비나 피 같은 풀이 아니라 콩잎과 콩꽃으로 나타내도록 유도하여 결국에는 이 땅이 풀 대신 콩을 말하도록 하는 것이 내 일과였다. 나는 말이나 소를 거의 부리지 않았고, 어른이든 아이든 사람을 별로 쓰지 않았다. 게다가 개량된 농기구의 도움도 그다지 받지 않아서 일의 속도가 무척 느렸다. 하지만 그 덕분에 콩과 더없이 친밀해졌다. 직접 내 손으로 하는 노동이 따분하고 고되다 하여 결코 무익하다고는 말할 수 없다. 육체노동은 변하지 않는 불멸의 교훈을 지녔으며, 특히 학자에게는 최고의 결과물을 가져다줄 수 있다. 목적지가 어딘지는 모르겠지만 링컨과 웨일랜드[261)]를 지나 서쪽으로 가는 여행자들의 눈에 나는 '아그리콜라 라보리오수스'[262)]로 보였을 것이다. 고삐를 꽃목걸이처럼 느슨하게 늘어뜨리고 팔꿈치를 무릎에 얹은 채 이륜마차에 편안히 앉은 그들이 보기에 나는 고향에 남아 힘들게 땅을 일구는 토박이 농사꾼일 수밖

---

261) 웨일랜드는 콩코드 남쪽 약 8킬로미터 지점이고, 링컨은 웨일랜드를 지나 서남쪽으로 약 5킬로미터 지점에 있다.

262) agricola laboriosus. '부지런한 농부'라는 뜻의 라틴어.

에 없다. 하지만 내 농지는 평범한 그들의 시야와 생각에서 벗어나 있었다. 길 양편으로 아득히 멀리까지 눈에 들어오는 경작지는 오로지 내 밭뿐이었다. 여행자들은 내 밭만을 감상하고 이야기할 수밖에 없을 터였다. 밭에서 일하다 보면 이따금 그런 사람들이 나누는 잡담과 비평을 의도치 않게 들을 때가 있었다. "콩을 심기에는 너무 늦었어! 더욱이 완두콩을 심다니 늦어도 한참 늦은 거야!" 다른 농부들은 김매기를 시작했는데 나는 이제야 씨를 뿌리니 농업 전문가를 자처하는 목사[263)]가 보았다면 한심하게 여겼을 것이다. "이보게, 가축 사료는 옥수수가 최고야. 옥수수가 최고라고." 검은 보닛을 쓴 여자가 회색 코트를 입은 남자에게 "저 사람, 여기 사는 게 맞아요?" 하고 묻는다. 험상궂게 생긴 농부는 밭고랑에 거름이 보이지 않는데 대체 뭘 하는 거냐고 묻기 위해 고삐를 당겨 말을 세운다. 그러고는 묵힌 톱밥이나 배설물, 또는 재나 석회 같은 걸 뿌려 보라고 권한다. 하지만 여기 1만 제곱미터쯤 되는 밭에는 수레 대신 괭이 한 자루와 괭이질하는 두 손뿐이었다. 나는 굳이 수레와 말을 쓰고 싶지 않았다. 묵힌 톱밥을 구하려 해도 멀리 나가지 않으면 안 되었다. 마차에 탄 어떤 여행자들은 지나온 밭들과 내 밭을 비교하면서 큰 소리로 떠들었다. 덕분에 나는 농업계에서 내가 어떤 위치에 있는지 알게 되었다. 내 밭은 콜먼의 보고서에도 포함되지 않았다. 하기는 사람이 개발

263) 농업 전문가이자 목사인 헨리 콜먼(Henry Colman, 1785~1849)을 가리킨다. 1838년부터 1841년까지 해마다 『매사추세츠 농업 현황 보고서』를 발표했다.

하지 않아 황무지나 다름없는 밭에서 대자연이 생산하는 작물의 가치를 누가 평가하겠는가? 영국산 건초는 세심하게 무게를 달고 습도를 재며 규산염과 칼륨 함량이 어느 정도인지까지 측정한다. 그러나 온갖 골짜기와 호수와 목초지와 늪지에 건초용 풀이 무성하게 자라는데도 사람들은 거두어들이지 않는다. 이를테면 내 밭은 풀이 무성한 야생의 들판과 인간의 경작지를 연결하는 고리인 셈이었다. 어떤 나라는 문명화하고 어떤 나라는 문명화가 진행되며 또 어떤 나라는 미개하거나 야만적이라 한다면 내 밭은 반쯤 일구어진 경작지였다. 나쁜 의미에서 그렇다는 말은 아니다. 내가 심은 콩은 원시적인 야생 상태로 돌아가고 있었고, 내 괭이는 그런 콩을 위해 「랑 데 바슈」[264]를 연주했다.

콩밭 바로 옆 자작나무 맨 꼭대기 가지에서 갈색개똥지빠귀(어떤 사람은 붉은개똥지빠귀라고 부르기를 좋아한다.) 한 마리가 나와 함께 아침을 맞아 기뻐하며 노래를 불렀다. 여기에 콩밭이 없으면 아마 다른 농부의 밭을 찾아갔을 것이다. 내가 씨를 뿌리는 동안 녀석은 신이 나서 소리 질렀다. "씨를 뿌려, 씨를 뿌려. 흙을 덮어, 흙을 덮어. 씨를 쪼아, 씨를 쪼아, 씨를 쪼아." 하지만 내가 뿌린 씨는 옥수수가 아니므로 그 새와 같은 적들로부터 안전했다. 개똥지빠귀의 시시한 노랫소리, 한 현으로든 스무 현으로든 파가니니[265]의 연주를 흉내 낸 듯한

---

264) Ranz des Vaches. 스위스 산악 지역에서 목동들이 부르던 전통 민요.

265) 니콜로 파가니니(Niccolò Paganini, 1782~1840). 이탈리아의 바이올린 연주자이자 작곡가. 현 하나로 모든 악절을 연주한 것으로 유명했다.

어쭙잖은 노랫소리가 씨 뿌리는 일과 무슨 관계냐고 의아하게 생각할지 모르지만 재나 석회보다는 녀석의 노래가 더 나았다. 그것은 내가 전적으로 신뢰하는 값싼 웃거름이었다.

나는 괭이로 새 흙을 이랑 쪽으로 긁어모으면서 원시 시대 이곳의 하늘 아래에 살았지만 역사에는 기록되지 않은 민족의 유골을 건드리기도 했고, 그들이 전쟁이나 수렵에 사용한 작은 도구들을 현대의 햇빛 속으로 끄집어내기도 했다. 그것들은 다른 자연석과 뒤섞여 있었는데 어떤 것은 인디언의 모닥불에 그을렸고 어떤 것은 햇볕에 탄 흔적이 있었다. 근래에 이 땅을 경작한 사람들이 가져온 도기 파편과 유리 조각도 눈에 띄었다. 내 괭이가 돌에 부딪혀 쨍그랑하고 울면 그 소리는 음악처럼 숲과 하늘에 울려 퍼졌고, 순식간에 헤아릴 수 없는 수확을 거두었던 내 노동의 반주가 되었다. 그 순간부터 내가 괭이질하는 곳은 콩밭이 아니었고, 콩밭에서 괭이질하는 것은 내가 아니었다. 내가 사소한 것일지라도 머릿속에 무언가를 떠올렸다면 오라토리오를 감상하러 도시에 간 친지들이었을 텐데 나로서는 그런 그들이 자랑스러우면서도 한편으로 가엾게 느껴졌다. 이따금 밖에서 유쾌한 하루를 보냈는데 날씨가 화창한 오후에는 쏙독새가 내 눈에 박힌 티끌처럼, 아니 하늘의 눈에 박힌 티끌처럼 머리 위에서 커다란 원을 그리며 빙빙 돌았다. 그러다 가끔 하늘을 갈기갈기 찢을 듯 무시무시한 소리를 내며 급강하했지만 창공은 여전히 이음새 하나 없는 거대한 덮개처럼 멀쩡했다. 꼬마 도깨비들은 하늘을 휩쓸고 다니다가 사람들이 쉽게 찾아낼 수 없는 모래밭이나 산꼭대기 바위틈에 알을 낳았다. 바람에 실려 공중을 떠다니는 나뭇잎을 닮은 이 새는 호수에 일렁이는 잔물결처럼 우아하고 날씬하다. 대자연에는 이처럼 서로 닮은 것이 많다. 쏙독새는 물결 위를 날면서 물결을 내려다보는 물결의 형제이고, 공기로 부풀어 오른 완벽한 두 날개는 깃털이 나지 않은 근원적인 바다의 날개다. 이따금 나는 하늘 높이 원을 그리며 날다가 상승과 하강을 되풀이하고 서로 바짝 붙었다 떨어지는 솔개 한 쌍을 보았는데 마치 그 새들이 내 생각을 표현하는 것처럼 느껴졌다. 또 나는 약간 떨리는 듯한 날갯짓 소리를 내며 전령처럼 이 숲에서 저 숲으로 날아다니는 멧비둘기들에 넋을 빼앗겼다. 썩은 그루터기 밑을 파헤치다 반응이 굼뜬 불길하고 기이하게 생긴 점박이 도롱뇽도 발견했다. 그 도롱뇽에게서는 이집트와 나일강의 흔적이 엿보였지만 어쨌거나 우리와 같은 시대를 살아가는 생물이었다. 일하다 괭이에 몸을 기대고 잠시 쉬면 밭고랑 어디에서나 그 같은 소리와 광경이 들리고 보였으니 이야말로 대지가 제공하는 무궁무진한 즐거움의 일부일 터였다.

경축일[266]에는 마을에서 대포를 쏘았다. 그 소리가 이 숲까지 메아리쳐 장난감 총소리처럼 들렸다. 군악대가 연주하는 소리가 띄엄띄엄 들리기도 했다. 마을 끝자락에 있는 내 콩밭에서 대포 소리는 말불버섯이 터지는 소리처럼 작았다. 그

266) 1775년 4월 19일 콩코드에서 벌어진 독립 전쟁 기념일과 7월 4일 미국 독립 기념일을 가리킨다. 소로는 경축일의 축포 소리에도 전쟁에 대한 불안감을 느꼈다.

리고 어디에선가 내가 모르는 군사 훈련을 하는 듯했는데, 그런 느낌은 성홍열이나 두드러기 같은 질병이 지평선을 넘어와 이곳에 퍼질지도 모른다는 불길한 예감으로 이어졌다. 마침내 한 줄기 시원한 바람이 들판을 거쳐 웨일랜드 도로를 달려와 포병대가 훈련하고 있다는 소식을 전해 주었다. 멀리서 윙윙거리는 소리가 들렸다. 누군가의 벌들이 분봉을 했는데 이웃들이 베르길리우스의 충고[267]에 따라 살림 도구 중에서 가장 소리가 잘 나는 것들을 가볍게 두드려 벌 떼를 다시 벌통 속으로 불러들이려고 애쓰는 것 같았다. 이윽고 그 소리가 완전히 멈추고 상쾌한 산들바람도 아무런 소식을 전하지 않았다. 이제 사람들은 마지막 수벌 한 마리까지 미들섹스의 벌통 속으로 불러들여 벌통에 고인 꿀에만 정신을 팔고 있을 것이다.

나는 매사추세츠주와 우리 조국의 자유가 그처럼 안전하게 유지되는 것을 알고 자랑스러웠다. 그리하여 다시 김매는 일로 돌아갔을 때 내 가슴은 말로 표현할 수 없을 만큼 자신감에 차 있었으며, 미래를 굳게 믿고 평온한 마음으로 즐겁게 하던 일을 계속했다.

여러 악단이 한꺼번에 연주할 때면 마을 전체가 거대한 풀무인 듯 우렁찬 소리가 났고, 그러면 마을의 모든 건물이 요란한 소음과 함께 늘어났다 줄어들었다를 반복하는 것 같았다. 그런데 이따금 진정으로 고귀하고 용기를 북돋는 선율과 영광을 노래하는 트럼펫 소리가 이 숲까지 들려왔다. 그 소리를

267) 베르길리우스의 『농경시』 4권을 가리킨다.

들으면 멕시코 병사와 대적하여 포화를 내뿜을 수 있을 듯한 기분이 들었다.[268] 왜 우리는 늘 하찮은 것을 놓고 싸워야 하는가? 나는 내 용맹을 발휘할 대상을 우드척과 스컹크로 정하고 녀석들을 찾아 주변을 둘러보았다. 이런 군악대 소리는 머나먼 팔레스타인에서 들려오는 것 같아 지평선을 행진하는 십자군이 연상되었는데, 그 소리에 마을 위로 가지를 늘어뜨린 느릅나무의 우듬지가 파르르 떠는 것 같기도 했다. 경축일은 위대한 날이었다. 그렇지만 내 경작지에서 바라본 하늘은 매일매일 변함없는 위대한 모습이었고, 나는 거기서 평소와 다른 차이를 전혀 보지 못했다.

내가 오랫동안 콩과 알고 지낸 것은 색다른 경험이었다. 나는 콩을 심고 김을 매고 수확하고 도리깨질하고 하나하나 선별하여 팔았다.(콩을 파는 일이 가장 힘들었다.) 콩을 맛보기도 했으므로 먹은 것도 경험에 보탤 수 있을 것이다. 어쨌든 나는 콩에 대해 제대로 알아야겠다고 생각했다. 그래서 콩이 자라는 동안 매일 새벽 5시부터 정오까지 밭에서 괭이질을 했다. 그 후의 시간은 주로 다른 일을 하면서 보냈다. 우리가 여러 종류의 잡초와 이상하고 친밀한 관계를 맺었다고 생각해 보라.(이에 대해서 앞으로 몇 차례 반복하여 이야기할 것이다. 일을 하는 데는 반복이 무척 많다.) 나는 잡초의 미묘한 조직을 무

268) 소로가 월든 호숫가에 살던 시기에 미국-멕시코 전쟁(1846~1848)이 일어났다. 소로는 이 전쟁을 강력하게 반대했고, '포화를 내뿜다.'와 '꼬치구이로 만들다.'라는 이중적 의미를 지닌 spit을 사용함으로써 멕시코에 대한 미국인들의 적개심이 어떠했는지 나타내려고 했다.

자비하게 파괴했고, 괭이로 아주 불공평하게 차별했으며, 어떤 것은 몽땅 뽑아낸 반면 어떤 것은 정성껏 보살폈다. 이것은 다북쑥, 이것은 명아주, 저것은 괭이밥, 저것은 개밀아재비 하면서 말이다. 줄기를 붙들고 잘라 버리자. 뿌리째 뽑아 햇볕에 말리자. 수염뿌리 하나라도 그늘에 두지 말자. 수염뿌리를 그늘에 두면 잡초는 이틀도 안 되어 되살아나 부추처럼 싱싱하게 자란다. 두루미와의 전쟁[269]이 아니라 해와 비와 이슬을 자기편으로 둔 트로이 군대 같은 잡초와의 기나긴 전쟁이었다. 콩들은 날마다 내가 괭이로 무장하고 와서 자기들의 적인 잡초를 무찌르고 참호를 잡초의 시체로 가득 메우는 모습을 지켜보았다. 주위에 운집한 전우들보다 적어도 30센티미터는 높이 솟은 투구의 깃 장식을 흔들며 용감히 싸우던 수많은 헥토르[270]가 내 무기 앞에 속절없이 쓰러져 흙먼지를 일으키며 나뒹굴었다.

나와 같은 시대를 사는 사람들이 보스턴이나 로마에서 미술품을 감상하거나 인도에 가서 명상을 하거나 런던 또는 뉴욕에서 사업에 매진하고 있던 그 여름에 나는 뉴잉글랜드의 농부들과 함께 농사일에 매달렸다. 딱히 콩이 먹고 싶어서 콩 농사에 전념한 건 아니었다. 콩으로 수프를 만들든 투표에 사

---

269) 각주 159 참고.

270) 『일리아스』에 나오는 트로이의 영웅. 프리아모스왕의 맏아들인 그는 말갈기 장식을 한 투구를 썼는데 그리스 영웅 아킬레우스의 창을 목에 맞고 쓰러져 흙먼지 속에 뒹굴었다.

용하든[271] 콩에 관한 한 나는 선천적으로 피타고라스[272] 같은 사람이어서 콩 대신 쌀을 먹었다. 그러면서 콩을 재배한 이유는 훗날 우화를 쓸 작가가 비유적 표현이라도 얻도록 누군가는 콩밭에서 일해야 하기 때문이다. 콩 농사는 대체로 희귀한 즐거움을 주는 것이기는 하지만 너무 오랫동안 계속하면 기력이 쇠한다. 나는 콩밭에 거름 하나 주지 않았고, 한꺼번에 김을 매지도 않았다. 김을 매되 정성껏 매었고, 결국에는 그에 대한 보상을 받았다. 이블린은 말했다. "사실 어떤 비료나 거름도 삽으로 땅을 파고 흙을 뒤집어엎는 것만 못하다." 그리고 이렇게 덧붙였다. "흙, 특히 신선한 흙은 그 속에 어떤 자력을 지녀서 그것이 흙에 생명을 부여하는 염분을 비롯하여 흙이 지녀야 할 힘과 미덕을 끌어들인다. 우리가 땀 흘려 일하면서 흙에 정성을 쏟는 것은 바로 그 자력을 키우기 위해서다. 퇴비나 가축의 분뇨 같은 더러운 거름을 쓰는 것은 자력의 개선을 위한 차선책에 지나지 않는다."[273] 내 콩밭은 케넬름 딕비[274]의 표현대로 "지친 데다 기운이 하나도 없어서 안식일을 지켜야 하는 밭"이었기 때문에 공기 속에서 "생명의 기운"을 끌어들였

271) 옛날 미국에서는 콩을 투표 계수용으로 썼다.

272) 기원전 6세기 그리스 철학자이자 수학자. 고대 그리스에서 콩은 부정한 음식으로 여겼는데 피타고라스도 제자들에게 콩을 멀리하라고 권했다.

273) 1729년 런던에서 출간된 존 이블린의 『토지: 흙에 대한 철학적 담론』에서 인용.

274) Kenelm Digby(1603~1665). 영국의 철학자이자 과학자. 1661년 『식물의 생장에 대한 담론』에서 산소는 '생명의 기운'으로 식물의 생장에 절대적으로 필요하다고 역설했다.

을 것이다. 나는 12부셸이나 되는 콩을 수확했다.

그런데 콜먼의 보고서가 주로 부농의 값비싼 실험만 다루었다는 불평이 있어 나는 좀 더 상세하게 지출 내역을 밝힌다.

괭이 구입비	54센트
쟁기질, 써레질, 고랑 내는 데 든 비용	7달러 50센트(과다 지출)
콩 씨앗 구입비	3달러 12.5센트
씨감자 구입비	1달러 33센트
완두콩 씨앗 구입비	40센트
순무 씨앗 구입비	6센트
까마귀 피해 방지 울타리용 흰 줄 구입비	2센트
말 쟁기와 말몰이꾼 세 시간 품삯	1달러
곡물 운반용 마차 대여 비용	75센트
합계	14달러 72.5센트

내 수입은 다음과 같다.(가장은 파는 습관을 들여야지 사는 습관을 들이면 안 된다.)[275)]

콩 9부셸 12쿼트[276)]	16달러 94센트
큰 감자 5부셸	2달러 50센트

275) 마르쿠스 포르키우스 카토의 『농업론』에서 인용.
276) 미국에서 1쿼트는 약 0.95리터다.

작은 감자 9부셸	2달러 25센트
목초	1달러
콩대	75센트
합계	23달러 44센트

※ 앞에서 밝힌 바와 같이 순이익은 8달러 71.5센트였다.

다음은 내가 콩을 재배한 경험의 결과다. 6월 초 주위에 흔한 작고 하얀 콩들 중에서 싱싱하고 모양이 동그란 것을 주의 깊게 골라 이랑 사이의 간격은 90센티미터, 콩과 콩 간격은 45센티미터가 되게 심는다. 무엇보다 벌레가 먹지 않도록 주의하고, 싹이 나지 않으면 다시 콩을 심어서 보충한다. 울타리가 없는 밭이면 우드척을 조심해야 한다. 녀석들은 밭을 어슬렁거리다가 갓 돋아난 새싹을 보는 족족 먹어 치운다. 그리고 새 넝쿨이 솟아 나오면 용케 알아채고 다람쥐처럼 곧추앉아서 새순만 아니라 꼬투리까지 잘라 먹는다. 그런데 서리를 맞지 않고 수요가 있을 때 시장에 내다 팔 작물을 얻으려면 무엇보다도 되도록 일찍 수확해야 한다. 그래야 큰 손실을 피할 수 있다.

나는 추가적인 경험도 쌓았다. 나는 혼자 중얼거렸다. 내년 여름에는 그렇게 많은 공을 들여 콩과 옥수수를 심지 않고 아직 남아 있다면 성실, 진리, 소박, 믿음, 순수 같은 씨앗을 심자. 덜 고생하고 거름을 덜 주어도 그것들이 이 흙에서 잘 자라 내 양식이 될지 지켜보자. 이 땅은 그런 씨앗들을 키워 내지 못할 만큼 메마르지 않았으니까. 나는 또 혼자 이렇게 한탄했다. 슬프다! 이제 여름이 또 한 번 지나갔구나. 또 다른 여름이 왔다 가고 또 다른 여름이 갔구나. 그리고 독자 여러분에게 고백하지 않을 수 없으니, 내가 뿌린 씨앗들이 미덕의 씨앗이 분명했지만 벌레 먹었거나 생명력을 잃어서 끝내 싹을 틔우지 못했다. 대체로 사람들은 조상이 용감했던 만큼 용감해지고 비겁했던 만큼 비겁해진다. 이 세대 사람들은 수백 년 전 인디언들이 최초의 백인 정착민들에게 가르쳐 준 방법 그대로, 마치 그것에 자신들의 운명이 걸린 것처럼 해마다 어김없이 옥수수와 콩을 심는다. 얼마 전 어떤 노인이 적어도 일흔 번이나 괭이질하여 구덩이를 파는 걸 보고 놀란 적이 있다. 자신이 들어가 누울 구덩이를 판다면 모를까 왜 그러나 싶었다. 뉴잉글랜드 사람들이 그렇다. 왜 그들은 새로운 모험을 시도하지 않을까? 곡물, 감자, 건초, 과수원 같은 것만 중요하게 여기고 왜 다른 작물은 재배하려 들지 않는다는 말인가? 어째서 종자용 콩에는 그렇게 많은 관심을 기울이면서 새로운 세대에 대해서는 전혀 관심이 없을까? 어떤 사람을 만났을 때 앞에서 열거한 덕목들 가운데 몇 가지라도 그 사람에게 뿌리내려서 자란 모습을 보게 되리라고 확신한다면 정말로 즐겁고 기운이 날 것이다. 그런 덕목들은 다른 생산물보다 높이 평가되지만 대부분 공중에 흩어져 떠돌아다니기 마련이어서 더 그렇다. 예컨대 진리나 정의처럼 말로 표현하기 어려울 만큼 미묘한 자질을 지닌 것이 비록 지극히 적은 양에 새롭게 변형되었을지라도 일단 세상에 나타났다면 외국에 주재하는 대사들은 그런 자질의 씨앗을 본국에 보내라는 훈령을 받아야 하고, 의회는 그 씨앗이 전국에 골고루 배포되도록 도와야 한다.[277] 격식을 따지거나 체면만 차려서는 안 된다. 신뢰와 우정의 핵이 그 씨앗 속에 들었다면 말과 행동으로 비열하게 서로 속이거나 모욕하지 않을뿐더러 상대를 함부로 배격하려 들지 않을 것이다. 사람을 만나되 너무 성급하게 만나지 말아야 한다. 주위의 대부분 사람들은 시간이 없어 보이기 때문에 나는 그들을 전혀 만나지 않는다. 저마다 콩 농사를 짓느라 눈코 뜰 새 없이 바쁜 모양이다. 오로지 일에만 매달리고 어쩌다 한 번 괭이나 삽을 지팡이 삼아 기대어 서 있는 사람과는 사귀고 싶은 마음이 들지 않는다. 그 모습은 버섯처럼 반듯하게 서 있는 게 아니라 땅에 내려앉아 엉거주춤한 자세로 걷는 제비 같다.

그리고 말할 때는 금방이라도 날아오를 듯
이따금 날개를 펼쳤다가 다시 접곤 했다.[278]

그렇기 때문에 우리가 천사와 대화하는 것은 아닌지 의심하게 된다. 빵이 항상 몸에 필요한 영양분을 주지는 않는다. 정작 우리 몸에 이로운 것은 자연 속에 깃든 너그러움을 인식

277) 소로 시대에는 의회가 주민에게 씨앗을 무료로 배포하는 것이 유행이었다.
278) 영국 시인 프랜시스 퀄스(Francis Quarles, 1592~1644)의 전원시 「목동의 신탁」에서 인용.

하고 순수하고 이타적인 기쁨을 여러 사람과 함께 나누는 행위다. 그렇게 하면 무엇이 우리를 괴롭히는지 모를 때에도 우리의 뻣뻣한 관절을 부드럽게 풀어 주며, 우리의 몸놀림을 한층 더 유연하고 활기차게 해 준다.

고대의 시와 신화를 보면 적어도 농사가 한때는 성스러운 예술이었다는 사실을 알 수 있다. 그런데 요즘은 불경스럽게 대규모 농장과 대량 수확만을 목표로 정한 나머지 성급하고 무분별하게 농사를 짓는다. 오늘날에는 농부가 농사란 직업에 신성함을 느끼고 이를 표현하는 일이 없지만 농업의 거룩한 기원을 환기하는 축제나 행렬이나 의식 같은 것도 없다. 기껏해야 가축 품평회나 추수감사절 정도만 남아 있을 뿐이다. 농부의 마음을 유혹하는 것은 가욋돈이나 진탕 먹고 마시는 잔치뿐이다. 농부는 이제 케레스[279]나 유피테르가 아니라 지옥을 다스리는 플루톤[280]에게 제물을 바친다. 우리 가운데 누구도 벗어나지 못하는 탐욕과 이기심, 그리고 땅을 재산이나 재산 획득의 수단으로만 보는 천박한 습관 때문에 대자연의 풍경은 흉하게 훼손되고, 농사는 품위를 잃으며, 농부는 어느 직업보다 초라한 삶을 살아가고 있다. 농부는 대자연의 속성을 알지만 어디까지나 약탈자로서 알 뿐이다. 카토는 농사를 통해 얻는 이익은 어떤 것보다 경건하고 정당하다고 말했다. 그리고 바로[281]가 말하길 옛 로마인들은 "땅을 어머니라 부

279) 로마 신화에 나오는 풍작의 여신. 그리스 신화의 데메테르에 해당한다.
280) 로마 신화에 나오는 저승의 지배자. 그리스 신화의 하데스에 해당한다.
281) 마르쿠스 테렌티우스 바로(Marcus Terentius Varro, 기원전 116~기원

르고 케레스라 부르기도 했다. 그리고 땅을 경작하는 사람들은 경건하고 유익한 삶을 영위했으며, 이들이야말로 사투르누스[282]의 후예라고 생각했다."

우리는 태양이 우리가 경작하는 밭과 초원과 숲을 차별 없이 내려다본다는 사실을 잊기 일쑤다. 밭이든 초원이든 숲이든 모두 햇빛을 반사하고 흡수한다. 그리고 인간의 경작지는 태양이 매일 다니는 길에서 내려다보는 멋진 풍경의 아주 작은 일부일 뿐이다. 태양이 보기에 땅은 어디에 있든 똑같이 잘 가꾸어진 정원이다. 그러므로 우리는 태양의 빛과 열의 혜택을 그에 상응하는 믿음과 아량으로 받아들여야 한다. 내가 콩의 씨앗까지 소중히 여겨 가을에 수확한다고 한들 뭐 그렇게 대단한 일이겠는가? 내가 그토록 오랫동안 보살핀 넓은 밭은 경작자인 나한테 의지하는 것이 아니다. 나보다는 자기한테 더 친절하게 영향을 주는 것, 즉 자기에게 물을 주고 자기를 푸르게 하는 자연에 의지한다. 콩들이 자라서 결실을 맺지만 내가 다 수확하지는 않는다. 일부는 우드척을 위해 자란 것이 아닐까? 밀의 이삭(라틴어로 '이삭'을 가리키는 spica(스피카)는 원래 '희망'을 뜻하는 spe(스페)에서 speca(스페카)를 거쳐 파생한 말이다.)이 농부의 유일한 희망이어서는 안 된다. 낟알(라틴어로는 granum(그라눔)으로 이는 '낳다', '열매를 맺다'를 뜻하는

전 27). 로마의 학자이자 저술가. 이어지는 인용문은 바로의 『농업총론』에 실린 구절이다.

282) 로마 신화에 나오는 농경과 계절의 신. 그리스 신화의 크로노스에 해당한다.

gerendo(게렌도)에서 파생한 말이다.)만이 밀이 낳는 전부는 아니다. 이렇게 생각하면 우리의 수확이 부족하다고 말할 수 없다. 잡초의 씨도 새의 먹이가 되므로 잡초가 무성하게 자라는 것 역시 기뻐해야 하지 않을까? 밭에서 거둔 수확물이 농부의 헛간을 가득 채우느냐 아니냐는 그다지 중요하지 않다. 진정한 농부라면 다람쥐들이 올해 숲에 밤이 많이 열릴지 아닐지를 걱정하지 않듯 수확에 대한 걱정을 내려놓고 자기 밭에서 거둘 수확물에 대한 권리마저 포기한 채 첫 열매뿐 아니라 마지막 열매까지 기꺼이 제물로 바치겠다는 마음으로 하루의 일을 끝마칠 것이다.

마을

오전에 김을 매거나 글을 읽고 쓴 다음에 나는 대개 호수에서 미역을 감고 만처럼 후미진 곳을 가로질러 헤엄치며 몸에 붙은 노동의 먼지를 씻어 내거나 공부로 인해 생긴 주름살을 폈다. 그리고 오후에는 완전한 자유인이 되었다. 나는 매일 또는 하루걸러 마을로 천천히 걸어가서 세상 돌아가는 이야기를 들었다. 마을에서는 이런저런 이야기가 입에서 입으로, 신문에서 신문으로 끝없이 나돌고 있었다. 그런 이야기를 동종요법[283)]식으로 받아들이면 나뭇잎이 살랑거리는 소리나 개구리의 울음소리를 들었을 때처럼 상쾌하니 기분이 좋았다. 나

---

283) 질병과 비슷한 증상을 일으키는 물질을 인체에 극소량 사용하여 병을 치료하는 방법.

는 새나 다람쥐를 보려고 숲속을 거닐듯 어른과 아이들을 보려고 마을을 어슬렁거렸는데, 그러다 보면 소나무 사이를 스치는 바람 소리 대신 마차들이 덜거덕거리는 소리가 들렸다. 내 집에서 한 방향으로 죽 가면 강가 풀밭에 사향쥐들 서식지가 있었다. 그 반대편 지평선에는 느릅나무와 플라타너스 숲 아래 사람들이 바쁘게 움직이는 마을이 있었는데 내 눈에 그들은 저마다 자신의 굴 앞에 앉아 있거나 이야기를 나누러 이웃 굴로 달려가는 프레리도그[284)]처럼 신기하게 보였다. 나는 그런 사람들의 습성을 관찰하고 싶어 자주 마을에 갔다. 마을은 마치 거대한 뉴스 열람실 같았다. 길 한쪽에서는 옛날 보스턴의 스테이트 스트리트[285)]에 있던 레딩 앤드 컴퍼니가 그랬던 것처럼 각종 견과류와 건포도와 소금과 밀가루 같은 식료품을 팔았다. 사람에 따라서는 앞에서 말한 상품, 즉 뉴스에 대한 왕성한 식욕과 튼튼한 소화 기관이 있어서 사람들이 오가는 큰길가에 붙박이처럼 꼼짝 않고 앉았을 수 있다. 그리고 뉴스가 에테시안 계절풍[286)]처럼, 혹은 에테르를 흡입하듯 사람들 사이를 지나며 부글부글 끓고 은밀히 속삭이도록 내버려 둘 수도 있다. 뉴스는 사람의 의식에는 아무런 영향을 끼치지 않고 감각의 마비와 고통에 대한 무감각만 초래할 뿐이다. 그렇지 않으면 뉴스는 듣기에 고통스러운 경우가 많다. 마

284) 북아메리카 대초원(프레리)에 굴을 파고 사는 다람쥣과에 속한 동물. 울음소리가 개와 비슷하여 '도그'라는 이름이 붙었다.

285) 의사당과 세관 등이 들어선 보스턴의 중심가.

286) 지중해 동부에 부는 건조한 북서풍.

을을 어슬렁거릴 때마다 거의 어김없이 그런 양반들이 줄지어 앉아 있는 모습이 눈에 띄었다. 그들은 사다리에 걸터앉아 햇볕을 쬐면서 몸을 앞으로 숙인 채 이따금 탐욕스러운 표정으로 신문 기사를 이리저리 훑어보았다. 혹은 두 손을 호주머니에 넣고 창고 벽에 기대서 있었는데 마치 여인상이 조각된 기둥들이 창고를 떠받치고 있는 것처럼 보였다. 그들은 대개 문밖에 나와 있어 바람에 실려 오는 소식이란 소식은 죄다 들었다. 그러면서 곡식을 거칠게 빻는 제분기 역할을 했다. 모든 소문은 일단 그들에 의해 대강 소화되거나 조각조각 부서진 뒤에야 집 안에 들여보내져 아주 곱게 빻는 제분기로 들어갔다. 나는 식료품점과 술집, 우체국과 은행이 마을의 중추라는 사실을 알았다. 마을이라는 기계가 돌아가는 데 꼭 필요한 부품인 교회 종과 대포와 소방펌프는 각각 편리한 곳에 놓였다. 집들은 지나가는 사람들을 쉽게 끌어들이기 위해 골목길을 사이에 두고 서로 마주 보도록 배열되었다. 여행자들은 태형[287]을 피하듯 그곳을 재빨리 지나가야지, 그러지 않으면 남녀노소 누구에게든 한 방 얻어맞을 게 뻔했다. 물론 대열의 맨 앞에 위치한 집은 여행자를 가장 잘 볼 수 있고 눈에 잘 띄는 데다 주먹도 가장 먼저 날릴 수 있기 때문에 가장 비싼 토지세를 낼 터였다. 마을 외곽에는 사람들이 뿔뿔이 흩어져 살기 때문에 대열의 간격이 넓어서 여행자가 마음만 먹으면 담

287) 주로 군대에서 행하던 형벌이다. 양쪽에 사람들이 늘어서서 그 사이로 죄수를 달리게 하고 매질을 가했다.

을 넘거나 가축이 다니는 길을 통해 도망칠 수 있으므로 토지세나 창문세[288]가 비싸지 않았다. 간판이 사방에 걸려 있었다. 선술집과 식료품점은 식욕을 자극함으로써 여행자를 붙잡으려 했고, 포목점과 보석상은 화려함을 미끼로 여행자를 유혹했다. 이발소와 양화점과 양장점은 머리칼과 발과 스커트를 그린 간판으로 여행자를 낚으려 했다. 그보다 훨씬 끔찍한 것은 그 같은 집들을 모두 방문해 달라는 끈질긴 초대였고, 그렇게 하면 내가 자기 집에 들를 거라고들 기대했다. 나는 태형을 당하는 사람이 흔히 받는 충고대로 이것저것 생각하지 않고 목적지를 향해 대담하게 나아가거나, 아니면 "하프 선율에 맞추어 신들에 대한 찬가를 큰 소리로 노래함으로써 세이렌의 목소리를 압도하고 위험에서 벗어난" 오르페우스처럼 고상한 생각에 골몰하여 위기를 모면했다.[289] 이따금 나는 마을에서 갑자기 도망쳐 나왔다. 그때는 아무도 내 행방을 알지 못했다. 체면 따위 따지지 않고 울타리에 난 작은 구멍을 아무런 망설임 없이 빠져나왔기 때문이다. 때로는 익숙한 듯 아무 집에나 불쑥 들어가기도 했다. 그럼에도 그 집에서 환대를 받았는데 그때마다 나는 제분기로 곱게 빻아 체로 걸러 낸 핵심적인 소

288) 1696년 도입된 영국의 조세 제도로 주택의 창문 수에 따라 세금을 부과했다.

289) 영국의 철학자이자 정치가인 프랜시스 베이컨(Francis Bacon, 1561~1626)이 쓴 『고대인의 지혜』에서 인용. 그리스 신화에 나오는 바다의 요정 세이렌은 지중해 섬에 살면서 감미로운 노래를 불러 지나가는 배의 선원들을 유혹하여 잡아먹기도 했다. 오르페우스는 그리스 신화에 나오는 시인이자 음악가로 그가 하프를 연주하면 동물은 물론이고 나무와 풀까지 감동했다고 한다.

식과 바닥에 침전된 알맹이 같은 소식, 이를테면 전쟁과 평화에 대한 전망과 세계가 내 생각보다 훨씬 오래 단결된 상태를 유지할 가능성이 있는지에 대한 소식을 듣고 슬그머니 뒷길로 빠져나와 숲으로 달아났다.

마을에서 늦게까지 머물다 어두워지면, 특히 비바람이 몰아치는 캄캄한 밤에 호밀 가루나 옥수숫가루 한 자루를 어깨에 둘러멘 채 불 밝힌 마을 회관이나 강연장을 나와 숲속에 있는 내 아늑한 항구를 향해 돛을 올리고 떠날 때면 기분이 무척 좋았다. 나는 배의 키는 외면적 자아에 맡기고 항해가 순조로우면 키를 아예 고정시킨 뒤 외부 세계에 대해 빗장을 단단히 건 상태에서 생각이라는 유쾌한 선원들과 함께 해치 아래로 들어가 있었다. 그렇게 "내가 항해를 떠나면"290) 선실의 난롯가에 앉아서 이런저런 기분 좋은 생각을 많이 했다. 간혹 심한 폭풍우를 만나기도 했지만 어떤 상황에서도 표류하거나 조난당한 적은 없었다. 숲속은 심지어 평범한 밤에도 대다수 사람들이 생각하는 것보다 훨씬 어둡다. 나는 길을 찾기 위해 나무들 사이로 열린 하늘을 번질나게 올려다보아야 했다. 수레바퀴 자국마저 없는 곳에서는 내가 전에 남긴 발자국을 발끝으로 더듬었고, 변함없이 가장 어두운 숲 한가운데서는 가령 45센티미터 정도 떨어진 두 소나무 사이를 지나며 내가 아는 특정한 나무들과의 익숙한 관계를 양손으로 느끼면서 방향을 잡았다. 가끔은 그런 칠흑같이 어둡고 후텁지근

290) 미국 민요 「로버트 키드 선장의 발라드」의 후렴구에서 인용.

한 밤에 눈에 보이지 않는 길을 발로 더듬으며 꿈을 꾸듯 몽롱한 상태에서 길을 걸어 늦은 시각에 집에 도착해 문빗장을 벗기려고 손을 올리고서야 정신을 차렸다. 하지만 내가 어떻게 집에 돌아왔는지 발걸음 하나도 기억나지 않았고, 나는 손이 어떤 도움을 받지 않고도 입을 찾아가듯 내 몸이 주인인 내가 내버려 두어도 혼자 집을 찾아오겠구나 생각했다. 나를 찾아온 손님이 밤늦게까지 머물다 돌아간 적이 몇 번 있었다. 그런 손님은 어쩔 수 없이 어둠을 헤치고 집 뒤쪽의 마찻길까지 배웅한 뒤 어느 방향으로 가야 할지 알려 주어야 했다. 이 경우에는 손님 또한 눈보다 발의 안내를 받아야 할 터였다. 어느 깜깜한 밤에 호수에서 낚시를 하던 두 젊은이에게도 그런 식으로 길을 가르쳐 주었다. 사실 그들은 숲을 지나 2킬로미터쯤 떨어진 곳에 살아서 그 길을 훤히 꿰고 있었다. 그런데 며칠 뒤 그중 한 젊은이가 나를 만난 자리에서 말하길 그날 밤 둘 다 집 근처까지 갔지만 길을 찾지 못해 밤새 헤매다 새벽녘에야 겨우 집에 도착했다고 했다. 그러면서 나뭇잎이 흠뻑 젖을 정도로 몇 차례 소나기가 퍼붓는 바람에 집에 들어갈 때쯤에는 물에 빠진 생쥐 꼴이었다고 덧붙였다. 칼로 자를 수 있을 만큼 어둠이 짙을 때는 사람들이 마을 거리에서도 길을 잃는다는 말을 들은 적이 있다. 변두리에 사는 사람들이 마차를 타고 읍내에 장을 보러 왔다가 돌아갈 길을 잃어 별수 없이 하룻밤을 묵기도 하고, 나들이를 나온 신사 숙녀들이 발끝으로 밤길을 더듬어 가다 자기도 모르는 사이 800미터나 길에서 벗어나는 일이 허다하다는 이야기도 들었다. 어느 때든 상관없이 숲속에서 길을 잃는 것은 기억에 남을 만큼 놀라운 경험인 동시에 소중한 경험이다. 한낮에도 눈보라가 휘몰아칠 때는 평소 잘 아는 길을 걷더라도 어느 쪽으로 가야 마을에 이르는지 알 수 없는 경우가 많다. 같은 길을 수천 번 다녔어도 그 길의 특징을 모르면 시베리아의 거리처럼 낯설게 느껴지기 마련이다. 물론 밤에는 당혹감이 훨씬 클 것이다. 가장 평범한 산책에서 우리는 비록 무의식적이기는 하지만 늘 잘 알려진 수로 안내인 같은 등대나 곶을 길잡이 삼아 방향을 정하고, 또 평소 다니던 항로를 벗어나면 근처의 곶이 어디에 있는지를 항상 염두에 둔다. 그리고 길을 완전히 잃거나 한 바퀴 돌기 전까지(눈을 감고 한 바퀴만 돌면 세상에 대한 방향 감각을 잃게 된다.) 우리는 대자연의 광활함과 불가사의함을 인정하지 못한다. 사람은 누구나 잠에서든 몽상에서든 깨어날 때마다 나침반 바늘이 가리키는 방향을 확인해야 한다. 그런데 대부분 길을 잃고 나서야, 달리 말하면 세상을 잃고 나서야 자신을 찾으려 하며, 자신이 지금 어디에 있고 자신과 세상의 관계가 얼마나 무한한지 깨닫기 시작한다.

첫 번째 여름이 거의 끝나 가던 어느 날 오후였다. 나는 구둣방에 수선을 맡긴 구두를 찾으러 마을에 갔다가 체포되어 감옥에 갇혔다. 다른 글[291]에서도 언급했지만 의사당 앞에서

291) 1849년 발표한 「시민 정부에 대한 저항」을 말한다. 소로는 매사추세츠 주 정부의 노예제와 미국-멕시코 전쟁에 반대하여 인두세 납부를 거부한 죄로 투옥되었는데 이때의 경험을 바탕으로 이 에세이를 썼고, 이것은 나중에 『시민 불복종』이라는 제목으로 출간되었다.

남녀노소를 가리지 않고 사람을 가축처럼 버젓이 사고파는 나라에 세금을 내지 않았고, 그런 정부의 권위를 인정하지도 않았기 때문이다. 물론 그런 이유로 내가 숲에 들어간 것은 아니었다. 다른 목적이 있어서였다. 그러나 한 개인이 어디를 가든 사람들은 집요하게 쫓아와 비열한 제도를 강요하며 괴롭히고, 온갖 수단과 방법을 가리지 않고 이상하기 짝이 없는 사회단체[292]에 가입하도록 압박한다. 사실 나는 아주 강력하게 저항함으로써 어느 정도 성과를 거둘 수 있었고, 그런 사회단체를 상대로 미친 듯이 날뛸 수 있었다. 하지만 상대편이 내게 맞서 미친 듯이 날뛰는 편이 좋겠다고 생각했다. 절망에 빠진 것은 그쪽이었기 때문이다. 아무튼 나는 이튿날 석방되어 수선된 구두를 찾아 숲으로 돌아와서 페어헤이븐힐[293]에 올라가 제철을 맞은 월귤을 따서 점심을 먹었다. 나는 정부를 대표한다는 사람들 말고는 누구한테도 시달리지 않았다. 아울러 원고를 넣어 둔 책상 말고는 어디에도 자물쇠나 걸쇠나 빗장을 채우지 않았고, 창문에 못을 박지도 않았다. 밤이든 낮이든 문을 잠근 적이 없었다. 며칠 집을 비울 때도 그랬다. 이듬해 가을 메인주의 숲속에서 보름을 보냈을 때에도 문을 잠그지 않았다. 그럼에도 내 집은 호위병들이 에워싼 궁궐보다 더 존중을 받았다. 숲을 산책하다 지친 사람은 내 집 난롯가에 앉아 몸을 녹이면서 쉴 수 있었고, 문학을 좋아하는 사람은 탁자

292) 당시 노예제와 멕시코 전쟁을 지지한 단체나 정치인들을 총칭하는 말이다.

293) 월든 호수에서 서쪽으로 1킬로미터쯤 떨어진 곳에 있는 언덕.

에 놓인 몇 권의 책을 즐겁게 읽을 수 있었으며, 호기심이 많은 사람은 찬장을 열어 내가 점심에 무엇을 먹고 남겼는지, 저녁 식사로는 무엇을 먹을지 짐작할 수 있었다. 그렇지만 온갖 부류의 많은 사람이 집 앞의 길을 통해 호수로 갔는데도 그들로 인해 불편을 겪은 적은 없었다. 작은 책에 어울리지 않게 금박을 입힌 호메로스의 작품 말고는 잃어버린 것도 없었다. 그 책도 지금쯤 우리 편 병사가 찾아냈을 거라고 믿는다. 모든 사람이 당시의 나처럼 단순하게 산다면 도둑질과 강도질은 없어질 거라고 확신한다. 절도와 강도는 넘칠 정도로 많은 재물을 가진 사람들과 먹고살기 힘든 사람들이 섞여 사는 공동체에서 발생한다. 그런 곳에는 포프[294]가 번역한 호메로스의 책을 조만간 배포해야 할 것이다.

> 너도밤나무 그릇만으로 충분하던 시절에는
> 전쟁으로 고통받는 일이 없었다.[295]

> 정치를 하는데 형벌이 왜 필요하다는 말인가? 덕을 베풀어라. 그러면 백성도 덕을 베풀게 된다. 군자의 덕은 바람과 같고, 소인의 덕은 풀잎과 같다. 바람이 불면 풀잎은 고개를 숙이게 마련이다.[296]

---

294) 알렉산더 포프(Alexander Pope, 1688~1744). 영국의 시인이자 비평가.
295) 로마 시인 알비우스 티불루스(Albius Tibullus, 기원전 48?~기원전 19)의 「비가」에서 인용.
296) 『논어』 12편 19절에서 인용.

호수

이따금 인간 사회와 잡담에 싫증 나고 마을 친구들과 만나는 것도 심드렁해질 때면 나는 늘 다니던 곳보다 훨씬 서쪽으로 걸음을 옮겨 사람들의 왕래가 뜸한 "신선한 숲과 새로운 목초지"[297]로 산책을 갔다. 혹은 해가 저무는 동안 페어헤이븐힐에서 월귤과 블루베리로 저녁 식사를 하거나 며칠 먹을 것을 따서 가져오기도 했다. 월귤이나 블루베리 같은 것은 사 먹는 사람이나 시장에 내다 팔려고 재배하는 사람에게 진정한 맛을 보여 주지 않는다. 그 맛을 아는 방법은 한 가지뿐이지만 그 방법을 택하는 사람은 별로 없다. 월귤 맛을 알고 싶으면 소몰이 소년이나 자고새에게 물어보라. 월귤을 직접 따

297) 존 밀턴의 시 「리시다스」 193행에서 인용.

본 적이 없으면서 그 맛을 안다고 생각하는 것은 착각이다. 월귤은 보스턴에서는 맛보기 어렵다. 예전에는 보스턴의 세 언덕[298]에서 월귤나무가 자랐는데 지금은 모두 없어졌다. 월귤을 수레에 실으면 서로 부대끼는 바람에 과분이 벗겨지면서 향기롭고 맛있는 부분까지 사라져 단순한 먹거리가 된다. 영원불멸의 정의가 자연을 지배하는 한 순결한 월귤은 단 한 알도 시골 언덕에서 보스턴 시내로 이송될 수 없다.

이따금 그날의 김매기를 마치면 아침부터 성급하게 호수에 나가 낚시하는 친구를 찾아갔다. 친구는 오리나 물 위에 떠 있는 나뭇잎처럼 꼼짝 않고 앉아서 이런저런 철학을 시도한 뒤 내가 도착할 때쯤에는 자신이 옛 시노바이트[299]의 일원이라는 결론을 내리고 있었다. 이 친구보다 나이 많고 솜씨 좋은 낚시꾼도 있었다. 온갖 종류의 목공에 재주가 있는 사람이었는데 내 집이 낚시꾼들의 편의를 위해 지어진 줄 알고 좋아했다. 나 또한 내 집 문간에 앉아 낚싯줄을 정리하는 그를 반겼다. 이따금 그와 나는 호수에 배를 띄우고 양쪽 끝에 마주 보고 앉았다. 하지만 몇 년 사이 그의 귀가 어두워진 탓에 많은 대화를 나누지 못했다. 그렇더라도 그가 가끔 흥얼거리는 찬송가는 내 철학과 조화를 잘 이루었다. 우리의 교제는 깨지지 않는 조화의 한 예였고 대화를 나누었을 때보다 더욱 즐거운 기억이었다. 흔히 그랬지만 이야기 상대가 아무도 없을 때

298) 콥스, 포트, 비컨을 말한다. 보스턴은 이 세 언덕 위에 세워졌다.
299) '공동으로 생활하는 수도사'를 가리키는 Coenobites와 '입질을 보지 못하다.'라는 뜻의 See no bites가 발음이 유사한 점을 이용한 말장난이다.

면 나는 뱃전을 노로 두드려 메아리를 일으키곤 했다. 메아리는 동그라미를 그리며 점점 퍼져 나가 호수 주변의 숲을 가득 메우고 마구 뒤흔들어 결국에는 나무가 우거진 모든 골짜기와 산비탈에서 동물원 사육사가 맹수를 자극한 듯이 으르렁거리는 소리를 끌어냈다.

따뜻한 저녁에는 종종 배에 앉아 피리를 불었다. 그러면 마치 홀린 듯 농어들이 내 주위를 맴돌았고, 달도 모습을 드러내 숲의 잔해로 뒤덮인 이랑진 호수 바닥을 비추었다. 전에도 나는 캄캄한 여름밤에 친구와 함께 모험 삼아 호수에 오곤 했다. 우리는 물고기를 유인하기 위해 호숫가에 불을 피워 놓고 실에 벌레를 여럿 매달아 메기를 잡았다. 밤이 이슥하여 낚시를 끝낸 뒤에 불붙은 나무토막을 하늘 높이 던져 올리면 그것이 유성처럼 호수에 떨어져 쉬이익 하는 요란한 소리와 함께 꺼졌다. 그 순간 칠흑 같은 어둠이 시야를 가렸고, 우리는 서로 위로하듯 휘파람을 불며 더듬더듬 숲을 지나 사람들이 사는 곳으로 돌아왔다. 하지만 이제는 호숫가에 내 집을 마련했다.

이따금 나는 마을의 어느 집 응접실에 앉아 있다가 그 집 식구들이 모두 잠자리에 든 뒤에야 숲으로 돌아와 이튿날 점심거리를 마련하기 위해 달빛 아래 배를 타고서 올빼미와 여우들의 세레나데를 듣고 어떤 이름 모를 새가 가까이에서 우는 소리를 들으며 한밤중에 두어 시간 낚시를 했다. 이런 경험은 내 잊지 못할 소중한 추억이다. 나는 물가에서 100~150미터 정도 떨어져 수심 12미터쯤 되는 곳에 닻을 내리고 이따금 달빛 속에 꼬리를 흔들어 수면에 잔물결을 일으키는 수천 마리의 새끼 농어와 은빛 피라미 떼에 둘러싸인 채 아마실로 된 긴 낚싯줄을 통해 12미터 물속에 사는 신비한 야행성 물고기들과 교신했다. 또 부드러운 밤바람 속에서 18미터 되는 낚싯줄을 이리저리 끌고 다니다 낚싯줄을 타고 전해 오는 가벼운 진동을 느끼기도 했다. 이는 어떤 생명체가 미끼에 대한 확신이 서지 않아 물까 말까 망설이며 낚싯줄 끄트머리를 배회하고 있다는 암시였다. 마침내 손을 번갈아 천천히 낚싯줄을 잡아당기면 머리에 뿔이 달린 메기가 찍찍거리는 소리와 함께 몸부림치면서 수면 위로 올라왔다. 특히 캄캄한 밤에 내 생각이 현실 세계와는 다른 공간에서 광활하고 우주론적인 주제를 배회하고 있을 때 물고기의 어렴풋한 입질을 느끼고 몽상에서 퍼뜩 깨어나 다시 자연과 연결되는 것은 그야말로 기묘했다. 낚싯줄을 아래쪽의 물속만 아니라 그보다 낚을 것이 더 많아 보이는 위쪽 공중으로도 던질 수 있을 것 같았다. 말하자면 나는 하나의 낚싯바늘로 물고기 두 마리를 낚았다.

월든의 경치는 아름답지만 다른 호수에 비해 규모가 작은 편이라 웅장함과는 거리가 있다. 오랫동안 자주 찾았거나 호숫가에 거주한 사람이 아니면 별 관심을 갖지 않을 것이다. 그러나 이 호수는 눈에 띄게 맑고 깊기 때문에 각별히 주의를 기울여 묘사할 만한 가치가 있는데 길이는 대략 800미터에 둘레는 2.8킬로미터이며, 면적은 약 25만 제곱미터에 이르는 맑고 깊은 초록빛 샘이다. 그것도 소나무와 떡갈나무가 우거진 숲 한복판에 자리 잡은 영원히 마르지 않는 샘으로 구름과 수증기 말고는 눈에 띄게 물이 들어오고 나가는 곳이 없다. 호수를 에워싼 언덕들은 수면에서 12~24미터 높이로 가파르게 솟아 있는데 호숫가에서 400미터, 480미터 정도 떨어진 동쪽과 남동쪽의 언덕들은 그 높이가 각각 30미터와 45미터에 이른다. 그 일대에는 나무가 빼곡히 우거져 있다. 콩코드의 모든 물은 적어도 두 가지 색을 띤다. 하나는 멀리서 보이는 색이고, 또 하나는 물 본연의 색에 근접한 아주 가까이에서 보이는 색이다. 멀리서 보이는 색은 햇빛의 강도와 하늘의 색에 따라 달라진다. 이를테면 맑은 여름날 그리 멀지 않은 곳에서는 푸른색으로 보이는데, 물결이 일 때는 더 푸르다. 아주 먼 데서는 모두 똑같이 푸르게 보인다. 폭풍우가 몰아치는 날에는 이따금 암청색을 띤다. 그러나 바다는 특별히 감지할 만한 대기의 변화가 없어도 푸르게 보이는 날이 있는가 하면 초록으로 보이는 날이 있다. 나는 대지가 온통 눈에 뒤덮인 날 콩코드강의 물과 얼음이 풀처럼 초록빛을 띤 모습을 본 적이 있다. 어떤 사람은 푸른색이 '액체든 고체든 상관없이 순수한 물의 색'이라고 말한다. 그러나 배를 타고 직접 물속을 들여다보면 무척 다양한 색을 띤다는 걸 알게 된다. 월든 호수는 똑같은 지점에서 바라보는데도 어떤 때는 푸른색이고 어떤 때는 초록색이다. 땅과 하늘 사이에 놓여서 양쪽의 색을 모두 띤다. 언덕 꼭대기에서 내려다보면 호수는 하늘색을 그대로 담고 있다. 하지만 모랫바닥이 훤히 비칠 만큼 가까이 다가가서 보면 누르스름한 색을 띠다가 연녹색으로 물들고, 수심이 깊어질수록 색도 점점 짙어져 호수의 한복판에 이르면 주변의 물까지 온통 암녹색이다. 언덕 꼭대기에서 바라보아도 빛에 따라 호숫가의 물이 선명한 초록색을 띤다. 어떤 사람은 호수를 둘러싼 초목의 색이 반사되어 그렇다고 말한다. 하지만 철로의 모랫둑에 닿은 물도 초록색이고, 나뭇잎이 무성해지기 전인 봄에도 호숫가의 물은 똑같이 초록색이다. 그러니 단순히 호수의 주된 색인 푸른색이 모래의 노란색과 섞인 탓일 수 있다. 아무튼 호수의 홍채는 그런 색이다. 그런데 이 부분은 봄철에 호수 바닥에서 반사되고 땅을 통해 전달된 태양열로 얼음이 맨 먼저 녹아 생긴 것으로 여기서부터 아직 얼어 있는 호수 한복판 언저리까지 좁은 수로가 만들어진다. 맑은 날씨에 물결이 높게 일 때는 수면이 직각으로 하늘을 비추기 때문인지 더 많은 빛이 수면과 섞이기 때문인지 월든 호수도 콩코드의 다른 호수나 하천들처럼 조금 떨어진 곳에서는 하늘 자체보다 더 짙은 푸른색으로 보인다. 그리고 그때 수면에 비치는 하늘과 숲을 분리하여 보면 빛의 각도에 따라 색이 변하는 물결무늬 비단이나 번득이는 칼날에서 볼 수 있는, 무엇과도 비교할 수 없고 무어라 표현할 수도 없는 옅은 푸른색이 눈에 띈다. 하늘 자체보다 더 하늘색에 가까운 이 연푸른색은 물결 반대쪽에서 암녹색과 번갈아 나타난다. 연푸른색에 비해 암녹색은 그저 우중충하게만 보일 뿐이다. 내 기억에 연푸른색은 한겨울 해 지기 전 서쪽 하늘의 구름 사이로 보이는 하늘처럼 유리 같은 청록색이다. 그런데 호수의 물을 유리잔에 담아 햇빛에 비추어 보면 공기처럼 투명하고 아무런 색이 없다.

잘 알려졌듯이 대형 판유리는 초록색을 띤다. 유리 제조업자들은 유리의 '밀도' 때문에 그렇다고 하지만 똑같은 판유리라도 작은 조각은 투명한 데다 색이 없다. 월든 호수의 물이 초록색을 띠려면 어느 정도의 밀도가 요구되는지 나는 한 번도 실험해 보지 않았다. 콩코드강을 흐르는 물을 위에서 내려다보면 검은색이거나 아주 어두운 갈색이고, 대부분의 호수와 마찬가지로 강에서 미역을 감으면 사람 몸이 누르스름한 색을 띤다. 하지만 월든 호수의 물은 수정처럼 맑기 때문에 미역을 감는 사람의 몸이 그보다 한층 부자연스러운 설화 석고 같은 흰색을 띠게 된다. 더구나 팔다리가 확대되고 뒤틀려 그 흰색이 기괴한 효과를 자아내기 때문에 미켈란젤로 같은 화가에게 좋은 연구거리가 되지 않을까 싶다.

월든 호수는 물이 워낙 투명해서 8~9미터 깊이의 바닥도 쉽게 식별할 수 있다. 그 위에서 노를 젓다 보면 몇 미터 아래의 물속에서 떼를 지어 헤엄치는 새끼 농어와 은빛의 피라미가 있는데 새끼 농어는 몸길이가 2.5센티미터 정도밖에 안 되지만 가로 줄무늬가 있어 쉽게 구별된다. 녀석들이 그런 곳에서 살아가는 방법을 찾은 걸 보면 금욕적인 물고기가 분명하다고 생각할지도 모르겠다. 몇 년 전 겨울에 꽁꽁 얼어붙은 호수에서 강꼬치고기를 잡으려고 얼음 구멍을 뚫고는 호숫가로 발을 디디면서 얼음에 도끼를 슬쩍 던졌다. 그런데 어떤 악마가 끼어들었는지 도끼가 20~25미터쯤 미끄러지더니 수심이 8미터쯤 되는 곳에 뚫어 놓은 얼음 구멍 속으로 들어가 버렸다. 나는 호기심에서 얼음 위에 엎드려 구멍을 통해 물속을 들여다보았다. 구멍에서 조금 옆으로 벗어난 곳에 도끼가 머리를 모랫바닥에 처박고 자루를 곧추세운 채 호수의 맥박에 맞추어 가볍게 흔들리고 있었다. 그대로 내버려 둔다면 도끼는 자루가 썩어 없어질 때까지 그 자리에 처박힌 상태에서 계속 흔들릴 터였다. 나는 가지고 있던 끌로 바로 위 얼음에 구멍 하나를 더 뚫은 뒤 주변에서 찾은 가장 긴 자작나무를 칼로 잘라 냈다. 그리고 올가미를 만들어 그 끝에 매달고는 조심스럽게 물 밑으로 내려뜨려 자루의 옹이 부분에 올가미를 걸쳐 놓고 살살 잡아당겨 도끼를 건져 올렸다.

호숫가는 한두 군데의 짧은 모래톱을 제외하고 도로 포장용 돌처럼 매끄럽고 둥글둥글한 흰 자갈이 깔려 있다. 그리고 경사가 가팔라서 물에 뛰어들면 단번에 머리까지 잠기는 곳이 많다. 물이 맑고 투명한 만큼 누구나 반대편 기슭에 닿을 때까지 바닥을 훤히 볼 수 있다. 물이 얼마나 맑고 투명한지 월든 호수에 바닥이 없는 줄 아는 사람도 있을 정도다. 물이 탁한 곳은 한 군데도 없고, 무심한 관찰자라면 물속에 수초가 전혀 없다고 말할 것이다. 얼마 전 물에 잠긴 자그마한 풀밭은 엄격히 말해 호수에 속하지 않으므로 이곳을 제외하면 눈에 띄는 식물 가운데 창포나 애기부들은 물론이고 노란 수련이나 흰 수련도 없다. 그저 하트 모양의 약모밀과 애기가래를 비롯하여 순채 한두 포기가 보일 뿐이다. 호수에서 수영하는 사람의 눈에는 그마저 잘 보이지 않을 것이다. 이들 또한 삶의 터전인 물만큼이나 맑고 투명하기 때문이다. 호숫가의 자갈들은 물속 5~10미터까지 뻗어 있고, 그 뒤로는 깨끗한 모랫바닥이 이어진다. 아주 깊은 곳에는 약간의 침전물이 있는데 대부분 가을에 떨어진 낙엽이 호수로 떠내려와서 오랜 세월 바닥에 쌓여 썩은 것이다. 이따금 한겨울에 파란 수초가 배의 닻에 걸려 올라오기도 한다.

월든 호수와 똑 닮은 호수가 하나 있는데 월든에서 서쪽으로 4킬로미터 정도 떨어진 나인에이커코너[300]의 화이트 호수다. 하지만 내가 월든을 중심으로 반경 약 19킬로미터 이내에 있는 호수는 대부분 아는데 맑은 샘물 같은 월든 호수의 특질을 3분의 1이라도 지닌 호수는 없다. 오랜 세월에 걸쳐 여러 부족이 이 호수에서 물을 마시며 감탄하고 수심을 재고 사라졌지만 그 물은 여전히 맑고 투명한 초록색이다. 한 번도 마르지 않은 샘이다! 월든 호수는 아담과 하와가 에덴동산에서 추방되던 봄날 아침에도 존재했을지 모른다. 그때도 안개와 남풍을 동반한 부드러운 봄비에 얼음이 녹고 있었으리라. 또 호수를 뒤덮은 수많은 들오리와 기러기가 인간의 타락에 대한 소식을 듣지 못한 채 여전히 맑고 깨끗한 물에 만족하며 살았을 것이다. 그때도 월든 호수는 수위가 오르내리기 시작했고, 스스로 물을 정화함으로써 지금 띠고 있는 색으로 물들었으리라. 그리하여 마침내 세계에서 유일한 월든 호수가 되어 하늘로부터 천상의 이슬을 증류해도 좋다는 특허까지 받았을 것이다. 지금은 기억에서조차 사라진 얼마나 많은 민족의 문

300) 월든 호수와 페어헤이븐 호수 사이의 서드베리 길에 있는 작은 마을.

학에서 이 호수가 카스탈리아의 샘[301] 역할을 했는지 누가 알겠는가? 또 황금시대에는 어떤 요정들이 이 호수를 지배했는지 누가 알겠는가? 월든 호수는 콩코드가 쓰고 있는 왕관에 박힌 최고급 보석이다.

그런데 이 호수를 맨 먼저 찾아온 사람들은 은연중에 흔적을 남겨 놓았던 모양이다. 어느 날인가 걸어서 호수를 한 바퀴 돌다 가파른 산허리에 선반을 얹은 듯 나 있는 오솔길을 보고 놀란 적이 있다. 오르막과 내리막이 반복되고 물가에 가까워졌다 멀어지곤 하는 오솔길은 이곳에 거주한 부족의 역사만큼 오래된 듯했다. 그 길은 원주민 사냥꾼들의 발길에 다져진 데다 지금 이곳에 거주하는 주민들도 무심코 밟아 다지고 있다. 겨울에 눈이 조금 내린 뒤 호수 한복판에 서서 바라보면 잡초와 나뭇가지가 시야를 가리지 않기 때문에 길이 한층 더 선명하게 눈앞에 다가온다. 마치 하얀 선이 뚜렷하게 굽이치는 것 같다. 여름에는 아주 가까이에서도 길을 볼 수 없는 곳이 많지만 겨울에는 400미터쯤 떨어진 곳에서도 또렷이 볼 수 있다. 이를테면 눈 때문에 오솔길이 흰색 활자로 돋을새김을 한 것처럼 보인다. 언젠가 이곳에 들어설 별장의 아름답게 꾸민 정원이 이 오솔길의 흔적을 어느 정도 간직하게 될지도 모르겠다.

호수의 수위는 오르고 내리기를 반복하는데 그것이 규칙적

301) 그리스 신화에서 신성한 파르나소스산에 있는 샘이며 시적 영감의 원천이다.

인지 아닌지, 주기는 얼마나 되는지 아무도 모른다. 그럼에도 항상 그렇듯이 많은 사람이 아는 척을 한다. 대체로 겨울에는 수위가 높아지고 여름에는 낮아지지만 통상적인 우기나 건기와 일치하지 않는다. 내가 호숫가에서 살던 무렵보다 수위가 30~60센티미터 낮았던 때와 적어도 150센티미터 이상 높았던 때가 지금도 기억난다. 호수로 들어가는 좁은 모래톱이 하나 있는데 한쪽은 수심이 매우 깊다. 1824년 무렵 호숫가에서 30미터쯤 떨어진 그 모래톱 위에서 어른들이 솥을 걸고 잡탕찌개를 끓이는 걸 도운 적이 있다. 이십오 년 동안 그런 일은 불가능했다. 한편 내가 숲이 우거진 후미진 만에서 배를 타고 낚시를 했다는 이야기를 하면 친구들은 귀 기울여 들으면서도 다들 믿기지 않는다는 표정을 지었다. 그도 그럴 것이 친구들이 유일하게 아는 호숫가에서 75미터쯤 떨어진 그 만은 오래전에 풀밭으로 바뀌었기 때문이다. 하지만 지난 이 년 동안 수위가 계속 상승하더니 지금 1852년 여름에는 내가 살던 때보다 정확히 150센티미터 높아져 삼십 년 전만큼 올라갔고, 나는 다시금 풀밭에서 낚시를 즐기게 되었다. 이 수위 차는 기껏해야 180~210센티미터 정도다. 그러나 주변 언덕에서 호수로 흘러드는 물의 양은 무시해도 좋을 만큼 적어서 수위 상승은 지하의 원천에 영향을 미치는 이런저런 요인 때문이라고 보아야 한다. 올해 여름 호수의 수위가 다시 내려가기 시작했다. 주기적이든 아니든 이 같은 변동은 여러 해에 걸쳐 이루어진 것처럼 보이는 만큼 주목할 가치가 있다. 나는 한 차례의 상승과 두 차례의 하강을 부분적으로 관찰했는데, 십이 년에서 십오 년 뒤에는 내가 아는 최저 수위로 다시 내려갈 것으로 예상한다. 월든에서 동쪽으로 약 1.6킬로미터 떨어진 플린트 호수는 물이 들어오고 나가는 곳이 있는 점을 감안해야 하지만 그렇더라도 월든 호수와 비슷하게 수위가 변한다. 두 호수 사이에 있는 자그마한 호수들도 마찬가지이며 최근에는 월든 호수와 같은 시기에 최고 수위를 기록했다. 내가 관찰한 결과 화이트 호수도 마찬가지였다.

월든 호수의 수위가 이처럼 오랜 간격을 두고 오르내림을 반복하는 현상은 적어도 다음과 같은 점에서 효용이 있다. 지금처럼 높은 수위가 일 년 이상 지속되면 호수 주변을 산책하기도 어렵지만 마지막으로 수위가 상승한 시기부터 호숫가에 자라난 관목을 비롯해 여러 나무들, 예컨대 리기다소나무, 자작나무, 오리나무, 사시나무 등이 죽는다. 그리고 물이 빠지면 거치적거릴 것 없이 말끔한 기슭만 남게 된다. 날마다 조수의 영향을 받는 수많은 호수나 강, 바다와 달리 월든 호수의 기슭은 수위가 가장 낮을 때 가장 깨끗하다. 내 집 옆 호숫가에 줄지어 서 있던 4.5미터 높이의 리기다소나무들은 지렛대에 걸린 것처럼 한쪽으로 쓰러져 죽어 있어 그 나무들의 호수 잠식이 중단된 듯 보인다. 쓰러진 나무들의 크기를 보면 지난번 수위 상승 이후 몇 년이 흘렀는지 알 수 있다. 이런 수위 변화로 호수는 기슭에 대한 소유권을 행사한다. 호숫가(shore)는 '베어낸(shorn) 곳'이라고 할 수 있으므로 나무는 호숫가에 대한 소유권을 주장하지 못한다. 호숫가는 수염이 자라지 않는 호수의 입술인 셈이다. 호수는 이따금 혀로 입술을 핥으며 입맛을 다신다. 수위가 최고조에 이르면 오리나무와 버드나무와 단풍나무가 쓰러지지 않고 버티기 위해 물속에 잠긴 줄기를 통해 불그스름한 섬유질 뿌리를 사방으로 길게 내뻗는다. 어떤 뿌리는 바닥에서부터 90~120센티미터 높이까지 올라온다. 호숫가에서 흔히 볼 수 있는 월귤나무도 평소에는 열매를 맺지 않지만 이런 환경에 놓이게 되면 많은 열매를 맺는다.

어떤 사람들은 자갈이 어떻게 호숫가에 그처럼 고르게 깔려 있는지 궁금해했다. 우리 마을 사람들은 모두 그에 관련된 전설을 알고 있었고, 가장 나이 많은 노인들이 젊을 때 들은 이야기를 내게 들려주었다. 먼 옛날 인디언들이 이곳의 언덕에 모여 의식을 치렀는데, 그 언덕은 지금의 호수가 땅속으로 함몰된 깊이만큼 하늘로 높이 솟아 있었다. 인디언들은 신성모독적인 언행을 남발했고 조금도 죄책감을 느끼지 않았다. 그 때문인지 의식이 한창 진행될 때 언덕이 심하게 흔들리는가 싶더니 갑자기 내려앉았다. '월든'이라는 노파만 간신히 도망쳐 목숨을 건졌고, 그때부터 노파의 이름을 따서 호수를 월든이라고 부르기 시작했다. 언덕이 흔들릴 때 돌멩이들이 비탈을 굴러 내려와 지금의 호수 기슭을 이루었다고 했다. 어쨌든 옛날에는 이곳에 호수가 없었지만 지금은 있다는 것만은 분명하다. 이 전설은 앞에서 말한 옛 정착자 이야기와 상충하지 않는다. 그는 탐지기를 들고 이곳에 처음 왔을 때 풀밭에서 옅은 수증기가 올라오는 광경을 목격한 일이며 개암나무로 만든 탐지기가 줄곧 아래쪽을 가리켜서 이곳에 샘을 파기로 결정한 일 등을 생생하게 기억했다. 그런데 호숫가에 깔린 자갈에 대해서는 아직도 많은 사람이 호수의 물결이 기슭에 부딪쳐서 생긴 것으로는 설명하기 어렵다고 생각한다. 하지만 내가 관찰해 보니 호수 주변의 언덕에는 그 자갈과 같은 종류의 돌이 놀랄 정도로 많았다. 호수 옆을 지나는 철도를 만들 때 돌이 너무 많아 철도 양쪽에 담처럼 쌓아 올렸다는 이야기도 들었는데, 특히 가파른 기슭에 돌이 눈에 띄게 많았다. 결국 내게 돌의 유래는 더 이상 신비로운 이야기가 아니다. 나는 호숫가에 돌을 깐 장본인이 누구인지 알아냈다. 월든이라는 이름이 새프런월든 같은 영국 지명에서 유래하지 않았다면 '월드인 폰드(Walled-in Pond)', 즉 '돌담에 둘러싸인 호수'로 불린 데서 비롯되었다고 추정할 수 있다.

월든 호수는 나를 위해 누군가 파 놓은 샘이다. 일 년에 넉 달은 물이 늘 맑은 만큼 차갑다. 그 시기에는 일대에서 최고라고는 못 해도 어떤 물에 뒤지지 않을 만큼 좋다고 생각한다. 겨울에는 공기에 노출된 물이 공기와 닿지 않는 샘물이나 우물물보다 더 차다. 1846년 3월 6일 오후 5시부터 이튿날 정오까지 내 방의 온도는 지붕에 내리쬔 햇볕의 영향을 받아 한때 섭씨 18~21도까지 올라갔지만, 방에 놓아둔 호수의 물은 5.5도를 넘지 않았다. 마을의 가장 차가운 우물에서 갓 길어 온 물보다 6도쯤 낮은 것이었다. 같은 날 보일링 샘물[302)]의 온도는 7.2도였고, 온도를 잰 여러 샘물 중에서 가장 따뜻했다.

---

302) 월든 호수에서 서쪽으로 1킬로미터 조금 못 미치는 곳에 있으며 부글거리면서 솟아오르는 샘물이다.

얕게 고인 표층수가 섞이지만 않으면 내가 아는 샘물 가운데 여름에 가장 차가웠다. 월든 호수는 수심이 깊은 탓에 여름에도 햇볕에 노출된 대부분의 물처럼 따뜻하지 않다. 아주 더운 날에는 양동이에 호수의 물을 가득 채워 지하실에 놓아두곤 했는데 밤사이 물이 차가워져서 이튿날 낮에도 그 상태를 유지했다. 이따금 근처에 있는 샘에서 물을 길어다 썼지만 호수의 물은 일주일이 지나도 길어 온 날과 똑같이 물맛이 좋은 데다 펌프 냄새가 나지 않았다. 여름에 일주일 동안 호숫가에서 야영할 경우 물 한 통을 텐트 그늘에 60~90센티미터 깊이로 묻어 두면 얼음이라는 사치품의 신세를 지지 않아도 될 것이다.

월든 호수에서는 강꼬치고기가 잡혔다. 3킬로그램짜리가 잡힌 적도 있었다. 릴을 낚아채어 엄청난 속도로 달아난 3.6킬로그램짜리도 있었는데, 그 꼬리조차 본 사람이 없으므로 녀석을 놓친 낚시꾼이 안심하고 그 정도 무게라고 우기는 거라면 더는 할 말이 없다. 농어와 메기는 900그램이 넘는 녀석도 있었다. 황어와 잉어와 피라미도 잡혔고, 드물게 검은 송어가 잡히기도 했다. 뱀장어도 두어 마리 잡혔는데 한 마리가 1.8킬로그램이나 되었다. 내가 이처럼 상세하게 말하는 이유는 낚시꾼에게 물고기의 무게가 아주 중요한 데다 월든 호수에서 뱀장어가 잡혔다는 말은 그때까지 들어 본 적이 없기 때문이다. 옆구리는 은색이고 등은 초록색인 13센티미터쯤 되는 작은 물고기를 잡은 것도 어렴풋이 기억난다. 황어와 비슷한 그 물고기를 언급하는 것은 내가 경험한 사실을 전설로 남기고 싶어서다. 그런데 월든 호수에는 물고기가 그다지 풍부하지 않다. 수는 많지 않지만 강꼬치고기는 호수의 큰 자랑거리다. 언젠가 얼음에 엎드려서 물속을 들여다보다 적어도 세 종류는 되는 강꼬치고기를 목격했다. 하나는 강철 빛깔을 띤 데다 길고 납작한 것으로 강에서 잡히는 물고기와 비슷하다. 또 하나는 밝은 황금색에 빛을 받으면 초록빛을 반사하는데 월든 호수에서 가장 흔하게 잡히는 강꼬치고기다. 마지막 하나는 황금색을 띠면서 생김새가 두 번째 것과 닮았지만 옆구리에 암갈색과 검은색 작은 반점들이 희미한 핏빛 반점들과 뒤섞여 있어 송어와 아주 비슷해 보인다. 그러므로 학명을 레티쿨라투스[303)]보다는 구타투스[304)]로 붙이는 게 좋을 듯하다. 이 강꼬치고기들은 모두 살이 단단하여 크기에 비해 무게가 많이 나간다. 물이 더 맑고 깨끗하기 때문에 메기와 농어와 피라미를 비롯하여 이곳에 사는 물고기들은 다른 호수나 하천에 사는 물고기보다 훨씬 깨끗한 데다 잘생기고 살이 단단하여 쉽게 구별할 수 있다. 언젠가는 어류학자들이 이들 가운데 일부를 새로운 종으로 분류할지도 모를 일이다. 깨끗한 개구리와 거북, 그리고 몇 종류의 민물조개도 있다. 사향쥐와 밍크가 호숫가에 발자국을 남기고, 이곳저곳 떠도는 자라가 이따금 호수를 찾아오기도 한다. 나는 가끔 아침에 배를 띄우려다 밤중에 배 밑에 숨어든 커다란 자라의 잠을 방해했다. 봄과 가을에

303) reticulatus. '그물 모양으로 된'이라는 뜻의 라틴어.
304) guttatus. '반점 있는'이라는 뜻의 라틴어.

는 들오리와 기러기가 호수를 번질나게 찾아온다. 여름에는 흰가슴제비들이 물 위를 스치듯 날고, 물총새가 조그맣고 후미진 만에서 화살처럼 튀어나와 어디론가 날아가며, 가슴에 얼룩점이 있는 도요새는 자갈 깔린 호숫가를 따라 뒤뚱거리면서 걷는다. 때때로 나는 호수 위로 뻗은 백송나무 가지에 앉아 있는 물수리의 평온을 깨기도 했다. 그런데 월든 호수가 페어헤이븐 하구[305]처럼 갈매기 날개에 더럽혀진 적이 있는지 의구심이 든다. 이 호수는 기껏해야 되강오리 한 마리가 해마다 찾아오는 것만을 받아들이고 있다. 지금껏 열거한 모두가 지금의 월든 호수를 들락거리는 주요 동물들이다.

바람이 잔잔한 날 모래로 덮인 동쪽 기슭에 배를 대고서 240~300센티미터 물속을 내려다보면 달걀보다 작은 돌들이 지름 180센티미터, 높이 30센티미터 정도로 쌓이고 주변은 모래인 곳을 발견할 수 있다. 그 같은 돌무더기가 호수 곳곳에 있는데 처음에는 옛날에 인디언들이 어떤 목적으로 얼음 위에 쌓아 두었던 돌이 얼음이 녹으면서 호수 바닥으로 가라앉은 것이 아닌가 생각했다. 하지만 돌무더기가 너무 일정한 모양으로 쌓인 데다 어떤 것은 쌓은 지 얼마 되지 않아 보였다. 또 강바닥에서 흔히 보는 돌무더기와도 비슷했다. 그러나 월든 호수에는 빨판잉어나 칠성장어가 살지 않으므로 도대체 어떤 물고기가 그런 돌무더기를 쌓았는지 짐작조차 안 되었다. 황어의 보금자리일지도 모른다. 어쨌거나 이런 것들이 호

---

305) 서드베리강 하구를 말한다.

수 바닥에 흥미롭고 신비한 분위기를 더해 준다.

호수 기슭은 고르지 않기 때문에 전혀 단조롭지 않다. 나는 마음의 눈으로 작지만 깊은 만이 톱니처럼 들쭉날쭉 이어진 서쪽 기슭과 그보다 더 선이 굵은 북쪽 기슭, 부채 모양의 아름다운 남쪽 기슭을 바라본다. 남쪽 기슭은 연달아 이어진 곶들이 서로 겹쳐져 아직 사람의 발길이 닿지 않은 작은 만이 숨어 있으리라는 것을 암시한다. 물가에 솟은 언덕들에 둘러싸인 자그마한 호수 한복판에서 바라보는 숲은 더없이 멋진 배경으로 다가오고 아름답게 느껴진다. 숲이 비친 수면은 그 자체가 최고의 경치일 뿐 아니라 구불구불 이어진 기슭은 숲과 호수를 가르는 가장 자연스럽고 조화로운 경계를 이루기 때문이다. 도끼에 나무가 잘려 나가거나 경작지에 인접한 숲과 달리 이 숲의 가장자리는 거칠거나 불완전한 구석이 없다. 나무들은 물가에 뻗어 나갈 공간이 충분하고, 저마다 힘찬 가지를 그쪽으로 내뻗고 있다. 자연의 여신이 숲과 호수의 경계를 자연스럽게 엮어 짰기 때문에 우리의 눈길은 호숫가의 가장 낮은 관목으로부터 조금씩 올라가 가장 높은 나무에 이른다. 사람의 손길이 닿은 흔적은 거의 찾아볼 수 없다. 호수의 물은 1000년 전이나 다름없이 지금도 철썩이며 기슭을 어루만진다.

호수는 풍경 가운데 가장 아름답고 그만큼 표현이 풍부한 지형적 요소를 지닌다. 호수는 대지의 눈이다. 사람들은 그 눈을 들여다보며 자기 본성이 지닌 깊이를 헤아린다. 호숫가에서 자라는 나무들은 눈가에 가느다란 속눈썹이 나 있다. 호수 주위에 우거진 숲과 절벽은 눈두덩 위에 난 눈썹인 셈이다.

9월의 조용한 오후, 옅은 실안개로 맞은편 기슭의 물가가 흐릿해질 즈음 호수의 동쪽 끝에 있는 모래톱에 서서 호수를 바라보았을 때 나는 '유리 같은 수면'이라는 표현이 어디서 유래했는지 알았다. 허리를 숙이고 두 다리 사이로 호수를 바라보면 수면이 계곡에 걸쳐 있는 가느다란 거미줄 같다. 거미줄은 소나무 숲을 배경으로 반짝거리며 대기층을 다른 층과 갈라 놓는다. 맞은편 언덕까지 물 한 방울 묻히지 않고 그 아래로 걸어갈 수 있고, 수면을 스치며 나는 제비들도 물 위에 앉을 수 있겠다는 생각이 든다. 실제로 제비들은 이따금 착각이라도 한 듯 수면 아래로 곤두박질쳤다가 이내 실수를 깨달은 듯 다시 날아올랐다. 서쪽으로 호수를 바라보면 진짜 태양과 호수에 비친 태양이 똑같이 눈부시게 빛나 두 손으로 눈을 가려야 한다. 두 태양 사이에 있는 수면을 유심히 살펴보면 문자 그대로 유리처럼 매끄럽다. 다만 호수 전역에 일정한 간격을 두고 흩어져 있는 소금쟁이들이 햇빛 속에서 움직이며 상상할 수 있는 가장 멋진 섬광을 내뿜는 곳이나 들오리가 깃털을 다듬는 곳이나 방금 말했듯 제비가 너무 낮게 날다 수면에 닿는 곳은 예외다. 멀리서 물고기 한 마리가 반원을 그리며 공중으로 90~120센티미터를 뛰어오를 때도 있다. 그러면 물고기가 뛰어오른 곳에서 눈부신 섬광이 번득이고, 또 몸으로 수면을 때리며 물속으로 들어간 곳에서 섬광이 번득인다. 때로는 은빛을 띤 활이 한눈에 들어오고, 엉겅퀴의 갓털이 수면 여기저기에 떠다니면 물고기들이 달려들어 다시금 잔물결이 인다. 호수는 식었지만 아직 응결되지 않은 액체 상태의 유리 같다. 물 위에 떠다니는 몇 조각의 티끌은 유리 속의 불순물처럼 순수하고 아름답다. 종종 어느 부분이 다른 곳보다 더 매끄럽고 짙어 보이는데 마치 요정들이 휴식하기 위해 눈에 보이지 않는 거미줄 같은 울타리로 호수를 갈라놓은 것 같다. 언덕 꼭대기에서는 수면 어디에서 물고기가 뛰어오르든 거의 알아챌 수 있다. 강꼬치고기나 피라미 한 마리라도 매끄러운 수면에서 벌레를 낚아채면 호수 전체의 평온한 상태가 눈에 띄게 깨지기 때문이다. 물고기의 살생 또한 결국은 드러나게 마련이지만 그 같은 단순한 사실도 알게 되면 누구나 놀랄 수밖에 없다. 원을 그리며 수면에 퍼진 파문의 지름이 30미터쯤 되면 멀리 떨어진 언덕에 앉은 내 눈에도 확실하게 보인다. 심지어 400미터의 거리에서도 물방개 한 마리가 매끄러운 수면 위를 쉬지 않고 나아가는 것을 볼 수 있다. 물방개는 수면 위에 자그마한 고랑을 내면서 움직이는데 고랑 양쪽으로 잔물결이 선명하게 번지기 때문이다. 소금쟁이는 잔물결도 일으키지 않고 수면 위를 미끄러지듯 돌아다닌다. 물결이 심하게 일렁일 때는 소금쟁이도 물방개도 자취를 감춘다. 그러나 물결이 잔잔하면 피난처를 떠나 충동적으로 기슭에서 나와 과감하게 맞은편 기슭까지 호수를 횡단한다. 따뜻한 햇볕이 고맙게 느껴지는 청명한 가을날, 언덕 위 나무 그루터기에 걸터앉아 물 위에 비친 하늘과 나무들에 가려 잘 보이지 않는 수면에 끊임없이 새겨지는 보조개 같은 동그란 파문을 가만히 관찰하다 보면 마음이 차분해진다. 드넓게 펼쳐진 호수에는 어떤 소란도 없지만 물이 가득한 항아리를 흔들면 출렁이는 파문이 가장자리로 밀려왔다 이내 잔잔해지듯이 무언가 나타나서 소란을 피워도 금세 사라져 진정되고 만다. 물고기 한 마리가 뛰어오르거나 벌레 한 마리가 떨어져도 잔물결이 일어 수면에 동그라미나 아름다운 곡선을 그리며 그 사실을 사방에 퍼뜨린다. 마치 호수의 원천이 끊임없이 샘솟고 호수의 맥박이 고동치며 호수의 가슴이 부풀어 오르는 것 같다. 환희의 전율인지 고통의 전율인지는 구분되지 않는다. 호수 곳곳에서 일어나는 현상들은 그저 평화롭기만 하다. 자연이 만들어 놓은 작품은 다시금 봄날처럼 빛난다. 그렇다. 오후 시간인데도 모든 잎사귀와 나뭇가지와 돌멩이와 거미줄이 봄날 아침에 이슬을 머금은 것처럼 반짝거린다. 노를 저을 때마다, 또는 벌레가 움직일 때마다 섬광이 번쩍인다. 노가 물에 부딪치면 그 메아리가 얼마나 감미로운지!

9월이나 10월 그처럼 청명한 날에 월든 호수는 숲의 완벽한 거울이다. 그 가장자리를 장식한 돌들이 내 눈에는 더 희귀하거나 드문 값진 보석처럼 보인다. 호수처럼 아름답고 순수하며 동시에 거대한 것이 지구상에 또 있을까. 하늘을 담은 물, 여기에는 울타리도 필요 없다. 수많은 종족이 찾아왔다가 돌아갔지만 호수를 더럽히지 못했다. 호수는 어떤 돌로도 깨뜨릴 수 없는 거울이다. 그 거울에 바른 수은은 결코 닳아 없어지지 않고, 그 거울에 입힌 금박은 자연이 계속 새로 입혀 절대로 사라지지 않을 것이다. 폭풍우나 먼지도 맑고 깨끗한 수면을 흐리지 못한다. 거울 같은 수면에 불순물이 떨어져도 모두 사라져 버린다. 아지랑이라는 태양의 솔이 쓸어 주고 햇살이라는 걸레가 닦아 주어 아래로 가라앉기 때문이다. 호수라는 거울에는 입김을 불어도 흔적이 남지 않는다. 호수는 자신의 입김을 수면 위 공중으로 높이 띄워 보내고, 그 입김은 구름이 되어 호수의 가슴에 조용히 비친다.

평야처럼 드넓은 호수는 대기에 깃든 정령을 드러낸다. 호수는 위로부터 새로운 생명과 움직임을 끊임없이 받아들인다. 땅과 하늘 사이에서 호수는 본성적으로 중재자다. 땅에서는 바람에 풀과 나무만 흔들리지만 호수에서는 물이 잔물결을 일으킨다. 빛줄기나 순간적으로 번쩍이는 섬광만 보아도 산들바람이 수면을 스치고 지나는 곳을 알 수 있다. 우리가 수면을 내려다볼 수 있다는 자체가 경이로운 일이다. 어쩌면 우리는 대기층의 표면을 한참 내려다보고 신묘한 정령이 어디를 스치고 지나는지 알게 될지도 모른다.

10월 하순에 이르러 된서리가 내리면 소금쟁이와 물방개가 자취를 감춘다. 그때부터 11월까지 바람이 부는 날을 제외하면 어떤 것도 수면에 물결을 일으키지 않는다. 11월의 어느 날 오후, 며칠 동안 계속된 비바람이 그쳐 평온하지만 하늘은 여전히 구름이 잔뜩 끼었고 안개까지 자욱했다. 호수마저 무척이나 잔잔하여 수면이 어딘지 분간하기 어려웠다. 호수는 더 이상 10월의 밝은 색조가 아니라 주변 언덕들이 지닌 칙칙한 11월의 색조를 띠었다. 나는 되도록 조용히 노를 저으며 나아갔지만 배가 일으킨 파문이 내 시야의 끝까지 멀리 퍼져 나가 잔잔한 수면에 이랑 같은 무늬를 새겼다. 수면을 내려다보았을 때 멀리에서 여기저기 희미한 빛이 깜빡거렸다. 마치 서리를 피한 소금쟁이들이 모여 있는 것도 같고, 수면이 너무 잔잔하여 호수 바닥에서 뽀글뽀글 샘솟는 곳이 드러난 것 같기도 했다. 나는 그중 한곳을 향해 조심스레 노를 저었다. 잠시 후 놀라운 일이 벌어졌다. 수많은 새끼 농어들이 배를 둘러싸고 있었다. 길이가 13센티미터쯤 되는 청동색 농어들은 초록색 물속에서 장난치며 놀다가 끊임없이 수면으로 올라와 잔물결을 일으키고 이따금 방울방울 기포를 남겼다. 이처럼 투명하고 바닥이 없는 듯 깊어 보이는 물에 구름까지 비쳐서일까, 기구를 타고 하늘 높이 떠 있는 기분이었다. 지느러미를 돛처럼 활짝 펼치고 내 바로 밑을 지나가거나 맴도는 농어들은 새 떼처럼 비행하거나 공중을 선회하는 듯한 인상을 주었다.

월든 호수에는 그런 물고기 떼가 많았다. 물고기들은 겨울이 드넓은 채광창에 얼음 뚜껑을 씌우기 전 얼마 남지 않은 짧은 계절을 마음껏 누리려는 게 분명했다. 때로 수면 가까이에서 헤엄치는 모습은 가벼운 산들바람이 수면을 스치거나 빗방울 몇 개가 수면에 떨어진 것처럼 보였다. 무심코 다가가면 녀석들은 누군가가 나뭇가지로 수면을 내리치기라도 한 듯 느닷없이 꼬리를 흔들어 물을 튀기거나 잔물결을 일으키며 물속 깊이 달아났다. 마침내 바람이 불고 안개가 더욱 짙어지며 파도가 일기 시작하면 농어들은 전보다 훨씬 높이 뛰어올라 물 밖으로 몸을 반쯤 드러냈는데, 이때는 8센티미터쯤 되는 점 100여 개가 한꺼번에 수면 위로 솟구치는 듯 보였다. 어느 해인가 12월 5일에도 수면에 물결이 일고 안개가 자욱하게 낀 것을 보고 곧 큰비가 쏟아지겠구나 싶어서 집을 향해 서둘러 노를 저었다. 빰을 통해서는 별다른 낌새를 느끼지 못했지만 금방이라도 비가 쏟아져 온몸이 흠뻑 젖을 것 같았다. 그런데 갑자기 수면에서 물결이 사라졌다. 알고 보니 농어 떼가 물결을 일으켰고, 녀석들은 내가 노 젓는 소리에 놀라 물속으로 달아났다. 달아나는 농어 떼를 어렴풋이 보았는데 결국 그날 오후에 비는 내리지 않았다.

거의 육십 년 전 숲으로 에워싸여 월든 호수가 어두컴컴했던 시절에 이곳을 자주 드나들던 노인의 말에 따르면, 당시에는 물오리와 다른 물새들로 호수 전체에 활기가 넘쳤고 주변에 독수리도 많았다. 노인은 낚시를 하러 와 호숫가에서 발견한 낡은 통나무 카누를 이용했다. 카누라고 해야 백송나무 두 그루의 속을 파내고 이어 붙인 뒤 양쪽 끝을 직각으로 자른 것이었다. 아주 엉성했지만 물이 새어 들어 호수 바닥에 가라앉을 때까지 오랜 세월을 견뎠을 것이다. 카누의 원래 주인이 누군지는 모르나 호수의 일부인 것만은 분명했다. 노인은 히커리나무 껍질을 엮어서 닻줄로 사용했다. 미국이 독립하기 전 월든 호숫가에 살던 늙은 옹기장이가 그에게 말하길 호수 바닥에 철궤가 있다고, 자기가 보았다고 하더란다. 이따금 그 철궤가 호숫가로 떠밀려 왔는데 사람이 가까이 다가가면 다시 깊은 물속으로 달아나듯 사라졌다는 것이다. 나는 낡은 카누 이야기를 듣고 반가웠다. 그것은 똑같이 나무로 만들어졌지만 훨씬 정교해 보이는 인디언의 카누처럼 사용되었고, 원래는 호숫가에 서 있던 나무였는데 물속으로 쓰러졌다가 한 세대 동안 호수를 떠다니기에 알맞은 배 역할을 톡톡히 해냈으리라. 맨 처음 월든 호수의 깊은 물속을 들여다보았을 때 굵은 통나무들이 바닥에 잔뜩 쌓여 있던 게 어렴풋이 생각난다. 그런 통나무들은 바람에 쓰러져 물속에 빠졌거나 목재가 쌌던 시기에 베어졌다 그대로 얼음 위에 방치되면서 생겼을 것이다. 그러나 지금은 통나무들이 거의 사라지고 없다.

내가 월든에 처음으로 배를 띄우고 노를 저었을 때 호수는 울창하고 높다란 소나무와 떡갈나무 숲으로 완벽하게 에워싸여 있었고, 작은 만에는 포도 넝쿨이 물가의 나무들을 뒤덮어 배가 그 아래를 지나다닐 수 있는 나무 그늘을 이루었다. 호숫가의 언덕들이 매우 가파른 데다 언덕 위 나무들은 키가 무척 컸기 때문에 호수의 서쪽 끝에서 내려다보면 호수가 멋진 숲의 풍경을 감상하기 위한 원형 극장 같았다. 젊었을 때 나는 여름날 오전에 호수 한가운데로 노를 저어 가서 배에 길게 드러누워 몽상에 잠긴 채 호수 위를 떠다니며 시간을 보냈다. 그러다 배가 모래사장에 닿으면 몽상에서 깨어나 운명의 여신이 나를 어디로 데려왔는지 알려고 주위를 두리번거렸다. 아무것도 하지 않는 무위를 가장 매력적이고 생산적인 일로 여기던 시절이었다. 나는 하루 중 가장 귀중한 시간을 그런 식으로 보내고 싶어 툭하면 아침나절에 호수로 빠져나왔다. 비록 돈은 없었지만 햇빛 찬란하게 빛나는 시간과 여름날을 마음껏 누리고 아낌없이 썼다는 점에서 나는 부자였다. 그 시간을 작업장이나 교단에서 더 많이 낭비하지 않은 데 대해 나는 후회하지 않는다.[306] 그런데 내가 호숫가를 떠난 뒤로 벌

306) 소로는 한때 아버지의 연필 공장에서 일했고 학생을 가르치기도 했다.

목꾼들이 그곳을 더욱 황폐하게 만들었고, 이제 몇 년 동안 울창하게 우거진 숲의 오솔길을 거닐며 나무들 사이로 호수를 바라보는 일이 더 이상 불가능할 것이다. 나의 뮤즈[307]가 침묵을 지켜도 탓할 수 없으리라. 나무를 베어 숲이 사라졌는데 어떻게 새들이 노래하기를 바라겠는가?

호수 바닥에 가라앉아 있던 통나무와 낡은 카누, 그리고 호수를 에워쌌던 울창한 숲은 이제 사라지고 없다. 마을 사람들은 대부분 호수가 어디에 있는지 잘 모른다. 알아도 호수에 와서 미역을 감거나 물을 마실 생각은 하지 않는다. 기껏해야 파이프로 그 물을 마을까지 끌어다 설거지나 할 생각을 하고 있다. 적어도 갠지스강만큼 신성하게 여겨야 할 월든의 물인데 꼭지를 돌리거나 마개를 뽑는 것으로 간단하게 얻을 궁리를 하다니! 귀청을 찢는 울음소리로 온 마을을 울리며 달리는 저 악마 같은 철마는 어떤가? 그것은 보일링 샘을 짓뭉갰고, 월든 호숫가의 숲을 몽땅 먹어 치웠다.[308] 이것이야말로 탐욕스러운 그리스인들이 1000명의 병사들을 배 속에 숨긴 채 끌고 들어온 트로이 목마[309]가 아닌가? 저 거만한 괴물을 딥커트[310]에 멈추어 세우고, 그 갈비뼈 사이에 복수의 창을 깊숙이

---

307) 그리스 신화에 나오는 학문과 예술의 여신.

308) 증기 기관차는 물을 끓여 동력을 얻는 만큼 엄청난 양의 물과 나무가 필요하다.

309) 트로이 전쟁 때 그리스군이 만들어 트로이군에게 선물인 것처럼 전한 커다란 목마. 그리스군은 목마 안에 병사들을 숨겨 트로이성 안으로 들여보냄으로써 승리를 거두었다.

310) 월든 호수 북서쪽에 있는 곳으로 철로를 놓기 위해 땅을 깎아 냈다.

꽂을 무어힐의 무어[311] 같은 투사는 대체 어디에 있는가?

그럼에도 내가 아는 월든의 모든 특성 가운데 가장 잘 보존된 것은 순수성이 아닌가 싶다. 많은 사람이 이 호수에 비유되었지만 솔직히 그런 영광을 누릴 자격이 있는 이는 드물다. 벌목꾼들이 맨 먼저 기슭 이곳저곳을 벌거숭이로 만들었고, 아일랜드 사람들이 호숫가에 돼지우리 같은 지저분한 집을 지었고, 철도가 호수의 경계를 잠식했고, 한때 얼음 장수들이 얼음을 걷어 가기도 했는데 호수 자체는 변하지 않았다. 내가 젊어서 보았던 호수 그대로다. 변한 것이 있다면 나 자신뿐이다. 호수에는 늘 잔물결이 일었지만 영원히 지워지지 않는 주름살은 단 하나도 생기지 않았다. 월든은 영원히 젊다. 지금도 호숫가에 서면 옛날과 다름없이 제비가 수면에서 벌레를 낚아채려고 물속에 살짝 부리를 담그는 모습을 볼 수 있다. 이십 년 동안 거의 보지 못했다 비로소 본 것처럼 오늘 밤 또다시 월든 호수는 내게 감동을 안겨 주었다. 아, 여기에 월든 호수가 있구나, 오래전에 처음 보았던 숲속의 그 호수다! 지난겨울 나무들이 잘려 나간 기슭에 새 나무들이 건강하게 자라고 있었다. 그때와 똑같은 감흥이 그때와 똑같은 수면 위로 샘물처럼 솟아올랐다. 월든은 자신과 그 조물주에게 변함없는 기쁨과 행복이며, 아, 내게도 그럴 것이다. 월든 호수는 아무런 거짓 없는 순수하고 용감한 사람의 작품이 분명하다. 그 사람은 호수를 손수 둥글게 다듬은 뒤 자신의 생각대로 깊이 파고

---

311) 영국 설화 『원틀리의 용』에서 괴물인 용을 물리친 영웅.

물을 맑게 정화하여 콩코드에 유산으로 남겨 주었다. 나는 호수의 얼굴을 보고 호수도 나와 똑같은 감상에 젖어 있다는 걸 알았다. 그리하여 하마터면 이렇게 말할 뻔했다. 월든, 정말로 그대인가?

시 한 줄을 아름답게 꾸미는 게
내 꿈은 아니라네.
그대 월든 곁에서 사는 것보다
신과 천국에 더 가까이 가는 방법은 없지.
나는 그대의 자갈투성이 기슭이고
그대 위를 스쳐 지나는 산들바람이라네.
내 우묵한 손바닥에는
그대 월든의 물과 모래가 담겨 있지.
그대의 가장 깊은 곳이
내 생각 안에서는 가장 높이 있다네.[312)]

기차가 월든 호수를 보려고 멈추는 일은 없다. 그러나 기관사와 화부와 차장을 비롯하여 정기 승차권이 있어서 자주 오가며 호수를 보는 승객들은 그 덕에 더 나은 사람이 되어 있을 거라고 생각한다. 기관사는, 혹은 그의 본성은 평온하고 순수한 그 모습을 적어도 하루에 한 번은 보았다는 사실을 밤에도 잊지 못할 것이다. 월든은 단 한 번만 보아도 스테이트

312) 소로의 자작시.

스트리트의 먼지와 기관차의 검댕을 씻어 내도록 도와준다. 누군가는 이 호수를 '신의 물방울'이라고 부른다.

월든 호수는 물이 들어오고 나가는 곳이 보이지 않는다고 말했지만 한편으로는 일련의 작은 호수들을 통해 더 높은 지대에 있는 플린트 호수와 간접적으로 관련이 있다. 또 한편으로는 더 낮은 곳에 있는 콩코드강하고도 중간에 늘어선 호수들을 통해 직접적으로 명백하게 관련이 있다. 먼 옛날 어느 지질 시대에는 월든의 물이 여러 호수들을 통해 콩코드강으로 흘러들었을 것이다. 따라서 당치 않은 일이긴 하지만 호수 바닥을 조금만 파면 다시 그쪽으로 물이 흐르게 할 수도 있으리라. 월든이 숲속의 은둔자처럼 오랜 세월 절제된 금욕생활을 함으로써 그토록 놀라운 순수성을 얻은 만큼 상대적으로 불순한 플린트 호수의 물이 월든과 섞이거나 월든 호수의 물이 바다의 파도에 섞여 그 단맛을 잃는다면 애석하게 여기지 않을 사람이 있겠는가?

샌디 호수라고도 불리는 플린트는 뉴잉글랜드 지역에서 가장 큰 호수이자 내해이며 월든에서 동쪽으로 1.6킬로미터쯤 떨어진 링컨 마을에 있다. 면적이 약 80만 제곱미터에 이르는 것으로 알려진 이 호수는 월든보다 훨씬 크고 물고기도 풍부하지만 수심이 비교적 얕고 물이 그다지 맑지 않다. 나는 이따금 기분 전환을 할 겸 숲을 지나서 그쪽으로 산책을 나갔다. 거칠게 얼굴에 부딪치는 바람을 느끼고 출렁이는 물결을 바라보며 뱃사람들의 삶을 그려 보는 것만으로도 충분히 가

볼 만한 곳이었다. 가을에 바람 부는 날 밤을 주으러 가면 물속에 떨어진 밤이 물결에 밀려 내 발밑으로 다가오곤 했다. 어느 날인가는 상쾌한 물보라를 얼굴에 맞으며 사초가 우거진 호숫가를 천천히 걷다가 다 썩어 가는 배의 잔해를 발견했다. 옆면은 사라지고 평평한 바닥의 흔적만 골풀 사이에 남아 있었다. 하지만 썩은 수련 잎에도 잎맥이 남아 있듯 배의 골격만은 뚜렷했다. 그것은 바닷가에서나 상상할 수 있는 난파선만큼 인상적이었고, 그 못지않게 훌륭한 교훈까지 담고 있었다. 이제는 그저 갈색의 비옥한 흙으로 반쯤 변해 호숫가와 구분되지도 않고 그 위로 골풀과 창포가 무성하게 자라고 있었다. 플린트 호수의 북쪽 끝 모랫바닥에 선명한 물결 자국을 보고 나는 감탄하곤 했다. 그 자국들은 물의 압력으로 단단하게 굳은 탓인지 물속을 걷는 내 발에 아주 딱딱하게 느껴졌다. 자국을 따라 일렬로 자란 골풀들은 물결이 심어 놓은 것처럼 보였다. 가느다란 줄기와 잎 또는 뿌리로 이루어진 듯 호기심을 끄는 동그란 식물들도 발견했다. 어쩌면 곡정초일지 모르지만 지름이 1.2~10센티미터 정도로 공처럼 완벽한 구형이었다. 그것들은 얕은 물속에서 모래 바닥을 오락가락하다 이따금 기슭으로 밀려 나왔는데 속까지 풀이 꽉 들어차 있거나 모래가 조금 들어 있었다. 얼핏 물속의 조약돌처럼 물결의 작용에 의해 그런 모양이 되었다고 말할지도 모르겠다. 그러나 지름이 1.2센티미터쯤밖에 안 되는 가장 작은 것도 똑같이 거친 재료로 이루어진 데다 일 년 중 한 계절에만 만들어진다. 더욱이 물결은 이미 웬만큼 단단해진 재료를 더 단단하게 만드는 게 아니라 오히려 부스러뜨린다는 생각이 든다. 물기가 마르면 그것들은 언제까지나 형태를 그대로 유지한다.

플린트 호수! 이는 우리의 작명 실력이 얼마나 비천한지를 보여주는 증거다. 하늘에서 내려온 물을 담아 그 빛 또한 하늘을 닮은 호수 옆에 농장을 만들고, 그 주변 나무들을 무자비하게 베어 낸 부정하고 몰지각한 농부가 도대체 무슨 권리로 자기 이름을 붙였단 말인가? 그는 뻔뻔스러운 자기 얼굴이 비치는 1달러짜리나 1센트짜리 동전의 번쩍이는 표면을 호수의 수면보다 더 좋아한 데다 호수에 내려앉은 들오리들조차 침입자로 여긴 탐욕스러운 구두쇠[313]였다. 하르피아이[314] 처럼 무엇이든 움켜쥐는 오랜 습관 탓에 손가락은 갈고리처럼 구부러지고 맹금류의 발톱처럼 딱딱해졌다. 그렇기 때문에 나는 플린트 호수라는 이름을 좋아하지 않는다. 내가 그 호수에 가는 것은 그 농부를 만나거나 그에 대한 소식을 듣기 위해서가 아니다. 농부는 그 호수를 진정 어린 눈으로 본 적이 없고, 그 물에 몸을 담근 적도 없고, 호수를 사랑한 적도 없고, 호수를 보호한 적도 없고, 호수에 대해 좋게 말한 적도, 또 호수를 만든 신에게 감사한 적도 없다. 차라리 호수에서 헤엄치는 물고기, 그곳을 자주 찾는 새나 짐승, 물가에 핀 야생화, 또는 삶

313) 소로는 플린트 호수에 자기 이름을 붙인 농부를 구두쇠 또는 탐욕스러운 사람이라는 뜻의 skin-flint라는 단어로 표현함으로써 플린트 호수(Flints' Pond)란 이름을 재치 있게 폄하하고 있다.

314) 그리스 신화에 나오는 괴물. 얼굴과 상반신은 여자, 날개와 꼬리와 발톱은 새의 모습을 하고 있다.

전체가 호수의 역사와 밀접한 관계가 있는 야성적인 남자나 아이의 이름을 따서 이름을 짓는 편이 좋았을 것이다. 그와 사고방식이 비슷한 이웃이나 주정부가 준 토지 증서 말고 호수에 대한 어떤 권리나 자격이 없는, 단지 호수의 금전적 가치만 생각하는 사람의 이름은 애초에 붙이지 말았어야 했다. 아마 그가 나타나면 호숫가 전체에 저주가 내려서 주변 땅이 힘을 잃고 호수 안의 물까지 고갈되어 버릴 것이다. 그는 플린트 호수가 영국산 건초나 월귤나무가 자라는 풀밭이 아닌 것만을 아쉬워했다. 그의 눈에는 호수가 아무런 쓸모도 없다. 물을 몽땅 빼내어 바닥의 진흙을 팔아먹고도 남을 사람이었다. 물방아조차 호수의 물로 돌리지 않았으니 호수를 바라보는 일도 그에게는 전혀 특권이 아니었다. 나는 그의 노동을 존중하지 않는다. 모든 것에 값이 매겨진 그의 농장도 좋게 보지 않는다. 한 푼이라도 돈이 된다면 그는 풍경이나 심지어 신까지 시장에 내다 팔 것이다. 그가 시장에 가는 것은 물신을 찾기 위해서다. 그의 농장에서는 어떤 것도 순수하게 자라지 않는다. 그의 밭에서는 곡식이 아니라 돈이 익어 가고, 풀밭에서는 꽃이 아니라 돈이 피어나며, 나무에서는 과일이 아니라 돈이 열린다. 그는 과일의 아름다움을 사랑할 줄 모른다. 그에게 과일은 돈으로 바뀌지 않는 한 익어도 익은 것이 아니다. 나는 가난할지라도 진정한 의미의 부를 누리고 싶다. 농부들은 가난한 정도에 비례하여 나의 존경과 관심을 끈다. 모범 농장이라니! 집들은 퇴비 더미 사이에 버섯처럼 서 있고, 깨끗한지 더러운지를 떠나 사람이 사는 방이든 말과 소가 사는 외양간이

든 돼지가 사는 돼지우리든 모두 바싹 붙었다. 사람도 가축처럼 갇혀 지내는 곳! 거름과 버터밀크 냄새가 코를 찌르는 기름투성이의 시궁창 같은 곳! 사람의 심장과 뇌를 거름 삼아 높은 수준의 경작이 행해지는 곳! 교회 묘지에서 감자를 재배하는 것이나 다를 바 없는 곳! 그런 곳을 모범 농장이라 부른다.

아니다, 그래서는 안 된다. 풍경의 중심이 되는 가장 아름다운 곳에 사람 이름을 붙이려면 고결하고 존경할 만한 인물의 이름이어야만 한다. 우리 호수들에 적어도 '이카로스의 바다'[315]처럼 진정한 이름을 붙여 주자. "그 바닷가에는 여전히 이카로스의 용감한 도전의 함성이 메아리치지 않는가."[316]

규모가 작은 구스 호수는 내 집에서 플린트 호수로 가는 길목에 있다. 콩코드강이 넓게 펼쳐진 페어헤이븐은 면적이 약 28만 제곱미터라고 알려져 있으며, 여기서 남서쪽으로 1.6킬로미터쯤 떨어졌다. 페어헤이븐을 지나 2.4킬로미터쯤 가면 면적이 16만 제곱미터가량 되는 화이트 호수가 나온다. 이상이 내가 사는 지역에 있는 호수들이다. 내게는 콩코드강과 더불

---

315) 이카로스의 이름을 딴 에게해의 한 해역. 그리스 신화에서 아테네 최고의 조각가이자 건축가인 다이달로스의 아들 이카로스는 아버지가 밀랍으로 만들어 준 날개를 달고 날다 태양에 너무 가까이 접근한 나머지 밀랍이 녹아 바다에 떨어져 죽은 인물이다.

316) 영국 스코틀랜드의 시인 윌리엄 드러먼드(William Drummond, 1585~1649)의 「이카로스」에 나오는 구절.

어 이 호수들의 물을 이용할 권리가 있다. 이 호수들은 밤이든 낮이든, 해가 바뀌든 물레방아를 돌려 내가 가져가는 곡물을 빻아 준다.

벌목꾼들과 철도와 내가 월든 호수를 더럽혀 놓은 탓에 이 지역의 호수들 가운데 가장 아름답지는 않더라도 가장 매력적이고 숲의 보석이라 할 만한 것은 화이트 호수다. 물이 유난히 맑아서, 아니면 주변의 모래 빛깔 때문에 '희다'는 뜻으로 화이트라고 부르는지 몰라도 너무 흔해서 그다지 좋은 이름 같지는 않다. 하지만 다른 장점과 함께 이런 점이 있어서 화이트 호수를 월든 호수의 쌍둥이 동생이라 칭할 수 있지 않을까 싶다. 두 호수는 물이 땅 밑으로 연결되어 있다고 할 만큼 굉장히 닮았다. 물빛이 똑같고, 기슭에 자갈이 많은 것도 똑같다. 무더위가 한창일 때 그다지 깊지 않은 화이트 호수의 만을 나무 사이로 바라보면 바닥에서 반사된 빛으로 물이 청록색이나 녹회색을 띠는데 이 또한 월든 호수와 똑같다. 오래전에 나는 사포를 만들 모래를 가지러 수레를 끌고 화이트 호수에 가곤 했고, 그 후로도 계속 찾아갔다. 그곳을 자주 찾은 어떤 사람이 그 호수를 비리드[317] 호수로 부르자고 제안했다. 하지만 옐로파인[318] 호수라 불리기도 하는데 어쩌면 다음과 같은 이유에서인지 모르겠다. 확실한 품종은 알 수 없으나 대략 십오 년 전에는 옐로파인이라 불리는 소나무의 꼭대기가 물가

317) virid. 영어로 '연초록'이라는 뜻.
318) yellow-pine. 영어로 '노란 소나무'라는 뜻.

에서 가까운 수면 위로 튀어나온 모습을 볼 수 있었다. 그 때문에 사람들은 땅이 내려앉아 호수가 생겼고, 옐로파인은 옛날 그곳에 들어섰던 원시림의 흔적일 거라고 추측했다. 꽤 오래전의 일로 1792년 매사추세츠 역사 학회에서 발행한 학회지에 「콩코드읍의 지형 설명」이란 글이 실린 적이 있다. 여기에서 콩코드 출신의 글쓴이[319]는 월든 호수와 화이트 호수에 대해 언급한 뒤 이렇게 덧붙였다. "수위가 눈에 띄게 낮을 때는 화이트 호수 한복판에 서 있는 나무 한 그루를 볼 수 있다. 나무는 언뜻 서 있는 곳에서 자라난 것처럼 보인다. 하지만 뿌리가 수면에서 15미터쯤 아래에 있다. 우듬지는 잘려 나갔는데 그 부분의 지름이 35센티미터쯤 된다." 1849년 봄에 나는 서드베리에서도 화이트 호수와 가장 가까운 곳에 사는 사람을 만나 이야기를 나누었다. 그 남자는 십 년인가 십오 년 전에 자기가 그 나무를 호수에서 끌어냈다고 말했다. 그의 기억에 따르면 나무는 호숫가에서 60~75미터 떨어진 수심 9~12미터 되는 물속에 있었다. 겨울이었고, 그는 오전에 호수의 얼음을 잘라 내는 일을 하던 중 오후에 마을 사람들의 도움을 받아 그 오래된 옐로파인을 끌어내야겠다고 결심했다. 그는 나무가 있는 곳에서부터 호숫가 쪽으로 얼음을 톱으로 잘라 길을 낸 뒤 황소를 이용하여 나무를 얼음 위로 끌어 올렸다. 그런데 작업을 시작한 지 얼마 안 되어 나무가 거꾸로 서 있는 걸 알

319) 당시 하버드 대학교 학생이던 윌리엄 존스(William Jones, 1772~1813)를 말한다.

고 깜짝 놀랐다. 그러니까 위에 있어야 할 나뭇가지가 아래를 향해 있는 데다 그 가느다란 끝이 모랫바닥에 단단히 박혀 있었다. 끄트머리 쪽 지름이 30센티미터쯤 되었기 때문에 쓸 만한 원목을 얻을 수 있겠다고 생각했지만 나무가 전체적으로 너무 썩어서 땔감이라면 모를까 전혀 쓸모가 없었다. 나무는 남자와 이야기를 나누던 당시에도 그의 헛간에 일부가 남아 있었다. 나무 밑동에 도끼 자국과 딱따구리가 쪼아 댄 자국이 선명했다. 그는 나무가 호숫가에서 자라다 죽어 바람에 쓰러져 물속에 처박혔는데 위쪽은 침수되어 물을 잔뜩 먹은 반면 밑동 부분은 잠기지 않아 마르고 가벼워진 탓에 호수 한복판쯤에서 거꾸로 가라앉았을 거라고 추측했다. 남자의 아버지는 여든 살의 고령이어서인지 그 나무가 호수에 없었던 때를 기억하지 못했다. 이 호수 바닥에는 아직도 커다란 통나무 여러 개가 누워 있는 모습을 볼 수 있는데 바람에 수면이 일렁일 때는 마치 거대한 물뱀들이 꿈틀거리는 것 같다.

이 호수는 낚시꾼을 유혹하는 물고기가 별로 없어 배에 의해 더럽혀지는 일이 거의 없다. 진흙에서 자라는 흰 수련이나 창포 대신 붓꽃이 호숫가 어디서든 맑은 물에 잠긴 돌 틈으로 드문드문 삐어 올라와 있다. 6월이면 벌새들이 붓꽃을 찾아온다. 이때 붓꽃은 잎과 꽃봉오리가 푸르스름한데, 특히 물에 어른거리는 붓꽃 그림자는 청록의 물빛과 오묘한 조화를 이룬다.

화이트 호수와 월든 호수는 지표면을 장식하는 거대한 수정이며, 그 자체가 빛의 호수다. 두 호수가 영원히 응결되고 손으로 움켜쥘 정도로 작다면 노예들을 동원하여 보석인 양 약탈하여 황제의 머리를 장식하는 데 쓰려고 할 것이다. 하지만 액체인 데다 무척 크고 넓어서 우리와 후손들의 품에 영원히 남게 되었기 때문에 우리는 두 호수를 대수롭지 않게 여기고 코이누르 다이아몬드[320]에만 눈독을 들인다. 두 호수는 너무 순수하여 시장 가치를 매길 수 없다. 두 호수는 더럽고 불순한 것이 전혀 없다. 우리 삶보다 얼마나 아름답고, 우리의 기질보다 투명한지! 우리는 이 호수들에서 비열함을 본 적이 없다. 오리들이 헤엄치는 농부의 집 앞 자그마한 연못보다 얼마나 더 아름다운가! 이 호수들에는 깨끗한 들오리들이 찾아온다. 인간은 자연의 품에 살면서도 자연의 가치를 인정하거나 고맙게 여길 줄 모른다. 새들은 아름다운 깃털과 노래로 꽃과 조화를 이루건만 야성적이고 풍요로운 자연의 아름다움과 통하는 젊은 남녀가 있기는 할까? 자연은 그들이 사는 도시에서 멀리 떨어져 홀로 존재할 때 가장 잘 번성한다. 천국에 대한 이야기! 이는 땅을 욕되게 하는 것이다.

320) 인도에서 채굴한 186캐럿의 다이아몬드. 1850년 동인도 회사가 빅토리아 여왕에게 선물했으며 지금은 런던탑에 보관되어 있다.

베이커 농장

때때로 나는 신전처럼 혹은 장비를 갖춘 바다의 함대처럼 우뚝 선 소나무 숲을 한가로이 거닐었다. 햇빛을 받은 나뭇가지들이 잔잔하게 물결치듯 흔들리고 너무나 부드럽고 푸르고 그늘이 많아 드루이드[321]들도 떡갈나무 숲을 버리고 이곳에서 예배를 올렸을 것이다. 플린트 호수 너머의 삼나무 숲도 산책했다. 푸른색 열매로 뒤덮인 나무들이 하늘 높이 솟아 발할라[322] 앞에 서 있으면 아주 잘 어울릴 것 같았다. 열매를 주렁주렁 매달고 화환 모양으로 지면을 뒤덮고 있는 노간주나무

321) 고대 갈리아와 브리튼섬에 살던 켈트족 성직자로 이들은 떡갈나무를 신성하게 여겼다고 한다.

322) 북유럽 신화에서 최고의 신인 오딘의 궁전. 오딘을 위해 싸우다 전사한 영웅들의 영혼이 머물러 있는 곳이기도 하다.

도 눈에 띄었다. 늪지 쪽으로도 갔다. 겨우살이가 꽃줄 장식처럼 군데군데 매달린 가문비나무가 있고, 늪을 다스리는 신들의 원탁이라고 할 독버섯들이 땅을 뒤덮고 있다. 또 독버섯보다 더 아름다운 버섯들이 나비나 조개나 경단고둥처럼 그루터기를 장식하고 있다. 패랭이꽃과 산딸기나무가 자라고, 감탕나무의 붉은 열매가 꼬마 도깨비의 눈동자처럼 반짝거린다. 노박덩굴은 제아무리 단단한 나무라도 으스러뜨리듯 휘감아서 흠집을 낸다. 호랑가시나무 열매는 얼마나 아름다운지 보는 이의 넋을 빼앗아 돌아갈 집마저 잊어버리게 한다. 그 밖의 야생 열매들도 너무나 아름다워서 눈을 유혹하고 마음을 어지럽혀 맛보고 싶어도 그럴 수 없게 된다. 나는 학자들을 방문하는 대신 특이한 나무들을 자주 찾아다녔다. 주위에서 보기 힘든 종류의 나무들은 멀리 떨어진 초원 한복판이나 숲과 늪지 한가운데, 혹은 산꼭대기에 있다. 그중에는 굵기가 60센티미터쯤 되는 멋지게 생긴 검은자작나무 몇 그루도 있고, 그 사촌뻘인 노랑자작나무는 헐렁한 황금빛 조끼를 입고 검은자작나무와 비슷한 향기를 내뿜는다. 너도밤나무는 줄기가 매끄러운 데다 아름다운 이끼가 휘감고 있어 나무랄 데 없이 완벽해 보인다. 너도밤나무에 대해서는 이곳저곳 흩어져 있는 몇 그루를 제외하면 꽤 큰 나무들이 들어선 작은 숲 하나만 마을에 남아 있는 것으로 알고 있다. 어떤 사람들은 너도밤나무 열매를 미끼로 멧비둘기를 잡던 시절에 멧비둘기들이 물고 가다 떨어뜨린 열매 때문에 이 숲이 생겼을 거라고 추측한다. 너도밤나무를 쪼개면 나뭇결이 은빛으로 반짝거려 제법 볼만하다. 참피나무와 서어나무도 있다. 느릅나무와 비슷하게 생긴 팽나무도 있지만 제대로 자란 것은 한 그루뿐이다. 돛대처럼 키가 큰 소나무를 비롯하여 자단나무도 있고, 보통 이상으로 완벽하게 생긴 솔송나무가 숲 한복판에 탑처럼 우뚝 섰다. 그 밖에도 소개할 나무가 많은데 아무튼 내게 나무는 여름이든 겨울이든 상관없이 방문하는 성지였다.

언젠가 나는 활처럼 굽은 무지개의 한쪽 끝에 선 적이 있다. 그때 무지개는 그 아래의 대기층을 빛으로 가득 채우면서 주위의 풀과 나뭇잎을 물들였다. 마치 울긋불긋한 자수정을 통해 세상을 보는 듯 눈부신 광경이었다. 세상은 무지갯빛으로 빛나는 호수였고, 나는 잠깐이나마 그 호수에서 돌고래처럼 유영했다. 그 시간이 좀 더 오래 지속되었다면 내 일과 삶까지 무지갯빛으로 물들었으리라. 나는 이따금 철둑길을 따라 걷다가 내 그림자 주위에 어른거리는 후광을 신기하게 여기면서 나 자신이 선택받은 사람이라는 공상에 빠졌다. 나를 찾아온 어떤 남자는 자기 앞을 걸어가는 아일랜드 사람의 그림자 주변에 후광이 전혀 없었다면서 그런 후광은 토착민[323]에게만 두드러지게 나타난다고 단언했다. 벤베누토 첼리니[324]는 산탄젤로성에 갇혀 지내는 동안 악몽인지 환상인지 모르

323) 여기서 토착민은 인디언이 아니라 매사추세츠주에 정착한 청교도를 말한다.

324) Benvenuto Cellini(1500~1571). 16세기 르네상스 시대에 활약한 이탈리아의 조각가이자 금 세공사. 교황의 삼중관을 훔친 혐의로 로마의 산탄젤로성에 이 년 동안 투옥되었다.

지만 자신이 이탈리아에 있든 프랑스에 있든 아침저녁으로 휘황찬란한 빛이 머리 그림자 주위에 나타났다며, 특히 풀이 이슬에 젖어 있을 때 후광 현상이 뚜렷했다고 회고록에서 주장했다. 아마도 내가 말한 것과 같은 현상일 텐데 특히 아침에 잘 보인다. 하지만 다른 때, 가령 달밤에도 볼 수 있다. 사람들이 잘 보지 않을 뿐 빈번하게 나타나는 현상이다. 첼리니처럼 상상력이 지나치게 풍부한 사람의 경우 후광은 미신으로 발전할 소지가 다분하다. 더구나 그는 자신의 후광을 극소수의 사람에게만 보였다고 말한다. 그러나 자신이 선택받은 자라고 느끼는 사람이야말로 정말 특별하지 않은가?

어느 날 오후 내 얼마 안 되는 채솟값을 벌충하기 위해 숲을 지나 페어헤이븐으로 낚시를 하러 갔다. 나는 베이커 농장에 딸린 플레전트 목초지를 지나갔는데 은둔처 같은 그곳을 한 시인은 이렇게 노래했다.

그대의 입구는 즐거운 들판,
그 일부를 이끼 덮인 과일나무들이
기운차게 흐르는 시냇물에 양보하니,
사향쥐가 미끄러지듯 달리고
송어들이 활발하게 돌아다닌다.[325)]

325) 윌리엄 엘러리 채닝의 시 「베이커 농장」에서 인용. 이 장에 실린 나머지 시들도 마찬가지다.

월든 호숫가로 가기 전에 베이커 농장에서 살아 보면 어떨까 생각한 적이 있다. 나는 사과를 몰래 따먹고, 시냇물을 펄쩍 뛰어넘고, 사향쥐와 송어를 놀래기도 했다. 자연스러운 우리 삶의 대부분이 그렇듯 여러 가지 사건이 일어날 수 있는 이전처럼 한없이 길어 보이는 오후들 중 하나였지만 출발했을 때는 이미 절반이 지난 뒤였다. 그런데 소나기를 만나 소나무 밑에서 나뭇가지를 머리에 얹고 손수건으로 가린 채 삼십 분 동안 서 있어야 했다. 이윽고 허리까지 물속에 몸을 담그고 물옥잠 너머로 낚싯줄을 던지고 있을 때 나는 갑자기 내가 먹구름의 그림자 속에 들어와 있는 것을 발견했고, 천둥이 요란하게 울려서 낚시 대신 그 소리에 멍하니 귀를 기울이는 수밖에 없었다. 아무런 무장도 하지 않은 가엾은 낚시꾼을 쫓아내려고 신들이 삼지창 같은 번개를 내리치며 힘자랑을 한다는 생각이 들었다. 결국 가장 가까운 오두막으로 황급히 몸을 피했다. 어느 길에서나 800미터쯤 떨어져 있었지만 호수와 훨씬 더 가깝고 오랫동안 사람이 살지 않은 오두막이었다.

멀고 먼 옛날,
한 시인이 이곳에 집을 지었다.
보라, 점점 허물어져 가는
이 초라한 오두막을.

뮤즈는 이렇게 노래한다. 하지만 막상 오두막에는 존 필드라는 아일랜드인이 아내와 여러 자식과 함께 살고 있었다. 얼굴이 넓적한 아이는 아버지의 일을 거들다 비를 피해 아버지를 따라 늪에서 막 뛰어온 참이었고, 주름투성이 얼굴에 시빌레[326]처럼 머리가 원뿔 모양인 아이는 아버지에게 달려가더니 대저택의 귀족이라도 되는 듯 무릎에 앉아 축축한 습기와 굶주림 속에서도 어린애의 특권을 누리며 집에 들어온 낯선 사람을 호기심 어린 눈으로 바라보았다. 자신이 존 필드의 굶주리고 여윈 불쌍한 개구쟁이 자식이 아니라 어느 고귀한 집안의 마지막 후손이고 세상의 희망이자 주목의 대상일 수 있는데 그런 사실은 전혀 모르는 눈치였다. 밖에서 소나기가 쏟아지고 천둥이 치는 동안 우리는 비가 가장 덜 새는 지붕 밑에 모여 앉아 있었다. 나는 이 가족을 미국으로 데려온 배가 건조되기 전인 옛날에도 몇 차례 이 자리에 앉은 적이 있었다. 존 필드는 정직하고 부지런하지만 주변머리가 없는 사람이었다. 그의 아내 또한 우직하여 둥글고 기름때 묻어 번들거리는 얼굴로 한쪽 젖가슴을 드러낸 채 구석에 있는 높다란 난로에 달라붙어 온종일 음식을 만드느라 여념이 없었다. 다행히 얼굴에는 언젠가 형편이 좋아질 거라는 희망이 담겨 있었다. 늘 한 손에 걸레를 쥐고 있었지만 그 효과는 어디에도 나타나지 않았다. 닭들이 비를 피해 집 안으로 들어와 같은 가족인 양 이리저리 돌아다녔는데 사람처럼 여겨져서 쉽게 잡아먹을 수 없겠다는 생각이 들었다. 닭들은 우두커니 서서 내 눈을 똑바로 들여다보거나 무언가 의미가 담긴 듯 내 구두를

326) 그리스 신화에 나오는 무녀이자 예언가.

쪼아 댔다. 그사이 집주인은 내게 자기 이야기를 들려주었다. 그는 자신이 이웃 농부를 위해 얼마나 열심히 일했는지 모른다면서 대략 4000제곱미터당 10달러를 받고 삽과 괭이로 늪지의 풀밭을 일구었다고 말했다. 퇴비를 사용하여 그 땅을 일 년 동안 경작할 수 있는 권리를 얻기 위해서였다. 얼굴이 넓적한 어린 아들은 아버지가 얼마나 불리한 계약을 맺었는지 전혀 눈치채지 못하고 곁에서 즐겁게 일했다. 나는 나름의 경험을 바탕으로 존 필드를 돕고 싶은 마음에 이렇게 말했다. 당신은 가장 가까운 내 이웃 중 한 사람이다. 당신 눈에는 이곳에 낚시하러 온 내가 한가하게 빈둥거리는 건달로 보이겠지만 나 또한 당신과 마찬가지로 일해서 생계를 이어 가고 있다. 나는 비가 새지 않는 비교적 밝고 깨끗한 집에서 산다. 그런데 그 집은 이 오두막처럼 낡은 집의 일 년 치 집세 정도밖에 안 되는 적은 비용을 들여 지었다. 당신도 마음만 먹으면 한두 달 안에 가족이 살 궁전을 지을 수 있다. 나는 차와 커피, 버터와 우유와 고기를 먹지 않기 때문에 그런 것들을 얻기 위해 일할 필요가 없다. 게다가 그다지 열심히 일하지 않으니까 열심히 많이 먹을 필요가 없어서 식비가 적게 든다. 하지만 당신은 기본적으로 차와 커피를 마시고 버터와 우유와 고기까지 먹기 때문에 그것들을 얻기 위해 땀 흘려 일해야 하고, 그렇게 일하면 몸에서 빠져나간 힘을 보충하기 위해 많이 먹어야 한다. 당신이나 나나 결과적으로는 비슷할 듯싶지만 그렇지 않은 것이 당신은 삶에 만족하지 못한 채 마냥 허비하고 있기 때문이다. 그럼에도 당신은 차와 커피와 고기를 날마다 먹을 수 있으니까 미국에 온 건 잘한 일이라고 생각한다. 그러나 미국은 그런 것들 없이도 삶의 방식을 자유롭게 추구하며 살아갈 수 있는 나라고, 노예 제도와 전쟁을 지지하라고 강요하지 않지만 그런 것들에 직간접으로 드는 쓸데없는 비용을 국민에게 강제로 떠안기지도 않는다. 나는 의도적으로 그가 철학자인 것처럼, 또는 철학자가 되고 싶어 하는 사람인 것처럼 말했다. 지상의 모든 풀밭이 야생 상태 그대로 남는다 해도 그것이 인류가 스스로를 구제하려는 시도에서 생긴 결과라면 나는 기쁘게 받아들일 것이다. 교양을 쌓는 데 무엇이 가장 좋은 방법인지 알기 위해 역사를 공부할 필요는 없다. 그런데 안타깝게도 아일랜드 사람 앞에서 교양에 대해 말하는 것은 일종의 정신적 늪지용 괭이를 사용해야 할 만큼 힘든 일이었다. 나는 이렇게도 말했다. 당신은 늪지에서 힘들게 일하기 때문에 두꺼운 장화와 튼튼한 작업복이 필요한데 그런 것들은 금세 더러워지고 해진다. 당신은 가벼운 구두와 얇은 옷을 입고 있는 나를 신사 같다고 생각할 것이다. 그러나 나는 신사도 아니거니와 내 구두와 옷에는 당신의 신발과 옷에 든 비용의 절반도 들지 않았다. 그리고 나는 원하면 한두 시간 안에 일이 아닌 오락을 즐기는 기분으로 이틀 동안 먹을 물고기를 잡을 수 있고, 일주일을 지내기에 충분한 돈도 벌 수 있다. 당신과 당신의 가족이 소박하게 살고자 한다면 여름에 놀이 삼아 월귤을 따러 갈 수 있을 것이다. 존 필드는 내 말을 듣고서 한숨을 내쉬었고, 그의 아내는 양손을 허리춤에 대고 나를 바라보았다. 두 사람 모두 그런 생활을 시작할 만한 경제적 여력은 물론 그런 생활을 꾸준히 유지할 만한 산술 능력이 있는지 곰곰이 따져 보는 듯한 표정이었다. 부부에게 그런 삶은 추측 항법에 의한 항해와 같은데 둘은 원하는 항구에 도착할 방법을 전혀 모르고 있었다. 나는 그들이 여전히 자기들 방식대로 무모하게 삶과 정면으로 맞붙어 이로 물어뜯고 손톱으로 할퀴며 싸우고 있을 거라고 생각한다. 그들에게는 삶이라는 거대한 기둥에 쐐기를 박아 세심하게 쪼개 놓은 뒤 하나하나 분석하는 기술이 없다. 그들은 엉겅퀴 다루듯 삶을 거칠게 다루어야 한다고 생각한다. 하지만 대단히 불리한 싸움이다. 안타깝게도 존 필드는 계산 능력이 없어 실패를 거듭하는 삶을 살고 있다.

"낚시해 본 적이 있나요?" 하고 나는 물었다. 그는 이렇게 대답했다. "물론이지요. 이따금 한가할 때면 낚시하러 가서 한 접시에 담을 만큼 잡아 오곤 합니다. 농어를 많이 잡지요." "미끼는 뭘 쓰나요?" "일단 지렁이로 피라미를 잡은 뒤 그걸 미끼로 농어를 잡습니다." "존, 지금 나가서 잡아 오면 좋겠어요." 그의 아내가 눈을 반짝이며 희망에 찬 얼굴로 말했다. 하지만 존은 난감한 표정을 지었다.

어느새 소나기가 그쳤다. 무지개가 동쪽 숲 위에 맑은 저녁을 약속하듯 떠 있었다. 그래서 그만 떠나기로 했다. 나는 밖으로 나와 물그릇 하나를 빌려 달라고 말했다. 우물 바닥을 살펴보는 것으로 오두막 주변의 땅에 대한 조사를 끝내고 싶어서였다. 그런데 애석하게도 우물이 얕고 바닥에 모래까지 쌓인 데다 줄이 끊어져서 우물에 빠진 두레박을 건져 올릴 수도 없었다. 내가 서성거리는 동안 존 필드의 아내가 적당한 그릇을 골라 물을 끓이는 것 같았다. 그녀는 남편과 한참 의논한 끝에 목마른 사람에게 물을 건넸다. 물은 뜨겁고 불순물이 잔뜩 섞여 있었다. 여기서는 귀리죽처럼 걸쭉한 물을 마시는구나 싶었다. 잠시 후 나는 능숙하게 그릇을 흔들어 물에 둥둥 떠 있는 티끌을 한쪽으로 모았다. 그런 다음 눈을 질끈 감고 부부의 친절에 감사하는 마음으로 그 물을 최대한 많이 마셨다. 예의를 차려야 하는 자리에서 나는 결코 까다롭게 구는 사람이 아니다.

비가 그친 뒤 아일랜드인의 오두막을 떠나 다시 호수 쪽으로 걸음을 옮길 때 정규 교육을 받고 대학까지 나온 사람이 강꼬치고기를 잡겠다고 외딴 초원을 지나 수렁과 진흙 구덩이를 건너 쓸쓸하고 황량한 곳을 서둘러 걷고 있다고 생각하니 순간적으로 나 자신이 초라해 보였다. 그런데 무지개를 어깨에 얹고 붉게 물들어 가는 서쪽 하늘을 향해 언덕을 달려 내려갈 즈음 맑은 공기를 타고 딸랑거리는 방울 소리가 희미하게 들리며 어딘지 알 수 없는 곳에서 내 수호신이 이렇게 말하는 듯했다. 날마다 낚시와 사냥을 하러 어디로든 떠나라. 되도록 점점 더 멀리, 더 넓게 다녀라. 앞날을 걱정하지 말고 여러 시냇가와 난롯가에서 편히 쉬어라. 젊었을 때 네 창조주를 기억하라. 새벽이 오기 전에 근심을 떨치고 일어나 모험을 찾아 떠나라. 한낮에는 다른 호숫가에 있도록 하고, 밤에는 그곳이 어디든 집으로 삼아라. 이곳보다 더 넓은 평야는 없고, 여기서 즐길 놀이보다 더 가치 있는 것은 없다. 본성에 따라 자라는 사초나 고사리처럼 마음이 이끄는 대로 살아라. 그것들은 절대로 영국산 건초는 되지 않을 것이다. 천둥이 울리면 울리게 두어라. 농부의 작물을 망쳐도 별 수 없는 일 아닌가? 천둥은 네가 불러들인 것이 아니다. 사람들이 수레와 헛간으로 달아나더라도 너는 구름 아래로 피해라. 밥벌이하는 일을 직업으로 삼지 말고 즐거움으로 삼아라. 땅을 즐기되 소유하지 마라. 사람들은 모험심과 신념이 부족하여 현재 머문 곳에서 벗어나지 못하고 무엇이든 사고팔면서 농노처럼 삶을 헛되게 낭비한다.

오, 베이커 농장이여!

풍경에서 가장 풍요로운 요소는
조금씩 비치는 순수한 햇빛이다.

울타리를 친 그대의 풀밭에서는
아무도 요란하게 날뛰지 않는다.

그대는 누구와도 입씨름하지 않고
어떤 질문에도 당황하지 않는다.
능직으로 짠 소박한 갈색 옷을 입은 그대는
처음 보았을 때처럼 지금도 유순해 보인다.

오라,
사랑하는 사람들이여,
미워하는 사람들이여,

성령의 비둘기[327] 자손들이여,
이 나라 가이 포크스[328]의 후예들이여,
모든 음모를
튼튼한 나무 서까래에 매달아 교수형에 처하라!

밤이 되면 사람들은 밖에서 얌전히 집으로 돌아오는데 그 밖이라고 해 봐야 집 안의 메아리가 연신 들리는 밭이나 거리다. 그들의 삶은 내쉰 숨을 다시 들이마시기 때문에 점차 시들어 간다. 그들의 그림자는 아침과 저녁에 날마다 걷는 곳보다 더 멀리 뻗어 있다. 우리는 언제나 먼 곳에서, 모험과 위험과 발견의 세계에서 새로운 경험을 통해 새로운 인격자가 되어 집으로 돌아와야 한다.

내가 호수에 도착하기 전 존 필드가 어떤 충동에서인지 내 뒤를 따라왔다. 갑자기 생각이 바뀌어 해가 지기 전에 늪지를 개간하려던 걸 포기한 모양이었다. 그런데 내가 한 줄에 다 꿸 만큼 물고기를 잡는 동안 존 필드는 가엾게도 겨우 두어 마리의 지느러미를 집적거렸을 뿐이다. 그는 그것이 자신의 운이라고 말했다. 우리가 배에서 자리를 바꾸어 앉자 운 또한 자리를 바꾸었다. 가엾은 존 필드!(나는 그가 이 글을 읽고 조금이라도 나아진다면 모를까 그렇지 않다면 아예 읽지 않기 바란다.) 그는

327) 신약 성경에 예수가 세례를 받을 때 하늘이 열리고 성령이 비둘기 형체로 내려왔다는 구절이 있다. 비둘기는 흔히 성령의 상징으로 여겨진다.
328) Guy Fawkes(1570~1606). 영국의 가톨릭 신자. 가톨릭 탄압에 저항하여 영국 국회 의사당을 폭파할 음모를 꾸몄다가 발각되어 교수형을 당했다.

미국이라는 원시적이고 새로운 나라에서 새롭지 않고 오래된 나라의 방식으로 살 생각을 하고 있다. 피라미를 미끼로 농어를 낚으려 하다니! 물론 피라미도 때로는 좋은 미끼인 것을 인정한다. 하지만 그 또한 자신의 삶이란 지평선을 온전히 앞에 두고도 가난하게 태어난 데다 여전히 가난하다. 아일랜드의 빈곤과 가난한 삶, 아담의 할머니 때부터 수렁에서 허우적대던 생활 방식을 고스란히 물려받았다. 그렇기 때문에 늪지를 헤치며 돌아다니는 발에 탈라리아[329]라도 신지 않는 한 그는 물론이고 후손들도 그 땅에서 벗어나지 못할 것이다.

329) 그리스 신화에서 제우스의 아들 헤르메스가 신은 날개 달린 샌들.

더 높은 법률[330)]

물고기를 줄에 꿰어 들고 낚싯대를 질질 끌면서 숲을 지나 집으로 돌아왔을 때 날이 꽤 어두웠는데 우드척 한 마리가 내 앞을 살그머니 가로질러 도망가는 모습을 보았다. 순간 야릇한 전율과 야만적인 기쁨을 느꼈고, 녀석을 잡아 날것으로 먹고 싶은 충동이 강하게 들었다. 하지만 우드척이 상징하는 야생성에 이끌렸을 뿐, 딱히 배가 고파서 그랬던 것은 아니다. 하지만 호숫가에서 지내는 동안 한두 번 묘하고 자포자기한

---

330) 이 용어는 뉴욕 상원 의원인 윌리엄 수어드(William Henry Seward, 1801~1872)가 1850년 3월 상원 회의에서 노예제는 부도덕한 관행이라고 주장하며 다음과 같이 언급한 데서 비롯했다. "헌법은 국가적 영역을 화합과 정의와 국방과 복지와 자유에 헌납한다. 하지만 헌법보다 '더 높은 법률(Higher Laws)'이 있다."

기분에 굶주린 사냥개처럼 잡아먹을 수 있는 사슴을 찾아 숲 속을 헤맸다. 어떤 짐승의 고기도 내게는 그렇게 야만적이지 않았다. 거칠고 난폭한 광경에 더없이 익숙해져 있었다. 나는 대다수 사람들이 그렇듯 더 높은 삶, 이른바 정신적인 삶을 지향하는 본능과 원시적이고 야만적인 삶을 추구하는 또 다른 본능이 내 안에 공존하는 걸 느꼈고, 지금도 마찬가지다. 나는 두 가지 본능을 모두 존중한다. 또 선한 것 못지않게 야성적인 것을 사랑한다. 내가 여전히 낚시를 좋아하는 이유는 낚시에 야성과 모험이 있기 때문이다. 때로는 야성적인 삶을 온몸으로 받아들여 하루하루를 동물처럼 살고 싶다. 내가 자연과 친해진 것은 어쩌면 아주 어릴 때부터 낚시와 사냥을 한 덕분이리라. 낚시와 사냥은 일찌감치 우리에게 자연을 소개하고, 우리를 그 풍경 안에 머물도록 해 준다. 다른 방법으로는 그 나이에 좀처럼 자연과 친해지기 힘들다. 낚시꾼, 사냥꾼, 벌목꾼 등은 들판과 숲에서 삶을 살아가기 때문에 어떤 의미에서 자연의 일부라고 할 수 있다. 그들은 생업에 매달리는 틈틈이 무언가 기대감을 품고 자연에 접근하는 철학자나 시인들보다 더 호의적인 태도로 자연을 관찰한다. 자연은 그들에게 모습을 드러내기를 두려워하지 않는다. 대초원을 여행하는 사람은 자연스레 사냥꾼이 되고, 미주리강이나 컬럼비아강 상류 지역을 여행하는 사람은 저절로 덫사냥꾼이 되며, 세인트메리 폭포를 여행하는 사람은 낚시꾼이 된다. 단순히 여행만 하는 사람은 세상을 간접적으로, 그나마 겨우 절반만 배우기 때문에 만족스럽지 못한 권위자다. 사냥꾼과 낚시꾼들이 경험을 통해 본능적으로 터득한 사실들을 과학으로 보여 주면 우리는 무척 흥미로워할 것이다. 그런 과학이야말로 진정한 인문학이자 인간 경험의 생생한 보고서이기 때문이다.

영국처럼 공휴일이 많지 않고 어른과 아이들이 다양한 놀이를 하지 않기 때문에 양키, 즉 미국인은 오락을 즐길 줄 모른다고 말하는 사람들이 있는데 잘못된 주장이다. 이곳 미국에서는 사냥과 낚시 같은 더 원시적이고 개인적인 놀이가 아직은 다른 오락에 자리를 내주지 않았기 때문이다. 내 나이쯤 되는 뉴잉글랜드 사람들은 대체로 열 살에서 열네 살 사이에 엽총을 어깨에 멨다. 그리고 사냥터와 낚시터가 영국 귀족의 사유지처럼 구역이 제한되어 있지 않고 원시인의 수렵지보다 더 넓었다. 그러니 당시 아이들이 마을의 공유지 같은 곳에서 자주 놀지 않았다 해도 이상하게 여길 것은 전혀 없다. 그런데 이미 변화가 일어나고 있다. 동물을 사랑하는 마음이 커져서가 아니라 사냥감이 눈에 띄게 줄고 있기 때문이다. 이대로 가면 사냥꾼이 동물 보호 단체 사람들 못지않게 사냥감 동물의 가장 좋은 친구가 될 수도 있을 것이다.

호숫가에 살 때는 이따금 물고기를 추가하여 식단에 변화를 주고 싶었다. 사실 나는 인류 최초의 낚시꾼들과 똑같은 필요성 때문에 물고기를 잡았다. 내가 인도주의적인 이유를 들어 낚시에 반대할 수는 있었지만 그것은 작위적인 데다 내 감정보다 내 철학과 더 깊은 관련이 있었다. 나는 지금 낚시에 대해서만 이야기하려고 한다. 새 사냥에 대해서는 오랫동안 다른 감정을 느꼈기 때문에 숲으로 들어오기 전 엽총을 팔아 버렸다.

나는 낚시가 내 감정에 크게 영향을 준다고 생각하지 않았다. 내가 다른 사람들에 비해 덜 인도주의적이라서 그랬던 것은 아니다. 나는 물고기나 지렁이에게 특별히 연민의 감정을 느끼지 않았다. 낚시는 하나의 습관이었다. 새 사냥에 대해 말하자면 엽총을 메고 다닌 마지막 몇 년 동안 나는 조류학을 연구한답시고 처음 보는 새나 희귀한 새만 찾아다녔다. 그러나 고백하건대 이제는 조류학 연구에서 새를 사냥하는 것보다 더 좋은 방법이 있다는 쪽으로 생각이 기울었다. 새들의 습성을 더욱 면밀히 관찰하는 것이다. 그 이유만으로 나는 엽총을 기꺼이 내려놓았다. 인도주의적인 이유를 들어 사냥에 반대할 수 있지만 사냥을 대신할 만큼 유익한 스포츠가 또 있을까 싶다. 친구 몇몇이 자식에게 사냥을 허락해도 좋으냐면서 걱정스러운 얼굴로 물었을 때 나는 내가 받은 최고의 교육 가운데 하나가 사냥이었음을 상기하며 이렇게 대답했다. "자식을 사냥꾼으로 키워 보게. 처음에는 운동 삼아 사냥하도록 하고, 마지막에는 가능하면 이곳뿐 아니라 다른 어떤 황야에서도 만족할 만한 큰 사냥감을 더 이상 찾아내지 못할 정도의 사냥꾼, 요컨대 사람을 낚는 어부만큼이나 위대한 사냥꾼으로 키워 보게." 따라서 내 대답은 초서의 작품에 나오는 다음과 같은 수녀의 의견과 닮아 있다.

> 사냥꾼은 성인이 될 수 없다는 말을
> 털 뽑힌 암탉만큼도 유념하지 않았다.[331]

---

331) 중세 영국의 시인 제프리 초서(Geoffrey Chaucer, 1343~1400)가 쓴

알곤킨족[332]은 사냥꾼을 '최고의 인간'이라고 불렀다. 인류 역사에서와 마찬가지로 개인의 역사에서도 사냥꾼이 '최고의 인간'이던 시절이 있었다. 엽총을 한 번도 쏘아 보지 못한 소년이 있다면 우리는 그를 가엾게 여겨야 한다. 특별히 인도주의적인 소년이라서가 아니라 안타깝게도 교육을 제대로 받지 못했기 때문이다. 이것이 사냥에 열중하는 젊은이들에 대한 내 대답이다. 나는 그들 또한 머지않아 사냥을 하지 않게 되리라고 믿는다. 인도주의적인 사람의 경우 누구나 철없는 소년 시절이 지나면 자신과 똑같은 권리로 생명을 이어 가는 동물을 함부로 죽이지 못할 것이기 때문이다. 토끼도 궁지에 몰리면 어린아이처럼 운다. 세상의 어머니들에게 분명히 말하는데 내 연민은 인간과 동물을 차별하지 않는다.

젊은이는 흔히 이런 식으로 숲과 함께 자신의 근원적인 부분과 처음 만나게 된다. 처음에는 사냥꾼이나 낚시꾼으로 숲에 들어가고, 그의 내면에 더 나은 삶의 씨앗이 있다면 마침내 시인이나 자연주의자로서 진정한 목표가 무엇인지 깨달으며 엽총과 낚싯대를 버린다. 이런 점에서 대다수 사람들은 여전히, 그리고 영원히 미숙한 상태다. 어떤 나라에서는 사냥하는 목사를 흔히 목격할 수 있다. 그런 성직자는 선한 목자의 개는 될지언정 선한 목자와는 거리가 멀다. 나무를 베거나 얼음을 잘라 내는 일, 또는 그와 비슷한 일을 빼고 어른이든 아

『캔터베리 이야기』의 「프롤로그」에 나오는 구절.

332) 북아메리카 토착 원주민. 주로 뉴잉글랜드를 비롯한 미국 북동부 지역과 캐나다에 거주했다.

이든 우리 마을 사람들을 꼬박 한나절 동안 월든 호수에 붙잡아 둘 수 있는 것은 오로지 낚시뿐이라는 사실을 알고 놀란 적이 있다. 사람들은 한나절 내내 호수를 관찰할 기회가 있는데도 긴 줄에 가득 꿸 만큼 물고기를 잡지 못하면 운이 없다거나 시간에 대한 보상을 충분히 받지 못했다고 생각하기 일쑤였다. 낚시의 부산물이 호수 바닥에 가라앉고 사람들의 목적이 순수해지려면 1000번쯤 호수를 찾아야겠지만 그런 정화 과정은 끊임없이 지속될 게 분명하다. 주지사와 주 의회 의원들도 소년 시절 낚시를 다녔기 때문에 어렴풋이나마 월든 호수를 기억할 것이다. 하지만 이제 낚시를 다니기에는 나이가 지긋한 데다 지체 높은 몸이라서 호수와 동떨어져 있다. 물론 그들도 죽어서는 천국에 가기를 기대한다. 주 의회 사람들이 호수에 관심을 보인다면 이는 호수에서 사용되는 낚싯바늘의 수를 규제하기 위해서일 것이다. 그러나 입법 기관을 미끼로 하여 호수 자체를 낚을 수 있는 낚싯바늘 중의 낚싯바늘에 대해서는 아무것도 모른다. 이렇듯 사람들은 문명사회에 살면서도 배아기 상태에 놓인 것처럼 인류 발달사의 수렵 단계를 제대로 통과하지 못하고 있다.

최근 몇 년 동안 나는 낚시를 할 때마다 자존감이 조금씩 떨어지는 것을 거듭 발견했다. 나는 낚시를 꾸준히 해 왔다. 나는 낚시에 소질이 있고, 많은 동료와 마찬가지로 낚시에 대한 어떤 본능이 이따금 되살아나지만 늘 낚시를 하지 말았더라면 좋았을 거라는 기분이 든다. 나는 내가 오인했다고 생각하지 않는다. 그것은 어렴풋한 암시이지만 아침에 맞는 첫 햇살도 어렴풋하기는 마찬가지다. 내 안에는 하등 동물의 본능이 내재되어 있는 게 분명하다. 그러나 전보다 더 인간다워지거나 더 지혜로워지지 않았는데 해가 갈수록 낚시하는 횟수가 점점 줄어들고 있다. 현재는 낚시를 전혀 하지 않는다. 하지만 원시림에 파묻혀 살아야 한다면 다시금 본격적으로 낚시와 사냥을 하고 싶어질 것이다. 그런데 물고기나 뭍에서 얻는 살코기에는 근본적으로 무언가 불결한 것이 있다. 이제 나는 집안일을 어디에서 시작해야 하는지, 그리고 온갖 악취와 쓰레기를 없애 집을 깨끗하고 아늑한 상태로 유지하기 위해 얼마나 많은 수고와 비용을 들여야 하는지 깨닫기 시작했다. 나 자신이 음식을 대접받는 신사인 동시에 푸줏간 주인이자 주방의 심부름꾼이자 요리사이기도 했기 때문에 이런 남다른 경험을 바탕으로 자신 있게 말할 수 있다. 내 경우 육식을 반대하는 실질적인 이유는 불결하기 때문이다. 물고기를 잡아 깨끗이 손질한 뒤 요리해 먹었지만 근본적으로 만족감을 느끼지 못했던 것 같다. 오히려 무의미하고 불필요하다고 느꼈으며, 얻은 것에 비해 비용이 많이 들었다. 차라리 약간의 빵이나 감자 몇 개로 끼니를 해결했다면 수고도 덜 들고, 불결하지도 않고, 영양도 물고기에 뒤지지 않았을 것이다. 다수의 동시대인들처럼 나는 오랫동안 고기나 차나 커피를 거의 입에 대지 않았다. 그런 음식이 건강에 나쁜 영향을 끼친다는 사실을 알아서가 아니라 그저 꺼림칙한 생각이 들었기 때문이다. 육식에 대한 거부감은 경험에 의한 결과가 아니고 일종의 본능이다. 옷을 검소하게 입고 소박한 식사를 하는 것이 여러 면에서 아름답게 여겨졌다. 완벽하게 실천하지 못했지만 내 상상력을 충족할 만큼은 검소하고 소박한 생활을 했다고 생각한다. 자신의 정신적 또는 시적 능력을 최상의 상태로 유지하려고 진지하게 노력해 본 사람이라면 육류를 멀리하고 어떤 종류의 음식이든 과식을 하지 않으려 했을 거라고 믿는다. 커비와 스펜스의 책[333]에는 중요한 사실이 언급되어 있다. "성충이 된 어떤 곤충들은 음식을 섭취하는 기관을 갖추고 있는데도 이를 사용하지 않는다." 두 곤충학자는 이렇게도 말했다. "일반적으로 성충 단계에 있는 곤충 대부분은 유충 때보다 먹이를 훨씬 덜 먹는다. 게걸스럽게 먹는 애벌레가 나비로 변하고…… 걸신들린 듯 마구 먹어 대는 구더기가 파리로 변한 뒤에는" 꿀이나 단물 한두 방울로도 만족하게 된다. 나비의 날개 밑에 있는 배를 보면 유충 때의 흔적이 남아 있다. 바로 이 배 부분이 맛있기 때문에 나비는 식충 동물들에게 곧잘 잡아먹힌다. 대식가는 유충 상태의 인간이다. 온 국민이 유충 상태인 나라도 있다. 그런 나라의 국민은 환상도 상상력도 없고, 거대한 배만이 그들의 정체성이 무엇인지 보여 줄 뿐이다.

상상력에 방해되지 않는 소박하고 정결한 음식을 준비하고 요리하는 일이 쉽지는 않다. 하지만 육체를 위해서만 먹는 것이 아니라 상상력을 위해서도 먹어야 한다고 생각한다. 육체와 상상력이 같은 식탁에 함께 앉아 있어야 한다는 이야기

---

333) 영국의 곤충학자 윌리엄 커비(William Kirby, 1759~1850)와 윌리엄 스펜스(William Spence, 1783~1806)가 써서 1815년 출간한 『곤충학 입문 또는 곤충의 자연사적 요소들』을 말한다.

다. 이런 일은 마음만 먹으면 얼마든지 가능하다. 과일을 적당하게 먹으면 식욕을 부끄러워할 일이 없고 가치 있는 일을 추구하는 데 방해받지도 않는다. 하지만 음식에 지나치게 양념을 많이 첨가하면 몸에는 독이 될 것이다. 값비싼 산해진미를 차려 놓고 먹으며 사는 건 가치가 없다. 육식이든 채식이든 상관없이 날마다 다른 사람이 차려 준 음식을 먹다가 거꾸로 직접 차려 먹는 모습을 남에게 들키게 되면 대부분 수치심을 느낄 것이다. 그러나 이런 생각이 바뀌지 않는 한 우리는 결코 문명인이 되지 못한다. 설령 신사와 숙녀일지라도 진정한 남자와 여자는 아니다. 우리는 여기서 어떤 변화가 일어나야 하는지를 분명하게 알 수 있다. 상상력이 왜 살코기나 비계와 조화를 이룰 수 없느냐고 묻는 것은 부질없는 일이다. 나는 그저 그 둘이 조화를 이루지 못한다는 사실에 만족한다. 인간이 육식 동물이라는 것은 치욕이 아닐까? 물론 인간은 다른 동물을 잡아먹어야 살고, 실제로 그렇게 하면서 살아가고 있다. 그러나 덫을 놓아 산토끼를 잡거나 양을 도살해 본 사람은 느꼈겠지만 그런 삶의 방식은 아무래도 비참하다. 지금보다 덜 해롭고 오히려 건강에 좋은 음식을 먹고 사는 방법을 가르쳐 주는 사람이 있다면 인류의 은인으로 존경받을 것이다. 내 식생활이 어떻든 인류는 점점 발전함에 따라 언젠가는 육식 습관을 버리게 될 테고, 이것이 곧 인류의 운명이라고 믿는다. 이는 미개한 부족이 문명화된 사람들과 접촉하면서 식인 풍습을 버린 것만큼이나 확실하다.

누구나 주어진 천분이 속삭이는 아주 희미하지만 끊임없

는 목소리에 귀 기울이면 그것이 진실로 들려 어떤 극단, 심지어 광기에 이끌릴지도 모른다. 하지만 의지와 믿음이 강해질수록 우리가 나아갈 방향은 그쪽이라는 걸 깨닫게 된다. 심신이 건강한 사람이 희미하지만 확실하게 느끼는 거부감은 결국 인류의 주장과 관습을 압도하게 될 것이다. 자기 천분을 따르다가 잘못된 길을 걸은 사람은 아무도 없다. 천분을 따른 결과로 몸이 허약해졌을지라도 유감스럽다고 말할 수는 없을 것이다. 그것이 더 높은 삶의 원칙에 부합하기 때문이다. 우리가 낮과 밤을 기쁘게 맞이한다면, 그래서 우리 삶이 꽃이나 싱싱한 허브처럼 향기를 내뿜고 더 유연해지며 별처럼 더 빛나고 더 영원해진다면 그야말로 성공한 삶이리라. 모든 자연이 우리를 축복하고, 우리는 시시각각 스스로를 축복할 명분을 얻게 될 것이다. 가장 큰 이득과 가치는 인정받기 어렵다. 우리는 그런 이득과 가치가 존재한다는 사실을 쉽게 의심하고 금세 잊어버린다. 그것들은 최고의 현실이다. 아마도 가장 놀랍고 가장 현실적인 사실들은 결코 인간 사이에 전달되지 않을 것이다. 내가 일상생활에서 얻는 진정한 의미에서의 수확은 아침이나 저녁의 빛깔처럼 손으로 만질 수 없고 말로 표현할 수도 없다. 그것은 내 손에 잡힌 소량의 우주 먼지이자 내가 움켜쥔 무지개 조각이다.

그러나 나는 유별나게 식성이 까다로운 적이 없었다. 필요하다면 튀긴 사향쥐도 맛있게 먹을 수 있었다. 나는 오랫동안 술 대신 물을 마셔 온 것을 기쁘게 생각하는데 이는 아편 중독자의 천국 같은 하늘보다 자연 그대로의 하늘을 더 좋아하는 것과 같은 이유다. 나는 언제 어디서나 맑은 정신을 유지하고 싶다. 무언가에 취하려 들자면 한도 끝도 없다. 나는 물이야말로 현명한 사람의 유일한 음료라고 생각한다. 와인도 그렇게 고상한 음료가 아니다. 한 잔의 뜨거운 커피가 아침의 희망을 꺾고 한 잔의 차가 저녁의 희망을 박살 낼 수 있다는 것을 생각해 보라. 그런 음료의 유혹에 넘어가면 얼마나 낮은 곳으로 추락하겠는가! 음악 또한 사람을 취하게 한다. 그런 사소한 원인들이 그리스와 로마를 멸망시켰고, 미국과 영국을 멸망시킬지도 모른다. 어차피 취해야 한다면 들이마시는 공기에 취하기를 바라는 게 좋지 않겠는가? 내가 힘든 노동을 오랫동안 계속하는 것을 반대하는 가장 큰 이유는 그런 노동이 지나치게 많은 양의 음식을 먹게 만들기 때문이다. 그런데 솔직히 말하면 지금의 나는 이런 부분에서 예전에 비해 덜 까다로워졌다. 지금은 식탁에까지 종교적인 신념을 끌어들이지 않거니와 축복 같은 것을 구하지도 않는다. 솔직히 고백하건대 이는 내가 그만큼 현명해져서가 아니라 유감스럽게도 세월이 흐르면서 성글어지고 무관심해졌기 때문이다. 아마 사람들 대부분은 시에 대해 그렇듯 그런 문제는 젊은 시절에만 관심을 기울일 것이다. 이제 내 실천은 온데간데없고 생각만 여기에 남아 있다. 『베다』에는 "무소부재의 초월자를 진심으로 믿는 사람은 세상에 존재하는 것은 무엇이든 먹을 수 있다."라고 쓰여 있다. 즉 자신이 먹는 음식이 무엇이고, 그것을 준비한 자가 누구인지 물을 필요가 없다는 뜻이다. 나는 스스로 그런 특혜를 받은 사람이라고 생각하지 않는다. 그리고 어느 인도인

해설자[334]가 말했듯 그 같은 특혜는 '곤궁한 시기'로 한정되어 있다는 점을 간과해서는 안 된다.

식욕과 아무런 상관이 없는 음식에서 말로 표현하기 어려운 만족감을 느껴 보지 않은 사람이 있을까? 내가 저급한 미각에서 정신적인 직관을 얻고, 입천장을 통해 영감을 얻고, 비탈진 언덕에서 따 먹은 산딸기가 내 천분의 자양분이 된 사실을 생각하면 온몸에 전율이 인다. 증자[335]는 "마음이 몸을 다스리지 못하면 보아도 보이지 않고, 들어도 들리지 않으며, 음식을 먹어도 그 맛을 모른다."라고 했다. 음식의 진정한 맛을 분별할 줄 아는 사람은 절대로 폭식가가 되지 않고, 그렇지 않은 사람은 폭식가가 될 수밖에 없다. 청교도라도 식탐을 부리면 시의원이 거북 요리를 탐하듯 흑빵 한 조각에 달려들 수 있다. 입으로 들어가는 음식이 사람을 비루하게 만드는 게 아니라 음식을 향한 탐욕이 사람을 비루하게 만든다. 문제는 음식의 질이나 양이 아니고 감각적인 맛에 강렬한 애착을 느끼는 데 있다. 우리가 먹는 음식이 우리의 동물적 생명을 유지하거나 우리의 정신적인 삶에 영감을 주는 양식이 되지 못하고 우리를 좀먹는 벌레의 먹이가 된다면 이는 분명히 문제다. 사냥꾼이 자라나 사향쥐 같은 야생의 고기를 탐하는 것이나 우아한 숙녀가 송아지 발로 만든 젤리나 먼바다에서 잡아 온 정

334) 힌두 문화의 부흥 운동에 앞장선 인도 근대화의 아버지 라자 람 모한 로이(Raja Ram Mohan Roy, 1772~1833)를 말한다.

335) 중국 춘추 시대 유학자. 공자의 제자로 공자의 사상을 공자의 손자인 자사에게 전했다. 인용문은 『대학』 7장 2절의 구절이다.

어리를 좋아하는 것이나 마찬가지다. 사냥꾼은 물방아용 연못을 찾아가고 숙녀는 식품 저장실을 찾아가는 것이 다를 뿐이다. 그들이, 그리고 나와 당신이 어떻게 음식을 먹고 마시면서 짐승처럼 구질구질한 삶을 이어 가는지 생각하면 그저 놀랍기만 하다.

우리의 전반적인 삶은 놀랄 만큼 도덕적이다. 미덕과 악덕 사이에 단 한 순간의 휴전도 없다. 선은 결코 실패하지 않는 유일한 투자다. 온 세상에 울려 퍼지는 하프의 선율이 우리를 감동시키는 것은 바로 그런 사실을 강조하기 때문이다. 하프는 우주라는 보험 회사를 위해 우주의 법칙을 소개하는 외판원이고, 우리가 베푸는 자그마한 선행은 지불해야 할 보험료다. 젊은이는 결국 감각이 무뎌지겠지만 우주의 법칙은 결코 무뎌지는 법 없이 언제나 감수성이 예민한 사람 편에 서 있다. 바람이 불면 귀를 기울여 꾸짖는 소리를 들어 보라. 그 소리를 듣지 못하면 불행한 사람이다. 하프 현을 건드리거나 현을 괴는 받침대를 옮기면 어김없이 매력적인 도덕의 선율이 흘러나와 우리를 사로잡는다. 귀에 거슬리는 소음도 아주 멀리 떨어져 있으면 음악으로, 우리의 천박한 삶을 풍자하는 당당하면서도 감미로운 선율로 들린다.

우리의 고결한 본성이 잠들수록 우리 안의 짐승이 깨어나는 걸 우리는 알고 있다. 짐승의 속성은 비열하고 관능적이어서 완전히 몰아낼 수 없다. 마치 우리가 건강하게 살아 있을 때도 우리 몸을 점령하는 기생충 같다. 우리는 그것을 멀리할 수 있어도 바꾸지는 못한다. 짐승의 속성은 독자적인 활력을 지니기 때문에 우리가 건강하더라도 순수해지지 못할까 봐 걱정이다. 얼마 전 돼지의 아래턱뼈를 주웠다. 하얗고 건강한 이빨과 엄니가 박힌 턱뼈를 보고 정신적인 요소와 구별되는 동물적인 건강과 활력이 존재할 거라고 생각했다. 이를테면 이 피조물은 절제와 순수가 아닌 다른 수단으로 번성해 오지 않았을까 하는 생각이 들었다. 맹자는 "아주 사소한 차이가 사람과 금수를 구분한다. 보통 사람들은 그 차이를 금세 잃어버리지만 군자는 그것을 깊이 새겨 간직한다."[336]라고 말했다. 순수한 경지에 이르면 어떤 삶을 살게 될지 누가 알겠는가? 순수가 무엇인지 가르쳐 줄 만큼 지혜로운 사람이 있다면 나는 당장이라도 찾아 나설 것이다. "정신이 신에게 가까이 다가가기 위해서는 욕망을 억제하고 육체의 외적 감각을 통제하는 힘과 좋은 행실이 반드시 필요하다."라고 『베다』는 가르치고 있다. 하지만 정신은 잠깐일지라도 육체의 모든 부분과 기능에 스며들어 통제하고 천박한 육체적 욕망을 순수와 헌신으로 변형시킬 수 있다. 생식 에너지는 우리가 방탕할 때 헛되이 낭비되고 우리를 불결하게 만들지만 절제할 때는 우리에게 활력과 영감을 준다. 순결은 인간에게 꽃이다. 이른바 천재성, 영웅적 자질, 성스러움 등은 순결이라는 꽃을 통해 맺어진 열매일 뿐이다. 순결의 수로가 열리면 인간은 곧장 신에게로 흘러간다. 순수함은 우리에게 영감을 주고 불순함은 우리를 낙담의 구렁텅이에 빠뜨린다. 짐승의 속성이 날마다 소멸하고 성

336) 『맹자』 8편의 구절.

스러움이 점점 자리를 잡아 간다고 확신한다면 그는 축복받은 사람이다. 열등하고 야만적인 짐승의 속성 때문에 부끄럽지 않을 사람이 없을 것이다. 나는 우리 인간이 파우누스나 사티로스[337] 같은 신이거나 반신반인, 즉 짐승과 결합된 존재고 탐욕으로 가득한 피조물일까 두렵고, 우리 삶 자체가 우리에게 치욕이 아닌가 싶어 두렵다.

짐승에게 적당한 자리를 내주고
마음의 숲을 가꾼 이는 얼마나 행복한가!

* * *

말, 염소, 늑대와 온갖 짐승을 부리면서도
자신은 다른 어떤 이의 나귀도 아닌 자!
그렇지 않은 사람은 돼지치기일 뿐 아니라
돼지들을 격분케 하여
최악으로 내모는 악마이기도 하다.[338]

육체적 쾌감을 얻으려는 모든 욕망은 여러 형태로 나타나지만 결국 하나다. 모든 순수함도 하나다. 음식을 먹거나 마시든, 다른 사람과 함께 살든, 잠을 자든 어떻든 육체적 욕망을 충족하기 위한 모든 행위는 결국 똑같다. 모두 하나의 욕망

337) 파우누스는 로마 신화에서, 사티로스는 그리스 신화에서 반인반수의 형상을 한 숲의 신이다. 둘 다 음탕한 성격에 술을 좋아하는 호색한이다.
338) 영국 시인 존 던(John Donne, 1572~1631)의 시 「줄리어스에 있는 에드워드 허버트 경에게」에서 인용.

에 불과하다. 어떤 사람이 얼마나 욕망에 젖어 사는지를 알려면 그가 그 같은 행위들 가운데 한 가지를 어떻게 하는지 눈여겨보면 된다. 불순한 사람은 순수하게 설 줄도 앉을 줄도 모른다. 파충류는 굴의 한쪽 출입구를 공격당하면 다른 출입구에서 모습을 드러낸다. 순결하고 싶으면 절제할 줄 알아야 한다. 순결이란 무엇인가? 자신이 순결한지 어떻게 확신하겠는가? 아무도 확신할 수 없다. 우리는 순결의 미덕에 대해 수없이 들었지만 그것이 무엇인지 모른다. 그저 주워들은 소문에 따라 이러쿵저러쿵 멋대로 떠들 뿐이다. 지혜와 순결은 노력에서 나온다. 게으르면 무지와 육체적 욕망에 휩쓸리게 된다. 공부하는 사람이 육체적 욕망에 휩쓸리면 이는 습관적으로 정신이 나태하기 때문이다. 순결하지 못한 사람은 십중팔구 게으른 사람이고, 난롯가를 떠날 줄 모르는 사람이고, 해가 떴는데 누워 있는 사람이고, 피곤하지도 않은데 휴식을 취하는 사람이다. 불결한 상태와 온갖 죄악을 피하고 싶으면 부지런히 일해야 한다. 마구간이라도 청소해야 한다. 타고난 본성을 극복하는 것은 대단히 어려운 일이다. 그래도 반드시 극복해야 한다. 이교도보다 순수하지도, 욕망을 자제하지도, 종교적이지도 못하면서 어떻게 기독교도라고 하겠는가? 내가 알기로 이교도들의 종교라도 그 가르침이 우리를 부끄럽게 만들고, 단순한 의식의 수행에 불과해도 새로운 노력을 하도록 자극하는 것이 많다.

나는 이런 말을 하기가 좀 꺼려진다. 이야기의 주제 때문이 아니다. 나 자신의 불순한 면을 그대로 드러내지 않고는 말할 수 없기 때문이다. 나는 내가 쓰는 말이 얼마나 외설적인지는 그다지 신경 쓰지 않는다. 우리는 어떤 형태의 육체적 욕망에 대해 거리낌 없이 말한다. 그러면서 어떤 형태의 육체적 욕망에 대해서는 침묵으로 일관한다. 우리는 너무 타락한 탓에 인간 본성의 필수적인 기능에 대해 솔직하게 말할 줄 모른다. 옛날 어느 나라에서는 모든 신체 기능에 대해 경건하게 이야기하도록 법률로 정하기까지 했다. 인도의 입법자[339]는 아무리 하찮은 것일지라도 쉽게 외면하지 않았다. 현대인의 취향에 거슬릴 수 있겠지만 그는 먹고 마시는 법, 남녀가 함께 사는 법, 대소변을 배설하는 법 등을 가르침으로써 비천한 것을 드높였다. 그는 그런 행위들을 경시함으로써 위선적으로 스스로를 높이지 않았다.

모든 인간은 온전히 자기만의 방식으로 자신이 숭배하는 신에게 바칠 육체라는 이름의 사원을 짓는 건축가다. 그 대신에 대리석을 망치로 두들겨 그 사원에서 빠져나올 수는 없다. 우리는 모두 조각가이자 화가이고, 우리가 쓰는 재료는 우리 자신의 살과 피와 뼈다. 고결함은 인간의 용모에 품위를 더하고, 천박함이나 감각적인 욕망은 그것을 짐승처럼 바꾸어 놓는다.

9월의 어느 날 저녁, 존 파머는 고된 하루 일을 마친 후 자기 집 문간에 앉아서도 마음은 여전히 일에 매달려 있었다.

339) 고대 인도의 『마누 법전』을 만든 것으로 알려진 전설상의 인물 마누를 말한다.

그가 목욕을 끝내고 문간에 앉은 것은 지적인 욕구를 충족하고 싶어서였다. 날씨가 꽤 쌀쌀했고, 이웃들 몇몇은 서리를 걱정하고 있었다. 그가 꼬리에 꼬리를 무는 생각에 휘둘릴 때 누군가의 피리 소리가 들렸다. 그 소리는 그의 기분과 잘 어울렸다. 하지만 그는 일에 대한 생각에서 벗어나지 못했다. 생각은 머릿속을 계속 맴돌았고, 그는 의지와 상관없이 새로운 일을 계획하고 궁리하고 있다는 걸 알았지만 애써 신경 쓰지 않았다. 그것은 피부에서 떨어져 나가는 비듬이나 마찬가지였다. 한편 피리 소리가 그가 일했던 곳과는 다른 세계에서 그의 귓속을 파고들어 내면에 잠들어 있는 어떤 능력을 위한 일을 제안했다. 피리 소리는 그가 사는 거리와 마을과 주를 조심스럽게 마음에서 몰아냈다. 어떤 목소리가 속삭였다. 그대는 영광스러운 삶을 살 수 있는데 어째서 이런 곳에 머물며 남루하고 고되게 사는가? 별들은 이곳이 아닌 다른 들판 위에서도 똑같이 반짝이고 있잖은가? 그런데 그는 과연 어떻게 이런 환경에서 벗어나 다른 곳으로 옮겨 갈까? 그가 생각해 낼 수 있는 방법은 새로운 금욕 생활을 실천하고, 정신이 몸속 깊숙이 내려와 육체를 구원하게 하며, 자신을 더욱 소중히 여기면서 살아가겠다고 다짐하는 것뿐이었다.

동물 이웃들

가끔 마을 반대편에서 마을을 지나 내 집을 찾는 낚시 친구[340]가 있다. 그 친구와 함께 저녁거리인 물고기를 낚는 것은 저녁을 함께 먹는 일만큼이나 사교적인 활동이었다.

은자 요즘 세상이 어떻게 돌아가고 있는지 궁금하군. 세 시간이나 지났는데 소귀나무 위로 메뚜기 한 마리 지나가는 소리도 듣지 못했어. 멧비둘기들도 둥지에서 잠이 들었나 봐. 날갯짓 소리도 들리지 않는 걸 보면 말이야. 조금 전 숲 너머에서 들려온 건 정오를 알리는 농부의 나팔 소리였나? 일꾼들

340) 윌리엄 엘러리 채닝을 말한다. 당시 채닝은 월든 호수에서 남쪽으로 10킬로미터쯤 떨어진 곳에서 살았다. 이어지는 대화의 '은자'는 소로, '시인'은 채닝을 가리킨다.

이 삶은 고기와 사과술과 옥수수빵을 먹으러 밭에서 나오고 있겠군. 사람들은 왜 그렇게 걱정을 많이 할까? 음식을 많이 먹지 않는 사람은 굳이 힘들게 일할 필요가 없을 텐데. 그나저나 오늘은 얼마나 수확했으려나? 개 짖는 소리 때문에 조용히 사색할 수 없는 곳에 대체 누가 살고 싶어 하는지 모르겠군. 집안일까지 해야 한다니! 오늘같이 화창한 날에 무슨 대단한 물건이라고 문손잡이에 광을 내고 물통까지 박박 문질러 닦는지. 집 같은 건 차라리 없는 편이 나아. 집보다는 속이 텅 빈 나무에서 사는 게 더 나을 거야. 그러면 아침에 찾아오는 사람도 없고, 왁자지껄한 저녁 식사 자리도 없을걸. 텅 빈 나무를 두드리는 건 딱따구리뿐이겠지. 사람들은 너무 몰려 살아. 사람이 많은 곳에 해가 비치면 더 더워. 그렇지 않아도 다들 허덕이며 사는데 말이야. 나는 그렇게 살고 싶지 않아. 내게는 방금 샘에서 길어 온 물이 있고, 선반에 통밀빵 한 덩어리도 있어. 그거면 충분하잖아. 잠깐! 나뭇잎이 바스락거리는 소리가 들리는군. 마을의 굶주린 개가 사냥 본능에 이끌려 숲으로 나오는 소리인가? 아니면 이 숲에서 실종되었다는 돼지가 내는 소리일까? 비가 내린 뒤 바닥을 보니까 돼지 발자국이 나 있던데 말이야. 무언가 빠르게 다가오는군. 붉나무와 찔레나무가 흔들리고 있어. 아, 시인, 자네였군그래. 오늘은 세상 돌아가는 꼴이 어떤가?

시인 저 구름을 봐, 하늘에 어떻게 떠 있는지 말이야. 오늘 내가 본 것 중에서 가장 멋진 광경이지. 저런 광경은 옛날 그림에도, 외국에도 없을 거야. 스페인의 해안가에 있을 때가 아니면 저런 건 볼 수 없을걸. 그야말로 진짜 지중해의 하늘이지. 나도 먹고살아야 하는데 오늘은 먹은 게 없으니 낚시를 할까 생각했어. 그나마 시인에게 딱 맞는 일이 아닌가. 낚시는 내가 배운 유일한 재주야. 자, 어서 함께 가자고.

은자 자네 제안을 거절할 수는 없지. 빵도 곧 떨어질 테니까 기꺼이 가겠어. 지금은 명상을 마무리하는 중이야. 거의 끝나 가니까 잠시 나 혼자 있게 해 줘. 그리고 지체되지 않도록 자네는 그동안 미끼를 찾았으면 해. 퇴비를 주지 않아 이 근처 흙에는 지렁이가 별로 없을 거야. 거의 멸종된 상태라고 볼 수 있지. 배고프지 않을 때는 지렁이를 잡는 일도 낚시 못지않게 재미있어. 오늘은 그 재미를 자네 혼자 실컷 누리라고. 저기 흔들리는 물레나물이 보이지? 그곳 땅콩밭을 삽으로 파헤쳐 봐. 김을 매듯 풀뿌리 사이를 살짝 들여다보면 세 포기 건너 지렁이 한 마리 정도는 나올 거야. 틀림없어. 좀 더 멀리 가고 싶으면 그렇게 해도 괜찮아. 좋은 미끼는 거의 거리의 제곱에 비례하여 늘어난다는 걸 아니까 하는 말이야.

은자 (혼잣말로) 가만있자, 내가 어디까지 생각하다 말았지? 대강 이런 생각을 했던 것 같은데. 세계는 이 같은 상황에 놓여 있다는 생각 말이야. 지금 천국에 갈 것인가, 아니면 낚시를 하러 갈 것인가? 이 명상을 끝내면 이런 좋은 기회가 또 올까? 곧 사물의 본질 속으로 녹아들어 갈 것 같은 기분인데. 난생처음 느끼는 기분이야. 내가 생각했던 것들이 두 번 다시 내게 돌아오지 않을까 두렵군. 조금이나마 효과가 있다면 휘파람이라도 불고 싶어. 생각한 것들이 돌아오도록 말이야. 생각들이 내게 무언가를 제안하면 "잠시 생각을 좀 해 볼게."라고 말하는 게 현명한 짓일까? 아무튼 내 생각들은 자취도 없이 사라졌고, 그래서 나는 그 생각들이 지나간 길을 찾을 수 없게 됐어. 내가 무슨 생각을 했더라? 오늘은 안개가 자욱하게 낀 날이었어. 공자의 세 문장으로 된 말[341]을 떠올려 보자. 그러면 아까 했던 명상 상태로 되돌아갈 수 있을 테니까. 그게 우울한 상태였는지 무아경에 막 빠져든 상태였는지 모르겠는걸. 기억할 것. 같은 기회는 단 한 번뿐이다.

시인 은자, 이제 끝났나? 내가 너무 빨리 돌아온 건가? 아주 좋은 지렁이 열세 마리를 잡았어. 토막 나거나 길이가 짧은 놈도 몇 마리 잡았고. 이런 건 작은 물고기를 낚기에 적당할 거야. 낚싯바늘을 완전히 감싸지 않으니까. 마을에 있는 지렁이들은 너무 커. 은빛 물고기들이 실컷 뜯어 먹어도 낚싯바늘이 보이지 않을 거야.

은자 알았어, 어서 출발하자고. 콩코드강으로 갈까? 수위가 너무 높지 않으면 그곳이 괜찮을 거야.

어째서 세상은 우리 눈에 보이는 것들로만 이루어졌을까? 왜 인간은 익숙한 동물들만 이웃으로 두는가? 그런 틈새를 메우는 것은 생쥐뿐일까? 필파이[342] 같은 우화 작가들은 동

341) 각주 230 부분 참고.

342) 산스크리트어로 쓰인 고대 인도 우화집『히토파데사』의 저자로 추정되며 '비드파이'라고도 불린다. 이 우화집이 유럽에서는『필파이 이야기』 또는『비드파이 이야기』로 번역되었다.

물을 아주 효과적으로 이용한 듯하다. 우화에 나오는 동물은 하나같이 짐을 나르는 짐승, 어떤 의미에서는 인간의 생각을 일부 짊어진 짐승으로 묘사되기 때문이다.

내 집을 뻔질나게 드나드는 생쥐들은 흔한 외래종이 아니라 원래는 마을에서 볼 수 없는 토종 들쥐였다. 언젠가 그 생쥐 한 마리를 저명한 동물학자[343]에게 보냈더니 깊은 관심을 보였다. 내가 집을 지을 때 생쥐 한 마리가 집 밑에 보금자리를 틀고 있었다. 그런데 헌 판자로 마루를 깔고 대팻밥을 깨끗이 쓸어 내기 전 녀석이 점심때만 되면 보금자리에서 기어 나와 내 발아래에 흩어진 빵 부스러기를 주워 먹었다. 아마도 사람을 본 적이 한 번도 없을 것이다. 녀석은 곧 나와 아주 친해져서 내 신발을 폴짝 뛰어넘고 옷을 기어올랐다. 방 안의 벽을 순식간에 오르기도 했는데 그 몸놀림이 다람쥐와 비슷했다. 한번은 내가 긴 의자에 팔꿈치를 얹고 비스듬히 기대앉아 있을 때 녀석이 내 옷에 뛰어오르더니 옷소매를 타고 휙 내려가서는 내 점심이 담긴 종이 봉지 주위를 맴돌았다. 나는 봉지를 꽉 움켜쥐고 요리조리 피하면서 녀석과 숨바꼭질을 했다. 그러다 엄지와 검지로 치즈 한 조각을 쥐고 가만히 있자 녀석이 바짝 다가와서는 내 손바닥에 앉아 치즈를 조금씩 갉아 먹고는 파리처럼 제 얼굴과 앞발을 깨끗이 닦고 유유히 사라졌다.

---

343) 동물학자이자 지질학자인 하버드 대학교 교수 장 루이 로돌프 아가시(Jean Louis Rodolphe Agassiz, 1807~1873)를 말한다.

머지않아 딱새 한 마리가 내 헛간에 둥지를 틀었고, 울새가 내 집에 기대어 자라는 소나무에 은신처를 마련했다. 6월에는 낯을 많이 가리는 자고새가 새끼들을 데리고 내 집 뒤쪽 숲에서 살그머니 나와서는 창문을 지나 집 앞으로 사라졌다. 자고새는 숲의 암탉인 듯 꼬꼬댁 소리를 내어 새끼들을 부른다. 사람이 다가가면 새끼들은 어미의 신호에 따라 삽시간에 사방으로 흩어진다. 마치 회오리바람에 휩쓸린 것 같다. 자고새 새끼들은 마른 나뭇가지나 나뭇잎과 비슷해서 사람들은 새끼들 한복판에 서 있어도 녀석들이 주위에 있다는 걸 알아채지 못한다. 어미가 요란하게 날개를 퍼덕거리거나 걱정스레 울어서 주의를 끌기 때문에 더 그렇다. 어미는 사람과 마주치면 이따금 정신이 이상해진 듯 데굴데굴 구르거나 빙글빙글 돌기 때문에 어떤 짐승인지 금세 알아채지 못하는 경우가 많다. 새끼들은 나뭇잎 아래에 머리를 처박고 꼼짝 않고 웅크린 채 멀리서 어미가 보내는 신호에만 신경을 쓸 뿐 사람들이 가까이 가도 달아나거나 모습을 드러내지 않는다. 자칫 사람들은 새끼들을 밟거나 빤히 바라보면서도 자고새라는 걸 쉽게 알지 못한다. 그럴 때 손바닥에 올려놓고 관찰해 보니 녀석들의 유일한 관심은 어미와 본능에 순종하며 두려워하거나 떨지 않고 그곳에 쪼그리고 있는 것이었다. 그 같은 본능이 얼마나 강한지 한번은 내가 새끼들을 집었다가 다시 나뭇잎 위에 내려놓았을 때 한 녀석이 옆으로 쓰러졌는데 십 분쯤 뒤에 나머지 새끼들도 똑같은 자세를 하고 있었다. 자고새 새끼는 다른 새들의 새끼와 달리 깃털이 나 있고 병아리보다 발육이 훨씬 빠르다. 녀석들의 크고 맑고 차분한 눈동자에 담긴 조숙하면서도 천진한 표정은 무척 인상적이다. 그 눈동자에는 세상의 모든 지혜가 어려 있는 것 같다. 유년기의 순수함뿐 아니라 경험을 통해 명료해진 지혜까지 담긴 듯하다. 그런 눈동자는 태어날 때 생겨난 것이 아니다. 눈동자에 비친 하늘과 함께 시작되었다. 숲은 그런 보석을 두 번 다시 잉태하지 않는다. 나그네는 흔히 그처럼 맑은 샘을 주의 깊게 살피지 않는다. 무지하고 신중하지 못한 사냥꾼은 어미를 쏘아 천진한 새끼들이 먹잇감을 찾아 숲을 어슬렁거리는 짐승이나 맹금류의 먹이가 되거나 새끼들과 꼭 닮은 썩어 가는 나뭇잎과 서서히 뒤섞이도록 내버려 두는 일이 많다. 암탉이 품어 자고새의 알이 부화하면 자고새 새끼들은 무언가에 놀라 뿔뿔이 흩어져 길을 잃는다고 한다. 새끼들을 다시 불러 모으는 어미의 소리를 듣지 못하는 탓이다. 자고새는 내게 암탉이자 병아리였다.

숲속에서 얼마나 많은 생물이 비밀스럽지만 야생과 자유를 누리며 살고, 또 마을 주변에서 먹이를 구하며 사는지 그저 놀랍기만 하다. 그들의 존재를 눈치채는 이는 사냥꾼들뿐이다. 수달은 여기에서 얼마나 한적하게 살고 있는지! 다 자라면 몸길이가 120센티미터쯤 되어 어린 사내아이만 하지만 아마 흘낏이나마 수달을 본 사람은 없을 것이다. 나는 전에 내 집 뒤쪽 숲에서 너구리를 보았는데 십중팔구는 밤마다 녀석의 울음소리를 들었을 것이다. 나는 오전에 씨를 뿌리고 정오쯤에는 샘 옆의 그늘에서 한두 시간 쉬며 점심을 먹은 뒤 책을 읽곤 했다. 그 샘은 밭에서 800미터쯤 떨어진 브리스터 언덕 아래에서 흘러나오는 것으로 늪과 개울의 원천이었다. 샘에 가려면 풀이 무성하고 어린 리기다소나무가 빽빽한 골짜기를 따라 계속 내려가다 늪 근처에서 큰 숲으로 들어가야 했다. 샘 주위에는 사방으로 가지를 내뻗은 백송나무가 있었고, 그 아래 아주 한적하고 그늘진 곳에 바닥이 단단해서 앉기 좋은 깨끗한 풀밭이 있었다. 나는 거기에 샘을 파서 우물을 만들었는데 한 양동이쯤 퍼내도 물이 흐려지는 일 없이 맑았다. 호수의 물이 미적지근한 한여름에는 거의 매일 샘으로 물을 길으러 갔다. 거기에도 도요새가 새끼들을 데리고 와 진흙 속에서 벌레를 찾았다. 어미가 30센티미터쯤 위에서 둑을 따라 내려오면 새끼들은 그 밑에서 떼를 지어 달렸다. 하지만 마침내 나를 발견하면 어미는 새끼들 곁을 떠나 내 주위를 빙빙 돌며 조금씩 다가와 두어 걸음 떨어진 곳에서 날개와 다리가 부러진 척 내 주의를 끌어 새끼들을 달아나게 했다. 새끼들은 어미가 지시한 대로 가냘프지만 힘차게 삐악거리면서 일렬종대로 행진하여 늪을 가로질렀다. 어미가 보이지 않을 때 새끼들의 삐악거리는 소리만 들리기도 했다. 멧비둘기들도 샘 위 나뭇가지에 앉거나 내 머리 위 부드러운 백송나무 가지를 날개를 퍼덕이며 이리저리 옮겨 다녔다. 붉은다람쥐는 가장 가까운 나뭇가지를 타고 내려와서 호기심 어린 표정을 지으며 스스럼없이 굴었다. 누구든 숲속으로 들어와서 마음에 드는 곳에 오랫동안 조용히 앉아 있다 보면 차례로 찾아오는 숲의 주민들을 만날 수 있을 것이다.

나는 그다지 평화롭지 못한 사건을 목격했다. 어느 날 장작더미, 아니 정확히 말하면 그루터기를 쌓아 둔 곳에 갔다가 커다란 개미 두 마리가 맹렬히 싸우는 모습을 보았다. 한 녀석은 붉은 개미였고, 다른 녀석은 그보다 훨씬 큰 검은 개미로 몸길이가 1.3센티미터쯤 되었다. 두 녀석은 서로 뒤엉켜 떨어질 줄 몰랐다. 나무토막 위에서 쉴 새 없이 밀고 당기며 마구 뒹굴었다. 주위를 둘러보니 놀랍게도 나무토막마다 그런 개미 전사들로 뒤덮여 있었다. 그것은 개미 두 마리의 결투가 아니라 두 종족 간의 전쟁이었다. 붉은 개미와 검은 개미가 대결하는 형세였지만 붉은 개미 두 마리가 검은 개미 한 마리를 공격하는 경우도 많았다. 이들 미르미돈[344] 군단이 장작을 쌓아 둔 야적장의 언덕과 계곡을 뒤덮었고 땅에는 이미 전사했거나 죽어 가는 붉은 개미와 검은 개미가 널려 있었다. 그것은 내가 목격한 유일한 전투였고, 전투가 벌어지는 동안 내가 발을 디뎌 본 유일한 전쟁터였다. 그야말로 대살육전이었다. 붉은 공화주의자와 검은 제국주의자가 목숨을 걸고 벌이는 치열한 전투였음에도 내 귀에는 아무 소리도 들리지 않았지만 인간 전사도 그처럼 필사적으로 싸우지는 않았다. 나는 나무토막 사이의 양지바른 자그마한 계곡에서 서로 엉겨 붙어 있는 두 마리의 개미 전사를 지켜보았다. 한낮이었는데 둘은 해가 질 때까지, 아니 숨이 끊어질 때까지 싸울 태세였다. 그 전쟁터에서 몸집이 작은 붉은 전사는 적의 가슴에 착 달라붙어

344) 아킬레스와 함께 트로이 전쟁에 참전한 테살리아의 호전적인 종족. 미르미돈은 그리스어로 '개미'를 뜻하는 '미르메크스'에서 유래한 말이다.

바이스처럼 꽉 조인 채 몸부림치며 이리저리 뒹굴면서도 적의 더듬이 하나를 한순간도 놓지 않고 뿌리 근처까지 물고 늘어졌다. 검은 개미의 다른 더듬이 하나는 이미 잘려서 땅에 떨어져 있었다. 힘이 더 센 검은 개미는 붉은 개미를 떨쳐 내려고 몸을 좌우로 마구 흔들어 댔다. 좀 더 가까이 다가가서 살펴보니 붉은 개미도 다리 몇 개가 잘려 나가고 없었다. 두 녀석은 불도그보다 더 끈질기게 싸웠다. 어느 쪽도 물러설 기미를 보이지 않았다. '승리가 아니면 죽음을 달라!'가 둘의 전투 구호인 것이 틀림없었다. 한편 이쪽 계곡을 따라 올라오는 붉은 개미 한 마리가 있었는데 잔뜩 흥분한 듯 보였다. 이미 적을 해치웠거나 아직 전투에 참가하지 않은 모양이었다. 다리와 더듬이 모두 멀쩡하니 전투에 참가하지 않은 쪽이 맞지 싶었다. 녀석은 전투에서 이겨 방패를 가지고 돌아오든지 죽어서 방패에 실려 오라는 말을 어머니한테 들었을 것이다. 어쩌면 아킬레우스 같은 용사로서 홀로 떨어져 분노를 삭이다 친구인 파트로클로스를 구하거나 그의 원수를 갚으려고 왔는지도 모른다. 아무튼 녀석은 멀리서 불공평한 전투(검은 개미가 붉은 개미보다 두 배나 컸다.)를 지켜보다 재빨리 다가와 두 전사로부터 1.3센티미터쯤 거리를 두고 멈추어 서서는 경계 태세를 갖추었다. 그리고 기회를 엿보다 검은 전사에게 덤벼들어 오른쪽 앞다리의 뿌리 부분을 공격하기 시작했다. 하지만 녀석도 적에게 다리 하나를 잡히고 말았다. 결국 세 마리의 개미들이 한데 엉겨 목숨을 건 사투를 벌였고, 그 모습은 마치 세상의 모든 자물쇠와 시멘트를 능가하는 새로운 종류의 접착제를 만들어 발라 놓은 것 같았다. 그때쯤 양쪽 진영이 높다란 나무토막 위에 군악대를 배치해 놓고 국가를 연주하면서 동작이 둔한 전사들을 격려하고 죽어 가는 전사들을 위로하는 모습을 보았더라도 놀라서는 안 되리라. 마치 개미들이 인간이기라도 한 듯 나는 다소 흥분했다. 생각할수록 개미와 인간이 차이가 없어 보였다. 미국 전체 역사에는 어떤지 모르지만 적어도 콩코드 역사에는 전투에 참가한 전사들의 수나 전사들이 보여준 애국심과 영웅심 면에서 이 개미 전쟁에 견줄 만한 전투 기록이 없다. 참전자와 사상자의 수만 놓고 보면 이 개미 전쟁은 아우스터리츠 전투나 드레스덴 전투[345]에 견줄 수 있으리라. 콩코드 전투[346]는 비교가 안 된다! 민병대에서 두 명이 전사하고 루서 블랜처드[347]가 부상을 당한 정도였지 않은가! 왜 이곳의 모든 개미가 버트릭[348] 같고 수천 마리의 개미가 묵묵히 데이비스와 호스머[349]의 운명을 받아들였는가! "사격하라! 즉시 사격하라!" 이곳에는 단 한 명의 용병[350]도 없었다. 개미

345) 1805년과 1813년에 나폴레옹 1세가 러시아와 오스트리아 연합군을 상대로 승리한 전투. 두 전투에서 8만 명이 넘는 전사자가 발생했다.

346) 1775년 4월 19일 미국 민병대가 영국 군대를 상대로 콩코드에서 벌인 전투이며 미국 독립 전쟁의 시초가 되었다.

347) 콩코드 전투에서 최초로 부상을 입은 미국인 병사.

348) 콩코드 전투에서 민병대를 지휘한 소령. 사격하지 말라는 상부의 지시를 받았지만 영국군이 사격하자 사격 명령을 내린 것으로 알려져 있다.

349) 미국인 병사로 둘 다 콩코드 전투에서 전사했다.

350) 미국 독립 전쟁 때 영국군은 독일인을 용병으로 고용했다.

들은 우리 선조들처럼 차에 부과되는 3페니의 세금[351)]을 피하기 위해서가 아니라 대의를 위해 싸웠다고 나는 믿는다. 전투의 결과는 관련된 당사자들에게 적어도 벙커힐 전투[352)]만큼이나 중요하고 오래도록 기억될 만한 사건일 것이다.

나는 내가 자세히 묘사한 그 개미 세 마리가 맞붙어 싸우던 나무토막을 집으로 가져와서 창턱에 올려놓고 커다란 유리컵으로 덮어 두었다. 싸움의 결과가 궁금했기 때문이다. 처음 말했던 붉은 개미를 현미경으로 살펴보니 상대의 하나 남은 더듬이마저 잘라 버리고 앞다리 근처를 마구 물어뜯고 있었다. 녀석도 가슴이 갈가리 찢겨 중요한 내장이 검은 개미의 턱에 고스란히 드러나 있었다. 검은 개미의 가슴팍은 너무 두꺼워 붉은 개미가 꿰뚫을 수 없을 듯 보였다. 고통스러워하는 붉은 개미의 검붉은 눈동자는 전쟁만이 불러일으킬 수 있는 살기로 이글거렸다. 개미들은 유리컵 밑에서 삼십 분을 더 싸웠고, 내가 다시 들여다보았을 때는 검은 개미가 두 적의 머리를 몸에서 끊어 놓았다. 검은 개미의 양 옆구리에 그 머리들이 매달린 채 여전히 살아 움직이고 있었다. 마치 검은 개미의 안장 앞쪽에 매단 무시무시한 전리품 같았다. 검은 개미는 더듬이가 없는 터에 하나 남은 다리마저 반쯤 잘렸고, 내가 보지 못한 상처가 많을 텐데도 옆구리에 끈질기게 매달린 적의

351) 영국이 식민지 미국에 부과한 이 세금 때문에 미국인들의 분노를 샀고, 이는 보스턴 차 사건과 독립 전쟁의 도화선이 되었다.

352) 독립 전쟁 중 1775년 6월 17일에 벌어진 두 번째 전투. 실제로는 매사추세츠주 벙커힐이 아닌 그 이웃 찰스타운에 있는 브리즈힐에서 벌어졌다.

머리들을 떼어 내려 몸부림쳤다. 다시 삼십 분이 지나서야 드디어 적들의 머리를 떼어 냈다. 내가 유리컵을 들어 올리자 녀석은 상처투성이인 몸을 이끌고 창턱을 넘어 밖으로 사라졌다. 검은 개미가 마침내 그 전투에서 살아남아 여생을 오텔 데 앵발리드[353]에서 보냈는지 어땠는지는 모르겠다. 아무튼 녀석이 지닌 불굴의 정신도 그 후로는 별로 쓸모가 없을 것 같았다. 나는 어느 쪽이 승리했고, 전쟁의 원인이 무엇인지 알아내지 못했다. 그러나 인간이 벌이는 전투에서나 볼 수 있는 처절하고 잔혹한 살육 장면을 바로 집 앞에서 목격한 그날 하루 동안 내 마음은 착잡하고 괴로웠다.

커비와 스펜스는 개미들의 전투가 오래전에 알려진 데다 그 역사까지 기록되어 있지만 현대의 저술가 중 개미 전투를 목격한 사람은 후버[354]뿐이라고 했다. 두 사람은 이렇게 말했다. "에네아 실비오[355]는 배나무 줄기에서 큰 종과 작은 종의 개미들이 끈질기게 싸우는 장면을 상세히 기록한 뒤 '이 싸움은 교황 에우제니오 4세[356] 시대에 유명한 법률가인 니콜라스 피스토리엔시스의 눈앞에서 벌어졌으며 그가 전투의 모든 과정을 아주 충실하게 기록했다.'라고 덧붙였다. 큰 개미들과 작은

353) 17~18세기 프랑스 파리에 세워진 부상병 요양 시설. 지금은 군대 박물관으로 쓰이며 이곳 교회에 나폴레옹의 무덤이 있다.

354) 피에르 후버(Pierre Huber, 1777~1840). 스위스의 곤충학자.

355) 에네아 실비오 피콜로미니(Enea Silvio Piccolomini, 1405~1464)는 210대 교황 비오 2세의 속명이다. 시인, 지리학자, 역사학자로도 활동했다.

356) 본명은 가브리엘레 콘둘메르. 207대 교황으로 1431년부터 1447년까지 재임했다.

개미들 사이에 벌어진 비슷한 교전을 올라우스 마그누스[357]도 기록했는데 승리한 작은 개미들은 아군 병사의 시체는 매장했지만 몸집이 큰 적군의 시체는 새의 먹잇감이 되도록 방치했다고 한다. 이 일은 폭군 크리스티안 2세[358]가 스웨덴에서 축출되기 전에 일어났다." 내가 목격한 개미들의 전투는 웹스터 도망 노예법[359]이 통과되기 오 년 전 포크[360] 대통령 시절에 벌어졌다.

식료품을 저장하는 지하실에서 진흙거북이나 쫓아다니는 게 딱 맞는 마을의 대다수 개들이 주인 몰래 숲에서 그 무거운 엉덩이를 과시하며 오래된 여우 굴이나 우드척 구멍을 냄새 맡고 다니느라 헛고생을 했다. 아마 몸놀림이 가벼운 들개가 녀석들을 숲으로 안내했을 것이다. 이 들개 녀석은 숲을 누비고 다니면서 숲속 동물들에게 자연 발생적으로 공포심을 불러일으켰으리라. 그런데 안내자보다 훨씬 뒤처진 마을 개들이 자기들을 감시하려고 나무 위에 올라가 눈치를 살피는 자그마한 다람쥐를 향해 불도그처럼 사납게 짖어 댔다. 그러다 딴에는 길 잃은 날다람쥐를 뒤쫓는다고 생각했는지 육중한 체구로 덤불을 쓰러뜨리며 느릿느릿 달렸다. 언젠가 자갈

---

357) Olaus Magnus(1490~1558). 스웨덴 가톨릭 성직자이자 역사가.

358) Christian II(1481~1559). 덴마크, 노르웨이, 스웨덴의 왕. 폭정을 휘두르다 신하들의 반란으로 종신형에 처해졌다.

359) 1850년 미국 의회에서 통과된 법. 매사추세츠주 상원 의원 웹스터는 이 법을 지지하여 노예제를 반대하는 지식인들한테 거센 비난을 받았다.

360) 미국의 11대 대통령 제임스 녹스 포크(James Knox Polk, 1759~1849).

깔린 호숫가를 거니는 고양이 한 마리를 보고 놀란 적이 있다. 고양이가 인가에서 멀리 떨어진 곳을 돌아다니는 일은 거의 없기 때문이다. 고양이도 놀란 모양이었다. 그렇지만 온종일 깔개 위에 엎드려 지내는 길들여진 고양이도 숲에서 제집인 듯 편안해 보이고, 그 은밀하면서도 교활한 행동 탓에 숲의 정식 주민들보다 더 토박이처럼 보인다. 한번은 숲에서 산딸기를 따다가 새끼들을 거느린 고양이를 만났는데 새끼들도 어미와 마찬가지로 거칠고 사나워서 모두 등을 세우고 무섭게 으르렁거렸다. 내가 숲에 들어와 생활하기 몇 년 전 호수에서 가장 가까운 링컨 마을에 사는 질리언 베이커라는 농부의 집에 '날개 달린 고양이'라고 불리는 녀석(암컷인지 수컷인지 모르지만 편의상 이렇게 부르겠다.)이 있었다. 1842년 6월에 그 고양이를 보려고 농부 집에 갔더니 녀석은 평소처럼 숲으로 사냥을 나가고 없었다. 안주인의 말에 따르면 일 년쯤 전 4월에 녀석이 집 근처에 나타났고, 결국 한 식구가 되었단다. 녀석은 털이 짙은 회갈색이고, 목덜미에 흰 반점이 있으며, 발은 희고, 꼬리는 여우처럼 길고 덥수룩했다. 특히 겨울에는 털이 양 옆구리를 따라 두툼하고 넓게 자라서 6센티미터 너비에 25~30센티미터 길이의 띠를 이루었다. 턱 밑에도 토시처럼 털이 자랐는데 위쪽은 느슨하지만 아래쪽은 펠트처럼 촘촘했다. 봄이 되면 털이 모두 빠졌다. 베이커 부부가 고양이의 '날개' 한 쌍을 주었고, 나는 지금도 그것을 간수하고 있다. 날개에 피막 같은 것은 없다. 그 고양이가 날다람쥐나 다른 야생 동물의 잡종일 거라는 사람도 있었는데 그럴 수 있지 않을까 싶다.

동물학자들에 따르면 담비와 집고양이의 교배를 통해 다양한 잡종이 태어난다고 하니 말이다. 내가 기른다면 그 녀석이 나한테 딱 맞는 고양이였으리라. 왜 시인의 고양이라고 시인의 말[361]처럼 날개가 달리면 안 되는가?

가을이 되자 여느 때와 마찬가지로 되강오리가 호수에 찾아와 털갈이를 하고 미역을 감았다. 내가 잠자리에서 일어나기도 전에 되강오리의 격정적인 웃음소리가 온 숲에 울려 퍼졌다. 되강오리가 날아왔다는 소문이 돌면 콩코드의 사냥꾼들은 너나 할 것 없이 경계 태세를 취한다. 그들은 특허를 받은 엽총과 원뿔 모양의 탄알과 쌍안경을 갖추고 둘이나 셋씩 짝을 지어 마차를 타거나 걸어서 호수로 향한다. 사냥꾼들은 가을 낙엽처럼 바스락거리며 숲을 지나는데 되강오리 한 마리에 적어도 열 명은 따라붙는다. 그들은 두 패로 나뉘어 호수의 이쪽과 저쪽에 각각 진을 친다. 그 가련한 물새가 동시에 어디에나 나타날 수 없기 때문이다. 이쪽에서 잠수하면 저쪽에서 올라올 수밖에 없다. 그러나 지금은 바스락거리며 나뭇잎을 흔들고 수면에 잔물결을 일으키는 10월의 부드러운 바람이 불면 적들이 쌍안경으로 호수를 샅샅이 훑고 총을 쏴서 숲을 흔들어도 되강오리는 어디에도 보이지 않고 웃음소리도 들리지 않는다. 물결이 화가 난 듯 거세게 밀려와서 물새들의 편을 들면 우리 사냥꾼들은 마을이나 가게 또는 끝내지 못

---

361) 그리스 신화에서 시적 영감을 주는 뮤즈들의 사랑을 받은 날개 달린 말 페가수스를 가리킨다.

한 일이 있는 곳으로 후퇴해야 한다. 그럼에도 사냥꾼들은 너무 자주 사냥에 성공한다. 나는 아침 일찍 물 한 통을 길으러 호수에 갔다가 내 집에서 몇십 미터 떨어진 작은 만에서 당당하게 헤엄쳐 나오는 되강오리를 자주 보았다. 어떻게 반응하는지 살피기 위해 배를 타고 쫓아가면 녀석은 물속으로 들어가 자취를 감추어 버렸고, 오후 늦게까지 두 번 다시 볼 수 없었다. 하지만 물 위에 떠 있는 한 내가 녀석보다 한 수 위였다. 비가 오면 녀석은 가 버리고 끝내 나타나지 않았다.

어느 고요한 10월 오후, 나는 북쪽 호숫가를 따라 노를 젓고 있었다. 그런 날에는 특히 되강오리들이 민들레 갓털처럼 호수에 사뿐히 내려앉았는데 아무리 둘러보아도 한 마리도 눈에 띄지 않았다. 그런 터에 물가에서 호수 한가운데로 잠영해 온 되강오리 한 마리가 특유의 거친 웃음소리를 내면서 내 앞에 불쑥 나타났다. 나와의 거리는 몇십 미터밖에 되지 않았다. 내가 재빨리 노를 저어 쫓아가자 녀석은 다시 물속으로 들어갔다. 녀석이 수면에 모습을 드러냈을 때는 아까보다 더 가까운 곳에 있었다. 녀석은 나를 보자 또 한 차례 잠수했는데 내가 녀석이 헤엄쳐 가는 방향을 잘못 가늠한 바람에 간격이 더 벌어졌다. 잠시 뒤 물 밖으로 올라왔을 때는 250미터나 떨어져 있었다. 되강오리는 또다시 큰 소리로 한참 동안 웃었다. 내가 간격을 더 벌려 놓은 꼴이므로 이번에는 웃을 만한 이유가 충분하다고 생각했다. 녀석은 아주 교활하게 움직였다. 그래서 30미터 안쪽으로는 접근할 수가 없었다. 그런 터에 녀석은 물 밖으로 올라올 때마다 고개를 이리저리 돌려 호수와 육지를 냉정하게 살핀 뒤 수면이 가장 넓게 펼쳐지고 배와 가장 먼 지점에서 안전하게 물 위로 나오도록 방향을 가늠했다. 얼마나 빠르게 결정하고 얼마나 잘 실행에 옮기는지 그저 놀랍기만 했다. 녀석은 순식간에 나를 호수에서 가장 넓은 곳으로 유인했고, 나를 요리조리 피하면서 그곳을 벗어나지 않았다. 녀석이 머리를 굴려 무언가를 생각하는 동안 나도 머리를 굴려 녀석의 생각을 간파하려고 애썼다. 그것은 호수의 잔잔한 수면 위에서 벌어지는 인간 대 되강오리의 한판 승부였다. 상대의 말이 갑자기 장기판 아래로 사라지면 그 말이 다시 나타날 지점과 가장 가까운 곳에 내 말을 놓아야 한다. 그런 규칙과 맞지 않게 이따금 녀석은 배 밑을 지나 내 맞은편에서 불쑥 올라왔다. 녀석은 숨을 오래 참고 쉽게 지치지 않는지 물속에서 먼 거리를 헤엄친 뒤 고개를 내밀었다가 금세 다시 들어갔다. 어쩌면 잔잔한 수면 아래 깊디깊은 호수 어디쯤에서 물고기처럼 빠르게 움직이고 있는지도 모른다. 녀석은 호수의 가장 깊은 바닥까지 내려가서 헤엄칠 만큼 잠수와 호흡 능력이 뛰어났기 때문이다. 뉴욕주의 호수에서 송어를 낚으려고 수심 24미터쯤에 던져 놓은 낚싯바늘에 되강오리가 잡혔다고 한다. 월든 호수는 수심이 더 깊다. 물고기들은 다른 세계에서 온 볼품없는 이 방문객이 자기들 틈에 섞여 재빨리 헤엄치는 모습을 보고 얼마나 놀랐을까! 되강오리는 수면에서와 마찬가지로 물속에서도 진로를 정확히 아는 것 같았다. 오히려 물속에서 훨씬 빠르게 헤엄쳤다. 나는 녀석이 수면으로 올라오는 자리에 잔물결이 이는 걸 한두 번 보았다. 그때마다 수면 위에 머리만 살짝 내밀고 주변을 살핀 뒤 곧바로 잠수했다. 나는 수면 어디에서 머리를 내밀지 예측하려고 애쓰기보다 차라리 노를 내려놓고 쉬면서 녀석이 다시 나타나기를 잠자코 기다리는 편이 낫다는 걸 깨달았다. 눈에 힘을 잔뜩 주고 한쪽 수면을 지켜보다가 별안간 뒤쪽에서 들리는 괴상한 웃음소리에 깜짝 놀란 적이 몇 번이었다. 그나저나 되강오리는 왜 그처럼 교활하게 굴고는 수면 위로 올라올 때 그 커다란 웃음소리로 자기 존재를 알리는 것일까? 하얀 가슴만으로도 자기를 알리기에 충분하지 않은가? 내 생각에는 정말 어리석은 새다. 녀석이 올라오면 대개 물이 첨벙거리는 소리가 들렸고, 그래서 녀석을 금세 알아챘다. 그런데 녀석은 한 시간 뒤에도 여전히 기운이 넘쳐서 기꺼이 물속으로 뛰어들고 처음보다 더 멀리까지 헤엄쳤다. 녀석이 수면 위로 올라왔을 때 물속에서 물갈퀴 달린 발을 재빨리 움직이면서도 가슴 털은 조금도 흩뜨리지 않고 유유히 헤엄치는 모습을 보면 감탄이 절로 나온다. 평소 소리는 특유의 악마 같은 웃음이었지만 다소 물새의 울음소리와 비슷했다. 다만 이따금 나를 따돌리고 멀찌감치 떨어진 수면 위로 머리를 내밀 때면 꼬리를 길게 늘이며 괴상하게 울부짖었는데 이는 물새라기보다 늑대의 울음소리에 가까웠다. 알 수 없는 짐승이 땅에 주둥이를 박고 울부짖는 소리 같기도 했다. 어쨌든 그것이 녀석의 특이한 울음소리였다. 먼 곳의 숲까지 울려 퍼지는 되강오리의 울음소리는 내가 여기서 접할 수 있는 소리들 가운데 가장 야생적인 소리였다. 나는 녀석이 자신의 능력만 믿고 내 노력을 조롱하기 위해 그런 소리를 낸다고 결론지었다. 그 무렵 하늘은 구름이 잔뜩 끼었으나 호수는 너무 잔잔해서 되강오리의 소리가 들리지 않아도 녀석이 어디쯤에서 수면의 평화를 깨뜨렸는지 알 수 있었다. 되강오리의 하얀 가슴, 고요한 대기, 잔잔한 수면이 모두 녀석에게 불리한 조건이었다. 마침내 녀석이 250미터쯤 떨어진 수면 위로 올라와 되강오리들의 신에게 도움을 청하듯 길게 울부짖는 소리를 내자 동쪽에서 바람이 불어와 수면에 잔물결을 일으키고 안개비가 대기를 가득 채웠다. 마치 되강오리의 기도가 이루어져서 녀석들의 신이 내게 화를 내는 것 같았다. 나는 녀석이 거친 수면을 박차고 날아올라 멀리 사라져 가는 모습을 물끄러미 바라만 보았다.

가을날 나는 들오리들이 사냥꾼들의 눈에서 한참 벗어나 호수 한복판을 교묘하게 이리저리 누비며 헤엄치는 모습을 몇 시간씩 지켜보았다. 들오리들은 방향을 획획 바꾸며 헤엄치면서도 좀처럼 그 구역을 벗어나지 않았다. 루이지애나 늪지의 강어귀에서라면 굳이 그런 곡예를 하지 않아도 될 것이다. 아무튼 사냥꾼들 때문에 별수 없이 공중으로 날아올라야 할 때 들오리들은 이따금 호수 위를 빙빙 돌면서 꽤 높은 곳까지 올라갔다. 높은 하늘에 검은 점처럼 떠 있으면 다른 호수와 하천도 쉽게 살펴볼 수 있을 터였다. 그리고 이미 어디론가 날아가 버렸겠거니 생각하고 있으면 어느새 400미터 높이에서 비스듬히 하강하여 아무도 없는 먼 곳에 내려앉곤 했다. 그런데 나로서는 녀석들이 월든 호수 한복판에서 헤엄을 치면서 얻는 것이 안전 말고 또 무엇이 있는지 모르겠다. 녀석들도 나와 같은 이유로 월든 호수를 사랑하는 게 아닐까.

난방

10월에 나는 강변의 초원으로 가서 포도송이를 잔뜩 땄다. 먹기 위해서라기보다 아름다운 모양과 향기 때문에 더욱 소중하게 여겨졌기 때문이다. 작고 매끈매끈한 진주 같은 붉은색의 크랜베리도 있었는데 황홀한 눈으로 바라보기만 하고 따지 않았다. 그런 열매를 농부들이 갈퀴로 긁어모아 깔끔하던 풀밭을 엉망으로 만들어 놓고 그렇게 탈취한 전리품을 겨우 몇 부셸 또는 몇 달러로 환산하여 보스턴과 뉴욕에 내다 판다. 크랜베리는 결국 잼으로 만들어져 대도시에 사는 자연 식품 애호가들의 입맛을 충족시킨다. 도축업자들도 드넓은 초원에서 들소의 혀를 긁어모으느라[362] 꺾이고 시드는 풀쯤은

362) 흔히 물소(buffalo)로 잘못 알려진 아메리카들소(bison)는 대초원에서

신경 쓰지 않는다. 매발톱나무의 화려한 열매도 그저 내 눈을 즐겁게 하는 음식이었다. 하지만 땅 주인이나 여행자들이 보지 못하고 지나친 야생 사과는 뭉근한 불로 익혀 먹으려고 조금 따서 집에 가져왔다. 밤도 겨울에 대비하여 반 부셸 정도 따서 저장해 놓았다. 가을에 링컨 마을의 드넓은 밤나무 숲을 돌아다니는 것은 무척 신나는 일이었다.(지금 그 밤나무들은 침목이 되어 철도 밑에서 긴 잠을 자고 있다.) 나는 서리가 내릴 때까지 기다릴 수 없어 어깨에 자루를 메고 손에는 밤송이를 깔 막대기를 들고서 바스락거리는 나뭇잎들을 헤집고 다녔다. 붉은다람쥐와 어치들이 반쯤 까서 먹고 남긴 밤송이를 훔치기도 했다. 녀석들한테 요란하게 꾸짖는 소리를 들었지만 녀석들이 고른 밤송이에는 속이 옹골진 알밤이 들어 있었다. 이따금 나는 직접 밤나무에 올라가 가지를 흔들었다. 밤나무는 내 집 뒤에도 몇 그루 있었는데 그중 한 그루는 집을 거의 뒤덮을 만큼 가지가 무성해서 밤꽃이 필 무렵이면 근처 일대에 향기를 풍기는 커다란 꽃다발로 변했다. 하지만 열매는 대부분 다람쥐와 어치들이 차지했다. 특히 어치들은 이른 아침부터 떼 지어 날아와서 밤송이가 땅에 떨어지기도 전에 부리로 쪼아 먹었다. 나는 이 나무들은 어치들에게 양보하고 완전히 밤나무로 이루어진 더 먼 숲을 찾아갔다. 밤은 어디까지나 빵을 대신할 훌륭한 먹거리였다. 물론 빵 대용 식품을 찾

풀을 뜯으며 사는데 혀가 맛있는 짐승으로 유명했다. 1851년 7월《하퍼스 매거진》에는 '아메리카들소와의 전투'라는 제목으로 '단지 혀를 얻으려고 아메리카들소를 무차별적으로 학살하고 있다.'라는 고발성 기사가 실렸다.

자면 밤 말고도 얼마든지 많았다. 하루는 낚시 미끼로 쓸 지렁이를 찾기 위해 땅을 파다가 감자콩을 넝쿨째 발견했다. 인디언감자라고도 불리는 전설적인 뿌리채소로 앞에서 말했듯 어릴 때 캐 먹은 적이 있지만 정말 그랬는지 알쏭달쏭하던 참이었다. 전에도 주름진 벨벳 같은 빨간 꽃이 다른 식물 줄기에 붙어서 피어 있는 걸 자주 보았으나 감자콩 꽃인 줄은 몰랐다. 감자콩은 개간이 본격적으로 진행되면서 대부분 멸종했다. 맛은 서리 맞은 감자처럼 달착지근한데 불에 굽기보다 삶아야 더 맛있다. 이 뿌리채소는 언젠가 미래에 이곳에서 자손을 검소하게 먹여 키우겠다고 다짐한 것처럼 보였다. 한때 인디언 부족의 토템이었던 이 식물은 들판마다 살진 소와 물결치는 밀밭이 가득한 오늘날에 사람들 뇌리에서 완전히 잊혔거나 꽃이 핀 변변찮은 넝쿨로만 알려져 있다. 그런데 야생의 자연이 다시금 이곳을 지배하게 되면 연약하고 호사스러운 영국 작물들은 수많은 적 앞에서 자취를 감출 테고, 옥수수 또한 사람이 돌보지 않을 경우 까마귀가 마지막 한 알까지 인디언 신이 다스리는 남서부의 광활한 옥수수밭으로 다시 가져가 버릴 것이다. 원래 옥수수는 까마귀가 그곳에서 여기로 물어 왔다고 하니까 말이다. 반면에 이제 거의 멸종한 감자콩은 서리와 야생의 거친 환경에도 불구하고 다시 살아나 번성함으로써 이곳에 자생하는 토종임을 증명함과 동시에 사냥으로 살아가던 부족의 식량으로서 고대의 중요성과 권위를 되찾을 것이다. 감자콩을 창조하여 인디언들에게 준 것은 인디언들의 케레스나 미네르바였으리라. 시가 이곳을 지배하게 되면 감자

콩의 잎과 넝쿨은 우리의 예술 작품에 재현될 것이다.

9월 1일 어느새 호수 건너편의 단풍나무 두세 그루가 붉게 물들었고 그 아래 사시나무 세 그루의 하얀 줄기가 호숫가까지 길게 뻗어 있었다. 아, 그 나무들의 빛깔에 얼마나 많은 이야기가 담겨 있었던가! 그리고 한 주가 지날 때마다 나무들은 저마다 조금씩 특성을 드러내며 거울처럼 잔잔한 호수의 매끄러운 수면에 비친 자기 모습에 감탄했다. 그 화랑의 매니저는 아침이면 벽에 걸린 오래된 그림을 떼어 내고서 한층 화려하고 조화로운 채색으로 우리 눈을 사로잡는 새로운 그림을 내걸었다.

10월에는 수천 마리의 말벌이 겨울나기를 하려는 듯 내 집으로 몰려왔다. 녀석들은 방에 들어와 창문과 벽 위쪽에 자리를 잡았고, 이따금 방문객이 들어오는 것을 방해했다. 나는 아침마다 말벌들이 추위에 몸이 굳어 움직이지 못한다 싶으면 그 일부를 밖으로 쓸어 냈다. 하지만 녀석들을 내쫓으려고 안달하지 않았다. 오히려 녀석들이 내 집을 아늑한 피난처로 여기는 것 같아 기분이 좋았다. 말벌들은 나와 함께 지냈지만 나를 심하게 괴롭히지 않았다. 그리고 겨울이 되자 혹독한 추위를 피해 내가 모르는 갈라진 틈으로 점차 사라졌다.

11월이 되자 말벌들처럼 나도 겨울을 날 만한 거처로 들어가기 전에 월든의 북동쪽 호숫가를 자주 찾았다. 그곳은 리기다소나무 숲과 돌이 많은 물가에서 반사된 햇빛 덕에 난롯가처럼 따뜻했다. 햇빛으로 몸을 덥힐 수 있다면 그렇게 하는 편이 인공적인 난롯불을 쬐는 것보다 훨씬 상쾌하고 몸에도 좋을 터였다. 나는 숲을 떠난 사냥꾼처럼 여름이 남긴 아직 꺼지지 않은 깜부기불로 몸을 덥혔다.

나는 집을 지을 때 굴뚝을 세우면서 석공 기술을 터득했다. 벽돌이 헌것이라 흙손으로 다듬을 필요가 있었기 때문에 벽돌과 흙손의 성질에 대해 보통 사람보다 더 많이 공부하게 되었다. 이때 벽돌에 붙은 모르타르는 오십 년이나 되었어도 여전히 단단해져 간다는 말을 들었다. 그러나 이는 진위를 따져보지 않고 남의 말을 그대로 되풀이하는 사람들이 내뱉은 말에 불과하다. 이런 말은 세월과 함께 점점 견고하게 굳어지기 때문에 오래되고 아는 체하는 사람을 말끔히 떼어 내려면 흙손을 부지런히 놀려야 한다. 메소포타미아의 마을들은 대부분 바빌론의 폐허에서 구한 양질의 헌 벽돌로 지어졌다. 그 벽돌에 붙은 모르타르는 더 오래되고 단단할 터였다. 하지만 그렇더라도 나는 수많은 타격에도 닳지 않고 견뎌 낸 강철 흙손의 강인함에 더 깊은 인상을 받았다. 내 벽돌에는 네부카드네자르[363]라는 이름이 새겨져 있지 않았지만 전에 굴뚝에 쓰였던 것이라서 노동량과 시간을 줄이기 위해 벽난로용으로 최대한 많이 골라냈다. 그리고 벽난로 주변 벽돌 사이사이를 호숫가에서 가져온 돌멩이로 메우고, 모르타르도 그곳에서 가져온 모래로 만들었다. 나는 집의 가장 핵심 부분인 벽난로에 가장 많은 공을 들였다. 사실 너무 신중하게 작업한 탓에 아침부터

363) 신바빌로니아의 2대 왕(재위 기원전 605~기원전 562). 바빌론의 폐허에서 발견된 벽돌에 '네부카드네자르'라는 이름이 찍혀 있다고 한다.

쌓기 시작한 벽돌 높이가 겨우 몇십 센티미터밖에 되지 않아 그날 밤에는 베개 삼아 잠을 잤다. 하지만 내가 기억하기에 목이 뻣뻣한 것은 그 때문이 아니다. 내 목은 오래전부터 뻣뻣했다. 그 무렵 한 시인에게 보름 동안 숙식을 제공했고 집이 좁아서 어쩔 수 없이 바닥에서 자야 했다. 내게도 칼이 두 개 있는데 시인이 칼을 한 개 가져왔다. 우리는 칼을 흙에 박았다 뺐다 하며 칼날을 갈았다. 시인은 내가 요리할 때 곁에서 거들었다. 나는 점점 반듯하고 튼튼하게 올라가는 굴뚝을 보고 기뻤다. 그리고 일이 느리게 진척되면 굴뚝이 그만큼 오래 견딜 거라고 생각했다. 굴뚝은 땅을 딛고 서서 집을 뚫고 하늘로 솟아오르는 형태인 만큼 독립적인 구조물이랄 수 있다. 집이 불탄 뒤에도 간혹 굴뚝은 그 자리에 여전히 서 있다. 굴뚝의 중요성과 독립성은 명백하다. 굴뚝이 생긴 것은 여름이 끝난 무렵이었다. 이제는 11월이다.

북풍이 불면서 호수가 차가워지기 시작했다. 하지만 아주 깊기 때문에 완전히 차가워지려면 북풍이 몇 주 동안 꾸준히 불어야 할 터였다. 나는 어느 날 저녁 처음으로 벽난로에 불을 지폈다. 벽의 널빤지에 회반죽을 바르기 전이라서 틈새가 많았기 때문에 굴뚝으로 연기가 잘 빠져나갔다. 옹이가 잔뜩 박힌 거친 갈색 판자로 벽을 두르고, 껍질을 벗기지 않은 나무를 머리 위에 높이 서까래로 올려 시원하고 통풍이 잘되는 집에서 저녁 시간을 즐겁게 보냈다. 회반죽을 바른 뒤 집이 내 눈에 썩 달갑게 보이지 않았지만 훨씬 아늑해진 것만은 부인할 수 없었다. 사람이 사는 집이라면 머리 위쪽이 약간 어두울 만큼 높아서 저녁에는 서까래 주위에 어른거리는 그림자가 춤을 추어야 하지 않을까? 그림자가 만들어 내는 형상들은 프레스코 벽화나 다른 값비싼 가구보다 공상이나 상상을 자극하는 데 더 알맞을 것이다. 집을 단순히 비바람을 피하기 위해서만이 아니라 몸을 따뜻하게 하는 공간으로 사용해야 비로소 내 집에 살기 시작했다고 말할 수 있으리라. 나는 한 쌍의 낡은 받침쇠를 구해 장작을 벽난로 바닥에서 살짝 떼어 놓았다. 내가 직접 만든 굴뚝 안쪽에 생기는 그을음이 보기 좋았다. 나는 여느 때보다 더욱 당당하고 즐겁게 불을 쑤석거렸다. 내 집은 규모가 작아 집 안에서 메아리를 즐길 수 없지만 방 한 칸짜리 집인 데다 이웃과 멀리 떨어져서 실제보다 커 보였다. 그리고 집이 갖추어야 할 모든 것이 방 하나에 집약되어 있었다. 방이 곧 부엌이자 침실이었고, 응접실이자 거실이었다. 그러므로 나는 그 집에 살면서 부모나 자식, 주인이나 하인으로서 즐거움을 한껏 누릴 수 있었다. 카토는 이렇게 말했다. "한 집안의 가장이라면 시골 별장에 여러 통의 기름과 포도주를 지하실에 저장해 놓아야 한다. 그래야 힘든 시기가 닥쳐도 안심하고 맞이하며, 이는 가장의 공덕과 영광을 높이는 데도 이득이 될 것이다."[364] 나는 지하실에 감자가 담긴 작은 나무통 하나, 바구미가 섞인 완두콩 2쿼트, 선반에 약간의 쌀과 당밀 한 병, 그리고 호밀 가루와 옥수숫가루 한 자루

---

364) 마르쿠스 포르키우스 카토의 『농업론』에서 인용.

씩을 비축해 두었다.

나는 때때로 내 집보다 더 크고 사람이 더 많이 사는 집을 꿈꾼다. 이를테면 번지르르한 싸구려 장식 없이 투박해서 원시적으로 보이지만 널찍한 방 하나에 탄탄한 재료로 지은 황금시대에 유행한 집 말이다. 천장이 없고 벽에 회반죽도 바르지 않았다. 서까래와 마룻대만이 머리 위에서 더 낮은 하늘을 떠받치며 비와 눈을 막아 줄 뿐이다. 누군가 문지방을 넘어 들어가서 고대 왕조의 사투르누스에게 엎드려 절하면 왕대공과 쌍대공이 인사를 받으러 나올 것이다. 동굴 같은 집이라서 지붕을 보려면 장대 끝에 횃불을 매달아 높이 들어 올려야 하리라. 원한다면 벽난로 안에서 사는 사람도 있고, 창문이 움푹 들어간 곳에서 사는 사람도 있고, 등받이가 높은 기다란 의자에서 사는 사람도 있고, 방 한쪽 구석이나 그 맞은편 구석에서 사는 사람도 있고, 심지어 높은 서까래 위에서 거미들과 함께 사는 사람도 있을 것이다. 바깥문만 열면 안에 들어가 있는 것이나 마찬가지이므로 굳이 격식을 차릴 필요가 없다. 지친 여행자가 그런 집을 만나면 더 이상 걷지 않아도 된다. 들어가서 몸을 씻고 식사를 하고 담소를 나누고 잠까지 잘 수 있기 때문이다. 사나운 비바람이 몰아치는 밤에는 더없이 반가운 피난처가 될 것이다. 집에 필요한 모든 것이 갖추어져 있다. 귀찮게 관리할 만한 것은 전혀 없다. 집의 보물이란 보물은 한눈에 다 볼 수 있고, 사람이 사용할 만한 물건이란 물건은 죄다 못걸이에 걸려 있다. 방은 부엌, 식료품 저장실, 응접실, 침실, 창고, 다락방으로도 쓰인다. 술통이나 사다리 같은 필수품, 찬장 같은 편리한 가구를 볼 수 있고, 냄비에서 음식이 끓는 소리를 들을 수 있고, 저녁거리를 조리하는 불과 빵을 굽는 오븐을 언제든 살필 수 있고, 살림에 필요한 가구와 이런저런 용품이 방을 꾸미는 장식품이 될 수 있다. 빨래를 밖에다 널 필요가 없고, 밖에서 불을 피울 필요도 없다. 또 안주인이 밖에 나갈 필요가 없으며, 요리사가 지하실로 내려가려고 할 때는 지하로 통하는 뚜껑문에서 두어 걸음 비켜주면 그만이다. 발로 쿵쿵 구르지 않아도 바닥이 단단한지 그 아래가 텅 비었는지 단박에 알 수 있다. 집 내부가 새 둥지처럼 개방된 데다 훤히 드러나서 앞문으로 들어와 뒷문으로 나가도 집 안에 사는 몇몇 사람을 만날 수 있다. 그런 집의 손님이 된다는 것은 집을 마음대로 돌아다닐 자유를 얻는다는 뜻이다. 따라서 그 집의 8분의 7로부터 교묘하게 배척을 당하고 특정한 방에 갇힌 채 편히 쉬라는 말과 함께 고독하게 유폐되는 일은 없을 것이다. 요즘 집주인은 손님이 찾아와도 자신의 난롯가로 손님을 들이지 않는다. 그 대신 석공을 시켜 좁은 복도 어디쯤에 손님용 난로를 따로 만들게 한다. 이제는 손님 접대가 손님을 되도록 멀리 떼어 놓는 기술이 되어 버렸다. 음식 준비도 손님을 독살할 의도라도 숨긴 듯 비밀스럽게 진행된다. 내가 다른 사람의 사유지에 들어가서 법적으로 퇴거 명령을 받을 뻔했던 일은 여러 번 있었지만 다른 사람의 집에 무단으로 들어간 적이 얼마나 되는지는 잘 모르겠다. 내가 묘사한 그런 집에서 어떤 왕과 왕비가 소박한 생활을 하고 있다면, 그리고 마침 내가 그쪽으로 가는 길이라면 늘 입는 허름한 옷차림으로 스스럼없이 방문할지도 모르겠다. 하지만 내가 현대식 궁궐에 갇힌다면 거기에서 뒷걸음쳐 빠져나올 궁리만 하고 있을 게 뻔하다.

오늘날 우리가 응접실에서 주고받는 말은 활력이 없고 아무 의미가 없는 잡담으로 변질된 것 같다. 우리 삶은 그 상징과 동떨어져 흘러가고, 그 은유와 비유적 표현은 필연적으로 미끄럼 장치와 식품 운반용 승강기를 통해 멀리 보내진 듯하다. 달리 말해서 응접실이 부엌과 작업장에서 너무 멀리 떨어져 있다. 식사조차 대체로 식사의 비유에 지나지 않는다. 미개인만이 자연과 진실에 가까이 살아 거기에서 비유적 표현을 끌어올 수 있는 듯하다. 멀리 노스웨스트테리토리[365)]나 맨섬[366)]에 떨어져 사는 학자가 부엌에서 나누는 적당한 대화가 무엇인지 어떻게 알겠는가?

그러나 손님들 가운데 내 집에 머물면서 나와 함께 옥수수죽을 먹을 만큼 대담했던 사람은 겨우 한두 명뿐이었다. 대부분이 옥수수죽을 먹어야 할 위기가 닥쳐오는 걸 눈치채면 마치 옥수수죽이 내 집의 기둥뿌리까지 뒤흔들 것처럼 허겁지겁 떠나 버렸다. 하지만 그렇게 많은 옥수수죽에도 집은 끄떡하지 않았다.

얼어붙을 듯 날씨가 추워진 뒤에야 벽에 회반죽을 발랐다. 나는 이런 목적을 위해 건너편 호숫가에서 더 희고 깨끗한 모

---

365) 오하이오강, 미시시피강, 캐나다 국경에 연한 삼각지의 옛 이름. 소로 시대에는 새로운 개척지였다.

366) 영국 잉글랜드와 북아일랜드 사이의 아이리시해에 있는 섬.

래를 배로 실어 날랐다. 이는 필요하다면 멀리 가 보고 싶은 유혹을 느끼게 하는 운반 작업이었다. 한동안 내 집은 온통 널빤지로만 되어 있었다. 벽에 욋가지를 붙일 때는 단 한 번의 망치질로 못을 제대로 박을 수 있어서 기분이 좋았다. 회반죽은 흙받기에서 벽으로 깔끔하고 신속하게 옮겨 바르는 것을 목표로 삼았다. 옷을 멋지게 차려입고 마을을 돌아다니며 일꾼들에게 이러쿵저러쿵 충고하는 버릇이 있던 우쭐대기 좋아하는 녀석의 이야기가 생각났다. 하루는 녀석이 말 대신 행동을 보여 주겠다는 생각으로 소매를 걷어 올리고 미장이의 흙받기를 받아 들고는 흙손에 회반죽을 잘 옮겨 담은 뒤 흐뭇한 표정을 지으며 머리 위 욋가지를 향해 대담하게 팔을 뻗었다. 그 순간 불행하게도 흙손에 담긴 회반죽이 주름 장식이 달린 셔츠 한가운데로 쏟아지고 말았다. 나는 회반죽의 경제성과 편리함에 다시 한번 감탄했다. 회반죽은 추위를 막아 줄 뿐 아니라 집을 멋지게 단장하는 효과가 있다. 미장이가 범하기 쉬운 여러 실수에 대해서도 알게 되었다. 또 벽돌이 얼마나 습기를 좋아하는지 알게 되었는데, 매끄럽게 펴 바르기도 전에 목마른 듯 벽돌이 회반죽의 물기를 몽땅 빨아들인 걸 보고 깜짝 놀랐다. 벽난로를 하나 만드는 데 물이 양동이로 여러 통 필요했다. 나는 그 전해 겨울에 콩코드강에서 주운 민물조개 껍데기를 태워 시험 삼아 소량의 석회를 만든 적이 있기 때문에 회반죽의 재료가 어디서 나오는지 알고 있었다. 하지만 마음만 먹으면 얼마든지 2~3킬로미터 이내의 가까운 곳에서 질 좋은 석회석을 구해 직접 불에 태워서 석회를 만들 수 있었을 것이다.

회반죽으로 집을 단장한 사이 월든 호수에서 가장 볕이 들지 않고 수심이 얕은 작은 만에 살얼음이 얼었다. 호수 전체가 얼기 며칠 전 또는 몇 주 전의 일이었다. 첫 얼음은 단단하고 투명하여 얕은 곳에서 호수 바닥을 살필 특별한 기회를 마련해 준다는 점에서 대단히 흥미롭고 완벽하다. 두께가 2.5센티미터쯤 되는 얼음 위에 수면의 소금쟁이처럼 납작 엎드리면 물까지 잔잔하여 5~8센티미터밖에 떨어지지 않은 호수 바닥을 마치 유리 액자 속 그림을 보듯 느긋하게 관찰할 수 있다. 모랫바닥에는 어떤 생물이 돌아다니다가 방향을 바꾸며 만든 것 같은 고랑이 많다. 잔해들의 경우 아주 작은 하얀 석영 알갱이로 이루어진 날도래 유충 껍질이 모랫바닥에 흩어져 있다. 고랑에 드문드문 있는 것으로 보아 어쩌면 날도래 유충이 팠을지도 모르지만 그랬다기에는 고랑이 너무 깊고 폭도 넓다. 그러나 흥미로운 관찰 대상은 얼음 자체인데 제대로 관찰하려면 첫 번째 기회를 잘 활용해야 한다. 호수가 얼어붙은 이튿날 아침 얼음을 면밀히 살펴보면 처음에 얼음 속에 있는 듯 보이는 대다수의 기포가 사실은 얼음 밑에 붙어 있고 더 많은 기포가 바닥에서 계속 올라오는 걸 확인할 수 있다. 이때는 얼음이 아직 비교적 단단하고 약간 어두운 색을 띤다. 즉 얼음 아래의 물이 잘 보인다. 기포는 지름이 0.3밀리미터에서 3밀리미터까지 다양하며 수정같이 맑고 아름답다. 얼음을 통해 기포에 비친 얼굴이 보일 정도다. 6제곱센티미터 정도의 얼음에 이런 기포가 삼사십 개는 될 것이다. 또 길이가 1.3센티미터쯤 되고 꼭짓점이 위를 향한 원뿔 모양의 가늘고 긴 기포가 들어 있다. 얼음이 막 얼었을 때는 아주 작고 동그란 기포들이 염주 알처럼 줄줄이 붙어 있기도 하다. 하지만 얼음 속에 있는 기포는 얼음 밑에 있는 것만큼 많지 않고 눈에 잘 띄지 않는다. 나는 이따금 돌멩이를 던져 얼음이 얼마나 단단한지 시험해 보았다. 얼음을 깨뜨린 돌멩이는 공기를 함께 물속으로 끌고 들어갔고, 그 공기는 매우 크고 뚜렷한 하얀 거품이 되어 얼음 밑에 달라붙었다. 어느 날 마흔여덟 시간 뒤에 같은 장소에 가 보았더니 얼음이 2.5센티미터쯤 더 두꺼워졌는데 그 커다란 기포들은 여전히 원래의 상태로 남아 있었다. 얼음이 두꺼워진 것은 깨졌다가 다시 얼어붙은 부분을 보고 알 수 있었다. 그러나 지난 이틀 동안은 날씨가 인디언 서머[367]처럼 따뜻했기 때문에 호수의 짙은 초록색 물과 바닥을 내보이던 얼음이 이제 희끄무레하니 불투명한 색으로 변했다. 얼음이 전보다 두 배는 두꺼워졌지만 더 단단해지지는 않았다. 날씨가 따뜻해짐에 따라 기포들이 크게 팽창하여 서로 합쳐지면서 규칙적인 모양을 잃었기 때문이다. 기포들은 더 이상 위아래로 줄줄이 연결되어 있지 않고 대부분 자루에서 쏟아져 나온 은화처럼 포개지거나 가느다란 틈에 낀 얇은 조각처럼 되어 버렸다. 얼음의 아름다움은 온데간데없이 사라지고 호수 바닥을 관찰하기에도 너무 늦었다. 나는 기포들이 새로 언 얼음 속에서 어떤 위치를 차지하는지 알고 싶어 중간 크기의 기포들이

367) 추위가 시작되는 늦가을에 봄날같이 따뜻하고 화창한 날씨가 일정 기간 지속되는 현상을 말한다. 주로 미국과 캐나다에서 나타난다.

들어 있는 얼음덩이를 하나 깨어 뒤집어 보았다. 새 얼음은 기포 주위와 그 밑에 형성되었고, 그 때문에 기포들이 두 얼음 사이에 끼여 있었다. 기포들은 완전히 아래쪽 얼음에 들어 있었으나 위쪽 얼음에 바싹 붙었고, 모양이 납작하거나 양면이 렌즈처럼 볼록했으며, 가장자리가 둥글고 두께 0.6센티미터에 지름이 10센티미터쯤 되었다. 나는 기포 바로 밑에 있는 얼음이 접시를 엎어 놓은 형태로 아주 고르게 녹은 걸 발견하고 깜짝 놀랐다. 가운데 부분은 두께가 1.6센티미터 정도였고, 물과 기포 사이에는 0.3센티미터도 안 되는 얇은 얼음벽만 남아 있었다. 이 속에 든 작은 기포들은 대부분 아래쪽이 터져 있었다. 어쩌면 지름이 30센티미터쯤 되는 커다란 기포들 밑에는 얼음이 전혀 없었을 것이다. 결국 맨 처음 보았던 얼음 밑의 수많은 미세한 기포들도 이제는 마찬가지로 얼어 있고, 각각 크기에 따라 볼록렌즈 같은 작용을 해서 밑에 있는 얼음을 녹여 버렸을 거라는 생각이 들었다. 이 기포들이야말로 얼음을 깨뜨리고 날카로운 소리를 내게 만드는 작은 공기총이 아닐까 싶다.

회반죽 바르는 일을 끝내자 드디어 본격적인 겨울이 시작되었고, 바람이 그제야 좋다고 허락이라도 받은 듯 집 주위에서 윙윙거리며 울부짖기 시작했다. 대지가 눈으로 뒤덮인 뒤에도 기러기들은 밤마다 날갯소리와 함께 요란한 울음소리를 내며 어둠을 가르고 날아와서 몇몇은 월든 호수에 내려앉았고, 또 몇몇은 멕시코로 가기 위해 숲 위를 낮게 스치며 페어헤이븐

쪽으로 향했다. 마을에 갔다가 밤 10시나 11시쯤 귀가할 때면 집 뒤쪽의 작은 연못 근처 숲으로 먹이를 찾으러 날아온 기러기들이나 오리들의 낙엽 밟는 소리, 그리고 우두머리의 꽥꽥거리는 울음소리에 이어 황급히 날개를 퍼덕이며 떠나는 소리가 들리곤 했다. 1845년 겨울 12월 22일 밤에 월든은 처음으로 꽁꽁 얼었다. 플린트 호수와 그 밖의 수심이 얕은 호수들과 콩코드강은 열흘쯤 전에 얼어붙었다. 1846년에는 12월 16일, 1849년에는 12월 31일, 1850년에는 12월 27일, 1852년에는 1월 5일, 1853년에는 12월 31일이었다. 눈은 이미 11월 25일부터 대지를 뒤덮었고, 갑자기 겨울 풍경이 나를 에워쌌다. 나는 내 껍데기 속으로 더 깊숙이 틀어박혀 내 집과 가슴 속에 밝은 불을 지피려고 애썼다. 이제 내가 밖에서 할 일은 숲에서 죽은 나무를 모아 두 손에 들거나 어깨에 짊어지고 집으로 가져오는 것뿐이었다. 때로는 죽은 소나무를 양쪽 겨드랑이에 끼고 헛간까지 질질 끌고 오기도 했다. 이미 한창때가 지난 오래된 숲 울타리는 내게 뜻밖의 소득이었다. 더 이상 테르미누스[368]를 섬길 수 없을 만큼 낡았기 때문에 나는 그것을 불카누스[369]에게 제물로 바쳤다. 눈보라를 온몸으로 맞으며 구해 온, 아니 훔쳐 온 땔감으로 조리한 저녁 식사는 얼마나 더 흥미로울지! 빵과 고기는 최고로 맛있을 것이다. 우리 마을에 있는 대부분의 숲에는 여러 가정에서 땔감으로 쓰기

368) 로마 신화에서 토지의 경계를 주관하는 신.
369) 로마 신화에서 불과 대장일을 주관하는 신.

에 충분할 만큼 삭정이와 죽은 나무가 널려 있다. 하지만 땔감으로 쓰는 사람이 없고, 어떤 사람들은 그것들이 어린 나무의 성장에 방해가 된다고 생각한다. 호수에도 떠다니는 나무들이 있었다. 나는 여름에 호수에서 뗏목을 발견하고 물가로 반쯤 끌어다 올려 두었다. 철도를 놓을 때 아일랜드 노동자들이 리기다소나무를 껍질도 벗기지 않고 통나무째 엮어서 만든 뗏목이었다. 이 년 동안 물에 잠겼다가 여섯 달 동안 물가에 있었던 탓에 쉽게 말릴 수 없을 정도로 물이 흠뻑 배었지만 그래도 아주 멀쩡했다. 어느 겨울날 나는 그 통나무들을 하나씩 풀어서 800미터쯤 떨어진 호수 건너편으로 나르며 즐거운 시간을 보냈다. 우선 4.5미터 길이의 통나무 한쪽 끝을 어깨에 얹고 반대쪽 끝은 얼음판 위에 올려놓았다. 그런 다음 미끄러져 나가도록 뒤에서 밀었다. 그런가 하면 자작나무의 낭창낭창한 가지로 통나무 몇 개를 꽁꽁 묶은 뒤 갈고리 모양의 가지가 달린 더 길쭉한 자작나무나 오리나무를 통나무 사이에 끼워 넣어 질질 끌고 가기도 했다. 통나무들은 물을 잔뜩 먹어서 커다란 납덩이만큼 무거웠지만 일단 불이 붙으면 오래 탈 뿐 아니라 화력이 아주 셌다. 오히려 물에 젖어서 더 잘 타는 게 아닌가 싶었다. 램프에 쓰는 송진을 물에 담가 두면 훨씬 오래 타는 것처럼 말이다.

길핀[370]은 영국의 숲 경계지에 사는 사람들을 다룬 글에서 이렇게 말했다. "사람들이 숲에 무단으로 들어와 그 경계지에

370) 윌리엄 길핀(William Gilpin, 1724~1804). 영국의 화가이자 저술가.

집을 짓고 울타리를 치는 것은 삼림법에서 중대한 불법 행위로 여겨졌다. 이는 들짐승들을 놀라게 하고 삼림을 훼손하는 행위인 만큼 '공유지 무단 침입'이라는 죄목으로 엄하게 처벌되었다." 나는 들짐승과 숲을 보존하는 일에 사냥꾼이나 벌목꾼보다 더 깊은 관심을 기울였다. 그 점에서는 삼림 감독관 못지않았다고 말할 수 있다. 나 또한 실수로 산불을 낸 적이 있지만 어디라도 숲 일부가 불에 타면 숲의 주인보다 더 오랫동안 낙담하며 깊은 슬픔에 잠겼다. 주인이 나무를 벨 때도 나는 누구보다 가슴 아파했다. 숲의 나무를 베어 낼 경우 우리 농부들도 고대 로마인들이 숲에 햇빛이 들도록 나무를 솎아 낼 때 느꼈던 외경심을 조금이라도 느끼기를 바란다. 다시 말해 숲을 신에게 바치는 성스러운 것으로 여기면 좋겠다. 로마인들은 속죄를 위한 제물을 바치며 남신이든 여신이든 이 숲을 제물로 받으신 신이시여, 바라옵건대 저와 제 가족과 자식들에게 자비를 베푸시옵소서라고 기도했다.

이 새로운 시대, 이 새로운 나라에서도 여전히 황금보다 더 항구적이고 보편적인 가치를 나무에 부여한다는 사실이 놀랍다. 그동안 온갖 발견과 발명이 이루어졌음에도 나뭇더미 옆을 무심코 지나치는 사람은 없다. 우리 조상인 색슨족이나 노르만족에게 그랬듯 우리에게도 나무는 소중한 존재다. 조상들이 나무로 활을 만들었다면 우리는 나무로 총의 개머리판을 만든다. 삼십여 년 전에 미쇼[371]는 이렇게 말했다. "뉴욕과 필

371) 프랑수아 앙드레 미쇼(François André Michaux, 1770~1855). 프랑스

라델피아에서 땔감용 나무는 파리의 최상급 목재와 값이 엇비슷하거나 더 비싸다. 광대한 수도 파리는 해마다 30만 코드 이상의 나무가 필요하며, 사방 480킬로미터나 되는 경작지에 둘러싸여 나무 구하기가 쉽지 않은데도 그렇다." 우리 읍에서도 나무는 값이 꾸준히 오르는 추세다. 사람들의 주된 관심사는 올해 나무 가격이 작년보다 얼마나 더 오르느냐는 것이다. 직공과 소매상들이 숲을 찾아오는 것은 무언가 특별한 볼일이 있어서가 아니라 단지 목재 경매에 참가하기 위해서이며, 그들은 벌목꾼들이 숲에 남긴 나무 부스러기를 주울 권리를 비싼 값에 사기도 한다. 인간은 아주 오래전부터 땔감과 각종 공예품 재료를 숲에서 구해 왔다. 뉴잉글랜드 사람과 뉴네덜란드 사람, 파리 시민과 켈트인, 농부와 로빈 후드, 구디 블레이크와 해리 길,[372] 세계 도처의 왕족과 소작농, 배운 사람과 못 배운 사람 가릴 것 없이 몸을 따뜻하게 하고 음식을 조리하려면 똑같이 숲에 가서 나무토막 몇 개라도 가져와야 한다. 나 또한 나무 없이는 살아갈 수 없다.

누구나 자신의 장작더미를 애정 어린 눈으로 바라볼 것이다. 나는 창문 옆에 장작을 쌓아 두는 걸 좋아했는데 그 높이가 높을수록 장작을 마련할 때의 즐거운 순간들이 더 잘 떠올랐다. 그 무렵 내게는 주인이 누구인지 모르는 낡은 도끼

의 생물학자.

372) 영국 낭만주의 시인 윌리엄 워즈워스(William Wordsworth, 1770~1850)의 시 「구디 블레이크와 해리 길」에 나오는 인물. 가난한 노파 구디는 땔감으로 쓰기 위해 부자인 해리의 울타리에서 나뭇가지를 훔친다.

한 자루가 있었다. 나는 겨울에 이따금 집 옆의 양지 바른 곳으로 나가 콩밭에서 캐낸 그루터기를 도끼로 잘게 쪼개며 시간을 보냈다. 밭을 갈고 있을 때 소를 몰던 사람이 예언했듯 나는 그 그루터기 덕에 두 차례 몸을 따뜻하게 덥혔다. 한 번은 도끼로 그루터기를 쪼갤 때였고, 또 한 번은 땔감으로 불을 지필 때였다. 그러고 보니 그루터기보다 화력이 더 좋은 땔감도 없었다. 도끼에 대해 말하자면 마을 대장간에 가서 벼려 쓰라는 충고를 받았지만 나는 직접 날을 갈았고, 숲에서 구한 히커리나무를 다듬어 자루로 박았다. 날이 좀 무디기는 했으나 자루는 제대로 박혀 그런대로 쓸 만했다.

송진이 많은 소나무 그루터기는 몇 개만 있어도 큰 보물이었다. 이런 좋은 땔감이 아직도 땅 밑에 얼마나 많이 감추어져 있는지 생각하면 재미있다. 지난 몇 년 동안 나는 리기다소나무 숲이었던 헐벗은 언덕을 자주 '탐사'하면서 송진이 잔뜩 엉긴 소나무 뿌리를 캐냈다. 이 뿌리들은 거의 썩지 않고 그대로였다. 적어도 삼사십 년은 되어 보이는 그루터기들도 속이 멀쩡했다. 중심에서 10~13센티미터 떨어져 지면과 수평을 이루는 두꺼운 껍질이 고리 모양으로 오그라든 것으로 보아 껍질 바로 안쪽의 연한 백목질이 모두 부식토로 변했겠지만 말이다. 도끼와 삽을 가지고 이런 광맥을 파 보면 땅속 깊은 곳의 금맥이나 쇠기름처럼 누런 송진의 보고를 발견하게 된다. 하지만 나는 대부분 눈이 오기 전에 숲에서 가져와 헛간에 쌓아 둔 마른 나뭇잎으로 불을 지폈다. 벌목꾼들은 숲에서 야영할 때 푸른 잎이 달린 히커리나무를 가늘게 쪼개어 불쏘

시계로 쓴다. 나도 이따금 그런 방법을 썼다. 멀리 지평선 너머에서 마을 사람들이 불을 피우고 있으면 나 또한 굴뚝으로 가늘고 긴 연기를 피워 올림으로써 월든 골짜기에 사는 야생 동물들에게 내가 깨어 있다는 걸 알렸다.

> 가벼운 날개를 단 연기여, 이카로스의 새여,
> 그대는 위로 날아오르며 날개를 녹이는구나.
> 노래하지 않는 종달새여, 새벽을 알리는 메신저여,
> 그대는 둥지 같은 마을 위를 맴도는구나.
> 아니면 그대는 치맛자락을 여미면서
> 어른거리며 사그라드는 한밤의 환상인가.
> 밤에는 별을 가리고
> 낮에는 햇빛을 가려 어둡게 하는구나.
> 그대 나의 향이여, 이 벽난로에서 피어올라
> 이 밝은 불꽃을 용서해 달라고 신들에게 간구하라.[373)]

거의 사용해 보지 않았지만 막 베어 낸 단단한 생나무는 어떤 땔감보다 내 목적에 잘 맞았다. 겨울날 오후에 산책을 나가면서 나는 이따금 벽난로에 생나무로 불을 피워 두고 집을 나섰다. 그러고 서너 시간 뒤 돌아왔을 때 불은 여전히 살아서 이글이글 타고 있었다. 내가 밖에 나가고 없어도 내 집은 비어 있지 않았다. 이를테면 쾌활한 가정부에게 집을 맡기고

---

373) 1843년 4월《다이얼》에 '연기'라는 제목으로 발표된 소로의 자작시.

외출한 셈이었다. 나와 불이 함께 살았고, 대체로 가정부는 신뢰할 만했다. 그런데 어느 날 밖에서 장작을 패다가 혹시 집에 불이 나지는 않았나 창문으로 집 안을 들여다보고 싶은 생각이 문득 들었다. 내 기억에 난롯불 때문에 불안했던 건 그때가 처음이었다. 들여다보니 침대에 불똥이 튀었다. 황급히 뛰어 들어가서 불을 껐을 때는 이미 침대에 손바닥만 한 구멍이 생긴 뒤였다. 다행히 내 집은 볕이 잘 들고 바람이 잘 들이치지 않는 위치인 데다 지붕이 낮아서 대부분은 추운 겨울날에도 낮에는 불을 피우지 않아도 되었다.

두더지들이 내 지하실에 보금자리를 마련하고는 저장해 둔 감자를 3분의 1쯤 먹어 치우더니 회반죽을 바르고 남긴 털과 마분지로 아늑한 잠자리까지 만들었다. 야생의 동물도 사람과 마찬가지로 안락함과 따뜻함을 좋아하며, 그들이 추운 겨울을 견디고 살아남는 이유는 그것들을 확보하는 데 신중하기 때문이리라. 친구들 몇몇은 내가 일부러 얼어 죽으려고 숲에 들어온 것처럼 말했다. 동물은 단지 비바람을 피할 만한 곳에 잠자리를 마련하고 체온으로 스스로를 따뜻하게 덥힐 뿐이다. 하지만 불을 발견한 인간은 널찍한 방에 공기를 가두어 자기 체온을 빼앗기지 않고서 공기를 덥힘으로써 그곳을 따뜻한 잠자리로 만든다. 그 안에서 인간은 거추장스러운 듯 되레 옷을 벗어 버리고 돌아다니고, 한겨울에도 여름 같은 날을 보내며, 창문을 이용하여 햇빛을 안으로 들이고, 등불을 밝혀 낮 시간을 늘린다. 이처럼 인간은 본능을 뛰어넘어 한두 걸음 앞으로 나아가고, 약간의 시간을 할애하여 예술 활동을 즐긴다. 밖에서 거친 바람과 오랫동안 맞서 싸운 탓에 온몸이 무감각해지기 시작해도 일단 집에 들어와 따뜻한 공기에 안기면 금세 신체 기능을 회복하고 목숨을 연장할 수 있다. 그러나 아무리 호화로운 집에 살아도 이런 점에서는 특별히 자랑할 게 없으며 우리로서는 인류가 어떻게 종말을 맞을지 추측하느라 골머리를 썩일 필요도 없다. 북쪽에서 조금만 더 매서운 바람이 불어와도 인간의 생명줄은 언제든 뚝 끊겨 버릴 것이다. 우리는 '혹한의 금요일'과 '대폭설의 날'[374]을 기억하고 이에 대해 말하지만 조금이라도 더 추운 금요일이 오거나 더 많은 눈이 내리면 이 지구에서 인간 존재는 종지부를 찍게 되리라.

나는 숲의 주인이 아니라서 이듬해 겨울에는 나무를 절약할 생각으로 작은 요리용 난로를 썼다. 그런데 요리용 난로는 앞이 트인 벽난로만큼 좋은 화력을 유지하지 못했다. 그런 터에 그 무렵 음식을 조리하는 일은 더 이상 낭만적인 작업이 아니었다. 그저 단순한 화학적 작업일 뿐이었다. 난로가 흔한 시대에 사는 요즘 사람들은 감자를 구울 때 인디언 방식에 따라 불기가 있는 재에 감자를 묻어 구운 사실을 모를 테고, 안다고 해도 곧 잊어버릴 것이다. 요리용 난로는 자리를 너무 넓게 차지하는 데다 집 안 가득 냄새를 풍겼다. 게다가 불이 보이지 않기 때문에 동반자를 잃은 듯한 느낌이 들었다. 벽난로는 불에 늘 어떤 얼굴이 어른거린다. 노동자는 저녁에 불을 들여다

374) 1810년 1월 19일 뉴잉글랜드의 강추위와 1717년 2월 20일 미국 북동부의 대폭설을 말한다.

보며 낮 동안 쌓인 삶의 찌꺼기와 더러운 것들을 마음에서 씻어 낸다. 나는 더 이상 가만히 앉아 불을 들여다볼 수 없게 되었다. 그런 내 뇌리에 한 시인이 적절하게 표현한 시구[375]가 새로운 힘으로 떠올랐다.

밝은 불꽃이여, 삶의 모습을 비추는
그대의 소중하고 친밀한 공감을
내게서 거두지 마라.
내 희망이 아닌 무엇이 그처럼 밝게 하늘로 타오르겠는가?
내 운명이 아닌 무엇이 그처럼 낮게 어둠 속으로 가라앉겠는가?

어째서 그대는 우리의 벽난로와 응접실에서 쫓겨났는가?
모든 사람이 환영하고 사랑했던 그대 아닌가?
지극히 따분한 우리 삶의 평범한 빛으로 비추기에
그대의 존재는 너무나 환상적이지 않았던가?
그대의 찬란한 빛은 우리의 영혼과 어울려
신비롭게 교감하지 않았던가?
우리는 서로 대담한 비밀도 털어놓지 않았던가?

이제 희미한 그림자조차 어른거리지 않고

375) 미국 시인 엘런 스터지스 후퍼(Ellen Sturgis Hooper, 1812~1848)의 시 「모닥불」을 말한다. 1840년 10월 《다이얼》에 발표되었다.

그저 손발을 따뜻하게 해 주는 불만 있으니
난롯가에 앉은 우리는 안전하고 강하다.
하지만 우리를 기쁘게 하고 슬프게 하는 것도 없고
더 큰 열망도 품지 못한다.
이제 아담하고 실용적인 난로 옆에서
현재라는 시간은 편히 앉아 잠들 테고
어슴푸레한 과거에서 걸어 나와 오래된 모닥불 곁에서
우리와 이야기를 나누던 유령도 더는 무섭지 않을 것이다.

이전의 거주자들과 겨울 방문객들

나는 몇 차례 눈보라를 즐겁게 견뎠다. 밖에는 해가 지면 어김없이 울던 올빼미마저 조용한 가운데 눈발이 이리저리 사납게 휘날렸지만 나는 난롯가에서 겨울밤을 유쾌하게 보냈다. 몇 주 동안 산책길에서 만난 사람이라고는 이따금 숲에서 벤 나무를 썰매에 싣고 마을로 향하는 벌목꾼 말고는 아무도 없었다. 하지만 자연의 매력은 나를 밖으로 끌어내어 숲에서도 눈이 가장 많이 쌓인 곳에 길을 내도록 했다. 눈을 밟고 지나가면 바람이 내 뒤로 떡갈나무 잎을 떨어뜨렸고, 내 발자국에 앉은 가랑잎은 햇볕을 흡수하여 눈을 녹였다. 그래서 내가 발을 딛기에 알맞은 마른 바닥이 생겨났고, 밤에는 그 자국들이 검은 띠를 이루어 길잡이 역할을 했다. 사람들과의 교제를 나는 전에 이 숲에 살았던 주민들을 떠올리는 것으로 대신했다.

많은 사람의 기억 속에 내 집 근처의 도로는 주민들이 웃으며 잡담하는 소리가 울려 퍼졌고, 도로와 접한 숲은 지금보다 훨씬 나무가 울창했으며, 숲 여기저기 주민들의 자그마한 집과 텃밭이 드문드문 흩어져 있었다. 내 기억에도 소나무 가지가 이륜마차의 양쪽 옆구리를 동시에 스치는 곳이 있었고, 혼자 그 도로를 따라 링컨 마을까지 가야 했던 여자와 아이들은 두려움에 떨며 대부분 거리를 뜀박질했다. 주로 이웃 마을로 가는 사람이나 벌목꾼의 마차가 다니는 보잘것없는 길이었지만 한때는 훨씬 다양한 풍경으로 여행자의 눈을 즐겁게 해 주었고, 그런 만큼 기억에 오래 남는 길 중 하나였다. 지금은 너른 들판이 마을에서 숲까지 이어져 있는데 예전에는 사람들이 단풍나무가 우거진 늪지에 통나무를 깔고 그 위로 다녔다. 그 통나무 길의 흔적은 현재 구빈원으로 쓰이는 스트래튼 농장에서 브리스터 언덕에 이르는 먼지 날리는 넓은 도로 아래 남아 있을 것이다.

그 도로 건너편 내 콩밭 동쪽에 카토 잉그램이라는 사람이 살았다. 그는 원래 콩코드 마을의 유지이던 덩컨 잉그램의 노예였다. 덩컨은 카토에게 월든 숲속에 집을 한 채 마련해 주고 거기서 살도록 허락했다. 물론 여기에서 카토는 우티카의 카토[376)]가 아니라 콩코드의 카토를 말한다. 어떤 사람들은 그가 아프리카 기니에서 팔려 온 흑인 노예였다고 말한다. 몇몇 사

376) 북아프리카 우티카에서 자살한 고대 로마의 정치가(기원전 95~기원전 46).

람은 호두나무들 사이에 있던 그의 자그마한 밭을 기억하고 있다. 카토는 늙으면 필요할 것 같아 호두나무를 키웠다고 한다. 그런데 호두나무는 젊은 백인 투기꾼의 손에 넘어가고 말았다. 그 투기꾼도 지금은 카토와 마찬가지로 좁은 무덤에 잠들어 있다. 카토가 쓰던 지하 저장실이 반쯤 무너진 채 아직 남아 있지만 소나무들에 가려서 지나가는 사람의 눈에는 보이지 않기 때문에 아는 이가 드물다. 이제는 매끄러운 옻나무(루스 글라브라) 넝쿨이 가득 들어찬 데다 미역취 중에서도 가장 먼저 꽃이 피는 종(솔리다고 스트릭타)이 무성하게 자라고 있다.

내 콩밭 한쪽 모퉁이, 마을과 아주 가까운 곳에 질파라는 흑인 여자가 살던 자그마한 집이 있었다. 그녀는 마을 사람들이 쓸 아마포를 짜서 먹고살았는데 목청이 얼마나 큰지 노래를 부르면 우렁찬 소리에 월든 숲이 흔들릴 정도였다. 1812년 전쟁[377] 때 질파의 집은 포로가 되었다 가석방으로 풀려난 영국군 병사들에 의해 전소되었다. 당시 그녀는 집에 없었고 그녀가 기르던 개와 고양이와 닭은 남김없이 불타 죽었다. 질파는 다소 인간 이하의 힘든 삶을 살았다. 정신이 온전하지 못했는지 그 숲을 자주 드나들었다는 마을 노인은 어느 날 정오 무렵 집 앞을 지나다 그녀가 펄펄 끓는 냄비 속을 들여다보면서 "너는 빼다귀밖에 없구나, 온통 빼다귀뿐이야!" 하고 투덜

377) 1812년 6월 미국이 영국의 무역 규제에 불만을 품고 선포한 전쟁으로 1814년 12월까지 이어졌다.

대는 소리를 들었다고 회상했다. 나는 떡갈나무 숲으로 변한 그곳에서 벽돌을 몇 장 보았다.

길을 좀 더 내려가서 오른쪽으로 고개를 돌리면 브리스터 프리먼이라는 사람이 살던 브리스터 언덕이 보인다. 그는 '재주가 많은 흑인'으로 유명했으며, 한때 마을 유지이던 커밍스의 노예였다. 언덕에는 브리스터가 심고 가꾼 사과나무들이 이제는 거목이 되어 우뚝 서 있는데, 사과는 여전히 야생 그대로의 떫은맛이 났다. 얼마 전 나는 링컨 마을의 오래된 공동묘지에 갔다가 브리스터의 묘비에 적힌 글을 읽었다. 콩코드에서 퇴각하다 전사한 영국군 척탄병들의 이름 없는 무덤들 근처 한쪽 구석에 자리한 묘비에는 "시피오 브리스터, 유색인"이라고 적혀 있었다. 그는 콩코드에서 시피오 브리스터라고 불렸지만 사실 '스키피오 아프리카누스'[378]라고 불려도 손색이 없는 인물이었다. '유색인'이라니 마치 그가 변색이라도 된 것 같은 느낌을 받았다. 사망한 날짜도 선명하게 적혀 있었는데, 그것은 단지 그가 한때 살아 있었다는 사실을 간접적으로 알려 줄 뿐이었다. 브리스터는 펜다라는 자상한 아내와 함께 살았다. 사람들의 운수를 점치는 점쟁이인 펜다는 점괘를 늘 좋은 쪽으로 풀이해 주었다. 몸집이 크고 통통하고 피부가 유난히 검었다. 밤의 아이들보다 더 검어서 그 얼굴보다 더 검은 달은 그녀가 태어나기 전이나 태어난 후에도 콩코드의 하늘

378) 고대 로마의 장군(기원전 236~기원전 183). 북아프리카 카르타고를 침공해 한니발을 무찔러 '아프리카누스'라는 칭호가 붙었다.

에 뜬 적이 없었다.

언덕을 더 내려가 왼쪽으로 돌면 오래된 오솔길 근처에 스트래튼 가족의 농장 흔적이 조금 남아 있다. 스트래튼의 과수원은 한때 브리스터의 언덕 비탈을 모두 차지했지만 오래전 리기다소나무에 밀려나 지금은 몇 개의 그루터기만 남았다. 그 그루터기들의 오래된 뿌리에서 여러 줄기가 돋아 나와 마을에서 자라는 많은 과일나무의 천연 묘목 역할을 하고 있다.

마을에 좀 더 가까이 가면 길 건너편 숲 가장자리에 브리드의 집터가 있다. 이곳은 옛날 신화에 뚜렷하게 이름이 나오지 않는 어떤 악마의 장난으로 유명하다. 이 악마는 우리 뉴잉글랜드의 삶에서 오랫동안 놀라우면서도 두드러진 역할을 했고, 그 때문에 그의 행적은 신화에 나오는 어떤 인물 못지않게 기록할 만한 가치가 있다. 그것은 처음에 친구나 일꾼으로 가장하여 찾아오고, 마지막에는 재산을 송두리째 빼앗거나 온 가족을 죽이기도 한다. 바로 '뉴잉글랜드 럼주'[379]다. 그러나 브리드의 집터에서 벌어진 비극을 이 자리에서 이야기하기는 아직 이른 듯하다. 웬만큼 시간이 지나 비극이 퇴색되어 하늘빛을 띨 때까지 기다리자. 한때 주막이 있었다는 소문이 있지만 모호하고 의심스러운 전설에 불과하다. 우물이 있어 여행자들의 갈증을 풀어 주고, 말에게 기운을 북돋아 주었다는 소문은 사실이다. 우물은 아직 그 자리에 남아 있다. 그 무

379) 17~18세기에 뉴잉글랜드에는 럼주 양조장이 많았고, 럼주로 인한 알코올 중독자도 많았다. 당시 금주 운동가들은 럼주를 '악마'라고 불렀다.

렵 사람들은 우물가에서 서로 인사를 나누고 새로운 소식도 주고받은 뒤 다시금 각자의 길을 떠났다.

브리드의 오두막은 오랫동안 비어 있었지만 십이 년 전만 해도 멀쩡하게 그 자리에 서 있었다. 크기는 내 집과 비슷했다. 내 기억이 맞다면 마을의 개구쟁이들이 오두막에 불을 지른 것은 어느 선거일[380] 밤이었다. 그때 나는 마을 변두리에서 살았고, 무기력 상태에 힘들어하던 그해 겨울 대버넌트[381]의 『곤디버트』를 읽는 데 정신이 팔려 있었다. 그런데 그 무기력증이 차머스[382]가 편집한 영시선집을 한 작품도 빼놓지 않고 읽으려는 욕심 탓인지, 면도를 하다 꾸뻑꾸뻑 조는가 하면 안식일을 뜬눈으로 지키려고 일요일에 일부러 지하실에 내려가 감자 싹을 자르던 삼촌의 유전병인지 알 수 없었다. 무기력증은 내 네르비족[383]을 완전히 압도해 버렸다. 내가 책을 읽으려고 머리를 막 숙였을 때 화재를 알리는 종소리가 울렸고, 소방 마차들이 여기저기에서 쏟아져 나와 허둥지둥 뛰어가는 어른들과 아이들의 뒤를 따라 종소리가 울리는 쪽으로 황급

---

380) 1841년 5월 26일 수요일.

381) 윌리엄 대버넌트(William D'Avenant, 1606~1668). 영국의 시인이자 극작가. 1638년에 계관 시인이 되었다. 『곤디버트』는 미완성 서사시로 시인의 사후에 출간되었다.

382) 알렉산더 차머스(Alexander Chalmers, 1759~1834). 영국 스코틀랜드 출신의 전기 작가. 1810년 『초서에서 쿠퍼까지의 영시선집』을 스물한 권으로 편집하여 간행했다.

383) 본래는 지금의 벨기에 일부를 차지한 게르만족으로 기원전 57년 시저에게 정복되었다. 여기서는 '용기', '체력'을 비유하는 표현으로 쓰였다.

히 달려갔다. 나는 개천을 뛰어넘은 덕에 선두 그룹에 끼었다. 우리는 숲을 지나 훨씬 남쪽에 있는 창고나 상점이나 주택 또는 마을 전체가 불타는 줄 알았다. 전에도 그쪽에서 몇 차례 불이 났었기 때문이다. 그런데 누군가 "베이커네 헛간이다!"라고 소리쳤다. 그러자 다른 사람이 "코드먼네야!"라고 받아쳤다. 그때 지붕이 내려앉은 듯 새로운 불길이 숲 위로 솟아올랐다. 우리는 일제히 "콩코드 주민 여러분, 불을 끄러 갑시다!" 하고 외쳤다. 마차들이 사람들을 빼곡히 싣고 무서운 속도로 달려갔다. 아무리 멀더라도 화재 현장에 직접 가 봐야 하는 보험 회사 직원도 타고 있었을 것이다. 이따금 소방 마차가 뒤에서 종을 딸랑딸랑 울리며 달려왔다. 그리고 나중에 사람들이 쑥덕거려서 알았는데 맨 뒤에 따라온 무리는 불을 지르고 경보를 울린 녀석들이었다. 우리는 그렇게 진정한 이상주의자처럼 감각 기관이 제시하는 증거를 모두 무시한 채 불이 난 곳을 향해 계속 달렸다. 이윽고 길모퉁이를 돌자 불꽃이 탁탁 튀는 소리가 들렸고, 돌담을 넘어 밀려오는 열기도 온몸으로 느낄 수 있었다. 화재 현장에 도착한 것을 실감하는 순간이었다. 그런데 막상 현장을 코앞에 두자 우리의 열의는 사그라들었다. 처음에는 개구리 연못의 물을 퍼다 부으려고 했다. 하지만 불이 너무 크게 번져서 소용없을 것 같아 그냥 몽땅 타도록 내버려 두기로 했다. 그래서 우리는 소방 마차를 에워싸고 서로 밀치면서 손나팔로 각자의 생각을 전하기도 하고, 낮은 목소리로 배스콤 상점[384]의

384) 콩코드에 있는 상점으로 1828년 5월 3일 전소되었다.

화재를 비롯하여 세상에 알려진 대형 화재에 대해 수군거렸다. 또 우리가 소화용 물통[385]을 끌고 현장에 때맞추어 도착했다면, 그리고 개구리 연못이 가까이 있고 물이 충분했다면 온 인류가 멸망할 때 일어난다는 대화재도 홍수로 바꾸어 놓을 수 있었을 거라는 말을 은밀히 주고받기도 했다. 우리는 결국 아무 짓도 하지 않고 현장에서 철수하여 각자 잠자리에 들거나 『곤디버트』로 돌아갔다. 그런데 『곤디버트』에 대해 말하자면 나는 서문에서 재치는 영혼의 화약이라는 말과 관련된 "하지만 인디언들이 화약을 모르듯 사람들 대부분은 재치가 무엇인지 모른다."라는 구절은 건너뛰고 싶었다.

이튿날 밤 거의 같은 시각에 나는 우연히 들판을 가로질러 화재 현장 쪽으로 산책을 나갔다가 나지막이 끙끙거리는 소리를 듣고 어둠을 헤치며 조심스레 가까이 다가갔다. 나도 아는 브리드 집안의 유일한 생존자이자 그 미덕과 악덕을 모두 물려받은 데다 이번 화재와 이해관계가 있는 유일한 인물인 아들이 배를 땅바닥에 대고 납작 엎드린 채 지하실 벽 너머 아래쪽에서 아직도 연기를 피우고 있는 숯덩이를 바라보며 평소의 버릇대로 혼자 중얼거리고 있었다. 그는 꽤 멀리 떨어진 강변의 목초지에서 온종일 일했고, 잠시 쉬는 시간을 이용하여 조상 대대로 산 집이면서 자기가 어린 시절을 보낸 옛 집을 찾아왔다. 마치 벽돌과 잿더미 말고는 아무것도 없는 돌 틈에 숨겨진

385) 19세기 미국에서 사용하던 소방용 손수레를 말한다. 당시에는 이를 '물통(tub)'이라고 불렀다.

어떤 보물이 기억난 것처럼 그는 줄곧 엎드린 자세로 여러 각도에서 지하실을 들여다보았다. 집이 사라진 자리에 무엇이 남았는지 살폈던 것이다. 그는 그저 내 존재가 은연중 암시하는 연민에서 위안을 얻었는지 가려진 우물의 위치를 어둠이 허락하는 만큼 내게 알려 주었다. 다행히 우물은 불에 탈 수 없는 것이었다. 그는 벽을 한참 더듬더니 아버지가 나무를 깎아 만들어 놓은 두레박틀을 찾아냈다. 그러고는 평범한 물건이 아니라는 점을 내게 납득시키려고 무거운 한쪽 끝에 추를 고정한 갈고리인지 꺾쇠인지를 손으로 더듬어 찾았다. 나는 그것을 만져 보았고, 산책을 하다 아직도 거의 매일 그것을 유심히 살펴본다. 그 물건에 한 집안의 역사가 드리워져 있기 때문이다.

조금 더 내려가면 왼쪽으로 우물과 돌담 옆 라일락 군락이 보인다. 지금은 탁 트인 들판이지만 예전에는 너팅과 르그로스라는 사람이 살았던 곳이다. 이제 그만 링컨 마을 쪽으로 돌아가 보자.

이 집들보다 숲속으로 더 깊숙이 들어가고 도로가 월든 호수에 가장 가까이 붙은 곳에 와이먼이라는 옹기장이가 무단으로 정착하여 살았다. 그는 옹기그릇을 만들어 마을 사람들에게 팔았고, 그 일을 자식들에게 물려주었다. 그들은 재산이 넉넉하지 못했다. 땅도 주인의 묵인하에 살고 있을 뿐이었다. 보안관이 이따금 세금을 걷으러 왔지만 매번 허탕 치기 일쑤였다. 보안관의 보고서를 보니 딱히 압류할 만한 게 없어 형식상 "이 빠진 그릇 한 개를 압류"한 것으로 되어 있었다. 한여름의 어느 날 밭에서 괭이질을 하고 있을 때 짐마차에 옹기그릇을 가득 싣고 시장에 가던 사람이 밭 옆에 말을 세우더니 내게 와이먼의 아들에 대해 물었다. 와이먼 아들이 오래전에 녹로를 샀는데 그 후 어떻게 되었는지 궁금해했다. 나는 『성경』에서 옹기장이의 진흙과 녹로에 대한 글[386]을 읽은 적이 있었다. 그 때문인지 우리가 쓰는 옹기그릇이 먼 옛날 성경 시대부터 깨지지 않고 지금까지 전해져 내려오고 조롱박처럼 나무에 열리는 것인 줄 알았다. 그런 터에 그 같은 옹기 기술을 지닌 사람이 이웃에 살면서 옹기그릇을 만들었다는 말을 듣자 무척 반가웠다.

내가 살기 전 이 숲에 마지막으로 거주한 사람은 아일랜드 사람인 휴 코일이었다. 이름 철자가 코일 모양[387]인 그는 와이먼의 집에 살았다. 사람들은 코일 대령이라고 불렀는데 워털루 전투[388]에 참전했다는 소문이 있었다. 내가 월든 호숫가에서 지낼 때 그가 살아 있었다면 몇 번이고 그를 졸라 전투 이야기를 들었을 것이다. 그는 여기에서 도랑 파는 일로 먹고살았다. 워털루 전투가 끝나고 나폴레옹은 세인트헬레나섬으로 갔고, 코일은 월든 숲으로 왔다. 내가 그에 대해 아는 것은 오로지 비극적인 일뿐이었다. 그는 세상 경험이 많아서인지 예

---

386) 「예레미야서」 18장 1~6절 참고.

387) 휴 코일의 '코일(Quoil)'과 발음이 유사한 '코일(coil)'을 빗댄 일종의 말장난이다.

388) 1815년 6월 벨기에 중부의 마을 워털루에서 나폴레옹의 프랑스 군대가 영국과 프로이센 연합군과 벌인 전투. 나폴레옹은 이 전투에서 패한 뒤 세인트헬레나섬에 유배되었다.

의 바른 사람이었고, 말투도 보통 사람이 듣기 불편할 만큼 정중했다. 그런데 알코올 중독으로 섬망증을 앓아서 늘 몸이 떨리는 탓에 한여름에도 옷을 두껍게 입었으며 얼굴은 진홍빛을 띠었다. 그와 이웃으로 지낸 기억은 별로 없다. 그는 내가 월든 숲에 들어온 직후 브리스터 언덕 기슭의 길바닥에서 죽었기 때문이다. 내가 코일의 집에 간 것은 그 집이 헐리기 전, 그러니까 그의 동료들이 '재수 없는 집'이라고 부르며 피하던 때였다. 높은 나무 침상 위에 코일이 입던 낡은 옷이 마구 구겨진 채 놓여 있었는데 마치 그의 분신 같았다. 벽난로 위에는 부서진 파이프가 놓여 있었으나 '샘에서 부서진 물동이'[389] 같은 것은 없었다. 설령 있었다 해도 그것이 그의 죽음을 상징할 수는 없었을 것이다. 그가 브리스터 샘에 대해 듣기만 했을 뿐 직접 가 본 적은 없다고 내게 말했기 때문이다. 마룻바닥에는 다이아몬드와 스페이드와 하트의 킹을 비롯하여 때 묻은 카드들이 아무렇게나 흩어져 있었다. 유산 관리인이 붙잡지 못한 검은 닭 한 마리는 밤처럼 까맣고 쥐 죽은 듯 조용한데 여전히 레너드[390]를 기다리는지 깍깍거리는 소리도 없이 살며시 옆채의 보금자리를 찾아 들어갔다. 뒤에는 윤곽이 희미한 텃밭이 있었는데 씨는 뿌려졌지만 주인의 심각한 섬망증 탓에 한 차례의 김매기도 없이 방치되었다. 텃밭은 다

389) 「전도서」 12장 6절 "은사슬이 끊어지고 금 그릇이 깨지고 샘에서 물 뜨는 물동이가 깨지고 우물에서 도르래가 부서지기 전에 네 창조주를 기억하여라." 참고.

390) 중세 서사시나 우화에 자주 나오는 여우 이름.

북쑥과 도깨비바늘로 뒤덮여 있었고, 도깨비바늘이 씨를 퍼뜨리려고 내 옷에 달라붙었다. 주인의 마지막 전투의 전리품이랄 수 있는 우드척 가죽이 집 뒷벽에 넓게 펼쳐져 있었다. 그러나 더 이상 그에게는 따뜻한 모자나 장갑이 필요하지 않았다.

지금은 땅이 움푹 내려앉은 흔적과 그 아래 지하실을 만드느라 쌓아 놓은 돌덩이만 한때 이곳에 집이 있었다는 사실을 알려 줄 뿐이다. 집터의 양지바른 풀밭에는 딸기와 나무딸기와 골무딸기가 자라고, 개암나무와 옻나무 덤불이 자그마한 숲을 이루었다. 굴뚝이 있던 구석진 곳은 리기다소나무와 옹이진 떡갈나무가 차지하고, 섬돌이 놓였을 법한 문간 옆에서는 검은 자작나무 한 그루가 바람에 흔들리며 달콤한 향기를 내뿜고 있다. 한때 샘물이 흘러나오던 곳에 우물의 흔적이 있지만 이제 눈물 한 방울 흘리지 못하는 마른 풀뿐이다. 어쩌면 마지막으로 살던 사람들이 떠나면서 훗날 다시 찾아올 것을 대비하여 그때까지 발견되지 않도록 우물을 평평한 돌로 덮고 그 위에 뗏장을 씌워 감추어 두었을 수도 있다. 우물을 덮다니 얼마나 가슴이 아팠을까! 우물을 덮으면서 눈물샘이 고였으리라. 버려진 여우 굴, 오래된 구멍 같은 이 지하실은 한때 인간 삶의 동요와 부산함을 간직한 곳이다. 사람들은 이곳에서 어떤 형식과 언어로든 "운명과 자유의지와 절대적 예지"[391]에 대한 토론을 벌였을 것이다. 그러나 내가 그들이 내린 결론에 대해 알 수 있는 것은 '카토와 브리스터가 사

391) 존 밀턴의 『실낙원』 2권 560행에서 인용.

람들을 속였다.'라는 것뿐이다. 이는 한층 더 유명한 철학파들의 역사만큼이나 교훈적이다.

출입문과 상인방과 문턱이 모두 없어지고 한 세대가 지났는데도 라일락은 봄마다 향기로운 꽃을 피우고, 생각에 잠겨 길을 걷던 나그네는 무심코 그 꽃을 꺾는다. 예전에 아이들이 앞마당 빈터에 심고 가꾸었을 라일락이 이제는 외딴 목초지의 돌담 옆에 우두커니 선 채 새롭게 들어선 숲에 자리를 내주어야 할 처지가 되었다. 라일락은 이 집안의 마지막 혈통이자 유일한 생존자인 셈이다. 피부가 가무잡잡한 이 집 아이들은 앞마당의 응달진 곳에 라일락을 심고 날마다 물을 주었을 것이다. 하지만 싹눈이 달랑 두 개뿐이던 작고 연약한 라일락이 뿌리를 내리고 가지를 뻗어 그들보다 더 오래 살 뿐 아니라 라일락에 그늘을 드리우던 집을 비롯하여 텃밭과 과수원보다 더 오래 남을 줄은 생각도 못 했을 테고, 자기들이 어른이 되고 세상을 떠난 지 반세기가 지난 뒤에도 라일락이 첫 번째 맞은 봄에 그랬듯 아름다운 꽃을 피우고 달콤한 향기를 풍기며 어느 외로운 방랑자에게 그들의 이야기를 전해 주게 되리라고는 상상하지 못했을 것이다. 나는 숲에서 살며 처음 맞은 봄에 그랬던 것처럼 여전히 부드럽고 우아하고 생기 넘치는 라일락의 빛깔을 감회에 젖은 눈으로 바라본다.

그런데 콩코드는 지금도 그 땅을 굳건히 지키는 반면 이 작은 마을은 왜 몰락하고 말았을까? 콩코드보다 더 성장할 가능성이 높았는데 말이다. 자연의 혜택을 입지 못한 탓일까? 물의 혜택을 활용하지 못해서일까? 맞다. 수심이 깊은 월든 호수와 시원한 브리스터 샘을 통해 건강에 좋은 물을 실컷 마실 특권이 주어졌건만 이곳 주민들은 그 물을 올바로 활용하지 않고 오로지 술을 부드럽게 희석하는 데만 이용했다. 그들은 술이라면 사족을 못 쓰는 사람들이었다. 바구니와 깔개를 짜고, 마구간용 빗자루를 만들고, 옥수수를 말리고, 아마실을 잣고, 옹기그릇을 빚으며 황무지를 장미꽃처럼 환하게 꽃피우면서 번성할 수는 없었을까? 그렇게 함으로써 수많은 후손이 조상의 땅을 대대로 물려받게 할 수는 없었다는 말인가? 차라리 땅이 척박했다면 적어도 저지대처럼 타락한 삶을 살지 않았을 것이다. 안타깝다! 이곳에 살았던 사람들을 추억한다고 해서 경치의 아름다움에 무슨 보탬이 되겠는가! 어쩌면 자연은 내가 이 작은 마을의 첫 거주자가 되고, 지난봄에 지은 내 집이 여기에서 가장 오래된 집이 되도록 처음부터 다시 시작할지도 모른다.

내 집이 서 있는 자리에 다른 사람이 집을 지은 적이 있는지 모르겠다. 나는 고대 도시가 있던 곳에 세워진 도시는 피하고 싶다. 그런 도시의 건축은 몰락의 잔해로 지어졌을 테고, 정원은 공동묘지였을 것이다. 그 흙은 그곳에서 저주받고 하얗게 바래겠지만 그러기 전에 지구 자체가 멸망하리라. 나는 그런 회상으로 이 숲에 다시 사람들을 살게 했고, 스스로를 달래며 편히 잠들었다.

이 계절에는 나를 찾아오는 손님이 드물었다. 눈이 높이 쌓이면 한두 주일 동안은 내 집 근처에 사람 그림자도 얼씬거리지 않았다. 나는 내 집에서 들쥐처럼, 눈 더미에 파묻혀 아무 것도 먹지 못하고 오랫동안 견뎠다는 소와 닭처럼, 우리 주의 서튼읍에 처음 정착한 이주자 가족처럼 아늑하고 편안하게 겨울을 지냈다. 1717년 대폭설로 그 이주자의 오두막이 눈에 완전히 파묻혔을 때 가장은 집에 없었는데 어느 인디언이 굴뚝 연기로 생긴 구멍을 통해 가족을 발견하여 무사히 구출했다고 한다. 그러나 나를 걱정하는 그런 친절한 인디언은 없었다. 집주인인 내가 집에 있었기 때문에 없어도 괜찮았다. 대폭설! 듣기만 해도 얼마나 신나는 말인가! 폭설이 내리면 농부들은 말을 끌고 숲이나 늪에 갈 수 없으므로 별수 없이 집 앞에 그늘을 드리우는 나무를 베어 불을 피워야 했다. 쌓인 눈이 더 단단하게 얼어붙으면 늪지에 있는 나무를 베어야 했고, 이듬해 봄에 그 자리에 가면 나무들이 땅으로부터 3미터 높이쯤에서 잘려 나간 것을 확인할 수 있었다.

눈이 꽤 높이 쌓였을 때 큰길에서 내 집에 이르는 800미터 정도 되는 길을 걸으면 발자국이 간격이 넓은 구불구불한 점선으로 나타났다. 날씨가 평온한 일주일 동안 나는 눈에 찍힌 발자국을 컴퍼스로 잰 듯 정확하게 밟으며 똑같은 걸음 수와 보폭으로 그 길을 오갔다. 겨울에는 딱히 할 일이 없어 그렇게 단조로운 일상을 보내곤 했는데 눈에 찍힌 발자국은 짙은 파란 하늘빛을 띠는 경우가 많았다. 나는 날씨 때문에 산책이나 외출을 못 한 적이 거의 없었다. 눈이 아무리 높이 쌓여도 너도밤나무나 노란 자작나무, 또는 오래전부터 알고 지낸 소나무와의 약속을 지키려고 눈밭을 헤치며 13~16킬로미터를 걸었다. 그럴 때면 얼음과 눈의 무게로 나뭇가지들이 축 늘어지고 우듬지는 뾰족해지기 때문에 소나무가 전나무로 보이기도 했다. 눈이 60센티미터 높이로 쌓였던 날 가장 높은 언덕 꼭대기에 올라갔는데 걸음을 옮길 때마다 또 다른 형태의 눈보라를 뒤집어썼다. 사냥꾼마저 겨울 야영지로 피신할 만큼 폭설이 내렸을 때는 두 손을 허우적거리고 무릎으로 엉금엉금 기면서 나아가기도 했다. 어느 날 환한 대낮에 나는 아메리카 올빼미(스트릭스 네불로사) 한 마리가 백송나무 아래쪽 죽은 가지에서 줄기 쪽으로 바싹 붙어 앉은 모습을 즐거운 마음으로 지켜보았다. 나와 올빼미의 거리가 5미터도 채 되지 않았다. 내가 움직여 발에 눈이 밟혀서 뽀드득 소리가 났을 때 녀석은 그 소리만 듣고 내 모습은 분명히 보지 못했다. 내가 좀 더 큰 소리를 내자 목을 길게 빼고 목덜미의 깃털을 세우며 눈을 크게 떴다. 하지만 그것도 잠시, 눈꺼풀이 금세 내려가면서 꾸벅꾸벅 졸기 시작했다. 고양이의 날개 달린 형제랄 수 있는 녀석이 고양이처럼 눈을 반쯤 뜨고 앉아 있는 모습을 삼십 분쯤 지켜보고 있으니 나 또한 졸음을 느꼈다. 올빼미의 두 눈꺼풀 사이에 좁은 틈이 있었고, 녀석은 그 틈새로 그럭저럭 나와의 관계를 유지했다. 그렇게 녀석은 반쯤 감은 눈으로 꿈나라에서 밖을 내다보며 자기 시야를 가로막는 내 정체를 알려 애쓰고 있었다. 녀석의 눈에 나는 희미한 물체나 티끌로 비쳤을 것이다. 내가 좀 더 소리를 크게 내고 가까이 다가가자 꿈이 방해받는 것에 짜증이 난 듯 나뭇가지에 앉은 채 불안한 자세로 느릿느릿 몸을 움직였다. 그러다 마침내 날아올라

소나무 사이를 빠져나갔다. 활짝 펼친 날개의 폭이 예상 외로 넓었지만 날갯짓 소리는 조금도 들리지 않았다. 올빼미는 시각보다 더 주변 상황에 예민하게 반응하는 감각에 의지하여 소나무 사이를 지나 민감한 날개로 해 질 녘의 어스름한 길을 더듬어 새 나뭇가지를 찾아서는 또 다른 하루가 밝아 오기를 평화롭게 기다릴 것이다.

철로 옆 기다란 둑길을 따라 초원을 가로지를 때면 언제나 살을 에는 듯 세차게 몰아치는 바람과 맞서야 했다. 초원은 바람이 마음껏 뛰놀 수 있는 공간인 탓이었다. 나는 이교도였지만 세찬 바람이 한쪽 뺨을 때리면 다른 쪽 뺨도 내밀었다.[392)] 브리스터의 언덕에서 마찻길을 따라가도 상황은 크게 달라지지 않았다. 드넓은 들판에 내린 눈이 바람에 휘날려 월든으로 가는 길 양쪽에 늘어선 돌담 사이에 잔뜩 쌓이고, 그 길을 마지막으로 지나간 사람의 발자국이 삼십 분도 채 안 되어 지워지는 사나운 날씨에도 나는 친절한 인디언처럼 마을로 내려왔다. 집에 돌아올 때쯤에는 북서풍이 길모퉁이마다 가루눈을 분주히 쌓아 놓아 눈 더미들이 새로 생겨났고, 길을 가려면 헐떡이면서 그 눈 더미를 하나씩 헤쳐야만 했다. 길에는 토끼 발자국만 아니라 들쥐가 남긴 활자 같은 자그마한 발자국조차 보이지 않았다. 하지만 한겨울에도 앉은부채와 이런저런 풀이 여전히 파랗게 돋아 있고 추위를 겪어 더 강해진 새들이

---

392) 「마태복음」 5장 39절 "누가 네 오른쪽 뺨을 치거든 왼쪽 뺨마저 돌려 대어라."를 빗댄 표현.

이따금 날아와서 봄을 기다리는 따뜻하고 생기가 도는 늪을 어렵지 않게 찾을 수 있었다.

가끔은 눈이 쌓였는데도 저녁 산책을 하고 돌아오면 문에서부터 시작된 벌목꾼[393]이 남긴 깊은 발자국과 마주쳤다. 벽난로 위에는 그가 깎아 놓은 나무토막들이 수북했고, 집 안 어디에서나 그가 피운 파이프 담배 냄새가 진동했다. 어느 일요일 오후에는 내가 집에 있을 때 누군가 눈을 밟고 다가오는 소리가 들렸다. 그 사람은 선견지명이 있는 농부로 사교적인 '한담'을 나누려고 먼 곳에서 숲을 지나 내 집을 방문했다. 단순한 농부가 아니라 사명감으로 농사를 짓는 '진정한 농부'였다. 비록 교수의 가운이 아닌 흔한 작업복을 입었지만 마치 헛간에서 퇴비를 한 짐 능숙하게 실어 내듯 교회나 국가에서 도덕적 교훈을 이끌어 낼 줄 알았다. 그와 나는 온몸의 신경이 곤두설 만큼 추운 날 사람들이 커다란 모닥불을 피워 놓고 맑은 정신으로 둘러앉아 담소를 나누던 투박하고 소박한 시절에 대해 이야기했다. 그러다 이야깃거리가 바닥나면 우리 이가 얼마나 튼튼한지 실험할 겸 영리한 다람쥐들이 오래전에 포기한 이런저런 견과[394]를 깨물어 보았다. 껍데기가 두꺼운 견과일수록 속이 비어 있기 일쑤였다.

높이 쌓인 눈과 세차게 휘몰아치는 눈보라를 뚫고 멀리에

393) 앞의 「방문객들」에서 언급된 캐나다 출신의 벌목꾼. 이름은 알렉 테리앙이다.

394) 밤, 도토리, 호두 등을 일컫는 견과(nut)는 껍데기가 단단해서 까기 힘든 만큼 '난제'라는 뜻으로도 쓰였다.

서 내 집을 찾아온 사람도 있었다. 시인[395]이었다. 그런 혹독한 날씨에는 농부, 사냥꾼, 군인, 신문 기자, 심지어 철학자까지 겁을 먹을 수 있는데 시인의 발걸음을 막을 건 아무것도 없었다. 시인은 순수한 사랑에 이끌려 움직이기 때문이다. 시인이 오고 가는 것을 누가 예측하겠는가? 시인은 할 일이 있으면 언제든, 의사들이 잠자고 있는 시간에도 밖으로 뛰쳐나간다. 우리는 작은 내 집이 들썩일 만큼 떠들썩하게 웃기도 하고, 진지한 이야기를 나지막이 주고받음으로써 집 안을 가득 채우기도 하면서 오랫동안 침묵을 지켜 온 월든 골짜기에 조금이나마 보상을 해 주었다. 당시 내 집 분위기와 비교하면 브로드웨이 거리는 조용하고 한적하다고 할 수 있으리라. 우리는 방금 주고받은 농담 때문이든 곧 상대방이 내뱉을 우스갯소리 때문이든 상관없이 적당한 간격을 두고 규칙적으로 웃음의 축포를 터뜨렸다. 또 우리는 묽은 죽 한 사발을 나누어 먹으면서 사교적인 유쾌한 분위기와 철학이 요구하는 맑은 정신이 결합된 '참신한' 인생론을 줄줄이 늘어놓았다.

호숫가에서 보낸 마지막 겨울에 나를 찾아온 또 한 사람의 반가운 손님[396]을 잊을 수 없다. 한때 마을을 지나 눈과 비와 어둠을 뚫고 마침내 나무들 사이로 비치는 내 집의 등불을 보고 찾아와서는 기나긴 겨울밤을 나와 함께 보내곤 했다. 코

395) 윌리엄 엘러리 채닝을 말한다.

396) 에이머스 브론슨 올컷(Amos Bronson Alcott, 1799~1888)을 말한다. 미국의 교육가이자 사상가이며 『작은 아씨들』를 쓴 작가 루이자 메이 올컷의 아버지이기도 하다.

네티컷주가 세상을 위해 낳은 그는 마지막 남은 철학자들 가운데 한 사람이랄 수 있었다. 그의 말에 따르면 처음에는 코네티컷주에서 생산된 물건을 여기저기 팔러 다니다 나중에는 두뇌를 팔러 다녔다고 했다. 지금도 신을 자극하고 인간의 부끄러운 면을 낱낱이 드러내면서 두뇌 행상을 다닌다고 했는데, 견과 나무의 결실이 껍데기 속 알맹이뿐인 것처럼 그가 맺는 결실도 그의 두뇌뿐인 듯했다. 나는 이 세상에 살아 있는 사람들 가운데 그가 가장 굳은 신념을 가졌다고 생각한다. 언제나 뭇사람들이 아는 것보다 더 나은 상태를 머릿속에 그리면서 말하고 행동하며, 세월이 어떻게 흐르고 시대가 어떻게 변해도 그만은 결코 실망하지 않을 것이다. 그는 현재에 목매지 않는다. 오늘날 그의 철학은 상대적으로 외면당하고 있지만 그의 시대가 오면 사람들 대부분이 생각지도 못한 그의 철학 법칙이 효력을 발휘하고, 집안의 가장들과 나라의 통치자들이 조언을 청하러 그를 찾아올 것이다.

얼마나 눈이 멀었기에 마음의 평온을 보지 못하는가![397)]

그는 인류의 진정한 친구, 인류의 발전을 옹호하는 거의 유일한 친구다. 또 '필사의 노인', 아니 오히려 '불사의 존재'랄 수 있는 사람이다.[398)] 그만큼 지칠 줄 모르는 인내와 신념으로

---

397) 영국 시인 토머스 스토러(Thomas Storer, 1571~1604)의 시 「추기경 토머스 울지의 삶과 죽음」 중 한 구절.

398) 영국 스코틀랜드의 석공 로버트 패터슨(Robert Paterson, 1715~1801)

신의 기념비에 불과한 인간의 육체에 조각된 흉하게 일그러지고 기울어진 신의 형상을 분명히 드러내려 애쓰고 있기 때문이다. 그는 따뜻한 지성으로 아이들과 걸인들과 정신 이상자들과 학자들을 두루 포용하고 모든 사람의 생각을 차별 없이 받아들이는 데다 관대함과 품위까지 곁들일 줄 안다. 나는 그가 이 세상 어디로든 연결된 도로변에 모든 나라의 철학자들이 묵을 만한 커다란 여관을 짓고 직접 운영해야 한다고 생각한다. 여관 간판에는 "사람은 환영하지만 짐승은 사절합니다. 여유와 평온한 마음으로 올바른 길을 진지하게 찾는 이들은 들어오십시오."라고 쓰여 있으면 좋겠다. 내가 아는 한 그는 더할 나위 없이 합리적이며 한결같은 사람이다. 어제도 내일도 똑같다. 한때 우리는 한가로이 거닐며 이야기를 나누었고, 효과적으로 세상을 완전히 잊었다. 속세를 벗어났다. 그는 이 세상 어떤 제도에도 얽매이지 않은 자유의 몸으로 태어난 인제누스[399]였다. 우리가 어느 쪽으로 발걸음을 옮기든 그가 풍경의 아름다움을 한층 드높인 덕에 마치 하늘과 땅이 서로 만나는 것 같았다. 그의 평온한 마음을 반영하듯 아치 모양을 띤 머리 위 하늘은 푸른 옷을 입은 그에게 딱 어울리는 지붕

의 별명. 17세기 스코틀랜드의 종교 개혁 운동 때 희생된 이들의 묘비를 보수하거나 비문을 새기는 일을 한 데서 '필사의 노인(an old mortality)'이란 별명이 붙었다. '불사의 존재(immortality)'는 앞의 말에 대응한 일종의 말장난이다.

399) 한때 노예였던 자유인과 달리 자유롭게 태어난 계급을 가리키는 고대 로마의 법적 용어다.

이었다. 나로서는 그도 언젠가 죽을 운명이라는 걸 받아들이기 힘들었다. 그가 없으면 자연의 여신도 견디기 힘들 터였다.

우리는 각자 잘 말린 생각의 널빤지를 몇 장씩 들고 앉아 그것들을 다듬으며 우리 칼을 시험하고 호박색을 띤 정갈한 노란 나뭇결에 감탄했다. 우리가 너무 조용하고 경건하게 물속을 걷거나 혹은 너무 부드럽게 함께 움직여 생각의 물고기들이 놀라서 달아나지도 둑에 앉은 낚시꾼들을 두려워하지도 않고 그저 서쪽 하늘에 떠다니는 구름처럼 그리고 이따금 모였다 흩어지는 조개구름처럼 당당하게 오갔다. 우리는 거기서 함께 일하며 신화를 고치고, 우화를 다듬고, 지상에서는 마땅한 토대를 찾을 수 없어 공중에 성을 지었다. 위대한 관찰자! 위대한 선각자! 그와 나눈 대화는 뉴잉글랜드의 천일야화랄 수 있었다. 아! 은둔자와 철학자, 그리고 내가 말한 옛 정착자, 우리 셋은 얼마나 많은 이야기를 나누었는지, 우리 이야기가 점점 부풀어 올라 내 작은 집이 터져 나갈 지경이었다. 지름 2.5센티미터마다 기압 외에 몇 킬로그램의 압력이 더해졌는지 감히 밝힐 수는 없다. 그 압력으로 틈이 생겨 나중에 새는 것을 막으려고 지루하게 틈새를 메워야 했다. 그러나 나는 틈새를 메우는 데 필요한 뱃밥을 이미 충분히 마련해 두었다.

내가 두고두고 기억할 만큼 '알찬 시간'을 함께 보낸 사람[400]이 또 한 명 있었다. 우리는 주로 마을에 있는 그의 집에서 그런 시간을 보냈고, 이따금 그가 내 집에 찾아오기도 했다. 하지만 내

---

400) 랠프 월도 에머슨을 말한다.

가 월든 호숫가의 집에서 교분을 나눈 사람은 더 이상 없었다.

어디서나 마찬가지로 월든 호숫가에서도 나는 좀처럼 오지 않을 방문객[401]을 기다릴 때가 가끔 있었다. 『비슈누 푸라나』[402]에 이런 구절이 있다. "집주인은 저녁에 암소의 젖을 짜는 데 드는 시간만큼, 또는 마음이 내키면 그보다 더 오랫동안 앞마당에 나와 손님이 오기를 기다려야 한다." 나는 방문객을 따뜻이 맞아야 하는 의무를 수행하려고 한 마리가 아니라 한 무리의 암소 젖을 짜고도 남을 만큼 기다리곤 했지만 마을에서 내 집으로 다가오는 사람을 보지 못했다.

401) 구세주를 가리킨다.

402) 고대 인도의 힌두교 비슈누파의 경전.

겨울 동물들

호수들이 꽁꽁 얼어붙자 여러 곳으로 갈 수 있는 길이 생겼을 뿐 아니라 호수 주변의 낯익은 풍경이 얼음판 위에서 새롭게 다가왔다. 눈으로 덮인 뒤에는 플린트 호수를 건넬 때 내가 자주 노를 저어 돌아다니거나 스케이트를 타던 곳이었는데도 의외로 아주 넓고 생소해 보여 배핀만[403]밖에 생각이 나지 않았다. 눈 덮인 평원 끝에 나를 에워싸고 솟은 링컨 언덕들이 거기에 있었는지도 기억나지 않았다. 거리를 가늠할 수 없는 얼음판 위에서 늑대 같은 개들을 데리고 천천히 움직이는 낚시꾼들이 물개 사냥꾼이나 에스키모인들처럼 지나갔다. 안

403) 그린란드와 캐나다 배핀섬 사이의 대서양에 있는 만으로 일 년 내내 얼어 있다.

개라도 낀 날에는 누군가 지나가도 전설 속 생물처럼 어렴풋하게 보여서 걸인인지 난쟁이인지도 분간이 안 되었다. 저녁에 링컨 마을로 강연하러 갈 때면 나는 내 집에서 강연장까지 이어진 길이나 그 사이의 집들을 지나지 않고 플린트 호수를 가로지르는 길을 택했다. 내 집에서 출발해 플린트 호수로 가다 보면 만나는 구스 호수에는 한 무리의 사향쥐가 살았다. 사향쥐들은 수면보다 높은 곳에 집을 지었지만 내가 호수의 얼음을 건널 때 밖에 나와 있는 녀석은 한 마리도 보이지 않았다. 다른 호수들처럼 눈이 잘 쌓이지 않고, 쌓이더라도 바람에 날려 군데군데 얇게 얼음을 덮는 정도인 월든은 눈이 거의 60센티미터 높이로 쌓이고 마을 사람들이 큰길만 다녀야 할 때 내가 자유롭게 돌아다닐 수 있는 내 마당이나 다름없었다. 마을의 큰길에서 멀리 떨어진 데다 썰매의 방울 소리도 어쩌다 한 번밖에 들리지 않는 호수 위에서 나는 혼자 미끄럼을 타거나 스케이트를 탔다. 눈의 무게에 짓눌려 휘고 고드름을 주렁주렁 매단 떡갈나무와 소나무들이 가지를 늘어뜨린 그곳에 있으면 마치 사슴들이 밟아서 잘 다져 놓은 드넓은 사슴 마당에 와 있는 것 같았다.

겨울밤만 아니라 이따금 낮에도 먼 곳에서 쓸쓸하지만 아름다운 올빼미의 울음소리가 들렸다. 꽁꽁 얼어붙은 대지를 현악기의 활로 켜면 울릴 것 같은 소리였다. 월든 숲의 토착어랄 수 있는 올빼미 울음소리는 어느새 내게도 익숙해졌지만 우는 현장을 직접 본 적은 없었다. 겨울 저녁에 문을 열면 어김없이 그 울음소리가 들렸다. 후 후 후, 후러 후 하는 소리가 어떤 때는 첫 세 음절에 강세를 둔 하우 더 두, 그러니까 "안녕." 하고 인사를 건네는 것 같았고, 또 어떤 때는 단지 후 후 하고 별 뜻 없이 들렸다. 호수가 얼음으로 뒤덮이기 전인 초겨울 어느 날 밤 9시쯤 나는 기러기 한 마리가 요란하게 우는 소리에 깜짝 놀랐다. 문간으로 달려가자 내 집 위를 낮게 날아가는 기러기들의 날갯소리가 숲에 휘몰아치는 폭풍처럼 요란했다. 기러기 떼는 월든 호수를 넘어 페어헤이븐 쪽으로 향하고 있었다. 녀석들은 내 집 불빛 때문에 월든 호수에 내려앉지 않는 듯했는데, 맨 앞의 우두머리가 규칙적으로 시종 끼룩끼룩 울었다. 갑자기 아주 가까운 곳에서 올빼미 한 마리가 일정한 간격을 두고 기러기의 울음소리에 응답했다. 내가 숲에 살면서 들었던 중 가장 우렁차고 섬뜩한 소리였다. 이는 마치 월든 토박이의 더 넓고 풍부한 음역과 성량을 과시함으로써 허드슨만[404]에서 날아온 침입자들을 세상의 웃음거리로 만들고 창피를 주어 콩코드의 지평선 밖으로 쫓아내려고 작정한 것 같았다. 내게 주어진 밤의 이 신성한 시간에 내 성채를 깜짝 놀라게 하는 의도가 대체 무엇이냐? 너희들은 내가 이 시간에 잠이나 자고 있을 줄 알았더냐? 내가 너희들 정도의 폐와 목청을 갖고 있지 못할 거라 생각했느냐? 부엉, 부엉, 부엉! 나는 그때까지 그처럼 소름 끼치는 불협화음은 들어 본 적이 없었다. 하지만 예민한 귀를 가졌다면 그런 불협화음 속

404) 캐나다 북동부에 있는 만. 동쪽으로 대서양, 북쪽으로 북극해와 연결되어 있다.

에서 이 평원이 좀처럼 듣거나 보지 못한 협화음[405]의 요소를 감지해 냈을 것이다.

나는 또 콩코드의 이 지역에서 나와 잠자리를 같이하는 월든 호수의 얼음이 고함치는 소리를 들었다. 이는 호수가 잠을 이루지 못하고 이리저리 몸을 뒤척이거나 소화 불량과 악몽에 시달리는 것 같았다. 나는 서리에 뒤덮인 땅이 쩍쩍 갈라지는 소리에 잠에서 깨기도 했다. 그것은 마치 누군가 한 무리의 소를 몰고 와서 내 집 문에 부딪는 소리처럼 들렸다. 아침에 일어나 보면 땅이 400미터 길이에 8밀리미터의 폭으로 갈라져 있는 것을 발견했다.

때때로 달 밝은 밤에 여우들이 자고새나 이런저런 먹잇감을 찾아 눈 덮인 숲속을 어슬렁거리면서 들개처럼 사납고 포악하게 울어 대는 소리가 들렸다. 녀석들은 불안하거나 무언가를 표현하고 싶어 하는 듯했다. 불빛을 찾으려 애쓰는 한편, 개가 되어 밝은 거리를 마음껏 달리고 싶어 하는 것 같기도 했다. 오랜 세월이 지나고 보면 인류처럼 동물들에게서도 점차 문명이 싹터 발전하게 되지 않을까? 내 생각에 그들은 변화를 기다리며 여전히 방어 진지에 서 있는 동굴 시대의 원시인들 같았다. 이따금 여우 한 마리가 내 집 불빛에 이끌려 창문 근처까지 다가왔다가 내게 여우다운 저주를 퍼부은 뒤 잽싸게 달아났다.

새벽에는 대개 붉은다람쥐(스키우루스 후드소니우스)가 나

---

405) '협화음'을 뜻하는 concord는 지명인 콩코드와 철자가 같다.

를 깨웠다. 녀석들은 나를 깨우려고 숲에서 파견되어 나오기라도 한 듯 지붕 위를 마구 뛰어다니고 벽을 분주히 오르내렸다. 나는 겨울 동안 문 옆에 쌓인 눈 위에 덜 여문 채 거둔 옥수수를 반 부셸쯤 던져두고는 그 미끼에 현혹된 여러 동물들의 다양한 행동을 지켜보며 즐거운 시간을 보냈다. 땅거미가 밀려오는 황혼 녘과 밤중에는 토끼들이 늘 때맞추어 찾아와서 포식을 하고 돌아갔다. 붉은다람쥐들은 온종일 들락거렸고, 녀석들의 군사 작전은 내게 많은 즐거움을 주었다. 한 녀석이 처음에 키 작은 떡갈나무 숲에서 조심스레 나타나더니 무슨 내기라도 하듯 뒷다리에 힘을 잔뜩 주고 바람에 날리는 가랑잎처럼 아주 빠른 속도로 눈 위를 달려왔다가 이내 반대쪽으로 물러났다. 하지만 한 번에 2.5미터 이상은 나아가지 않았다. 녀석은 물러난 자리에서 세상의 모든 눈이 자기를 바라보고 있기라도 한 듯 우스꽝스러운 표정을 짓고서 무슨 이유인지 한 차례 공중제비를 넘더니 우뚝 멈추어 섰다. 가장 외지고 한적한 숲속에 사는 다람쥐조차 무대 위 댄서만큼이나 관객의 시선을 의식하고 행동하는 것일까? 녀석은 내 쪽으로 걸어오는 데 걸리는 시간보다 제자리에서 주위를 경계하며 머뭇거리느라 더 많은 시간을 보냈다. 나는 그때까지 다람쥐가 걷는 모습도 제대로 본 적이 없었다. 그런데 녀석이 눈 깜짝할 사이에 어린 리기다소나무 꼭대기로 올라가더니 시계태엽 감는 소리를 내며 상상 속의 관객을 나무라듯 혼잣말하고 동시에 세상을 향해 뭐라고 말했는데, 그러는 이유를 나는 알 수 없지만 다람쥐 자신도 모를 것이다. 마침내 녀석은 옥수수가 놓인 곳으로 다가와 적당한 옥수수자루를 하나 고르고는 올 때와 똑같이 삼각형을 그리듯 이리 뛰고 저리 뛰다가 창문 앞의 장작더미 위로 올라와서 내 얼굴을 빤히 바라보았다. 녀석은 몇 시간을 그 자리에 앉아 이따금 새 옥수수자루를 가져다 처음에는 게걸스럽게 갉아먹다가 반쯤 남은 속대를 내버리곤 했다. 그러다 결국은 입맛 까다롭게 굴며 알갱이만 조금 빼먹고는 옥수수 속대를 가지고 놀았다. 녀석은 또 장작 위에서 한쪽 앞발로 자루를 붙잡고 있다 방심한 바람에 땅바닥으로 떨어뜨리고는 어리둥절한 표정을 지으며 잠자코 내려다보았다. 옥수수자루가 살아서 도망쳤다고 생각하는 눈치였는데 내려가서 다시 주워야 할지, 포기하고 새로 가져와야 할지, 그도 아니면 그만 그곳을 떠나야 할지 선뜻 결정하지 못한 채 망설이는 모양새였다. 녀석은 옥수수를 생각하다가도 바람결에 실려 오는 소식을 듣기 위해 귀를 쫑긋 세웠다. 그렇게 그 작고 염치없는 녀석은 오전 내내 많은 양의 옥수수를 축냈다. 마침내 녀석이 제 몸보다 훨씬 크고 통통한 옥수수자루를 하나 골라잡고는 마치 들소를 입에 물고 유유히 사라지는 호랑이같이 능숙하게 균형을 잡으며 숲으로 떠났다. 올 때처럼 갈지자를 그리며 걷다가 자주 걸음을 멈추었고, 옥수수자루가 너무 무거운지 걸핏하면 땅바닥에 떨어뜨렸다. 녀석은 옥수수자루를 수직과 수평의 중간쯤 되는 대각선 모양으로 눕혀서 질질 끌고 갔다. 어떻게든 목적지에 옮겨 놓고야 말겠다고 단단히 결심한 것 같았다. 유별나게 까불고 엉뚱한 녀석은 그렇게 옥수수자루를 사는 곳까지, 내 집에서 200~250미터쯤 떨어진 소나무 꼭대기까지 옮긴 게 분명했다. 나중에 나는 그 소나무 근처에서 사방으로 흩어져 있는 옥수수속대들을 보았다.

마침내 어치들이 모습을 드러냈다. 오래전부터 190미터 떨어진 곳에서 귀에 거슬리는 울음소리가 조심스레 다가왔고, 이내 어치들이 나타나 눈에 띄지 않게 살며시 이 나무에서 저 나무로 날며 점점 가까이 다가와서는 다람쥐들이 떨어뜨린 옥수수 알갱이를 찾았다. 그런 다음 리기다소나무 가지에 앉아 목구멍에 비해 너무 큰 알갱이를 서둘러 삼키려다 캑캑거렸다. 어치가 알갱이를 간신히 토해내고 부리로 쪼아 잘게 부수는 데는 족히 한 시간이 걸렸다. 어치는 도둑이 분명하고, 나는 녀석들을 그다지 좋아하지 않았다. 하지만 다람쥐는 처음에 수줍어해도 마치 제 것을 가져가듯 당당하게 행동했다.

박새도 무리를 지어 날아왔다. 박새들은 다람쥐가 떨어뜨린 부스러기를 주워 가까운 나뭇가지로 날아가서는 발톱으로 움켜쥐고 나무껍질 속에 든 벌레를 쪼듯 목구멍에 들어갈 만큼 부리로 잘게 부수었다. 이런 박새들이 날마다 몇 마리씩 무리 지어 와 내 장작더미에서 먹이를 찾거나 문간에서 음식 부스러기를 쪼아 먹었다. 녀석들은 풀잎에 맺힌 고드름이 서로 부딪칠 때처럼 희미하고 맑은 혀짤배기소리로 울거나 경쾌하게 데이 데이 데이 하고 지저귀었다. 날씨가 봄처럼 화창한 날에는 여름에 그러듯 숲 가장자리에서 피비 하고 날카롭게 울기도 했다. 박새들은 나와 아주 친해졌다. 어느 날 내가 양팔로 안은 장작더미 위에 한 녀석이 내려앉더니 겁도 없이 장작 하나를 쪼아 댔다. 언젠가 마을 텃밭에서 괭이질을 하고 있을 때는 참새 한 마리가 내 어깨에 잠시 내려앉았다. 그때 나는 속으로 우쭐했다. 어떤 견장을 달아도 그런 기분을 느끼지 못했을 것이다. 다람쥐들 또한 나와 아주 친해졌는데, 어쩌다 내 발이 녀석들의 지름길을 막고 있으면 아무렇지 않게 구두 위를 밟고 지나갈 정도였다.

아직 땅이 눈에 완전히 덮이지 않았을 때, 또 내 집 남쪽에 있는 언덕 비탈이나 장작더미 주위의 얼음이 녹기 시작하는 겨울의 끝자락에는 자고새가 아침저녁으로 먹이를 찾아 숲에서 나왔다. 숲의 어느 쪽으로 걸어가든 놀란 자고새가 요란하게 날개를 퍼덕이며 날아오르면 나뭇잎과 나뭇가지에 쌓인 눈이 햇빛을 받아 금가루처럼 반짝이며 아래로 떨어졌다. 이 용감한 새는 겨울을 두려워하지 않았다. 이 새는 걸핏하면 눈 더미 속에 파묻혔는데 "때로는 공중을 날다가 부드러운 눈 속으로 곧장 돌진해서는 하루나 이틀쯤 숨어 지내기도 한다."라고들 말한다. 나는 해 질 녘 숲에서 나와 넓은 들판에 있는 야생 사과나무의 눈을 쪼아 먹는 자고새들을 놀래곤 했다. 저녁마다 규칙적으로 특정한 사과나무를 찾아오기 때문에 녀석들을 잡으려고 숨어 기다리는 교활한 사냥꾼도 있었다. 특히 마을에서 멀찌감치 떨어진 숲 근처의 과수원들은 자고새로 적지 않은 피해를 입었다. 자고새들이 그렇게나마 먹고살아서 나는 기쁘다. 자고새는 새싹과 물을 먹고 살아가는 자연의 새다.

어두운 겨울 아침나절이나 낮이 짧은 겨울날 오후에는 한 무리의 사냥개가 추적 본능을 뿌리치지 못하고 시끄럽게 짖으며 온 숲을 누비고 다니는 소리가 이따금 들렸다. 사냥용 나팔 소리도 간간이 들렸는데 이는 사냥꾼들이 그 뒤를 따라가고 있다는 증거였다. 요즘 들어 숲이 다시 시끄럽지만 호숫가 빈터로 뛰쳐나오는 여우는 아직 한 마리도 없다. 악타이온[406]을 뒤쫓는 사냥개 무리도 눈에 띄지 않는다. 하지만 저녁 무렵이면 여우 꼬리 하나를 전리품처럼 썰매에 매달고 여관으로 돌아가는 사냥꾼들을 보게 될 것이다. 그들은 여우가 꽁꽁 언 대지의 품 안에 잠자코 있는 한 안전하다고, 밖에 나오더라도 일직선으로 곧장 달리면 발 빠른 사냥개도 따라잡지 못한다고 말한다. 그런데 여우는 일단 추적자들을 멀찌감치 따돌리면 쉬기 위해 걸음을 멈추고서 그들이 다가올 때까지 귀를 기울인다. 그리고 다시 도망쳐 먼 길을 돌아서 사냥꾼들이 기다리고 있는 오랜 은신처로 향한다. 때때로 돌담 위를 한참 달리다 한쪽으로 뛰어내려 멀리 달아나기도 한다. 녀석들은 물속에 들어가면 냄새가 지워진다는 사실을 아는 것 같다. 한 사냥꾼에게 이런 이야기를 들은 적이 있다. 어느 날 그는 사냥개에 쫓기던 여우가 월든 호수로 뛰어드는 모습을 보았다. 호수는 얼었지만 얼음이 녹아 여기저기 얕은 웅덩이가 있었다. 여우는 몇몇 웅덩이를 건너더니 호숫가로 돌아와서 이내 사라졌다. 곧이어 사냥개들이 호숫가로 몰려왔지만 여우의 냄새를 놓치고 우왕좌왕했다. 가끔 사냥꾼 없이 사냥에 나섰던 사냥개들

406) 그리스 신화에 나오는 사냥꾼. 아르테미스가 목욕하는 장면을 훔쳐본 일로 저주를 받아 사슴으로 변했다가 자신의 사냥개들에게 물려 죽었다.

이 내 집 앞을 지나갔다. 녀석들은 내게 눈길조차 주지 않은 채 집 주위를 돌면서 미친 듯이 짖어 댔다. 추적을 단념하도록 녀석들의 주의를 다른 데로 돌릴 방법은 없었다. 그렇게 사냥개들은 여우가 가장 최근에 남긴 흔적을 찾을 때까지 빙글빙글 돌았고, 영리하게 보이는 녀석일수록 쉽게 단념하지 않았다. 어느 날 렉싱턴[407]에서 한 남자가 내 집에 찾아와 자기 사냥개의 행방을 물었다. 덩치가 큰 만큼 발자국도 큰 그 개는 혼자서 사냥감을 쫓아다니느라 벌써 일주일 넘게 돌아오지 않고 있다고 했다. 그런데 내가 무슨 말을 해도 아무런 도움이 되지 않을 것 같았다. 내가 질문에 대답하려 할 때마다 남자는 내 말을 가로막고 "이런 곳에서 뭘 하며 지내요?"라고 물었기 때문이다. 개 한 마리를 잃은 대신에 사람 하나를 찾았다고 생각하는 모양이었다.

월든의 물이 가장 따뜻할 때를 골라 일 년에 한 차례씩 미역을 감으러 오는 늙은 사냥꾼이 있었다. 쌀쌀맞게 생긴 그는 호수에 올 때마다 내 집에 들르곤 했는데 한번은 이런 이야기를 늘어놓았다. 오래전 어느 날 오후에 노인은 총을 들고 월든 숲으로 사냥을 나섰다. 그가 웨일랜드[408] 길을 걷고 있을 때 사냥개들이 짖는 소리가 들렸다. 그 소리는 점점 가깝게 들렸고, 얼마 뒤 돌담을 넘어오는 여우가 보였다. 여우는 길로 뛰어내렸다가 금세 맞은편 돌담을 넘어갔다. 노인은 재빨리

407) 콩코드 동쪽에 있는 마을. 월든에서 10킬로미터쯤 떨어져 있다.
408) 콩코드 남쪽에 있는 마을. 월든에서 10킬로미터쯤 떨어져 있다.

방아쇠를 당겼지만 여우를 맞히지 못했다. 잠시 뒤 늙은 사냥개 한 마리가 새끼 세 마리를 데리고 뒤쫓아 왔는데 주인 없이 자기들끼리 사냥을 하며 다시 숲속으로 사라졌다. 그날 오후 늦게 노인은 월든 호수 남쪽의 울창한 숲에서 쉬고 있다가 사냥개들이 컹컹 짖어 대는 소리를 들었다. 멀리 떨어진 페어헤이븐 호수 쪽이었다. 낮에 본 개들이 아직 여우를 쫓고 있는 게 분명했다. 이윽고 개들이 다가오면서 짖는 소리가 숲 전체에 울려 퍼졌다. 소리는 웰메도 쪽에서 들려왔다가 금세 베이커 농장 쪽에서 들려왔다. 노인은 한동안 가만히 서서 점점 가까워지는 개 짖는 소리에 귀를 기울였다. 노인의 귀에는 그 소리가 음악처럼 감미로웠다. 그렇게 노인이 개 짖는 소리에 빠져 있을 때였다. 사라졌던 여우가 갑자기 나타났다. 녀석은 침착하면서 재빠른 동작으로 위험천만한 숲을 헤치고 나와 자기를 뒤쫓는 사냥개들을 따돌렸다. 그런 여우가 가엾은 듯 녀석이 지나갈 때마다 나뭇잎들이 바스락거려 발소리를 감추어 주었다. 여우는 숲 한가운데의 바위에 가볍게 뛰어올라 뒤에 사냥꾼이 있는 줄 까맣게 모르고 똑바로 앉아 귀를 쫑긋 세웠다. 순간적인 연민이 사냥꾼의 팔을 아래로 잡아당겼다. 정말로 한순간 일렁인 감정일 뿐이었다. 사냥꾼은 더 이상 망설이지 않고 여우를 향해 총을 겨누었다. 탕! 여우가 바위에서 굴러떨어져 땅바닥에 쓰러졌다. 사냥꾼은 그 자리에 서서 사냥개들의 소리에 귀를 기울였다. 사냥개들이 계속 다가왔다. 악마같이 짖어 댔고, 그 소리가 가까운 숲길에 울려 퍼졌다. 이윽고 어미인 듯한 늙은 사냥개가 코를 땅에 대고 킁킁거리고 미친 듯이 허공을 향해 으르렁거리며 불쑥 나타나는가 싶더니 곧장 바위 쪽으로 달려갔다. 그러고는 죽은 여우를 보고 놀라서 벙어리가 되었는지 더는 짖지 않고 그 주위를 돌고 또 돌았다. 잠시 후 새끼 사냥개들이 차례로 도착했는데 어미와 마찬가지로 수수께끼 같은 여우의 죽음에 놀란 듯 모두 조용했다. 그때 사냥꾼이 앞으로 나아가 그들 사이에 섰고 수수께끼가 풀렸다. 사냥꾼이 가죽을 벗기는 동안 사냥개들은 조용히 기다리다 여우 꼬리를 잠시 따라갔지만 이내 관심을 잃고 다시 숲속으로 사라졌다. 그날 저녁 웨스턴[409]에 사는 지주가 자기 사냥개들의 행방을 물으러 콩코드 사냥꾼의 집에 찾아와 그 개들이 웨스턴 숲에서 시작하여 벌써 일주일째 저희들끼리 사냥을 다닌다고 말했다. 사냥꾼은 아는 대로 대답하고는 지주에게 여우 가죽을 내놓았다. 하지만 지주는 사양하고 집을 떠났다. 그날 밤 그는 사냥개들을 찾지 못했지만 이튿날 개들이 콩코드강을 건너 어느 농가에서 하룻밤 묵고 배불리 먹은 뒤 아침 일찍 떠났다는 말을 전해 들었다.

내게 이런 이야기를 들려준 콩코드 사냥꾼은 전에 페어헤이븐힐에서 곰을 사냥하여 그 가죽을 콩코드 마을에서 럼주와 교환하던 샘 너팅이라는 사람을 기억하고 있었다. 너팅이 심지어 페어헤이븐힐에서 말코손바닥사슴을 보았다고 했단다. 너팅에게는 그가 버긴이라고 부른 버고인[410]이라는 유명

409) 콩코드 남동쪽에 있는 마을. 월든에서 10킬로미터쯤 떨어져 있다.
410) 미국 독립 전쟁 당시 영국군 장군이었던 존 버고인(John Burgoyne, 1722~1792)의 이름을 땄다.

한 이름의 여우 사냥개가 있었는데 콩코드 사냥꾼한테도 몇 차례 빌려주었다고 했다. 콩코드 마을에는 오랫동안 장사를 한 늙은 상인도 있었다. 한때 대위였고, 읍사무소 서기 겸 지방 의회 의원을 지내기도 했다. 그가 작성한 거래 장부에 이런 글이 있다. 1742~1743년 1월 18일, "존 멜빈, 회색 여우 한 마리, 2실링 3펜스." 이제 회색 여우는 이곳에서 찾아볼 수 없다. 1743년 2월 7일 자 장부에는 헤스카이어 스크래튼에게 고양이 가죽 절반을 담보로 1실링 4.5펜스를 빌려주었다고 기록되어 있다. 물론 고양이는 살쾡이를 의미할 것이다. 스크래튼은 프랑스 전쟁[411]에 하사관으로 참전했고, 그런 그가 고양이 같은 하찮은 짐승을 사냥하여 담보로 맡기지는 않았을 것이다. 사슴 가죽을 외상으로 샀다는 기록도 있다. 당시 사슴 가죽은 거의 매일 매매되었다고 한다. 어떤 사람은 콩코드 근처에서 마지막으로 사냥한 사슴의 뿔을 아직까지 보관하고 있었다. 그런가 하면 마지막 사슴 사냥에 자기 삼촌이 참여했다면서 그 사냥 이야기를 내게 들려준 사람도 있었다. 예전에는 이곳에 사냥꾼이 많았는데 대부분 유쾌한 사람들이었다. 나는 그중 비쩍 마른 니므롯[412]을 지금도 생생히 기억한다. 그는 길을 걷다가 풀잎을 꺾어 풀피리를 불곤 했다. 내 기억에 그 소

---

411) 1754년부터 1763년까지 오하이오강 주변 영토를 둘러싸고 영국과 프랑스 사이에 벌인 식민지 쟁탈 전쟁. 이때 인디언들이 프랑스에 협력했기 때문에 프렌치-인디언 전쟁이라고도 한다.

412) 사냥꾼의 대명사. 「창세기」 10장 9절 "주님이 보시기에도 힘이 센 사냥꾼이었다." 참고.

리는 어떤 사냥 나팔보다 구성지고 아름다웠다.

달이 뜬 한밤중에 나는 산책에 나섰다가 이따금 숲속을 배회하는 사냥개들과 마주쳤다. 녀석들은 내가 두려운 듯 슬그머니 길에서 벗어나 덤불 한가운데에 잠자코 선 채 내가 지나가기를 기다렸다.

다람쥐와 들쥐들은 내가 저장해 놓은 견과를 서로 차지하려고 다투었다. 내 집 주변에 지름이 2.5센티미터에서 10센티미터에 이르는 어린 리기다소나무가 수십 그루 자라고 있었는데 지난겨울에 들쥐들이 마구 갉아 먹었다. 눈이 많이 내린데다 오랫동안 녹지 않아서 들쥐들에게는 노르웨이의 겨울처럼 먹을 것이 없기 때문에 나무껍질이라도 갉아 먹어야 했으리라. 그 리기다소나무들은 껍질이 고리 모양으로 완전히 벗겨졌지만 다행히 죽지 않고 한여름에는 잎이 무성했다. 30센티미터나 자란 나무들도 꽤 있었다. 하지만 혹독한 겨울이 또 찾아오자 이번에는 견디지 못하고 대부분 죽어 버렸다. 자그마한 들쥐 한 마리가 위아래로가 아닌 고리 모양으로 빙 둘러 갉아 먹어서 결국은 나무 한 그루를 통째로 먹도록 내어주는 리기다소나무를 보면 그저 놀랍기만 하다. 아마 빽빽한 리기다소나무들이 잘 자라도록 하려면 솎아 주는 과정이 필요할 것이다.

산토끼(레푸스 아메리카누스)도 나와 아주 친숙해졌다. 한 녀석은 내 집 마루 밑에 굴을 파고 겨울을 지냈다. 나와는 마루판 하나를 두고 동거한 셈이었다. 매일 아침 내가 움직이기 시작하면 녀석은 밖으로 나가려고 서둘렀다. 그러다 마루판에

머리를 쿵쿵쿵 부딪쳤는데 그때마다 나는 깜짝깜짝 놀랐다. 해 질 녘이면 내가 던져 놓은 감자 껍질을 먹으려고 산토끼들이 문 앞으로 몰려오곤 했다. 털 색깔이 땅과 너무 비슷해서 움직이지 않고 가만히 있으면 쉽게 분간할 수 없었다. 사방이 어스름한 무렵에는 이따금 한 녀석이 창문 밑에 잠자코 앉아 있다가 사라지기도 했다. 저녁에 문을 벌컥 열면 산토끼들이 찍찍 소리를 내며 후다닥 튀어 달아났다. 녀석들을 가까이에서 지켜보면 왠지 모르게 측은했다. 어느 날 저녁 산토끼 한 마리가 두어 걸음 떨어진 문 옆에 앉아 있었다. 녀석은 처음에 두려워서 벌벌 떨었지만 움직일 생각조차 하지 않았다. 축 늘어진 귀와 뾰족한 코, 짧은 꼬리와 가느다란 앞발, 게다가 뼈만 앙상한 비쩍 마른 모습이 몹시 불쌍해 보였다. 자연이 이제는 고귀한 혈통의 품종을 품을 만한 기력을 모두 소진한 것 같았다. 수종에라도 걸렸는지 커다란 눈은 여리고 병약해 보였다. 내가 한 걸음 바짝 다가가자 녀석은 몸과 네 다리를 우아하게 쭉 뻗으면서 용수철처럼 탄력 있게 튀어 올라 눈 위를 질주하여 이내 숲속으로 사라졌다. 야생의 자유로운 동물이 지닌 활기찬 생명력과 자연의 위엄이 느껴졌다. 산토끼가 그렇게 날렵한 데는 이유가 있을 것이다. 그런 게 산토끼의 본성이 아닐까 싶다.(산토끼는 라틴어로 lepus인데 일부 학자는 이것이 '빠른 발'이라는 뜻의 levipes에서 유래했다고 주장한다.)

산토끼와 자고새가 없다면 시골이라고 할 수 있을까? 녀석들은 가장 소박하고 토속적인 동물이다. 또 고대에도 지금처럼 잘 알려져 있었던 만큼 오래되고 존중받을 만한 동물 가족이다. 녀석들은 자연 자체의 색깔과 본질을 지닌 데다 나뭇잎이나 대지와도 밀접한 관련이 있다. 게다가 자기들끼리 관계가 아주 가깝고 끈끈하다. 한쪽은 다리가 달리고 다른 한쪽은 날개가 달렸다는 점만 다를 뿐이다. 산토끼나 자고새가 황급히 달아나는 모습을 볼 때면 단순히 야생동물 같지 않다. 바스락거리는 나뭇잎처럼 당연히 예상할 수 있는 자연의 일부를 마주한 기분이 든다. 어떤 변혁의 바람이 불어와도 자고새와 산토끼는 대지의 진정한 토박이답게 계속 번성할 것이다. 숲의 나무들이 베어져도 새롭게 돋아나는 새싹과 수풀이 그들에게 숨을 장소를 제공할 테고, 그러면 그 수는 과거 어느 때보다 훨씬 많아질 것이다. 산토끼 한 마리에게 먹을 것과 숨을 곳을 마련해 주지 못하는 시골만큼 척박한 곳은 없으리라. 몇몇 목동들이 잔가지로 만든 덫이나 말총 올가미를 놓았지만 우리 마을 숲에는 자고새와 산토끼가 넘치도록 많아서 늪지 주변에서조차 녀석들이 한가롭게 돌아다니는 모습을 흔히 볼 수 있다.

겨울 호수

고요한 겨울밤이 지나고 나는 꿈속에서 무엇을, 어떻게, 언제, 어디서 같은 질문을 받고 대답하려 애쓰다가 부질없다고 느끼며 잠에서 깨어났다. 다행히 모든 생물의 보금자리인 자연이 평온하고 만족스러운 얼굴로 새벽을 열면서 내 창문을 들여다보고 있었다. 비록 자연의 입술은 아무런 질문도 하지 않았지만 자연과 햇빛이 질문에 대한 대답이라는 것을 깨달았다. 어린 소나무들이 점처럼 띄엄띄엄 흩어진 땅 위에 소복이 쌓인 눈과 내 집이 서 있는 언덕 비탈이 전진! 하고 말하는 듯했다. 자연은 어떤 질문도 하지 않고, 우리 인간이 묻는 질문에 대답하지도 않는다. 자연은 오래전에 그렇게 하기로 결심했다. "오, 왕이시여, 우리 눈은 이 우주의 신비롭고 다채로운 광경을 바라보고 감탄하면서 그것을 영혼에 전합니다. 밤은 눈부시게 아름다운 피조물의 일부를 어둠으로 덮어 감추지만 낮이 찾아와 지상에서부터 광활한 하늘 평원까지 죽 이어진 위대한 작품을 우리 눈앞에 펼쳐 보입니다."[413]

이윽고 나는 아침 일과를 시작한다. 이제는 꿈속이 아니므로 맨 먼저 도끼와 양동이를 들고 물을 찾아 나서야 한다. 밤새 춥고 눈까지 내렸기 때문에 물을 찾으려면 수맥 탐지기가 필요하다. 한 점 바람에도 민감하게 반응하며 빛과 그림자를 반사하는 호수이지만 겨울이면 30센티미터, 아니 45센티미터 두께로 꽁꽁 얼어서 무거운 마차가 지나가도 끄떡없다. 그런 데다 눈이 얼음 정도의 두께로 쌓이면 호수는 평평한 들판과 전혀 구분되지 않는다. 주위를 에워싼 언덕들에 사는 우드척처럼 호수는 눈꺼풀을 내리고 석 달 넘게 겨울잠에 빠진다. 눈 덮인 얼음 위에 서 있노라면 언덕으로 둘러싸인 풀밭에 선 것 같은 기분이 든다. 나는 우선 30센티미터 두께로 쌓인 눈을 파헤치고 다시 30센티미터 두께의 얼음을 뚫어 발밑에 자그마한 창문을 낸다. 그런 다음 물을 마시기 위해 무릎을 꿇고 앉아 그 창문을 통해 물고기들의 조용한 거실을 내려다본다. 그곳은 부드러운 햇빛으로 가득 차 있다. 바닥의 모래가 여름과 다름없이 투명하게 반짝거리는 물속은 젖빛 유리창으로 들어온 해 질 무렵의 호박색 하늘처럼 고요하고 잔잔한 평온이 지배하고 있다. 이는 호수 주민들의 차분하고 한결같은 기질과 잘 어울린다. 천국은 우리의 머리 위는 물론이고 발밑

413) 고대 인도의 서사시 「하리밤사」의 한 구절.

에도 있다.

삼라만상이 추위에 바짝 움츠리고 있는 이른 아침 사람들이 하나둘 낚싯대와 간단한 점심거리를 들고 와서 강꼬치고기와 농어를 잡기 위해 눈 덮인 호수에 구멍을 뚫고 가느다란 낚싯줄을 늘어뜨린다. 본능적으로 마을 사람들과는 다른 유행을 좇고 다른 권위를 따르는 야성적인 그들이 오가는 덕에 어느 정도는 마을과 마을의 교류가 계속 이어진다. 두툼하고 질긴 방한복을 입은 그들은 호숫가에 떨어져 바싹 마른 떡갈나무 잎 위에 앉아 점심을 먹는다. 도시 사람들이 인공 지식에 밝은 만큼 그들은 자연 지식에 밝다. 그들은 책을 찾아본 적이 없으며 경험을 많이 했어도 남들에게 다 전하지 못한다. 그들이 행하는 일들은 아직 세상에 알려지지 않았다. 한 낚시꾼은 다 자란 농어를 미끼로 써서 강꼬치고기를 낚는다. 그의 양동이를 들여다보면 마치 여름 호수를 들여다보는 듯 경탄하게 된다. 그는 여름을 자기 집에 가두어 두었거나 여름이 어디로 물러났는지 잘 아는 사람 같다. 아니 어떻게 한겨울에 그런 물고기들을 잡는다는 말인가? 그렇다. 땅이 얼어붙었으므로 썩은 통나무 속에서 벌레를 잡아 그것을 미끼로 물고기를 낚았다. 그의 삶은 박물학자의 연구보다 더 깊이 자연을 꿰뚫고 있다고 하겠다. 그 사람 자체가 박물학자의 연구 대상이다. 박물학자는 곤충을 찾기 위해 칼로 이끼를 들추고 나무껍질을 조심스레 벗긴다. 낚시꾼은 도끼로 썩은 통나무를 쪼개어 속까지 열어젖히고, 그러면 이끼와 나무껍질이 사방으로 멀리 날아간다. 그는 나무껍질을 벗겨 생계를 꾸리는 셈이다. 그런 사람은 물고기를 낚을 자격이 있다. 나는 그 사람을 통해 자연의 섭리가 무엇인지 알고 싶다. 농어는 굼벵이를 삼키고, 강꼬치고기는 농어를 삼키고, 낚시꾼은 강꼬치고기를 삼킨다. 그래서 존재의 사슬[414]에 있는 틈새가 모두 메워진다.

안개 낀 날 호수 주변을 산책할 때 나는 이따금 서툰 낚시꾼이 원시적인 방법으로 낚시하는 모습을 흥미롭게 지켜보았다. 낚시꾼은 호숫가에서부터 20~25미터 간격으로 여러 개의 작은 얼음 구멍을 뚫고는 그 위에 오리나무 가지를 걸쳐 놓고 줄이 물속으로 끌려가지 않도록 가지에 묶었다. 얼음 위 30센티미터쯤에 늘어뜨린 낚싯줄에는 떡갈나무 잎을 하나 매달았는데 잎이 아래로 끌려 내려가면 물고기가 미끼를 문 것을 알 수 있을 터였다. 호수 주변을 반쯤 산책하다 보면 그 낚시꾼이 일정한 간격으로 걸쳐 놓은 오리나무 가지들이 안개 속에서 어렴풋이 보였다.

아, 월든 호수의 강꼬치고기들! 얼음 위나 낚시꾼이 작은 얼음 구멍을 뚫어 물이 조금 고이도록 만든 웅덩이에 강꼬치고기들이 누워 있는 모습을 보면 나는 신화나 전설에 나오는 물고기라도 되는 듯 그 신비한 아름다움에 놀란다. 사실 강꼬치고기는 마을의 거리는 물론이고 숲과 아무런 관련이 없는 존재인 만큼 콩코드 사람들에게는 머나먼 아라비아처럼 이국적인 물고기다. 강꼬치고기에는 세속을 초월한 눈부신 아름다

414) 신을 정점으로 하여 모든 피조물은 단절되지 않고 하나의 사슬로 이어져 있다는 개념으로 19세기 초 기독교적 우주관이었다.

움이 깃들어 있다. 콩코드 거리에서 요란하게 팔리는 송장 같은 민대구나 해덕대구와 비교할 수 없을 만큼 아름답다. 강꼬치고기는 소나무처럼 초록색도 아니고, 돌처럼 회색도 아니며, 하늘처럼 푸르지도 않다. 그러나 내 눈에는 꽃이나 보석처럼 진귀한 색깔로 보인다. 강꼬치고기는 흡사 월든 호수의 동물화된 핵 혹은 결정체이고 진주 같은 것이다. 물론 강꼬치고기 자체는 온전히 그리고 지속적인 월든 호수다. 동물 세계에서 그들은 작은 월든 호수이거나 월든 호수의 주민이다. 강꼬치고기가 여기서 잡힌다는 사실은 생각할수록 놀라운 일이다. 마차와 수레가 요란하게 덜커덩거리고 썰매가 딸랑거리며 지나는 월든 도로 아래 이 깊고 넓은 샘에서 황금빛과 에메랄드빛을 띤 물고기들이 헤엄치고 있다는 사실이 놀랍지 않은가. 나는 지금껏 어떤 시장에서도 강꼬치고기 같은 물고기를 본 적이 없다. 강꼬치고기가 시장에 나오면 수많은 사람이 찬탄할 것이다. 하지만 물 밖으로 끌려 나온 강꼬치고기는 제 수명을 다 채우지 못하고 하늘의 희박한 공기 속으로 사라지는 인간처럼 경련하듯 몇 차례 꿈틀거리고는 쉽게 삶을 포기해 버릴 것이다.

1846년 초 얼음이 녹기 전 나는 오랫동안 실종된 월든 호수의 바닥을 되찾고 싶은 마음에서 나침반과 쇠사슬과 측심줄로 호수 바닥을 면밀히 조사했다. 이 호수에 바닥이 있느니 없느니 그동안 여러 이야기가 나돌았으나 그야말로 바닥이, 다시 말해 근거가 없는 헛소문일 뿐이었다. 수심을 측정해 보려고도 하지 않은 채 오랫동안 호수에 바닥이 없다고 믿는 걸 보면 그저 놀랍다. 어느 날 나는 산책하러 나갔다가 바닥이 없다고 알려진 호수를 두 군데 찾아갔다. 적지 않은 사람들이 월든 호수가 지구의 반대쪽까지 이어진 줄 잘못 알고 있었다. 몇몇 사람들은 호수 위에 오랫동안 납작 엎드려 착시를 일으키는 얼음을 통해, 더욱이 물기 어린 눈으로 물속을 내려다보다 감기에 걸릴까 봐 두려운 나머지 성급하게 결론을 내렸다며 호수 바닥에 구멍이 뚫려 있었다고 했다. 그들은 또 그 구멍이 "건초를 가득 실은 마차가 충분히 드나들 만큼" 어마어마하게 컸다면서 틀림없이 스틱스[415]의 원천이자 이 지역에서 지옥으로 들어가는 입구일 것이라고 했다. 마을에서 무게가 약 25킬로그램인 추와 2.5센티미터 굵기의 밧줄을 수레에 가득 싣고 월든 호수로 가서 수심을 측정하려 했지만 바닥을 찾는 데 실패했다는 사람들도 있었다. 그 추가 바닥에 닿았는데도 쓸데없이 측정할 수도 없는 경이로움에 대한 자신들의 포용력을 가늠하려고 밧줄을 계속 풀었기 때문이다. 그러나 내가 독자들에게 분명히 말할 수 있는 것은 월든 호수가 예외적으로 깊기는 하지만 터무니없이 깊지는 않다는 사실이다. 월든 호수에도 분명히 단단한 바닥이 있다. 나는 대구 잡이용 낚싯줄에 680그램쯤 되는 돌멩이를 매달아 월든의 깊이를 측정했다. 바닥에 닿았던 돌멩이를 끌어 올릴 때 그것이 바닥에서 떨어져 있으면 어렵지 않지만 진흙 바닥에 박혀 있으면 힘이 든

415) 그리스 신화에서 저승을 일곱 바퀴 돌아 흐르는 강.

다. 결국 나는 돌멩이가 바닥에 떨어져 낚싯줄이 팽팽해진 순간을 노려 깊이를 측정할 수 있었고, 가장 깊은 곳은 정확히 31미터였다. 그 후 물이 불어 수위가 1.5미터 정도 높아졌으므로 이를 더하면 33미터 가까이 된다. 면적이 작은 것을 고려하면 수심이 꽤 깊다. 여기에서 상상력을 개입시켜 단 2.5센티미터라도 빼서는 안 된다. 모든 호수가 얕다면 어떻게 될까? 그것이 사람들의 마음에 영향을 주지 않을까? 나는 월든 호수가 깊고 맑아서 하나의 상징이 된 것을 기쁘게 생각한다. 인간이 무한의 존재를 믿는 한 앞으로도 몇몇 호수는 바닥이 없다고 여겨질 것이다.

어느 공장 주인은 내가 알아낸 깊이를 듣고 의아하게 생각했다. 댐에 대한 자신의 지식으로 판단하건대 모래가 그렇게 가파른 각도로 쌓일 리 없다는 것이었다. 그러나 사람들 대부분이 생각하는 것과 달리 아주 깊은 호수의 수심은 면적에 비례하지 않으며, 물이 다 빠진다 해도 깊은 골짜기가 눈에 띄게 드러나지 않는다. 이곳 호수들은 언덕과 언덕 사이에 낀 물컵이 아니다. 면적에 비해 보통 이상으로 깊은 월든 호수도 그 중심을 관통하는 수직 단면을 보면 얕은 접시보다 더 깊어 보이지 않는다. 대다수 호수는 물을 다 빼면 우리가 흔히 보는 목초지보다 더 움푹 패어 있지 않을 것이다. 윌리엄 길핀은 풍경과 관련된 모든 것에서 감탄스러울 정도로 아주 정확한 판단을 내렸다. 그는 스코틀랜드 로크 파인[416]의 어귀에

416) 스코틀랜드 서부 해안에 있는 만. 로크(loch)는 호수 또는 육지에 둘러

서서 그곳은 산으로 둘러싸인 "수심 60~70패덤,[417] 폭 6킬로미터, 길이 80킬로미터의 염수만"이라면서 "대홍수에 의한 지형 붕괴, 또는 대홍수의 원인이 된 자연의 격변이 일어난 직후 물이 세차게 밀려들기 전에 우리가 이곳을 보았다면 무시무시한 협곡이 눈앞에 펼쳐져 있었을 것이다."라고 말한 뒤 다음과 같이 덧붙였다.

> 융기한 산들은 높이 솟아오르고
> 바닥은 아래로 낮고 깊게 가라앉아
> 광활한 호수를 이루었다.[418]

그런데 로크 파인에서 가장 좁은 폭을 이용하여 얻은 면적과 깊이의 비율을 적용하면 우리가 보았듯이 수직 단면이 이미 얕은 접시처럼 생긴 월든 호수는 네 배는 더 얕아 보일 것이다. 로크 파인에서 물이 다 빠지면 드러날 무시무시한 협곡에 대해서는 이 정도로 해 두자. 환하게 미소 짓는 수많은 계곡과 그 사이에 펼쳐진 옥수수밭도 물이 빠져나간 뒤에 드러난 '무시무시한 협곡'일 수 있다. 이런 사실을 주민들에게 납득시키기 위해서는 지질학자의 통찰과 혜안이 필요할 것이다. 탐구적인 눈을 가진 사람이라면 지평선의 나지막한 언덕에서도 원시적인 호수의 흔적을 발견할 수 있으리라. 그런 역사를

싸인 가늘고 길게 뻗은 바다를 가리킨다.

417) 수심을 측정할 때 사용하는 단위로 1패덤은 약 1.83미터다.

418) 윌리엄 길핀의 『영국의 일부 지역에 대한 고찰』에서 인용.

숨기기 위해 누군가 일부러 평원을 융기시키지는 않았을 테니 말이다. 도로 공사를 하는 사람들은 잘 알겠지만 땅이 움푹 들어간 곳을 가장 쉽고 정확하게 찾으려면 소나기가 내린 뒤에 생긴 웅덩이들을 살펴보면 된다. 결국은 우리 인간이 약간의 상상력을 발휘하면 자연이 허용하는 것보다 더 깊이 잠수하고 더 높이 비상할 수 있다는 말이다. 아마 바다의 깊이도 실제로 측정해 보면 그 넓이에 비해 그렇게 대단치는 않을 것이다.

나는 얼음을 뚫고 월든 호수의 깊이를 쟀기 때문에 얼어붙지 않은 항만을 측량할 때보다 훨씬 정확하게 바닥의 형태를 추정할 수 있었다. 그런데 바닥이 대체로 고르다는 사실을 알고 크게 놀랐다. 가장 깊은 곳에는 몇 헥타르에 이르는 바닥이 펼쳐져 있었는데 태양과 바람과 쟁기의 영향을 받은 지상의 들판보다 더 평평했다. 예를 들면 임의로 선 하나를 그어 놓고 그 선상의 여러 위치에서 깊이를 재 보았더니 150미터 이내에서 30센티미터 이상 차이가 나는 곳이 없었다. 예측하건대 호수 한가운데에서는 어느 방향으로든 그 깊이가 30미터당 8~10센티미터 정도 차이가 날 것이다. 어떤 사람들은 월든처럼 바닥이 전체적으로 모래인 호수에도 여기저기 깊고 위험한 구멍이 있다고 말하지만 이런 환경에서는 물의 흐름으로 울퉁불퉁한 바닥이 평평해진다. 그 바닥의 형태는 호숫가나 주변 언덕들의 형세와 거의 비슷하여 뾰족하게 튀어나온 곳의 존재도 맞은편 호숫가의 수심을 재는 것만으로 알 수 있다. 곶이 뻗어 나간 방향도 맞은편 기슭의 지형을 관찰하면 가늠이 된다. 시간이 흐르면 곶은 모래톱이 되고, 평원은 여울이 되고, 골짜기는 깊은 연못이나 수로가 된다.

50미터를 2.5센티미터로 축소하여 월든 호수의 지도를 그린 뒤 100여 군데의 수심을 측정한 결과를 기록했을 때 나는 다음과 같은 놀라운 우연을 발견했다. 가장 깊은 지점을 나타내는 숫자가 분명히 지도 한복판에 있는 것을 확인하고 자를 지도 위에 세로와 가로로 놓아 보았다. 놀랍게도 가장 긴 세로선과 가장 긴 가로선이 가장 깊은 지점에서 정확하게 교차했다. 한복판은 거의 평평하고, 호수의 윤곽선은 불규칙한 편이며, 가장 긴 세로와 가로 길이를 자그마한 만의 안쪽까지 측정해서 얻었는데도 말이다. 나는 혼자 중얼거렸다. 이런 방법으로 호수나 연못만 아니라 바다의 가장 깊은 곳도 측정할 수 있지 않을까? 또 이런 규칙을 골짜기를 엎어 놓았다고 볼 수 있는 산의 높이에도 적용할 수 있지 않을까? 누구나 알겠지만 산에서 가장 높은 곳이 가장 좁은 곳은 아니다.

나는 다섯 곳의 작은 만 가운데 세 곳의 수심을 측정했다. 그 결과 모두 어귀마다 모래톱이 있고, 그 안쪽의 수심이 더 깊다는 사실을 알았다. 그 때문인지 대부분의 만은 수평만이 아니라 수직으로도 육지 쪽으로 확장하여 웅덩이나 독립된 연못을 이루는 경향이 있었다. 두 군데 곶의 방향은 모래톱이 뻗어 나간 방향과 일치했다. 해안에 위치한 항구의 어귀에도 모래톱이 있다. 월든은 만 어귀가 그 길이에 비해 폭이 넓을수록 모래톱 바깥의 수심이 안쪽보다 더 깊다. 사실 만의 길이와 폭을 비롯하여 주변 기슭의 지형적 특징을 알면 모든 호수에

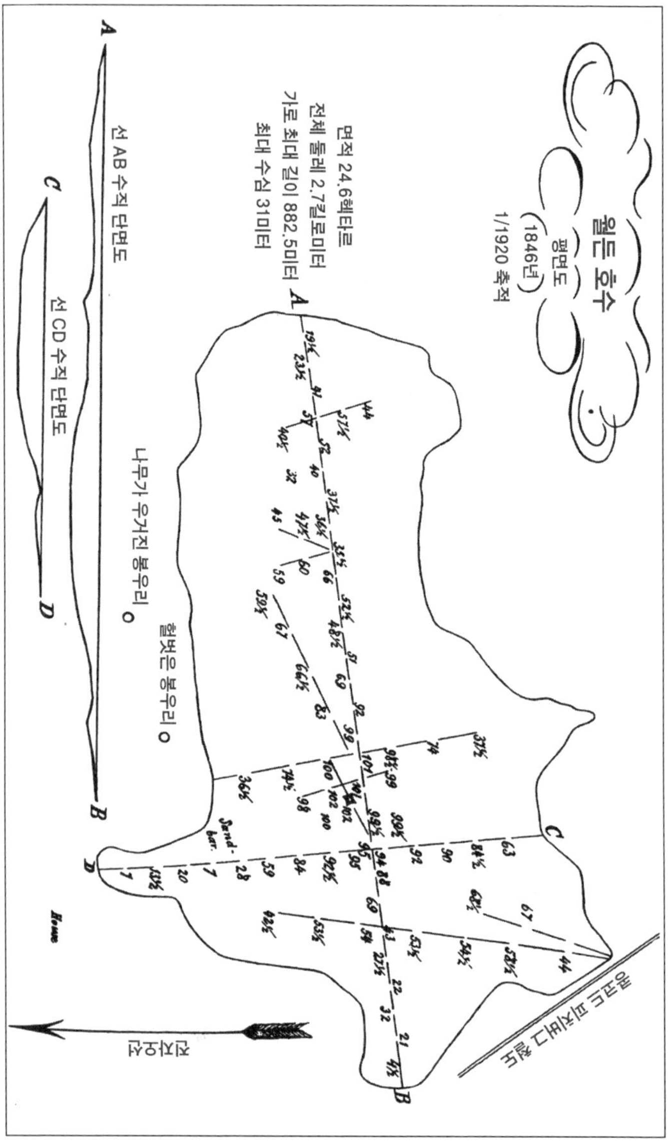

소로가 직접 측량한 '월든 호수 축약도 1846년'(석판화, 석판은 보스턴의 S.W. 챈들러사가 제작). 소로는 10로드(50.29미터)를 1인치(2.54센티미터)로 삼아 16×21인치(53.34센티미터) 크기의 측량도를 그렸는데 출판을 위해 1인치당 40로드(201.16미터)로 다시 축약했다.

적용되는 공식을 만드는 데 필요한 자료는 거의 갖추었다고 볼 수 있다.

이 경험을 바탕으로 어떤 호수든 표면의 윤곽과 기슭의 특징만을 관찰함으로써 가장 깊은 지점을 얼마나 정확하게 짚어 낼 수 있는지 알고 싶어 화이트 호수의 평면도를 그려 보았다. 화이트 호수의 면적은 대략 17만 제곱미터에 이르는데 월든과 마찬가지로 섬이 없을 뿐 아니라 물이 들어오고 나가는 곳도 눈에 띄지 않았다. 그런 터에 평면도를 그리고 보니 가장 긴 가로선이 가장 짧은 가로선과 가깝게 있는 데다 그 언저리에서 마주 보는 두 군데 곶은 서로 근접한 반면 두 군데 만은 멀리 떨어졌다. 결국 나는 가장 짧은 가로선에서 조금 떨어지기는 했지만 가장 긴 세로선 위에 있는 한 점을 화이트 호수에서 가장 깊은 지점으로 표시했다. 나중에 안 사실인데 수심이 가장 깊은 지점은 내가 표시한 곳에서 고작 30미터 정도 떨어져 있었다. 심지어 방향도 내가 애초에 예상한 대로였고, 깊이 또한 예측과 30센티미터밖에 차이가 나지 않는 18미터였다. 물론 흐르는 물줄기나 섬이 있다면 문제는 한층 복잡해질 터였다.

우리가 대자연의 법칙을 낱낱이 안다면 단 하나의 사실이나 실제로 일어난 한 가지 현상에 대한 서술만 보고도 그 시점에서 발생할 구체적 결과를 모두 예측할 수 있을 것이다. 지금 우리는 몇 가지 법칙만 안다. 당연히 우리가 도출해낸 결과는 자연계의 혼란이나 불규칙성 탓이 아니라 결과를 예측하는 데 꼭 필요한 요소를 모르기 때문에 효용성이 떨어진다. 법칙과 조화에 대한 우리의 개념은 대개 우리가 찾아낸 실제 사례에만 국한된다. 그러나 우리가 발견하지 못한, 겉으로는 서로 모순되어 충돌하는 듯해도 실제로는 일치하는 법칙이 무척 많으며 그 법칙들에서 비롯되는 조화는 실로 경탄할 만하다. 마치 여행자가 걸음을 떼어 놓을 때마다 산의 윤곽이 달라 보이는 것과 마찬가지로 특정한 법칙들은 우리의 관점에 따라 다르다. 산은 절대적으로 하나의 형태로 되어 있지만 그 모습은 헤아릴 수 없이 다양하다. 산을 쪼개거나 구멍을 뚫어도 모든 모습을 파악하지 못한다.

내가 월든 호수를 관찰하여 얻은 결과는 인간의 윤리에도 똑같이 적용할 수 있다. 그것은 평균의 법칙이다. 두 개의 지름에 관한 교차 법칙은 우리를 태양계 안의 태양으로, 인체 내의 심장으로 인도한다. 어떤 사람이 날마다 행하는 특정한 행동들과 그의 삶에 이는 파도를 포함하여 그가 지닌 만과 후미 안쪽까지 모두 측정한 뒤 세로선과 가로선을 그으면, 두 선이 교차하는 부분에 그의 인격에서 가장 높거나 깊은 곳이 나타날 것이다. 이때 그의 호숫가가 어떤 방향으로 기울었는지, 또 인접한 지역이나 환경이 어떤지 안다면 우리는 그의 깊이와 감추어진 바닥의 상태를 추정할 수 있으리라. 그가 아킬레우스의 고향[419]처럼 험준한 산에 둘러싸여 산봉우리들이 가슴에 그림자를 드리운다면 내면에도 그 못지않게 깊은 곳

419) 그리스 신화의 영웅 아킬레우스가 태어난 그리스 중북부 산악 지대 테살리아를 말한다.

이 있을 것이다. 그러나 나지막하고 평탄한 기슭은 그의 내면이 얕다는 것을 증명한다. 우리 몸에서 대담하게 튀어나온 이마는 그에 상응하는 사고의 깊이를 나타낸다. 또 우리 내면에 있는 작은 만들의 어귀에는 저마다 특별한 성향을 나타내는 모래톱이 버티고 있다. 그 만들은 태풍을 피하는 항구가 되기도 하며, 그 때문에 우리는 한동안 그곳에 갇힌 채 부분적으로 바다와 단절될 수 있다. 이 같은 성향들은 대개 변덕스럽지 않거니와 그 형태와 크기와 방향은 해안의 곶, 요컨대 고대에 일어난 융기의 축에 의해 결정된다. 모래톱이 폭풍과 조류와 해류에 의해 점점 커지거나 바닷물이 빠져 드러나면 처음에는 하나의 생각이 정박한 해안의 자그마한 만에 불과하던 것이 바다와 단절된 호수가 된다. 그리고 생각은 호수 안에서 독자적인 성향을 지니게 된다. 바다와 단절된 호수는 어쩌면 바닷물에서 민물로 바뀌어 짜지 않은 담수해나 사해, 또는 늪이 될지도 모른다. 우리 개개인이 이 세상에 나왔을 때 이런 모래톱이 어딘가 수면 위로 하나씩 드러난 것이라고 말할 수 있지 않을까? 사실 우리는 서투른 항해사라서 대부분의 경우 우리 생각은 항구도 없는 해안에서 멀어졌다 가까워졌다 하면서 시(詩)라는 자그마한 만의 만곡부만 들락거리거나 출입이 자유로운 항구로 방향을 돌려 학문이라는 건선거(乾船渠)에 들어간다. 다만 여기에서 우리의 생각은 세속적으로 재정비될 뿐 개성을 지니도록 도움을 주는 자연의 조류는 만나지 못한다.

나는 월든에서 비와 눈과 증발 외에 물이 들어오고 나가는 곳을 발견하지 못했다. 하지만 온도계와 줄을 이용하면 그런 곳을 찾아낼 수 있을 것이다. 물이 호수로 흘러드는 곳은 여름에 가장 시원하고 겨울에 가장 따뜻할 것이기 때문이다. 1846년에서 1847년 어느 날 얼음 캐는 사람들이 이곳에서 작업할 때 호숫가로 운반된 얼음덩이가 다른 것들과 나란히 놓일 만큼 두껍지 않다는 이유로 호숫가에서 얼음을 쌓던 사람들에 의해 퇴짜를 맞았다. 얼음을 캐는 사람들은 어느 구역의 얼음이 다른 곳보다 5~8센티미터 정도 얇다는 사실을 알게 되었고, 그래서 그곳에 물이 들어오는 입구가 있을 거라고 생각했다. 그들이 나를 얼음덩이에 태우고 '물 새는 구멍'도 보여 주었다. 그들 생각에는 물이 그 구멍을 통해 언덕 아래로 새어 나가서 이웃 목초지로 흘러든다는 것이었다. 수면에서 3미터쯤 아래에 있는 작은 구멍이었다. 하지만 내 생각에는 더 많은 물이 새어 나가는 구멍이 발견되지 않는 한 월든의 누수를 막을 필요는 없을 듯했다. 어떤 사람은 그런 '물 새는 구멍'이 발견될 경우 그것이 목초지와 연결되어 있는지 여부를 알 방법에 대해 말했다. 그 구멍 입구에 물들인 가루나 톱밥을 흘려 넣은 뒤 목초지에 있는 샘에 여과 장치를 설치해 놓으면 흐르는 물에 떠내려온 가루나 톱밥이 걸릴 것이라는 이야기였다.

내가 호수를 측량하고 있을 때 두께가 40센티미터나 되는 얼음이 가벼운 바람에 물결처럼 출렁거렸다. 얼음 위에서 수준기를 사용할 수 없다는 것은 잘 알려진 사실이다. 막대기에 눈금을 표시하여 얼음 위에 세워 놓고 뭍에 설치한 수준기를 그 막대기 쪽으로 돌려서 관측했을 때 호숫가에서 5미터쯤 떨어진 곳의 얼음이 최고 2센티미터까지 요동쳤는데 언뜻 호숫가에 단단히 붙어 있는 것처럼 보였다. 아마 호수 한복판에서는 그 진폭이 더 컸을 것이다. 측량 도구가 더 정밀했다면 지각의 요동을 충분히 탐지해 낼지 그 누가 알겠는가? 수준기의 두 다리를 호숫가에 세우고 나머지 다리 하나는 얼음 위에 두고서 가늠자를 그 다리 너머에 맞추고 관측했을 때 얼음의 미세한 요동이 호수 건너편 나무의 위치에서 몇십 센티미터의 차이를 만들었다. 내가 수심을 측정하려고 얼음에 구멍을 뚫기 시작했을 때 얼음과 그 위에 쌓인 눈 사이에 2.5~10센티미터 정도 물이 고여 있었다. 그런데 그 물은 곧 내가 뚫은 구멍으로 흘러들기 시작하더니 이틀 동안이나 깊은 시냇물처럼 계속 흘러 사방의 얼음을 녹였고, 마침내 호수면을 말리는 데 주된 역할까지는 아니어도 큰 기여를 했다. 물이 호수에 흘러들면서 얼음을 수면 위로 띄웠기 때문이다. 이는 배의 바닥에 구멍을 뚫어 고인 물을 빼내는 것과 어느 정도 흡사했다. 그 같은 구멍들이 다시 얼어붙고 비까지 내리자 결국에는 갓 생겨난 매끄러운 얼음이 호수 전체를 뒤덮었다. 그때 사방에서 호수의 중심부로 유입된 물이 얼음 속을 흐르면서 얼음 안쪽에 생긴 거미줄 모양의 검은 무늬들이 얼음 속에 핀 장미꽃이라고 불러도 좋을 만큼 무척 아름다웠다. 호수의 얼음에 물이 얕게 고인 웅덩이가 있으면 이따금 내 그림자가 겹쳐 보였다. 그림자 하나가 다른 그림자의 머리 위에 서 있는, 좀 더 정확히 말하면 하나는 얼음 위에 서 있고 다른 하나는 나무 위나 언덕 비탈에 서 있는 것 같았다.

아직 추운 1월이고 눈과 얼음이 두껍고 단단하지만 세상 일에 능란한 땅 주인은 여름에 마실 음료를 시원하게 해 줄 얼음을 구하러 마을에서 내려온다. 이제 1월인데 7월의 더위와 갈증을 예견하고, 두꺼운 외투에 장갑까지 끼고서 말이다. 아마도 내세의 여름에 마실 음료를 식혀 줄 현세의 보물을 쌓아 두지는 못할 것이다. 그는 단단히 얼어붙은 호수를 자르고 톱질하여 물고기들의 지붕을 들어내서 물고기들의 거주지이자 공기인 얼음을 수레에 싣고 1코드씩 밧줄로 묶은 장작처럼 쇠사슬과 말뚝으로 움직이지 않게 고정하고는 상쾌한 겨울바람을 헤치며 겨울 저장고로 가져가 여름까지 보관해 둔다. 얼음이 실려 가는 모습을 멀리서 바라보면 파랗게 응축된 하늘을 보는 것 같다. 호수에서 얼음을 잘라 내는 사람들은 대체로 농담도 잘하고 장난도 잘 치는 유쾌한 사람들이다. 내가 다가가면 양쪽에 손잡이가 달린 커다란 톱을 가리키며 함께 얼음을 자르자고 했다. 나는 아래쪽 손잡이를 잡았다.

1846년에서 1847년 겨울 어느 날 아침에 100명이나 되는 히페르보레오이족[420]이 느닷없이 우리 호수에 나타났다. 볼품없는 농기구와 썰매, 쟁기, 파종기, 풀 베는 칼, 삽, 톱, 갈퀴를 여러 대의 수레에 가득 싣고서 저마다 《뉴잉글랜드 농민》이나 《컬티베이터》 같은 잡지에 소개된 적 없는 끝이 양쪽으로

---

420) 그리스 신화에 나오는 북풍 너머에 사는 종족. 여기서는 뉴잉글랜드보다 위쪽에 있는 추운 지역에 사는 사람들을 말한다.

갈라진 뾰족한 장대를 들고 있었다. 그들이 호밀 씨앗을 뿌리러 왔는지, 아니면 최근에 아이슬란드에서 도입된 다른 곡물 씨앗을 뿌리러 왔는지 나로서는 알 수가 없었다. 거름이 눈에 띄지 않아 그들도 내가 그랬던 것처럼 이곳 흙이 오랫동안 묵어 기름질 거라 여기고 땅의 힘만 쏙 빼먹을 모양이라고 생각했다. 그들은 한 농장 경영자가 자신들을 고용했다고 말했다. 내가 이해하기로 그는 50만 달러나 되는 재산을 그 갑절로 불리고 싶은 나머지 자신이 가진 달러 한 장 한 장을 또 다른 달러로 덮으려고 혹독한 한겨울에 월든 호수의 유일한 외투, 아니 가죽 자체를 벗겨 내려 작정한 사람이었다. 인부들은 월든 호수를 모범 농장으로 만들려는 듯 망설이지 않고 일을 시작하여 놀랄 만큼 질서 정연하게 쟁기질과 써레질을 한 뒤 땅을 평평하게 고르고 고랑을 팠다. 그런데 그들이 고랑에 어떤 종류의 씨앗을 뿌리는지 내가 두 눈을 부릅뜨고 지켜보고 있을 때 내 옆에 있던 한 무리의 인부들이 갑자기 특유의 빠른 동작으로 갈고리를 놀리더니 지금까지 아무도 건드리지 않은 순결한 흙을 모래까지, 정확히 말하면 이곳은 습기가 많으니 모래 속에 스민 물까지 땅 전체를 끌어 올려서 썰매에 실어 나르기 시작했다. 나는 그들이 늪에서 이탄을 캐는 거라고 생각했다. 그렇게 그들은 흰멧새 떼처럼 북극 지방의 한 지점에서 월든 호수까지 기관차 특유의 기적 소리와 함께 하루도 거르지 않고 부지런히 오갔다. 그러나 월든은 호수의 전설 속 인디언 노파처럼 이따금 복수를 했다. 한 인부가 마차 뒤를 따라가다 땅이 갈라진 틈새로 미끄러져 하마터면 타르타로스[421]로 떨어질 뻔했다. 전에는 그토록 대담하던 사람이 갑자기 기가 죽어 남성성이 9분의 1만 남은 상태에서 동물적인 기운마저 잃어버린 채 내 집으로 피신한 것을 다행으로 여기면서 난로가 이렇게 좋을 줄 몰랐다는 말까지 늘어놓았다. 그런데 가끔 꽁꽁 얼어붙은 땅에 쟁기 보습이 떨어져 나가거나 쟁기가 고랑에 박혀 어쩔 수 없이 부러뜨려야 할 때도 있었다.

문자 그대로 아일랜드 출신 인부들 100명이 양키 감독관들과 함께 얼음을 캐러 날마다 케임브리지[422]에서 월든 호수로 왔다. 그들은 굳이 설명할 필요가 없을 만큼 잘 알려진 방법으로 얼음을 여러 덩이로 잘라 썰매에 싣고 호숫가로 나른 뒤 신속하게 운반대에 올린 다음 말을 이용하여 갈고랑이와 도르래로 얼음덩이를 들어 올려서 밀가루 통을 쌓듯이 차곡차곡 쌓았다. 그렇게 쌓인 얼음덩이들은 구름을 뚫고 하늘 높이 솟아오를 듯 설계된 오벨리스크[423]의 튼튼한 기단처럼 보였다. 인부들은 일이 순조롭게 진행될 경우 하루에 1000톤이나 얼음을 채취할 수 있다고 말했다. 대략 4000제곱미터의 면적에서 나오는 양이었다. 썰매가 같은 길로 계속 다녀서 얼음 위에는 뭍처럼 깊은 바퀴 자국이 생겼다. 말들은 양동이같이 속을 움푹 파낸 얼음덩이에 담긴 귀리를 먹었다. 인부들은 널찍한 공터 한쪽에 30~35미터의 정사각형 모양으로 10미터 높

421) 그리스 신화에 나오는 지하 세계의 맨 밑에 있는 나락.

422) 콩코드에서 동쪽으로 약 24킬로미터 떨어진 도시.

423) 네모진 거대한 돌기둥. 위쪽으로 갈수록 가늘어지고 꼭대기는 피라미드 모양으로 되어 있다.

이까지 얼음덩이를 쌓고 바깥쪽 얼음 사이에 건초를 끼워 넣었다. 차갑든 훈훈하든 공기가 그 사이로 들어가면 얼음이 녹아 틈이 생기고, 그러면 가늘고 긴 얼음 기둥만 남게 되어 결국에는 얼음 더미 전체가 무너질 것이기 때문이다. 처음에는 얼음 더미가 거대한 푸른 요새나 발할라 궁전처럼 보였다. 하지만 인부들이 틈새마다 거친 건초를 마구 끼워 넣은 데다 그 위에 서리와 고드름이 덮이자 마치 오래전 하늘색 대리석으로 지은 건물에 이끼가 잔뜩 자라서 고색창연한 빛을 띠는 유적, 혹은 우리가 달력에서 보는 겨울 영감이 마을 사람들과 여름을 보내려고 지어 놓은 오두막 같았다. 인부들은 그 가운데 25퍼센트는 목적지에 도착하지 못하고, 2~3퍼센트는 화물 열차 안에서 녹아 없어질 거라고 예측했다. 그런데 훨씬 많은 양의 얼음이 인부들의 예측과는 다른 운명을 맞았다. 얼음 속에 여느 때보다 많은 공기가 들어 있었는지 무언가 알 수 없는 이유로 잘 보관되지 않은 탓에 시장에 내놓지 못하게 되었던 것이다. 1846년에서 1847년 겨울에 캐낸 약 1만 톤의 얼음더미는 결국 건초와 판자에 덮인 채 방치되었다. 1847년 7월에 덮개를 걷고는 일부를 실어 갔고, 나머지는 햇빛에 노출된 상태에서 그해 여름과 겨울을 넘겼다. 그리고 이듬해 9월에야 완전히 녹았다. 결국 호수는 그 대부분을 회복한 셈이었다.

그 물과 마찬가지로 월든의 얼음도 가까이에서 보면 초록빛을 띠지만 멀리서는 아름다운 푸른빛이다. 그래서 400미터쯤 떨어진 곳에서 하얗게 보이는 콩코드강의 얼음이나 단순한 녹색을 띠는 다른 호수[424]의 얼음과 쉽게 구별할 수 있다. 가끔 얼음 캐는 인부들의 썰매에서 미끄러져 떨어진 커다란 얼음덩이가 마을 안길에서 발견되기도 하는데 일주일 동안 녹지 않고 에메랄드처럼 반짝거려서 지나는 사람들의 눈길을 잡아끌기도 한다. 월든의 물은 초록빛을 띠지만 얼어붙으면 같은 지점에서 보아도 푸른빛이다. 겨울에는 이따금 호수 주변에 생긴 웅덩이 물이 호수와 같은 초록색으로 보였다가 이튿날 결빙하면서 푸른색으로 보이곤 한다. 물과 얼음이 푸른빛을 띠는 것은 공기와 빛이 들어 있기 때문이겠지만 투명할수록 푸른빛을 띠게 된다. 얼음은 명상을 위한 흥미로운 관찰 대상이다. 인부들은 프레시 호수[425]의 얼음 창고에 오 년이나 묵은 얼음이 있는데 처음 캐냈을 때처럼 여전히 생생하다고 했다. 물 한 양동이는 맛이 금세 변하는데 일단 얼면 왜 맛이 변하지 않을까? 흔히들 이것이 감성과 지성의 차이라고 말한다.

나는 100명의 인부들이 바쁜 농부들처럼 수레와 말과 갖가지 농기구를 사용하여 일하는 모습을 내 집 창문을 통해 십육일 동안 죽 지켜보았다. 달력의 첫 장에서 보는 그림을 연상케 하는 광경이었다. 창밖을 내다볼 때마다 종달새와 추수하는 사람들의 우화,[426] 또는 씨앗을 뿌리는 사람들의 우화[427]가 생

424) 월든 호수의 동쪽에 있는 구스 호수를 말한다.

425) 매사추세츠주 케임브리지에 있는 호수.

426) 프랑스 시인이자 우화 작가인 장 드 라퐁텐(Jean de La Fontaine, 1621~1695)의 우화에 '종달새와 그 새끼들과 농부'가 나온다.

427) 「마태복음」 13장 4~8절에 '씨앗을 뿌리는 사람'의 비유가 나온다.

각났다. 이제 인부들은 모두 떠났다. 앞으로 삼십 일쯤 지나면 나는 같은 창문을 통해 바다처럼 초록빛을 띠고 구름과 나무를 비추며 조용히 물안개를 피워 올리는 호젓한 월든 호수를 바라보게 될 것이다. 인간이 서 있던 흔적은 없으리라. 얼마 전까지 100명의 인부들이 마음대로 일하던 곳에서 되강오리 한 마리가 외롭게 자맥질하는 모습을 보거나 깃털을 고르며 내지르는 웃음소리를 듣게 될 것이다. 어쩌면 외로운 낚시꾼이 배에 몸을 싣고 나뭇잎처럼 이리저리 떠다니며 물결에 비친 제 모습을 내려다보는 장면을 보게 될지도 모른다.

그리하여 찰스턴과 뉴올리언스,[428] 마드라스와 뭄바이와 콜카타[429]에서 무더위에 지친 사람들이 내 우물의 물을 마시지 않을까 싶다. 나는 아침에 『바가바드기타』의 웅대한 우주 창조론적인 철학으로 내 지성을 정화한다. 이 경전이 쓰인 이후 신들의 시대는 지나갔다. 이 경전에 비하면 지금의 세계와 문학은 하찮고 시시해 보인다. 여기에 담긴 철학은 인간이 존재하기 이전의 상태를 다루는 것이 아닌가 싶을 만큼 숭고하고, 그래서 우리 생각과는 너무 동떨어진 것처럼 느껴진다. 나는 경전을 내려놓고 내 우물로 물을 길으러 간다. 이런! 나는 브라만의 하인을 만난다. 브라흐마와 비슈누와 시바[430]를 섬

---

428) 찰스턴은 미국 남부 사우스캐롤라이나주, 뉴올리언스는 루이지애나주의 도시다.

429) 인도의 3대 도시. 인도가 영국 식민지이던 19세기 뉴잉글랜드의 얼음이 이들 도시에 수출되었다.

430) 인도 힌두교의 3대 신.

기는 사제인 브라만은 빵 껍질과 물병만 가지고 나무뿌리 옆에 살면서 이따금 갠지스 강가의 사원에 조용히 앉아 『베다』를 읽는다. 나는 그런 주인을 위해 물을 길으러 온 하인을 만난 것이다. 우리 두 사람의 양동이는 한 우물 안에서 서로 부딪친다. 그 바람에 월든의 맑은 물과 갠지스강의 성스러운 물이 섞인다. 그 물은 순풍을 타고 전설 속의 아틀란티스[431]와 헤스페리데스섬[432]을 돌아 한노[433]가 개척한 항로를 따라가다 테르나테섬과 티도레섬[434]과 페르시아만 어귀를 지나 인도양의 열대 바람에 녹아서 알렉산더 대왕도 이름만 들었다는 낯선 항구에 닿는다.

431) 대서양 해저에 있다는 전설의 대륙.

432) 그리스 신화에서 해가 지는 쪽에 있는 섬. 축복받은 자들이 살고 황금사과가 열리는 낙원이다.

433) 기원전 500년경에 활동한 카르타고의 제독이자 탐험가. 당시 서아프리카 카메룬까지 항해했다고 전해진다.

434) 인도네시아 동부 말루크 제도에 있는 섬들. '향료 제도'로 알려졌으며 존 밀턴의 『실낙원』에도 언급되어 있다.

봄

얼음을 채취하는 사람들이 얼음을 넓게 잘라 낼수록 호수는 더 빨리 녹는다. 날씨가 추워도 물이 바람에 출렁거리며 주변의 얼음을 계속 녹이기 때문이다. 그런데 호수가 곧 낡은 외투를 벗고 두툼한 새 외투로 갈아입어 그해의 월든에는 그런 현상이 일어나지 않았다. 월든은 수심이 깊은 데다 얼음을 녹이거나 잠식하는 물줄기가 다른 호수들보다 적기 때문에 다른 호수들에 비해 얼음이 늦게 녹는다. 나는 월든이 겨울 동안 녹았다는 소리를 한 번도 들은 적이 없다. 호수들이 혹독한 시련을 겪었던 1852년에서 1853년 겨울도 예외가 아니었다. 월든은 플린트 호수나 페어헤이븐 호수보다 일주일 내지 열흘 정도 늦은 4월 1일경, 얼음이 가장 먼저 얼기 시작했던 북쪽의 얕은 물가부터 녹기 시작한다. 이 호수는 일시적인 온도 변화에 그다지 영향을 받지 않는다. 그래서 주변의 호수나 강보다 계절의 변화를 잘 보여 준다. 3월에 혹독한 추위가 며칠 동안 이어져도 앞서 말한 다른 호수들에서는 해빙이 꽤 늦어지는 반면 월든의 수온은 꾸준히 상승한다. 1847년 3월 6일 호수 한가운데에 온도계를 넣었더니 섭씨 0도로 빙점을 가리켰다. 가장자리의 수온은 0.6도였다. 같은 날 플린트 호수 한가운데는 0.3도였고, 호숫가에서 60미터쯤 떨어진 곳은 30센티미터 두께의 얼음이 얼어 있는데도 그 밑의 수온은 2.2도였다. 플린트 호수는 깊은 곳과 얕은 곳의 수온 차이가 대략 2도인데, 무엇보다 호수가 전반적으로 얕다는 사실에서 월든보다 훨씬 빨리 해빙되는 이유를 찾을 수 있다. 해빙 무렵이면 가장 얕은 곳의 얼음이 중심부보다 몇 센티미터 더 얇았다. 하지만 한겨울에는 중심부의 수온이 가장 따뜻했고, 그런 만큼 얼음도 가장 얇을 수밖에 없었다. 여름에 호숫가를 걸어 본 사람은 수심이 7.5~10센티미터 정도밖에 안 되는 가장자리가 조금 안쪽보다 물이 얼마나 따뜻한지 감지했을 것이다. 그리고 깊은 곳에서는 수면의 온도가 바닥보다 훨씬 높다. 봄에는 태양이 공기와 지표의 온도를 높여 영향력을 행사할 뿐 아니라 그 열기가 30센티미터 이상 두껍게 언 얼음을 통과한 뒤 수심이 얕은 곳에서는 호수 바닥으로부터 반사되어 물을 따뜻하게 덥혀 얼음 아래쪽을 녹인다. 그와 동시에 태양열이 직접 내리쬐어 얼음 위쪽을 녹이면서 표면이 울퉁불퉁해지고, 얼음 속에 든 기포까지 위아래로 팽창시켜 얼음이 마치 벌집처럼 되기도 한다. 그리고 한 차례 내린 봄비에 마침내 얼음은 온데간데없이 사라진다. 얼음도 나무와 마찬가지로 결이 있다. 그래서 얼음덩이가 부서지거나 갈라져 벌집처럼 되면 그것이 어디에 있든 상관없이 얼음 속 기포들은 원래 수면이었던 부분과 직각을 이룬다. 바위나 통나무가 솟아 있는 곳에서는 그 위로 언 얼음이 훨씬 얇고, 그 때문에 반사된 태양열에 빨리, 완전히 녹아 버리기 쉽다. 케임브리지에서 나무로 만든 인공 연못에 물을 담아 얼리는 실험을 했다는 말을 들었다. 연못의 물 밑으로 찬 공기를 순환시켜 위아래 양쪽이 찬 공기에 닿도록 했지만 바닥에서 반사된 태양열 때문에 물은 끝내 얼지 않았다고 한다. 한겨울에 따뜻한 비가 내리면 월든 한가운데의 단단하고 투명한 얼음만 남고 나머지 눈과 얼음은 다 녹는다. 그리고 반사면 때문에 호숫가 언저리에 두껍기는 해도 깨지기 쉬운 하얀 얼음 띠가 5미터 넘는 너비로 나타난다. 앞에서 말했듯이 얼음 속 기포 자체도 얼음 아래쪽을 녹이는 볼록렌즈 역할을 한다.

일 년 동안 호수에서 갖가지 현상들이 규모는 작지만 날마다 일어난다. 일반적으로 아침에는 얕은 곳의 수온이 깊은 곳보다 더 빠른 속도로 올라가지만 그렇게 따뜻해지지는 못하고 저녁부터 이튿날 아침까지 더 빠르게 수온이 내려간다. 하루는 일 년의 축소판이랄 수 있다. 밤은 겨울이고, 아침과 저녁은 봄과 가을이며, 한낮은 여름이다. 얼음이 깨지는 크고 작은 소리는 온도의 변화를 뜻한다. 1850년 2월 24일 추운 밤이 지나고 상쾌한 아침이 밝자 나는 하루를 보내기 위해 플린트 호수에 갔다. 내가 도끼머리로 얼음을 내리쳤을 때 징을 치거나 가죽이 팽팽한 북을 때리기라도 한 것처럼 소리가 멀리까지 울려 퍼져서 깜짝 놀랐다. 이윽고 해가 뜨고 한 시간쯤 지나자 언덕 위에서부터 비스듬히 비치는 햇빛의 영향을 받아 호수에서 우르르 하는 소리가 울리기 시작했다. 마치 잠에서 깨어난 사람처럼 호수는 기지개를 켜고 하품을 하면서 점점 요란한 소리를 냈는데 그 현상이 서너 시간 지속되었다. 정오 무렵 호수도 잠깐 낮잠을 잤고, 태양이 빛을 거두는 저녁이 되자 다시 한번 요란하게 소리를 높였다. 날씨가 좋을 때 호수는 규칙적으로 저녁 예포를 쏘아 올렸다. 하지만 낮에는 얼음에 금이 가는 소리로 가득하고 공기의 탄력이 약해져서 공명 효과가 사라졌다. 그래서 얼음을 내리쳐도 그 소리에 물고기와 사향쥐들이 놀라지 않았을 것이다. 낚시꾼들은 호수가 내는 '천둥소리'가 물고기들을 겁주어 입질을 막는다고 말한다. 호수가 매일 저녁 천둥을 치지는 않고, 언제 천둥소리를 낼지 나는 확실하게 예측할 수 없다. 하지만 날씨의 차이를 전혀 감지하지 못해도 호수는 크고 작은 천둥소리를 낸다. 그렇게 크고 차갑고 두꺼운 것이 그처럼 민감하다고 누가 생각하겠는가? 그러나 봄이 되면 어김없이 새싹이 움트는 것처럼 호수도 나름의 법칙에 따라 때가 되면 어김없이 천둥소리를 낸다. 대지는 살아 있으며, 미세하지만 예민한 감각 돌기로 덮여 있다. 아무리 큰 호수라도 대기의 변화에는 온도계의 수은만큼 예민하게 반응한다.

숲에 와서 사는 매력 중 하나는 봄이 오는 모습을 지켜보는 여유와 기회가 주어진다는 점이다. 호수의 얼음이 벌집 모양으로 변하기 시작하면 그 위를 걸을 때 발꿈치를 거기에 맞출 수 있다. 안개와 비와 따뜻해진 햇볕에 눈이 차츰 녹기 시작하고, 낮도 눈에 띄게 점점 길어진다. 이제는 큰불을 피울 필요가 없으므로 장작을 더 마련하지 않아도 남은 겨울을 날 수 있을 것이다. 나는 봄이 오는 첫 징후들을 놓치지 않으려고 신경을 바짝 곤두세운다. 때맞추어 돌아오는 철새들의 노랫소리나 저장해 둔 먹이가 거의 바닥나서 찍찍거리며 우는 줄무늬다람쥐 소리에 귀를 기울이기도 하고, 겨울 보금자리를 용감하게 박차고 나오는 우드척에게 눈길을 돌리기도 한다. 3월 13일 파랑새와 멧종다리와 개똥지빠귀의 노랫소리가 들린 뒤에도 월든의 얼음은 여전히 30센티미터의 두께를 잃지 않고 있었다. 날씨가 점점 따뜻해지는데도 눈에 띄게 녹지 않았고, 강에서처럼 여러 조각으로 갈라져 떠다니지도 않았다. 호숫가는 2.5미터 정도 폭으로 녹았지만 한가운데의 얼음은 벌집 모양을 하고서 물을 흠뻑 머금었는데도 두께가 15센티미터나 되어 발을 디딜 수 있었다. 그러나 따뜻한 비가 내린 뒤 안개까지 끼게 되면 이튿날 저녁 무렵에는 완전히 녹아서 안개와 함께 흔적조차 없이 사라질 것이다. 어느 해 나는 얼음이 완전히 사라지기 겨우 닷새 전에 호수 한복판을 가로질러 건넜다. 1845년에 월든은 4월 1일에야 비로소 모든 얼음이 녹았다. 1846년에는 3월 25일, 1847년에는 4월 8일, 1851년에는 3월 28일, 1852년에는 4월 18일, 1853년에는 3월 23일, 1854년에는 4월 7일에 완전히 해빙되었다.

강과 호수의 얼음이 녹고 날씨가 안정되는 것과 관련된 모든 현상은 사계절의 변화가 뚜렷한 지역에 사는 우리 같은 사람에게는 특별한 관심거리다. 날씨가 따뜻해지면 강 근처에 사는 사람들은 한밤중에 포성 못지않게 크고 요란하게 울리며 얼음이 갈라지는 소리를 듣는다. 마치 강을 얽어맨 얼음 족쇄가 끝에서 끝까지 쪼개지는 소리 같다. 그리고 며칠이 안되어 얼음이 빠른 속도로 사라지는 것을 본다. 이처럼 대지가 전율하면 악어는 잠에서 깨어 진흙을 빠져나온다. 한 노인은 자연을 면밀히 관찰해 온 덕에 자연의 모든 작용을 훤히 꿰차고 있었다. 어릴 때 조물주가 자연이라는 배를 건조하는 걸 곁에서 돕기라도 한 사람 같았다. 이미 나이가 많았지만 설령 므두셀라[435]만큼 장수한다 해도 자연에 대한 지식이라면 더 이상 얻을 필요가 없을 터였다. 그럼에도 자연의 작용을 경이롭게 여기며 감탄했고, 매번 나는 놀라지 않을 수 없었다. 노인과 자연 사이에 어떤 비밀도 없어 보였기 때문이다. 어느 봄날 그는 오리나 한 마리 잡아 볼까 하는 생각에서 엽총을 챙겨 들고 강으로 가서 배에 올랐다. 강가의 낮은 풀밭에는 아직 얼음이 남아 있었으나 강은 얼음이 모두 녹았기 때문에 그가 사는 서드베리에서 페어헤이븐 호수까지 아무런 방해도 받지 않고 거침없이 내려갔다. 그런데 뜻밖에도 페어헤이븐 호수 대부분이 단단한 얼음으로 덮여 있었다. 날씨가 따뜻했기 때문에 거대한 얼음판이 남아 있는 것을 보고 그는 놀랐다. 오

435) 「창세기」에 나오는 인물로 969년을 살았다고 기록되어 있다.

리는 한 마리도 눈에 띄지 않았다. 그는 배를 호수 안에 있는 섬 뒤편인 북쪽에 감추어 두고 섬 남쪽의 덤불 속에 숨어서 오리가 나타나기를 기다렸다. 호숫가에서 15~20미터까지는 얼음이 녹았는데 물결이 잔잔하고 수온이 따뜻했으며 바닥은 진흙으로 덮여 있었다. 그야말로 오리가 좋아하는 환경이어서 노인은 오리들이 곧 날아올 거라고 생각했다. 한 시간쯤 지났을 때 아주 멀리서 울리는 것처럼 나지막한 소리가 들렸다. 평소에는 들어 보지 못한 장엄하면서 인상적인 소리였다. 무언가 광범위하면서도 중대한 결말을 맺을 듯 그 소리는 점점 커지고 높아졌다. 성난 움직임과 포효는 거대한 새가 한꺼번에 몰려오는 소리처럼 들렸다. 노인은 흥분하여 재빨리 총을 움켜쥐고 벌떡 일어났다. 그런데 놀랍게도 노인이 엎드려 있는 동안 커다란 얼음덩이가 움직여 섬 기슭으로 떠가고 있었다. 노인이 들은 것은 얼음덩이의 가장자리가 섬 기슭에 부딪히면서 나는 소리였다. 얼음덩이는 처음에 천천히 조금씩 부서졌지만 마침내 상당한 높이로 솟구치면서 많은 얼음 조각을 섬 주변에 흩어놓고서야 멈추었다.

어느덧 태양이 하늘 한가운데에 떠올라 햇볕이 수직으로 내리쬐고 포근한 바람이 안개와 비를 몰고 와서 강둑에 쌓인 눈을 녹인다. 태양은 안개를 흩뜨리고 황갈색과 흰색이 뒤섞인 연기가 묘한 향기를 풍기며 위로 올라가는 풍경을 바라보면서 미소를 짓는다. 나그네는 겨울의 피를 혈관에 가득 싣고 어딘가를 향해 졸졸 흐르는 수많은 실개천과 개울이 자아내는 맑은 소리에 기운을 얻고는 마른 땅을 골라 조심스레 발을 내딛으면서 그 풍경 속을 지나간다.

마을로 가는 길에 지나야 하는 철도 변의 가파른 비탈을 따라 겨우내 얼었던 모래와 진흙이 녹아내리는 모습을 관찰하는 것보다 더 큰 즐거움은 거의 없었다. 철도가 발명된 이래 언덕을 깎아서 만든 철롯둑은 수가 크게 늘었지만 그처럼 큰 규모에서 결코 흔하게 볼 수 있는 현상이 아니다. 그 재료는 굵기도 색깔도 다양한 모래인데 보통 약간의 진흙과 섞어서 만든다. 봄에 서리가 녹을 때, 심지어 겨울이어도 눈이 녹을 만큼 따뜻하면 모래가 용암처럼 비탈을 따라 흘러내린다. 가끔 쌓인 눈을 뚫고 모래가 무너져 내리면 전에 모래를 구경할 수 없었던 곳도 모래밭이 되어 버린다. 실개천처럼 작은 모래 줄기들은 부분적으로 겹치고 얽히면서 반은 흐름의 법칙에 따르고 반은 식물의 법칙에 따라 싱싱한 잎이나 넝쿨의 형태를 띠고, 어떤 때는 작은 가지들이 쌓여 30센티미터 넘는 더미를 이루기도 한다. 이 모든 것을 위에서 내려다보면 톱니 모양의 이끼나 비늘 모양으로 전체가 잎사귀처럼 생긴 식물과 비슷해 보인다. 경우에 따라서는 산호와 표범의 발, 새의 발, 인간의 뇌와 허파와 창자, 갖가지 배설물이 떠오를 때도 있다. 그것은 정말 기괴한 식물인데 우리는 그 형상과 색깔을 모방한 청동 장식을 주위에서 흔히 본다. 이를테면 아칸서스나 치커리, 담쟁이넝쿨, 포도나무 등 어떤 식물의 잎보다 더 오래되고 전형적인 건축상의 잎사귀 무늬랄 수 있다. 어떤 상황에서는 미래의 지질학자들에게 수수께끼가 될 운명일지도 모른다. 비탈 전체는 햇빛에 훤히 드러난 종유석 동굴처럼 인상 깊었다. 갈색, 회색, 누런색, 불그스름한 색의 다채로운 철분 색상을 띤 모래가 유난히 선명하면서 조화롭다. 흘러내린 모래가 철롯둑 아래의 배수로에 이르러 몇 갈래로 나뉘어 더 평평하게 퍼져 나가고, 그 모래 줄기들은 제각기 물기를 머금으면서 본래의 반원통형 모습을 잃고 점점 더 평평하고 넓게 흐르다가 결국에는 평지나 마찬가지인 모래밭이 된다. 이때도 모래는 여전히 다채롭고 아름다운 색이지만 그 속을 들여다보면 본래의 식물 형상이 그대로 남아 있다. 그러다 마침내 물과 만나면 강어귀에 들어선 것과 같은 모래톱으로 바뀌고, 식물 형상은 바닥에 물결무늬만 남긴 채 어디론가 사라진다.

6~12미터 높이인 철롯둑은 어느 봄날 하루 사이에 400미터에 걸쳐 한쪽이나 양쪽 비탈이 모두 앞에서 말한 잎사귀 무늬 혹은 모래의 균열로 이따금 뒤덮인다. 놀라운 것은 이 모래 잎사귀가 아무런 예고 없이 갑자기 생긴다는 사실이다. 한쪽 둑에는 아무런 변화가 없는데 맞은편 둑에는 고작 한 시간 만에 풍성한 잎사귀 무늬가 생겨나는 것을 볼 때 나는 세상과 나를 창조한 위대한 예술가의 작업실에 서 있는 기분이 든다. 달리 말하면 그 예술가가 남아도는 정력을 못 이겨 새로 구상한 무늬를 철롯둑에 흩뿌리며 노는 듯 일하는 모습을 지켜보는 기분이다. 흘러내리는 모래 줄기가 동물의 내장과 비슷한 잎사귀 모양이기 때문에 내가 지구의 내장에 더 가까워진 것 같은 기분도 든다. 우리는 그 같은 모래에서 언젠가 식물의 잎이 돋아나기를 기대한다. 대지가 식물의 잎을 통해 자신을 드러내는 것은 놀랄 일이 아니다. 대지는 내심 그 생각으

로 고심하고 있다. 원자들은 그 같은 법칙을 이미 터득했고, 그 법칙에 따라 잉태한다. 나뭇가지에서 뻗어 나온 잎은 그 법칙의 원형이다. 지구든 동물의 몸이든 내부를 들여다보면 축축하고 두꺼운 엽(lobe)이 있는데, 이것은 특히 간엽과 허파엽에서 보듯 간과 허파에 적용되며, 심지어 지방엽처럼 지방에도 적용되는 말이다.(그리스어 λείβω(리보), 라틴어 labor(라보르)와 lapsus(랍수스)는 아래로 흐르거나 미끄러져 떨어지는 것을 뜻하고, 그리스어 λοβος(로보스)와 라틴어 globus(글로부스)는 엽(lobe)과 구체(globe)를 뜻하는 말로 lap(겹치다), flap(펄럭이다) 등 많은 단어가 여기에서 파생했다.) 외부적으로 보면 엽은 마르고 얇은 잎(leaf)이다. 여기에서 leaf의 f와 leaf의 복수 leaves의 v는 lobe의 b가 압축되어 마른 것이랄 수 있다. lobe의 어근은 lb인데, 유음 l과 결합한 부드러운 덩어리인 유성음 b(단엽 B는 복엽)가 그것을 앞으로 밀어내고 있다. globe의 경우 어근은 glb이고, 목구멍소리인 후음 g로 인해 그 의미에 목구멍의 용량이 더해진다. 새의 깃털과 날개는 더 마르고 얇은 잎이다. 이런 식으로 우리는 땅속의 통통한 애벌레가 공중을 날아다니는 우아한 나비로 탈바꿈하는 과정을 더듬어 볼 수 있다. 지구 자체도 끊임없이 자신을 초월하고 탈바꿈한 끝에 날개를 달고 궤도를 돈다. 얼음조차 섬세하고 수정처럼 투명한 잎으로 시작된다. 얼음은 수초의 잎이 거울처럼 맑은 수면에 새겨 놓은 거푸집 속에 흘러들어 얼어붙은 것 같다. 나무도 전체가 하나의 잎에 불과하다. 강은 더욱 거대한 잎이다. 강과 강 사이의 육지는 그 잎살이고, 마을과 도시는 곤충이 잎겨드랑이에 낳은 알이다.

해가 지면 모래도 흐름을 멈추지만 이튿날 아침에 흐름이 다시 시작되며 무수한 흐름으로 갈라지고 또 갈라진다. 우리는 여기서 혈관이 어떻게 형성되는지 그 과정을 엿볼 수 있다. 자세히 눈여겨보면 먼저 커다란 모래 덩어리가 녹기 시작하면서 부드러운 모래가 손가락 끝의 볼록한 부분처럼 방울져 구르듯이 흘러나와서 천천히 길을 더듬으며 아래로 내려온다. 해가 더 높이 떠올라 열기와 습도 또한 높아지면 가장 유동적인 부분은 자연의 법칙에 따라 가장 비활동적인 부분과 갈라져 자체적으로 동맥이랄 수 있는 구불구불한 물줄기를 형성한다. 이때 비활동적인 부분도 유동적인 부분이 택한 자연의 법칙을 따른다. 그 같은 물줄기에는 번개처럼 번득이는 작은 은빛 물줄기가 있어서 이따금 육질 많은 잎이나 가지의 단계에서 다음 단계로 넘어가며 모래 속으로 빨려들곤 한다. 모래가 흐르면서 물줄기의 끝을 뾰족하게 하기 위해 모래 덩어리가 제공하는 최상의 재료를 사용하여 민첩하고 완벽하게 조직적으로 움직이는 걸 보면 놀랍다. 이는 강의 원천에서 볼 수 있는 현상이다. 아마도 물이 침전시키는 규소질 속에 강의 뼈를 이루는 조직이 들었을 것이고, 훨씬 고운 흙과 유기물에는 강의 살이 되는 섬유질이나 세포 조직이 들어 있을 것이다. 인간도 해동되는 진흙 덩어리가 아니면 무엇이겠는가? 손가락에서 볼록한 끝부분은 응결된 물방울에 지나지 않는다. 해동되는 몸통에서 몸의 말단으로 흘러나온 것이 손가락과 발가락이다. 인간의 몸이 지금보다 더 온화한 하늘 아래에서라면 얼마나 팽창하고 어디까지 흘러 나가 어떤 결과를 낳을지 누가 알겠는가? 손이란 엽(lobe)과 엽맥(veins)을 지닌 종려나무 잎(palm)[436] 아닌가? 상상의 폭을 좀 더 넓히면 귀는 머리 양쪽에 돋아난 귓불(lobe)[437]이라는 물방울을 단 움빌리카리아(Umbilicaria), 즉 지의식물이랄 수 있다. 입술(라틴어 labium, 즉 입술은 '미끄러져 떨어지다'라는 뜻의 labor에서 파생한 말이 아닐까?)은 동굴 같은 입이 위아래로 겹치고(lap) 양쪽에서 소멸하는(lapse) 모양새다. 코는 응고된 물방울이거나 종유석이랄 수 있다. 턱은 얼굴 전체에서 방울방울 흘러내려 밑에서 합류한 더 큰 물방울이다. 뺨은 이마에서 얼굴의 골짜기로 흘러내린 물방울이 도중에 광대뼈의 저항에 부딪혀 퍼진 것이다. 식물의 잎에 있는 동그란 열편(lobe)들은 크든 작든 두꺼운 형태의 물방울로 느릿느릿 움직이는 잎의 손가락이다. 잎은 열편의 수만큼 여러 방향으로 뻗으려는 성향이 있다. 온도가 더 높거나 훨씬 포근한 환경이었다면 잎은 더 멀리까지 뻗었을 것이다.

그리하여 이 비탈진 언덕 하나가 대자연의 모든 작동 원리를 보여 주는 것 같았다. 이 땅의 창조주는 잎사귀 하나에 대해서만 특허를 갖고 있을 뿐이다. 앞으로 어떤 샹폴리옹[438]이 나타나 잎이란 상형 문자를 해독함으로써 우리에게 새로운 시대를 열어 줄까? 이런 현상은 풍요롭고 비옥한 포도밭보다 내

436) palm은 '종려나무 잎' 외에 '손바닥'을 뜻한다.

437) lobe는 '귓불'을 뜻하기도 한다.

438) 장 프랑수아 샹폴리옹(Jean François Champollion, 1790~1832). 프랑스의 학자로 이집트 로제타석의 상형 문자를 해독했다.

기분을 한층 더 북돋아 준다. 사실 그것은 어느 정도 배설물 같은 특성을 나타내고, 마치 지구를 뒤집어 놓은 것처럼 대지의 간과 허파와 창자 더미가 줄줄이 이어져 있다. 하지만 이는 자연도 오장육부가 있는 생명체이며, 또 인류의 어머니가 있다는 것을 암시한다. 그런 형상은 대지에서 결빙이 물러나면서 빚어진다. 즉 봄이 오는 것이다. 신화가 있고 나서야 제 모습을 갖춘 시가 탄생하듯 그 같은 현상이 있고 나서야 새싹이 움트고 꽃이 피는 봄이 찾아온다. 내가 알기로 이보다 더 겨울의 독기를 빼 주고 소화 불량을 말끔히 가시게 하는 것은 없다. 그런 현상은 대지가 아직 강보에 싸인 채 아기 같은 자그마한 손가락을 사방으로 뻗고 있다는 확신을 준다. 머리털 하나 없는 민둥민둥한 이마에서 새 곱슬머리가 돋아난다. 거기에 무기물은 없다. 용광로의 찌꺼기처럼 철롯둑에서 잎사귀 모양으로 흘러내리는 모래 더미는 자연이 대지 안에서 여전히 전력을 다해 움직이고 있다는 것을 보여 준다. 대지는 책장처럼 층층이 쌓여 지질학자와 고고학자들이 연구하는 대상이나 죽은 역사의 한 조각에 불과한 것이 아니라 그 자체가 꽃과 열매에 앞서 돋아나는 나뭇잎처럼 살아 있는 시다. 달리 말하면 화석의 대지가 아니라 살아서 꿈틀거리는 대지다. 대지의 중추를 이루는 위대한 생명에 비하면 모든 동식물의 생명은 기생적인 존재에 지나지 않는다. 대지는 진통을 겪으며 우리가 벗은 허물을 무덤에서 건져 올린다. 우리는 금속들을 녹여 우리가 빚어낼 수 있는 가장 아름다운 모양으로 주조할 수 있다. 하지만 대지가 봄볕에 녹아 빚어낸 모양만큼 내 마음을 설

레게 하지는 못할 것이다. 해빙된 대지만이 아니다. 지구상의 모든 제도 또한 옹기장이의 손안에 있는 진흙처럼 언제든 모양이 바뀔 수 있다.

머지않아 철롯둑만이 아니라 모든 언덕과 들판과 골짜기에서 동면하던 네발짐승이 굴 밖으로 기어 나오듯 땅속에 숨어 있던 냉기가 빠져나와 노래를 부르며 바다를 찾아가거나 구름이 되어 기후가 다른 곳으로 이동할 것이다. 부드럽게 설득할 줄 아는 해빙의 신[439]은 망치를 휘두르는 토르보다 힘이 더 세다. 해빙의 신은 만물을 녹이는 반면, 토르는 모든 것을 산산조각 낼 뿐이다.

대지가 부분적으로 눈옷을 벗고 며칠 동안 이어진 따뜻한 날씨에 지표의 물기가 어느 정도 마를 때면 새봄의 첫 징후인 연약한 새싹들이 고개를 내민다. 새싹들의 싱그러운 모습과 비록 겨울을 견디느라 쇠약해지고 시들었지만 여전히 당당한 아름다움을 지닌 초목의 모습을 비교하는 것도 즐거운 일이었다. 보릿대국화, 미역취, 쥐손이풀 같은 들풀들은 여름이 오지 않는 한 아름다움이 무르익지 않을 것 같지만 오히려 이때 더 눈에 잘 들어오고 흥미롭게 보인다. 황새풀, 부들, 현삼, 물레나물, 조팝나무, 터리풀을 비롯하여 줄기가 튼튼한 식물들은 맨 먼저 찾아온 새들에게는 곡물이 넘치는 곳간이고, 배우자

439) 원문에서 '해빙'을 의미하는 thaw의 첫 글자를 대문자로 써서 의인화했다. 이는 뒤에 이어지는 북유럽 신화의 천둥신 토르(Thor)와 발음상으로도 조화를 이룬다.

를 잃은 자연의 여신에게는 우아한 상복[440]이다. 나는 윗부분이 수수 다발처럼 고개 숙인 울그래스[441]에 특별한 매력을 느꼈다. 울그래스는 예술가들이 모방하고 싶은 형상 가운데 하나로 여름이 되면 겨울에 얽힌 추억을 떠올리게 하는 풀이다. 또 인간의 마음속에 존재하는 여러 형상들과 천문학이 맺은 관계를 식물의 세계에서 그대로 보여 주는 풀이기도 하다. 울그래스는 그리스나 이집트 양식보다 더 오래된 고대 양식인 셈이다. 겨울에 나타나는 갖가지 현상은 말로 표현할 수 없는 유연함과 깨지기 쉬운 연약함을 동시에 지닌다. 우리는 겨울을 거칠고 사나운 폭군으로 묘사한 이야기를 듣는 데 익숙하다. 하지만 이 폭군은 여름의 기다란 머리칼을 연인의 상냥함으로 아름답게 장식한다.

봄이 다가오자 붉은다람쥐 두 마리가 한꺼번에 내 집 밑으로 들어와 내가 앉아서 책을 읽거나 글을 쓰고 있으면 바로 내 발밑에서 끼룩거리고 짹짹거리며 지금까지 들어 본 적 없는 이상한 소리를 냈다. 혀를 굴리듯 꼴꼴거리는 소리를 내기도 했다. 내가 발을 굴러 소리를 내면 더 크게 짹짹거렸는데 마치 장난에 열중한 나머지 사람에 대한 두려움이나 존경심 따위는 까맣게 잊고 방해하려면 해 보라며 대드는 것 같았다. 안 될걸…… 짹짹, 짹짹! 녀석들은 내 요구에 아예 귀를 닫았거나 내 요구에 담긴 힘을 알아차리지 못하고 참을 수 없는

440) '상복'을 의미하는 weed에는 '잡초'라는 뜻도 있다.
441) wool-grass. 미국 동부와 캐나다 동부의 물가나 습지에서 자생하는 풀로 1~1.8미터가량 자라며 머리 모양이 수수와 비슷하다.

욕설을 퍼부어 댔다.

봄을 알리듯 첫 참새가 날아왔다! 어느 때보다 더 젊은 희망과 함께 새해가 시작되었다. 파랑새와 멧종다리와 개똥지빠귀가 지저귀는 낭랑한 소리가 눈이 녹아 군데군데 헐벗고 촉촉한 들판을 가로질러 희미하게 들려왔다. 겨울의 마지막 눈송이들이 떨어지면서 딸랑딸랑 은방울 소리를 내는 것 같았다. 이런 때 역사와 연대기와 전통, 그리고 문자로 기록된 계시가 대체 무슨 의미가 있다는 말인가? 시냇물은 기쁨과 환희의 노래로 봄을 맞는다. 개구리매는 강가의 풀밭 위를 낮게 날며 겨울잠에서 막 깨어난 미끈미끈하고 끈적끈적한 생명체를 찾고 있다. 골짜기에서 눈이 녹아 내려앉는 소리가 들리고, 호수에서 얼음이 빠른 속도로 녹고 있다. 대지가 돌아오는 태양을 맞이하기 위해 내부의 열기를 내뿜듯 풀들이 언덕 비탈진 곳에서 봄의 불처럼 타오르고 "이른 봄비에 불려 나온 풀들이 파릇파릇 돋아난다."[442] 봄의 불은 노란색이 아니라 초록색이다. 영원한 젊음의 상징인 풀잎은 흙을 뚫고 나와 초록색 리본처럼 여름을 향해 흐른다. 찬 서리의 제지를 받지만 이내 땅 밑에서 밀어 올리는 싱싱한 생명력으로 지난해의 마른 풀잎을 제치고 솟아오른다. 풀잎은 실개천이 땅속에서 스미어 나오듯 쉬지 않고 자란다. 풀잎과 실개천은 거의 같다. 만물이 성장하는 6월에 실개천이 바싹 마르면 풀잎이 그 물줄기가 되고, 해마다 가축들은 영원히 푸른 이 물줄기를 통해 물을 마

442) 바로의 『농업총론』에 실린 구절.

시고, 사람들은 겨울에 가축이 먹을 건초를 얻는다. 그렇게 우리 인간의 생명은 결국에 시들어 버리지만 뿌리는 남아서 영원을 향해 푸른 잎을 밀어 올린다.

월든은 빠른 속도로 녹고 있다. 북쪽과 서쪽 기슭을 따라 폭이 10미터쯤 되는 수로가, 동쪽 기슭에는 그보다 더 넓은 수로가 생겼다. 큼지막한 얼음이 본체에서 떨어져 나갔다. 호숫가 덤불에서 멧종다리의 노랫소리가 들린다. "올릿, 올릿, 올릿…… 칩, 칩, 칩, 치 차, 치 위스, 위스, 위스." 멧종다리도 월든의 얼음을 깨는 데 한몫 거들고 있다. 얼음 가장자리의 크고 힘찬 곡선은 얼마나 아름다운지! 기슭의 곡선과 엇비슷하지만 훨씬 균형 잡힌 모습이다. 최근 일시적인 강추위로 호수의 얼음이 단단해지고, 얼음 위는 궁전 바닥 같은 물결무늬로 덮였다. 바람이 불투명한 얼음 표면을 쓰다듬으며 동쪽으로 미끄러지지만 얼음은 녹이지 못하고 그 너머의 수면을 깨운다. 리본처럼 길게 뻗은 물이 출렁거리며 햇빛에 반짝이는 광경은 눈부시게 아름답다. 환희와 젊음으로 가득 찬 호수의 맨얼굴을 바라보면 그 아래에 사는 물고기들과 호숫가에 깔린 모래의 기쁨이 나타난 듯하다. 호수 전체가 황어 비늘처럼 은빛으로 반짝거려 마치 살아 움직이는 한 마리의 거대한 물고기 같다. 겨울과 봄은 이처럼 대조를 이룬다. 월든은 죽었다가 되살아났다. 그러나 지금까지 말했듯 올봄에는 더 착실하게 깨어났다.

폭풍이 몰아치는 겨울이 화창하고 온화한 날씨로 바뀌고, 어둡고 무기력한 시간이 밝고 탄력 있는 시간으로 바뀌는 시점에서 만물은 중대한 선언을 한다. 변화의 순간은 눈 깜짝할 사이에 찾아온다. 저녁이 가까워 오고, 겨울 특유의 구름이 여전히 내 집 위에 걸려 있다. 처마에서 진눈깨비 같은 빗방울이 뚝뚝 떨어지는데 별안간 햇빛이 쏟아져 들어와 집을 가득 채운다. 나는 창밖을 내다본다. 보라! 어제까지만 해도 차가운 잿빛 얼음이 있던 곳에 맑은 물이 희망찬 모습으로 평온하게 누워 있다! 지금이 여름날 저녁인 듯 호수는 그 가슴에 아무것도 없는 텅 빈 하늘을 비추고 있다. 마치 호수가 멀리 떨어진 지평선과 교신이라도 하는 듯하다. 먼 곳에서 울새의 지저귀는 소리가 들려온다. 수천 년 만에 처음 듣는 소리고, 나는 앞으로 수천 년 동안 그 소리를 잊지 못할 듯한 기분이 든다. 옛날과 다름없이 힘차고 아름다운 노래다. 아, 뉴잉글랜드에서 여름날이 저무는 저녁 무렵에 지저귀던 울새 생각이 난다! 울새가 앉은 나뭇가지를 찾을 수 있다면 얼마나 좋을까! 울새여! 작은 나뭇가지여! 적어도 울새는 단순히 '투르두스 미그라토리우스'[443]로 불려서는 안 된다. 내 집 주변의 리기다소나무와 키 작은 떡갈나무들은 오랫동안 축 늘어져 있었는데 갑자기 본래의 특성을 되찾은 듯 전보다 더 선명한 초록색을 띤 데다 더 꼿꼿하고 싱싱해 보였다. 빗물에 씻겨 말끔해지고 원기를 회복한 것 같았다. 나는 비가 더 이상 내리지 않으리라고 확신했다. 숲의 나뭇가지를 보든 집에 쌓아 놓은 장작

443) Turdus migratorius. 울새의 학명으로 사전적 의미는 '(여기저기) 옮겨 다니는 지빠귀'다.

더미를 보든 겨울이 지나갔는지 아닌지 알 수 있기 때문이다. 어둠이 좀 더 짙어졌을 때 숲 위를 낮게 날아가는 기러기들의 울음소리에 깜짝 놀랐다. 지친 나그네들 같은 그 새들은 남쪽 호수에 늦게 도착한 걸 두고 자기들끼리 불평을 늘어놓고 서로 위로하기도 했다. 나는 문 앞에 서서 기러기들의 날갯소리에 귀를 기울였다. 녀석들은 내 집을 향해 날아오다가 집 안에서 흘러나오는 불빛에 시끄러운 울음소리를 그치고는 방향을 바꾸어 호수에 내려앉았다. 잠시 뒤 나는 집으로 들어와 문을 닫고 숲속에서 처음 맞은 봄밤을 조용히 보냈다.

이튿날 아침 나는 문간에 서서 안개 사이로 250미터쯤 떨어진 호수 한가운데에서 헤엄을 치고 있는 기러기들을 바라보았다. 그 수가 얼마나 많고 어찌나 시끄럽게 울어 대는지 월든이 녀석들을 즐겁게 해 주려고 만들어 놓은 놀이터처럼 보였다. 이윽고 내가 호숫가로 다가가자 기러기들이 우두머리의 신호에 따라 날개를 요란하게 퍼덕이며 일제히 날아올랐다. 녀석들은 대열을 갖추더니 내 머리 위를 한 바퀴 돌았다. 모두 스물아홉 마리였다. 그런 다음 월든보다 물이 탁한 연못이나 호수에서 아침을 먹을 수 있으리라고 기대하는 듯 우두머리가 일정한 간격을 두고 내뱉는 소리를 따라 곧장 캐나다 쪽으로 향했다. 한 떼의 오리들이 동시에 호수에서 날아올라 더 시끄러운 사촌들의 뒤를 따라 북쪽으로 항로를 정했다.

일주일 내내 나는 홀로 남은 기러기 한 마리가 아침마다 동료들을 찾아 하늘을 맴돌며 끼룩끼룩 우는 소리를 들었다. 그 소리는 숲까지 울려 퍼졌고, 숲도 감당하기 벅찰 만큼 우렁찬 생명의 소리였다. 4월에는 멧비둘기들이 몇 마리씩 무리 지어 휙휙 날아가는 모습을 볼 수 있었다. 그러고 얼마 지나지 않아 흰털발제비들이 내 밭 위에서 지저귀는 소리를 들었다. 흰털발제비는 마을에서 보기 드물었는데 나한테 날아온 것으로 보아 백인들이 이 땅에 들어오기 전 속이 빈 나무에서 살던 별난 종족의 후손이 아닐까 하는 생각이 들었다. 거의 모든 기후대에서 거북과 개구리는 봄의 선구자이고 전령으로 통한다. 새들은 노래를 부르며 반짝이는 깃털을 움직여 공중을 날고, 초목은 부지런히 싹을 틔우고 꽃을 피운다. 바람은 지구 양극의 미세한 진동을 바로잡아 대자연의 균형을 유지하기 위해 쉬지 않고 불어 댄다.

어느 계절이든 차례가 되어 우리에게 오면 가장 좋게 여겨지듯이 봄의 도래는 혼돈에서 우주가 창조되고 황금시대가 구현되는 것처럼 느껴진다.

Eurus ad Auroram Nabathæaque regna recessit,
Persidaque, et radiis juga subdita matutinis.

동풍이 아우로라[444]의 나라와 나바테아 왕국[445]과
페르시아와 아침 햇살 비치는 산등성이로 물러갔다.

---

444) 로마 신화에 나오는 새벽의 여신. 그리스 신화의 에오스에 해당한다. 유럽에서 겨울의 동풍은 보통 차갑고 사나운 바람을 의미한다.
445) 기원전 2세기 전반에 요르단 서쪽을 중심으로 번영했던 아랍계 왕국. 기원전 63년 로마의 속국이 되었다.

* * *

인간이 태어났다. 더 나은 세상의 근원인
만물의 창조주가 인간을 신의 씨앗으로 만들었는가,
아니면 드높은 창공에서 최근에 떨어져 나온 대지가
동족인 하늘의 씨앗을 간직하고 있었는가.[446)]

한 차례 가랑비만 내려도 풀은 몇 배 더 푸르러진다. 마찬가지로 조금이라도 좋은 생각이 우리 사고에 유입되면 우리의 전망도 밝아진다. 우리는 언제나 현재를 살고 있다. 그러면서 과거에 의무를 이행하라고 주어졌던 기회를 그냥 흘려 버린 데 대해 속죄하느라 시간을 낭비한다. 하지만 그러지 않고 아무리 작은 이슬방울이 떨어져도 그 힘을 인정하는 풀잎처럼 주어진 모든 일을 유익한 방향으로 이용한다면 우리는 보다 행복한 삶을 살게 될 것이다. 이미 봄이 와 있는데도 우리는 여전히 겨울에 머문 채 뭉그적거린다. 상쾌한 봄날 아침에는 누구든 죄를 용서받는다. 그런 날은 악과도 휴전한다. 그 같은 봄날의 태양이 꺼지지 않고 불타는 한 사악한 죄인도 집으로 돌아올 수 있다. 우리가 스스로 순수를 회복하면 이웃의 순수도 알아본다. 어제의 당신은 이웃을 도둑이나 주정뱅이나 호색가로 생각하고 불쌍히 여기거나 경멸하면서 세상을 비관했을지도 모른다. 그러나 처음 찾아온 봄날 아침에 태양이 밝고 따뜻하게 내리쬐어 세상을 다시 창조하면 당신은 평

446) 오비디우스의 『변신 이야기』 1권에 실린 시.

온한 일터에서 이웃을 만나 방탕한 생활에 지치고 타락한 그의 혈관이 새로운 날의 기쁨과 축복으로 어떻게 서서히 부풀어 오르는지를 보고 아이 같은 순수한 마음으로 봄의 기운을 느끼며 그의 모든 허물은 당신의 기억에서 완전히 사라진다. 그는 주위에 선의의 분위기가 감돌 뿐 아니라 이제 막 태어난 아이의 본능처럼 맹목적이고 비효율적일지라도 신성한 기운을 발산할 기회를 찾고 있으리라. 그리하여 짧은 시간 동안 남쪽 언덕 비탈에는 어떤 저속한 농담도 메아리치지 않을 것이다. 당신은 순결하고 아름다운 새싹이 쭈글쭈글한 껍질을 뚫고 나와 어린 초목처럼 부드럽고 싱싱하게 새로운 한 해의 삶을 준비하는 모습을 본다. 당신의 이웃조차 창조주의 기쁨을 느낀다. 어째서 교도관은 감옥문을 열어 놓지 않는가? 어째서 판사는 자신이 맡은 사건을 기각하지 않는가? 어째서 목사는 교회에 모인 신자들을 해산하지 않는가? 이는 그들이 신의 가르침을 따르지 않고, 신이 모든 사람에게 아낌없이 베푸는 용서를 받아들이지 않기 때문이다.

"나무를 몽땅 베어 낸 숲에서 새싹이 돋듯이 날마다 평온하고 자애로운 아침의 숨결 속에서 샘솟는 선으로 돌아가면 우리는 미덕을 사랑하고 악덕을 미워하게 되어 인간 본연의 심성에 조금이나마 가까이 다가간다. 마찬가지로 우리가 하루라도 악덕을 행하면 다시 돋아나기 시작한 미덕의 싹이 자라지 못하도록 방해하여 끝내 죽이게 된다.

미덕의 싹이 자라지 못하게 계속해서 방해하면 저녁의 자애로운 숨결도 그 싹을 충분히 보호할 수 없다. 저녁의 숨결이 더 이상 미덕의 싹을 보호하지 못하면 인간의 심성은 짐승과 다를 바 없다. 사람들은 짐승이나 다름없는 심성을 지닌 자를 일컬어 본래부터 선을 행할 자질이 없는 사람이라고 말한다. 하지만 그것이 어찌 인간이 태어나면서 지닌 성정이겠는가?"[447]

황금시대가 처음 열렸을 때는 복수하는 사람이 없었다.
자연히 법도 없었으며, 신의와 정직을 소중히 여겼다.
형벌과 두려움이 없었고,
내걸린 동판에 위협적인 문구가 적혀 있지 않았다.
탄원하는 군중은 재판관의 판결을 두려워하지 않았고,
보복하는 사람 없이 안전했다.
산에서 베어진 소나무는 아직 파도가 일렁이는 바다로 내려오지 않아
낯선 세계를 보지 못했고,
사람들은 자신들의 해안밖에는 알지 못했다.

* * *

봄은 영원히 이어졌고, 잔잔한 미풍은
씨앗도 없이 피어난 꽃들을 따스하게 위로해 주었다.[448]

4월 29일 나는 나인에이커코너 다리 근처의 강둑에서 낚

447) 『맹자』 11편 「고자장구(告子章句) 상」 8장의 구절. 프랑스 언어학자 장피에르 기욤 포티에(Jean-Pierre Guillaume Pauthier, 1801~1873)가 프랑스어로 번역한 것을 소로가 영어로 옮겨 인용했으며 원전과 크게 다르다.
448) 오비디우스의 『변신 이야기』 1권에 실린 시.

시를 하고 있었다. 그때 내가 깔고 앉은 방울새풀과 버드나무 뿌리 근처에 사향쥐들이 살았는데 어느 순간 어딘가에서 달그락거리는 것 같은 이상한 소리가 들렸다. 사내아이들이 갖고 노는 딱따기 소리와 비슷했다. 고개를 들어 위를 올려다보니 쏙독새처럼 조그맣고 우아하게 생긴 매 한 마리가 눈에 들어왔다. 녀석은 잔물결처럼 나풀거리며 하늘 높이 날아올랐다가 재주를 부리듯 한 바퀴 돌고는 갑자기 5~10미터쯤 아래로 내려오기를 몇 차례 반복했는데 그때마다 날개 안쪽이 공단으로 만든 리본이나 조개 속 진주처럼 햇빛에 반짝거렸다. 그 모습을 보자 매사냥이 떠올랐고, 그것이 왜 고상하고 시적인 스포츠인지 이해하게 되었다. 내 생각에 그 새는 '멀린'[449]이라고 불러도 좋을 듯싶었다. 그러나 이름이 무엇이든 상관없었다. 그것은 내가 그때까지 본 비행 중에서 가장 우아했다. 그 매는 나비처럼 단순한 동작으로 날개를 펄럭이지 않았다. 덩치 큰 매처럼 무작정 하늘로 비상하지도 않았다. 그저 공기로 이루어진 드넓은 평원에서 자신만만하게 멋있는 자태를 뽐내며 놀 뿐이었다. 녀석은 특이한 울음소리를 내며 계속 하늘로 올라가서는 연처럼 공중제비를 돈 뒤 자유롭고 아름다운 하강을 하다 땅에 떨어지기 직전에 다시 하늘로 올라갔다. 마치 단단한 땅에는 발을 한 번도 디딘 적이 없는 듯 공중에서만 혼자 노는 녀석을 보면 이 세상 천지에 친구가 하나도 없

449) 아서왕 이야기에 나오는 예언자이자 마법사. 이 말은 매의 일종인 '쇠황조롱이'를 뜻하기도 한다.

는 것 같았다. 함께 놀아 주는 아침과 하늘 말고는 어떤 친구도 필요 없는 모양이었다. 그만큼 조금도 외로워 보이지 않았다. 오히려 자기 밑에 있는 대지를 외롭게 만들고 있었다. 녀석을 낳은 어미를 비롯하여 아비와 형제와 친척은 하늘의 어디에 있을까? 하늘의 주민인 그 새는 하나의 알이었다가 어느 험한 바위틈에서 부화했다는 사실 말고 대지와 아무런 관련이 없어 보였다. 혹시 녀석이 태어난 둥지도 구름의 한 귀퉁이에서 무지개 조각과 저녁놀을 엮고 땅에서 집어 올린 한여름의 부드러운 안개를 바닥에 깔아 만든 것이 아닐까? 지금 그 새의 둥지는 한쪽이 낭떠러지처럼 생긴 구름이다.

이외에도 나는 황금빛과 은빛, 밝은 구릿빛을 띤 희귀한 물고기들을 많이 낚았다. 그런 물고기들을 줄에 꿰자 반짝이는 보석 같았다. 아! 봄이 찾아온 첫날 아침에 초원으로 나가 작은 언덕에서 작은 언덕으로, 이 버드나무 뿌리에서 저 버드나무 뿌리로 얼마나 신나게 뛰어다녔던가! 그럴 때마다 거친 강물과 골짜기와 숲에 순수하고 밝은 햇빛이 내리쬐었다. 일부 사람들이 말하듯 죽은 자는 단지 무덤에서 잠을 자고 있는 것뿐이라면 그 순수하고 밝은 햇빛을 받는 순간 잠에서 깨어났으리라. 인간의 영생을 증명하는 데 이보다 더 강력한 증거는 필요 없을 것이다. 지금 세상의 만물은 모두 그 같은 햇빛을 받으며 살아가고 있다. "오, 죽음이여! 너의 독침은 어디에 있느냐? 오, 무덤이여! 너의 승리는 어디에 있느냐?"[450)]

450) 「고린도전서」 15장 55절의 "죽음아, 너의 승리가 어디 있느냐? 죽음아,

우리 마을은 아직 탐험되지 않은 숲과 초지에 둘러싸여 있다. 그런 숲과 초지가 없다면 우리 삶에 활기란 없을 것이다. 우리에게는 야생이라는 강장제가 필요하다. 우리는 때때로 알락해오라기와 뜸부기가 숨어 있는 늪지를 건너거나 도요새의 울음소리를 들을 필요가 있다. 또한 더 야성적이고 더 외로운 새들이 둥지를 틀고 밍크가 배를 땅에 댄 채 살금살금 기어가는 곳에서 바람에 살랑거리는 사초의 냄새를 맡을 필요도 있다. 우리는 모든 것을 알아내고 탐색하기를 갈망한다. 그러면서 모든 것이 신비에 싸인 채 탐색되지 않기를, 육지와 바다가 불가해한 것으로서 답사되지 않고 이해할 수 없는 무한의 야생 상태로 남아 있기를 바란다. 자연은 절대로 우리를 질리게 하지 않는다. 자연의 무한한 활력, 광활하고 거대한 지형, 난파선의 잔해가 흩어진 해안, 살아 있는 나무와 썩어 가는 나무가 뒤섞인 원시림, 천둥을 머금은 구름, 삼 주 동안 계속 내려 홍수를 일으키는 비를 보는 것만으로 우리는 원기를 회복한다. 우리는 자신의 한계를 벗어나 우리가 발조차 들여놓지 않는 곳에서 자유롭게 풀을 뜯는 생명체를 목격할 필요가 있다. 구역질을 일으키고 용기마저 꺾는 동물의 시체지만 독수리가 그것을 뜯어 먹고 건강과 힘을 얻는 모습을 보면 우리도 힘이 난다. 내 집으로 가는 길가의 웅덩이에 말이 죽어 있어 나는 종종 피해 다녔고, 특히 음산하게 어두운 밤에는 멀리 돌아가곤 했다. 하지만 죽은 말을 통해 자연의 왕성

너의 독침이 어디 있느냐?"를 빗댄 표현.

한 식욕과 함부로 무너뜨리지 못하는 건강을 확인할 수 있었고, 그것으로 불편을 감수한 데 대한 보상을 받았다고 생각했다. 나는 무수한 생명체들이 서로 잡아먹고 잡아먹혀도 끄떡없을 만큼 생명체로 가득한 자연을 보고 싶다. 연약한 유기체가 과육처럼 짓이겨져 죽거나 왜가리가 올챙이를 꿀떡 삼키거나 거북이와 두꺼비가 도로에서 바퀴에 깔려 죽거나, 심지어 살과 피가 비 오듯 쏟아져도 상관없을 만큼 생명력이 충만한 자연이었으면 좋겠다. 사고의 위험은 늘 있기 마련이며, 우리는 그 이유를 설명하려야 할 수 없다는 것도 알아야 한다. 현명한 사람은 그런 사실에서 인간의 보편적인 무지를 깨닫는다. 독도 사실은 유해하지 않고, 상처 또한 그렇게까지 치명적이지 않을 수 있다. 연민은 불안정한 지반 위에 놓여 있다. 그것은 순간적인 감정에 불과하다. 연민에 호소하는 것은 올바른 처방이 되지 못한다.

5월 초순에 접어들자 호수 주변의 소나무들 사이에서 자라던 떡갈나무와 히커리나무와 단풍나무와 그 밖의 여러 나무들이 하나둘 잎을 틔워 햇빛이 비쳐 든 듯 숲을 환하게 밝혔다. 특히 구름이 잔뜩 낀 날에는 더해서 마치 태양이 안개를 뚫고 얼굴을 내밀어 희미하게나마 여기저기 비추는 것 같았다. 5월 3일인가 4일에는 호수에서 되강오리 한 마리를 보았다. 그리고 이달 첫 주에 쏙독새와 명금을 비롯하여 개똥지빠귀와 딱새와 되새 등 여러 새들이 지저귀는 소리를 들었다. 개똥지빠귀 소리를 들은 것은 정말 오랜만이었다. 딱새의 일종인 자그마한 피비도 다시 찾아와 출입문과 창문으로 집 안을 들여다보면서 내 집이 과연 자기가 살기 알맞은 동굴 같은지 마치 공기가 떠받치는 듯 발톱 끝을 꽉 구부리고 날개를 빠르게 움직여 몸을 지탱하며 이리저리 살폈다. 리기다소나무의 유황 같은 송홧가루가 호수와 기슭의 돌과 썩은 나무를 뒤덮어 누구라도 송홧가루를 커다란 통 하나는 가득 쓸어 담을 수 있었을 것이다. 흔히 말하는 '유황 소나기'였다. 칼리다사[451]의 희곡 『샤쿤탈라』에도 "연꽃의 황금색 꽃가루로 노랗게 물든 시냇물"이라는 구절이 있다. 계절은 그렇게 여름을 향해 흘러갔고, 사람들은 점점 높아지는 풀밭으로 걸어갔다.

내가 숲에서 보낸 첫해의 삶은 이렇게 마무리되었다. 이듬해도 비슷했다. 1847년 9월 6일 나는 마침내 월든을 떠났다.

451) 4세기 말에서 5세기 초까지 활약한 인도의 시인이자 희곡 작가. 인도의 셰익스피어라 일컬어지며 『샤쿤탈라』는 산스크리트 문학의 최고 걸작으로 평가되고 있다.

맺음말

현명한 의사라면 환자에게 공기와 풍경을 바꾸어 보라고 권할 것이다. 다행히 세상에는 '이곳'만 있지 않다. 뉴잉글랜드에서는 칠엽수가 자라지 않는다. 흉내지빠귀가 지저귀는 소리도 거의 들을 수 없다. 기러기는 우리 인간보다 더 세계적인 존재이기 때문에 캐나다에서 아침을 먹고, 오하이오강에서 점심을 먹고, 남부의 강어귀에서 밤을 보내기 위해 깃털을 가다듬는다. 들소조차 어느 정도는 계절과 보조를 맞추며 콜로라도 강변의 초원에서 풀을 뜯다가 옐로스톤 강변에 더 푸르고 맛있는 풀이 자라기 시작하면 그곳으로 옮겨 간다. 하지만 우리는 농장의 가로장 울타리를 헐고 돌담을 쌓으면 그때부터 우리 삶에 경계가 지어지고 운명이 결정된다고 생각한다. 누군가 읍사무소 서기로 선출되면 올여름 티에라델푸에고[452)]에

휴가를 갈 수 없을지언정 지옥불의 땅에는 갈 수 있을지 모른다. 우주는 우리가 생각하는 것보다 훨씬 넓다.

이제 우리는 호기심 많은 승객처럼 우리가 탄 배의 선미 난간 너머를 더 자주 바라보아야지 뱃밥이나 만드는 아둔한 선원처럼 항해해서는 안 된다. 지구 반대편은 우리와 소식을 주고받는 사람이 거주하는 땅에 불과하다. 우리의 항해는 대권항법[453]에 의지할 뿐이고, 의사들은 기껏해야 피부병 약을 처방한다. 기린을 잡아 보겠다고 남아프리카로 달려가는 사람도 있다지만 기린은 결코 그가 쫓을 사냥감이 아니다. 설령 잡을 수 있다 해도 얼마나 오랫동안 추적하겠는가? 꺅도요나 멧도요도 매력적인 사냥감이지만 나는 자신을 겨냥하는 것이 더 고귀한 사냥이라고 믿는다.

> 그대의 눈길을 안쪽으로 돌려라. 그러면 그대 마음속에서
> 아직 발견되지 않은 천 개의 지역을 보게 될 것이다.
> 그곳을 여행하라. 그리고
> 마음속 우주지리학의 전문가가 되어라.[454]

아프리카는 무엇을 상징하는가? 또 서부는 무엇을 상징하는가? 우리 내면은 해도에서 하얀 공백으로 남아 있지 않을

---

452) 남아메리카 대륙 남쪽 끝에 있는 섬. 스페인어로 '불의 땅'을 뜻한다.

453) 지구상의 두 지점을 최단 거리로 잇는 항법.

454) 영국 시인 윌리엄 해빙턴(William Habington, 1605~1654)의 시 「나의 명예로운 친구 에드워드 P. 나이트 경에게」에 있는 구절.

까? 우리 내면도 누군가에게 발견된다면 아프리카 해안처럼 검다는 사실이 밝혀질지 모른다. 우리가 발견해야 할 것은 나일강이나 니제르강이나 미시시피강의 발원지인가? 아니면 아메리카 대륙의 북서 항로인가? 이런 것들이 인류에게 그렇게 중대한 문제일까? 아내가 애타게 찾는 사람이 실종된 프랭클린[455] 한 사람뿐일까? 그린넬 씨[456]는 지금 자신이 어디에 있는지 알까? 차라리 멍고 파크,[457] 루이스와 클라크,[458] 프로비셔[459] 같은 탐험가가 되어라. 그래서 자기 내면의 강과 바다를 찾아 나서라. 기왕이면 내면에서 자아의 위도가 높은 지역을 탐험하라. 그리고 필요하다면 당신의 건강을 지켜 줄 고기 통조림을 배에 가득 싣고, 새로 탐험한 곳에는 빈 깡통을 하늘 높이 쌓아 표식을 만들어 두어라. 고기 통조림은 단지 고기를 오래 보존하기 위해서만 발명되었을까? 아니다, 당신 내면의 신대륙과 신세계를 향하는 콜럼버스가 되어 교역이 아니

---

455) 존 프랭클린(John Franklin, 1786~1847). 영국의 탐험가. 북서 항로(북아메리카를 우회하여 대서양과 태평양을 연결하는 항로) 개척에 나섰다가 1847년 북극에서 실종되었으며 1859년 시신으로 발견되었다.

456) 헨리 그린넬(Henry Grinnell, 1799~1874). 뉴욕의 상인으로 프랭클린 수색 작업을 재정적으로 지원했다.

457) 멍고 파크(Mungo Park, 1771~1806). 스코틀랜드의 탐험가. 서아프리카 니제르강을 탐험하다가 익사했다.

458) 메리웨더 루이스(Meriwether Lewis, 1774~1809)와 윌리엄 클라크(William Clark, 1770~1838). 둘 다 미국의 탐험가로 태평양에 이르는 육로를 발견했다.

459) 마틴 프로비셔(Martin Frobisher, 1535~1594). 영국의 탐험가. 세 차례에 걸쳐 북서 항로 개척에 나섰으나 모두 실패했다.

라 사상을 위한 새로운 항로를 열어라. 인간은 누구나 한 왕국의 군주다. 그 왕국에 비하면 러시아 황제의 제국도 빙산이 남긴 자그마한 언덕 같은 작은 나라에 불과하다. 그러나 자존감은 전혀 없고 소를 위해 대를 희생하는 애국자가 되는 사람도 있다. 그들은 자기 무덤이 되는 흙을 사랑하지만 자기 육신에 생기를 불어넣을 수 있는 영혼에는 공명하지 않는다. 애국심은 그들 머릿속에 들어 있는 구더기다. 화려한 퍼레이드를 펼치고 막대한 비용을 들여서 파견한 남태평양 탐험대[460]가 대체 무슨 의미라는 말인가? 이는 단지 정신세계에 대륙과 바다가 있고, 사람은 저마다 그 지협이나 작은 만이면서 스스로 탐험한 적이 없기는 하지만 각 개인의 바다, 즉 내면의 대서양과 태평양을 탐험하는 것보다 정부에서 지원한 배를 타고 500명이나 되는 대원의 도움을 받으며 추위와 폭풍과 식인종과 싸우면서 수천 킬로미터를 항해하는 것이 훨씬 쉽다는 사실에 대한 간접적인 인정일 뿐이다.

Erret, et extremos alter scrutetur Iberos.
Plus habet hic vitæ, plus habet ille viæ.

그들이 방랑하다가 외진 곳에 사는 오스트레일리아 사람들을 살피게 하라.

460) 1838년부터 1842년까지 찰스 윌크스(Charles Wilkes, 1798~1877) 대위가 이끈 미국 해군 탐험대.

나는 신에 대해 더 많이 알고, 그들은 길에 대해 더 많이 안다.[461]

잔지바르[462]에 고양이가 몇 마리인지 알기 위해 세계 일주를 떠날 필요는 없다. 하지만 더 좋은 일을 할 수 있을 때까지는 그렇게라도 하자. 그러면 지구 내부에 도달할 '시머스의 구멍'[463]을 발견하게 될지도 모르니까. 영국과 프랑스, 스페인과 포르투갈, 황금 해안과 노예 해안[464]은 모두 바다에 면해 있다. 하지만 그것이 인도로 가는 직항로가 분명한데도 그곳에서 출발하여 육지가 보이지 않는 먼바다까지 모험한 배는 지금껏 한 척도 없다. 당신이 모든 언어를 습득하고 모든 나라의 풍습에 따르는 법을 배우려 한다면, 어떤 여행자보다 더 멀리 여행하고 모든 풍토에 적응함으로써 스핑크스가 바위에 머리를 부딪치게[465] 하고 싶다면 옛 철학자의 가르침을 순순히 받

461) 로마 시인 클라우디아누스(370?~404?)의 시 「베로나의 노인」에서 인용. 소로의 일기에 따르면 원래의 라틴어 시를 영역할 때 '스페인 사람'을 가리키는 Iberos를 일부러 '오스트레일리아 사람'으로 옮겼다고 한다.

462) 아프리카 동부 해안에 있는 섬.

463) 1818년 미국의 퇴역 육군 대위인 존 클리브스 시머스(John Cleves Symmes, 1779~1829)는 지구 내부가 비어 있고 북극과 남극에 구멍이 나서 그곳으로 들어갈 수 있다는 이론을 주창했다. 이 같은 이론을 증명하겠다며 탐험 기금까지 모았다.

464) 둘 다 서아프리카 기니만 북쪽 해안을 말하는 것으로 16~18세기 이곳에서 황금과 노예를 유럽과 아메리카로 실어 날랐다.

465) 그리스 신화에서 사자의 몸과 독수리의 날개, 여자의 얼굴과 가슴을 지닌 괴물 스핑크스는 행인에게 수수께끼를 내어 풀지 못하면 잡아먹었고,

아들이고 당신 자신을 탐험해야 한다. 여기에는 눈과 용기가 필요하다. 자기 탐험에 실패하거나 거기에서 도망친 자들만 전쟁에 나간다. 그들은 도망쳐 입대하는 겁쟁이들이다. 이제라도 서쪽 끝을 향해 떠나라. 그쪽으로 이어진 길은 미시시피강이나 태평양에서 끝나지 않고 노쇠한 중국이나 일본으로 통하지도 않는다. 여름과 겨울, 낮과 밤, 해가 지고 달이 지고 마침내 지구마저 지는 곳까지 이어지는 직선 구간이다.

미라보[466]는 "사회의 가장 신성한 법에 정식으로 저항하려면 어느 정도로 결의를 확고하게 다져야 하는지 알고 싶어서" 노상강도질을 했다고 한다. 그는 "대열을 지어 싸우는 병사들에게 필요한 용기는 노상강도의 절반도 안 된다."라면서 "심사숙고한 끝에 내린 단호한 결심은 명예와 종교도 가로막지 못한다."라고 말했다. 요즘 세상의 기준으로 보면 미라보의 행동은 남자답다. 하지만 무모하지 않을지언정 쓸데없는 짓이다. 좀 더 분별 있는 사람이라면 한층 더 신성한 법에 순종함으로써 '사회의 가장 신성한 법'이라 여겨지는 것에 얼마든지 '정식으로 저항'하고, 그럼으로써 미라보처럼 일탈된 행동을 하지 않고도 자신의 결의를 충분히 시험할 수 있었으리라. 한 사람

오이디푸스가 수수께끼를 풀자 분을 참지 못해 머리를 바위에 부딪쳐 스스로 목숨을 끊었다.

466) 오노레 가브리엘 리케티(Honoré Gabriel Riqueti, 1749~1791). 프랑스 혁명기의 정치가이자 웅변가. '미라보 백작'으로도 불린다. 여기 인용된 이야기는 1851년 1월《하퍼스 매거진》에 실린「미라보, 그의 사생활 일화」중 일부다.

의 인간은 사회에 반항적인 태도를 취하는 것이 아니라 자기 존재의 법칙에 순응하고, 그것이 무엇이든 그 과정에서 자연스레 체득하게 되는 태도를 견지한다. 설령 저항할 기회가 주어지더라도 공정한 정부에 반하는 행위는 결코 하지 않게 된다.

나는 숲에 들어갈 때와 마찬가지로 그럴 만한 이유가 있어 숲을 떠났다. 내가 살아야 할 삶이 몇 가지 더 남아서 숲속 생활에 더 이상 시간을 할애할 수 없었던 것이 그 이유다. 우리는 신기할 정도로 아주 쉽게, 그리고 자신도 느끼지 못하는 사이에 우연히 어떤 길을 걸었다가 그 길을 자주 다녀서 일종의 관례처럼 고착화한다. 내가 숲속에서 생활한 지 일주일이 채 되지 않았을 때 내 집 문 앞에서 호숫가까지 몇 차례 왔다 갔다 하자 길이 생겼다. 그리고 그 길은 마지막으로 밟은 지 오륙 년이 지났는데도 여전히 멀쩡하게 남아 있다. 물론 다른 사람들이 지나다녀 그 길이 계속 남아 있는 데 한몫했을 것이다. 땅의 표면은 아주 부드러워서 사람이 밟으면 자국이 남기 마련이다. 마음이 다니는 길도 마찬가지로 자국이 남는다. 그렇다면 세상의 간선 도로들은 얼마나 닳았고, 얼마나 먼지투성이이겠는가? 전통과 순응의 바큇자국은 또 얼마나 깊이 새겨졌겠는가? 나는 선실에 편안히 앉아 여행하기보다 세상의 돛대 앞과 갑판 위에 서 있고 싶었다. 그곳에서는 산과 산 사이를 비추는 달빛을 가장 잘 볼 수 있기 때문이다. 이제 나는 갑판 아래로 내려가고 싶지 않다.

나는 실험을 통해 적어도 다음과 같은 것을 배웠다. 우리가 저마다 꿈을 향해 자신 있게 나아가고 스스로 상상한 삶을 살려고 노력하다 보면 평소에 기대하지 못했던 성공을 거두게 된다는 점이다. 그 과정에서 소중한 것을 잊어버리고 보이지 않는 경계선을 넘어서기도 하리라. 새롭고 보편적이고 더욱 진보적인 법칙이 우리 주변과 내면에 자리 잡게 될 것이다. 혹은 오래된 법칙들이 확대되어 좀 더 진보적인 의미에서 우리에게 유리한 쪽으로 해석될 테고, 우리는 한 차원 높은 존재로 인정받고 살아가게 될 것이다. 삶을 단순화할수록 그에 비례하여 우주의 법칙도 간결해져 고독은 더 이상 고독이 아니고, 가난은 가난이 아니며, 약점 또한 약점이 아니게 될 것이다. 당신이 공중에 누각을 지었더라도 그 일이 결코 헛되지는 않으리라. 누각이 있어야 할 곳은 바로 그곳이기 때문이다. 이제 누각을 받칠 토대를 쌓기만 하면 된다.

영국인과 미국인은 알아들을 수 있게 말해 달라는 엉뚱하고 우스꽝스러운 요구를 한다. 사람도 독버섯도 그렇게 성장하지는 않는다. 그들은 자기들이 알아듣는 게 중요하고, 자기들 없이는 당신을 이해할 수 없다고 생각하는 듯하다. 마치 자연에는 한 가지 의사소통 방식뿐이어서 네발짐승과 조류, 다시 말해 들짐승과 날짐승을 동시에 먹여 살릴 수 없으며, 수레를 끄는 황소도 알아들을 수 있는 '허시'와 '후'[467]가 최고의 영어라고 생각하는 것 같다. 적당히 어리석은 것만이 안전한 처신인 듯이 나는 내 표현이 일정한 틀에 갇힌 채 거기에서 벗어나지 못할까 걱정이다. 그러니까 내 표현이 내 일상적

---

467) hush, who. 마소에게 명령하는 말. 우리말의 '이랴'와 '워'에 해당한다.

인 경험의 좁은 한계를 벗어나 내가 확신하는 진리에 어울려야 하는데 그렇지 못할까 봐 두렵다. 틀 벗어나기! 이는 당신이 울타리 안에 얼마나 깊이 갇혀 있느냐에 달렸다. 새로운 초지를 찾기 위해 위도가 다른 곳으로 이동하는 들소는 젖 짜는 시간에 들통을 걷어차고 제 새끼를 찾아 울타리를 뛰어넘는 암소처럼 틀을 벗어나는 행동을 못 한다. 나는 어딘가에 경계가 없이 말하고 싶다. 잠에서 막 깨어난 순간에 놓인 사람이 잠에서 막 깨어난 순간에 놓인 사람에게 말하듯[468] 아무런 제한이나 구속 없이 자유롭게 말하고 싶다. 나는 진실된 표현의 토대를 마련하기 위해서라면 어느 정도 과장해도 괜찮다고 생각한다. 감미로운 선율에 젖은 사람이 그가 이제 영원히 엉뚱한 말을 늘어놓을까 두려워하겠는가? 우리는 미래나 가능성을 생각하되 앞일을 규정하지 말고 우리 그림자가 태양을 향해 보이지 않게 땀을 흘리듯 우리 윤곽이 어렴풋이 비치도록 내버려 둔 채 조금은 느슨한 삶을 살아야 한다. 우리 말에 담긴 진실이 휘발성이라면 금세 사라지면서 뒤에 남은 진술의 허술함까지 폭로할 것이다. 언어의 진실은 가벼워서 쉽게 하늘로 날아가고 그것을 문자로 기록한 기념비만 남는다. 우리의 믿음과 경건함을 표현하는 말은 명확하지 않다. 하지만 뛰어난 자질을 지닌 사람에게는 의미 있고 유향처럼 향기

468) 영국의 청교도 목사이자 작가인 리처드 백스터(Richard Baxter, 1615~1691)가 쓴 『감사하고 찬송하며 사랑하라(Love Breathing Thanks and Praise)』에 실린 "나는 다시 설교할 수 없을 것처럼, 죽어가는 사람이 죽어가는 사람에게 말하듯 설교했다."라는 구절을 모방한 표현.

롭다.

왜 우리는 항상 우리의 지각을 가장 아둔한 수준으로 낮추고 그것을 상식이라 치켜세우는 것일까? 가장 일반적인 감각은 잠자는 사람들의 의식이며, 그것은 코 고는 소리로 나타난다. 때때로 우리는 우리보다 1.5배쯤 똑똑한 사람들을 반편이같이 취급한다. 우리가 그들의 재능을 3분의 1밖에 알아보지 못하기 때문이다. 어떤 사람은 아침 일찍 일어난 것이 붉게 물든 하늘 탓이라고 투덜댄다. 정말로 그렇게 일찍 일어났는지 모르겠지만. 내가 듣기로 "카비르[469]의 시에 네 가지 서로 다른 의미, 즉 환상, 영혼, 지성, 그리고 『베다』의 통속적 교리가 담겼다고 주장하는 사람들이 있다." 그런데 세상의 이쪽에서는 누군가의 글이 한 가지 이상으로 해석될 여지가 있으면 불평불만을 살 만하다고 생각한다. 영국이 감자역병 치료법을 알아내기 위해 애쓰고 있다는데 어째서 훨씬 넓게 퍼지고 치명적인 뇌 썩는 병을 고치려는 노력은 하지 않는지 모르겠다.

나는 내 글이 모호함의 극치에 이르렀다고는 생각하지 않는다. 단지 월든의 얼음에서 발견된 것 이상의 치명적인 결함이 내 글에서 발견되지 않는다면 그것만으로도 자랑스럽게 생각할 것이다. 남부에서 얼음을 구하러 온 사람들은 푸른색이야말로 얼음이 깨끗하다는 증거일 텐데 오히려 탁하다고 여기며 기피하는 모양이다. 흰색이지만 수초 맛이 나는 케임브리

469) 15세기 활동한 인도의 시인이자 종교 사상가. 특히 힌두교와 이슬람교의 화해를 위해 노력했다.

지 호수의 얼음을 더 좋아하는 걸 보면 말이다. 사람들이 좋아하는 맑고 깨끗한 대상은 대기를 감싸는 안개 같은 것이지 그 너머의 푸른 창공 같은 것이 아니다.

우리 미국인, 그리고 일반적으로 현대인은 고대인이나 심지어 엘리자베스 시대 사람들에 비해 지적인 면에서 왜소하다고 큰 소리로 떠들어 대는 이들이 있다. 그래서 무엇이 어떻다는 말인가? 살아 있는 개가 죽은 사자보다 낫다.[470] 가장 큰 소인이 되려는 노력은 해 보지 않은 채 소인족으로 태어난 것이 불만이라고 그 가운데에서 목을 매달아야 할까? 우리 모두 남의 일에 쓸데없이 간섭하지 말고 각자 본분을 지키도록 노력하자.

왜 우리는 성공하기 위해 필사적으로 서두르고 쓸데없는 일에 덤벼드는가? 어떤 사람이 동료와 보조를 맞추지 않는다면 다른 사람이 치는 북소리를 듣고 있기 때문일 것이다. 박자가 맞든 종잡을 수 없든 그가 듣는 음악에 맞추어 걷도록 내버려 두자. 사람이 사과나무나 떡갈나무처럼 빠르게 성장하는지는 조금도 중요하지 않다. 그가 봄에서 여름으로 갈아타야 하는가? 우리에게 알맞은 조건들이 아직 갖추어지지 않았다면 우리가 대체할 수 있는 현실은 무엇이겠는가? 우리는 공허한 현실에 난파되지 않을 것이다. 굳이 우리 머리 위에 푸른색 유리로 된 천국을 만들려고 애쓸 필요가 있을까? 완성되더라도 그런 하늘은 존재하지 않는 것처럼 우리는 여전히 더 높은 곳에 있는 진짜 하늘을 가만히 바라볼 것이다.

---

470) 「전도서」 9장 4절 참고.

쿠루[471]라는 도시에 완벽을 추구하는 예술가가 있었다. 어느 날 그는 문득 지팡이를 만들고 싶었다. 불완전한 작품을 만드는 데는 시간이 하나의 변수로 작용하지만 완벽한 작품은 시간과 무관하다고 생각했기 때문에 평생 다른 일은 전혀 못 하더라도 지팡이만은 모든 면에서 완벽한 작품이 되도록 만들어야겠다고 결심했다. 그는 부적절한 재료를 써서는 안 된다고 마음을 다지며 나무를 구하러 즉시 숲으로 들어갔다. 하지만 마음에 드는 나무가 없어 계속 퇴짜를 놓는 동안 친구들은 그의 곁을 떠나 자기 일을 하다 나이가 들어 죽었다. 하지만 예술가는 한 순간도 늙지 않았다. 독실한 목표와 굳은 결의, 숭고한 정신이 자신도 모르는 사이에 영원한 젊음을 부여한 것이다. 그는 시간과 타협하지 않았기 때문에 시간은 멀찌감치 떨어진 채 그를 정복하지 못한 것을 한탄하며 한숨만 지었다. 마침내 모든 점에서 적합한 나무를 찾아냈을 때 쿠루는 폐허로 변해 있었고, 그는 황폐한 언덕에 앉아 나무를 깎기 시작했다. 그가 나무를 지팡이 모양으로 만들었을 무렵 칸다하르[472] 왕조가 멸망했다. 그는 지팡이 끝으로 왕조의 마지막 왕 이름을 모랫바닥에 쓴 뒤 다시 작업을 시작했다. 지

471) 고대 인도 서사시 『마하바라타』에 나오는 영웅에게서 이름을 빌린 가공의 도시. 이어지는 이야기는 소로의 창작이라는 것이 소로 연구자들의 일반적인 견해다.

472) 아프가니스탄 남동쪽에 있는 도시로 1748년부터 1773년까지 두라니 왕조의 수도였다. 여기서는 소로가 만든 가공의 지명이다.

팡이를 매끄럽게 다듬고 광택을 냈을 즈음에는 칼파[473]도 더는 영겁을 의미하지 않았다. 더욱이 그가 지팡이 끝에 쇠테를 두르고 손잡이를 보석으로 장식했을 때는 브라흐마 신마저 깨어났다 잠들기를 수없이 되풀이하다 곯아떨어진 뒤였다. 그런데 나는 왜 이런 이야기를 하고 있을까? 지팡이에 마무리 손질을 했을 때 그것이 갑자기 놀란 예술가의 눈앞에서 점점 커지더니 브라흐마의 모든 창조물 가운데서도 가장 아름다운 걸작이 되었다. 그는 지팡이를 만들면서 새로운 우주, 아름답고 완벽하게 조화를 이룬 멋진 세계를 창조했다. 비록 옛 도시와 왕조들은 사라졌지만 더 어여쁘고 찬란한 도시와 왕국이 그 자리에 들어섰다. 그는 발 주변에 아직 잔뜩 쌓여 있는 싱싱한 지저깨비를 보고 지나간 시간은 단지 환상일 뿐이며 그저 브라흐마의 뇌에서 흘러나온 한 줄기 섬광이 인간 뇌의 부싯깃에 떨어져 점화되기까지 필요한 시간이었다는 사실을 깨달았다. 재료가 순수했고, 그의 솜씨 또한 순수했다. 어찌 놀라운 결과가 나오지 않았겠는가?

무엇이든 제아무리 그럴듯하게 포장해도 결국 그 속에 담긴 진실만큼 우리에게 도움 되는 것은 없다. 오직 진실만이 오래 지속한다. 대체로 사람들은 마땅히 있어야 할 자리가 아니라 엉뚱한 곳에 있다. 본성이 나약한 탓에 우리는 어떤 경우를 상정하고 그 안에 스스로를 가둔다. 그래서 동시에 두 가

473) 힌두교에서 우주의 창조와 파괴가 일어나는 기간. 창조의 신 브라흐마에게는 하루지만 인간에게는 43억 2000만 년에 해당한다.

지 상황에 갇히는 꼴이 되고, 빠져나오려면 두 배나 힘들다. 정신이 온전할 때 우리는 사실적인 것, 즉 있는 그대로의 상태만을 본다. 남들이 듣기 좋아할 의례적인 말만 하지 말고 마음에 있는 말을 하라. 어떤 진실도 거짓보다 낫다. 교수대에선 땜장이 톰 하이드[474]는 할 말이 있느냐는 질문을 받고 이렇게 대답했다. "재봉사들에게 바느질을 시작하기 전에 실에 매듭 짓는 걸 잊지 말라고 전해 주시오." 이 말에 그의 동료 사형수들은 신에게 기도하는 걸 잊어버렸다.

아무리 삶이 초라해도 받아들이고, 또 살아라. 외면하지 말고 욕하지 말아라. 잘못된 것은 삶보다는 당신이다. 당신이 가장 부유할 때조차 당신 삶은 가장 빈곤해 보일 수 있다. 모든 일에 흠만 잡는 사람은 천국에 가서도 흠만 잡는다. 당신 삶이 빈곤하더라도 그 삶을 사랑하라. 구빈원 신세를 지더라도 얼마든지 유쾌하고 신나고 즐거운 시간을 보낼 수 있다. 저녁 노을은 부자의 저택 창문이든 구빈원 창문이든 똑같이 아름답게 물들인다. 봄이 오면 구빈원 앞이든 부자의 저택 앞이든 똑같이 눈이 녹는다. 마음이 평온한 사람은 구빈원에서도 궁궐에서처럼 유쾌한 생각을 하며 만족한 삶을 살 수 있다. 내가 보기에 마을의 가난한 사람들이 누구보다 독립적인 삶을 사는 듯하다. 어쩌면 그들은 스스럼없이 남들의 도움을 받아들일 만큼 마음이 넉넉한지도 모른다. 주민들 대부분은 자신

474) 매사추세츠주 민화에 나오는 인물. 톰 하이드는 영미 설화에서 흔히 부랑자나 노상강도로 등장한다.

이 마을의 도움이나 받는 사람이 결코 아니라고 생각한다. 하지만 그런 사람들은 부정한 수단을 쓰지 않으면 생활을 꾸려 나가기 힘든 경우가 많고, 그렇게 사는 것이야말로 수치스럽고 불명예스러운 일이다. 샐비어 같은 허브를 가꾸듯 가난을 가꾸어라. 옷이든 친구든 새것을 얻으려고 안달하지 마라. 헌 옷은 뒤집어 입고, 옛 친구들을 찾아가라. 세상은 변하지 않는다. 변하는 것은 우리 자신이다. 옷을 벗어 팔더라도 생각은 그대로 간직하라. 그러면 당신이 고독하지 않도록 신이 보살펴 줄 것이다. 내가 몇 날 며칠을 거미처럼 다락방 한구석에 틀어박혀 있어도 생각을 간직하고 있으면 세상은 여전히 넓어 보일 것이다. 어떤 철학자는 말했다. "대군에 맞서 장수를 없앨 수 있어도 필부에게서 그 뜻을 빼앗을 수는 없다."[475] 자신의 발전에 너무 욕심을 낸 나머지 이런저런 영향력에 휘둘리지 않도록 조심하라. 그런 행동은 쓸데없는 정력 낭비일 뿐이다. 겸손은 어둠과 같아서 하늘의 빛을 더욱 밝게 비춘다. 가난과 비천함의 그림자가 우리를 둘러싸고 있지만 "보라, 삼라만상이 우리 눈앞에 드넓게 펼쳐져 있다."[476] 설령 크로이소스[477]의 어마어마한 재산이 주어진다 해도 우리의 목표는 전과 다름없으며, 수단도 본질적으로 똑같을 것이다. 가난 때문

---

475) 『논어』 9편 25절에서 인용.

476) 영국 시인 조지프 블랑코 화이트(Joseph Blanco White, 1775~1841)의 시 「밤과 죽음의 소네트」 중 한 구절.

477) 기원전 6세기 소아시아 서쪽에 있던 리디아 왕국의 마지막 왕. 당대 최고의 부자였다고 한다.

에 활동 범위가 제한된다면, 가령 돈이 없어서 책이나 신문을 구할 수 없다면 가장 의미 있고 중요한 경험에만 집중해도 된다. 다시 말해 가장 많은 당분과 가장 많은 전분을 만드는 재료만 다룰 줄 알면 되는 것이다. 뼈에 가까울수록 삶은 더 달콤한 법이다.[478] 가난하기 때문에 오히려 경박한 인간이 되지 않을 수 있다. 물질적으로 낮은 차원의 삶을 사는 사람도 정신적으로 높은 차원에서 살면 아쉬울 것이 전혀 없다. 남아도는 부로 살 수 있는 것은 없어도 그만인 사치품뿐이다. 정신의 필수품을 사는 데에는 돈이 필요 없다.

나는 납색을 띤 벽의 한 모퉁이에 살고 있다. 벽을 이루는 성분에 종을 만들 때 쓰는 청동합금이 조금 섞였다. 한낮에 잠시 쉬고 있으면 밖에서 작은 방울들이 마구 울리는 것 같은 소리가 정신 사나울 만큼 시끄럽게 들린다. 나와 동시대를 사는 사람들이 내는 소음이다. 내 이웃들은 사회적으로 유명한 신사나 숙녀들과 우연히 만난 일이며, 만찬에서 명사들과 합석한 일에 대해 거창한 모험 이야기를 하듯 떠벌린다. 하지만 나는 그런 이야기에 대해 《데일리 타임즈》 같은 일간지에 실린 기사 내용만큼이나 관심이 없다. 그들의 관심과 대화는 주로 옷이나 유행에 관한 것이다. 그러나 거위는 제아무리 아름다운 옷으로 단장해도 거위일 뿐이다. 그들은 내 앞에서 캘리포니아와 텍사스,* 영국과 서인도 제도에 대

478) "뼈에 가까울수록 고기는 더 맛있다.(The nearer the bone the sweeter the meat.)"라는 영국 속담을 빗댄 표현.

해 이야기하고, 조지아주인지 매사추세츠주인지에 사는 고관대작에 대해 떠들어 댄다. 나는 맘루크[479]의 군인처럼 그들의 안마당에서 도망칠 궁리를 하기에 바쁘다. 나는 본래의 내 자리로 오게 되어 기쁘다. 눈에 잘 띄는 곳에서 여러 사람과 함께 과시하듯 화려하게 퍼레이드를 펼치는 것이 아니라 가능하다면 우주의 건축가와 나란히 걷고 싶다. 불안하고 쓸데없이 분주하며 경박하기까지 한 19세기에 살기보다 이 세기가 지나가도록 내버려 둔 채 가만히 서거나 앉아서 조용히 깊은 생각에 잠기고 싶다. 요즘 사람들은 대체 무엇을 찬양한다는 말인가? 사람들은 너나없이 이런저런 준비위원회에 속해 있고, 걸핏하면 누군가의 연설을 기다리며 기대에 부푼다. 신은 그날의 사회일 뿐이고 웹스터[480]는 그 대변자다. 나는 저울질하고, 결정을 내리고, 나를 가장 강하고 올바르게 끌어당기는 쪽으로 나아가고 싶다. 저울대에 매달려서 무게가 덜 나가도록 애쓰지는 않겠다. 어떤 경우를 가정하지 않고 꾸미지도 않은 채 존재하는 그대로 받아들이고 싶다. 내가 갈 수 있는 단 하나의 길, 일단 걸음을 내디디면 어떤 힘도 나를 가로막지 못하는 길을 당당하게 가고 싶다. 기초를 튼튼히 쌓기 전에 아치부터 세우는 일은 내게 아무런 만족감

---

479) 13세기 이집트의 노예 군인이 세운 왕조. 1811년 이집트 총독 무하마드 알리가 맘루크의 군인들을 몰살하라는 명령을 내렸을 때 한 군인이 말을 타고 담을 뛰어넘어 탈출했다는 이야기가 전해진다.

480) 대니얼 웹스터(Daniel Webster, 1782~1852). 매사추세츠주 상원 의원. 당시 연설가로 유명했다.

을 주지 못한다. 이제는 일부러 살얼음판 위에서 놀지 말자. 단단한 바닥은 어디에나 있다. 나그네가 길을 가다 눈앞에 늪이 나타나자 한 소년에게 바닥이 단단하냐고 물었다. 소년은 그렇다고 대답했다. 하지만 늪에 발을 들여놓은 순간 푹 빠져서 나그네가 탄 말의 뱃대끈까지 물이 차올랐다. 나그네가 소년에게 따지듯 물었다. "방금 이 늪 바닥이 단단하다고 말하지 않았느냐?" 그러자 소년이 이렇게 대꾸했다. "네, 맞아요. 바닥은 단단해요. 하지만 바닥에 닿으려면 멀었어요. 아직 절반도 가라앉지 않았다고요." 사회의 늪과 유사도 마찬가지다. 다만 그것을 깨닫는 데는 시간이 걸린다. 아주 드문 일이기는 하지만 생각과 행동이 일치해야 유익한 일이 일어난다. 나라면 욋가지에다 회반죽만 바른 벽에 못을 박는 어리석은 사람은 되지 않을 것이다. 그런 짓을 하면 밤에 잠을 이루지 못할 테니까 말이다. 내게 망치를 주고 벽을 어떤 재료로 만들었는지 확인하도록 해라. 접착제에 의존하지 말자. 못을 깊이 박고 끝을 꼼꼼하게 구부려 두면 밤에 깨어나 자기 작품을 만족스럽게 돌아볼 수 있다. 그러면 뮤즈를 불러내기에 부끄럽지 않은 작품일 것이다. 오직 그래야만 신도 기꺼이 당신을 도우리라. 못 하나하나가 우주라는 기계를 단단히 고정하는 대갈못이 되어야 하고, 그 작업을 하는 것이 바로 당신이어야 한다.

내게는 사랑보다, 돈보다, 명예보다 진실이 필요하다. 언젠가 각종 먹음직스러운 음식과 향기로운 와인이 풍성하게 차려진 식탁 앞에 앉은 적이 있다. 그런데 사람들 사이에 아부하는 말만 오갈 뿐 성실함과 진실함은 없었다. 결국 나는 쫄쫄 굶은 채 황량한 식탁을 떠났다. 손님 접대가 식탁의 얼음 조각처럼 차가웠다. 굳이 얼음을 얼릴 필요가 없겠다는 생각까지 들었다. 그들은 포도주가 몇 년을 묵었고, 생산 연도가 얼마나 유명한 해였는지에 대해 떠들었다. 그러나 나는 그들이 살 수 없고 가져 본 적 없는 더 오래되고 더 새롭고 더 순수하고 더 유명한 포도주를 생각했다. 호화로운 생활, 화려한 집과 드넓은 정원, 지나치게 융숭한 접대는 내게 아무런 의미가 없다. 내가 왕을 방문했는데 그는 나를 넓은 홀에서 기다리게 하고 손님을 접대할 능력이 없는 사람처럼 행동했다. 내 이웃 중에 속이 빈 나무에서 사는 사람이 있었다. 그의 태도는 진짜 왕 같았다. 그 사람을 방문했더라면 더 좋았을 걸 그랬다.

대체 우리는 얼마나 오랫동안 현관에 앉아서 아무런 쓸모 없고 곰팡내 풍기는 케케묵은 미덕을 실천하려고 궁리해야 하는가? 어떤 일이든 그런 미덕은 적절하지 않다는 게 드러날 것이다. 오랜 고통과 함께 아침을 맞이하고서 감자밭의 김을 매게 할 일꾼을 고용하는 것처럼 말이다. 그리고 자신은 오후에야 미리 계획한 대로 기독교적인 온정과 자비를 실천하러 나간다! 대국으로서 중국인들이 갖고 있는 자부심과 인류의 침체된 자기만족에 대해 생각해 보라. 요즘 사람들은 자신이 훌륭한 혈통의 마지막 후예라고 자화자찬하는 경향이 있어 보인다. 특히 보스턴과 런던, 파리와 로마 같은 곳에 사는 사람들은 오랜 역사를 들먹이며 예술과 과학과 문학의 발전에 대해 대단히 만족스러운 어조로 대화를 나눈다. 그 같은 도시에서는 이런저런 철학 학회의 간행물이 쏟아져 나오고, 위인들을 찬양하는 노래가 울려 퍼진다. 이는 선량한 아담이 제 미덕을 황홀하게 여기는 것과 같다. "그렇다, 우리 인류는 이때까지 위대한 업적을 쌓았고 성스러운 노래를 불러 왔다. 우리의 업적과 노래는 결코 사라지지 않을 것이다." 다시 말해 우리가 기억하는 한 그것들은 영원히 빛나리라. 그토록 찬란했던 아시리아[481]의 학술 단체와 위대한 인물들은 지금 어디에 있다는 말인가? 우리는 또 얼마나 젊은 철학자들이고 실험가들이라는 말인가? 독자들 가운데 인간의 수명을 끝까지 살아 본 사람은 아무도 없을 것이다. 지금은 인류의 삶을 다룬 역사에서 몇 달뿐인 봄에 불과할지도 모른다. 우리 가운데 칠 년 동안 옴으로 고생한 사람이 있을지 모르나 십칠 년을 산 매미를 본 사람은 없을 것이다. 우리는 지구에 살지만 지구의 얇은 껍데기에 대해서만 알고 있을 뿐이다. 우리 주위에는 지표에서 180센티미터 아래까지 직접 파 내려간 사람도 없고, 단박에 공중으로 180센티미터 높이까지 뛰어오른 사람도 없다. 우리는 우리가 지금 어디에 있는지도 모른다. 게다가 우리 시간의 절반 가까이를 깊은 잠으로 보낸다. 그런데도 스스로 현명하다고 자부하며 땅의 표면에 이런저런 질서를 세웠다. 정말로 우리는 심오한 사상가이

481) 메소포타미아 북부 지역에서 티그리스강 상류를 중심으로 번성한 고대 국가.

자 야심찬 피조물이다! 내가 땅바닥에 깔린 솔잎 사이를 기어가며 내 시야에서 몸을 숨기려 애쓰는 벌레 한 마리를 바라보면서 어쩌면 은인이 될지도 모르고, 그 종족에게 기쁜 소식을 전해 줄 수도 있는 내게 왜 저렇게 겁을 먹고 도망가려 애쓰는 걸까 자문할 때 저 위에서 더 위대한 은인이자 지적인 존재가 인간 벌레인 나를 내려다보는 장면이 내 뇌리에 떠오른다.

세상에는 끊임없이 새로운 일이 일어나고 있지만 우리는 믿을 수 없을 정도의 따분함을 견디며 살아간다. 가장 문명화한 나라들에 사는 사람들이 대체 어떤 설교를 듣고 있는지 생각해 보면 내가 무슨 말을 하는지 충분히 짐작이 갈 것이다. 기쁨과 슬픔 같은 단어가 들리지만 그것은 콧소리로 흥얼대는 찬송가 후렴일 뿐이다. 우리는 평범하고 천박한 것들을 신봉한다. 우리가 바꿀 수 있는 것은 옷 정도라고 생각한다. 흔히들 대영 제국은 드넓고 존경할 만큼 훌륭하며 미합중국은 일류 강국이라고 말한다. 모든 사람의 등 뒤에서 조수가 오르내리고 있기 때문에 누구든 마음만 먹으면 대영 제국을 나뭇조각처럼 물에 띄울 수 있다는 사실을 우리는 믿으려 하지 않는다. 다음에는 어떤 종류의 십칠 년을 사는 매미가 땅에서 나올지 누가 알겠는가? 내가 사는 세상의 정부는 영국 정부처럼 만찬 뒤에 와인이나 홀짝거리며 대화하는 가운데 만들어진 것이 아니다.

우리 삶은 강물과도 같다. 올해는 과거 어느 때보다 수위가 높아져 메마른 고지대까지 강물이 범람할 수 있다. 그래서 사향쥐들이 모두 물에 떠내려가는 중차대한 해가 될지도 모른다. 우리가 사는 곳이 옛날부터 줄곧 메마른 땅은 아니었다. 우리는 과학이 맨 처음 홍수에 대해 기록하기도 전인 먼 옛날 강물이 범람한 흔적이 새겨진 둑들이 내륙 깊숙한 곳에 있다는 사실을 안다. 누구나 뉴잉글랜드에 널리 퍼져 있는 이야기를 한 번쯤 들어 보았을 것이다. 사과나무로 만든 식탁의 바싹 마른 널판에서 나왔다는 아름답고 생명력 넘치는 벌레에 대한 이야기다. 무려 육십 년이나 된 식탁은 처음에는 코네티컷주, 나중에는 매사추세츠주에 있는 어느 농부의 부엌에 놓여 있었다고 한다. 벌레가 나온 곳의 바깥쪽 나이테를 세어 보니 알은 육십 년보다 더 오래전, 그러니까 나무가 살아 있을 때 것이었다. 몇 주 동안 널판을 갉는 소리가 들렸고, 어쩌면 벌레는 찻주전자의 열기로 부화했을지 모른다. 누가 이 이야기를 듣고 부활과 영생에 대한 믿음이 더욱 강해지지 않겠는가? 알은 맨 처음 살아 있는 푸른 나무의 백목질 속에 있었을 텐데, 그 나무가 점차 말라서 무덤처럼 변하여 수많은 동심원으로 이루어진 나이테 속에 묻힌 채 오랫동안 죽은 듯 지냈을 것이다. 그러다 밖으로 나오려고 널판을 갉아 댔을 테고, 수년 전부터 식탁에 둘러앉아 즐거운 식사를 해 오던 농부의 가족은 그 소리를 듣고 깜짝 놀랐으리라. 아름다운 날개 달린 생명체가 찬란한 여름 생을 즐기기 위해 가장 흔해 빠진 선물용 가구에서 갑자기 기어 나올 줄 누가 알았겠는가!

나는 존이나 조너선[482]이 모든 이치를 명확히 이해하리라고 생각하지 않는다. 하지만 단순히 시간의 경과만으로 밝아올 수 없는 것이 새벽이다. 우리 눈을 멀게 하는 빛은 우리에게 어둠이나 마찬가지다. 우리가 깨어 있는 날이어야만 동트는 새벽이 찾아온다. 앞으로 더 많은 새벽을 맞이할 수 있다. 태양은 아침을 밝히는 별일 뿐이다.

482) 존은 전형적인 영국인, 조너선은 전형적인 미국인을 가리킨다. 각주 66 참고.

작품 해설

자연인이자 자유인이 남긴 위대한 삶의 기록

헨리 데이비드 소로(Henry David Thoreau)는 1817년 7월 12일 미국 매사추세츠주 콩코드에서 태어났다. 콩코드는 보스턴에서 북서쪽으로 30킬로미터쯤 떨어진 자그마한 읍으로 소로가 살던 무렵 인구는 2200명 정도였다. 소로는 어렸을 때 두어 차례 잠시 떠났던 것을 빼고는 평생을 콩코드에서 살았다.

오늘날 콩코드는 소로의 『월든』 덕에 월든 호수를 중심으로 관광객이 찾는 명소로 알려져 있지만, 일찍이 미국 독립 혁명의 발단이 된 역사적 장소로서 미국인에게는 정치적 자유의 탄생지 또는 혁명의 성지인 데다 미국의 정신적, 문화적 르네상스의 싹을 틔운 초월주의 운동이 펼쳐진 곳으로 유명했다.

소로의 가족은 아버지 존 소로와 어머니 신시아 던바를 비롯해 누나 헬렌, 형 존, 누이동생 소피아다. 소로의 원래 이름은 세례명인 '데이비드 헨리'인데 대학교를 졸업한 뒤 '헨리 데이비드'가 작가 이름에 더 어울린다고 생각해 이것으로 바꾸었다. 집에서는 보통 '헨리'라고 불렸다. 소로라는 이름은 할아버지인 존(프랑스식 이름은 장) 소로에서 비롯되었다. 1754년 영국 해협의 저지섬에서 태어난 존 소로는 프랑스의 사나포선[1]의 선원으로 활동하다 열아홉 살 때인 1773년 배가 난파해 구조된 바람에 보스턴 부두에서 상인으로 일하며 미국에 정착하게 되었다. 헨리가 태어났을 때 가족은 콩코드의 변두리 버지니아 로드에 있는 농가[2]에서 살았다. 헨리의 아버지 존은 이듬해 콩코드에서 북쪽으로 16킬로미터쯤 떨어진 첼름스퍼드로 이사해 그곳에서 식료품 가게를 열었다. 하지만 삼 년 만에 파산하고 1821년 다시 가족을 이끌고 헨리의 고모들이 사는 보스턴으로 이사했다. 네 살 무렵 헨리는 외할머니를 방문하러 잠시 콩코드에 왔다가 난생처음 월든 호수를 보고 강렬한 인상을 받았다. 자연에 대한 헨리의 관심은 어렸을 때부터 유달랐는데, 여기에는 부모의 영향이 크게 작용했다. 헨리의 부모는 아이들을 데리고 콩코드 근처의 산과 호수를 자주 여행했다.

1) 승무원은 민간인이지만 교전국의 정부로부터 적선을 공격하고 나포할 권리를 인정받은 선박. 16~17세기 유럽에서 성행했으나 1907년에 제2차 헤이그 평화 회의 결과 금지되었다.

2) 휠러미놋 농가(Wheeler-Minot Farmhouse)라는 이름의 이 농가는 비영리단체인 '소로 농장 트러스트(Thoreau Farm Trust)'에 복원되었고, 2004년에 '국가 사적지'로 등록되었다.

헨리가 여섯 살 때인 1823년 아버지는 가족을 데리고 콩코드로 돌아와서 조그만 연필 공장을 운영했다. 처음에는 연필 사업이 잘 되지 않았다. 하지만 점점 품질을 개량해 나중에는 미국에서 가장 좋은 연필을 생산할 정도로 성공했다.

헨리는 시에서 운영하는 초등학교를 거쳐 열한 살 때인 1828년에 형 존과 함께 사립 중등학교인 콩코드 아카데미에 입학했다. 그리고 열여섯 살 때인 1833년에는 장학금을 받고 하버드 대학교에 들어갔다. 대학교 시절 헨리 소로는 언어에 소질을 보였다. 필수 과목인 그리스어와 라틴어는 번역해 잡지에 게재할 정도로 상당한 실력을 갖추었다. 소로는 또 그리스 문학, 라틴 문학, 영국 문학, 성서, 그리스 로마 신화 등을 공부했다. 『월든』에서 엿볼 수 있는 소로의 해박한 지식은 이때부터 쌓이기 시작해 그가 『논어』와 『힌두교 경전』 같은 동양 철학까지 탐구한 결과 거대한 산처럼 우리 눈앞에 나타난 것이다.

소로는 가르치는 일에 관심이 많았다. 그런 터에 학비를 벌기 위해 1835년 매사추세츠주 캔턴에서 학생들을 가르쳤다. 그때 그는 유니테리언파 목사이자 초월주의 지식인으로 알려진 오레스테스 브라운슨 집에 거주하며 독일어와 독일 문학을 공부했다. 하지만 건강이 좋지 않아 이듬해 콩코드로 돌아왔고 학교도 휴학했다. 그러다 웬만큼 건강을 회복하고 뉴욕에서 아버지와 함께 잠시 연필 행상을 하고는 콩코드로 돌아와 1837년 복학해 한 학기를 더 다닌 뒤 대학교를 졸업했다. 그리고 그해 9월 모교 초등학교 교사가 되었다.

당시 누나 헬렌과 형 존이 교사로 재직하고 있어서 소로는 비교적 쉽게 교단에 설 수 있었다. 하지만 교사 일은 두 주 만에 끝나고 말았다. 당시 미국의 교육 현장에서는 학생에 대한 체벌이 합법처럼 이루어지고 있었는데 학교 운영위원회에서 소로가 맡은 학급의 규율이 느슨한 점을 지적하며 체벌로 질서를 잡으라고 요구했다. 그러자 소로는 이에 반대해 곧바로 사직서를 제출했고, 이듬해인 1838년 여름부터 집에서 아이들을 가르치다 몇 달 뒤 콩코드 아카데미 명칭과 건물을 빌려 형과 함께 전인 교육을 위한 사설 학교를 열었다. 『작은 아씨들』의 작가 루이자 메이 올컷도 이 학교에서 공부했는데 소로 형제는 어떤 체벌도 하지 않은 채 야외에서 자연을 관찰하거나 실생활에 적용할 수 있는 실습 위주의 교육을 펼쳐 나갔다. 하지만 콩코드 읍내에서 제법 유명한 학교로 자리 잡아갈 즈음 형이 파상풍에 걸리는 바람에 개교 삼 년 뒤인 1841년에 문을 닫았다.

그 무렵 소로는 19세기 미국을 대표하는 지성인이자 초월주의 대부 랠프 월도 에머슨의 집에서 가정교사로 일하며 호메로스와 아나크레온의 작품 같은 서양 고전을 비롯해 중국과 인도 철학을 탐구하는 한편, 성인 대상의 교양 강좌인 콩코드 라이시움(Concord Lyceum)에서 강연가로 활동했다. 소로가 에머슨을 본 것은 1837년 8월 31일로 기록되어 있다. 하지만 두 사람이 언제 어디에서 어떻게 서로 알게 되었는지는 확실하게 알려져 있지 않다. 보스턴 출신의 에머슨은 당시 뉴잉글랜드에서 유명한 인물이었던 만큼 소로가 먼저 접근하지 않았나 싶다. 그렇지 않아도 소로는 대학 시절, 자연의 위대함과 신비를 시적인 문체로 묘사한 에머슨의 『자연』을 읽고 감명을 받았다. 그런 터에 앞에서 언급한 1837년 8월 31일에 에머슨이 하버드 대학교의 우등생 클럽[3]에서 행한 '미국의 학자'라는 제목의 강연을 들었는데, 소로는 이때도 유럽의 영향에서 벗어나 미국의 지적 또는 문화적 독립의 필요성을 역설하는 에머슨의 열정에 감동했다.

에머슨은 소로에게 스승 같은 존재로 소로의 인격과 사상 형성에 지대한 영향을 끼친 인물이다. 그는 소로를 자기 집에 머물게 한 뒤 서재를 이용하게 하고 종종 사상적인 토론을 벌였다. 그리고 1836년에 초월주의의 위대한 선언이랄 수 있는 『자연』을 출간하고 콩코드에 기반을 둔 초월주의자 클럽을 발족시켰는데, 이듬해인 1837년 소로를 이 클럽에 가입시켰다.

초월주의(Transcendentalism)라는 말은 영국의 시인 새뮤얼 테일러 콜리지나 비평가이자 철학자 토머스 칼라일의 저술을 통해 미국에 전해진 것으로, 칸트의 선험주의와 피히테의 이상주의와 헤겔의 관념론 등에서 유래했다. 하지만 에머슨이 이끄는 콩코드의 초월주의자들은 이를 '1842년에 출현한 관념주의'라고 차별화하면서 '물질주의와 이성 중심의 실증주의를 초월해 자연과 인간을 직관적으로 통찰함으로써 거기에 내재된 신성을 발견하고 이를 표현하려는 태도를 지향한다'는, 조금은 모호하면서도 막연한 의미로 사용했다.

3) 영어 명칭은 '파이 베타 카파 소사이어티(Phi Beta Kappa Society)'로 미국 대학 우등생들로 구성된 친목 단체다.

초월주의의 의미와 그것이 지향하는 바가 무엇이든 소로와 에머슨은 자연의 위대함을 확신하고 거기에서 무한한 교훈과 가능성을 발견하려고 애썼다. 소로는 1840년부터 초월주의자들이 창간한 문예지 《다이얼》에 시와 에세이를 발표하기 시작했다.[4] 그러는 한편, 에머슨의 주선으로 시인 윌리엄 엘러리 채닝, 미국 최초의 페미니스트인 마거릿 풀러, 사상가이자 교육가인 에이머스 브론슨 올컷, 사회 개혁가 조지 리플리, 소설가 너새니얼 호손, 시인 월트 휘트먼 같은 초월주의자들과 어울렸다.

1840년 소로는 에머슨의 집에서 엘런 수얼이라는 유니테리언파 목사의 딸을 알게 되었다. 그는 그녀를 남몰래 사랑했는데 놀랍게도 형 존도 엘런에게 연정을 품고 있었다. 둘은 차례대로 엘런에게 청혼했다 보기 좋게 거절당했다. 그 뒤 소로는 여성에게 마음을 기울인 적이 없는 듯 평생 독신으로 지냈다.

1842년 1월, 파상풍을 앓던 형 존이 안타깝게 세상을 떠났다. 두 살 위인 존은 소로에게 형이기 전에 친구였다. 둘은 콩코드에서 떨어져 지내는 때보다 붙어 있는 시간이 더 많았다. 초중등과정 학교도 함께 다녔다. 특히 둘은 1839년 8월 30일부터 이 주 동안 콩코드강과 메리맥강을 여행했다. 소로는 형과 함께 암초와 급한 물살을 피해 보트를 저은 일이며 밤에

---

4) 소로는 1840년 처녀시 「동정(Sympathy)」과 에세이 「아울루스 페르시우스 플라쿠스(Aulus Persius Flaccus)」를 시작으로 1844년 마지막 호의 에세이 「호메로스, 오시안, 초서」에 이르기까지 《다이얼》에만 서른한 편의 작품을 발표했다.

별을 바라보면서 상념에 젖은 시간을 꼼꼼히 기록했고, 이를 바탕으로 『콩코드강과 메리맥강에서 보낸 일주일』을 써서 세상에 내놓았다.

1845년 3월, 소로는 월든 북쪽 호숫가에 오두막을 짓기 시작했다. 원래 그곳은 일 년 전 에머슨이 월든 호수 주변의 숲을 보호하려고 매입한 땅이었다. 소로는 형과 함께 콩코드강과 메리맥강을 여행한 추억을 책으로 쓰고 싶었기 때문에 에머슨의 허락을 얻어 오두막을 지었고, 그해 7월 4일에 입주했다. 그날은 마침 미국 독립 기념일이었으나 일부러 날을 맞춘 것은 아니었다.

소로는 월든 호숫가에서 이 년 이 개월 이 일을 머물렀다. 그러면서 『콩코드강과 메리맥강에서 보낸 일주일』을 완성하고 『월든』을 쓰기 시작했다. 소로가 월든 호숫가에 머물던 무렵 미국은 노예제 폐지 논쟁과 멕시코 전쟁으로 연일 시끄러웠다. 소로는 노예제도를 묵인하는 매사추세츠주 정부와 멕시코 침략 전쟁을 일으킨 미국 정부에 항의하기 위해 육 년 동안 인두세 납부를 거부했다. 그러던 중 1846년 7월 하순(23일 또는 24일)에 수선을 맡긴 구두를 찾으러 월든 호숫가를 떠나 마을에 갔다가 징세원이자 보안관인 새뮤얼 스테이플스에게 체포되어 감옥에 갇혔다.

그 소식은 곧 소로의 가족과 친지들에게 전해졌다. 그렇지 않아도 소로의 집안사람들은 정부의 행태에 반감을 품고 있었다. 특히 소로 어머니 신시아는 자유주의 사상을 당당히 옹호하며 콩코드 여성들이 조직한 반노예제도협회의 중심 인물로 활동했다. 소로의 고모 마리아 또한 열렬한 노예제도 폐지론자였는데, 그녀는 새뮤얼 스테이플스에게 달려가 항의하고 세금을 대신 납부했다. 소로는 이튿날 아침 석방되었다.

비록 하룻밤 감옥살이였지만 이 경험으로 소로는 정부에 대한 시민의 권리와 의무가 무엇인지 깊이 성찰하게 되었다. 1848년 1월 그는 콩코드 라이시움에서 '정부에 대한 개인의 권리와 의무'를 주제로 강연하며 납세 거부의 배경을 설명했다. 그리고 이 강연 내용을 이듬해 《에스테틱 페이퍼스》 창간호에 「시민 정부에 대한 저항」이라는 제목으로 발표했는데, 이는 소로 사후에 『시민 불복종』이라는 에세이로 정식 출간되었다. '선거를 통해 정권을 잡은 시민 정부일지라도 이는 시민이 평화롭게 살기 위한 하나의 방편일 뿐이며, 개인의 자유와 양심을 좌우할 권한은 조금도 없다. 개인의 자유와 양심을 저해하고 국가가 제멋대로 전쟁을 벌이거나 노예제 같은 비인간적인 폭력을 행사할 경우 납세 거부 등의 방법으로 저항하는 것이 시민의 권리이자 의무이다.'라는 내용의 『시민 불복종』은 마하트마 간디나 마틴 루터 킹 같은 비폭력 저항 운동가 및 민권 운동가를 비롯해 시민 운동에 종사하는 사람들에게 용기와 희망을 주는 바이블이 되었다.

1847년 9월, 소로는 월든 호숫가를 떠나 에머슨의 집으로 들어갔다. 에머슨이 유럽으로 장기 여행을 떠나며 아내 리디안을 도와 집안일을 맡아 달라고 부탁했기 때문이다. 소로는 에머슨에게 진 마음의 빚을 갚기 위해 이런저런 허드렛일을 하면서 월든에서의 생활을 에세이 형식으로 정리해 나갔다.

이 무렵 그는 마흔다섯 살인 소피아 포드라는 여자의 청혼을 받았으나 정중히 거절했다.

1851년 10월, 소로는 헨리 윌리엄스라는 도망 노예를 집에 숨겨 주고 캐나다로 탈출하도록 도왔다. 앞에서 말했듯 그는 미국의 노예 제도를 강력하게 반대했다. 1854년 7월에는 매사추세츠주 프레이밍햄에서 '매사추세츠주의 노예제도'를 주제로 강연했다. 소로는 거기에서 매사추세츠주는 다른 주보다 노예 수가 100만 명이 될 정도로 많다며 가난하고 무고한 흑인 노예의 자유를 강탈하는 주 정부와 미국 정부를 맹렬히 비난했다. 그는 또 1857년 겨울에 캔자스주를 중심으로 노예제 폐지 운동을 벌이는 존 브라운을 만났는데, 1859년 10월에 브라운이 동료들과 버지니아주 하퍼스 페리 연방군 무기고를 습격한 뒤 체포되자 콩코드 라이시움에서 그를 옹호하는 내용의 '존 브라운 대령을 위한 탄원'을 낭독했다. 그리고 12월 2일 브라운이 처형된 뒤에는 추도 집회에 참석해 '존 브라운의 사후'를 낭독했고, 이듬해에는 「존 브라운의 마지막 날들」이란 에세이를 잡지에 게재함으로써 브라운의 투쟁 정신을 기리고 노예제에 대한 사회적 관심을 불러일으켰다.

그런데 그 무렵부터 소로의 건강은 눈에 띄게 나빠졌다. 1860년 12월 3일, 소로는 페어헤이븐힐에서 나무의 나이테를 관찰하다 감기에 걸렸다. 그 바람에 오랫동안 앓아 온 폐결핵이 악화되었고, 이듬해 5월 11일 의사의 권유로 미네소타주 미시시피강 상류에 있는 휴양지에 요양하러 갔으나 회복하지 못한 채 두 달도 안 되어 집에 돌아왔다.

소로는 죽음이 가까이 다가온 것을 예감하고 『메인 숲』과 『콩코드강과 메리맥강에서 보낸 일주일』 개정판을 준비했다. 하지만 끝내지 못하고 1862년 5월 6일 오전 9시, 마흔다섯 살을 일기로 숨을 거두었다. 마지막 숨을 내쉬기 전 소로는 곁에 있는 여동생 소피아를 향해 "낙엽은 우리에게 어떻게 죽어야 하는지를 알려 준다."라고 말했다고 전해진다.

5월 9일 오후 3시, 콩코드 제1교구 교회에서 소로의 장례식이 열렸다. 에머슨이 조사를, 에이머스 올컷이 소로의 시 「인생은 그런 것(Sic Vita)」을 낭독했다. 소로는 뉴베링 그라운드 묘지에 묻혔다가 몇 년 뒤 콩코드의 슬리피 할로 묘지[5]로 옮겨졌다.

소로는 살아 있는 동안 수많은 시와 에세이를 발표했다. 그가 남긴 글은 정확한 분량을 알 수 없을 정도로 많은데 일기만 서른아홉 권이나 되는 데다 4000페이지가 넘는다. 하지만 소로는 생전에 『콩코드강과 메리맥강에서 보낸 일주일』과 『월든』 두 권의 저서밖에 출간하지 못했다. 나머지는 그의 사후 동생 소피아와 편집자들이 정리해 하나씩 세상에 내놓았다. 소로가 죽은 뒤 출간된 책 가운데 중요한 것은 『메인 숲』과 『코드곶』이다. 두 권 모두 기행문인데 『메인 숲』은 소로가 1846년, 1853년, 1857년 세 차례에 걸쳐 메인 숲을 여행하고 남긴 기록을 엮은 것으로 1864년에 출간되었다. 소로는 메인

5) 여기에는 소로의 가족을 비롯해 루이자 메이 올컷, 랠프 에머슨 등 동료이자 친구들이 묻혀 있다.

숲에 갈 때마다 삼림의 생태계뿐 아니라 그곳에 사는 인디언들을 만나 그들의 풍습과 문화도 관찰했다.

『코드곶』은 소로가 1849년, 1850년, 1855년, 1857년 모두 네 차례에 걸쳐 방문하고 쓴 글을 엮은 것으로 1865년에 출간되었다. 1620년에 청교도들이 탄 메이플라워호가 상륙한 곳으로 유명하지만 사실 코드곶은 대서양의 거친 파도와 강한 바람으로 생긴 모래 언덕만 있을 뿐 조금은 황량한 풍경이다. 그럼에도 소로가 코드곶을 자주 찾은 것은 자연 그대로의 모습과 거기에 서식하는 동식물을 비롯해 어부와 등대지기들의 삶에 매혹되었기 때문이다. 소로는 코드곶을 방문하고 돌아올 때마다 그곳에 대해 강연했고,[6] 기행문을 써서 잡지에 기고했다.

소로는 숲, 들, 호수, 강 등을 산책하고 동서양 고전을 읽고 일기를 비롯해 시와 에세이를 쓰는 일을 꾸준히 반복했다. 일기든 시든 에세이든 소로가 쓴 글에는 그 자신이 평생 쌓아온 폭넓은 지식과 내밀한 철학이 빼곡히 담겨 있다. 그의 글은 《다이얼》 외에 《그레이엄스 매거진》이나 《유니언 매거진》 같은 당대의 유력 문예지에 실렸다. 그리고 소로가 대학을 졸업한 1837년부터 세상을 떠날 때까지 쓴 방대한 양의 일기는 1906년부터 출간되기 시작해 『월든』과 함께 오늘날에도 수많

6) 소로는 1838년 4월 콩코드 라이시움에서 '사회(Society)'를 주제로 강연한 것을 시작으로 죽기 2년 전인 1860년 12월 코네티컷주 워터베리에서의 '가을의 빛깔(Autumnal Tints)'을 주제로 행한 강연까지 이곳저곳에서 다양한 주제로 수많은 강연 활동을 펼쳤다.

은 독자를 거느리고 있다.

* * *

소로가 월든 호숫가에서 이 년 이 개월 이 일 동안 생활하면서 보고 느끼고 깨달은 것을 열여덟 편의 에세이로 쓴 『월든』은 1854년 8월 9일 '월든 또는 숲속의 생활(Walden, or Life in the Woods)'이라는 제목으로 2000부 출간되었고, 연말까지 1700여 부 판매되었다. 하지만 그 뒤 오랫동안 팔리지 않아 절판되었다가 20세기에 들어서야 자연의 법칙과 아름다움을 탐구하고 깊은 사색을 통해 진리를 추구한 미국 문학의 최고 걸작이라는 평가를 받으며 점차 독자를 끌어모았고, 이내 각국 언어로 번역되어 미국을 넘어 전 세계로 퍼져 나갔다.

소로는 월든 호수에 간 이유를 "돈에 쪼들리며 살기 위해서도 넉넉하게 살기 위해서도 아니었다. 되도록 누구의 방해를 받지 않고 개인적인 일을 하고 싶어서였다."라고 했는데 여기서 개인적인 일이란 『콩코드강과 메리맥강에서 보낸 일주일』의 집필을 의미한다. 실제로 소로는 1845년 7월 4일 월든 호숫가의 오두막에 들어가서 『콩코드강과 메리맥강에서의 일주일』을 쓰기 시작해 1847년 그곳을 떠나기 직전에 끝마쳤다.

그러나 소로가 월든 호수에 간 보다 근본적인 이유는 인생의 주된 목적은 무엇이고 삶을 영위하는 데 진정으로 필요한 물품과 수단은 무엇인지를 깨닫고 횃대 위에 올라앉은 아침 수탉처럼 기운차게 소리침으로써 이웃의 잠을 깨워 지혜롭고 건전한 삶의 가능성을 열어 주고 싶었기 때문이다. 소로는 말한다. “내가 숲으로 들어간 것은 나 자신이 의도한 대로 삶의 본질적인 사실만을 앞에 두고 살고 싶었기 때문이다. 스스로 인생의 가르침을 온전히 익힐 수 있는지 확인하고 싶어서였고, 죽음을 맞았을 때 내가 헛되이 살지 않았다는 것을 발견하고 싶어서였다.” 그는 삶이 너무나 소중하기 때문에 삶이 아닌 삶을 살고 싶지 않았다면서 허위와 망상과 탐욕에 젖은 채 허우적거리며 사는 동시대인들을 질타했다.

소로는 삶에서 무엇이 본질이고 진실이며, 어떤 것에 의미와 가치를 두어야 하는지에 대한 해답을 월든이라는 자연에서 찾으려고 했다. 자연을 사랑한 만큼 자연 속에서 자연인으로 살기를 택한 그는 자연을 세밀하게 관찰하고 이 책 『월든』에 꼼꼼히 기록했다. 그는 월든 호숫가에서의 생활을 봄, 여름, 가을, 겨울, 그리고 다시 봄으로 이어지는 계절로 구성해 자연의 아름다움과 위대함을 찬양했다. 소로는 길가에 자란 풀 한 포기, 숲속의 새 한 마리, 호수에서 헤엄치는 작은 물고기 한 마리까지 애정 어린 시선으로 바라보았다. 또 구름의 움직임과 호수의 물결 모양과 그 위를 덮은 안개의 엷고 짙음을 세심하게 관찰했다. 그럼으로써 꽃은 언제 피고 나뭇잎은 언제 물드는지, 호수의 얼음은 언제 얼고 녹으며 눈은 또 언제 내리기 시작하는지 간파했다.

꽃을 보면 오늘이 몇월 며칠인지를 오차 범위 이틀 내에서 알아맞힐 수 있다고 자랑할 만큼 소로는 자연을 관찰함으로써 그 분야의 전문가 못지않은 식견과 통찰력을 지녔다. 그는 토양과 물의 성질을 꿰뚫었고, 자연에 서식하는 동식물의 관계 맺음과 생태계의 상호 작용을 이해했다. 그런 점에서 소로는 뛰어난 생태학자이자 자연과학자였다. 랠프 에머슨은 소로에게 일기 쓰기를 권하면서 "자연에 대해 무지한 사람은 자신에 대해서도 무지한 법"이라고 말했다는데 소로는 자연을 이해함으로써 자신도 자연의 일부임을 깨달았고, 자연의 섭리에 따라 맑은 정신으로 자유롭게 사는 법을 터득했다. 이런 점에서 보면 월든 호숫가에서의 생활은 소로에게 '자기 탐구의 시간'이었다.

그렇다면 자유롭게 산다는 것은 무엇인가? 소로는 이렇게 비유적으로 말한다. "이른바 자발적 가난이라는 우월한 시점에서 보지 않으면 우리는 인간 생활의 공평하고 현명한 관찰자가 될 수 없다."

인생에서 중요한 것이 무엇인지를 알고 자유롭게 살기 위해서는 '자발적 가난'이라는 위치에서 인생의 본질적인 사실을 꿰뚫어 보아야 한다는 것이 소로의 생각이다. 소로에게 인생의 본질적인 사실은 인간의 손이 닿지 않는 허공에 있는 것도 아니고 추상적인 사고 안에 있는 것도 아니다. 그것은 자연과 조화를 이룬 가운데 단순 소박하고 자족적인 생활을 하는 데에 있다. 그는 진정한 의미에서 자유로운 삶을 살기 위해서는 무엇보다 간소한 생활을 해야 하며, 자기가 옳다고 생각하는 삶을 자신의 의도대로 살아야 한다고 주장했다. "간소화하고 또 간소화하자. 하루 세 끼를 먹는 대신에 필요하다면 한 끼만 먹고, 100가지 음식 대신에 다섯 가지로 만족하자. 다른 것들도 같은 비율로 줄이자." 월든 호숫가에서도 그랬지만 소로는 실제 생활에서도 검소하게 살았다. 소로와 가깝게 지낸 엘러리 채닝은 "소로는 햇빛과 견과 한 줌만 있으면 더는 바라지 않는 사람이다."라고 말했다. 소로는 그처럼 소박한 삶을 강조하면서 지금까지 어떤 실패를 했든 괴로워하지 말고 진정으로 하고 싶은 일을 하며 자유롭게 독립적인 인생을 살라고 충고한다.

소로의 눈에는 부모한테서 농장, 집, 헛간, 가축, 농기구 등을 물려받아 사는 사람들은 불행해 보인다. 그것들을 버릴 줄 모르고 평생 그 짐에 짓눌려 끝내 질식해 버리기 때문이다. 아마 소로가 21세기의 오늘날 사람이라면 기업이나 가게를 비롯해 호화 주택과 고급 자동차를 물려받은 이들을 '가련한 영혼들'이라며 탄식할 것이다. 돈이 많고 적음으로 삶을 이분화하는, 그래서 '부자=잘사는 것, 가난=못사는 것'이란 등식이 통용되는 우리 사회를 본다면 소로는 어떻게 반응할까? 어쩌면 천박한 사회라며 도리질할지도 모른다.

물론 시대도 환경도 삶의 양태도 바뀌었다. 소로 시대만 해도 미국에서는 청교도 정신을 바탕으로 부지런하고 검소한 가운데 절제된 삶을 사는 것을 미덕으로 여겼다. 하지만 그 같은 건전한 정신은 전통으로 이어지지 못하고 소로 시대를 끝으로 자취를 감추었다. 20세기 문턱을 넘으면서 검소니 절제니 하는 말은 자본주의 물결에 휩쓸려 맥을 못 추게 되었고, 그 대신 소비가 생활이고 습관이 되었다. 오늘날에는 심지어 소비가 미덕이라는 말이 아무렇지 않게 통용되고 있다.

소비사회가 추구하는 욕망의 논리를 부정하고 자연과 조화를 이루며 최소한의 노동으로 생활에 꼭 필요한 것만 갖추고 살라는 소로의 말은 아무래도 어불성설 같다. 우리 시대는 돌이킬 수 없을 정도로 물질, 자본, 문명, 편리, 개발 같은 용어에 물들어 있다. 하지만 어떤가? 소로 시대보다 행복하고 자유로운가? 앞에서 열거한 용어가 우리 사고를 지배함으로써 자연은 마구잡이로 파괴되고 우리의 영혼은 온통 탐욕으로 얼룩져 있는 것 아닌가? 지구가 기상이변으로 몸살을 앓고 인류가 팬데믹으로 고통을 겪는 것이 물질과 문명에 대한 무턱댄 신뢰와 의탁의 결과 아닌가? 이 질문에 선뜻 대답할 수 없다면 『월든』을 읽어 보기 바란다.

경쟁과 시간에 쫓겨 스스로 되돌아볼 줄 모르는 우리에게 자연을 소중히 여기며 자유와 행복에 절대적 가치를 둔 소로의 삶이 고스란히 담긴 『월든』은 이 시대의 쉼표 같은 책이다. 욕심부리지 말고 소박하게 살라는 말에 고개를 갸웃거리는 우리에게 이 책은 묻는다. 어떻게 사는 것이 진정으로 자유롭고 행복한 삶이냐고.

* * *

이 책의 역주 가운데 일부는 제프리 S. 크래머(Jeffrey S. Cramer)의 『월든: 완전한 주석판(Walden: A Fully Annotated Edition)』(2004)과 월터 하딩(Walter Harding)의 『월든: 주석판(Walden: An Annotated Edition)』(1995)을 참고한 것이다.

『월든』 번역은 결코 쉬운 작업이 아니었다. 숨 막힐 정도로 길고 복잡한 문장에 온갖 상징과 풍자와 은유가 뒤섞인 데다 언어에서 언어로의 단순한 전이만으로는 통하지 않는 비언어적인 요소들이 많았기 때문이다. 산 넘어 산 같은 작업이었는데 어리석은 자도 꾸준히 노력하다 보면 무언가를 이룬다는 우공이산(愚公移山)의 신념으로 전력을 쏟았다. 비록 산은 옮길 수 없었어도 『월든』으로 가는 길목에 놓인 바위 하나는 옮겼지 않았나 싶다. 아무쪼록 이 번역이 『월든』을 이해하는 데 조금이라도 도움이 되었으면 좋겠다.

2021년 11월

정회성

작가 연보

1817년 7월 12일 미국 매사추세츠주 콩코드에서 아버지 존 소로와 어머니 신시아의 셋째 아들로 태어났다.

1818년 가족이 콩코드에서 북쪽으로 16킬로미터쯤 떨어진 첼름스퍼드로 이사했다. 아버지는 그곳에서 식료품 가게를 열었다.

1821년 아버지의 식료품 가게 도산. 가족이 보스턴으로 이사했다. 이때 소로는 외할머니를 방문하러 콩코드에 갔다가 난생처음 월든 호수를 보았다.

1823년 가족이 콩코드로 돌아왔다. 아버지는 조그만 연필 공장을 운영했다. 이 무렵 소로는 시에서 운영하는 초등학교에 다녔다.

1828년 9월, 형 존과 함께 사립 중등학교인 콩코드 아카데미에 입학했다.

1833년 하버드 대학교에 입학했다.

1835년 교직에 뜻을 두고 매사추세츠주 캔턴에서 처음으로 교단에 섰다. 유니테리언파 목사 오레스테스 브라운슨 집에서 거주하며 독일어와 독일 문학을 공부했다.

1836년 병으로 대학 휴학. 뉴욕에서 아버지와 함께 연필 행상을 했다. 이 무렵부터 시를 쓰기 시작했다.

1837년 랠프 월도 에머슨의 『자연(Nature)』을 애독. 대학에 복학. 에머슨의 강의 「미국의 학자(The American Scholar)」를 들었다. 하버드 대학교를 졸업. 콩코드에 돌아와 모교 초등학교 교사가 되었으나 학생 체벌에 반대해 두 주 만에 사직했다. 에머슨의 소개로 뉴잉글랜드 초월주의자 클럽에 가입했다.

1838년 4월 11일 콩코드 라이시움에서 '사회(Society)'를 주제로 강연했다.

6월, 콩코드 아카데미 명칭과 건물을 빌려 형 존과 함께 전인 교육을 위한 사설 학교를 열었다.

1839년 에머슨과 더욱 가깝게 지내는 한편 마거릿 풀러, 에이머스 브론슨 올컷, 조지 리플리 등과 어울렸다.

8월, 형 존과 함께 콩코드강과 메리맥강을 여행했다. 이때의 기록을 바탕으로 나중에 『콩코드강과 메리맥강에서 보낸 일주일(A week on the Concord and Merrimack Rivers)』을 출간했다.

1840년 초월주의자 클럽에서 창간한 문학, 철학, 종교 계간지 《다이얼(The Dial)》에 처녀시 「동정(Sympathy)」과 에세이 「아울루스 페르시우스 플라쿠스(Aulus Persius Flaccus)」를 발표했다.

11월, 엘런 수얼에게 청혼했다가 거절당했다.

12월, 에머슨 집에서 윌리엄 엘러리 채닝을 만나 평생 친구가 되었다.

1841년 4월 26일부터 《다이얼》 편집 조수로 일했다. 《다이얼》에 시 「스탠자(Stanzas)」, 「인생은 그런 것(Sic Vita)」, 「우정(Friendship)」을 발표했다.

형 존의 건강 악화로 콩코드 아카데미 폐교. 에머슨 집에서 중국과 인도 철학을 탐구했다.

1842년 1월, 형 존이 파상풍으로 사망. 《다이얼》에 에세이 「매사추세츠 자연사(Natural History of Massachusetts)」를 비롯해 시 「흑기사(The Black Knight)」, 「마음의 아침(The Inward Morning)」, 「자유로운 사랑(Free Love)」, 「지체한 시인(The poet's Delay)」, 「에올리언 하프의 속삭임(Rumors from an Aeolian Harp)」, 「달(The Moon)」, 「동부의 아가씨에게(To the Maiden in the East)」, 「여름비(The Summer Rain)」를 발표했다. 이 무렵 소설가 너새니얼 호손을 알게 되었다.

1843년 공자와 아나크레온에 대해 연구하기 시작했다.

2월, 콩코드 라이시움에서 월터 롤리, 호메로스, 오시안, 초서 등에 대해 강연했다. 《다이얼》에 아이스킬로스의 시 「사슬에 묶인 프로메테우스(Prometheus

Bound)」를 번역해 실었고 시 「길 잃은 새에게(To a Stray Fowl)」, 「연기(Smoke)」, 「아지랑이(Haze)」를 비롯해 에세이 「겨울 산책(A Winter Walk)」을 발표했다. 《보스턴 문집(Boston Miscellany)》에 「걸어서 와추싯까지(A Walk to Wachusett)」, 《데모크래틱 리뷰(Democratic Review)》에 「여인숙 주인(The Landlord)」, 「낙원 회복(은 가능한가)(Paradise (To Be) Regained)」를 발표했다.

5월, 뉴욕 스태튼섬에 머물며 에머슨의 형 윌리엄 에머슨의 자녀들을 가르쳤다. 이곳에서 유명한 논설 기자 호러스 그릴리를 알게 되었다.

12월, 콩코드의 집으로 돌아왔다.

1844년 콩코드 벨냅 스트리트에 아버지와 함께 가족이 머물 '텍사스 하우스'를 지었다. 여름에 채닝과 허드슨강을 따라 캐츠킬산을 여행했다. 《다이얼》 마지막 호에 에세이 「호메로스, 오시안, 초서」를 발표했다.

1845년 3월, 월든 호숫가에 오두막을 짓기 시작했다.

7월 4일(미국 독립 기념일) 오두막에 입주, 이 년 이 개월 동안 머물렀다. 『콩코드강과 메리맥강에서 보낸 일주일』을 쓰기 시작했다. 콩코드 라이시움에서 콩코드강에 대해 강연했다.

1846년 2월, 콩코드 라이시움에서 토머스 칼라일에 대해 강연했다. 1840년 이후 육 년 동안 인두세 납세를 거부했기 때문에 7월 23일(24일이란 설도 있음.) 체포되어 감옥에 갇혔으나 마리아 고모가 징세원이자 보안관 새뮤얼 스테이플스에게 세금을 대신 납부해 이튿날 아침 석방되었다. 메인주의 숲을 여행했다.

1847년 『콩코드강과 메리맥강에서 보낸 일주일』 집필을 끝냈다.

9월, 에머슨이 유럽으로 장기 여행을 떠난 동안 아내 리디안을 도와 집안일을 맡아 달라는 부탁을 받고 월든 호수를 떠나 에머슨 집으로 들어갔다. 마흔다섯 살인 소피아 포드의 청혼을 거절했다. 필라델피아의 유력 문학지 《그레이엄스 매거진(Graham's magazine)》에 「토머스 칼라일과 그의 작품들(Thomas Carlyle and His Works)」을 발표했다.

1848년 1월 26일 콩코드 라이시움에서 '정부에 대한 개인의 권리와 의무'를 주제로 강연했다. 《사르테인스 유니언 매거진(Sartain's Union Magazine)》에 에세이 「카타딘(Katahdin)」을 5회에 걸쳐 연재했다. 에머슨이 귀국하자 콩코드 집으로 돌아왔다.

1849년 『콩코드강과 메리맥강에서 보낸 일주일』 초판을 1000부 출간했으나 219부만 팔렸다. 누나 헬렌이 폐결핵으로 사망했다. 《에스테틱 페이퍼스(Aesthetic Papers)》 창간호에 「시민 정부에 대한 저항(Resistance to Civil Government)」을 발표했다. 이 에세이는 1866년에 '시민 불복종(Civil Disobedience)'이라는 제목으로 출간되어 전 세계 비폭력 저항 운동의 바이블이 되었다.

채닝과 코드곶을 여행했다.

1850년 1월, 콩코드 라이시움에서 전년에 여행한 코드곶에 대해 강연했다. 아메리카 인디언에 대해 연구하기 시작했다. 코드곶을 두 번째 여행했다. 채닝과 함께 캐나다를 여행했다.

1851년 1월, 매사추세츠주 메드퍼드에서 월든에 대해, 클린턴에서 코드곶에 대해 강연했다.

4월, 콩코드 라이시움에서 '야생'을 주제로 강연했다.

10월, 헨리 윌리엄스라는 도망 노예를 집에 숨겨 주고 캐나다로 가도록 했다.

1852년 《유니언 매거진(Union Magazine)》에 시 「철마(The Iron Horse)」와 「농지를 구입한 시인(A Poet Buying a Farm)」을 발표했다.

1853년 《퍼트넘스 먼슬리(Putnam's Monthly)》에 「캐나다의 양키(A Yankee in Canada)」를 연재했으나 편집자가 반종교적 구절을 삭제하자 연재를 중단했다. 메인주의 숲을 두 번째 여행했다.

12월, 콩코드 라이시움에서 '무스헤드 호수 여행'을 주제로 강연했다.

1854년 7월, 매사추세츠주 프레이밍햄에서 '매사추세츠주의 노예 제도'를 주제로 강연했다. 이 강연은 《뉴욕 트리뷴(New York Tribune)》과 《더 리버레이터(The Liberator)》에 게재되었다.

8월 9일 월든에서의 생활을 묘사한 열여덟 편의 에세

이를 쓰고 다듬어 '월든 또는 숲속의 생활(Walden, or Life in the Woods)'이라는 제목으로 2000부를 출간했다. 연말까지 1700여 부를 판매했다.

10월 매사추세츠주 플리머스에서 '밤과 달빛',

11월 필라델피아에서 '무스 사냥', 12월 프로비던스에서 '무슨 이득이 있겠는가?'를 주제로 강연했다. '무슨 이득이 있겠는가?'는 나중에 '무원칙의 삶(Life without Principle)'이라고 제목이 바뀌어 소로 사후 1863년《디 애틀랜틱(The Atlantic)》

10월호에 게재되었다.

1855년 1월 매사추세츠주 우스터, 2월 콩코드에서 '무슨 이득이 있겠는가?'를 주제로 강연했다.

6~8월《퍼트넘스 매거진(Putnam's Magazine)》에 '코드곶'에 대한 에세이를 발표했다.

9월, 채닝과 함께 코드곶을 세 번째 여행했다.

1856년 2월, 매사추세츠주 애머스트에서 '산책'을 주제로 강연했다.

6~9월, 뉴햄프셔, 뉴욕, 뉴저지를 여행했다.

11월, 에이머스 브론슨 올컷과 함께 브루클린에서 시인 월트 휘트먼을 만나 그의 시집『풀잎(Leaves of Grass)』을 받았다.

1857년 2월, 매사추세츠주 피치버그와 우스터에서 '산책'을 주제로 강연했다.

6월, 코드곶을 네 번째 여행했다.

7월, 메인주의 숲을 마지막으로 여행했다.

겨울, 노예제 폐지 운동가 존 브라운을 만났다.

1858년 2월, 콩코드 라이시움에서 '메인주의 숲'에 대해 강연했다.

6~8월,《디 애틀랜틱》에 코드곶과 메인주의 숲 여행기 「체선쿡(Chesuncook)」을 연재했다. 뉴햄프셔주의 모내드녹산과 화이트산맥을 등정했다.

1859년 2월 7일 아버지가 사망했다(향년 일흔한 살).

2월 우스터, 3월 콩코드, 4월 린에서 '가을의 빛깔'을 주제로 강연했다. 존 브라운이 버지니아주 하퍼스 페리 연방군 무기고를 습격한 뒤 체포되자 10월 30일 콩코드 라이시움에서 그를 옹호하는 내용의 「존 브라운 대령을 위한 탄원」을 낭독했다.

12월 2일 존 브라운이 처형된 뒤 추도 집회에서 추도문 「존 브라운의 사후(After the Death of John Brown)」를 낭독했다.

1860년 2월, 콩코드 라이시움에서 '야생 사과(Wild Apples)'라는 제목의 강연을 했다.

7월 4일 건강이 나빠져 존 브라운 기념집회에 참석하지 못하고 기념 연설문 「존 브라운의 마지막 날들(The Last Days of John Brown)」을 대신 낭독하게 했다. 이 연설문은《더 리버레이터》7월호에 게재되었다.

9월, 매사추세츠주 로웰과 콩코드 라이시움에서 '삼림수의 천이'를 주제로 강연했다. 이 강연은 뉴욕의

《위클리 트리뷴(Weekly Tribune)》에 게재되었다.
12월 3일 페어헤이븐힐에서 나무의 나이테를 관찰하다가 감기에 걸렸다.
12월 11일 의사의 반대에도 코네티컷주 워터베리에서 '가을의 빛깔'을 주제로 강연했다. 이로 인해 건강이 더 나빠졌다.

1861년 5월 11일 미네소타주 미시시피강 상류에 있는 휴양지에 갔다. 인디언 수(Sioux)족을 만나 그들에 대한 연방 정부의 대우에 관심을 기울였다.
7월 9일 건강을 회복하지 못한 채 콩코드에 돌아왔다. 월든 호수를 마지막으로 방문했다. 『메인 숲(The Maine Woods)』과 『콩코드강과 메리맥강에서 보낸 일주일』 개정판을 준비했다.
12월, 결핵균에 의한 가슴막염이 발생했다.

1862년 5월 6일 오전 9시 결핵으로 세상을 떠났다(향년 45세).
5월 9일 오후 3시 콩코드 제1교구 교회에서 장례식이 열렸다. 에머슨이 조사를, 에이머스 올컷이 소로의 시 「인생은 그런 것」을 낭독했다. 뉴베링 그라운드 묘지에 묻혔다가 몇 년 뒤 슬리피 할로 묘지로 이장되었다.

1864년 1846년, 1853년, 1857년 세 차례에 걸쳐 메인주 숲을 여행하고 쓴 『메인 숲』이 출간되었다.

1865년 1849년, 1850년, 1855년, 1857년 네 차례에 걸쳐 코드곶을 여행하고 쓴 『코드곶』이 출간되었다.

1866년 『캐나다 양키 및 노예제 반대와 사회 개혁을 위한 논문집(A Yankee in Canada, with Anti-Slavery and Reform Papers)』이 출간되었다.

1906년 보스턴의 호튼 미플린 앤드 컴퍼니(Houghton Mifflin and Company)에서 소로 전집(20권)이 출간되었다.

세계문학전집 395

월든

1판 1쇄 펴냄 2021년 11월 12일
1판 6쇄 펴냄 2024년 10월 11일

지은이 헨리 데이비드 소로
옮긴이 정회성
발행인 박근섭, 박상준
펴낸곳 (주)민음사

출판등록 1966. 5. 19. (제 16-490호)
서울특별시 강남구 도산대로1길 62(신사동) 강남출판문화센터 5층 (우편번호 06027)
대표전화 02-515-2000 팩시밀리 02-515-2007
www.minumsa.com

ISBN 978-89-374- 6395- 2 04800
ISBN 978-89-374-6000-5 (세트)

* 잘못 만들어진 책은 구입처에서 교환해 드립니다.

세계문학전집 목록

51·52 **내 이름은 빨강** 파묵 · 이난아 옮김 노벨 문학상 수상 작가
53 **오셀로** 셰익스피어 · 최종철 옮김 서울대 권장도서 100선
54 **조서** 르 클레지오 · 김윤진 옮김 노벨 문학상 수상 작가
55 **모래의 여자** 아베 코보 · 김난주 옮김
56·57 **부덴브로크 가의 사람들** 토마스 만 · 홍성광 옮김 노벨 문학상 수상 작가
58 **싯다르타** 헤세 · 박병덕 옮김 노벨 문학상 수상 작가
59·60 **아들과 연인** 로렌스 · 정상준 옮김 《뉴스위크》 선정 100대 명저
61 **설국** 가와바타 야스나리 · 유숙자 옮김 노벨 문학상 수상 작가 | 서울대 권장도서 100선
62 **벨킨 이야기 · 스페이드 여왕** 푸슈킨 · 최선 옮김
63·64 **넙치** 그라스 · 김재혁 옮김 노벨 문학상 수상 작가
65 **소망 없는 불행** 한트케 · 윤용호 옮김 노벨 문학상 수상 작가
66 **나르치스와 골드문트** 헤세 · 임홍배 옮김 노벨 문학상 수상 작가
67 **황야의 이리** 헤세 · 김누리 옮김 노벨 문학상 수상 작가
68 **페테르부르크 이야기** 고골 · 조주관 옮김
69 **밤으로의 긴 여로** 오닐 · 민승남 옮김 노벨 문학상 수상 작가 | 미국대학위원회 선정 SAT 추천도서
70 **체호프 단편선** 체호프 · 박현섭 옮김
71 **버스 정류장** 가오싱젠 · 오수경 옮김 노벨 문학상 수상 작가
72 **구운몽** 김만중 · 송성욱 옮김 서울대 권장도서 100선 | 국립중앙도서관 선정 청소년 권장도서
73 **대머리 여가수** 이오네스코 · 오세곤 옮김
74 **이솝 우화집** 이솝 · 유종호 옮김 논술 및 수능에 출제된 책(1998~2005)
75 **위대한 개츠비** 피츠제럴드 · 김욱동 옮김 《타임》 선정 현대 100대 영문소설
76 **푸른 꽃** 노발리스 · 김재혁 옮김
77 **1984** 오웰 · 정회성 옮김 《타임》 선정 현대 100대 영문소설 | 《뉴스위크》 선정 100대 명저
78·79 **영혼의 집** 아옌데 · 권미선 옮김
80 **첫사랑** 투르게네프 · 이항재 옮김
81 **내가 죽어 누워 있을 때** 포크너 · 김명주 옮김 노벨 문학상 수상 작가
82 **런던 스케치** 레싱 · 서숙 옮김 노벨 문학상 수상 작가
83 **팡세** 파스칼 · 이환 옮김
84 **질투** 로브그리예 · 박이문, 박희원 옮김
85·86 **채털리 부인의 연인** 로렌스 · 이인규 옮김
87 **그 후** 나쓰메 소세키 · 윤상인 옮김
88 **오만과 편견** 오스틴 · 윤지관, 전승희 옮김 미국대학위원회 선정 SAT 추천도서
89·90 **부활** 톨스토이 · 연진희 옮김 논술 및 수능에 출제된 책(1998~2005)
91 **방드르디, 태평양의 끝** 투르니에 · 김화영 옮김
92 **미겔 스트리트** 나이폴 · 이상옥 옮김 노벨 문학상 수상 작가
93 **페드로 파라모** 룰포 · 정창 옮김
94 **차라투스트라는 이렇게 말했다** 니체 · 장희창 옮김 국립중앙도서관 선정 청소년 권장도서
95·96 **적과 흑** 스탕달 · 이동렬 옮김 국립중앙도서관 선정 청소년 권장도서
97·98 **콜레라 시대의 사랑** 마르케스 · 송병선 옮김 노벨 문학상 수상 작가 | BBC 선정 꼭 읽어야 할 책
99 **맥베스** 셰익스피어 · 최종철 옮김 서울대 권장도서 100선 | 미국대학위원회 선정 SAT 추천도서
100 **춘향전** 작자 미상 · 송성욱 풀어 옮김 서울대 권장도서 100선
101 **페르디두르케** 곰브로비치 · 윤진 옮김
102 **포르노그라피아** 곰브로비치 · 임미경 옮김
103 **인간 실격** 다자이 오사무 · 김춘미 옮김
104 **네루다의 우편배달부** 스카르메타 · 우석균 옮김

105·106 **이탈리아 기행** 괴테·박찬기 외 옮김
107 **나무 위의 남작** 칼비노·이현경 옮김
108 **달콤 쌉싸름한 초콜릿** 에스키벨·권미선 옮김
109·110 **제인 에어** C. 브론테·유종호 옮김 BBC 선정 꼭 읽어야 할 책
111 **크눌프** 헤세·이노은 옮김 노벨 문학상 수상 작가
112 **시계태엽 오렌지** 버지스·박시영 옮김 《타임》 선정 현대 100대 영문소설 | 《뉴스위크》 선정 100대 명저
113·114 **파리의 노트르담** 위고·정기수 옮김 미국대학위원회 선정 SAT 추천도서
115 **새로운 인생** 단테·박우수 옮김
116·117 **로드 짐** 콘래드·이상옥 옮김 《뉴스위크》 선정 100대 명저
118 **폭풍의 언덕** E. 브론테·김종길 옮김 미국대학위원회 선정 SAT 추천도서
119 **텔크테에서의 만남** 그라스·안삼환 옮김 노벨 문학상 수상 작가
120 **검찰관** 고골·조주관 옮김
121 **안개** 우나무노·조민현 옮김
122 **나사의 회전** 제임스·최경도 옮김 미국대학위원회 선정 SAT 추천도서
123 **피츠제럴드 단편선 1** 피츠제럴드·김욱동 옮김
124 **목화밭의 고독 속에서** 콜테스·임수현 옮김
125 **돼지꿈** 황석영
126 **라셀라스** 존슨·이인규 옮김
127 **리어 왕** 셰익스피어·최종철 옮김 서울대 권장도서 100선 | 《뉴스위크》 선정 100대 명저
128·129 **쿠오 바디스** 시엔키에비치·최성은 옮김 노벨 문학상 수상 작가
130 **자기만의 방·3기니** 울프·이미애 옮김
131 **시르트의 바닷가** 그라크·송진석 옮김
132 **이성과 감성** 오스틴·윤지관 옮김
133 **바덴바덴에서의 여름** 치프킨·이장욱 옮김
134 **새로운 인생** 파묵·이난아 옮김 노벨 문학상 수상 작가
135·136 **무지개** 로렌스·김정매 옮김
137 **인생의 베일** 서머싯 몸·황소연 옮김
138 **보이지 않는 도시들** 칼비노·이현경 옮김
139·140·141 **연초 도매상** 바스·이운경 옮김 《타임》 선정 현대 100대 영문소설
142·143 **플로스 강의 물방앗간** 엘리엇·한애경, 이봉지 옮김 미국대학위원회 선정 SAT 추천도서
144 **연인** 뒤라스·김인환 옮김
145·146 **이름 없는 주드** 하디·정종화 옮김
147 **제49호 품목의 경매** 핀천·김성곤 옮김 《타임》 선정 현대 100대 영문소설
148 **성역** 포크너·이진준 옮김 노벨 문학상 수상 작가 | 퓰리처상 수상 작가
149 **무진기행** 김승옥
150·151·152 **신곡(지옥편·연옥편·천국편)** 단테·박상진 옮김 《뉴스위크》 선정 100대 명저
153 **구덩이** 플라토노프·정보라 옮김
154·155·156 **카라마조프가의 형제들** 도스토옙스키·김연경 옮김
157 **지상의 양식** 지드·김화영 옮김 노벨 문학상 수상 작가
158 **밤의 군대들** 메일러·권택영 옮김 퓰리처상 수상 작가
159 **주홍 글자** 호손·김욱동 옮김 서울대 권장도서 100선 | 미국대학위원회 선정 SAT 추천도서
160 **깊은 강** 엔도 슈사쿠·유숙자 옮김
161 **욕망이라는 이름의 전차** 윌리엄스·김소임 옮김
162 **마사 퀘스트** 레싱·나영균 옮김 노벨 문학상 수상 작가
163·164 **운명의 딸** 아옌데·권미선 옮김

165 모렐의 발명 비오이 카사레스·송병선 옮김

166 삼국유사 일연·김원중 옮김 서울대 권장도서 100선

167 풀잎은 노래한다 레싱·이태동 옮김 노벨 문학상 수상 작가

168 파리의 우울 보들레르·윤영애 옮김

169 포스트맨은 벨을 두 번 울린다 케인·이만식 옮김

170 썩은 잎 마르케스·송병선 옮김 노벨 문학상 수상 작가

171 모든 것이 산산이 부서지다 아체베·조규형 옮김 《타임》 선정 현대 100대 영문소설

172 한여름 밤의 꿈 셰익스피어·최종철 옮김 미국대학위원회 선정 SAT 추천도서

173 로미오와 줄리엣 셰익스피어·최종철 옮김 미국대학위원회 선정 SAT 추천도서

174·175 분노의 포도 스타인벡·김승욱 옮김 노벨 문학상 수상 작가 | 《타임》 선정 현대 100대 영문소설

176·177 괴테와의 대화 에커만·장희창 옮김

178 그물을 헤치고 머독·유종호 옮김 《타임》 선정 현대 100대 영문소설

179 브람스를 좋아하세요... 사강·김남주 옮김

180 카타리나 블룸의 잃어버린 명예 하인리히 뵐·김연수 옮김 노벨 문학상 수상 작가

181·182 에덴의 동쪽 스타인벡·정회성 옮김 노벨 문학상 수상 작가

183 순수의 시대 워튼·송은주 옮김 《뉴스위크》 선정 100대 명저 | 퓰리처상 수상작

184 도둑 일기 주네·박형섭 옮김

185 나자 브르통·오생근 옮김

186·187 캐치-22 헬러·안정효 옮김 《타임》 선정 현대 100대 영문소설

188 숄로호프 단편선 숄로호프·이항재 옮김 노벨 문학상 수상 작가

189 말 사르트르·정명환 옮김

190·191 보이지 않는 인간 엘리슨·조영환 옮김 《타임》 선정 현대 100대 영문소설

192 왑샷 가문 연대기 치버·김승욱 옮김 퓰리처상 수상 작가

193 왑샷 가문 몰락기 치버·김승욱 옮김 퓰리처상 수상 작가

194 필립과 다른 사람들 노터봄·지명숙 옮김

195·196 하드리아누스 황제의 회상록 유르스나르·곽광수 옮김

197·198 소피의 선택 스타이런·한정아 옮김 퓰리처상 수상 작가

199 피츠제럴드 단편선 2 피츠제럴드·한은경 옮김

200 홍길동전 허균·김탁환 옮김

201 요술 부지깽이 쿠버·양윤희 옮김

202 북호텔 다비·원윤수 옮김

203 톰 소여의 모험 트웨인·김욱동 옮김

204 금오신화 김시습·이지하 옮김

205·206 테스 하디·정종화 옮김 미국대학위원회 선정 SAT 추천도서 | BBC 선정 꼭 읽어야 할 책

207 브루스터플레이스의 여자들 네일러·이소영 옮김

208 더 이상 평안은 없다 아체베·이소영 옮김

209 그레인지 코플랜드의 세 번째 인생 워커·김시현 옮김 퓰리처상 수상 작가

210 어느 시골 신부의 일기 베르나노스·정영란 옮김

211 타라스 불바 고골·조주관 옮김

212·213 위대한 유산 디킨스·이인규 옮김 서울대 권장도서 100선 | BBC 선정 꼭 읽어야 할 책

214 면도날 서머싯 몸·안진환 옮김

215·216 성채 크로닌·이은정 옮김

217 오이디푸스 왕 소포클레스·강대진 옮김 서울대 권장도서 100선

218 세일즈맨의 죽음 밀러·강유나 옮김

219·220·221 안나 카레니나 톨스토이·연진희 옮김 서울대 권장도서 100선

222 **오스카 와일드 작품선** 와일드 · 정영목 옮김
223 **벨아미** 모파상 · 송덕호 옮김
224 **파스쿠알 두아르테 가족** 호세 셀라 · 정동섭 옮김 노벨 문학상 수상 작가
225 **시칠리아에서의 대화** 비토리니 · 김운찬 옮김
226·227 **길 위에서** 케루악 · 이만식 옮김 《타임》 선정 현대 100대 영문소설 | 《뉴스위크》 선정 100대 명저
228 **우리 시대의 영웅** 레르몬토프 · 오정미 옮김
229 **아우라** 푸엔테스 · 송상기 옮김
230 **클링조어의 마지막 여름** 헤세 · 황승환 옮김 노벨 문학상 수상 작가
231 **리스본의 겨울** 무뇨스 몰리나 · 나송주 옮김
232 **뻐꾸기 둥지 위로 날아간 새** 키지 · 정회성 옮김 《타임》 선정 현대 100대 영문소설
233 **페널티킥 앞에 선 골키퍼의 불안** 한트케 · 윤용호 옮김 노벨 문학상 수상 작가
234 **참을 수 없는 존재의 가벼움** 쿤데라 · 이재룡 옮김
235·236 **바다여, 바다여** 머독 · 최옥영 옮김
237 **한 줌의 먼지** 에벌린 워 · 안진환 옮김 《타임》 선정 현대 100대 영문소설
238 **뜨거운 양철 지붕 위의 고양이 · 유리 동물원** 윌리엄스 · 김소임 옮김 퓰리처상 수상작
239 **지하로부터의 수기** 도스토옙스키 · 김연경 옮김
240 **키메라** 바스 · 이운경 옮김
241 **반쪼가리 자작** 칼비노 · 이현경 옮김
242 **벌집** 호세 셀라 · 남진희 옮김 노벨 문학상 수상 작가
243 **불멸** 쿤데라 · 김병욱 옮김
244·245 **파우스트 박사** 토마스 만 · 임홍배, 박병덕 옮김 노벨 문학상 수상 작가
246 **사랑할 때와 죽을 때** 레마르크 · 장희창 옮김
247 **누가 버지니아 울프를 두려워하랴?** 올비 · 강유나 옮김
248 **인형의 집** 입센 · 안미란 옮김
249 **위폐범들** 지드 · 원윤수 옮김 노벨 문학상 수상 작가
250 **무정** 이광수 · 정영훈 책임 편집 서울대 권장도서 100선
251·252 **의지와 운명** 푸엔테스 · 김현철 옮김
253 **폭력적인 삶** 파솔리니 · 이승수 옮김
254 **거장과 마르가리타** 불가코프 · 정보라 옮김
255·256 **경이로운 도시** 멘도사 · 김현철 옮김
257 **야콥을 둘러싼 추측들** 욘존 · 손대영 옮김
258 **왕자와 거지** 트웨인 · 김욱동 옮김
259 **존재하지 않는 기사** 칼비노 · 이현경 옮김
260·261 **눈먼 암살자** 애트우드 · 차은정 옮김 《타임》 선정 현대 100대 영문소설
262 **베니스의 상인** 셰익스피어 · 최종철 옮김
263 **말리나** 바흐만 · 남정애 옮김
264 **사볼타 사건의 진실** 멘도사 · 권미선 옮김
265 **뒤렌마트 희곡선** 뒤렌마트 · 김혜숙 옮김
266 **이방인** 카뮈 · 김화영 옮김 노벨 문학상 수상 작가 | 미국대학위원회 선정 SAT 추천도서
267 **페스트** 카뮈 · 김화영 옮김 노벨 문학상 수상 작가 | 국립중앙도서관 선정 청소년 권장도서
268 **검은 튤립** 뒤마 · 송진석 옮김
269·270 **베를린 알렉산더 광장** 되블린 · 김재혁 옮김
271 **하얀 성** 파묵 · 이난아 옮김 노벨 문학상 수상 작가
272 **푸슈킨 선집** 푸슈킨 · 최선 옮김
273·274 **유리알 유희** 헤세 · 이영임 옮김 노벨 문학상 수상 작가

275 픽션들 보르헤스·송병선 옮김 서울대 권장도서 100선
276 신의 화살 아체베·이소영 옮김
277 빌헬름 텔·간계와 사랑 실러·홍성광 옮김
278 노인과 바다 헤밍웨이·김욱동 옮김 노벨 문학상 수상 작가 | 퓰리처상 수상작
279 무기여 잘 있어라 헤밍웨이·김욱동 옮김 미국대학위원회 선정 SAT 추천도서
280 태양은 다시 떠오른다 헤밍웨이·김욱동 옮김 《타임》 선정 현대 100대 영문 소설
281 알레프 보르헤스·송병선 옮김
282 일곱 박공의 집 호손·정소영 옮김
283 에마 오스틴·윤지관, 김영희 옮김
284·285 죄와 벌 도스토옙스키·김연경 옮김 미국대학위원회 선정 SAT 추천도서
286 시련 밀러·최영 옮김
287 모두가 나의 아들 밀러·최영 옮김
288·289 누구를 위하여 종은 울리나 헤밍웨이·김욱동 옮김 노벨 문학상 수상 작가
290 구르브 연락 없다 멘도사·정창 옮김
291·292·293 데카메론 보카치오·박상진 옮김
294 나누어진 하늘 볼프·전영애 옮김
295·296 제브데트 씨와 아들들 파묵·이난아 옮김 노벨 문학상 수상 작가
297·298 여인의 초상 제임스·최경도 옮김 미국대학위원회 선정 SAT 추천도서
299 압살롬, 압살롬! 포크너·이태동 옮김 노벨 문학상 수상 작가
300 이상 소설 전집 이상·권영민 책임 편집
301·302·303·304·305 레 미제라블 위고·정기수 옮김
306 관객모독 한트케·윤용호 옮김 노벨 문학상 수상 작가
307 더블린 사람들 조이스·이종일 옮김
308 에드거 앨런 포 단편선 앨런 포·전승희 옮김 미국대학위원회 선정 SAT 추천도서
309 보이체크·당통의 죽음 뷔히너·홍성광 옮김
310 노르웨이의 숲 무라카미 하루키·양억관 옮김
311 운명론자 자크와 그의 주인 디드로·김희영 옮김
312·313 헤밍웨이 단편선 헤밍웨이·김욱동 옮김 노벨 문학상 수상 작가
314 피라미드 골딩·안지현 옮김 노벨 문학상 수상 작가
315 닫힌 방·악마와 선한 신 사르트르·지영래 옮김
316 등대로 울프·이미애 옮김 《타임》 선정 현대 100대 영문소설 | 《뉴스위크》 선정 100대 명저
317·318 한국 희곡선 송영 외·양승국 엮음
319 여자의 일생 모파상·이동렬 옮김
320 의식 노터봄·김영중 옮김
321 육체의 악마 라디게·원윤수 옮김
322·323 감정 교육 플로베르·지영화 옮김
324 불타는 평원 룰포·정창 옮김
325 위대한 몬느 알랭푸르니에·박영근 옮김
326 라쇼몬 아쿠타가와 류노스케·서은혜 옮김
327 반바지 당나귀 보스코·정영란 옮김
328 정복자들 말로·최윤주 옮김
329·330 우리 동네 아이들 마흐푸즈·배혜경 옮김 노벨 문학상 수상 작가
331·332 개선문 레마르크·장희창 옮김
333 사바나의 개미 언덕 아체베·이소영 옮김
334 게걸음으로 그라스·장희창 옮김 노벨 문학상 수상 작가

335 코스모스 곰브로비치 · 최성은 옮김
336 좁은 문 · 전원교향곡 · 배덕자 지드 · 동성식 옮김 노벨 문학상 수상 작가
337·338 암 병동 솔제니친 · 이영의 옮김 노벨 문학상 수상 작가
339 피의 꽃잎들 응구기 와 시옹오 · 왕은철 옮김
340 운명 케르테스 · 유진일 옮김 노벨 문학상 수상 작가
341·342 벌거벗은 자와 죽은 자 메일러 · 이운경 옮김 퓰리처상 수상 작가
343 시지프 신화 카뮈 · 김화영 옮김 노벨 문학상 수상 작가
344 뇌우 차오위 · 오수경 옮김
345 모옌 중단편선 모옌 · 심규호, 유소영 옮김 노벨 문학상 수상 작가
346 일야서 한사오궁 · 심규호, 유소영 옮김
347 상속자들 골딩 · 안지현 옮김 노벨 문학상 수상 작가
348 설득 오스틴 · 전승희 옮김
349 히로시마 내 사랑 뒤라스 · 방미경 옮김
350 오 헨리 단편선 오 헨리 · 김희용 옮김
351·352 올리버 트위스트 디킨스 · 이인규 옮김
353·354·355·356 전쟁과 평화 톨스토이 · 연진희 옮김
357 다시 찾은 브라이즈헤드 에벌린 워 · 백지민 옮김
358 아무도 대령에게 편지하지 않다 마르케스 · 송병선 옮김
359 사양 다자이 오사무 · 유숙자 옮김
360 좌절 케르테스 · 한경민 옮김 노벨 문학상 수상 작가
361·362 닥터 지바고 파스테르나크 · 김연경 옮김 노벨 문학상 수상 작가
363 노생거 사원 오스틴 · 윤지관 옮김
364 개구리 모옌 · 심규호, 유소영 옮김 노벨 문학상 수상 작가
365 마왕 투르니에 · 이원복 옮김 공쿠르상 수상 작가
366 맨스필드 파크 오스틴 · 김영희 옮김
367 이선 프롬 이디스 워튼 · 김욱동 옮김 퓰리처상 수상 작가
368 여름 이디스 워튼 · 김욱동 옮김 퓰리처상 수상 작가
369·370·371 나는 고백한다 자우메 카브레 · 권가람 옮김
372·373·374 태엽 감는 새 연대기 무라카미 하루키 · 김난주 옮김
375·376 대사들 제임스 · 정소영 옮김
377 족장의 가을 마르케스 · 송병선 옮김 노벨 문학상 수상 작가
378 핏빛 자오선 매카시 · 김시현 옮김
379 모두 다 예쁜 말들 매카시 · 김시현 옮김
380 국경을 넘어 매카시 · 김시현 옮김
381 평원의 도시들 매카시 · 김시현 옮김
382 만년 다자이 오사무 · 유숙자 옮김
383 반항하는 인간 카뮈 · 김화영 옮김 노벨 문학상 수상 작가
384·385·386 악령 도스토옙스키 · 김연경 옮김
387 태평양을 막는 제방 뒤라스 · 윤진 옮김
388 남아 있는 나날 가즈오 이시구로 · 송은경 옮김
389 앙리 브륄라르의 생애 스탕달 · 원윤수 옮김
390 찻집 라오서 · 오수경 옮김
391 태어나지 않은 아이를 위한 기도 케르테스 · 이상동 옮김 노벨 문학상 수상 작가
392·393 서머싯 몸 단편선 서머싯 몸 · 황소연 옮김
394 케이크와 맥주 서머싯 몸 · 황소연 옮김

세계문학전집은 계속 간행됩니다.